初厘

著

温柔告白

上 册

青岛出版集团 | 青岛出版社

图书在版编目（CIP）数据

温柔告白/初厘著. —青岛：青岛出版社，2024.3
ISBN 978-7-5736-1758-3

Ⅰ.①温… Ⅱ.①初… Ⅲ.①长篇小说—中国—当代 Ⅳ.①I247.5

中国国家版本馆CIP数据核字（2024）第047129号

WENROU GAOBAI

书 名	温柔告白
作 者	初 厘
出版发行	青岛出版社（青岛市崂山区海尔路182号）
本社网址	http://www.qdpub.com
邮购电话	18613853563
责任编辑	郭红霞
校 对	李玮然
装帧设计	梁 霞
照 排	梁 霞
印 刷	三河市良远印务有限公司
出版日期	2024年3月第1版 2024年3月第1次印刷
开 本	16开（640mm×920mm）
印 张	38
字 数	642千
书 号	ISBN 978-7-5736-1758-3
定 价	69.80元（全2册）

编校印装质量、盗版监督服务电话 4006532017 0532-68068050

目录

上 册

目录

下册

引 子

　　许萦从京北回到了家乡江都。她似乎向命运妥协了——这对活得毫无目标的她来说，也没有实质性影响，不过是落叶归根，给过往的自我理想主义画上句号。

　　生活碌碌，她依旧平庸。

　　而她以为的结束，却在这一刻刚开始。

　　她在江都遇见了徐砚程。

　　后来，有人曾好奇地问她："徐砚程是个什么样的人？"

　　许萦不假思索地回答："他博学、温柔、包容，是理想浪漫主义的具象存在。"

　　她第一次觉得有个人给人的感觉就像"天堂应该是图书馆的模样"这种诗意的比喻。

第一章

再遇徐砚程

　　一月初的江都气温骤降，刚下飞机的许萦把身上的棉衣拉紧，庆幸里面多穿了一件保暖内衣，不然落地不到半个小时自己就要被冷死。毕竟一月份的南方不同于北方，白天室内温度比室外低，屋内没有暖气，御寒全靠抖。

　　许萦刚拿完行李出来，偌大的机场大厅里行人来来往往，她的目光在其中穿梭，奋力地找寻着要给她接机的人。

　　五分钟后，入口处冲来一个裹着厚羽绒服的女人。女人激动地冲许萦打招呼，丝毫不畏惧旁人的眼光，有几分社交达人的感觉。

　　肖芊薏欢快地挥手："阿萦，这儿，这儿，这儿！"

　　路过的人顺着肖芊薏的目光望去，她口中的"阿萦"用手整理着鬓发，有意无意地遮挡住脸。

　　许萦恨不得原地消失。她胆子不算小，但绝对做不到如肖芊薏这般在人群中我行我素，不畏惧他人的目光。

　　在她发怂的时候，肖芊薏蹿到了她跟前，拍了她的肩膀一下："年底刚回来，没想到你这么快又回来了。"

　　"这不是快过年了？"

　　"不是还有一个月？"

　　"我回来办事。"

　　肖芊薏不管了，搂着她单薄的肩膀："车子在外面，请你吃好吃的，走吧！"

许萦跟着肖芊薏往外走，出了大厅门。江都冷风"嗖嗖"地刮，她感觉衣服像漏了风，冷得想立刻买返程票离开。

她问肖芊薏："你自己来的？"

肖芊薏说："当然，我们姐妹聚会，我还要叫谁？"

许萦笑了笑："别和我说你自己开车来的。"

肖芊薏点头，十分理所当然。

许萦伸手管她要钥匙："我来开。"

她对肖芊薏这科目三考了四次，第五次补考才勉强过的开车技术很不放心。机场外这段路还是高速公路，她更惜命了。

肖芊薏将钥匙甩给她，不满地嘟囔："什么嘛！你跟老唐一个样，我的技术是国家发证认可的，哪里不行了？"

她口中的"老唐"是她的丈夫——唐知柏。

许萦汗颜。

这说明真的有问题好不好？

肖芊薏懒得和她计较，坐上了副驾驶座位。

许萦跟着上了车。车内的暖气充足，被温暖空气包围，她才觉得活了过来。

许萦利索地从停车位将车子倒出来，开车上高架桥。

肖芊薏选完要听的歌，才问她："真的打算回来这边发展？"

许萦点头："沈女士已经下达指令了，必须回来。"

许萦是家里的独生女，小的时候一直向往外头的世界，高考成绩出来后，志愿全部报的京北的大学，当时没想太多，只想离家远一点儿。

她在大城市快活了四年，也算享受了一下大城市的繁华和自由人生。

肖芊薏顿了顿，问："去年考研复试没过？"

许萦面无表情地回道："嗯，没过。"

从工作第二年开始到今年 26 岁，许萦考了三次研，前两次没过笔试，后来把目标院校门槛放低，倒是进了复试，但差几名"上岸"。

知道她一直在考研的只有肖芊薏。

在亲人眼里，她就是个北漂的打工族。

肖芊薏安慰她："算了，别考了，咱工作赚大钱不好吗？"

许萦道："是好，但总觉得差点儿意思。"

她对目前的工作不算太满意，早在上个月就辞掉了，不过没告诉其他人。

其实她考研时也没多用心，想着"上岸"后可以好过些，但"上岸"后的生活费还问爸妈拿？

一想到这里，她就全身心投入工作，甲方再刁蛮的要求都会做到。

因为她还想有口饭吃。

可能就是这种漫不经心的生活态度激怒了老天爷，她没工作也没上岸。在 26 岁这一年，她身上只有两万块存款。

肖芊蕙问："那——你打算回来找什么工作？是有看好的公司？"

许萦是学室内设计的，但本科毕业后找不到满意的、符合她的专业的工作，符合专业的工作工资过低，在京北付完房租，月底可能要揭不开锅。在现实面前，她选择了妥协——在一家广告设计公司里做普通职员。

许萦淡淡地说："先去一中面试做合同老师吧。"

肖芊蕙"啊"了一声："你？做老师？"

这简直是花开在天上，云长在泥里——不可思议。

许萦解释："暂时找不到什么工作，我二姨跟我妈说他们学校的美术老师休产假了，人手不够，在招合同老师，没什么高要求，本科毕业、会画画、入职一年内拿教师资格证就行。至于考编，看个人。"

现在的高中紧抓学习，类似音乐和画画的副科的学时几乎被占掉了，对教师的要求也不高。

美术老师的工资和许萦在前一家公司的差不多。她想着在江都也是家里，开销不需要太大。

肖芊蕙没多说什么，她们又不是刚成年，一身狗胆大过天，眼下有工打、有饭吃才是王道。

"你面试完还要回去？"肖芊蕙问她。

许萦踩下刹车，拨完空挡才看向她："房子还没退，还有就是……"

肖芊蕙打断她的话："我懂了，你怕你爸妈催婚。"

许萦笑了笑，确实是这样。

她从大学毕业就一直被催婚，起先还好，后来她妈一个月要打电话催一次，让她谈个恋爱也好，不然婚后会孤独终老。

但恋爱哪里能说谈就有，她也对谈恋爱提不起兴趣，大一倒是谈过一个，不到一个月就分了。她对这段恋爱记忆不深，但那次之后，她对谈恋爱这件事的好感度骤降。

肖芊蕙望着许萦的侧颜，犹豫了一下，心底莫名其妙地紧张起来，掰着一个橘子，往嘴里塞了一瓣，含混地说："不会相亲都安排上日程了吧？"

许萦无奈地耸了耸肩："又被你知道了。"

"嘻，沈姨就是太着急了。我也让我妈劝过她，结婚这种事催不来，她越是催你怕是越反感。"肖芊薏顺着她的心情说话。

许萦淡淡地瞧她一眼："你确定不是刺激她来催我？"

两个人家住对门，念书的时候，许萦是别人家的孩子，成绩不错，性子安静又不爱在外面疯玩，是所有家长都爱的那款乖孩子。

毕业之后，肖芊薏一跃成了别人家的孩子，考了公务员，毕业第二年和大学交往两年的男朋友结婚，丈夫在市医院工作，过的是所有家长最满意的生活。

"哎呀，你想太多了。"

见肖芊薏给她递了一瓣橘子，许萦接过塞到嘴里。

肖芊薏继续说："那你打算结婚吗？"

"没打算。"许萦回答得果断。

肖芊薏怯怯地望着她："其实老唐他们单位有个年轻小伙子不错，你要不……和他吃个饭？"

许萦回头看向她："我妈请你来当说客？"

肖芊薏双手交叉在胸前，表示冤枉："别冤枉人，我站你这边。"

许萦深深地看了肖芊薏一眼，最后说："可以。"

肖芊薏没反应过来这句"可以"是什么意思，错愕不已："就……答应啦？"

许萦不以为意："吃个饭，还是可以的。"

肖芊薏都来做说客了，说明她妈已经了解过男方，并且很满意。她现在拒绝，回家也要听他们再念一遍。

为了耳根清净，她不如现在就答应下来。

"那择日不如撞日——去购物中心。"肖芊薏手指在显示屏上点了点，更换目的地，脸上满是兴奋之色。

许萦白她一眼："你还说没有和我妈一个鼻孔出气。"

肖芊薏笑道："这不是条件不错嘛，沈姨让我和你说一定要重点把握一下。男方条件是真的不错，今年29岁……"

许萦打断她的话："29岁？"

肖芊薏说："你放心，不是离异带两娃。他一直在国外读书，最近才回国，是老唐的隔壁科室的，专业水平很牛啦。老唐说的那些专业领域的东西我不太懂……他说和徐医生上手术室，他直接跷脚到结束就好。"

当然，老唐，也就是唐知柏说的也是玩笑话。

唐知柏是麻醉科医生，肖芊薏经常打趣说他就是上手术台摸鱼的。

麻醉科医生摸鱼是好事，要是真的忙起来，那才是出了大事。

"对了！以前他还和我们读一所高中，比我们大两届。"

许萦在她的消息炮轰里只听进了最后一句话——和她一个高中。

当下许萦对这场相亲有了决断——吃个饭走个过场就好了。

因为她轻微"社恐"，怕遇到老同学，更不喜欢和陌生的校友深入了解。

拒绝已经来不及了，到了购物中心后，肖芊薏生怕许萦反悔，一直紧紧地抓着她的手，不停地给她做思想工作，申明只是吃顿午饭，不要有压力，没相中也没事。

许萦跟着肖芊薏进了一家火锅店。

肖芊薏笑着说："地方是徐学长定的，正好可以满足一下你的口腹之欲。"

以往许萦回江都第一件事就是找个火锅店吃一顿，因为在外地吃不到正宗的家乡辣火锅。

不知道是不是巧合，她心底的排斥感少了一点儿。

她从不和吃的东西过不去。

在服务员的引导下去到订好的座位时，许萦隔着两个座位看清了男人的模样。

男人留着利落的黑色短发，肤色略微偏白，潇洒俊逸，身上有种令人舒服的书卷气，垂眸和服务员从容地交谈着，举止端方。他骨子里透出的气质令人看得出他是出生于家教极好的高知家庭。

注意到她们靠近，他抬眸看来，嘴角含着笑意，和第一印象完全不同，黝黑澄澈的眸子里有一丝淡淡的慵懒之色，夹带微弱的侵略性和不容置疑的意味。

对上他的目光，她定住了几秒。

或许是因为他单穿着黑色卫衣，露出一截白皙的脖子，成熟的男人气息中有几分未退干净的少年感，让许萦为数不多的高中记忆蹿到了脑海里。

她见过他。

上一次见面，还是在她高一那年期末的年级换位考试，两个人有幸做了一天的同桌。

不过印象不深，她只是记得有这样一个人。

她能记住他的原因很俗：他长得很帅。

学生时代交换同桌就类似于开盲盒，虽然只是一天，大家也希望能开到绝版。

他，就是她开到的绝版盲盒。

他的长相带给她很大的惊喜感。

"阿紫，这是徐学长——徐砚程。"走到座位边后，肖芊薏热情地介绍了男人。

原来他叫徐砚程。

十年后，她才知道他的名字，不禁多默念了一遍。

这不是徐砚程第二次见许紫。

在这家店遇见过她几次，他猜她应该很喜欢吃火锅。

他最近一次见她是上个月，也是在这家店，她一个人吃了顿火锅，没有一个人出门用餐的不自在感，反而吃得很开心，看得出她心情不错。

徐砚程悄然地打量她一眼。

许紫长相不是一眼就令人惊艳的类型，但她骨相很美，让她的五官看起来精致漂亮，不细看的人不会发现她的眼睛底下有一颗很淡的浅棕色泪痣，美眸柔和，和她恬静的性子一样。

徐砚程压下心底微微漾起的情绪，和十年前第一次见她时一样。

这个感觉就像——

他终于在一个天晴的深夜拨开云雾站在她面前，窥见了期待已久的美丽群星，眼前五光十色。

许紫颔首和徐砚程打招呼，轻声说："你好，许紫。"

"徐砚程。"他起身，淡笑着回道。

起先徐砚程是坐着，站起来后，许紫目光随着他的脸往上移，变成了仰视。

他很高，和她记忆中的少年不一样，身子颀长挺拔，浑身散发着成熟男人的气息。

这是以前她没有的概念，因为那时上午和下午到考场他都是坐着的。

徐砚程的声音听起来令人很舒服，他声音偏低哑，沙粒感明显。许萦觉得要是他唱粤语歌，嗓音可以让他自带深情效果，不用那句"我钟意你"，就已经让人沦陷。

她不太敢去看一个人的眼睛，因为害怕对方也看着她，然后会去揣摩她的心理活动。

而此刻，她对上了他的目光，莫名其妙地想探知些什么。

他也看着她，神情淡然慵懒。

他那双深沉的眼睛太会注视人，眼神介于温情和冷漠之间。她想到了《傲慢与偏见》里的达西，不说话，只是望着你，你就以为自己是他最爱的情人。

如果再把相亲和换座考试做比喻，她相亲遇到的人里，徐砚程依旧是那个绝版盲盒。

肖芊薏的目光在两个人身上飘啊飘，明明当事人没有任何反应，她莫名其妙地替他们尴尬。

她在心里吐槽了一句：相亲真的太可恶了。

许萦敛起思绪坐了下来。肖芊薏犹豫了一下，跟着入座。

原本让他们碰面之后，她就该溜之大吉，但看着眼下这氛围，又不忍心丢下许萦一个人。

三个人坐下来后，点菜的平板电脑最后被传到了许萦手上。

她错愕了一会儿，接下了点餐的重任。

幸好他们吃的是火锅，不用顾忌太多，许萦点了自己和肖芊薏都爱吃的菜，加入菜单前会礼貌地询问徐砚程。他全都没意见，不挑食。

"今天用餐点我们新推出的香菇牛肚锅底是免费的，要不要尝试一下？"服务员微笑着询问。

许萦犹豫了。她不吃香菇，不太受得住那个味道，但不擅长拒绝，所以不知道如何开口是好。

"不用了，我们有人不吃香菇。"徐砚程先开口拒绝了。

有人替她说了没说出口的话。

许萦不自觉地看过去，目光在半空中和他的目光相触，又忙垂下眼眸，心跳快了一点儿。

"啊？不吃吗？徐学长你不吃？"肖芊薏问——她是吃的。

"我不挑食。"他回答。

那就是——

"你不吃？"肖芊薏转头惊讶地问。

许萦不习惯被过度关注，硬着头皮点了点头。

肖芊薏想说点儿什么，却一个字都没说出来，就……感觉说不出的奇怪。

同样感觉奇怪的还有许萦。

徐砚程怎么知道她不爱吃香菇？就连她母亲都常忘记这点，炖汤特别爱放香菇，将汤端上桌时还要补一句："是你爱吃的。"

起先她还纠正，后来懒得说了。有些话听的人不放在心上，她说再多也没用。

一个陌生的男人却知道她的喜好。

她不好意思追问。不管他的答案是哪个，她都难接话。

她就……当这是一个巧合吧。

下单后，服务员一走，桌边又只剩下他们三个了，氛围变得奇怪起来。

肖芊薏后悔了。

相亲局她留下来干什么？她感觉自己像个电灯泡。

她马上悄悄地在手机上给唐知柏发去消息，让他在十秒内拨通她的电话，不然今晚他就睡家门口。

刚准备去手术室的唐知柏不知道老婆又在搞什么鬼，按照她的吩咐，拨了电话。

肖芊薏在手机振动的那一秒，内心已经在放鞭炮了，接通电话将手机放到耳边后，不等对面的人出声，连忙说："老公，你说什么？你说黄豆要去医院复查啊？没问题，没问题，我现在就回去。"

挂了电话，她表情为难地看向许萦。

许萦早在肖芊薏开口说第一个字的时候就知道她要做什么——

她要当逃兵了。

许萦抿唇后说："去吧，我下次给它带礼物。"

肖芊薏口中的"黄豆"是她大学毕业那年领养的一条哈士奇。

"没问题。"肖芊薏拿起包包，笑容真诚，转头对徐砚程说："阿萦刚下飞机，没有代步工具，等会儿麻烦徐学长送她回家。"

徐砚程礼貌地颔首微笑，没有立马答应下来。

急着走的肖芊薏只当他是答应了，扬长而去。

这下只剩下他们两个人了。

许萦不是第一次相亲，每年回家过年总被要求去相几场，刚开始她还很抵触，后来自我安慰说就当是去吃饭，但心里的压力一点儿没减少，因为和她相亲的男人总有无数奇怪的问题。

问工资都已经是正常的情况，有一次她碰到一个人，上来就说以后要生三个孩子，两个跟他姓，一个可以跟她姓，但是名字里要带着他的姓。那顿饭的茶水她都没喝，直接起身走了。

"需要帮忙调蘸料吗？"徐砚程问她。

许萦的大脑正陷在糟糕的相亲回忆中，他说出口的第一个问题很友好，她还不太适应这个氛围。

"我自己来就行。"她起身自己去弄。

徐砚程就跟在她身后，保持礼貌的社交距离，没有任何冒犯言行。

坐下来后，他也没有像她以前遇到的那些奇葩相亲对象一样，对她开展连环夺命式的追问，而是给她递了防脏围裙，找服务员要了头绳给她。

他正给她倒水，她无意地瞥了一眼，发现了一件事——

他的手很好看。

她上过一段时间的美术班，老师会请形形色色的人给他们做模特。

画手的那天来的是个男人，许萦一面端量，一面在心里感叹：这是自己见过的最好看的手。

而现在，她以前的想法全部被推翻。

徐砚程的手比那个模特的手好看上万倍。

徐砚程的手五指修长，骨节大而凸出，他那手指和指节的比例说不出地绝，桡骨和腕骨紧绷着，性感得过分。他的皮肤偏白，青色脉络蛰伏在皮肤下，当他握刀时，血液里隐藏着的野蛮力量随时可能爆发，显得禁欲又温文。

"你很着急结婚吗？"许萦问了心底的疑问。

其实……她有顾虑。

像徐砚程这样的条件，国外名牌大学毕业，家庭条件好，人长得帅气，他不可能需要到相亲解决人生大事的地步。怕是他去医院第一天，哪个科的护士长打听到他单身，都要热情地给他安排几场相亲，他怎么可能落单？

如果29岁的他连个对象都没有，她很难不怀疑他有什么不方便告知的事。

徐砚程的目光在她的脸上轻描淡写地扫过，他轻笑着说："看对象。"

而许萦误会了他话里的意思，了然地点了点头。

他没结婚是因为在挑人选，毕竟自身有这个条件去挑。

"你呢？"他把问题抛了回来。

徐砚程给她的印象很好，但她不喜欢拖泥带水，直白地回答："暂时没想法。"

说完她看着他，不见他生气。

他帅气的脸上是柔和的笑容，说："能理解。"

这个问题结束，相亲也有了结果，后来的问题都很简单，两个人没聊任何个人问题，就聊菜品和这些年城市的变化，气氛不热烈，一问一答间有几秒的时间间隔。

许萦觉得这才是正常相亲该吃的饭，哪有两个人一见面就查对方的户口的？

临走前他们没有交换任何联系方式。

得知饭钱肖芊薏走的时候结了，许萦更加能肯定肖芊薏是心虚了。

徐砚程问用不用送她，许萦拒绝了。

两个人就在电梯处分别，她在一层下，徐砚程在负一层下。

"许小姐。"他叫住她。

许萦站在电梯门外回了身。

他从大衣兜里抽出手，摁下了开门键。

不知道是不是错觉，她感觉徐砚程在犹豫。

"回江都还走吗？"

这是今天他问的第一个隐私问题。

许萦迟疑片刻后，回了他："暂时不走了。"

她的手机来电铃声打断了两个人的对话，许萦说了句"不好意思"，接通电话后从商场大门离开。

徐砚程放下手，涩然地笑了笑。

他还是没勇气问出心底那句"下次还可以约你吗？"，知道她不喜欢被不熟悉的人过问隐私问题。

他以为今天和她吃顿饭关系能前进一大步，但最后又退回了原地。

电梯门合上，他心想：下次见她会是什么时候？

他们会有下次见面的机会吗？

许萦刚进家门，沈长伽立马抓着她问："怎么样了？"

她还没换鞋子，就被堵在玄关处，只能无奈地摊手："就这样。"

沈长伽不悦，轻轻推搡她，嗔怪道："什么叫'就这样'？！"

她看闺女的表情，相亲一定没成。

"相亲没相上不是正常的事吗？"许萦弯腰取下鞋子，神色平静地说，"倒是妈，您让我一下飞机就去相亲，我就这么愁嫁？"

沈长伽不爱听这话："我愁行了吧？我愁死了！全单位、全街坊就我女儿26岁还单身，我怎么能不愁？"

许萦刚想回话，看到客厅探出一个小脑袋，认出那是二姨的小儿子——乔震轩。

乔震轩是二胎政策放开后二姨要的孩子。她和乔震轩虽是同辈，但差了22岁。

二姨一家忙生意，常将孩子送到他们家，她在这里看到他也正常。

乔震轩没叫她，许萦也没主动叫他。

耳边还是沈长伽的念叨声，她分不出心想别的事情。

许萦也不懂父母一天在外都在攀比什么，怎么一个个回到家就着急催孩子结婚？

她说："您愁什么？我就算30岁没结婚，也不影响您在社区广场舞领队的位置吧？"

"许萦！"沈长伽被气到，拍了拍胸口，深吸一口气，"你就不能跟你妈说点儿好听的话？我不求你马上结婚，你起码得有个发展对象吧？你一个都没有，以后身边的人都成家立业了，自己一个人怎么办？别看现在芊薏还和你玩，等明年、后年有孩子了，全身心就会扑在家庭上——你孤零零的，多可怜？"

许萦服了沈长伽的设想，怕回家第一天就和她吵起来，没接话，拖着玄关处的行李箱去往房间。路过客厅看到用手机看新闻的父亲，她叫了一声"爸"。她爸"嗯"了一声，笑着说句"回来了"，然后继续专心看手机。

追进门的沈长伽气得不行，瞧见丈夫置身事外的态度，气恼地说："你怎么不说两句？"

许质抬了抬老花镜："说什么？"

沈长伽叉着腰："你们爷儿俩就是来气我的。"

她冲着许萦的房间故意喊："不上心就算了，又不是我孤家寡人，关心两句还摆脸色了，就你这个态度，活该——"

"好了！"许质厉声打断沈长伽的话。

沈长伽平时在家里嚣张，面对严肃的丈夫心底还是有点儿怵。

许质的声音柔和下来，似乎刚刚板着脸的男人不是他。

"她刚到家，你少说两句。"

沈长伽好面子，被丈夫呵斥后转身进了厨房，碎碎念道："孩子都是被你宠坏的。知道你就一个女儿，巴巴儿地疼着。"

许萦早把爸妈的对话听得一清二楚，靠在门上叹了一口气。

爱念叨的母亲和沉默的父亲，她家和很多家庭一样，母亲喜欢责骂孩子，说的话隐隐刺人，张口闭口是为她好，而言语间都在贬低她的存在价值。

这也是她当初不管不顾要去外面念大学的原因。

她刚坐下，电话响了起来。她接通将手机放到耳边："怎么了栀子？"

楚栀才看到许萦在微信给她的留言："不好意思啊，我刚出手术室。你怎么突然决定回江都了？"

"我也不知道。"

"还回京北吗？"

"不回了。"

楚栀沉默了几秒，尊重许萦的选择："过年回去找你玩。"

许萦开玩笑说："也就我们能玩一块儿了。"

身边没结婚还同龄的，就她们俩了。

怪不得高中她们做了三年的同桌，原来缘分在这儿。

"许萦你过分了啊，损人不利己的话少说，说也行，别拖我下水啊。"

听筒里传来楚栀嗔怪的笑声，灵动悦耳，许萦被她影响到，郁闷的心情好了许多。

"栀子，你认识徐砚程吗？"许萦想起了相亲的事情。

一场平淡如水的相亲活动，许萦却觉得徐砚程给她的感觉比以往任何一个相亲对象给她的感觉都要好。

楚栀惊讶地轻呼了一声："你不懂？"

许萦揉了揉鼻子："我应该懂？他……高中时期是风云人物？"

"你应该懂啊。"楚栀补充回答后面的问题，"风云人物肯定是，他以全市第一名的成绩进了我们一中。高中三年，大大小小的考试他都是第一名，怎么……不算呢？"

许萦："……"

她忽然想问问自己高中都在干什么，为什么第一次听到关于徐砚程的

"伟大事迹"。

"我给忘了，你高中只顾着睡觉去了，课间就趴在桌子上过的。"楚栀自个儿给许萦找了理由。

高中爱睡觉这事不赖许萦。

世界上有些人像有用不完的精力，一天睡四个小时就好，也有些人每天需要十个小时以上的睡眠时间。

许萦是后者。

再加上高中学习任务繁重，她不睡够，一个字都看不进去，所以有限的空闲时间里都在睡觉。

"不说这个，你忘了高一的事情了？"楚栀拿着饭卡从科室走去餐厅，和许萦闲聊着。

许萦："什……什么事情？"

楚栀就懂她不知道。

"高一下学期有一次我迟到了，被抓纪律的老师逮到了。他说的话特别难听，说我们家境好的学生就是仗着这点儿资本不把校规放在眼里。你从清洁区打扫卫生刚回来，听不下去，上前反驳了老师。"

许萦想起这件事了。

当时她纯属听不下去那个老师说的话。

和沈长伽责骂她时一样，不是什么大事，说过就好，那位老师偏要借题发挥，把他们从头到尾贬得一文不值。

"当时迟到的人还有徐砚程。

"我家和他家在一个小区里，前一晚下大雨，我们小区排水系统出了问题，大家忙着'抗洪'去了。

"那天回家程哥还和我说你很厉害，像我们俩的救世主一样出现。"

虽然"救世主"最后也一块儿被教育了。

那年下特大暴雨，有些地方被淹了，这事许萦有印象。

她拍了拍脑袋。她当时是用鼻孔看人的吗？

她怎么没发现楚栀旁边还有一个大活人？

许萦抓住了要点，问她："邻居？"

电话远远地传来楚栀喊了句"要两份辣子鸡"，接着她的声音恢复正常："嗯，他高中之后一直在国外，我们很久才见一次。你怎么突然问起他？"

许萦没说相亲的事情："芊薏和我提了一下，我就好奇地问了。"

楚栀被带偏："过年我回去找你们俩玩。"

"行，你晚上不是还要值班？不聊了。"许萦看了一眼时间，记得楚栀要值班。

挂了电话，许萦去洗漱，打算直接一觉睡到天亮，不然二姨登门之后，家里会热闹过头。

但她打算归打算，凌晨两点，沈长伽着急地敲她的房门，说小孩发烧了，要她送小孩去医院。

许萦起身套了件外套，听到一阵雷鸣声，胡乱扎起头发，打开门问："怎么回事？"

沈长伽着急得不行："昨天去幼儿园接他，老师说他偷玩水，全身湿了，我见衣服换了干净的，就没当回事。"

一月的南方比冬天还要冷，小孩被淋湿没及时洗个热水澡，很容易生病。

"我爸呢？"许萦问。

"派出所里有急事，要他拿主意——他十分钟前刚走。"沈长伽也是送走丈夫后，想去看孩子有没有踢被子，结果手刚一摸，被烫到，才意识到孩子发烧了。

许萦让沈长伽去拿孩子的证件，顺手把自己的证件带上了，背着孩子去地下停车场取车。

徐砚程从购物中心出来后直接去了岳泽包的场。

他推门走了进去。

岳泽手里掂着台球杆，嘴里咬着烟，看到他笑得眯起眼睛："哟，稀客啊！今天休息你舍得出门了？"

徐砚程冷不丁地瞟了他一眼。

作为徐砚程的情绪雷达，岳泽品出不简单了，撑着台球桌沿："程哥，碰到事了？"

坐在不远处的卡座里喝酒的吴杰棣闻声举杯，红色的液体撞到酒杯壁，洇出粉色痕迹："谁敢惹程哥，眼睛长到头顶了？"

岳泽抱着手笑了笑，说："温文尔雅的医生一枚，谁不敢惹？"

徐砚程从搁置在桌角的烟盒里拿出一根烟，含住烟嘴儿，护着打火机点燃烟，吐完烟，沉声说："少嘴贱。"

"就他会装。"岳泽看着男人吞云吐雾，悄声和吴杰棣吐槽。

徐砚程在外人面前是博识的徐医生，老老少少谁都喜欢他喜欢得紧，和他走得近的几个兄弟早看清徐砚程骨子里那一点儿斯文败类的潜质。

吴杰棣心里认同岳泽的话，但嘴巴可严实了，一个字也没蹦。

下一秒，徐砚程漫不经心的声音传来："打一局。"他接着点名，"岳泽。"

岳泽："……"

虐菜也别挑他啊，这么多个"菜"，徐砚程老吃他一个不腻吗？

连输四局后，岳泽举手投降，惨兮兮地说："程哥，我嘴贱行了不？别找我打了，你找吴杰棣不行吗？"

隔岸观火的吴杰棣快速撇清关系："我没钱哪。我老婆管得严，我不打。"

岳泽怪自己，是他自找没趣，说打球不押点儿玩意儿，没意思。

从那儿之后，他就跟白给一样，好东西都进了徐砚程的口袋。

见没人继续，徐砚程放下球杆，从烟盒里拿了第二根烟，坐到沙发里。

两个人对视了一眼。

看来徐砚程这是真的碰上事了。

徐砚程因为要拿刀，给自己定了规矩，烟酒都是几乎不碰的，可这才一会儿，就点了第二根烟。他上一次这么抽烟还是在写博士论文的时候用来提神醒脑的。

岳泽："程哥，酒店那边我给经理说了，你就住着好了。"

徐砚程去年下半年刚回国，一直住的是岳泽名下的酒店。明明家就在江都，搞不懂他为什么要住酒店，岳泽也不敢问，怕被迫再打一局球。

吴杰棣："程哥你是没看好房？最近有个高档小区刚开盘，帮你弄一套？"

徐砚程淡淡地拒绝："不用了，先住酒店。"

经过刚才的饭局，女人的意思很明显了，他也不急着找个地方定下来。

他们有问题也不敢问，以为又是家里的事烦到他。有钱人家里头弯弯绕绕的破事也多，家境相当的他们深有体会。

两个人就一直闷头喝酒，顺便把阴郁沉闷的徐砚程的那份也给喝了。

徐砚程的脑子里一直盘旋着在商场想到的那个问题。

他在任何时候都能见许萦——就像这些年，在过年期间或者在暑假回江都一趟，他去她常去的火锅店或画展，一定能碰上她。

但，他真的和她面对面交谈的概率不及万分之零点一。

他抽完最后一口烟，拿过大衣往门外走去。

"程哥，你又去哪儿？"岳泽问。

徐砚程不习惯身上有其他过重的味道，语气寡淡地回道："酒店。"

门合上，憋着大气不敢喘的岳泽指着门板，"啧啧"说："你看看，你看看，像话吗？今早我在酒店碰见他，他还跟春风一样和煦。我心想怪不得医院上到院长下到扫地工阿姨都喜欢他，人间温柔徐医生哪！一个下午不知道他干什么去了，回来跟丢了魂似的。"

"怎么感觉似曾相识？"吴杰棣摇着红酒杯说。

岳泽："卖什么关子？"

吴杰棣看了他一眼："上次你失恋也这个样子。"

岳泽："你不会说话就闭嘴。"

骂完吴杰棣，岳泽闷了一大口酒。

"就他还会失恋？要不是知道他钻研学术不屑谈恋爱，单身29年，我还以为他是出家人呢。"岳泽手搭在沙发上，痞里痞气地吐槽。

吴杰棣知道那句失恋踩到了岳泽的尾巴，不再出声搭话。

岳泽又问："不会真的失恋了吧？他有对象吗？还是他看上谁了？"

吴杰棣无奈地说："我哪里懂？我懂刚刚就去给他捶背拍马屁说好话了。"

岳泽无视不靠谱的狗友，感觉徐砚程就是有事情瞒着他们。

等哪天他一定会抓住徐砚程的马脚。

许萦安顿好孩子和母亲，才拖着疲惫的身子去检验科拿验血单子。

她太阳穴的血管"突突"地跳着，一个小时前在急诊大厅的事情浮现在脑海里。

最近季节变化大，生病的人也多，医院特地给儿童多安排了两个值夜接诊医生，但还是要排队。

孩子高烧39摄氏度，十多分钟不见队伍挪动，沈长伽一直在干着急。

孩子不舒服，路上就开始哭。许萦好不容易哄好孩子，清静不到三分钟，沈长伽来了脾气。

许萦不仅要安抚大人，还要照看孩子。来检查的护士被沈长伽甩脸色，许萦又急着给人解释说好话。

走在安静亮堂的长廊里，她停下了脚步，深深地叹了一口气。

她好累。

不可避免的人情世故让她身心憔悴。

她侧头，看到了转角仪容镜里的自己，糟糕透了。

她一身睡衣外套着一件长款白色羽绒服，脸色苍白没有血色，头发也是胡乱扎的，此刻早乱了，像个……疯婆子。

她拉开发绳，把几缕凌乱的头发顺好，扎了一个丸子头。

许萦穿过长廊，去到半亮的大堂里，听到"淅沥"的雨声，接着声音渐渐大起来。她加快脚步走到门口，闻到扑鼻而来的清透雨水味，意识到下雨了。

她本想着跑去急诊楼，想法才出来，雨一秒变大。

天宛如漏了个大洞，倾盆大雨说来就来。

她出门急，衣服都没换，更没顾到拿伞。

她捏着手里的化验单，双眼变得空洞。

回来之后没碰到一件好事，再不爱把其他事放在心上的她，此刻也被命运捉弄得心里难受，眸子里的光被雨水一点点地浇灭。

"许萦？"有人叫了她的名字。

她身子僵了僵。

脚步声渐近，男人阔步走到她身边，看了一眼外面的雨，又见她手上没伞，便贴心地问："要一起走吗？"

许萦看到了他手里的黑色长柄伞，他的臂弯里还有一件大衣。

她仰着头，望着男人。

他眉目温和，穿着笔挺的毛呢大衣，眼神含着绅士的笑意，就这样看着她。

明明春季还远，她却感觉要化在一场清风里。

鼻间掠过淡淡的清香，她感觉仿佛跌入一场烂漫花田，心跳骤然加快，不可抗拒的情感侵袭向她。

她差一点儿就要被这场大雨淹没，心里的防线正一点点地崩溃。

这时，徐砚程出现了。

她忽然明白当年他评价她时是什么感受。

许萦找不到更准确的形容词，但此刻的他，像救世主一样来到她跟前。

这次她和徐砚程的距离比当年同桌考试还要近，他们的衣衫的布料微微摩擦着。

细碎的声音被雨声掩盖，悄生的暧昧气息也就这样被许萦忽视了。

她缩着脑袋不知道怎么是好。

下午见徐砚程的时候，她不说打扮得多隆重，起码是套裙搭着淑女风格的大衣，化着淡妆。

现在的她，羽绒服里面是珊瑚绒的睡衣，图案还是卡通的，脚上倒是穿了靴子，还有胡乱抓的丸子头、一熬夜就苍白的脸、毫无血色的唇……

伞不大，他微微将其偏向了她。

奈何风太大，雨斜着打过来，许萦下意识地往里躲，撞到了他的胳膊。还没来得及道歉，脚下踩空，她惊慌地轻呼了一声。

徐砚程的注意力一直放在她身上，见状他手疾眼快地搂住了她的腰，把她往怀里带。

许萦被他单手抱起，身体一下悬空。

她的身子紧紧贴着他，感受到男人的臂膀蕴藏的力量，从没有和男人如此亲密过的她变得羞赧无措。

"这里有矮台阶。"

下到平地，他才把她放下来。

许萦低头看了看刚才踩空的地方，再望着他，发现她的双手紧紧拽着他的衣服，赶紧讪讪地松手，窘迫地说："不……不好意思。"

而徐砚程没有马上松开她，绅士地把手搭在她身后，握成拳，没有任何亲昵的意思在里面。

"走吧。"他讲话的嗓音比这冬风有暖意，让她不自觉地想要去靠拢他。

许是近了几分，他身上的味道包裹着她，是一种很淡的清香，不冲鼻，应该是常用的一款洗衣液的味道。

一段路，因为意外踩空让她和昨天下午才正式认识的男人亲昵接触，他无声地照顾着她。

许萦不是喜欢对别人下定义和妄加揣测，就是觉得，徐砚程现在对她的关心不像是医生对病患的关心。

去到急诊楼后，她对他说了"谢谢"。

徐砚程笑着说"没事，举手之劳"。

"小萦你去哪儿了？"沈长伽抱着孩子走出来，心急如焚地问。

许萦上前拦住母亲："妈，您干什么？别带他出来，外头冷。"

沈长伽找不到女儿，慌了神："这里人多，压根没人管我们。"

许萦忍下疲惫感，从母亲怀里把乔震轩抱出来："医生不是看过了吗？让我们在输液室里等着。行了，先进去。"

沈长伽注意到了一直站在旁边的男人。男人出众的容貌让她记起来这是肖芊蕙的母亲给许萦推荐的相亲对象，条件一等一地好，可惜的是女儿没相成。

记起徐砚程是医生，沈长伽拉着许萦说："这……这不是有……"

许萦不想麻烦徐砚程，打断她的话："好了妈，徐医生是心外科的。"

接着她一手抱着孩子，一手拽着母亲进门。

"心外科怎么了？"沈长伽小声嘟囔，"不都是医院的吗？他帮我们找个床位不行？"

"妈！"许萦沉着脸说，"他就是发烧，不需要住院，吊完水回家观察，按照医嘱吃药和复查就行。"

沈长伽："他是孩子，要是出现什么意外，我要怎么和你二姨交代？"

见母亲脸上浮现自责之色，许萦将到嘴边的话忍了许久，才柔和地说："孩子免疫力好，用心照顾几天就好了，您别想太多。"

没来得及和徐砚程道别，许萦带着两个人回到了输液室里。她交代沈长伽不准再带着孩子乱跑，马上就到他们输液了，然后带着化验的单子去找医生，进一步研判孩子的病情。

从儿科问诊室里出来，她犹豫了一下，不知道徐砚程回去了没有，惦记着还没和他正式告别，心里过意不去。

她走向大门，心里琢磨着好友列表里的人谁有徐砚程的联系方式。

肖芊蕙的手机里可能有，但凌晨她早休息了。

最后许萦想到楚栀，点开微信给她发去消息。

许萦刚到大堂，就听到门口救护车的声音停下，跟车的医护人员冲了进来。

前头的男人大喊："医生呢？怎么没有人来接一下？"

许萦看到拉进来的病床上一个穿着白色大衣的医生正给病人做心肺复苏。

应该做了一段时间，医生已经有体力不支的迹象，一直喘着气。

今晚的医院，人格外多。没有人回答男人，病人们都往两旁避开，被床单上一片猩红的血吓到。

病人大面积流血，应该是出车祸了。

倏地，一阵密集的脚步声传来，她循声看去。

徐砚程阔步跑向门口，修长的五指飞快地扣好白大褂，眼神凌厉地扫了一眼四周，戴上口罩对身边跟着他的护士说："先让麻醉医生过来，开3

号手术室。"

护士连忙点头说"好"，转身去传达他的指令。

徐砚程打断不停地在做心肺复苏的医护人员："我来。"

那人仿佛得救，飞快下来。

徐砚程接上，跪在床沿，很快上手，其间不忘问病人的生命体征。

他的出现如定海神针。

医护人员没那么慌张了，旁边的病患也松了一口气。

整个过程徐砚程没有一丝慌乱之色，冷静地处理了这场意外，正如刚才在一片滂沱大雨里为她撑起一把伞那样自如。

许萦站在原地看愣了。

手机里楚栀给她回了消息："程哥的联系方式吗？我不确定他还用不用这个微信，没见他发过动态。"

徐砚程怕是要忙，许萦回到输液室里，正好到乔震轩输液。

孩子生病不舒服，闹情绪地动来动去。来输液的是个实习护士，第一次没扎进去。见乔震轩大哭喊疼，旁边的沈长伽气得眼红。

"我们不要做实习生的练手对象，你们能不能让有经验的护士来啊！"沈长伽喊道。

小护士昨天刚来急诊科实习，被这么一吼，慌得不行。

那边忙得晕头转向的护士长听说出事了，又暂时过不来。

孩子的哭声和沈长伽委屈的抱怨声夹杂在一起，许萦真觉得脑袋要炸了。

孩子因为哭太久，干呕了几下。沈长伽"噌"地站了起来，有种不闹一场这事没法过去的架势。

许萦上前扯开沈长伽："好了，不是什么大事，闹大就能解决问题？"

许萦坐到沈长伽的位置，扶着乔震轩的肩膀，提高音量说："你是要哭到吐还是听我解释？"

乔震轩正难受，听不进劝，摇头抗拒。

许萦把他抱到怀里，对愣在原地的护士说："打吧。"

一听要打针，乔震轩就抗拒地扭动起身子。

许萦冷冷地说："你再动，针就进肉了。"

乔震轩不敢动了，小声抽泣着。

"我……我让我的老师来吧。"小护士有点儿怕了。

许萦温和地说道："没事，再试一次。"

小护士听到最后四个字，感觉鼻头发酸："那……那我再试一次。"

这一次乔震轩很配合，护士两分钟不到就弄好了。

护士长正好过来，想说点儿好话。

许萦淡然说："没事了，你们忙吧，今晚人多，能理解。"

两个人走后，许萦瞥了一眼呆站在一边的沈长伽，对怀里的孩子说："虽然你身体不舒服，但是我还是要说两句。你刚刚的行为是不对的，是在欺负那个护士姐姐。"

乔震轩辩解："我……我没有……"

"你有。"许萦脆生打断他的话，"护士姐姐刚来上班，可能是第一次给人打针。弄疼你了是她不好，但你不能用闹脾气的方式来解决问题。"

许萦换了一个容易让他理解的例子："在幼儿园如果你和小朋友有矛盾了，老师会让你去和小朋友闹一场解决问题？"

"不……不会。"乔震轩吸了吸鼻子，回。

"护士姐姐也不是故意弄疼你的，为什么你不等她道歉给你解释，就闹脾气？你还觉得你对吗？"许萦逻辑清晰地反问。

"我错了。"乔震轩讷讷地答。

许萦："道歉的话应该给护士姐姐说，你和我说没用。"

"那我……"

"打完针再说，现在睡觉。"

许萦抱着他换了一个让他更舒服的姿势，看了他一眼。

乔震轩立马闭上眼睛不敢再说话。

一直观察的沈长伽有点儿吃惊，在他们面前无法无天的小魔王，竟然被许萦三言两语给降住了。

"您先回去吧，吊完水我给您消息。"许萦压低声音对沈长伽说。

沈长伽担心孩子，不舍得走开："我和你一块儿等。"

许萦不想和沈长伽待一块儿，主要是怕沈长伽过于担心孩子，自己吓自己。

许萦："您不回去明天二姨上门没见到人怎么办？您不好好休息，谁替换我？"

沈长伽被说动，犹豫了一下，最终说道："那我先回去。孩子吊完水，我就过来。"

劝走沈长伽后，许萦整个人放松许多，搂着孩子疲惫地靠在沙发里。

放松下来后，许萦回想着徐砚程的样子。

她想着雨中给她打伞和面对紧急情况有条不紊地处理的徐砚程……说

句实话，丢掉今晚糟糕的心情，她心底最深处有一种微妙的情感涌现。

对这样的徐砚程，她谈不上特别心动，但骤升的好感让人难以忽视。

许萦意识到自己的心情，自嘲地笑了笑，心想她这是怎么了？

她还以为自己对所有男人都无动于衷了——她只要在心里明确告诉自己不要动心，就真的不会对异性动心。

对恋爱有几分冷漠的她，却对徐砚程有了些没有成形但一定很过分的想法。

"好一点儿了吗？"

头顶传来一个男声，许萦"唰"地抬起头来，眼神撞进他那双深情的眼眸里，又差一点儿掉落进去。

"你……不是去手术室？"许萦愣愣地说。

徐砚程意识到她说的是什么，解释道："有值班医生负责，我只是帮忙做了心肺复苏。"

接着徐砚程对护士台挥了挥手。

刚刚那个给乔震轩扎针的实习护士小跑了过来。

"刚才空了一张小床，我带您过去。"小护士对许萦说。

许萦快速地看了徐砚程一眼，不好意思地说："不用了，我们很快就好了，床位给别人吧。"

小护士没错过许萦看向徐砚程的眼神，想着许萦应该是误会徐砚程是"走了后门"要来的床位。小护士心里感激许萦替她解围和对她这个新手的信任，站出来解围道："床位刚好轮到你们，孩子这样睡不舒服，后面还有两袋水，还是让他躺着吧。"

许萦半信半疑，怀里睡着的乔震轩动了一下身子，胳膊的麻意一阵一阵传来。

无奈之下，她选择相信小护士的话，就当是运气好，病床轮到了他们。

徐砚程察觉到许萦微弱的情绪变化，主动上前说："我来吧。"

许萦还未答话，徐砚程已经弯腰把孩子从许萦怀里抱了起来。小护士配合地拿过药水，在前面引路。

许萦呆坐了几秒，等胳膊的知觉回来后，拿过包包跟上，去了隔壁屋子的儿童病床。

小护士弄好床后先离开，只剩下许萦和徐砚程面对面站着。

他把帘子拉好，调了床头的灯："你要不要睡一会儿？"

许萦摇头："不，不用了，他的药快完了。"

徐砚程调了一下药滴的速度："全部打完最少需要两个小时。"

面对医生的权威性判断，许萦找不到更好的理由回绝他，转念一想，眼神炯炯地问："你……你不是在值班？"

她指了指急诊大厅的方向。

徐砚程明了，她是在找理由支开他。

见她眼底的乌青痕迹浓重，不忍心看她一个人熬，他坚持了心里的想法："我只是回来取明天手术用的资料，刚才情况危急帮忙做了基础处理，不是值班。"

话到这儿了，似乎没有什么理由再拒绝了，许萦呆呆地点了点头。

她愣愣地开口问："那个人……没事吧？"

她记得他是给人做心肺复苏来着。

徐砚程挑了挑眉，含笑说道："当然没事。"

许萦在脑子里自动补全了这句话——有我在，当然没事。

若是别的人是这个态度，她一定觉得这人王婆卖瓜，自恋得令人发指。

偏偏徐砚程说出这话时不令人讨厌。他学识渊博，有资格也有能力这样说。

身为医生，虽然不能给病人百分百保证一定能顺利完成手术，但一个医生对专业的自信心能给病人带去强大的安全感。

此刻的徐砚程就是如此。

他绝对扎实的专业知识让他有信心把那个人从死神手里拽回来。

许萦敛眸。

男人确实对她产生了致命的吸引力。

他从人格魅力到专业知识都深深地吸引了她。

和他相处久了的人，一定会不自觉地崇拜他。

想归想，许萦快速地抛弃了脑子里乱七八糟的猜想。

一个封闭的空间里，只有她和他面对面，她忽然变得无措起来，磕磕巴巴地说："那……我睡两个小时，两个小时后你叫我起来。"

说完，她望向他。

徐砚程呆了一下，透过眼前的女人清澈明亮的双眸，似乎想到了很久以前的事情——"我睡半个小时，半个小时后你叫我起来。"

十年前语文考试时，她悄悄地凑近他说了这句话。

他当时刚拿到卷子，阅读完作文材料，才写下名字，身旁的女孩叫了他。

他转过头，对上女孩放大的容颜，惊了一下。

女孩脸蛋白净不施粉黛，有着属于 15 岁少女的清新气息，鼻翼微动，眼睫颤了一下，右眼卧蚕上有着一颗极淡的棕色小痣，像泪痣，又不像其他人长在眼角那般妩媚，更像是老天爷因为怜爱，亲吻过这双水灵通透的眼睛后留下的痕迹。总之，它就是说不出地好看，给她恬静的气质加了几分俏皮的感觉。

他想到了学校围墙长出来的白蔷薇，花瓣层层叠叠，花蕊羞羞地垂下，含着雨露，在阳光下闪烁着耀眼的光芒。

教室里的那一幕，他十年来常常梦到——那是心动的迹象。

隔了十年，话变了，说话的人还是梦中他爱慕的女孩。

他笑容渐深，轻声说了"好"。

许萦看不透他眸子里一闪而过的晦涩眼神，趴在病床上埋着头不敢看他。

事后许萦回想起来，觉得她就是睡眠不足造成脑子变笨。明明两个人不算熟，她完全可以客客气气地拒绝他，怎么就答应了？

现在的许萦只觉得困。

特别爱睡觉的她今晚神经已经紧绷到了极限。

在一个特别安心的环境里，还有专业人士在旁边守着，睡意快速席卷而来，她沉沉地睡了过去。

见她熟睡，徐砚程把自己的毛呢大衣盖到了她的身上。

望着她的睡颜，他感觉心窝软软的。

他在她旁边站了好一会儿，回到对面的位置坐下。怕有动静打扰到她，他和护士站的护士打过招呼，亲自动手换了吊水，结束后，针也是他拔的。

两个小时一到，他便走到她旁边，迟疑了一会儿，温柔地拍了拍她的肩膀。

许萦被吓了一跳，迷茫地睁开眼睛，转头看向了拍她的人。

他说："时间到了。"

许萦恍惚之间，某段记忆对接上了。

那场考试，她因为前一晚太紧张没睡着，第二天脑子"嗡嗡"响，像快要炸掉，无法正常运转，开考后便决定先睡三十分钟。

当时没有闹钟，思来想去，她就拜托了邻桌的少年三十分钟后叫她起来写试卷。

那天叫醒她，他说的也是这句话。

她看着他失了神，分不清这是过去还是现在。

当对上他泼墨一般的眼眸后，她才反应过来这是医院，不是高中教室。

同样失神的还有徐砚程。

那一年心底埋下的种子破土生长，他心底有一个声音在叫嚣。

他清楚地知道，现在是个机会，自己不能错过。

他含情脉脉地望着许萦问："许小姐，我……能不能再约你一次？"

他问了昨天在电梯里未问出口的话。

听到他的话，许萦整个人蒙了。

他约她吃饭吗？

他是不是弄反了？

他帮了她，不应该是她请他吃顿饭？

徐砚程没错过她脸上错愕的表情，惴惴不安起来，怕得到一个拒绝的答案。

许萦脑子逐渐清明，明白他这句话是针对昨天相亲的事说的。

可一场干巴巴的相亲活动，他为什么想第二次约她？

她心底疑惑，想开口询问，病床的帘子却在这时被人用蛮力一把扯开。

来人打断了两个人的对话。

"宝宝，你没事吧？"沈长音慌张地跑进来，扑到病床上搂住不知道什么时候已经醒过来的乔震轩，满脸担忧之色。

随后来的还有沈长伽和乔震轩的亲姐姐——许萦的表妹——乔俏雨。

沈长伽心有愧意，头微微垂着。

乔俏雨打量了一圈环境，用手在鼻子旁边扇了扇，走向病床，略带嫌弃地说："这医院消毒水的味道也太浓了。"

许萦把母亲拉到身边，听到乔俏雨说："轩轩前天去姨妈家不是还好好的吗？怎么就感冒了？"

"是我……"沈长伽心疼孩子，觉得孩子生病是她没照顾好。听乔俏雨反问这么一句，沈长伽就赶紧道歉解释。

许萦对乔俏雨的语气很不爽。

一大早赶过来，乔俏雨穿搭精致，浓妆艳抹，不见得是担心急急忙忙跑来的。

许萦冷着脸说："自己在幼儿园偷偷玩水冷到的。"

乔俏雨从小就喜欢和许萦唱反调："孩子冷着了，回来你们不会让他泡个热水澡？"

许萦微微蹙眉，要顶回去，被身旁的沈长伽拉住了。

沈长伽好声好气地说："确实是我马虎了，小轩还小容易染病。"

"妈。"许萦不满她示弱。

沈长伽拍了拍她的胳膊："少说两句，你懂什么？"

许萦是不懂沈长伽为什么要揽责任，明明可以和和气气地揭过这件事，非要弄出一出认错的戏码。

乔俏雨听到这句话，脸色好了许多，抱着手仰着下巴："我们家轩轩身子也没这么弱过，去了姨妈家倒是体质不行了。"

"乔俏雨。"许萦要上前理论，被沈长伽一把拉住。

"小孩贪玩着凉容易生病是体质问题，和他长期的生活习惯有关。最近天气多变，昨天孩子玩水就被冻着了，没有及时洗热水澡和驱寒都会生病，家长应该和幼儿园交涉这个问题。而且偷偷玩水是孩子不对，家长要正确引导孩子。"一直站在许萦身后的徐砚程出声说道。

乔俏雨看向男人，对上他凌厉的眼神，失措了一下，磕巴地问："你……你是谁？"

许萦没想到徐砚程会站出来替她说话，还未来得及介绍，沈长伽作为多年的单位职工，立马明白过来这是怎么回事，笑眯眯地说："这是徐医生。昨晚多亏他帮忙，轩轩才找到床位休息。"

沈长音的注意力一直放在儿子身上，她没管乔俏雨对自己的亲姐姐说的那些咄咄逼人的话，现在一听在场的有市医院的医生，立马望过去，笑说："谢谢徐医生照顾我们家轩轩。"

徐砚程走到许萦身旁："床位是刚好轮到，不算帮忙。说起帮忙，倒是许学妹帮了我不少忙。"

许萦呆呆地望着他。

她帮他什么了？

徐砚程冲她淡淡一笑，望向乔俏雨的方向，笑容少了不少，语气寡淡地说："小孩身体已经好了，这几天多注意休息和饮食，如果病情有反复的迹象要及时到医院就诊。"

听到这声"学妹"，其余人看向许萦。

沈长音听懂了其中的意思。

徐医生站在这里和他们说了这么多话——他们借的都是许萦的光。

"小萦照看轩轩一晚也辛苦了，等会儿你先回家休息。"沈长音说完看向徐砚程："也辛苦徐医生了。"

徐砚程不好再多留。一家人还有话要说，他便告辞后先离开了。

人走后，沈长伽也没管妹妹一家人在场，拉着许萦问："这是……？"

许萦淡淡打断她的话："妈，您别多想。"

再说了，徐砚程帮了她的忙，她不想背后议论他的长短。

沈长伽以为女儿和徐医生有戏，结果女儿还是一副油盐不进的样子，碎碎叨叨起来："我看你就是眼光高！徐医生哪里不好？国外名牌大学的医学博士，市医院特聘回来的副高，这个条件的人你打着灯笼都找不到。你再挑，就等着剩下吧！"

这话许萦没听进去，沈长音倒是听进去了。碍于在人前，沈长音不好意思多说，起了别的话题："小萦，你去一中教书的事情已经定下来了。你条件好，他们直接说要你。那边的人说过两天给你打电话，让你做完入职体检就去报到。"

沈长伽一听到这话就笑得合不拢嘴，满意女儿即将得到的工作，拍着她说："你二姨在其中周旋不少，你还不说声谢谢？"

许萦将唇抿成一条线，心情有些复杂。

这也是一开始她不愿意回江都的原因。家里人总喜欢这样，不问任何她的喜好，把所有的事情定好。

"工作定了，你也该收一收心了。"沈长伽继续语重心长地念叨，"找对象的事，你也上点儿心。你表妹都领结婚证了，你这个做姐姐的……"

"这有什么好比较的？"许萦忍不住反问，"妈也觉得婚姻是要和别人较劲？你也会拿我爸和其他男人比吗？"

许萦的话惊到了三个人。

沈长伽狠狠拍了她的肩膀一下："哎，哎，哎，你这个孩子乱说什么？！"

沈长音理解许萦的心情，终结了这个话题："好了，小萦照顾轩轩辛苦了，先让她回去休息吧。"

许萦也不打算逗留，收拾东西准备离开。

乔俏雨坐到许萦原先的位子上，捏着乔震轩肉肉的小脸，故作心疼地说："姐姐看看，生个病都瘦了，有些人照顾人都还不上心。"

走到床帘旁的许萦转身，直接对乔俏雨说："我们是不会照顾，以后你亲自带就好了。反正你不是也闲在家里吗？"

乔俏雨被她的话说得脸红。

小萝卜头吵得要死，平时和他处在一块儿不到十分钟乔俏雨就受不了，怎么可能照顾他？

而且她爸妈想要儿子来继承他们打拼下来的资产，她对一个小自己20岁的弟弟压根没感情，今天来医院也是听到许萦在这儿，想看看自己的表姐如今混成什么样了。

"你赶紧回去！瞎说什么，一家人非要在外面闹笑话？"沈长伽推着许紫离开。

许萦趔趄两步，差点儿摔倒在地。

两个人走到急诊病房外后，沈长伽语重心长地劝许萦："你和表妹争论什么？你二姨帮了你不少，少说两句家和万事兴。"

许萦想反驳她不需要帮忙，自己有本事找到工作，就是她瞧不上。

许萦知道自己一旦说了这句话，沈长伽不顾脸面也要在这儿和自己吵一架。

"家和是这样的吗？"许萦没忍住，多问了一句。

沈长伽用难以置信的眼神看着她："家不是这样的是怎么样的？你去外面几年长能耐了？瞧不上我们家了对吗？"

"您误会了。"许萦睡眠不足，一大早闹这一出，脑子疼得难受。

"你不满意这个家，就自己长本事嫁出去。"沈长伽转身前轻瞪了她一眼，"以前跑京北念书我就觉得你一点儿都不在乎家人的感受。"

沈长伽的身影消失在门边，许萦脱力般靠上医院泛白的墙。

别人家的家长总希望孩子考得越远越好，在外面开眼界，容易有出息，但她妈不一样。因为她是独生女，她妈总不愿意她走太远，以为她最好一辈子待在他们身边。

许萦可以接受待在江都，但不能接受沈长伽还把她当未成年的孩子管教。

她已经 26 岁了，理应被尊重，而不是在吵架的时候还要听沈长伽丢来一句刺耳的"你不满意这个家，就自己长本事嫁出去"的话。

这种心底生出的无力感比她在京北时还要重。

起码那时候她明白要做什么，靠着自己能生活。

不到 24 小时，许萦想，自己回江都是个错误的选择吧。

她从急诊楼里走了出去。一阵冷风呼啸而过，从脖子往身子里钻，她打了个寒战，顿时睡意全无。

不用看镜子，许萦也知道此刻的自己有多憔悴。

她经过大堂的医院前台处问护士要了一个口罩。护士小姐姐笑着递给她，嘱咐她好好休息。

连外人都看出她的疲惫样子，从头到尾，家里没有任何一个人关心过她。沈长音倒是关心了，那也是看的徐砚程的面子。

说到徐砚程……

她回想到他问的那句话。

他要再一次约她？

她明白他的意思。第一次相亲后，想再约她一次。

许萦没有和任何一个相亲对象再见第二次面的经历。

眼卜这种情况让她不知如何是好。

"徐医生今天有手术吗？"护士笑着望向问诊楼通向大堂的长廊。

许萦随着她转过头，看到了徐砚程。

他换下了常服，穿上了白大褂，里面是深蓝色的刷手服，露出一截脖子。她能看到他骨感明显的锁骨。

他熨烫后的裤子有着轻微的折痕，双腿修长笔直，脚下是为了上手术站立舒适穿的白色洞洞鞋。

徐砚程匆匆抬眸看了一眼，冲护士点了点头，瞥见戴着口罩的女人正看向他。

虽然许萦戴着口罩，但是他还是一眼认出了她。

他望着她的目光柔和许多。

他收回目光，一手拿着病历，搭在胳膊上，快速写下批注，拇指摁下笔帽，把它顺手放到左边胸口的袋子里，和其他颜色的笔并排，工作牌夹在口袋的边沿处。

随后他将病历递给旁边跟着他的实习生："病历写得不够详细，你回头和师兄他们再学习。"

张盛诚惶诚恐地点头："谢谢老师，我一定努力！"

旁边的其他几个实习生跟着凑过来，也加强巩固一下课本上学到的知识。

他们第一天见到带他们的实习老师时，发现他年轻长得又帅，但当医生又不是有脸就行，还想着医院不重视他们，随便找个刚工作的新手医生打发他们，只是有总比没有好，人家能进市医院工作肯定是牛人。

后来他们才知道徐砚程可不是简单的人物。他是国外知名大学的毕业生，市医院挖回国的人才，特聘的副主任医师，还是心外科重症组副组长。

医学生总爱抱着怀疑的态度看问题，当时他们还想着徐砚程的学术就跟他的脸一样，徒有其表。

而当天在手术室里，病人不知是哪处血管破裂，血喷了出来，麻醉医生慌乱地报着一直在下降的生命体征。

血模糊了视野，完全找不到出血口，喷出的血有几滴脏了徐砚程的护目镜，他没有受干扰，冷静地观察，几秒后，伸手淡淡地说："止血钳。"

同样傻愣住的器材护士才反应过来，快速给他递去止血钳。

徐砚程准确地找到了出血口，还是用平静的语调催他们吸引。

视野逐渐变得清晰，接下来他完美得挑不出毛病的缝合技术更是把他们惊到了。

他的动作很快，娴熟的手法大大缩短了手术时间，不然再耽误下去病人的心脏承受不住，会再次出现生命危机。

"你们先去做手术前准备。"徐砚程说完径直走向许萦的方向。

勤学好问的三个大四实习生，顺着老师走去的方向看到一个漂亮的女人，顿时八卦雷达作响。

他们默契地对视了一眼，缓缓挪动到电梯门前。

这边的许萦也不知道怎么回事，忘记收回了落在徐砚程身上的目光，脑子里冒出了一大堆乱七八糟的想法。

如果是在和沈长伽谈话之前，说到结婚，她是暂时没有这个想法的，草草答应下来是对徐砚程不尊重。

而现在，她对结婚有了一点点想法。

"许小姐，回去了？"徐砚程温和地笑问。

面对穿着职业装的徐砚程，许萦心间鼓点变得密集。

一身白大褂和刷手服把他禁欲的气息封在了身上。

她迟钝地点了点头。

"我送你。"徐砚程走向大门。

许萦不好意思："你……不是有手术？"

徐砚程："还在术前准备，不碍事。"

他先走了一步，许萦愣了一下，才快步跟上。

跟着他快走到大门处，许萦叫住了他："就……送到这儿好了。"

本来大白天他也没什么好送的。

"路上注意安全。"他停下，进退得当，没有强求许萦。

许萦望着他深沉的眼睛，方才的念头越来越强烈。

离开前，她犹豫良久，问他："徐医生今晚方便吗？"

徐砚程顿了一下。

"你说再约我一次，还……当真？"

许萦从未这么主动过，说完这句话，心脏跳动狂烈。

徐砚程微讶，但讶异表情也只是一闪而过。他反应迅速地说："可以，我今晚休息。"

应完，他勾唇笑了笑。

回答她的那一秒，他生怕她收回答应的话。

出租车里，许紫感觉暖气让她体温升得更高。

意识过来自己做了什么，她仰头靠在座椅靠背上，长长地叹了一口气。

她也是第一次知道，她的胆子这么大。

口袋里的手机振了振，许紫拿出手机，翻开查看。

微信最下面的通讯录里冒出一个小红点，"新的朋友"有新消息——"XYC请求添加您为好友。"

看到这条消息，她瞬间解读出三个字母缩写是徐砚程。

这也没办法，毕竟她现在脑子里全是和他有关的事情。

添加来源是楚栀的推荐。

许紫没急着通过，退出页面查阅未读消息。

她和楚栀的聊天框跑到了最上面。

楚栀："程哥没换微信，他刚刚找了我。"

楚栀："奇怪，他是来要你的联系方式的，你们……认识？"

两条消息间隔十分钟，还是楚栀昨晚凌晨发的。

许紫回复："有点儿事需要联系，不是什么大事，你不用担心。"

楚栀没多想就回复："这样啊，那你们好好忙，有需要我帮忙的地方，一定记得和我说。"

看到楚栀的回复，许紫不好意思地摩挲了一下鼻尖。

幸好楚栀不在自己面前，不然面对楚栀那双清澈的眼眸，许紫肯定说不出半句假话。

她通过了徐砚程的好友请求。

聊天框弹出来后，她一瞬间不知道说些什么。

徐砚程发了消息过来。

XYC："到家了？"

许紫盯着这三个字，心里莫名其妙地涌出淡淡的暖意。

除了身边几个来往亲密的好友，很少有人主动关心她。

就连这些年在外面，她因为怕被沈长伽念叨，不管生病还是不舒服或者遇到麻烦的事，也从来不会和沈长伽说。

她点开输入法，回复："在半路上，很快就到了。"

随后她补了一句："谢谢关心。"

徐砚程似乎一直在等她回复，很快又发来消息。

XYC："回去好好睡一觉，记得先吃早餐。今天有两台手术，结束了我给你消息。"

看到"早餐"两个字，她也有点儿饿了。

她让师傅在家的小区旁的街道上停车，顺路去买早餐。

许萦含笑着回："嗯，你也注意休息。"

XYC："好。"

一段对话就这样结束了。

许萦翻看着简单的几句话，总觉得他们之间很熟悉，不像才加上联系方式的样子。

许萦收起手机，想着，今天的晚餐应该会挺顺利的。

感觉是不会骗人的，向来不喜欢和刚认识的人多处的她，并不讨厌和徐砚程独处，反而觉得很自在。

而比晚餐先来的是感冒。

感觉……还是会骗人的。

下午六点半起床时，许萦发现睡一觉起来头更晕了。

她扶着墙去到卫生间，洗了脸后看到镜子里脸色苍白的自己，又不想爽约，最后裹上棉衣就准备出门。

许质刚从派出所回来，正在厨房里弄吃的，听到外边的动静，喊她道："小惊，你去哪儿？"

许萦鼻音浓厚，头也不回地说："我今晚约了朋友，不在家用晚餐了。"

许质走到玄关处："感冒了？"

"就鼻塞而已。"许萦一面穿鞋，一面仰头对父亲笑了笑，不让他担心。

"等会儿妈回来您和她说一声，我可能晚一点儿回来。"许萦合上门前交代说。

许质应了"好"，接着走到窗边，几分钟后看到女儿的背影，心底好奇她是和哪位朋友见面。

在他的记忆里，近几年和许萦有来往的就学生时代认识的楚栀和肖芊薏。

楚栀在京北上班，肖芊薏鲜少工作日约许萦，他心想女儿这是认识新朋友了？

许质觉得这样也好，总比她一个人闷着好多了。

许萦打车抵达和徐砚程约好的餐厅，远远就看到他站在门口。他将手插在驼色毛呢大衣的口袋里，里面是白色的衬衣套着内搭的毛衣，温文儒雅又不让人觉得穿搭过于刻板。

发现她从车上下来，徐砚程从口袋里抽出手，阔步走向她，脸上挂着温和的笑容，眼神中透着一种她看不透的坚定之意。

"徐医生，不好意思，我来晚了。"许萦卜车说的第一句话就是道歉。

两个人约的是七点钟，她因为感冒后脑袋昏昏沉沉的，收拾的动作便变得迟缓。

徐砚程听到她的声音，微微蹙眉，垂眸凝视着她："怎么感冒了？"

许萦把对父亲说的话搬了出来："鼻塞而已。"

江都一月的天气冷，妖风呼啸卷过，路上的人恨不得裹棉被，而眼前的女人只穿了一件羽绒服，白皙的脖子露在空气中。她吸着气抵寒，脖子上的筋紧绷着，拉链没弄好，毛衣领口微微敞开。从他的高度他能看到她缩着肩膀，锁骨凸起明显。

她鼻尖透着生理性的粉红颜色，湿漉漉的眼眸望着他，宛如冬雪里被摧残的娇花，摇摇欲坠。

"确定？"徐砚程轻声反问。

智商不够用的许萦才发现自己在做什么傻事。

她竟然和医生说感冒只是简单鼻塞。

许萦惴惴不安地打量了男人一眼。

从昨天认识到现在，她才感觉他和印象中的样子有点儿不一样。

有时候……他说话还挺严肃的，特别是反问她的那句。

"应该是不小心着凉了，加上没休息好才会这样。"许萦老老实实地交代。

徐砚程不忍心看她在寒风里瑟瑟发抖，解下自己的围巾细心地替她围上，挡去寒风从脖子钻进去："你可以和我说一声，感冒需要好好休息，要不然容易病情恶化。"

男人突如其来的举动让许萦愣住了。

柔软的围巾上的淡淡清香和她上次不小心摔到他怀里时闻到的味道一样。

她连拒绝的话都忘记说了，呼吸间全是他的味道。

"我……觉得爽约很不好，而且是我约的你。"许萦把半张脸埋在围巾里，小眼神在他俊朗的脸上一扫而过。

她还是不敢看他的眼睛，生怕再也移不开目光。

徐砚程轻笑："可以约下一次。"

他整好围巾，想要替她整理头发，手顿了顿，最后说："你的头发乱了。"

许萦赶紧自己用手随便拢了拢，垂下目光："谢……谢。"

"吃东西吧，吃完我送你回家。"徐砚程把手放回口袋里，先走了一步，回过半个身子叫她。

许萦快步跟上。

这次晚餐和上次一样，他们之间的话题很轻松，没有令人难以接上的隐私话题。

用完晚餐，徐砚程开车送她。

许萦坐上了他的副驾驶座位。纵然是她这种不懂车的人，看了一眼车的内部结构也知道这辆车不便宜。

等他坐进驾驶座，许萦下意识地问出口："你们医生收入很高吗？"

问完，她就觉得唐突到他了。毕竟在相亲局上，她很不喜欢别人问这些问题，现在竟成为了自己曾经讨厌的人。

徐砚程没多想，回复："不多不少，小康水准。"

当然，她单问工作收入确实是这样，要是问其他资产那就另说了。

"不好意思……"许萦抱歉地笑了笑。

徐砚程为了让她不这么拘谨，问了她一个隐私问题："你的工作在江都定下来了吗？"

"定了，在江都一中当美术老师。"许萦看着旁边闪过的路景回道。

听到这话，徐砚程握着方向盘的力度紧了紧："你本科学的美术？"

许萦苦笑了一下："不是，我学室内设计的。建筑设计类的专业就业前景都不是特别好吧，我学的也是皮毛，目前的工作也不错。"

说到最后，许萦都觉得自欺欺人了。

一直不聊隐私话题的他们，才几分钟就问了彼此好几个问题了。

许萦看着导航上的红标离目的地越来越近。

徐砚程没有回答她的上一个问题——她想问他为什么想约她第二次。

但此刻，她倏地问不出口了。

徐砚程人挺好的，但不适合她，就算她现在有了结婚的想法也不适合。

不为什么，因为他人好，她……挺不好的。等哪天他深入了解她一点点，就会发现她这人 26 岁了，还是一无是处，心态消极又丧气。

车停在了她家小区门口。

"你等我一下。"徐砚程解开安全带，合上车门前又说了一次，"十分钟就好。"

许萦不知道他要做什么，挣扎片刻，最后乖乖地坐在位子上等他。

十分钟过去，副驾驶座的门被拉开，他骨节分明的手搭在车门边沿上，泛白的指节犹如精美的艺术雕刻品。

许萦仰头看向他。

路边的灯光柔和地洒在他身上，晕染着一层温柔的清辉。

她紧张地抿住了唇。

"这是感冒药，里面有张便笺，服用的剂量我都写清楚了。你记得按时服药，多喝热水多休息，最晚一周感冒就能好了。"徐砚程弯下腰来同她说话，把手里的袋子递给了她。

许萦盯着袋子上的字。

这个药房就在她家小区旁边，原来他刚刚去那儿了。

"谢谢。"许萦收下药，"回头我把药钱转给你。"

徐砚程轻轻摇头："不用，小感冒没什么名贵的药，就是简单的药剂。"

许萦看着手里小小的袋子，心想也是。

可能都不到二十块钱，她这个都算得一清二楚，反而显得自己小气。

"那我先回去了。"许萦说完，伸手要把脖子上的围巾摘下来。

徐砚程摁住她的手腕："这里到单元楼有些距离，你戴好，别着凉了。"

今晚一直被照顾的许萦痴痴地仰望着他。

小时候她爸妈工作太忙，每次听到她生病，她母亲脸上总是浮现不耐烦的表情，说自己很厌烦听到她生病的消息，因为知道她生病总是会担心她，怕她有意外。

当时她就想，母亲担心她不应该是心疼吗？为什么母亲会用厌恶的表情说出关心的话？

这样的关心对她来说，并不是关心，反而让她心慌。

所以每次她有小病总爱一个人藏着，不想让母亲知道，害怕看到母亲板着脸说一些让她心寒的话。

但今天她在徐砚程身上看到了担心一个人生病是什么样子。

明明是很正常的表情，她却有种月光竟然也会照在她身上的不可思议的感觉。

"徐砚程你……为什么要约我第二次？"许萦眼神深了深，把困扰着她的问题问了出来。

原先不敢问是怕承受不起他的答案，而现在，不管是哪个答案，她都想知道。

第二章
第二次约会

为什么要约许萦第二次这个问题，徐砚程也问过自己。

回国后，他以为年少执着的感情会淡掉，去年年底又一次见到她，依旧是遥不可及的距离，那种感觉就像处在可知宇宙和不可知宇宙之间。

若是能认识她，那他就在可知宇宙里，可能被她看到。但是，他根本没有一个机会去认识她。他活在不可知宇宙里的这十年发生的所有事情都指向一个事实——

这一场暗恋注定无疾而终。

他的青春也该翻页了。

然而在唐知柏开玩笑地说起要给妻子的朋友介绍相亲对象，知道那个相亲对象就是许萦的时候，他从深渊里站到了可知宇宙的边际，心底生出了期待之情。

他也深刻地明白——

他的青春关于许萦的这一页翻不过去了。

徐砚程压下所有的心绪，温和地望着眼前的女人，选了一个不会让她觉得这份感情过于沉重的答案。

徐砚程："我们很适合。"

许萦眨了眨眼："适合？"

她人生中第一次听到她和某人很适合。以往大家了解她后，都是要说她会孤独终老的。

"嗯，如果要选一个人结婚，我希望那个人是许小姐。"徐砚程颔首笑着说。

许萦听完这句话，脑子发蒙，脸热得厉害。

她低下头，将脸往围巾里埋了埋。

"我……你……"许萦眼神乱飘，大脑一片空白，怕自己给的答案让他不开心。

徐砚程打断她的话："许小姐不用着急回答我，天色不早了，早点儿回去休息。"

他站直身子，把门拉开，伸手挡在车门顶处，不让她被磕碰到。

许萦望了一下他的掌心。

她又一次被他无声地照顾到。

她下车对徐砚程认真地鞠了一躬："谢谢你，我……先回去了。"

接着她转身跑向小区单元楼。

再不走，许萦真的不知道该怎么面对徐砚程。

许萦回到家时，沈长伽和许质正在客厅里看电视。

"小惊回来了？"许质看向她问。

许萦鼻音还很浓，不敢说话，点了点头，进了房间。

因为医院的事情，沈长伽还在气头上，看许萦眼睛不是眼睛，鼻子不是鼻子，找到机会就开始碎碎念，和丈夫吐槽在急诊室时许萦说的话。

"都26岁了，说话一点儿都不过大脑，像个长不大的孩子。"沈长伽看了一眼许萦紧闭的房门，提高音量，"别人26岁都结婚生孩子了，她连个对象都没有！我说两句她还不开心了……"

"行了，你少说她两句。"许质打断她的话，"她昨天刚回来你就说个不停。我数落你两天，你能开心？"

"你哪边的啊？我不是为了她好？"沈长伽不服气地说。

许质不想和妻子吵架，没接话。

沈长伽瞋他一眼："知道你把女儿当宝贝疙瘩一样，我一说她，你就不乐意。"

许质："好了，小惊都这么大了，有自己的想法。"

听了这句话，沈长伽更来气，指着许萦的房门说："她就是太有主意了！芊蕙妈介绍的相亲对象她都瞧不上，也不知道这孩子的心气怎么这么高了！人家徐医生是市医院副高，国外知名大学毕业，哪里不好了？"

沈长伽这两天睡觉心里都惦记这件事。她搞不懂许萦怎么就相不中呢？芊薏妈那边说男方很满意许萦来着。

"我们家小惊条件也不差，他是副高怎么了？男人不能单看这些，他愿意对小惊好才是最重要的。"许质不乐意听妻子贬低女儿。

沈长伽睨了许质一眼："我说老头儿，你不是挺沉默寡言的吗？一说点儿你女儿的不是，你就听不得了。"

客厅的拌嘴一直在继续，屋里的许萦听得没劲。

这么多年以来，她虽然习惯了，但听着也烦。

手机铃声响起，她以为是好友打来的电话，接完电话只感觉头昏脑涨。

半个月前她和京北的房东说了退租的事情，最后的两个月就不租了。因为她反悔在先，所以只想要回房租，押金就不要了。房东听完不乐意了，说她是突然退租，没有给他们那边找下一个租客的时间，要求她要么找个租客顶她，要么房租不退。

她的东西还在出租屋里，打包好没有寄回来，她打算明天去一趟京北把所有的事情处理完。

决定好后，许萦洗漱完按照徐砚程写的处方把药吃了，然后去睡一觉。

但是最近经历的事情太多，就算不舒服也睡不着，她躺在床上拿着那张便利贴，盯着上面写得端方的字发呆。

都说医生写病历开药，简写也只有专业人士才能看懂。她看得出，徐砚程给她写便利贴的时候，在字和字之间极力克制着自己不去连笔。

许萦把便利贴收到柜子里，拿出手机给肖芊薏回消息。

上一条消息是肖芊薏问她周末要不要出门玩。

许萦："明天回京北，不知道什么时候回来，回头再约。"

肖芊薏紧张分分地问："怎么了？怎么又回京北？你不是说在江都定下来了吗？你是不是反悔了，选栀子不选我？"

许萦："哪有选不选的，你想什么？"

肖芊薏委屈地抱怨："本来就是，其实我看得出你不想回江都的。算了，不回来也好，我见你回来之后心情就没好过。"

许萦默默地放下手机。

她确实不想回江都，一直想要逃离，不想听亲戚的碎碎念和所谓的"人生指导"。

许萦："你说……不回来真的可以？"

肖芊薏："反正你做什么决定我都支持你。"

许萦："我只是找不到回来的理由。"

其实她回不回来都一样，一样糟糕。只是两种糟糕状态对比下，她想要新生活却不敢轻易去尝试，所以才想着要不还是退回原地好了。

许萦打住脑子里生出的悲观想法，结束话题："不说了，我先把租房的事情处理好，后面再聊。"

这边的肖芊薏丢开手机，哀怨地吼了一嗓子："她怎么就找不到回来的理由呢？我就不能是她回来的理由吗？"

说完她发现没有人搭理她，踢了一下正在看论文资料的唐知柏："你说，是不是？"

唐知柏正忙着准备明天手术的资料，敷衍地点头："是，是，是，老婆你说得是。"

"没诚意的男人。"肖芊薏也不气，挪到他身旁，靠着他说，"你那个学长徐医生怎么就拿不下我们家阿萦？"

唐知柏："婚姻讲缘分，或许他们没缘分。"

"算了，强扭的瓜不甜。"肖芊薏懒得苦恼，赶在十点前去睡美容觉。

许萦起了大早赶飞机，睡了一觉后，身体舒服多了，症状也减轻许多。

她本来打算把所有的东西寄回江都，昨晚和肖芊薏聊了一会儿后，内心动摇了。

或许……她还能再熬一熬，毕竟她的状态应付不来新生活带来的糟糕情况。要不，她还是继续在京北生活算了。

拿不准主意前，许萦思来想去还是麻烦楚栀，把东西存放在她的公寓里，等租房的事情解决好了，再决定回江都还是继续待在京北。

许萦给楚栀打去电话，约她中午一块儿在市医院附近吃饭。

京北的冬天干燥，许萦站在医院门口呼吸了几口空气，鼻子痒得难受，好在它的冷不是江都那种打着寒战都抵御不了的冷。

"阿萦！"楚栀叫了她一声。

许萦回身看去。

楚栀在原地蹦了几下，开心地挥着手，笑容灿烂阳光。

许萦正想回她，注意到她身后跟了一个男人，是徐砚程。

他怎么在这里？

许萦愣愣地看向他。

楚栀跑到许萦面前，勾着她的胳膊，笑说："你才回去两天，我感觉仿佛过了两个世纪这么久。幸好，你回来了。"楚栀凑近她问，"是不是打算不走了？"

许萦将目光落在她好看的脸上，微微笑道："应该吧，不能太确定。"

楚栀："阿萦，你和我一块儿住吧，我的公寓另一间房子空着。"

许萦不好意思麻烦她，没说拒绝。

徐砚程走到了她们前面。今天他穿着一身黑色的毛呢大衣，里面是同颜色的西装三件套，看样子是来医院办事的。

"今天心外论坛交流会在我们院举办，我下楼的时候碰到程哥，听说是见你，他就跟着一起来了，不介意饭桌上多个人吧？"楚栀问。

"不介意。"许萦向他微微颔首。

徐砚程嗓音轻柔地打招呼："许小姐，你好。"

"你好。"许萦回想到昨天的事，再见他，有几分不好意思。

楚栀没察觉出两个人之间微妙的氛围。怀里的手机振响，她将手机放到耳边接听："急诊会诊吗？车祸？"楚栀神情逐渐变淡，"知道了，我马上到手术室。"

挂了电话，楚栀讪讪地笑着说："不能一起吃午饭了，你们先去吧，今天是我和老师值班，她上手术我要做一助。"

许萦能理解。以前聚餐楚栀不是没有半路跑回医院的经历，许萦早就习惯了。

"程哥，麻烦你照顾阿萦了。"楚栀说。

徐砚程轻轻"嗯"了一声。

楚栀走前拉着许萦的手："住房的事情你不用担心，住我的公寓就好，工作也不用担心，暂时在京北找不到也没事。"

说完楚栀急急地跑向手术室，只留下许萦。

许萦看了徐砚程一眼："徐医生下午还忙？"

楚栀的那番话盘旋在徐砚程的脑海里，他分心地回她："论坛交流会结束了，不忙。"

"你要是不赶时间回江都……我们一块儿吃个饭？"都到这儿了，许萦也不能独自走开。

徐砚程："不赶时间，走吧。"

许萦拿出手机约车，埋头看手机："徐医生如果想尝试本地菜可以试试不远处的一家私房菜。"

在京北，许萦想她比徐砚程熟悉，主动把他当成了客方，给他推荐地方。

"都可以。"徐砚程没有意见。

约完餐馆，许萦滑着手机，想着找点儿事做，两个人干站着也怪尴尬的。

"你是打算回京北吗？"徐砚程问她。

许萦抬头觑他一眼，又埋下头："有想法，不过我还没定下来，后面再说吧。主要是在江都我也不知道留下来能做什么，找不到一个理由去说服自己开启新生活吧。"

她的潜台词就是暂时没精力换一种环境生活。

许萦意识到自己说多了，抱歉地冲他笑了笑，不再说话。

约的车在几百米外，许萦眼尖地看到，往前走了两步。

"许萦。"徐砚程叫了她的名字。

许萦停下。

这是雨夜后，他再一次叫她的全名。

她回身望向他。

"昨晚我说的话，你要不要再考虑一下？"徐砚程问她，努力让自己看起来不是这么急切。

"昨晚的话？"许萦重复了一遍。

他是说……和他结婚的事？

徐砚程定定地看着她："能不能让我成为你留在江都的理由？"

许萦迎着他的目光——他的眼神深沉又温和，柔情暗蕴。

他们身边车流密集，风的声音骤大。

很多年后，她才知道此刻的徐砚程说出这句话前，给自己做了多少工作，内心深处多纠结、多害怕。

而现在，她还是看不懂眼前的男人，只感觉到，这明明是个问句，却觉得他像是给她做了一个承诺——

如果她需要一个理由去开启新生活，那就和他结婚，在江都开启新的生活。

这就是他的理由。

许萦读懂了他话里的意思，没有逃避，看着他说："我今年 26 岁了。"

徐砚程："我 29 岁了。"

许萦的头微微一摇，她不是这个意思。

随后她心酸地笑了笑："我是想说，26 岁的许萦还是一事无成。"

她不优秀，平平庸庸。

说完，许萦看着徐砚程，以为他会迟疑，而他的目光还是和原来一般和煦。

徐砚程把手从口袋里拿出来，端方地站好，说："我想和 26 岁的许萦结婚，并不是和 26 岁功成名就的许萦结婚。"

对徐砚程来说，必需条件是许萦，其他的无关紧要。

许萦为他这番抚慰人心的话而心动，可不希望徐砚程只看到表面的她，不想他因为着急结婚选错人。

许萦："我连份稳定的工作都没有。"

徐砚程接话："你有一技之长，工作迟早会有的。"

许萦："我的收入也不是很高。"

徐砚程："如果你担心家里的开支问题，这个可以交给我。但我想说，收入不能代表你全部的价值。"

收入低不代表这个人就很糟糕，徐砚程觉得许萦身上有很多闪光点，这是金钱无法衡量的。

对面的男人很认真地回答着她提出的问题，许萦陷入沉思之中。

他的每一个答案都在肯定她，他并没有说空话取悦她。许萦发现，一种从未得到过的信任感充盈在她的心间。

她开始相信——

徐砚程是真的就想要和 26 岁的许萦结婚，没有任何附加条件。

"如果，"许萦攥紧手，指腹摩挲着掌心复杂的纹路，"结婚后你发现你想象中的许萦并不怎么好呢？"

"可能许萦也会发现徐砚程也不怎么好。"徐砚程回答。

许萦笑了。

她就这样望着他，发自内心地笑着。

她总不自觉地觉得自己低他一等，而他一直站在和她同一个位置在交流。

这样好的徐砚程，谁都没办法拒绝。

现在的许萦也是。

车子慢慢在路边停靠，手里的手机响了起来，许萦对他说："徐砚程，我们试一试吧。"她问，"怎么样？"

徐砚程脸上的笑意深了深，掷地有声地说："好。"

许萦转身走向约的车，接起电话。

徐砚程在她转身的瞬间轻轻地舒了一口气。

就连以前实习的时候，导师抽问他各种刁钻古怪的问题他都没这么紧张过。面对许萦的那几个问题，他每说完一句话都怕不是她要的答案，心一直悬在万丈悬崖上。

好在她松口了。

只要她愿意给他一个机会，他一定会好好把握。

"走了！"许萦和师傅确认完约车信息后，扶着车门，转身对他喊道。

徐砚程大步流星地走向她，含笑说："来了。"

许萦带徐砚程去吃了本地菜，给他介绍了菜的来历。

席间，许萦还给他介绍了京北的一些景点，让他有机会可以去玩。

"你去过吗？"徐砚程问她。

许萦顿了一下，摇了摇头："我在京北五年，刚刚和你提到的地方，连一半都没去过。"

徐砚程没露出任何惊讶的表情，反而点头说："有机会我们去剩下的另一半景点。"

"好。"许萦不扭捏，答应和他试一试，就不会逃避。

差不多结束午餐后，房东那边又打来电话，问她决定好没有，顺带催她最晚明天要把东西搬走。

徐砚程见她挂完电话后脸色不是很好，关心地问怎么了。

"其实我这次来京北是因为租房的问题。"许萦把事情的来龙去脉说了一遍，就连干脆续租待在京北的想法也说了，没有任何隐瞒。她希望能对徐砚程做到坦诚。

徐砚程忽然庆幸科室主任忙得抽不开身，让自己代替他来京北出差，不然可真的要错过许萦了。

"我和你过去吧。"徐砚程拿过大衣起身。

许萦："太麻烦你了。"

她租的地方鱼龙混杂，是一个三室一厅里的单间。再看徐砚程，不说他养尊处优，起码没在差的环境里待过，她怕他受不了。

"虽然有句话不太好听，带了点儿偏见，但我还是要说。"徐砚程穿好大衣，拿起她的大衣，示意她穿上。

许萦望着他："什么话？"

徐砚程："家里有个男人在，做事方便许多。"

许萦的脸一下子红到了耳根，她不敢看他，套上大衣把拉链拉到顶端，遮住了脸，拿过自己的包包："走吧。"

半路上，许萦想，他们算不算确认关系了？

"徐医生。"她叫了他一声。

徐砚程从上车就在处理消息。听她一喊他，他就摁灭屏幕，看向她："怎么了？"

许萦胆子一直挺大的，但在面对徐砚程的时候，有点儿怂了。

"那个……"许萦在想一个比较好的形容。

徐砚程也不急，耐心地等她说完。

许萦盯着他浓眉下那双炯炯的黑眸，知道自己随时会下坠，咽了咽口水："我们可以以结婚为目的进行交往吗？"

她的直白令徐砚程微微讶异。

26 岁的许萦还是和他印象中那个 16 岁的许萦一样，直白、大胆、有个性，想做的事情、要说的话会去表达。

"我以为早是了。"徐砚程笑着回。

许萦被看得不好意思，捏着斜挎包的细带："不好意思啊，我这个人总喜欢追着要准确的答案才安心。"

徐砚程："没什么不好意思的，你的问题反而让我更有底气。"

许萦不懂他说的底气是什么——等到了出租屋她就知道了。

房东听到开门声就找了过来。没等房东再次发难，徐砚程就温文有礼地说他是她的男朋友，关于租房的事情想要单独谈谈。

许萦想跟出去，徐砚程让她把剩下的东西收拾好，其他事交给他。

可能徐砚程就是那种值得依靠的人，独立习惯的许萦甘愿去依赖某个人一次，乖乖地在屋子里等他，顺便把剩下的东西打包封存好。

大概二十分钟后，徐砚程回来了。

听房东叫她出去，许萦不安地看向他。

徐砚程安慰她说："没事，去吧。"

有了他的这句话，许萦真的就挺直腰杆直勾勾地看着房东。

房东被看得心底发虚："行了小许，这次的事情是我过分了，房租和押金都给你退了。"

"全部？"许萦傻眼。

房东不是说二选一，和她死磕到底吗？

房东拿出手机在微信上操作："我也就租个房子赚点儿小钱，怎么说在你困难的时候也给你帮过忙，是吧？"

许萦点头。

房东确实在她曾经交不上房租的那三个月里给她赊过账。

许萦看着大几千块钱进账，确认房东是真的一分不拿地还给了她。

"以前怎么没听说过你有男朋友？"房东聊了其他事，把不愉快的事翻过去。

许萦："他……以前在国外，最近回国，然后……"

许萦没说完，房东自己脑补完："异国恋哪，那你也算苦尽甘来了。"紧接着房东压低声音说，"看着条件不错，在京北也有人脉，你好好把握。"

许萦傻愣愣地点头。

房东这是怎么了，变得这么和蔼亲切？

许萦回去好奇地问徐砚程："你和房东大姐说了什么？"

"没说什么。"他拿着透明胶给她封箱子，用记号笔在外面写上序号，"聊了几句，对她的房屋构造和经营有点儿兴趣。"

徐砚程话里的潜台词许萦听明白了。

敢情他就是去威胁了房东大姐——怪不得房东说徐砚程在京北有人脉。

这也难说，徐砚程或许真的有关系。

"东西要寄回江都吗？"徐砚程问。

许萦检查了一遍："嗯，明天……再寄吧。"

十个箱子寄回江都，等快递员送到家里，堆在本就不是特别宽敞的客厅里，指不定沈长伽又要说她。

"你的被褥都收了，今晚住哪儿？"

许萦意识到这个问题，想说去楚栀那里凑合一下。想到楚栀今天值班，许萦又怕对方要分出精力照顾她。

许萦："开个房凑合一下吧。"

主要是已经退租了，和房东大姐闹得不算愉快，她再住这里也不合适。

"你是要回去了吗？"她问道。

徐砚程："明天陪你寄完东西一起回？"

许萦没拒绝他的好意，多问了一句："院里不忙吧？"

徐砚程："放心，给了两天假。"

从出租屋里出来，徐砚程停了一下，问她："要不要住我的酒店附近？"

"可以。"许萦觉得没问题，两个人也算行程重合。

等她跟着他到了酒店，看到大厅富丽堂皇的装修，不免咂舌。

这酒店，看着……就很贵。

"徐先生，您好，请问有什么需要帮助的？"前台人员看到徐砚程走来，站起来微笑着打招呼。

许萦小声问他："他们认识你？"

徐砚程垂眸看着她。

她因为对陌生环境有戒备心，小眼神飘来飘去的。

他被她娇俏的举止逗到，轻笑着解释："这是朋友的产业，以前我来京北会在这边住。"

没想到徐砚程还有认识的朋友是开酒店的。

许萦没了解过他的家境，忽然觉得身边的男人一定不简单。

徐砚程问她想住什么样的房型。

许萦说："你隔壁就好。"

徐砚程眼眸里泛着淡淡的水色："好。"

其实他想说他住的套房有小间，又怕她和别人同住不自在。

徐砚程和前台人员拿了房卡，带她上楼。

不麻烦徐砚程，她自己拉着小行李箱进了门。

许萦的印象中应该就是标间或大床房，两个人住对门，等到了房卡所在的那间房，她站在空旷的客厅里，目光变得呆滞。

这确定……不是公寓吗？

这不会是总统套房吧？

她站在走廊上看到了好几个门。就一晚，她睡得过来？

好在许萦心大，惊讶过后，开始犯困，从行李箱里翻出睡衣，洗个澡补觉去了，主要是还在感冒，头昏昏的。

许萦是被饿醒的。

从主卧超大的床上坐起来，她恍惚了一下，下一秒躺倒下来，摸了摸肚子，感觉有点儿饿了。

她突然特别想吃辣的东西。

许萦拿起手机看了一眼，竟然晚上十二点半了。

她在美食软件上看到附近一百米的地方有个商场，那里的海底捞还在营业，内心挣扎了一下，决定把晚餐补回来。

也不知道徐砚程吃了没，她不好意思这个时间去打扰他。

许萦套上羽绒服，戴上帽子和口罩，打算自己去。

谁知她刚推开门，就看到了隔壁准备进屋子的徐砚程。

他换了一身衣服——长款的黑色羽绒服让他多了几分休闲的气息。他的身子颀长优雅，额前的碎发遮住了额头，灯光落在他的眉梢上，让他身上的那种淡漠感柔和了许多。

两个人对视了一眼，许萦有种点外卖被沈长伽抓现行的既视感，心虚得很。

但徐砚程不是沈长伽。

许萦大着胆子，先发制人地问他：“要不要去吃深夜海底捞？”

许萦轻车熟路地扫码登录账号，从服务员手里接过平板电脑开始点菜。

她本来想选全辣锅，悄悄地打量了一眼坐在她对面的徐砚程。他神情淡然，并没有对她深夜吃海底捞的行为表示不满。

“你能吃辣吗？”许萦点开了四宫格锅底选择，询问他。

徐砚程没有任何意见：“你选你喜欢的就好。”

许萦回想他那天吃火锅时有什么习惯，想了想，只记得自己吃到的肥牛很好吃，辣得够味。

保险起见，她选了一个辣锅，一个番茄锅和两个清汤锅。

到了点菜环节，有了上次的经验，许萦点起来快许多，考虑到晚上吃太多会积食，荦素点了晚餐量的一半，就当是过个嘴瘾好了。

主要是……她才和徐砚程认识没多久，就带他做这种事情，貌似不太好。

“你……不介意吧？”许萦问出心底的疑惑，想要确认一下他的喜好。若是他不喜欢深夜进食的活动，那以后她就——悄悄来。

徐砚程拿过公筷，把肥牛下到辣锅里，看了她一眼。

女人脸上浮现一丝不安的神色，但更多的是期待。

徐砚程：“不介意。”

许萦扬起笑容，给他夹了一块刚熟的肥牛：“你快吃！”

徐砚程没错过女人脸上的表情变化。因为他的一句“不介意”，她像收到了什么开心的喜讯，嘴角止不住地上扬。

许萦晚上没吃东西，肚子饿得慌，吃了好几口才解了馋。

想起小料台那里有水果，她屁股微微离开凳子，伸着脖子去看小料台那边人多不多。

深夜一点的海底捞还是满座的，刚刚她和徐砚程还等了二十分钟才排到位置，此刻小料台那边好几个人排着队。

徐砚程一直关注着她，随着她看过去，明白她想做什么："我去吧。"

许萦望向他："我……我想吃西瓜。"

本来她想说不需要了，又觉得这样显得过于客气，干脆"麻烦"他走一趟。

徐砚程起身去拿她要的水果，许萦拿着公筷继续下菜。

肥牛熟得很快，许萦捞上来想要放到徐砚程的碗里，盯着他白净的碗迟疑了一下。

貌似……徐砚程不吃辣。

她的碗早沾满红油，而徐砚程的碗里只有她夹的那块肥牛是辣锅里出来的。

他应该吃了，只剩下碗沿有红油的痕迹，其余东西都是番茄锅出来的，但不多。她看得出，他不是很饿。

她回想第一次见面吃火锅，也不见他夹辣锅里的菜，由此可以判断，他是真的不碰辣的东西。

可是，为什么她给他夹菜的时候他不拒绝？

还有最开始点锅底的时候，他就不怕她点全辣锅？

徐砚程走回来，把西瓜放在她的右手边，令她不用起身就能拿到。

"徐医生。"她试探性地叫了他一声。

徐砚程看向她："叫我的名字就好。"

许萦改口："徐砚程。"

徐砚程勾唇笑了笑："嗯，我在。"

许萦想问他吃不吃辣，又感觉太直白，最后问他："你们医生真的都不吃内脏吗？"

徐砚程："怎么会？隔壁神外的王主任最喜欢食堂的猪肚鸡。"

许萦比较关心他："你呢？"

徐砚程："我不挑食。"

许萦想，看来是她对医生的刻板印象太严重了，以为他们人均洁癖和不碰各类动物内脏。

"刚刚帮你调的。"徐砚程把手边的瓷碗推向她。

许萦低头看了一眼，碗里面是淡黄色的花生酱，上面撒着葱花和芝麻。这是她吃火锅会调的料，不过也仅限于在江都吃火锅。

因为江都的红油锅很辣，特别能吃辣的她也会被辣到，所以会裹一点儿甜的花生酱。

在京北她从不会调这个蘸料。这里的辣油锅还好，她甚至还想让服务生再放一些辣椒。

徐砚程只和她在江都吃过一次火锅，就全部记住了她会调的蘸料，以为她忘了调，去拿西瓜的时候顺便帮她调好给她。

小细节里透着他对她的关心和在意，这种不经意的举动让她免不了多思。

许萦没有点破，拿过瓷碗笑着说了声"谢谢"。

她手边的手机闪了闪。她凑近看了眼，是肖芊薏深夜发来的唠嗑消息。现在没有手回复，许萦打算吃完火锅再说。

肖芊薏的消息下面是条短信，发送时间是昨天下午六点，她正好在睡觉。

消息是江都一中教务处发来的，让她在未来两天抽空去做个入职体检，等结果出来后，再另约时间和她签聘用合同。

"怎么了？"徐砚程见她神情忽然变得沉重，便问道。

许萦摇头："不是什么大事，是一中那边发来的入职体检通知。"

徐砚程仔细地观察了她一会儿，捉摸不定地问："你不喜欢一中的工作？"

许萦咬了一下筷子："说不上来，美术我很喜欢，但不喜欢在同一个时间里和几十个人打交道。"

平时工作一对一地和甲方沟通她都觉得心累，一节课管着几十个孩子，想想就觉得恐怖。

"不考虑换个工作？"

许萦抿了抿唇。

徐砚程见她沉默，以为自己问了不该问的问题，正要开口道歉，见她摇了摇头。

"工作是我二姨给介绍的，我爸妈很满意，觉得女孩子做个老师挺好的，所以我不是很好拒绝。而且我也没尝试过，就想着先去看看吧。"

其实她知道就算去了，也不会喜欢这份工作，但如果没尝试就拒绝，沈长伽肯定又要好一顿念叨。许萦不喜欢被念叨，所以会想尽办法让沈长伽少说她。

想到这里，许萦说了别的话题："我妈这人平时爱念叨，人心不坏，以后要是碰上了，你别放心上。"

徐砚程淡笑："不会。"

许萦给他夹了番茄锅里的菜，略微感激地说："你吃吧。"

不是自卑，她还蛮怕未来另一半受不了一个爱碎碎念的岳母，算是给徐砚程打个预防针吧。

用完晚餐，两个人慢慢走回酒店。

刚出商城，许萦就捂着嘴狠狠地打了两个喷嚏。

徐砚程紧张地看去。

她拿开手，鼻头红红的，生理泪水浸湿了眼眸，眼里起了层雾，眼神显得迷离勾人。

他有点儿移不开视线，同时心里生出了担忧之情。

"好点儿了吗？"徐砚程走到她旁边。

吹向她的风被挡掉一大半，许萦拉着帽子盖住耳朵，下意识地转头看向身边的人。

因为高度问题，她正好看到他的衣领。他没有戴围巾，她能看到他的喉结在一层薄薄的皮肤下滚动，下颌线完美到脖颈。感受到属于男人的气息侵袭而来，她堪堪移开视线，点了点头。

路边的灯光倾泻在人行道的沥青上，他们并肩的影子被勾勒了出来。

"徐砚程，你为什么想结婚？一个人待着不好吗？"许萦觉得他优秀又有实力，情况应该比她好，不会被家里逼婚，就算被逼婚，也有资格拒绝——不像她，被说得一事无成，被迫向家里妥协。

徐砚程想了想，回答她的问题："一个人待着当然好，但是有谁会一开始就想一个人待着？"

许萦觉得他说得对。

有人会说出"一个人待着也不错"这样的话，是因为尝试过两个人生活，但最终得到的结果并不好，才有了一个人过日子的念头。

"你说得没错。没有人喜欢一个人，我也不喜欢，但又找不到比一个人待着更好、更自在的状态，就选择了一个人。"这样浅显的问题，许萦到今天才悟透。

她总觉得自己不适合谈恋爱，不是因为尝试两个人相处后得到适合一个人生活的答案，而是先选后者，才得出了前者的答案。

是她自己果断了。

两个人走到一半，落了雪。

许萦抬头看了一眼昏黑的天空，一点点晶莹的白雪划破了夜的死寂。

一月的京北会卜雪不奇怪，许萦反而很喜欢雪天，特别是夜里，安静又美好。

男人的身体微微凑近她，因为没有伞，他伸手挡在她的头上，望了一眼四周，说："回去吧，你感冒还没好，不能着凉。"

许萦被纳入他的领域，看到雪落在他的肩头，抬头望向他。

徐砚程不见她说话，微微低下了头，和她对视上。

这一秒的时间似乎被拉长，在他那双深沉的眼睛里，许萦探究着她看不懂的情绪——像雨后格外清新的森林，又像湍急可怕的河流，要吞噬人，太复杂了。

她在这双复杂的眼睛里感受到的更多的却是暖意，也在这片暖意里找寻到了自己曾经梦寐以求的东西。

"徐砚程，"许萦看着他说，"我们结婚吧。"

或许……现在她有另一个选择了。

她可以尝试着两个人相处。

见徐砚程顿了顿，许萦接着又说："跳过交往，我们结婚吧。"

这个做法有点儿疯狂，但许萦就是这样的人。如果已经有另一条路可以选择，她一定会去选，没有任何犹豫。

只有这样，她此刻混乱的生活才会向前，才会有变化。

她急切地想要有新的生活，徐砚程也说了，他愿意成为她的理由，所以结婚再适合不过。

良久，徐砚程都没有回答，就这样看着她，这快把许萦那一点儿勇气给看没了。

"如果……"许萦试着缓解他们之间的氛围。

徐砚程："好。"

许萦愣神："啊？"

徐砚程："我说好。"声音从他的喉咙间溢出，带着些许嘶哑之意，他郑重地说，"我们结婚。"

他说完，嘴角含上笑意。

凌晨四点，岳泽被徐砚程的电话吵醒。

他哈欠连天地坐起来，耐着性子接通电话："程哥，我的哥，上次你说酒店的设备问题我已经亲自去处理了，还有上上次是因为有人闹事才吵起来的，不是故意吵到你的，我亲自给你赔罪了。这次还有什么事让你不满意的？"

徐砚程没有搭理岳泽的抱怨话语，直接说了自己打电话的目的："你最近有什么房源，帮我看看。"

岳泽："房源哪，要给你找医院附近的吗？"

徐砚程想了想，医院到许萦家的距离不算太远："靠近南宜区那边。"

许萦家的小区就在南宜区。

"行，我给你盯着。"岳泽从床上起来，倒了杯水坐到沙发里，好奇地问，"程哥你怎么突然想搬出酒店了？是你家老头子找上你了？"

徐砚程还没回答，房间门被敲响。

这个点敲他的房间门的人只能是住隔壁的许萦。担心她有急事，徐砚程往大门走去，对电话另一头的岳泽说："有事，挂了。"

岳泽还没问是什么事，听筒里便传来一阵忙音。

岳泽："……"

这人扰了他的清梦又不满足他的八卦之心，什么人嘛！

习惯徐砚程突然有事要赶去医院的情况，岳泽没多放心上，倒回床上继续睡觉。

徐砚程推开门，看到了站在门外的许萦。她穿着毛绒睡衣，头发柔顺地散在消瘦的肩膀上，不过脸色不太好，透着病态，鼻音浓重。

看来她是病情加重了。

想到这里，徐砚程微微蹙眉。

"我……想问问你在江都住的是哪里。"许萦不好意思地看他一眼，见他神情严肃，怕他误会，急忙解释道，"我打算从家里搬出来，自己租房住。"

她又怯生生地看了他一眼："想着租个离你近一点儿的房子。"

毕竟他们决定结婚了。

徐砚程定定地看着她，眼里掠过一丝不易察觉的复杂之色，低声说："外面冷，你先回屋子里，我等一下去找你。"

许萦不解地"啊"了一声，看了看周围，酒店的走廊也开了暖气，也……不是很冷吧。

徐砚程拿过他挂在玄关处的一件短款羽绒服，披在许萦身上："十分钟后过去找你。"

他收拢衣服给她拉好。许萦往他的方向小小地挪动了一下，衣衫上他淡淡的气息钻到她的鼻间，熟悉又陌生。

因为站得离他太近，又被衣服包裹着，整个人似乎被他抱在怀里，许萦又不争气地红了脸。

她磕磕巴巴地说："好，我……我回屋子里等你。"

说完，她往后退了两步，拉着衣摆跑到门前，刷卡进去，整个过程连余光都不敢乱飘，生怕对上男人那双幽深的黑眸。

她的小动作娇憨可爱，徐砚程心情愉悦地低笑了一声。

他反手合上门，点开通话最近联系页面顶端的号码。

刚睡下的岳泽又被电话吵醒，觉得自己神经都要衰弱了，在瞥到联系人名字后，躺着接起电话："程哥，又怎么了？"

"你最近刚入的那套大平层给我，我回头给你打钱。"徐砚程直接说了目的。

岳泽最近确实买了一套房子，临近环江，想着能看到江都的夜景就随手买的。那并不是他的名下最好的房子，他心里也觉得那套房子配不上徐砚程。

岳泽以为他急着找地方落脚，说："我给你别的房源吧，你先住那儿，等到找到满意的再搬也不迟。"

徐砚程已经想好了："就那套。"

岳泽搞不明白了，徐砚程的态度怎么和前段时间完全相反？

他在脑子里搜刮着理由拒绝徐砚程："那套房子年底刚装修好，家具也就简单的几样，你要住的话，太仓促了。"

徐砚程微微挑眉，勾唇笑说："挺好，明天给你汇款。"

岳泽："程哥，这个……"

这哪里好？家徒四壁的。

他没敢说出口，怕徐砚程不给他好脸色。

徐砚程看了一眼墙壁上的时钟："有急事，先挂了。"

听着"嘟嘟"声的岳泽一阵无语。

他怎么想都觉得哪里不对劲，想给吴杰棣打电话，又怕吵到人家夫妻深夜温情，最后走到阳台上点了根烟，给酒店的经理打去电话。

他总感觉徐砚程碰上事了，作为兄弟，得替徐砚程摆平。

徐砚程让前台工作人员派人送了药剂，给许萦冲泡好，端着杯子敲了隔壁屋子的门。

许萦拉开门，露出半张脸，声音比刚才还要哑："你来啦。"

徐砚程看到她后，眉头微锁。

她应该又打喷嚏了，鼻头泛红，眼底也越来越猩红。

许萦在前面带路："进来吧。"

进到客厅，徐砚程将杯子递到她的手里："把药喝了。"

许萦看着乌黑的药，凑近嗅了嗅："不苦吧？"

徐砚程："微苦。"

许萦起身："我先倒杯水。"

她不喜欢苦的东西。药如果是苦的，她要捏着鼻子喝完，然后马上喝半杯水，等到嘴里的苦味被冲淡才敢大喘气。

"坐着，我给你拿。"徐砚程起身去中岛台，拿出新的玻璃杯给她接温水。

许萦感冒加重后，人迷迷糊糊的。徐砚程说什么，她就干什么。

他回来，蹲在茶几旁，手里握着玻璃杯："喝吧。"

许萦这才深吸一口气，把他送来的药一口喝完。见她伸手过来，徐砚程递过玻璃杯，然后把另一只空杯接下。

许萦一下子喝完两大杯水，人反应更迟钝了。

徐砚程抽出两张纸，站起身，伸手想要探一下她的体温。

许萦下意识地躲开，扯过他手里的纸："我……我自己来。"

徐砚程也不恼："我是想看一下你的身体情况。"

许萦缩在沙发上："我没事了。"

"不是常有人说感冒也需要一个发酵过程嘛，难受一天，往后就会慢慢痊愈了，而且感冒一次后，体内就有什么抗体，我最近都不会感冒了。"

"你还懂这个？"徐砚程含笑问。

她说得不全对，但他不是没情趣的人，非要一一纠正。

许萦点头："高中生物课本上说过。"

徐砚程："看来高中成绩不错。"

他这样一说，许萦又想到自己高一考试在考场上睡觉的事情，讪讪地笑道："那天会睡觉是因为高中第一次大考，前一晚太紧张没睡着，我成绩挺好的。"怕徐砚程不信，许萦继续说，"我是尖子班的学生。"

徐砚程当然知道她是哪个班级的，也知道她成绩不错。

"嗯，我信你。"他没多说其他的，顺着她的话接下去。

许萦听他说信自己，莫名其妙地觉得升心，笑了笑。

"这个是我江都住的地址。"徐砚程拿出手机，给她转了消息。

许萦拿过手机查看。

没想到他会住在江边的高档小区里，江都是和京北差不多的一线城市，就凭这个地段，附近的房子租金贵得让人咂舌。

她盘算着，要不租隔壁区的房子好了。

"我明天找中介问问。"许萦放下手机。

徐砚程："不用问了，你直接搬这里去吧。"

许萦："直接搬去你那儿？"

徐砚程望着她淡淡地笑了笑："不然呢？我让我太太出去租房住？"

听到他说"我太太"三个字，许萦羞涩地垂下了头，手抠着沙发棉质的料子，缓解忽然加快的心跳。

"那——"许萦故作镇定，躲开他的目光，"等天亮了，我去出租屋把东西往你发的那个地址寄去。"

她又问他："家里……有位置放我的东西吧？"

见眼前的女人乖顺，徐砚程整颗心都是舒软的。回答她时，他特地加重了前面两个字："家里有。"

许萦用手抱着膝盖，见男人还蹲在她前面，再次确认地问："徐砚程，你真的考虑好要和我结婚了？"

徐砚程失笑："小姑娘，不该是我问你这个问题吗？"

许萦小声反驳："我不是什么小姑娘了。"

徐砚程起身去旁边的柜子里取来一床毛毯，给她盖好光溜溜的脚。

"考虑好了，和你结婚。"徐砚程不厌其烦地回答她。

许萦想怎么确认怎么提问都好，他乐意一个问题一个问题地去回答。

许萦仰着脖子看着他："如果，我是说如果，我们结婚后发现并不合适呢？"

徐砚程整理东西的动作顿了顿，过了好一会儿，才抬眸看向她："我会……尊重你的意愿。"

"我不是那个意思。"许萦感觉听出男人的语气里有些许失落情绪，怀疑自己是不是幻听了。她觉得自己嘴巴好笨，心想着换一个问法："如果结婚后发现我们挺合适的呢？"

问完，她觉得自己更笨了。

她一定是感冒糊涂了，傻问题也敢问出口。

徐砚程把她的懊恼神色全部收入眼底，情不自禁地抬手揉了揉她的脑袋："那就一直这样，一起过完这辈子。"

"这样……是哪样？"许萦因男人亲昵的举止怔住了，直勾勾地看着眼前的男人，下意识地问出口，脑子里盘旋着他说的一辈子的话。

徐砚程见她没拒绝，动作大胆了一点儿，把她耳边的碎发别到耳后，指尖顺着她的头发缠绕到发梢上。

他说："像今晚这样。"

今晚这样。

许萦在心里默念了一遍，在念到第三遍的时候，似乎有点儿明白他想说什么了。

她的记忆里，因为她是独生女，小时候没有玩伴，总是一个人做很多事。

长大了她倒是有了些朋友，但还是习惯一个人待着。

她的很多喜悦情绪是没有办法和人分享的，因为并不知道别人要不要去感受她的快乐心情。

而徐砚程告诉她，他愿意去她的世界，和她一起做她喜欢的事。

他如同她刚才捧在手里的那杯药，里面盛满了无尽的温柔。

许萦冲他嫣然地笑了笑："好，那就像今晚这样，过完一辈子。"

女人目光潋滟，笑靥如花，笑意泛滥到眉梢，似骄阳融化掉白雪一般明媚，落在他的心上，酥酥的，暖暖的。

他怦然心动。

"许萦。"他叫了一声她的名字。

许萦睁开眼看着他。

接着一道身影笼罩在她的上空，她仰着头，看见男人眼底的情动之色，心跳漏了一拍，也知道他会对自己做什么，紧张地蜷了蜷手指，努力让自己看起来很淡定。

在他凑过来，听到他鼻息浅浅的声音时，她方寸大乱，明明没有亲吻，却已经像被他掠夺了呼吸。

没有任何防备，她跌入了名为徐砚程的世界。

慌张之下，她闭紧了双眼。

下一秒，脸颊上落下一个轻柔的吻，她听到男人轻笑着说："小傻瓜，感冒快点儿好吧。"

吻一触即分。

许萦浑身像触电一般，拉着毯子"唰"地站起身。大脑的语言区似乎丧失了功能，她愣头愣脑地说："时……时间不早了，我去睡了，你……你自便。"

说完，她打着赤脚从沙发上下来，跑去卧室，因为太慌张，差点儿进了客房。

徐砚程看着她落荒而逃的背影，无声地笑了笑，幸好临时改变了主意只是亲了她的脸，不然可能真的会吓到她。

口袋里的手机响起，他拿出来接起，顺手把客厅的灯关掉，走回了隔壁房间。

"有事？"徐砚程轻轻合上房门，去中岛台倒了杯水。

他喝了一口水后，口干舌燥的感觉才得到缓解。

岳泽精神亢奋地问："程哥，你不在江都？"

徐砚程："嗯，在京北出差。"

岳泽拔高音量，贱兮兮地问："你是真的出差还是干吗去了？我告诉你，你可别想骗我。我刚刚给江都酒店的经理打了电话，他说你这两天不住那儿——我才发现京北酒店的经理昨天下午发信息说你在京北。"

徐砚程走向书房，语气淡然："你半夜打电话只是来确认我的行程？"

"哪里，哪里！"岳泽"嘿嘿"傻笑，"给兄弟说说住在隔壁的女人又是怎么回事？"

徐砚程了解岳泽这人的性子，要是知道他准备和许萦结婚，这人肯定连夜打飞的来京北。

虽然事情瞒不了多久，但徐砚程并不希望太快让许萦和岳泽他们碰面，人被吓走了怎么办？

"安分些。"徐砚程淡然地说道。

岳泽："我怎么不安分啦？说嘛，都是兄弟。"

徐砚程站在落地窗前，看着京北繁华的夜景，酝酿片刻，说道："等回去了给你们介绍，别在背后打听她的事。"

岳泽一听这话，嗅到了不对劲之处，这话怎么说得……好护短哪？

"不是吧，程哥你真的向你家老头子妥协了，乱找个人结婚了？"岳泽着急地问。

徐砚程语气冷了几分："跟他无关。"

岳泽："程哥，不是兄弟我多嘴，结婚凑合不得，你看我爸妈和你爸妈，都处成怨偶了。"

他说完，对面的徐砚程一句话没接。岳泽心里直打鼓，意识过来自己胡说了什么。

自从徐砚程上初中那年爸妈离婚，他父亲另娶后，就很反感别人提到他父母的事情。他自己一个人在国外十年，鲜少回来，这次回国宁愿住在酒店里也不回徐家。

"程哥，我的嘴巴碎，我下次自罚十杯。"岳泽讪讪地说。

徐砚程没觉得有什么不适，很淡然地说道："你爸妈是怨偶，我爸妈不是。"

说完，徐砚程把电话挂断了。

这是岳泽今晚听的第三次"嘟嘟"声，心里一阵烦躁，把手机丢在床上，不爽地说："明明就生气了，这么幼稚的话我3岁就不说了！"

他的心里还惦记着徐砚程隔壁房的女人，改天，不对，明天他一定要和吴杰棣说说。

许萦本以为自己会因为那个吻睡不着，但可能是药效发挥作用，躺下没多久就睡着了。上午十点徐砚程叫她起来，她才醒。

两个人的相处模式还是和以前一样，没有许萦想象中的尴尬气氛。她想也正常，本来他们就要结婚了，而且徐砚程应该也谈过恋爱，哪里会因为一个纯情到不能再纯情的脸颊吻而害羞到不敢和她见面？

赶在十二点前，徐砚程去出租屋帮她联系快递员上门取件，把她的东西全部寄回了江都。

整个过程不需要许萦动手，徐砚程一手包办，让她就坐在沙发上等着。

望着徐砚程跟着快递员进进出出，许萦心间有种道不明的情绪。

其实她蛮不习惯被人照顾的。一旦别人对她好一点儿，她总觉得不好意思，就会有一种奇怪的"亏欠感"，恨不得还给对方自己最好的东西。

而徐砚程有细微的不一样的地方，她没有奇怪的"亏欠感"，甚至摒弃了以前的想法，心里感慨他真的很叫靠，令她想要去依靠他。

也不知道这个想法是好是坏，她总感觉占他的便宜了。

回京北的飞机是下午一点的，楚栀有紧急手术没机会送他们，许萦便约她过年回江都再聚。

坐在飞机上，她望着窗外层层叠叠的白云和蓝天，还有藏在云朵下的繁荣都市，感觉有一种难以言喻的失落感浇向她，烫得她心里难受。

这一次，她是真的要离开京北了，也是真的要回到江都了。

她七年的漂泊生活，结束了。

她孑然一身又一事无成地结束了漂泊生活。

"要不要吃水果？"徐砚程轻声问她。

许萦转头，对上那双黢黑的眼眸，他的眼神柔情又深沉。

她已经敢直视他了，也想要在其中找到更多的答案。

回江都，或许她会有新的生活，不管开心还是难过，起码她的生活不再是一潭死水。

徐砚程见她定定地看着自己，扬唇笑问："怎么了？"

许萦压下情绪，摇头："没事。我想吃苹果。"

徐砚程说了声"好"，然后找空姐拿了一盒削好的苹果。

下飞机后，徐砚程让酒店来的服务员帮他们把行李先运走了。

许萦和他去了最近的民政局。

在大厅等叫号的时候，徐砚程问："确定今天领证？"

许萦点头："就今天。"

徐砚程想问她打不打算和父母说一声，可看着她的侧颜，发现里面透着他读不懂但觉得慰藉人心的坚定力量。

她都没有犹豫，他再问就显得自己思虑过多了。

外头的冬日阳光透过玻璃洒在瓷砖上，像水面反射出来的粼粼波光落在她的肩头和发梢上。

徐砚程悄然地看着她。

十年前坐在他隔壁桌的少女，真的和他结婚了。这很梦幻，也是他从不敢遥想的画面。

"到我们了。"许萦看向他说。

徐砚程拿着资料站起身："走吧。"

许萦急忙站起来，拉过他的手。徐砚程顿了顿，回身问她："漏拿东西了？"

许萦摇头，深呼吸一口气："有一点点紧张。"

她刚刚一直很紧张来着，想和徐砚程聊天缓解心情，但发现他一直看她，就没好意思动，愣愣地坐到前台叫他们的号。

"不紧张。"徐砚程微微一笑，拉着她靠近自己，揽着她的肩膀走去办理窗口。

徐砚程："照片拍得很好看，没什么好紧张的。"

照片是来民政局之前，他们在隔壁照相馆拍的。店家经验丰富，听说他们要拍结婚证件照，直接给他们上了店里最火爆的套餐，照片半个小时就出炉。

真别说，许萦拿到照片，感叹花了一百多块钱还是值的。

徐砚程压根不需要修，潇洒俊逸，完美上相。

她所谓的值，就是店家把她打扮得精气神好多了，要是不把昨晚熬夜的黑眼圈修掉，这张照片会成为黑历史的。

领完证，许萦和徐砚程各自拿了自己的证。他正想说陪她回家一趟，电话响了。

徐砚程快速接起电话，靠得近的许萦听到对面的人声音焦急地说："徐主任，十九床的病人大出血，可能要紧急手术，您回江都了吗？"

"回了。"徐砚程先是看了看许萦。

这类突发情况，许萦在楚栀那里早就习惯得不能再习惯了，压低声音说："我没事，你先去医院。"

徐砚程顿了一秒，才对电话那边的人说："叫麻醉科的唐医生去手术室，最晚二十分钟我就到，先做术前准备。"

徐砚程在犹豫怎么和她解释比较好，轻轻唤了一声："许萦……"

许萦打断他的话："我知道。我先回家收拾东西，明天再过去找你，你快回去做手术吧。"

像徐砚程这样的医生，又在重症组，收治的病人多是疑难杂症，能放两天假已经算很长了。

"明天我亲自去接你。"徐砚程虚虚地搂了她一下。

许萦伸手回抱他，比他的力道重了点儿："好。手术顺利。"

"好。"

目送徐砚程跑向停车场，许萦长舒一口气，感觉自己适应能力蛮强的，已经做好未来徐砚程随时可能跑医院的心理准备。

许萦回到家，把房间里的东西大概收拾了一下。

她从京北回来就带了一个行李箱，把需要的全部东西带上也就还是那个行李箱，其余的东西全部寄到新家了。

收拾完东西正好是晚饭时间，沈长伽和许质都在，许萦看着那本结婚证。

照片上的两个人挨得很近，徐砚程嘴角微勾，笑意淡然，心情看着不错，她也是笑着的。不知道徐砚程的开心是哪种程度，但她是挺开心的。

外面许质叫她出去吃饭。

许萦去到饭桌边，看了两个人一眼，把刚才打好的腹稿过了一遍，抿了一下唇才说："爸、妈，我想和你们说个事。"

下飞机前，徐砚程主动提议亲自登门拜访，和她一起告诉父母亲他们结婚的事情。许萦其实不太想这样，因为不知道沈长伽会是什么反应，怕沈长伽说不好听的话。这些话，她不想徐砚程听到。

"什么事？你别说二姨给你的工作你不去啊。"沈长伽语气不善地说，"还有你京北的东西，搬完了吗？"

"不是这个事。"许萦被她的一句话压得有点儿发怵。

许质碰了一下妻子的胳膊："你少插话，让小萦把话说完。"

沈长伽看她一眼，吃了一口菜，不说话了。

许萦放轻呼吸："我和徐砚程结婚了。"

沈长伽动作顿了顿："结婚了？徐医生？你们决定发展？"

见母亲的脸色还不错，许萦纠正："不是的，是已经领证了。"

话音刚落，沈长伽把筷子狠狠地扣在了桌子上，尖声反问："什么意思？领证了？"

"嗯。"许萦迎着沈长伽的目光应道。

沈长伽逐渐变得暴戾："许萦你怎么回事？先前你还说和人家没可能，现在就直接领证了！你发疯了啊？"

许萦被最后几个字眼刺得心疼，捏了捏手里的筷子，沉默不言。

被这个重磅消息狠狠一砸，沈长伽气得直接站起来，凳脚在地板上划出刺耳的声响："许萦你能耐了是不是？说不结婚的是你，结果现在一声不吭地就去结婚！你当婚姻是儿戏吗？"

"您不是说徐医生不错吗？"许萦声调平平地问。

"他是不错，但是你了解他吗？你就结婚——你就这么恨嫁吗？"沈长伽急得踱步。

许萦实在听不下去了，喉部的血管一紧，似把五脏六腑拽住了。她哽咽着说："怎么我就恨嫁？当初说不结婚是剩女的是您，现在我结婚又说我恨嫁。我不管做什么都让您不满意是吗？"

沈长伽想要反驳，转脸过去看到许萦红着眼睛看着她，于是冷心地说："你懂什么？"

许萦："我是不懂，也特别不懂我到底要怎么做您才满意，才不会说我。"

沈长伽："你这个孩子是不懂我们的用心良苦吗？"

一直沉默的许质拍了一下桌子，整个空间安静了下来。

"都别说了。"许质说。

沈长伽指着许萦："怎么不能说了？她玩闪婚，你说……"

许质瞪她一眼："你消停一点儿。"

许萦忍不下去了，垂下眼眸，眼里的泪水全掉了出来。不想被父母看到自己失态，也不想继续待在家里，她拿过手机转身出了门。

"你看她，我说不得了是吗？我还不是为她好才说这些。"沈长伽要去拦住许萦。

许质呵斥："你闭嘴，不要再说了！"他指着合上的门，"小惊在京北工作的时候，每年回家你都要挖苦她一番，就是想要她回江都。好了，她满足你的要求从京北回来，你就念叨她结婚。她结婚了，你又说她。我是小惊我也不知道该怎么做你才满意。"

"我……"沈长伽也没想这么多，只是担心女儿遇到的不是良人，"她……可以和我们商量啊，我对徐医生也很满意啊。"

许质向来不喜欢多说话，想起女儿走前的表情，多说了一句："结婚是她的事情，你当初催她的时候就没有好态度，如今也没资格去对她指指点点。她会这样，你就没想过是你在中间做了什么导致的吗？"

沈长伽被丈夫说得愧疚，但要面子地说："得了，别拿你在派出所教育犯人那套说我。"

许质沉沉地吐了一口气，放下筷子也不吃了。

沈长伽看着一桌子菜，嘟囔："我……也是关心她，怎么最后弄得全是我的错？"

许萦从家里出来后，跑出小区上了出租车。司机问她地址，她想了好久，最后报了新房的位置。

她到了公寓楼下面，不知道怎么上去，在下面站了好一会儿，眼泪还在掉，鼻子堵得只能用嘴呼吸。

正好有一户人家回来，刷卡开了电梯，许萦跟着上去了。

徐砚程还在医院里，但她真的不知道去哪儿了。她不想让肖芊蕙担心，不敢去找肖芊蕙，就只想到了这里。

她到家门口后，站了良久。走廊空旷过于安静，她心底的烦心事更重了。

沈长伽对她没有恶意，许萦是知道的。

但沈长伽总是会说很刺耳的话。从小许萦就羡慕别人的妈妈会温声细语地和孩子讲道理，而自己在做错事给沈长伽道歉时都会被怼。这种恐惧感让她不敢犯错，因为在妈妈那里犯错，道歉都是错的。

她总是不停地问自己：为什么她的妈妈就不能对她温柔一点儿？哪怕妈妈在她生病的时候不说话，递过来一杯温水都好。跟前的门突然被拉开，许萦被吓了一跳，捂住了嘴。

她以为自己站到了别人家门前，吵到人家了。

"许萦？"

男人半个身子探出来，玄关的灯光洒在他的身后，晕出一层柔光——是徐砚程。

许萦没想到他在家。

徐砚程见她满脸泪痕，心一沉，走到门外靠近她，柔声问："怎么了？"

而这一句关心的话，让许萦的眼泪就跟断了线的珠子似的落下。

她哑声叫他："徐砚程。"

许萦不知道怎么能好受些，只能叫他的名字。

徐砚程听到她支离破碎的声音，一阵心疼，不再顾虑其他，把她紧紧地搂到怀里，大掌覆在她的后脑勺上，放轻声音说："我在。"

许萦的眼泪流得更凶，她搂着他小声地啜泣着。

起先还好，她哭了一会儿后，感冒的感觉来了，整个人只有嘴巴能呼吸。

许萦将鼻子抵在他的肩膀上，小口喘着气："鼻子好难受。"

她鼻音比原来还浓。

徐砚程心里无奈，带她进门，把她安顿在沙发上坐好，去给她倒热水。

许萦意识过来自己刚才在徐砚程怀里哭了一场，恨不得找个地洞钻进去。

她其实不爱哭的，但是泪腺过于发达，只要和沈长伽对峙，也不管自己还是对方是错方，一对上沈长伽板着的脸，她的眼睛就会红，心里还是觉得自己委屈。

她渴求着母亲能多理解自己，但也永远是渴求。

"暖暖身子。"徐砚程把温水递到她手里。

许萦看了他一眼，飞快地移开目光，望着杯子上冒出的一层热气，垂头不言。

徐砚程坐在她身旁，关切地问："好一点儿了吗？"

许萦点头如捣蒜。

"我……"许萦摩挲着杯壁，"我和我爸妈说了和你领证的事情。"

徐砚程懂是怎么回事了："吵架了？"

许萦："嗯，我妈说我了。"

徐砚程心里愧疚："对不起，我应该和你一起回家。"

许萦听到他道歉，眉头紧紧蹙起，看着他坚定地说："你没错，不需要向我道歉。"

"我不应该让你一个人去面对这些事。"早知道结束手术后他就赶过去了。

许萦摇头，望向落地窗的方向："徐砚程，你不要道歉好不好？要不然……我真的会觉得我们今天领证是个错误的选择。"

她好不容易在一个死循环里找到了一个出口，还没透气，又被堵上，闷得胸口生疼。

"我收回那句话。"徐砚程望着安静得过分的女人，心软地说，"我道歉是因为我没有陪着你去面对这件事。"

许萦看着他。

他话语真诚，她也在他眼里看到了自己以及他的内疚情绪。

徐砚程……比她想象中的还要担心她。

为什么啊？

许萦怀里的手机响起，打断了她的思绪。

她的父亲打来电话。

她先是看了徐砚程一眼。

他说："接吧，我去整理房间。"

许萦："没事，你不用特意回避。"

徐砚程轻笑："好。"

犹豫了一下，许萦点了绿色的接通键。

"小惊，你在哪儿？"许质关心地问她。

许萦不想说具体的地址，含糊地说："在徐砚程家。"

许质沉默了片刻，直入话题："小惊，今晚你妈妈说的话你一句都不要放在心上。"

许萦没说好不好，问他："爸也是来劝我的吗？"

许质："爸没资格劝你。和谁结婚是你的权利，爸爸没有任何意见。"顿了一会儿，他疚愧地说道，"小惊哪，这些年是爸爸对不住你。你小时候我总是在所里忙，没太多时间照顾你，也不知道我家姑娘喜欢什么、想要什么，意识过来的时候，你就拉着行李箱离开家去京北了。"

许质一直知道他的女儿很乖很优秀，也明白是他们亏欠她。因为他们给的关爱不够却还想用亲情束缚她，让她做什么事都束手束脚的，给了她太多心理压力。

许萦这时候最听不得软话，眼泪又落了下来。徐砚程扯着纸巾，有一瞬间有些手忙脚乱。

他递过来纸巾时，许萦抓住了他的手。徐砚程垂眸冲她哑然地笑了笑，揽过她的肩头，低声在她耳边说："没事的。"

或许真的太需要一个人依靠，许萦整个人缩在了他的怀里，也没那么慌和怕了。

"爸爸知道你不想回江都。今天就算你没从京北回来，我也不会奇怪。但你回来了，爸爸很开心。"听筒里传来许质"呵呵"的笑声，他说，"过两天带小徐回家吃饭，好不好？"

许萦泪水成河，哽咽着"嗯"了一声。

"我也说你妈了。她啊，就是耳根子软，在外面听别人说那些胡话拎不清情况，明明我家姑娘很优秀的。"

许质在家里一直话很少——在许萦的记忆中这是他第二次苦口婆心地来劝慰她。

虽然次数少，但他说的每句话都很抚慰人心。

许萦挂掉电话后，心情好了许多。

"我们小惊好点儿了没？"旁边传来男人的哼笑声。

许萦抬起头，瞋他一眼，哭腔浓浓地说："谁是你家小惊哪？！"

这人怎么乱叫人的小名？

"下午刚领证就不认人？"徐砚程玩笑地问。

许萦："我……"

对了，他们领证了。

而且现在她在徐砚程的新房子里。

她扫了一眼屋子，房间出乎意料地空旷："家里……刚装修吗？"

徐砚程抽过两张纸，给她擦脸："是啊，下完手术说先回来大概布置一下，明天你住过来也不算太……寒酸。"

他看着屋子，最后得出这个形容词。

偌大的屋子里就简单的几样家具，是真的寒酸。

"没有啊，挺好的。"许萦不挑地方，感觉客厅比她家整套房子还大，"该有的东西都有了，就够了。"

徐砚程站起身来："带你看看？"

许萦跟着站起身，穿上他刚拿过来的棉拖鞋，是新的。

她发现角落有购物袋，拖鞋应该是他刚去超市买的。

徐砚程走在前面："有四间卧室，一间主卧、一间客卧，剩下的两间我们各自一间做书房。"

许萦在门前站定，用目光丈量整个空间的大小："要给我一间书房？其实我也不是很需要书房。"

"不管是不是用作书房，给你留一个属于自己的私人空间。"徐砚程合上门，望着她认真地说，而后继续往前走。

许萦呆站在原地，望着男人宽阔的肩膀，笑了笑。

在家里留一个属于她的空间，或许，只有徐砚程才能为她考虑到这点。

逛完一圈，许萦一个身为学室内设计的人也不得不惊叹，大平层就是好，空间大，结构布局也好，主要是这里能看到环江，在晚上是市区里难得安静的地方，景色更是不用说，一等一的好。

"你的行李箱在主卧的衣帽间里，我没有动过，你可以把东西放在你觉得方便的地方。"徐砚程对她说。

许萦才反应过来，他们要住一起了。

新婚夫妻住一起是不是意味着要睡在一张床上？

她想到这里，体温开始上升，估计脸很快就要跟晚霞一样红了。

她还没做好心理准备。

徐砚程从柜子里拿出一件厚羽绒服："今晚我值班，明早回来和你吃早餐。"

许萦心不在焉地应道："好……好的。"

刚刚她内心挣扎了一下，随后又心想，都是成年人了，发生点儿什么事也是正常的。

他忽然凑近，吓得许萦后退一步。她左脚踩到右脚的鞋跟，踉跄几步差点儿倒下，被徐砚程拉住了。

许萦站稳，听到了男人低沉的笑声。

"你笑什么？！"许萦感到窘迫，红了脸。

徐砚程："算起来今晚是新婚夜，独留你一个人在家里是不是不厚道？"

许萦紧咬着下唇看着他，良久开口："那……你能请假吗？"

女人双眼清凌凌的，徐砚程差一点儿就要失守了。

在她看不见的地方，他拽紧了臂弯里的大衣，克制住自己，告诉自己急不得，不能吓到她。

"我说能呢？"他还是忍不住试探地问了。

许萦怯怯地看着他，假装镇定地说："那就洗洗睡了啊。"

徐砚程上前两步搂住她。

许萦先是惊了一下，很快适应他的怀抱，甚至配合地虚虚搂住了他的腰。

他说："留给下次。"

许萦将脸埋在他的颈窝里，点头。

下次，他就没这么容易放过她了。

"早点儿休息。"徐砚程放开她。

许萦跟着他到玄关处："明天我要去医院体检，你几点下班？"

徐砚程："早上交班早，我在医院等你，你到了给我消息。给你订了外卖，等会儿你先吃饭。"

时间不允许，不然他就亲自下厨了。

许萦心里暖暖的："好，你路上小心。"

简单的对话结束后家门合上，许萦靠在墙上叹了一口气。

这几天发生的事情，简直是她人生的 26 年里最刺激的。

她也睡不着，收拾好自己带来的行李后，看到墙角有买来的装饰品和日用品，就着手把家里布置一番，客厅的布局也调整了一下，让家具少也不至于看起来太空旷。

她弄完这些也半夜十二点了。

体检前一天不能熬夜，她洗漱完从浴室里出来，看到徐砚程一个小时前给她发了消息。

XYC："你今晚不要熬夜，还要记得吃药。药放在厨柜的第二层抽屉里，旁边的便利贴是我写好的用量。"

徐砚程的行为让她整个人仿佛置于云端，心情说不出地雀跃和欢喜。

被人关心的感觉，真的很好。

许萦忽然想起一件事问他："我超过八点进食了怎么办？"

几分钟后，徐砚程回复："体检是常规体检，问题不大，如果有积食的感觉和我说。"

有他这句话许萦安心许多，回他："好！"

她走到床前，突发奇想地给他发消息："你习惯睡左边还是右边？"

半晌，徐砚程也没有回她消息。

许萦盯着那几个字，暗想自己是不是……太急了？或许人家徐砚程压根没这个意思？

XYC："睡你旁边就好。"

明明是隔着聊天框，许萦把话代入到徐砚程身上，如果他当面说这句话……她瞬间莫名其妙地感觉不好意思。

她把脸埋到枕头里，抽出手回他："那你睡右边，靠门。"

XYC："知道了，小惊。"

许萦："谁是小惊啊？！"

XYC："那叫你许萦？"

许萦想了想，回道："算了，你叫我的名字显得凶巴巴的，就允许你第三个叫我小惊吧。"

徐砚程失笑，怎么就凶巴巴的，他的态度挺好的。他问她："不是第二个？"

许萦说了自己的名字的来历："我是阴历惊蛰出生的。我外公还在世的时候，特别疼我——名字也是他起的。我的原名是许惊萦，他喜欢叫我小惊，我爸爸也觉得这名字好，但我妈不喜欢，说谁家女孩子要'惊'字做名字。算命的说我还是单字名比较好，3岁前我妈就带我去改了名字。我妈是不是特别封建迷信？"

徐砚程倒是觉得不错："挺好的。"

许萦："真的吗？"

XYC："真的，我也愿意做第三个叫你小惊的人。"

许萦看到这句话无声地笑了笑。

她想，每一个叫她小惊的人，都成了她生命中重要的男人。

徐砚程也会是这样吧。

第三章
我太太——许萦

鲁钦冲进科室办公室，伸着脖子左顾右盼："徐主任呢？"

云佳葵揉了揉眼睛，刚值完夜班，困得打了两个哈欠，含糊地说："交完班徐主任先走了。你来得正好，我先去睡了，你看着。"

鲁钦拍着手里的资料，可惜地说："怎么就走了啊？！"

云佳葵喝了一口热水："大早上你嚷嚷什么？徐主任值了一晚上的夜班，走不是正常的吗？十九床的病人还没度过危险期，昨晚二十一床的病人又紧急手术了。徐主任刚闲下来，连来了两台急诊，做了一晚上的手术，肯定累死了。"

"你不懂！"鲁钦挥着手里的资料，上面的白色袋子有着"市医院"的字样，是装 CT 检查一类资料用的袋子。他捏着袋子的角，在云佳葵眼前晃了一下："保证主任看到后不仅不累，还很有精神！"

云佳葵恨不得原地睡着："精神什么？等会儿你记得去门诊，我去睡了。"

鲁钦拉住她，跟推销一样说："这可是我在妇产科发现的！我看了一下病历，估计要给未出生的胎儿做心脏手术。宫内心脏手术啊！你就说还累不累？！"

云佳葵眨了眨眼睛："重病啊，那当然是要给徐主任打电话啦！"

刚进门的张盛把师哥、师姐的话听了一遍，不由得打了一个寒战。

上周来实习之后，他发现心外重症组的风气怎么说呢？……每个人都很有冒险精神。

要是碰上一个罕见病例，几个人就迫不及待地想要挑战。

似乎所有的外科医生都有这个"毛病"。

"徐主任去了检查中心，不知道去干吗了，应该还没走。"张盛友情提醒道。

两个人似乎得到了命令，拎着资料转身出了办公室。

"奇怪，徐主任去检查中心干吗？"云佳葵问。

鲁钦哪里管这么多："谁知道啊？先找到徐主任再说，咱可不能让隔壁江主任他们组截和了。"

重症组由中心主任带领，分为两个小组，他们是徐砚程带的组，当然事事都向着他。

两个人默契地对视了一眼，加快脚步往隔壁大楼走去。

许萦起了个大早，因为抽血不能吃早餐，便空腹去了医院。

徐砚程在大门口接他，许萦远远地就看到他了。

几个下班的医生和护士路过和他打招呼，他都温和地回应对方，态度不疏远也不过分热情，像徐徐微风，清凉舒服。

她本想悄悄走过去，被徐砚程的余光抓到，他勾了勾唇，喊她："小惊！"

许萦还不适应他这样叫她，脸微微红了一下，降低存在感，快速走到他旁边："叫这么大声干吗？"

刚刚都有几个人看向她了。

"大声吗？"他反问。

许萦抬头发现周围的人都看着他们，她的双眼又看向男人。

他一晚没休息，但和离开家时一样，精气神十足，那双注视着她的眼眸仿佛晶莹的黑曜石，晶莹明亮，含着水般的暖意。

也不怪周围的人都看过来，要是她路上碰到个帅哥，肯定也会多看两眼。

"一点点。"她用手比画了一下。

徐砚程笑着，大掌包裹着她的手，盖掉她手上的寒意，拉着她往前走去："走吧，已经帮你取号了。"

他突如其来的亲昵举动，让许萦整个人扑向他的方向。两个人胳膊相撞，她就像搂着他的臂弯一样。

男人身上淡淡的清香侵袭而来，她仿佛被丢入熔炉一般，耳热得厉害。

他很高，她的额头才到他的肩膀。她从这个角度看去，能看到他优越的下颌线和高挺的鼻子。她心底还未悟出点儿想法，他忽然侧脸垂眸。

两个人四目相对。

许萦往他身后缩了缩，整个人像把他抱得更紧了。

徐砚程捏了捏她的手："冷不冷？"

许萦都快热出汗了，把手握成拳："医院里有暖气，不冷。"

他还想关心地问两句，许萦沉声说道："看路，别看我。"

徐砚程笑了笑："好。"

许萦借着他高大的身体挡住了自己的脸。

两个人经过前台的时候，值班的护士眼神就没从他们身上挪开过。不用问许萦也知道，徐砚程这样高学历、高颜值的医生在医院一定很受欢迎，估计大家都在讨论他们之间的关系。

早上医院的人比任何地方都多，许萦和徐砚程上去就被挤到了角落里。

"你上了一晚上的班还陪我折腾，累不累？"许萦愧疚地问。

早知道她就拒绝他的陪同了，只是去做个常规检查又不是什么大事，还让他忙前忙后的。

徐砚程看着她说："陪你，不累。"

许萦被他看得不好意思了。

到达检查中心后，徐砚程帮她拿外套和包包，她空手就进去了。

"听说心外的徐主任在我们中心门外。"一个小护士小声说道。

另一个给许萦拿表的护士探头看了门外一眼："真的假的？"

小护士笑说："真的啊，我听我们护士长说其他科室的护士长都赶着给他介绍对象，这样优质的人谁能拿下，简直是上辈子拯救地球了。"

"上辈子拯救地球"的许萦差点儿被她们的对话内容噎到，在填写基本信息时，因为分心听两个人的谈话，到婚姻状况栏勾错了，画了两个斜杠，在已婚前面的小方框重新打了个钩。

她没机会再听两个人聊什么。机器念了她的名字，让她到一号检查间去。

许萦才来医院没一会儿，猜想就得到了验证——徐砚程在医院很受欢迎。

今天没有安排大型检查，许萦做得很快，不到半个小时就弄完了全部项目。体检报告会直接发送到单位，到时候她通过医院的小程序查询就可以。

她出来的时候，徐砚程正被两个穿着白大褂的医生围着，不知道他们正和徐砚程聊什么。

徐砚程翻看着手里的病历，微微蹙眉，最后把资料交给男人，说了句话，男人就差原地跳起来了，女人的情绪也有些激动。

眼尖的徐砚程瞥到许萦走出体检中心大门，便阔步走到她旁边，把外套披到她肩上："穿好，别着凉了。"

许萦两只手穿过袖子，拢好衣服，正好和看向这边的男女对视上。

她没有错过他们脸上的震惊表情，仿佛他们看到了什么难以置信的事情在上演。

徐砚程牵着她过去，说道："我明天去妇产科会诊，你们先按照我说的给病人做检查。"

鲁钦愣愣地应道："哦……"

云佳葵都不困了："嗯，那个……"

他们互相看了一眼，都读懂了彼此眼里的意思——这个女人肯定和徐主任关系不浅。

许萦被他们盯得整个人都紧张了，捏着资料的手绞到了一起。

徐砚程搂着她的肩膀，对许萦说："这是我们心外的医生——鲁钦和云佳葵。"

随后他又对两个人说："这是我太太——许萦。"

他说完，嘴角不禁翘了翘。

他想这样向别人介绍许萦已经很久很久了。

被"太太"两个字炸得脑袋空白的两个人呆若木鸡地看着许萦。

大家不是说徐医生是天之骄子、单身贵族、高岭之花，是心外最抢手的相亲对象吗？他怎么就有太太了？

"你们好。"许萦浅笑着问好。

鲁钦就跟被触发某项技能一样，报了家门："徐太太您好，我是住院医师鲁钦，目前在徐主任负责的重症 1 组工作，也是他的组员，您叫我小鲁就好！"

云佳葵："……"

队友都说了这么多，云佳葵也只好报了一下家门："徐太太好，我是主治医师云佳葵，也是徐主任的组员。"

徐砚程怕组员弄出来的架势把许萦吓到，出声道："我们先走了，你们继续忙。"

鲁钦："好！徐主任、徐太太你们慢走！"

云佳葵："……"

等人一走，云佳葵直接给鲁钦的后背来了一个大巴掌，暴躁地说："你是宫廷剧看多了吗？看你把人家吓的。"

鲁钦摸了摸火辣辣的背："我这不是……条件反射吗？也没听过主任有对象，一上来就是太太，可把我吓到了。"

云佳葵不以为意地说："很正常啊，主任是什么牛人？这样的牛人肯定有对象了。这下好了，那些护士长也能少来我们十三层说媒了。"

许萦看了一眼身后的医院，好笑地问："你的同事都这么有趣吗？"

徐砚程看她一眼："没有让你不自在吧？"

许萦："没有啊，你们科室的氛围真不错。"

徐砚程见她没有露出为难的神情，安心许多。

到了停车场，许萦坚持要开车，说他上了一晚上的班，再开车就是疲劳驾驶了，徐砚程就乖乖地坐上了副驾驶座。

路过粥店，徐砚程让她停车。他下车，去排队买早餐。

回到家吃完早餐，徐砚程知道她下午要去江都一中签合同，想陪她一起去。许萦拒绝了，让他安心睡觉好好休息，说她自己去就行。

中午收到京北寄回来的快递，她让快递员搬到了她的书房里。

整整十个大箱子，占了半个空间。

许萦整理到下午三点，然后去学校签合同。

因为沈长音打过招呼，合同签得很顺利，教务处的人通知她下周就能来上课。

许萦回到家，瘫在沙发上，浑身卸了力气，对即将到来的工作有种说不上来的感觉。

为了防止自己想太多，她打算找点儿事情做。

许萦走到她的书房前，想着把走前装到一半的架子给弄好。

她推门进去，就看到男人半蹲在地上，手边是装好的架子。

他正把她的箱子里的书整齐地摆放到架子上去，听到动静，回眸一笑："回来了？"

窗外夕阳洒在地上，江都的天变成了橘色，云稀薄地飘在天上，他正好在余晖里。

许萦看着家里的一角，有一个人在等她回来，顺便忙碌着她没有做完的事，心间奇怪的感觉一扫而光："回来了。"她挽起衣袖走向他，蹲在他旁边，"怎么起来了？"

"想着你快回来了，起来做饭。"徐砚程把最后一本书放上去，"你看这样可以吗？"

许萦没有看书架上摆放的书籍，望着徐砚程释怀地笑了笑："可以。"

她在江都的生活就这样开始了，没有什么不好的，毕竟还有徐砚程的陪伴。

许萦只拆了四个箱子，几乎全是衣服。

以前她没感觉自己的衣服多——当徐砚程在书房和衣帽间之间来回走了四五趟后，她才深深地感觉自己的衣服挺多的。

因为没有家具摆放她的其他物品，剩下的箱子她暂时没拆。

"周末我们去家具店逛逛，顺便给家里添一些家具。"徐砚程帮她把冬天的衣服封存进衣帽间的收纳柜，塞得满满当当的。

许萦："可以，先给你买书桌。"

徐砚程的书房她去看过，比家里任何一个地方都要空，只有一个书架。

"你可以做个清单，把需要买的东西写下来。"徐砚程走回卧室，望了一下四周，"房间要添一张沙发。"

许萦想着她先写好，然后问问他的意见，再决定买什么东西。

她环顾四周，整个房间里只有一张床，连床头柜都没有，忽然好奇徐砚程这段时间是怎么过来的。

他回国应该有几个月了，难道都住在医院里？

她从昨天他忙碌的程度来看，很有可能就是这样。

"你的衣服呢？"许萦走出衣帽间发现一个大问题——徐砚程的衣服连一个柜子都没装满。

"我的东西在国外，没有搬回来，有需要用到的东西我去买新的就好。"徐砚程回国的行李比较简单，一个箱子的衣服，两个箱子的书，书全部放在医院的办公室里。

许萦总觉得哪里不对。她这人比较实诚，想到什么说什么："总感觉你不像回国定居，更像短期回来工作或学习。"

徐砚程的动作顿了顿，他没接她的话，无声地笑了笑，心底有一丝苦涩情绪。

其实，当初回来的时候，他确实没打算定居。国内医院给他的条件优渥，令他很心动，但也没让他动摇。他真正决定留下来，是因为下半年在江都看了一个画展。

在那里，他碰到了许萦。

这些年虽在国外留学和工作，但一些重要的华国节日他会请假回来，所以知道她常去的几个地方有哪些。

特别是画展，她都不会缺席。

那天的画展她是和肖芊薏一起去的。

她认真地看展，肖芊薏则一直拉着她聊天。

在听到她打算回江都发展时，他心底的静湖泛起层层涟漪。压根没有多想，他就答应了院长给他的条件，决定回国工作。

他想着，只要和她在一座城市里，总会有机会认识。

说实在的，认识她的机会渺茫，但他当时兴奋到过于乐观了，没多衡量就决定和她留在一座城市里。

望着身旁专注地打量卧室思考着买什么东西的女人，他鞣然而笑。

所幸，他得到了他想要的结果。

徐砚程压下万千思绪："国外有房子，我只拿了必需品，有需要再去买就好。"

许萦认同地点了点头："也是，不然搬来搬去的很麻烦。"

她后知后觉，反应过来徐砚程说他在国外有房子。

她心里"咯噔"了一下。

他在国外买了房子，在国内也买了环江最好小区的大平层……这可不是他说的小康收入能达到的情况。

证都领了，许萦才发现她连对方的家世都没深入了解过。

她正想和徐砚程相互交底，留在客厅里的电话响了起来。

许萦看了一眼来电人，是沈长伽。她犹豫片刻，按了接听键将手机放到耳边。

她没有说话，心里还在意昨天沈长伽说的那些话。

"小萦在吗？"沈长伽试探着问了一声。

许萦淡然地应道："我在。"

沈长伽干干地笑了笑："我听你二姨说你已经去一中签合同了，下周正式去上班。"

许萦庆幸自己没对沈长伽的电话抱有希望，沈长伽不过是为了监督她把工作定下来才打的这通电话。

她冷淡地回道："嗯，我和二姨说过了。"

签完合同她就给沈长音发了消息。

"那就好。"沈长伽尴尬地说。

安静了几秒，许萦准备找理由把电话挂了时，沈长伽又说："你和徐医生吃晚饭了吗？你们肯定没吃吧？你爸爸今晚下厨，你和徐医生回家吃饭吧。"

许萦转身去寻徐砚程。

他正在开放式厨房里做饭，黑色的卫衣袖子挽到胳膊弯处，右手持刀，慢条斯理地切着菜，白皙皮肤下的青色脉络突显。简单的切菜动作，他做起来也赏心悦目。

"下次吧，今天太赶了，我等会儿和他说说。"许萦拒绝了沈长伽，并不想今天和她见面。

沈长伽叹了一口气："小萦，妈妈知道你还在生气，昨天我也是着急才说那些话，你怎么还放在心上呢？你……"

许萦不喜欢沈长伽对她厉声咒骂后又打感情牌，打断沈长伽的话说道："您别说了，我知道了。"

"行，行，行，我不说了。"沈长伽又怕女儿不开心，最后说，"最近天冷，你注意身子。你外婆寄的土特产刚到，是你爱吃的，改天回来我给你做。"

"我挂了。"

"好，你早点儿休息，帮我向小徐问个好。"

"嗯。"

挂了电话，许萦越发沉默。

好像和很多母亲一样，沈长伽向她认错的方式就是短暂地记起所有她爱吃的东西，在下次见面时给她做一桌。

她会轻易心软，翻过这一页，而下一次沈长伽依旧会这样循环——口无遮拦地斥责她，再做好吃的东西向她示好。

这种相处方式很累人，但沈长伽已经养成了自我思维，也没觉得有什么不妥的，反而显得许萦多思多虑了。

许萦舒了一口气，不再多想，挽起袖子走向厨房："我来帮你吧。"

徐砚程刚把肉切好，微微挑眉："你会做菜？"

许萦笑道："别小瞧我，我和楚栀学了一手，会几个菜。"

徐砚程用公平公正的语气说出了偏宠她的话："我做两个菜，你做一个。"

许萦觉得可行："没问题！"

分工明确后，两个人在厨房里各自忙碌，不说话也不会觉得不自在。

吃完晚餐后，徐砚程要开一个越洋视频会议。许萦把客厅留给了他，自己去了卧室。

洗好澡出来后，见肖芊薏打电话过来，许萦接起："怎么了？"

肖芊薏惊呼："许萦，你背着我干了什么？！"

许萦也不知道自己背着她做什么了，怔怔地问："我……怎么了？"

肖芊薏在客厅里踱步，恨不得一个箭步冲到许萦面前，克制着激动情绪，说："我听我妈说你和徐砚程领证了，真的假的？"

许萦一听这话就知道是沈长伽说的。

"嗯，真的。"许萦回答。

肖芊薏捂着额头低"嗷"了一声："阿萦，你——也太快了吧！"

许萦不想把氛围弄得太沉重，眨了眨眼，问："你不祝福我吗？"

"我……"肖芊薏拍了拍胸口，"阿萦，我不知道你们之间发生了什么事，但是这婚确实结得草率了。我……我怕你被骗、被欺负啊。"

她在得知许萦和徐砚程领证后做的第一件事就是给在手术台上的唐知柏打去电话，把徐砚程的情况问了一遍，但还是不放心，让唐知柏帮忙打听更多的消息，是真的怕许萦被骗。

"是你介绍我们相亲的。"许萦站起身，拉开落地窗的玻璃门，站到了阳台外面，"你不是最放心吗？"

夜里风冷，许萦抱着胳膊颤了一下，被吹得清醒许多。

肖芊薏有些卡壳："那个……哎呀，我是觉得徐医生不错，但更觉得你们可以先试着交往，各方面磨合好再考虑下一步。"

她说完，没听到对面的许萦接话，更慌了，忙解释："阿萦，我不是来说你的，就是担心你。"

"我知道你的意思。"许萦笑容晦涩，望着天空稀少的星子说，"芊薏，不是人人都能像你这么幸运，碰到喜欢的人，告白、恋爱、结婚，一直甜蜜如初。我不一样。我……不适合恋爱。"

"谁说你不适合？你不会把那个渣男的话当真了吧？"肖芊薏想起了许萦的前男友，分手的时候那人和许萦闹得很不愉快。

她还是在许萦分手后才知道的。听完整件事情的经过，她恨不得冲去京北把那个负心汉揍一顿。

许萦想或许也有一点儿原因，不愿聊往事："总之，我觉得和徐砚程这样挺好的。"

怕肖芊薏担心，她接着说："我和徐砚程在认真地生活，他对我很照顾，我感觉挺幸运的。并不是所有的相亲对象都能是徐砚程，你说对吧？"

肖芊薏听出许萦是在安抚她，放柔了态度："知道了，你要是觉得不错就行。"跳过这话题，肖芊薏问，"栀子还不知道吧？"

许萦抱歉地笑道："不知道。"

肖芊薏："只帮你瞒到过年，等她回来你自己说，现在说我怕她真的会请假回来找你。"

"好，辛苦我们芊薏姐了。"许萦淡然地笑了笑。

她知道两个人是真的关心她。

为了不让这通电话坏了心情，肖芊薏和她聊了其他趣事。

挂了电话，许萦脱力地靠在墙上，惆怅地叹了一口气。

想到和肖芊薏说的话就眼眶发热，许萦吸了吸鼻子。

她当然羡慕肖芊薏，可并不是谁都能幸运地拥有这么美好的经历。

听到肖芊薏关心的话，许萦就会在心里反复问自己——她是不是真的太差劲了，才让肖芊薏这么担心？

许萦不敢深想，怕自己绕到死胡同里。

明明以前她也没这么矫情的啊，怎么现在快成多泪体质了。

"聊完了？"徐砚程走到阳台上。

许萦抬眼看他，又想到她此刻的状态，匆匆别开脸，垂眸回道："聊完了。"

他的鞋子出现在她的视线范围内，他正一步一步走近她。

许萦仰头，碰上他直白又灼热的目光，不由得往墙的方向靠近，整个背贴了上去。

"怎……怎么了？"许萦不安地问。

徐砚程弯腰仔细打量她，沉声问："哭了？"

许萦窘迫道："没……"

徐砚程："小骗子，眼睛红得和兔子一样。"

许萦极力狡辩："没哭，就是有点儿难过。"

徐砚程看着眼前的女人。

她微微敛眸，睫毛鸦羽般轻轻扑扇，黛眉锁在一起。他能想象那双眼眸有多黯淡，能感受到她此刻有多失意。

"我们小惊在难过什么？"他问道，又是温柔的关心语气。

许萦背在身后的手紧了紧，指甲抠到了软肉里。

微小的刺疼感让她不至于失态。

"我庸人自扰了。"许萦道不清胸口那闷闷的感觉。

徐砚程单手捧起她的脸，拇指滑过她的卧蚕，摸到温热的湿润痕迹，力度重了点儿，凝视着她说："我可以知道吗？"

他掌心的温度侵蚀着她，手指压在她的脖子的脉搏上。

许萦想，他一定能感受到她狂跳的心。

"徐砚程。"她声音发颤，不愿放过这个主动靠近她的倾听者，忍不住倾诉，"我是不是特别差劲哪？"

徐砚程温和地接受下她所有的负面情绪，搂她入怀："我们小惊不差。在我心里，你特别好。"

许萦靠着他，两个人体温相贴，她的心情因为这句话好了一点儿，却还免不了难过。

他又说："许萦，你真的很好。你率真勇敢，有着丰富多彩的内心世界。"

他这十年都在了解她，所以能笃定他的小惊很好，特别好。

许萦后退半步，定定地看着徐砚程，总感觉他在说好话哄她开心。

她哪里有他说的这么好？

他忽地凑近，在鼻尖快要碰上她的鼻尖时停了下来。

"你要是再难过，我可是要亲你了。"向来斯文的徐砚程说了句荤话。

许萦无措地偷偷看他一眼，脑子空白，傻傻地问："那我应该难过还是开心？"

本想说句话逗她的徐砚程眼眸深了深。心间汹涌的情感狂烈而至，他控制不住地向她靠近。

他微微偏头，在吻上她前，嗓音低沉地说："开心。"

亲吻，应该令她开心。

他吻的是她的嘴角，动作蜻蜓点水般轻柔，温柔又缱绻。

她怔住，心跳加速，整个人忘记了呼吸，忽地眼睛轻轻睁大，微微张着唇，脸颊上是他炙热的鼻息，湿缠着她。

他笑了一下："小惊，呼吸。"

许萦脸骤红，身体往外缩了缩。徐砚程收紧了扣着她的肩膀的手，她顿时无路可逃。

"我还感冒……"许萦抬眸望着他说。

而本来想放过她的徐砚程被这一眼看得心猿意马，指腹摩挲着她的耳后到锁骨的肌肤，动作轻柔。

每个瞬间似乎被拉长成两个瞬间。

他的额头低了下来，她没错过那双墨色眼眸里的强势和不容置疑之色。

这样的徐砚程有几分陌生感，但并不让她讨厌。她只是不知道即将发生什么而慌乱，手不禁揪紧了他的衣摆。

他用放在她唇边的拇指揩了一下她的唇，轻佻地笑说："那就一起感冒。"

许萦难以相信这句话是从徐砚程嘴里说出的，这有着不符合他的性子的雅痞感。

他再次俯下身来，没给她任何喘息的机会，吻住了她。

他不是冲动，冲动早在第一个唇边吻发生时消散了。

但许萦能感受到他吻着她时的情动。

一定是错觉，她竟然觉得她似乎是他在世间最爱的人，他吻得过于珍重。

徐砚程真的很会亲——这是许萦的脑子里唯一的念头。

她招架不住他的步步紧逼，抓着他的袖子，脚步发虚快要倒下。

他应该感受到了，环着她的腰将她往怀里带，不至于让她因为一个亲吻而失态。

他们的第一个吻持续了很久。

她的呼吸被全部掠夺，唇瓣被温柔舔舐，她耳边全是心跳声。

良久，她将头抵在他的肩头，呼吸剧烈。

徐砚程用大掌一下又一下地抚摩着她的脑袋，像在安抚一只猫咪。

激情退去，寒风凛冽，许萦打了一个寒战。徐砚程抱紧她，侧头吻了吻她的鬓发，问道："冷不冷？"

许萦点头。

刚刚不觉得冷，现在她才感觉他们有点儿疯狂了，竟然在户外穿着单薄的家居服忘我地接吻。

徐砚程单手抱起她，许綮被吓了一跳，搭在他的肩膀上的手抓紧了他的领子。他带着她三两步回到客厅里，合上了玻璃门。

许綮羞得不敢看他。

徐砚程放下她："喝药了？"

许綮："没……没有，我现在去！"

找到理由从他怀里出来后，她头也不回地跑开了。

徐砚程被她落荒而逃的模样逗到，闷闷地笑了一声。

"不准笑！"许綮转身警告他。

徐砚程宠溺地点头："不笑。"

他说不笑，可脸上的笑容还是没消失。

许綮冲了两杯药，喝完她的那份，拿着杯子去找徐砚程。

卧室里，徐砚程刚洗完澡，发梢滴着水珠，正用白色毛巾胡乱擦拭。他头发凌乱，整个人像笼上了一层水雾，有种雨后森林的失真美感。

见许綮走近，他挑了挑眉，问："怎么了？"

许綮咽了咽口水，目光从他的脸上挪开，不敢在他身上聚焦，把手里的药递向他："把这个喝了。"

徐砚程看了一眼，知道是他给她准备的感冒药剂："嗯？"

许綮白皙的皮肤上透着红晕，羞赧地说："别被我传染了，预防一下。"

可能是尝过了逗她的甜头，徐砚程故意拉长语调说："那个接触距离，要传染早传染了。"

许綮捏着杯子，声音从咬紧的牙关里蹦了出来："徐砚程！"

徐砚程把毛巾搭在肩上，接过杯子，诚心认错："不逗我们小綮了。"

小姑娘的脸皮也太薄了。

后面这句话他不敢说，怕真的把许綮给吓走。

盯着徐砚程喝完药后，许綮进到卫生间洗漱。

她站定在大镜子前，呆滞地看着镜子里的女人——脸颊带粉，眉目间有一种她自己都没见过的柔情，还有一双唇，红艳艳的。

她抬手碰了一下唇珠。

徐砚程好像……很喜欢咬这里。

她拧开水龙头，洗了一下脸，强制把脑子里的那些废料全部清除出去。

然后她忽然想到另外一件事。

今晚……两个人是要同床共枕了吧。

这速度会不会太快了？

要不她去睡客卧？

家里确实有间客房，但那间客房空荡荡的，连个柜子都没有，更别说床了。

其实她并不排斥和徐砚程发生点儿什么关系。

他们都是成年人，有需求都是正常的。

也不知道做了多久心理准备，她才推开卧室卫生间的门。

方才还亮堂的卧室里只留了一盏地面夜灯，她借着微弱的灯光看到靠近门的那一侧床上已经有人睡下。

徐砚程是不是太累了，一沾床就睡了？心里这么想着，她轻手轻脚地走到床的另一边，掀开被子躺下。

床很大，他们之间还能再睡一个成年人。

许萦还未松一口气，旁边的男人笑说："我还以为你要在卫生间里等我睡着才出来。"

许萦的身子僵住。

他没睡啊……

她靠近徐砚程那边的手腕被他的大掌环住了。下一刻，她就被扯到了床的中间，大腿外侧紧贴着他，因为两个人穿的都是丝绸睡衣，体温传递的感觉只增不减。

她仿佛被置于火海之上，随时可能下坠。

"怕？"他轻声问。

许萦还处在宇宙大爆炸的那种震惊状态里，尚未反应过来是怎么回事，没有马上接话。

他轻叹一声，安抚她说："我不会强求你，你不要怕。"

见她在卫生间里待了差不多半个小时，徐砚程懊恼地想，今晚的举止是不是过了，他把她吓得不轻吧……

这几日他们好不容易培养起来的感情掉下冰点怎么办？

许萦迟迟才转头看向他，因喉咙深处的痛感而差点儿失声。

徐砚程察觉到她神经紧张，松开她的手腕，正要往旁边退去，她抬手抓住了他的衣摆。

他不明所以地看着她。

她颤巍巍地说："不……怕。"

徐砚程好笑："小骗子，声音都在发颤。"

许萦："我只是有点儿紧张。"

怕他不信，她主动靠近他，鼻尖碰到了他的领口。

许萦是真的不怕，而且不想扫兴。如果真的发生什么事，她也甘愿去迎合他。

今天这种情况换任何一个人她的身体都会拒绝，但对方是徐砚程，她会给出另一个答案。

她是愿意的。

许萦笨拙的反应让徐砚程心底生出对她的怜惜和溺爱之情。

他搂着她把被子拉好："睡觉。"

许萦要抬头，撞到了他的下巴。她慌张地摸了摸，被扎到，顾不了这么多，手继续摸找被撞到的地方，抱歉地说："对不起！"

"我没事，赶紧睡吧。"徐砚程拉开她的手，无奈地说。

再这样下去，他可不能保证今晚会放过她。

许萦乖乖地窝在他怀里，不敢再乱动。

几分钟后，徐砚程放开了她，侧睡向她。

他的手臂虽没有再抱着她，但两个人离得很近，她就像躺在他圈出来的领域里——难以抵抗的男性气息侵袭向她。

他把被子拉好，盖过她的肩膀，隔着被子轻轻拍了拍："慢慢来，不着急。"

他的话像一剂安定剂，让许萦放松许多。

"明天我上早班，下班和你去家具城。"徐砚程闭着眼说，声音透着几分慵懒感。

许萦点头，悄悄看向他："好，我等你下班。"

徐砚程："嗯，闭眼。"

许萦还是睁着眼睛。

黑暗中，或许是她的目光过于热烈，他睁开了双眼，两个人陷入无声的对视中。

僵持片刻后，许萦微微起身，凑近他，在他的脸颊上落了一吻，小心翼翼地说："晚安。"

徐砚程怔住。

接着他听到缩在被子里的女人小声说："我真的不怕。"

徐砚程真是败给她了。

那一点儿倔强情绪让她看着娇憨可爱，也折磨得他难受。

可他就是喜欢许萦这一点，有点儿勇敢，又有点儿尿。

徐砚程没搭话，笑了一下。

行吧，他就承认她不怕，是他怕。

第二天徐砚程出门时许萦还在床上。她睡得很沉，似乎很久没睡好觉了。

见她这副模样，徐砚程不忍心叫醒她，轻手轻脚地出门上班去了。

他到科室时，云佳葵已经到了。她起身和他打招呼："主任早。"

徐砚程勾唇笑了笑："早。"徐砚程问，"十九床的病人情况还好？"

云佳葵翻着病历："刚交完班，情况好转了，十九床的病人不出意外明天转去普通病床。"

徐砚程点头说"好"，推开了旁边独立办公室的门。

等徐砚程进去后，旁边的李逢蹬着老板椅凑过来，八卦地说："葵葵，问你个事。"

云佳葵专注手里的工作："不知道。"

李逢一个大老爷们儿被冷冷回绝后，装起了可爱："哎呀，人家都还没问呢，你怎么就说不知道呀？！"

云佳葵放下笔，把身上的白大褂扣好，板着脸说："你要是想问徐主任的事，抱歉，我和你一样，也是昨天才知道他结婚了。"

李逢失望地哀号。

昨天早班开始不到一个小时，关于徐砚程不仅脱单还结婚的事情传遍了整个医院，大大小小的八卦群里都是大家的痛心吼叫发言。

也就十几分钟，新一轮话题出现了。

大家开始好奇徐砚程的另一半到底是何方神圣，他们的耳朵竟然没有听到一点儿风声，两个人就结婚了。

"神外的护士长猜测，徐主任和他太太应该是联姻……"李逢谈到这里，正襟危坐，准备开启他的长篇大论。

"李逢你不是还有门诊吗？"云佳葵打断他。

李逢："急什么？江主任还没来，你先让我把这事说完。"

云佳葵冲他挤眉弄眼。

李逢咂嘴："葵葵你怎么了？脸部神经要是不舒服你就去楼下神外看看。"

云佳葵彻底无语。

"我和我太太不是家族联姻。"徐砚程反手带上了门。

被这清冷的声音刺激得一抖，浑身恶寒，李逢怀疑自己才要去神外看看了。

"徐主任，我不是故意背后议论你的，你别生气……"李逢站起来鞠躬道歉。

真的不能怪他，医院这种地方，压根藏不住八卦，隔壁楼的内科的人都在讨论这件事呢。

徐砚程扣好白大褂，从左侧口袋里抽出一支笔，在资料上写下几个字，语气含笑说："我和我太太是自由恋爱。"

说完，他转身出了门。

这话一出，云佳葵都被吓到了。

徐砚程的脾气看着好，医院的人也说他如一道春风一般和煦，但在他手下做事的云佳葵只能认同一半——徐砚程在专业性的事上的要求极其苛刻，遇到不对的地方会一针见血地指出来，话语没有半分柔情，难得有的柔情全给病患了。

见过大神严肃一面的云佳葵对他是高山仰止。在听到他和他太太是自由恋爱结婚时，云佳葵下意识地扶了扶下巴，真心觉得这个女人很勇敢，连徐主任这朵高岭之花也敢采摘。

"你怎么不提醒我啊？！"李逢用口型对云佳葵说。

云佳葵冷冷地说："谁让你背对主任办公室坐？"

她拿上本子，跟上徐砚程的步伐，拍了拍休息室的门："张盛，查房了。"

还在昏睡的张盛急急忙忙地从床上下来，摇醒下铺的同伴。

整个查房的过程，张盛总感觉哪里怪怪的，上前几步问云佳葵："师姐，我怎么感觉徐老师今天特别好说话？"

云佳葵动作顿了顿："是吗？"

张盛："是啊，我刚刚把病人的情况记错了，他也没有生气，让你说了。"

云佳葵："……"

结果她成了那个考生。

她现在代替徐砚程，成了那个严厉的老师："认真一点儿，要不然下次轮转我们可不收你了。"

张盛认怂："好的师姐。"

云佳葵本来是不好奇的，但是活在大八卦的染缸里，逐渐也成了李逢他们的一分子。

下午上手术，徐砚程主刀，云佳葵一助，鲁钦二助，麻醉科来的是唐知柏。

唐知柏在见到徐砚程后，一面查看病人的体征，一面问徐砚程："你真的和阿紫结婚了？"

正穿手术服的另外两个人竖起了八卦的耳朵。

他们得到了一个有效信息——徐太太叫阿紫。

"嗯。"徐砚程站到手术台边，低头让护士帮忙戴眼镜，睨了唐知柏一眼，"你们很熟？"

唐知柏咽了咽口水，怎么有点儿紧张，像前几年老师带他手术问他知识点一样？

"嗯啊……阿紫常来我们家玩。"唐知柏昨晚睡前听老婆念了一堆话。老婆给他贯彻为了她的好姐妹许紫的幸福，要在医院考察徐砚程的精神。

结果还未出征，就被徐砚程的一句话打回，唐知柏不好意思多问夫妻之间的事情，讪讪一笑，没有再问话。

徐砚程伸手："手术刀。"

他按照画好的线利落地下了刀，将手术刀递了回去，又说："胸骨锯。"

护士快速跟上徐砚程的节奏。

忙碌中，徐砚程抽空对前面盯着病人的生命体征的唐知柏说："有空来我们家吃饭。"

看着徐砚程一手血，耳边还有电锯声的唐知柏："……"

云佳葵和鲁钦："……"

他们怎么感觉这邀请的是鸿门宴哪？

徐砚程弄好牵开器，让云佳葵上手，又对唐知柏说："我和小惊刚搬家，等弄好了再邀请你们。"

唐知柏怔了怔才反应过来"小惊"指的是谁，连忙回答："好，好，好……"

他打算晚上回去和老婆回绝这门差事。徐砚程云淡风轻的语气就让他的精神招架不住了，他若真的去打听细节怕是命都要没了。

而且徐砚程连许紫的小名都叫上了，两个人的感情应该真的不错。

一场手术，三个人默默擦汗，徐砚程则准时下班回家接许紫。

鲁钦没云佳葵忍得住，从手术台下来后，捧着一杯水，就在护士站给大家绘声绘色地讲了手术室里的事情，说"主任叫老婆的小名的时候啊，一脸温柔的表情，就没见他对谁这么温柔过"。

许萦特别爱睡觉，一觉睡到下午，并不知道自己在医院的名声被传成什么样了。她简单吃了点儿东西，整理了一下书房，就见徐砚程就给她发来了消息。他说马上到家，让她准备一下。

怕外面冷，许萦多穿了一件衣服，显得整个人有点儿臃肿。

徐砚程进门看到她弯腰收拾东西，整个人圆滚滚的，不免笑出声来。

"你怎么上来了？"许萦惊讶地问。

她还以为他会在停车场等她。

徐砚程走过去帮她拿包："也不急，就上来了。"

许萦看了一眼时间，都快七点了："我们先去吃饭再去逛街吧。"

徐砚程："听你的安排。"

徐砚程上了一天班，许萦怕累到他，主动把餐厅订好了，然后坚持要做今天的司机。

到了餐厅，许萦从包包里拿出一个小本子，摊开放到徐砚程面前："这是我写的清单，你看看。"

徐砚程倒好茶水，垂眸看了小本子一眼，眉头微微上扬。

图纸上画了房间的格局，然后许萦大概用图形表示了家具，旁边注明序号写了"一二三"分别指什么。

"这个是你的书房，我想桌子要大一些，然后书柜要一面墙那样的。桌子按照你的身高……我觉得大概要买这么高的。"许萦掌心向下压了压，比出一个高度，接着说，"还有凳子，我们就买最好的人工椅。

"整个房间的格调本来是想定冷感简约风，比较适合你，但是家里的地板是木质的，最后还是基于基础颜色选家具……你觉得怎么样？"

她很认真地讲解着画好的粗略版图纸，生怕他不理解，用手在他面前比画着。

许萦在尽可能地把想法用自己匮乏的语言描述给徐砚程听。

要不是时间太赶，她可以建模出来。

没听到徐砚程回答，她停住，发现他正定定地看着她。

"怎……怎么了？"许萦不好意思地摸了摸自己的脸。

徐砚程摇头低笑："没，就是感觉你说得很好。"

在她说的过程中，徐砚程想到了她的专业。

她说她是学室内设计的，但是为什么现在要去中学教书，他不敢多问，怕不了解内情，没控制好分寸，伤到她。

"那就这样定了？"许萦没发觉不对劲的地方。

徐砚程："嗯，你定就好，我都喜欢。"

许萦再次感受到被信任，嫣然笑了笑："好！"

她一定要给他布置一间舒适又好看的书房。

用完晚餐，两个人便去隔壁商城的大型家具城采购。

许萦很老到地查看着各类家具的材质，因为事先做过攻略，所以很快就把徐砚程的书房要用的家具选好了，接着就是他们的卧室，最后是客厅。

两个人选完这三个地方，差不多到商场关门的时间了，只能改天再来。

回家路上，许萦见徐砚程沉着脸看手机，试探地问："是医院有急事吗？"

徐砚程："不是，是重症组组织爬山活动，我正考虑要不要去。"

许萦："去啊，你工作这么忙，去放松一下。"

徐砚程看向她，想起江济协的话，沉思片刻后说："下个月的事，也不急。"

重症组有个小群，一般都是有事情大家才活跃，江济协突然发起了团建活动。

江济协："下个月我们重症组休假，去爬山！"

鲁钦："我去！"

李逢："我也去！"

张盛："加一！"

云佳葵："我都可以。"

…………

全部是可以的回答，江济协突然说："@徐砚程你也去，最好带弟妹一起去。"

大家集体不敢作声。

徐砚程看到这里，略感无奈。

其实他们是什么心思，他都一清二楚。还有医院的八卦群在热议什么，他也知道。

他看了一眼正在观察路况的许萦，心想那帮人会不会吓到她……

徐砚程："再说，你们可以去玩，我留下来值班。"

江济协直白地说："你不去办了没意思，大家集体值班吧。"

鲁钦："……"

李逢："怎么感觉我们是充数的？"

司马昭之心。

徐砚程就知道江济协是打着爬山的旗号借机会想和许萦接触。

徐砚程只好说："我问问她。"

张盛："人美心善的师母一定会答应吧。"

鲁钦："对啊，肯定会的。"

徐砚程收起手机，问她："下个月的爬山活动一起去？"

许萦差一点儿踩错油门："你……你说什么？"

徐砚程："家属都去，去玩玩？"

许萦犹豫了一下。既然大家都去，她只好说："可以。"

肖芊蕙就常和唐知柏去参加医院的活动，许萦想着回头自己找她问问经验，可不能给徐砚程拖后腿。

许萦最怕要玩游戏——她可是游戏黑洞。

见徐砚程在群里回了消息，江济协开心得要给大家发红包。

徐砚程刚到市医院时，听人说"心外科的八卦大神江主任称第二，没人敢称第一"，这会儿算是信了。

他只是觉得有点儿不可思议——有一天，他会和许萦成为别人八卦的一对。

这种感觉，真不赖，徐砚程无声地笑了笑。

许萦并不知道男人的心思，还在规划着明天怎么布置家里。

到了小区，电梯在家门前停下，徐砚程牵着她出来。

忽然想起某件事，许萦说："你的书房的窗帘选浅色的怎么样？"

徐砚程正想说好，看到门口站着一个人。

许萦见他顿住，循着他的视线看去，看到一个窈窕的身影。女人穿着一身驼色的毛呢大衣，腰带束出不盈一握的腰。

女人察觉到身后的电梯门开了，抱着手转身，眼神凌厉地扫视着他们，最后目光落在许萦的脸上，红唇轻启，冷冷地问："你就是许萦？"

许萦握紧徐砚程的手，这个氛围……不太对。

女人紧盯着许萦，踩着高跟鞋缓缓靠近，一副盛气凌人的模样。她脸上隐约能看出岁月留下的痕迹，但不重，让人猜不透具体年龄。

先入为主的许萦以为女人只有三四十岁，这样一想，心跳到了嗓子眼里，在电光石火之间，脑子里把能想到的狗血情节全都过了一遍，琢磨着女人和徐砚程的关系。

前女友？旧情人？老同学？

女人越来越近，许萦深深地吸了一口气，抬起另一只手，环上徐砚程的胳膊，无声地宣示着她对徐砚程的主权，对上女人打量的目光，淡然地说："是啊，我是他的妻子。"

许萦心里告诉自己，关键时刻绝对不能怂。

她可是受法律保护的那个。

在女人就要走到她跟前时，旁边的徐砚程上前半步，挡在许萦身前，无奈地说："妈，别吓到她。"

许萦从他身后探出脑袋，眼神在两个人之间飘了飘，难以置信地问："妈？"

程莞在徐砚程面前站定，冷哼了一声："我还以为你打算生完孩子再通知我。"

徐砚程哑然笑了笑："那可能不会，您又不会帮我们带孩子。"

程莞表情完美的脸上出现裂痕，偏身说："别废话，赶紧开门，我在门口站了三个小时。"

徐砚程牵着许萦走近家门口，其间许萦悄悄地看了程莞几眼。

仔细看许萦才发现，徐砚程和他母亲长得挺像的，特别是鼻子往下的部分，简直一个模子刻出来的。

主要是女人长得太年轻了，许萦第一时间也没把她往长辈的关系上想。

许萦乖乖地跟在徐砚程身后，不敢乱动，后面站的就是程莞。

"你是不是想我是徐砚程的哪个前女友？"程莞问。

许萦被惊了一下，这个问题……也太直接了吧。

徐砚程拧开门，转头沉声警告："收起您那一肚子的坏水。"

程莞不屑地拨开胸前的头发："哪里有儿子这样说妈的？"

许萦夹在两个人中间，摸不透母子俩的相处方式，但很认真地回答了程莞的提问。

许萦稍稍往后偏头，说："我这样想也不奇怪吧，毕竟您长得好看又年轻，"她声音越来越小，"而且很有精英做派。"

徐砚程这么优秀的人，就算有个优秀的前女友或者关系好的异性朋友也很正常。

程莞听完眼前的女人的话，掩嘴笑出声来，忍不住抬手揉了一下许萦的脑袋："原来阿砚喜欢你这个类型的女孩子啊。"

许萦被突如其来的亲昵动作吓了一跳，睁着大眼睛就跟无辜的兔子一般。

徐砚程咳了咳，挡掉母亲作怪的手，仔细地顺好许萦的头发，对口无遮拦的母亲说："还进不进门？"

程莞开怀大笑："进！"

她可是特地来看儿媳妇的，不进门怎么行？

而许萦被程莞的话弄得面红耳赤。

走在前面的程莞完全不把自己当外人，自己动手找鞋子换上。

徐砚程悄声和许萦解释："我们领证后我和我妈说了这事，本想找个时间带你和她见面，把你正式介绍给她，不知道我妈怎么从国外回来了。"他关心地问，"没吓到你吧？"

许萦将眼神从程莞的背影上挪开，仰头看着徐砚程："吓到了，我心跳都要骤停了。"

徐砚程笑了笑，喜欢她这副坦诚告知的模样，可爱得紧。

他凑到她的耳边说："你放心，心脏是人体中最坚韧的器官，不会发生你说的事情。就算出事了，还有我。"

许萦紧盯着眼前的心外科医生丈夫，微微蹙眉："徐医生，你好直男。"

徐砚程挑眉："直男？小惊也挺直女的。"

许萦反驳："我没有，别乱说。"

徐砚程低头吻她的额头："不是直女，是可爱。"

她身上有股傻劲，想到什么就老实交代。纵然是她真的犯错了，任由谁面对表情真诚的她也生气不起来。

许萦后退半步，捂着他亲过的地方，心底泛起丝丝欣喜情绪，面上严肃："别以为你亲我，我就不计较你说我。"

"那要怎么办？"徐砚程放下东西，脱下大衣挂到玄关的衣架上，向她伸手。

许萦了然，把身上的外套脱下递给他："明晚你做饭！"

徐砚程："就这样？"

许萦："我还要点单。"

徐砚程笑了笑，受下这个惩罚："好，四个菜认错，行不？"

许萦笑了笑："我看行。"

其实她是故意和徐砚程开玩笑的，小心地试探他的性子，得出一个结论——

徐砚程很好说话。

许萦捧着买到的一束花走进客厅，徐砚程则去厨房洗花瓶。

程莞看了看两个人，场面过于和谐。

难道儿子真的背着她谈了个女朋友，然后结婚了？

为了吸引两个人的注意力，程莞清了清嗓子："你们是刚搬进来？家具少得可怜。"

许萦给程莞拿了水，怯怯地走到她跟前："是的，徐医生太忙了，搬进来后也没有再装修过。"

程莞才不信，儿子最嫌麻烦，这个家压根不像有人住过一段时间的样子——说不定他才从酒店搬出来。

她没有揭穿徐砚程，若有所思地"嗯"了一声。

徐砚程从厨房里出来，把花装好，放到茶几上，牵着许萦到空的双人沙发上坐下。

"你家行不行哪？我今晚能住吗？"程莞抱着胳膊问。

徐砚程拒绝："不行，您另外找地方住吧。"

许萦压住徐砚程的手，对程莞说："行的！"

程莞："我睡哪儿？"

许萦沉默了几秒，说道："您要是不介意，可以住我们那间屋子。"

程莞勾唇戏谑地问："那你们呢？"

许萦看了徐砚程一眼，说："我们睡客厅。不过您放心，明天家具就到了，我给您整理出客卧。"

程莞笑出声来："你倒是好客。"她又扭头对儿子说："你呢？有意见就快说。"

徐砚程神色寡淡许多，睨了一眼此刻处于兴奋状态的母亲："随您。"

程莞本来不打算住的，来和儿子打个招呼就走，但……

看着许萦不安的小眼神在乱飘，手一直拽着徐砚程的衣摆，程莞起了玩心。

"好啊，我就凑合一晚。"程莞大大咧咧地靠在沙发上。

"那我给您收拾屋子。"许萦找借口离开。

徐砚程见卧室门合上，才看向沙发上自在的母亲，语气沉了几分："适可而止。"

程莞换上了趑趄的表情："止什么？止不了。你一声不吭地回国，抛下你的老母亲一个人在国外。你说，我心里过得去吗？"

徐砚程揭穿她："是没有人给您做饭，所以您过不去吧。"

程莞被儿子弄得心虚："这……算一个，还有工作。"

徐砚程："您是在医院工作还是做太后？"

程莞委屈上了："我辛辛苦苦把你培养出来，好不容易在手术室有个省心的人能跟上我的节奏，结果你说走就走。我的心情，你考虑过吗？"

根据徐砚程对母亲热爱职业的了解程度来推断，她真正在意的是他回国工作这件事。

"您要是不习惯，也可以考虑回国。"说完，徐砚程起身，独留下在沙发上摆谱的母亲。

他来到卧室，就见许萦正踮脚去够收纳架最高层的被子。她的身子斜了一下，眼看被子就要全部砸在她身上，徐砚程阔步走过去，从她身后伸手顶住了被子。

许萦站在他身前，被子没压下来，他先笼罩在她的头顶。

"我来。"徐砚程空出一只手把她扯了出来。

许萦交代："还有旁边的枕头，一起拿下来吧。"

徐砚程把被子推回去，拍了拍手："不用了。"

许萦："啊？不盖被子吗？"

徐砚程揽过她的肩头回到卧室里，压着她的肩膀让她在床尾坐下："妈睡我们的房间不合适。"

许萦愣了愣："她睡客厅才不合适吧。"

徐砚程撑着膝盖，弯腰和她视线平齐，笑着说："她住在我们家都不合适。"

"啊？"许萦错愕地说，"赶她走……不好吧。"

他们哪里能这样对长辈呢？

徐砚程从裤兜里拿出手机，拨了一个电话号码，对面的人很快接通。他快速说："她在环江壹号 A 区二栋十九楼一号房，限您三十分钟内把人领走。"

许萦没听清对面的人说了什么，只听见徐砚程冷淡地回："来了就知道了。"

等他挂了电话，许萦放缓吞咽口水的动作，问道："是谁啊？"

她指了指他的手机。

徐砚程："我父亲。"

许萦觉得机会刚好，追问他家里的事："你爸爸在国内？妈妈在国外？"

徐砚程坐到她身旁："嗯，他们在我上初中的时候离婚了。"

许萦怔了怔，正犹豫着要不要继续问下去，徐砚程又说："不过吧，这婚离得不彻底，也难解释清楚，你就当他们是纠缠不清的老夫老妻好了。"

"懂了。"许萦没感受到夫妻离婚的仇恨，自己概括，"就是一对离了婚还恩爱的夫妻。"

"你说得也没错。我妈刚到婚龄就怀了我，和我爸生活十几年后，突然某天一句话没说就出国了。双方离婚闹了一年，后面倒是离婚了，但我爸隔段时间就出国找我妈，两个人就这种关系处着。"徐砚程说完，顿了一下，才继续说，"两个人挺恩爱的，他们的世界也容不下其他人。"

许萦感受到身旁的男人言语间的失落情绪，慢慢挪近他，微微倾身去看他的表情。本来垂着眼眸的徐砚程这时抬眼，直勾勾地看着她。

"你不开心吗？"许萦问。

徐砚程："可能当时太小了，他们的很多行为我无法理解。"

许萦能想象刚上初中的徐砚程一个人独自面对这些情况时，应该很不安，不知道自己的命运即将变成什么样。

许萦没多想，站到他身前，伸手将他搂到怀里，像他安慰她那样拍着他的背："都过去了，你现在过得很好，不是吗？"

徐砚程失神片刻。

他正想说，但在知道内情后，自己都能理解了，结果被她误解了。

她笨手笨脚地抱着他，绞尽脑汁地想着一些能安慰人的话。

他起了私心，没再多解释，想要留住她给的温情。

他抬手环住她的腰，偏头紧靠着她，感受着她暖暖的体温，满足于这一刻的相拥。

因为许萦的身子是倾着的，男人的力量又霸道，她站不稳，最后腿一软和他倒进软床里，重重地摔在他的身上。她急得慌忙坐起来，关切地问："你没事吧？"

徐砚程好笑地说："没事。"

许萦愧疚地说："我好笨，昨晚还撞到你的下巴了。"

徐砚程捏了她的鼻子一下："我都没怪你，你怎么还自责起来？"

"你可能是不好意思说我。"许萦觑了他一眼，说。

徐砚程笑着摇头："我是舍不得。"

听到这句话，许萦感觉她的体温又开始飙升了。

这人怎么总是漫不经心地说着撩拨人的话啊？

客厅在这时传来争执声，许萦连忙从床上爬起来："是不是你爸爸来了？"

见徐砚程走到门边，她跟了上去，以为要去见长辈，结果眼见他把门反锁上了。

"这样不好吧……"许萦说。

徐砚程让她安心："去洗澡吧，没事。"

下一秒，房间门传来激烈的敲击声。

程莞不爽地喊道："徐砚程你这个吃里爬外的家伙！你竟然跟老头子说我回来了！要是不乐意我住你家你就明说！要不是看你媳妇可爱，我才懒得多待！背后搞一套，你算什么儿子？！"

门缝隐约传来男人的声音，有人柔声细语相劝："小莞，别吓到儿媳妇，他们刚新婚，这样不好。"

"你敢说我不好？"程莞反问。

"你很好，特别好。我们先回去好不好？"

程莞不乐意："不走。"

不知道外面发生了什么事，程莞的声音逐渐变小，最后她喊道："徐望文，你算什么男人？吵不过就动手，你放我下来啊！"

许萦扒着门板听到外面的门合上，家里安静下来，弱声认同徐砚程的话："他们的世界确实容不下其他人。"

她从没见过这个年龄的夫妻还……这么有精力闹腾的。

短暂的小插曲很快翻篇过去。

晚上躺在床上，许萦翻了个身面对闭着眼的徐砚程："明晚一起去我家吃饭吧。"

徐砚程的母亲特地从国外回来，他们结婚两家人肯定要一起吃顿饭，在这之前，她想带徐砚程回家一趟。

徐砚程没有回答。

许萦撑起身子，看着他："你……不想去吗？"

"不是，"他摇头，"我是在想送什么好。"

许萦："不需要太贵重的东西，你要是买得太贵，我爸妈会有心理负担的，就——买一些吃的。"

她心想，吃的应该都挺便宜的。

第二天，不知道徐砚程什么时候起来的，许萦又一觉睡到大中午，明明昨晚十二点前就睡了。

说起这个，她还有点儿佩服自己，搬来新家没认床，甚至旁边多出一个男人也能安稳入睡。

家具城的工作人员刚帮忙搬完家具，她从卧室里出来，看到徐砚程正对着她画的图纸把家具放到相应的位置。

许萦经过厨房时发现中岛台上有礼品盒，问徐砚程："你买的？"

徐砚程抽空看过去："嗯，给你爸妈买的。"

许萦翻到旁边的小票，看到五位数的总额，倒吸一口气。

吃的东西……也有贵的，还贵得离谱。

和徐砚程弄完客厅后，许萦给父亲打了电话，说晚上回家吃饭，听对面的父亲笑着说了几声"好"。

挂了电话，她趿着拖鞋去徐砚程的书房找他。

徐砚程见她表情略微失落，问："怎么了？愁眉苦脸的。"

拧干抹布，她仔细地擦拭着书桌，说道："刚才和我爸打电话，才有一种我已经结婚的真实感。"

感受到对面父亲对她回家吃饭这件事有多开心，她不用想都知道，今晚饭桌上肯定全是她爱吃的菜。

徐砚程逗她说："看来是我不好，还没让你有结婚的真实感。"

许萦嗔道："不准逗我。"

徐砚程拉她起来："不逗了，去吃饭。"

许萦才想说徐砚程两句，他一提吃饭，她的思绪便跟着跑了。

用完午餐，困意袭来，许萦撑着脑袋坐在沙发上，强迫自己清醒，但实在是太困，靠着沙发就睡了过去。

徐砚程整理完卧室，出来看到缩在沙发一角睡着的女人，拿过一床毛毯给她盖好，适当地调高屋内的暖气，出了门。

许萦醒过来时是下午四点了，整个人傻在原地。

一天二十四个小时，她快要睡去十多个小时了。

她没在家里看到徐砚程，坐起来叫了一声："徐砚程？"

无人应答。

过了一会儿，家门被打开，徐砚程赶了回来。

她连忙起身迎接："你去哪儿了？"

徐砚程脱下大衣："有一台紧急手术，刚做完。"

许萦去给他倒水，徐砚程不客气地接过，一口气喝完了，看得出这台手术耗费了他的许多精力。

"下次有急事你和我说就好，又不赶时间。"许萦说。

徐砚程："你在睡觉，打电话就扫兴了。"

他走到中岛台边又接了一杯水。

不知道是不是职业原因，徐砚程在为人处世上的细节处理得和手术一样好。和他在一起的这段时间里，略微害怕和人社交的她也不会觉得不自在。

许萦忽然好奇地问："当年我让你半个小时后叫我起来，你是不是也这样想？"

面对陌生人的请求，不得不应下，他心里为难也不好多说。

徐砚程停下动作："扫兴？"

许萦点头。

她当时的要求，确实蛮麻烦的。

"没有，"徐砚程微微一笑，"我只怕扫了你小睡的兴致。"

许萦看着他，发自内心地说："徐砚程，你人真好，在学校肯定是班里的人都喜欢的那一类同学吧？"

徐砚程哑然失笑。

他从没收到过除了她以外的其他人对他的评价是好说话。

"不至于这么受欢迎。"徐砚程想了想，找不到什么好的形容，又想保持在她心里的形象，委婉地回答了她的问题。

许萦"啊"了一声："这样的吗？我以为你靠着一张脸，就应该让大家很喜欢了。"

在她的认知里，学生时代长得不错的男生、女生人缘都不会太差。

徐砚程掩盖惴惴不安的情绪，侧面问她："你学生时代也常打听学校里的事情？"

例如年级里哪位学生成绩好，哪个长得帅气，哪个家里条件好。

如果是这样，他会不会成为她年少时与人谈论过的对象？

可惜结果并不是他理想中的答案。

许萦直接说："没有，芊薏倒是常给我和栀子分享各种事，说了一两次后，见我俩反应过于平静——自那儿以后，我们只能做她的约饭姐妹，她找别的女生一起交换八卦新闻去了。"

高中时间太宝贵了，哪里有空去讨论别人的事，她总怕睡不够、学不会，怕考试考得一塌糊涂。

徐砚程笑了笑，微微失落的情绪是有的，但觉得没必要。

年少时光早过了，在她的角度来看，"徐砚程"这个名字或许都未曾留下过痕迹，她对他的记忆只有那一次换位考试，细节怕早被消磨淡了。

"走吧，差不多了。"许萦不知道徐砚程在想什么，看了一下时间，想着回去刚好能吃饭。

徐砚程敛起思绪："走吧。"

眼下他能和她在一起，已经是年少暗恋换来的最好结果了。

两个人进家后，沈长伽笑脸相迎，热情地招呼徐砚程，令许萦看了都怀疑沈长伽这两天是不是去进修变脸了。

沈长伽手里提着徐砚程刚才递过来的礼品，笑说："都是一家人了，小徐以后来不许买这些贵重的东西，我和你爸身体还好着呢，留着这钱过你们夫妻的小日子。"

徐砚程："应该的，您别客气。"

沈长伽笑容越发灿烂，这女婿是越看越顺眼哪。

许萦看透母亲的本质，穿好鞋问："我爸呢？"

沈长伽冲屋里喊："老许，你女儿找你！"

许萦带着徐砚程去了客厅里。

许质正在看新闻，抬头看他们一眼，不咸不淡地说："来了。"

徐砚程把给许质买的茶叶递上："小萦说您喜欢喝茶，这是找家里开茶庄的朋友拿的。"

许质喝了几年茶，对此多少了解一些，看到包装心中一惊，这茶没有几千块钱买不下来，而且这茶有钱也不一定买得到，还得看关系到不到位，徐砚程说是朋友的茶庄……

想到这里，许质不由得多看徐砚程几眼，总觉得他的家世没有沈长伽打听到的这么简单。

最后，许质心里最在意的是，这人才和他女儿相处多久，怎么就叫起小名了？

"饭等会儿好，你们再坐会儿。"沈长伽笑呵呵地从厨房里出来说。

徐砚程起身："我来帮您吧。"

沈长伽拦住他："不用，我们家第一天不让新姑爷下厨房，这是规矩，你就和小紫陪你爸坐会儿。"

如此和蔼的母亲，让许紫大跌眼镜。

她凑近许质小声问："我妈最近是不是心情挺好的？"

许质轻哼了一声："她就生了一天的气，第二天自己想通了，找芊蕙的妈妈聊了几次，笑容就没下过脸，然后就一直盼着你们回家吃饭。"

"她和苏姨聊了几次？"许紫心头莫名其妙地不安起来，"爸，她就只是和苏姨说了我结婚的事？"

许质："嗯，他们介绍相亲的，说一声很正常。"

许紫听到门铃响，正准备起身去开门，沈长伽匆匆从厨房里跑出来，用围裙擦了手，拧开门。

"长伽姐，你说让我帮你带回来的材料是这个吧？"

应该是沈长伽单位的同事送材料来了。

许紫家住的是单位小区，住在这块儿的，不仅有沈长伽的同事，也有许质的同事。

沈长伽感激地说："是的，是的，明早送审，我说今晚再过一遍，没想到走得急给忘了。"

同事笑了笑："你家姑爷今晚不是来吃饭吗？你急是正常的。"

许紫顿了顿。

徐砚程貌似发现她的不对劲之处了，小声问："怎么了？"

许紫摇了摇头，无奈地说："徐砚程你出名了。"

许紫能保证，从她妈的单位到他们家小区，今天谁不知道徐砚程来他们家吃饭，那都是她妈没有宣传到位的错。

第四章
做真的夫妻

起先，徐砚程还不能理解许萦说的话是什么意思。等到用完晚餐和她在小区里散步，路过的邻居都友好地上前"问好"，他才悟明白"出名"的意思。

大家跟约好似的——他们俩才出单元楼，就遇到几个同样散步的邻居，与他们热聊了许久，无不是问他的家庭情况和今天的心情。

他确实出名了，这个名是"许家的姑爷"。

徐砚程暗笑，觉得有些搞笑，但这样挺不赖的。

许萦笑着挥手送走不知道第几个和他们偶遇的邻居，揉了揉快要笑僵的脸，无奈地长叹了一口气。

她是不喜欢饭后散步的，宁愿花别的时间去健身房锻炼，也不想在散步的同时被迫和熟人社交。

今晚她是为了躲开过于热情的沈长伽才出门，结果是从一个泥潭到了另一个泥潭。

她多少经历过这种情况，有心理准备，只是比较担心徐砚程。

许萦抬头看了他一眼。

席间，许质叫徐砚程和他喝了几杯酒，是白的。徐砚程倒没有上脸，但脖子上浮了一层粉色，身上有淡淡的酒味。

"还好吗？"许萦关心地问。

徐砚程笑了笑："还行，很少喝白酒，有一点儿眩晕感。"

两个人并肩走在小区公园的小道上，夜色微暗，路灯还未亮，只有天际的灰白光和苍穹之上的几颗星子，月的轮廓也不明晰。

许萦搂住徐砚程的胳膊，带着他往里移动："昨晚刚下过雨，草地是湿的，别踩一脚的泥。"

见徐砚程一直望着她温文地笑着，许萦用手在他眼前摆了摆："醉了？"

他握住她的手，摇了摇头："只是很开心。"

所以他有种微醺感。

"被我妈夹了一堆菜，又被我爸劝了几杯酒，开心吗？"许萦疑惑了。

难不成徐砚程有什么受虐倾向？

徐砚程笑吟吟地说："小萦，这种开心的心情我不知道该怎么分享。"

许萦："直接分享啊，这有什么难的？"

开心他说出来不就好了？

徐砚程看着眼前的女人，还是不懂该怎么说才好。

他是真的开心，娶到她的真实感像今天下午她说才有结婚的真实感一样。

许萦真被徐砚程整蒙了。

他的眼神落在她的脸上，她捉摸不透他黑眸里的情绪。

走到公园小路的尽头时，他忽然上前抱紧她，惊得许萦整个人差点儿跳起来。

因为身高差，他弯着腰，手放在她的腰间和脑袋后，头紧紧地靠在她的耳侧，呼吸打在她的耳骨上。瞬时，仿佛有电流蹿遍她的整个身体。

"小萦。"他声音低沉且显得有些哑，有种宛如回溯历史千万年岁月，心间默默生出的沉重感。

许萦以为他是真的醉了，心情一时有些无奈，抬手回抱他，拍了拍他宽阔的肩膀："你说。"

徐砚程又一次摇头："就抱一会儿。"

他说不出自己的感受，更不知道从哪里说起，不想打破目前两个人逐渐升温的关系。

"徐医生，你喝醉了都是这样的吗？"许萦轻笑着问。

徐砚程纠正："没醉。"

许萦眨了眨眼，看着他说："不信。"

徐砚程环着她的腰的手轻轻一提，把她抱起来往前走了几步。

踩不到地面的许萦认怂了，软声求饶："你没醉行了吧，放我下来。"

身体悬空的状态让她太没安全感了。

两个人走到大路上，前面突然传来女人的爽朗笑声。

许萦挣扎着从徐砚程怀里下来，站好看过去。

来人是肖芊蕙的母亲——苏桂茜。

许萦眼神微挪，对上了一道热烈的目光——来自肖芊蕙。

"苏姨好。"许萦礼貌地叫人，转而问肖芊蕙："你也回来吃饭？"

许萦不忘给徐砚程介绍两个人，他随着她的称呼叫了人。

肖芊蕙远远就看到刚才两个人打闹的那一幕，比热恋中的小情侣还要黏糊，她的担心之情显得多余了。

今晚她听说许家姑爷要回家吃饭，下了班就过来了，一直不安地在家里坐着，怕隔壁屋的人闹不愉快。她一直严阵以待，以保证随时能第一时间冲过去给许萦撑腰。

肖芊蕙咳了咳："当然了，怎么说你和徐医生也是我介绍的——我不得在重要的日子看个热闹？"

苏桂茜拍了拍女儿环着她的胳膊的手背："哎哟，你这个小祖宗胡说八道，小萦和徐医生好着呢，把你的心安到肚子里。"

苏桂茜转脸面对他们，笑得开心："徐医生果真一表人才，和我们小萦配得很嘞！"

许萦尴尬地微笑着。

果然全小区的人都知道今晚她带丈夫回来见父母了。

看来他们不能再逗留，等会儿消息传遍之后，不知道还要"偶遇"多少邻居。

"苏姨，家里还有事，我们先走了。"许萦拉着徐砚程的袖子，告别后阔步往前走去。

肖芊蕙回身看向许萦，用手比出电话放到耳边的手势，示意回头电话联系。

许萦点头比了个"OK（好）"的手势。

回到单元楼后，许萦望着徐砚程问："感受到了吗？"

徐砚程笑着说："大家确实……很热情。"

许萦："你要是不习惯就和我说。"

反正他们以后也不会常住这边，情况也不会像今晚这样。

徐砚程："别人看的是我和我太太的热闹，我没什么不习惯的。"

他反而很喜欢这种情景。

许萦略显无奈，随后应和："也是，和你被看热闹，没有什么不好的。"

以前有点儿风吹草动是她一个人被整个小区的人看热闹，现在还有徐砚程陪着她。

两个人相视笑了笑。许萦挽着他的手，心情也没原先那么沉重了。

他们回到家时，沈长伽正在打包老家寄来的特产给他们拿走。

许萦本想说不要，但沈长伽坚持要她拿，说："也给小徐尝一尝你外婆的手艺。"

话都说到这里了，许萦也不好意思再说不要。

她的手机在这时响起，来电人显示方老师。

方老师半个月前回家待产了，许萦去一中接的是她的课，不过不用负责画室的培训，只需要上日常的美术课就行。

许萦去教务处签了合同后，值班老师给了她方老师的电话号码，让她先存着，说方老师随时会和她对接工作。

许萦让徐砚程在客厅里等她，自己跑到房间里接起了电话。

她和方老师聊了大概半个小时。

方老师后面会把已经弄好的教学文件和教案发到她的邮箱里，每个班级的授课进度也一并标好了。

许萦感激地说了几声"谢谢"。

若是交接工作没做好，她到学校可能会跟无头苍蝇一样不知所措。

挂了电话，她从房间里出来，没在客厅里发现人。沈长伽在吃饭时说过要再去单位一趟，审核的材料没拿完。

许萦不知道徐砚程和许质去哪儿了。

她越过客厅，隐隐听到走廊上有交谈声，于是走近，发现不知道许质和徐砚程正在聊什么，声音被玻璃隔掉了一大半。

从她的角度看去，许质抽着烟，状态像老了10岁一样，眼神沧桑地望着远方，吐了一口烟，接着继续说话。

徐砚程站在许质旁边，认真地倾听着，搭在栏杆上的手里夹着一根烟，烧出一大截烟灰。他没有注意到，一直保持着这个动作。

许萦拉开门，探出脑袋，故意板着脸说："爸，你这是带坏人哪。徐医生来我们家陪你喝酒，现在还要陪你抽烟。"

许质被打断谈话，也不恼，看了一眼"胳膊肘往外拐"的闺女，轻哼了一声，说："这根烟是我姑爷给我递的。"

许萦的目光落在徐砚程完美无瑕的俊脸上，她迟疑了几秒，准备反驳许质是在撒谎。

徐砚程抬手摸了摸鼻子，认错："是我给爸递的，说我，不怪爸。"

许萦："你？"

许质怕被连累，马上替自己找补："是啊，爸不抽这个牌子的烟，你看。"

他指着烟头上的logo（标志），见许萦还在犹豫，连忙说："你肖伯伯找我下棋，我先走了。你们走前别忘记拿土特产。"

许萦看着父亲的背影，怎么感觉他像落荒而逃？

她看向徐砚程。

他摁灭烟："我认罚。"

"搞得你们才像爷儿俩，"许萦说，"一个给一个打掩护。"

徐砚程笑而不语，领了这句数落。

他回到厨房用洗手液洗了手。

许萦站在旁边看着他："我又不介意你抽烟，你不用洗得这么用力。"

一双好看的手都被他搓红了，对艺术品向来爱惜的许萦不免心疼了一下。

徐砚程："就当是外科医生的毛病。"

许萦："这……"

她想起来他们外科医生进手术室前都要洗手，还要刷干净指缝，保持无菌状态。

她抽出一张纸，关掉水，裹住徐砚程的手，仔细地擦着。

其实……她想这样做很久了。

徐砚程的手长得别致好看，每当他指节紧绷时，她都会下意识地看过去。眼见那双手薄皮下的血管显现，覆在突大的关节上，她脑子里会不禁感叹他的骨节和手指简直是绝美比例，明明性感得勾人，但那十个修得平整的指甲又让人觉得这人有几分死板——"禁欲"这个词，像为他量身打造的。

"我爸和你说了什么？"许萦找话和他聊天，不让自己的脑子里的废料被看出来。

徐砚程任由她抚摸过他的手的每一寸皮肤："没说什么，聊了点儿你小时候的事情。"

许萦顿住:"我爸说我的糗事了?"

徐砚程摇头笑了笑:"夸你。"

许萦愣了一下:"不信。"

"他让我好好照顾你,说你冬天容易手脚冰凉,夏天又耐不住热,起居上要多注意;你比较爱睡觉,让我不要拿这一点做文章;你性子温暾但为人正义,没太多兴趣爱好,喜欢一个人待着做自己的事情,让我多多体谅。"徐砚程想了想,把听到的话大概说了一遍。

许萦听到后面,鼻子酸得难受。

"我爸真是的,说这些干吗?"许萦吸了一下鼻子。

徐砚程拿过纸巾丢进旁边的垃圾桶,轻轻地搂她入怀,小声在她耳边说:"他还说他以前当过兵,现在是派出所的警察,市局局长是他的徒弟。"

许萦笑出声来:"我爸真逗。"

徐砚程望着她脸上的笑容,勾了勾唇:"我听到这话,脑子空白了几秒。"

"好啦。"许萦说,"我爸的话你听听就好,他这人在派出所威风习惯了。"

徐砚程当真了:"我向爸保证了,会一辈子对你好。"

许萦心间暖暖的,双手环着他,笑着说:"谢谢你,徐砚程。"

他吻了吻她的耳骨:"不谢,小萦。"

亲昵靠近下温热的呼吸打来,她不由得害羞,偏身躲过,笑容加深。

周末徐砚程没有休假,排了夜班连着白班。许萦忙着弄讲课用的课件,手机里弹出了徐砚程一条接一条的叮嘱消息。

晚上睡前,许萦刚把电脑关上,屏幕就闪了闪。

她点开消息。

XYC:"买了牛奶,今晚你热一杯来喝,早点儿睡。"

许萦手里拿着水杯,长摁住语音键,说道:"知道了,徐主任。"

徐砚程回了语音:"徐主任?"

许萦:"他们不都是这样叫你吗?"

徐砚程:"我太太不需要这样叫我。"

许萦把听筒放到耳边,听到他这样说,嘴角翘了翘。

"谢谢徐医生关心,好好值班。"许萦去厨房找到牛奶,将其放到微波炉里,定了三十秒的加热时间。

徐砚程发来新语音："好好休息，家里的车你可以开去学校。"

许萦本想拒绝，但江都一中不在地铁线上，通勤不方便。

许萦："知道了。"

徐砚程没有再回复消息。

许萦也没多在意，估计他是紧急手术去了。

喝完牛奶，她就睡下了。

早上三个闹钟响过后，她才撑着身子起来，十分不乐意地去洗漱，随便吃了顿早餐，开着车去了学校。

许萦直接去美术组找组长报到。

组长汪丝栎递给许萦一本空白的教案本："做好课堂记录，期中和期末要检查。"待许萦接过教案本，汪丝栎补充道，"手写。"

来学校不到半个小时，许萦感到很不自在。特别是早会的同事欢迎环节，她尴尬得想立马逃离这个世界。

"小许今年几岁啊？"一个年长的老教师问她。

许萦："26岁，快27了。"

老教师："这样啊，看着像大学刚毕业，以为你才20岁出头。"

许萦微笑："过奖了。"

老教师又问："有对象了吗？"

其他在放空的老师齐刷刷地看了过来。

突然成为人群的关注点，许萦喉咙一紧，快速地眨了眨眼睛："刚结婚。"

老教师"啊"了一声："我以为你还单身呢，准备给你介绍几个。"

被才认识没多久的同事打探隐私，许萦不想透露太多，笑笑回应："不用了，谢谢。"

她后面安排了课，便拿着课本和U盘走向教学楼。

今天上午和下午满课，全是高一的课。

因为是新老师第一天给学生上课，班主任带着她认识班里的同学。

孩子的精力比办公室老师的精力还旺盛，许萦自我介绍结束，他们就好奇地提问。起来一对四十，她完全招架不住。

等上完一天的课，许萦坐在车上麻木地看着前面的大树。

车窗被敲响，许萦降下车窗。

"许老师，你开车来的啊？"同科室比她年长2岁的迟芳芳问道。

许萦点头："迟老师下班了？"

迟芳芳叹气："是啊，我老公的公司总加班，我这不是赶着去接儿子和女儿吗？我婆婆腿脚不方便，带不了孩子。我一个人又是上班又是照顾家的，累得要死。"

她还想继续长篇大论，包包里的手机响了。幼儿园老师问她大概什么时候到，她笑着说"马上"。

迟芳芳给许萦留下一句"下次聊"，上了旁边的轿车。

许萦瘫坐在驾驶座上，心里闷得难受，平复了许久，才启动车子往家里驶去。

从电梯下来，她准备唤醒密码锁时，门从里面被打开了。

一个男人从屋内往外跳了几步，还没站稳，西装外套就狠狠地往他的脸上砸去。

许萦偏身贴在墙上。

岳泽拉下衣服，头发瞬间变得乱糟糟的："我说程哥你不地道啊！你也不看看这房子……"

他注意到对面站着一个女人，瞬间死死地盯着她瞧，恨不得瞧出一个洞来。

"小惊，过来。"徐砚程叫她。

在混乱的场面下，许萦毫不犹豫地往徐砚程的方向跑去。

"原来是嫂子啊。"岳泽换上了贱兮兮的笑容。

徐砚程沉着脸说："没事你就可以走了。"

岳泽抖了抖衣服，穿好："嫂子，明晚我们约了饭局，你和程哥一块儿来。"

徐砚程眼神都没给他，直接拉上了门。

岳泽看着门合上，"啧啧"了两声。

程哥的幸福他岳泽奉献了一半好不好——要不是他，现在夫妻俩就住酒店去了。

不对，酒店也是他的。

他越想越觉得徐砚程不够兄弟，问两句老婆的事情就和他急。他明明是那个爱情丘比特，给徐砚程提供了多少帮助啊！

许萦脱下外套，将通勤包随便挂上，就拖着疲惫的身子进了屋子。

徐砚程给她倒了杯水，看着她眉间外露的忧愁之色，问："今天课很多吗？"

他兜里的手机振了振，是岳泽发来了欠揍消息。

岳泽："忘说了，当初管家以为我这屋子是用来藏娇的，准备的套在床头柜的第三层抽屉里，这个福分就给你了。"

徐砚程冷淡地回："我新婚，是应该请岳伯父吃顿饭了。"

岳泽怂了："程哥，有话好好说，我才没过几天清净日子，可别让我家老头子来催我结婚。"

见岳泽消停下来，徐砚程走到了许萦跟前。

他穿着一身深灰色的家居服，显得平易近人。许萦看着他，心底的那一道防线也松动许多。

她迟疑地点头。

徐砚程在她旁边坐下，碰了一下她的手背，感受到凉意，手上包裹的力度紧了紧。

"我也不知道怎么了，上一天的班就要把我的各种焦虑情绪勾出来了。"许萦撑着下巴，垂眸盯着地板，余晖洒下，灿烂光影摇曳着，"我这一身衣服不合适，还被问婚姻状况。

"面对四十个学生像面对四十个考官，还有老师提醒我不要错过生育的最佳年龄。"

许萦蓦地觉得地板上的那一抹灿烂阳光刺眼得难受，心底的浊气顶着胸口，抒发不出来，烦躁情绪渐生。

反应过来自己竟然一个劲地说消极的事情，她怯怯地看向徐砚程。

他笑容淡淡，不像不耐烦的样子。

"你……"

你就当没听到过吧。

徐砚程："你怎么想的？"

许萦的思绪被带走，她指了指自己："我？"

徐砚程点头。

许萦轻声说："我妈很满意我的工作，我说不上满意，但觉得我能试一试，现在还行吧。才第一天我就说丧气话，是不是不太好？"

"小萦，你有任何情绪都是正常的。"徐砚程缓缓说道。

许萦："所有？"

徐砚程："喜怒哀乐，所有情绪都正常。"

许萦抬手揉了揉后脖颈，注意力涣散："你不觉得烦吗？"

她这个人很害怕承受另一个人的情绪，总怕不能给对方正确的情绪

109

反馈。

像开心，她要表现哪种程度的开心去迎合别人的开心？

像难过，她又应该说什么合时宜的话去安慰别人？

她认为处理他人的情绪这种事，比处理自己的情绪还要麻烦。

"不会。"徐砚程说。

许萦抬头打量他一眼，只见他那双如秋潭般的深眸忽地变得幽深，似利风，又带着水的柔意。

她感受到了他眼底传递给她的重量。

"你是我的妻子，如果连我都不愿意去听你内心真实的想法，其他人怎么能给你慰藉？"徐砚程指腹摩挲着她的鬓发，动作轻柔，让她感到有些痒。

许萦胸腔里复杂的情绪敦促着她去较真些什么。她求证似的问他："就因为你的身份是我丈夫，你有这个义务是吗？"

见她的目光可怜兮兮的，徐砚程忍不住将拇指压在她的卧蚕的泪痣上，又不忍心弄疼她，移开了手。

徐砚程："不仅仅是。"

许萦耷拉着脑袋，哀声说："我又庸人自扰了。"

一旦陷入情绪困境中，她就会进行逻辑死环假设。

"小惊，"徐砚程耐心地说，"比起所有关系，我希望我是以丈夫的身份和你在一起，去关心你、照顾你。"

许萦将脸靠在膝盖上，抬眼看他，犹豫着这一句"为什么"要不要问出口。

"我们之间没有太多感情基础，我只能私心想，如果我有一个让你无法拒绝的身份和你在一起时，你就不能拒绝我的关心和照顾。"徐砚程一字一顿认真地对她说道。

现在有人若是问他，他和许萦做男女朋友愿意吗？

他不愿意了。

对的，他是不愿意了。

要是以前，他觉得能有个靠近她的身份就很好，就算是朋友都好。

而现在，他就是想要以一个许萦无法拒绝的身份陪着她。

徐砚程的话如幽幽山间溢出来的水滴，一滴一滴地下落。

她就像水滴下面那块岩石，被侵蚀，心中打的结被徐砚程的温柔一点点地拆解了。

她深深地看着他那双深沉的眼眸，试着去给那一份情感下定义。

他对这场婚姻是认真的。

"徐砚程，我们试试吧。"许萦说，"我们做真的夫妻。"

许萦坐在床尾，不安地用手绞着被子，平整的被子起了层层褶皱。看到后，她又用掌心去将褶皱抚平，才发觉自己的手心出了虚汗。

许萦懊恼地揉了揉自己的额角。

她觉得她是疯了，对一个男人说出那样的话。

听到厕所的门被拧动的声音，她拉开被子，从床尾蹿进去，睡在她平时的位置上，不敢乱动了。

屋内的灯暗下，只有和厕所相接的廊道留了一盏夜灯，荧荧地映在地面上，推动着屋内渐升的暧昧气氛。

床的另一边微微下陷，才这样，她的体温便不再受控，分不清在上升还是下降，心跳迷失，困顿的感觉就像雨打在长街边的落叶上的气味，沉重又清晰，她感觉神经像处在两个极端被拉扯着。

许萦的手腕被徐砚程握住。

"紧张？"徐砚程用手抚过她的脖颈，薄薄的皮肤下是她剧烈跳动的脉搏，快而有力，似重物坠入无底深渊，不停地加速，加速。

但她说——

"不怕。"

许萦放轻呼吸："我不怕。"

她已经不知道这句话是说给他听，还是说给她听。

徐砚程低下头，抵着她的额头，一呼一吸之间，与她四目相对。

她怯懦了，不敢去看这双忽然又深沉了许多的眼眸。那里面有着奇异光彩，在摇曳生姿，在交相辉映，像极了暮霭沉沉时，森林尽头不可知的黑洞。

在看得见和看不清之间，他比远古的神秘传说还勾人。

周围温度在上升，他们在下坠。

"小惊。"他喉咙里溢出缱绻又深沉的声音，似醇香的果酿——吻更似。

他研磨着她的唇珠，舔舐、吮吻着，折磨着她，动作虽然温柔，可又令人觉得可怕。

徐砚程不再深入，与她微微拉开距离，看到身下的女人在发抖，于心不忍，抚摩着她的脑袋，亲吻她的眉梢和眼角。

"睡吧。"徐砚程哑声安慰道。

许萦身子一僵,睁开眼愣神地看着他。

徐砚程轻笑着说:"不着急。"

许萦定定地看了他好一会儿,控制不住生理泪水往外溢。她知道枕头肯定湿了一大块。

"我没事。"许萦收紧拽在他的腰间衣衫上的手,吸了吸鼻子,又说,"我想继续。"

徐砚程略显无奈,宠溺地看着她,想着应该怎么劝说比较好。

许萦知道自己现在很不争气,抬手抹掉泪水,认真地对他说:"我不是害怕你的触碰,只是很紧张,如果不是害怕你的触碰,就没有必要等到下一次。"

徐砚程失笑。

小姑娘看来很清醒,逻辑清晰,还能表述心情。

他将她的手腕压到柔软的被子里,禁锢住:"小惊,这可是你说的。"

许萦不知道接下来会发生什么事,顿了一下,点了点头。

山雨暴烈地落下,砸出一朵一朵粉花,抑或留下长印迹。

……

今晚,徐砚程产生了一堆混乱想法,是从前不会做的假想和比喻,像心脏要炸开了,像整个人在云端又在地狱里。

他抽掉了半包烟,还是难以平复狂跳的心。

他看着旁边陷入熟睡状态的女人,枕着胳膊,眼神不舍得挪开。

心绪过于混乱,他竟然理不出一个想法,倾身去吻她的嘴角,心底道了声"晚安"。

徐砚程做了一个很沉的梦。

周三,早上七点半,地点是在他们班级的清洁区。

因为是排好组的,他被安排在每周周三打扫清洁区。

高三以后,班里的大多数同学懈怠了除学习外的事,他是第一个到的。

他发现旁边清洁区的班级来了人,是个女孩。女孩打着哈欠,拖着疲惫的身子慢悠悠地扫着地,有点儿笨拙,还有点儿迟钝,扫到他们班的清洁区了。

他本想出声提醒她的,看到她的容貌的那一刻,又收回了脚步。

徐砚程在一个角落站定,看着她扫扫停停,片刻后,一阵叫声传来:

"你糊涂啊！扫错了，我们的清洁区在这边！"

女孩顿了一下，不可置信地说："可……我快扫完了。"

跑来的男生"哎"了一声："行了，就当你扫了，反正我们班的清洁区地方小，等会儿找其他人来扫。"

女孩点了点头，迟疑了一下，继续把最后的垃圾扫干净，然后拿去垃圾桶倒掉，并没有因为扫错就半途直接跑了。

倒完垃圾后她还跑回来看了一圈，自己夸了一句："好干净，这个班值日的同学肯定爱死我了。"

她顶着一张郁郁的脸说出这么一句搞怪的话，莫名其妙地有点儿反差萌。

其实女孩只要稍稍注意一下，就能发现他一直站在她扫的领域里，而不是傻乎乎地把整个清洁区扫完。

徐砚程的双眼望着她的背影，自从上次考完试，他就一直惦念着她，没想到能在这里偶遇。

小女孩怪有趣的。

对了，刚刚那个男生叫了她的名字。

许萦。

徐砚程默念了一遍，记下了。

殊不知，他这一记，就是一辈子。

第二天一大早，徐砚程有早班，叫醒了沉睡的许萦。

许萦微微叹气，撑着身子坐起来。

徐砚程从衣帽间出来，正在打领带："还困？"

许萦仰头看着他，然后羞愧地垂下了头。

晨起的他们简直天差地别——徐砚程西装革履，打着领带，精神极佳，气质温文，她，头发乱糟糟的，像个疯婆娘。

"我去做早餐，你准备一下。"徐砚程以为她是不好意思，特地把空间让出来给她。

许萦下床的时候，随着脚底板一股钻心的疼痛感蹿上来，反射性地将脚缩回床上，不由得悲惨地想……要不然，请假吧？

可她上班第二天就请假，似乎很不好。

许萦靠着意志力刷完牙，挑了一身深灰色的冬天运动装，站在镜子前扎头发。

她一捞起头发，就被脖子上艳红的吻痕吓到了，又匆匆把头发散下来，对着镜子捣鼓，确保全都遮好了。

弄了几分钟，她还是不放心，翻出一件高领打底衫穿在里面，遮盖了昨晚留下的暧昧痕迹。

餐厅中，徐砚程见她打完哈欠后整个人有点儿呆滞，忍不住伸手揉了揉她的脑袋。

"我刚刚整好的。"许萦偏头躲开他的"魔爪"。

徐砚程又细心地替她整理好头发："等会儿我送你去上班，晚上再去接你。"

许萦咬了一口徐砚程做的三明治："你上班不会迟到吗？"

徐砚程："我没有太严苛的上班时间，只要在那个点到就好。"

许萦也不知道怎么想的，突然冒出一句："没有打卡时间啊，真好。"

徐砚程笑出声来："小惊想转行啊？"

许萦想到手术室里的场面，不由得打了一个寒战。

"我不行！"许萦说，"我碰到手术刀，怕是会瞬间患上帕金森病。"

徐砚程被她的说法逗笑："吃吧。"

怕自己憨憨的本性被徐砚程看破，许萦不再说话，老实地解决完早餐。

到了学校，许萦和徐砚程挥手告别，转头遇上了迟芳芳。

"许老师早啊，你今天打车来的？"迟芳芳又回头看了一眼车牌，笑说，"是有人送你来的？"

许萦和她同路，又不好找借口躲开，只好说："我先生送我来的。"

迟芳芳惊呼："你老公不上班吗？这个点还送你？"

虽然因为迟芳芳的问题而觉得不是很舒服，但许萦知道迟芳芳是无恶意的。

许萦："他是市医院的，上班时间比较宽松。"

迟芳芳眼睛放光："医生哪！你老公也太厉害了。"

许萦应下，内心认为徐砚程确实很厉害，她的面上淡然地微笑："谢谢夸奖。"

为了不再被迟芳芳盘问家底，许萦加快了脚步，假装抬手看表："我早上有课，迟老师我们走快些吧。"

许萦到了美术组办公室，也不敢多停留，生怕这些老师找她聊天，拿完教材就慢悠悠地散步去往教室。

她出门时，隔壁音乐组的三个年轻老师正和她擦肩而过。她听到其中一个人说："听说了没？隔壁新来的美术老师是走关系的。"

另一个人："一个萝卜一个坑，反正是合同工，也碍不到我们吧。"

走在末尾的女人说："那也得是本专业出身，不是半吊子都能在一中教书。赶紧走吧，有早会。"

许萦停下步子，往后看着三个人远去的背影。她们可能不知道，她就是她们说的那个"关系户"——不然她们也不会光明正大地在她前面讨论这事。

她自嘲地笑了笑，没想到有一天自己还会被打上这样的标签。

看到不远处的大树的一些枝丫开始冒芽了，许萦深吸一口气，蓦地觉得今天的天气挺好的，而昨晚说的那些丧气话是不是太过了？

胡思乱想一通后，她觉着又不是不能坚持了，那就再做一段时间，或许自己适合做老师呢？

带着"反正在哪儿，她都是碌碌无为的那一个人"的想法，她忙到了下班时间。

许萦在学校外的一条街道上等徐砚程，因为是放学时间，校门口来往的学生很多，车辆通行不方便。

看到不远处徐砚程的车驶来，她正琢磨着今晚要吃什么，身后有个同学叫她。

"许老师？！"

许萦回身，看到两个比她还高出一个头的男生。他们的书包歪歪地挎在身上，两个人中的一个倒是有点儿学生的模样，另一个校服敞开，拉着袖子露出胳膊，冷着一张脸，像电视剧里特别不好惹的校霸。

"你们好。"许萦点头。

车子这时靠在路边，她对他们说"先走了"，拉开门坐了上去。

方程紧盯着远去的车辆，用胳膊肘推了一下旁边的少年："哎！你猜猜是谁来接许老师？"

程戚樾淡然一瞥，定睛看了几秒："不猜。"

方程"嘁"了一声，自顾自地说道："让我说啊，就是她的老公。"他又碰了一下程戚樾，"还记得不，昨天课上她说自己结婚了。"

程戚樾冷冷地看着方程："你什么时候话这么多？"

方程："……"

程戚樾懒得给他眼神，阔步往前走去。

方程挠了挠头，无辜地说："我是招他惹他了，火药味这么冲？无语……"

许萦看着车辆驶入陌生的街道，转头问："我们不回家？"

徐砚程："打算去超市买些食材，对了，我的朋友约了饭局，如果你不介意，可以一起去。"

徐砚程发现许萦不是很喜欢社交，除去必需的社交活动，她几乎不怎么和外人来往。

许萦记起了昨天那个被徐砚程赶出家的男人，以及——昨晚徐砚程从床头柜的第三层抽屉最深处拿出一盒小雨伞时，说是那个男人准备的。

许萦羞红了脸，说什么也不是，干脆不说话了，只点头。她乐意去这一场饭局。

地点是一家KTV，走廊的灯光亮度暖昧得正好，许萦对陌生环境产生了不安情绪，凑近了徐砚程。

徐砚程牵过她的手，安抚地拍了拍她的手背。

两个人到包间时，人已经来齐了。

岳泽在看到门口手牵手的两个人后，吹了一声口哨，欢呼道："把点的东西全上了！"

服务员微笑着说"好"，鞠躬后退了出去。

徐砚程给她一一介绍了他的好友，许萦怯生生地和他们打了招呼。他们投在她身上的目光特别炙热，但没多问什么，有时候不小心说差了话，抑或是把心中的话说出来时，就自己拍拍嘴巴，让她别放在心上。

许萦坐在徐砚程旁边，两个人共坐着一组沙发。她问："是不是你让大家不要问我太多问题？"

徐砚程垂眸笑了笑："是，怕你不自在。"

喝得上头的岳泽拿起酒杯，举向徐砚程，"哈哈"笑说："为了庆祝我们程哥、程嫂新婚快乐，我决定和程哥合唱一曲送给大家！"

他说完，旁边看热闹的吴杰棣夫妇鼓掌，两个人的叫好声此起彼伏。

徐砚程的目光凛若冰霜，令岳泽酒都醒了三分。但他不甘心，面对许萦笑着说："程嫂，你说呢？"

对新称呼略显得陌生的许萦看了看徐砚程，又看了看大家，点头说："可以。"

她还没听过徐砚程唱歌，心底生出无限的好奇感。

徐砚程看她几秒，见许萦笑意盈盈，最后也笑了笑："好。"

岳泽拍了拍旁边的高脚凳。

徐砚程走过去接下麦克风坐下。

岳泽点了一首粤语歌。

吴杰棣嗤笑："岳泽这人就是有毛病，每次约在 KTV 聚就会找程哥合唱，越唱是越难听。"

许萦笑问："有这么夸张吗？"

秦樱："你等着听，比你想象中的还要难听。"

许萦回眸看去。

岳泽进开头慢了整整两拍，而且……粤语很"塑料"，十个字有九个音是飘的。

她忽然懂为什么岳泽找徐砚程唱歌，徐砚程的脸能这么臭了，魔音就在耳边，怎能不难受？

"为什么他总找徐医生合唱？"许萦问。

秦樱："程哥的妈妈是港都人，程哥粤语说得很好。"

许萦才懂，原来程莞是港都人。

前半段歌曲终于过去，岳泽的魔音不再荼毒大家，徐砚程把麦克风拿起，看着字幕，沉声唱出歌词。

他粤语的发音确实很标准，转音低沉，有种风月的故事感。

许萦想起第一次见到他的场景。

她对他的嗓音颇有好感，当时就觉得，他若是说粤语，那一定很蛊惑人心。

真实情况也确实如此。

他的每一次停顿，好听到令有些声控的她无法抗拒。

两个人唱的是《蜚蜚》，唱到高潮那句"仿似悬崖上恋爱，其实有多精彩，全凭自欺欺骗，我赢得到爱"，许萦怀疑自己听错了，岳泽哽咽了。

一曲结束，在场的人都没有说话，氛围忽然变得沉重。徐砚程他们下来后，大家一起喝了几杯酒，接着就换地方吃饭了。

差不多九点时，许萦和徐砚程先走一步。因为喝了酒，两个人便站在路边等代驾。

许萦望了徐砚程几次，忍不住问："岳泽是被伤害过吗？"

本来没心没肺的一个人，后半场连句玩笑话都没说。

徐砚程回道："是他不小心伤害到别人——他是这样说的。"

"他们……就没有可能在一起了吗？"许萦看着他说，"挺可惜的。"

"我有时候和你想法一样，两个人喜欢不就可以在一起了？"徐砚程自嘲般轻笑，"可有时候单单喜欢是不够的。"

"感情好复杂啊……"许萦耸肩，愣愣地看着车流，"那你呢，也是这样想吗？"

徐砚程用大掌包裹住她冰冷的手，垂眸看着她："以前是，现在不是了。"

"为什么？"许萦单纯地眨了眨眼。

徐砚程："只有很喜欢的时候，喜欢到老天爷都听到的时候，他才会让有情人走到一起。"

许萦哂笑："徐医生，你唯心主义了。"

徐砚程低头吻她上扬的嘴角："偶尔唯心，没有什么不好，我们的伟人也说过这样的话不是？

"'我这一生都是坚定不移的唯物主义者，唯有你，我希望有来生。'"

也可能是他的喜欢真的被老天爷听到了，所以，他在爱上她的城市里，再次遇见了她。

她不知道他有多喜欢她。没事，有一天，她会听到的。

许萦琢磨着他的话，怔住。

她是被告白了吗？

第五章

从 26 岁开始拿满分

第四天上班，许萦还是提不起精气神，早上用早餐的时候，连咀嚼的动作都放缓了。

徐砚程扯过纸，擦了擦她脏到的下巴："在想什么？"

许萦瞥他一眼，丧气地摇头："我也不懂。"接着她看着他说，"等搞清楚了，我再告诉你。"

徐砚程被逗笑："不着急，把早餐吃了，我送你去学校。"

许萦老老实实地把早餐吃了，然后坐上徐砚程的车去学校。

今天徐砚程休息，但有一台手术，上午要去一趟医院，走前说晚上过来接她。

许萦拉着挎包随着人群走进学校。

保安伸手拦住她，严肃地问："那位同学，出示一下校牌，还有你上学期间怎么不穿校服？！"

许萦指了指自己。见保安点头，她走过去说："我是老师，不是学生。"

她长得很年轻吗？

比起肖芊薏温柔的长相和楚栀甜美的长相，她已经算成熟了。

保安又看了看许萦，抬了一下老花镜："真的？"

许萦点头："真的！"

保安："工作证。"

既然她不是学校的学生，那就是社会人士，保安查她的工作证也正常。

不巧的是，她报到的第一天才刚把照片发给教务处，她的信息还没有录齐全，她的工作证也没发下来。

"我……"许萦为难，找不到一个法子来证明自己的身份。

"许老师。"

一个清冷的男声传来，许萦循声望去，觉得男生看着很是眼熟，应该是班里的同学。

她记名字慢，只有大概印象，叫不上对方的名字。

"你是……？"许萦尴尬地顿住。

"程戚樾。"男生回答，转身和保安说："黄伯伯，这是我们班新来的美术老师。"

看样子男生和保安应该认识。

程戚樾说完这话后，保安眼中的顾虑少了许多。

许萦抓住时机解释："是的，我最近在办手续，证件一类的东西估计还要一段时间才下来。"

保安："行，你先做个出入登记。"

说完，他从抽屉里拿出一本出入登记表给许萦，让她在空白行填写好个人信息。

写完这些东西，许萦去找程戚樾，只在校道尽头远远看到他的背影。

许萦觉得奇怪，这男孩帮了她，怎么也该给她一个机会说谢谢吧，走得也太快了。

但没时间纠结小细节，许萦赶着去办公室拿教材，赶着去上第一节课。

高中的美术课没有固定教材，上一个任课的方老师选购的是一本美术欣赏课本，许萦就按照方老师规划好的计划给大家上课。

美术课像历史课一样无聊，甚至没有历史课有趣，都是冗长的背景介绍、作者的个人简介以及作者基于什么思想和环境下作出了这幅画。

许萦倒是很喜欢去了解这些东西。

了解了一个时代背景和作者的生平，她就能在画作上解读每一抹色彩的用意。

如果这堂课她是给艺术生上的，或许大部分人会正襟危坐，甚至开始做笔记，如果在其他班级讲课，听课的人寥寥无几，会听也是因为兴趣爱好使然。

许萦不喜欢布置课堂作业，上级又有指标要求——每个班一个学期的美术课，每个学生最起码要上交两幅画。

讲到一半，许萦把剩余的时间留了出来，让他们完成课堂作业，简单地定了个题目，其余部分学生自由发挥。

上完上午的课，她困得不行。大多数老师住在附近的教职工小区楼里，中午一般回家休息，许萦住的地方略远，教学任务又重，上午偶尔有一节课，下午全都是满课，就只能在办公室里凑合。

她用完午餐回来，抱着特地买的枕头，迷迷糊糊地睡了过去。

下午赶到教室时，许萦见这个班的上一节课的作业没完成，就把这节课也挪出来给大家画画了。

看似很轻松，但她坐在讲台上不能玩手机，监控摄像都开着，被教务处巡逻的老师抓到老师上课玩手机，是要扣工资的。

艺术类的副科对高中生来说，是难得的休息时间，人放松下来后，就容易话多，特别是精力旺盛的高一学生。

有人大胆地隔空对许萦喊话："许老师，你给我们说说你的恋爱经历呗！"

旁边的人附和："对啊，一定很浪漫吧！"

许萦不得不板着一张脸问："作业完成了吗？"

"差不多啦，老师和我们聊天吧。"下面望着她的人还卖起萌来。

可许萦不喜欢和不熟悉的人分享个人隐私的事，就算此刻的学生可爱又会卖萌。

"我……"许萦想拣一些不轻不重的点大概说说，既满足了他们的好奇心，也不会为难自己，还没说完，走廊上传来了严厉的呵斥声。

教室里的学生瞬间躁动起来，七嘴八舌地讨论着走廊外到底发生了什么事情。

"那不是程戚樾吗？"

"是呀，你不说我都没发现他不在教室里。"

"哎呀，你没发现不是正常的事情吗？他本来就是这样的人，冰冰冷冷的，也就一张脸能看。你以为谁稀罕和他玩？除了他的同桌方程，其他人不是见到他就躲得远远的？"

许萦看了一眼。有个学生应该是迟到了，被教务处巡逻的老师抓到了。许萦让大家安静地坐好。

学生到底有些怕老师，听到命令后，见到许萦紧绷着脸，大家不敢再造次，坐回了自己的位子。

程戚樾是班里的学生，这节课没到她按程序只用将情况报备给班主任即可。许萦向来不是喜欢多管闲事的人，想着是班里的学生，还是放心不下。她放下手里的投影仪操控笔，出门大步走向了两个人交谈的地方。

许萦打断两人。

贺明停下来，转头就看到一个穿着浅灰色休闲运动套装的女人神情认真，紧紧抿着唇。

"你是哪个班的老师？"贺明问。

许萦："我是程戚樾他们班的美术老师许萦。这节课，是我在带。"

贺明说："你就是替方老师的教师？"

"是。"许萦劝说，"程戚樾迟到确实不对，但我们还没有听他说理由就训斥是不是不太好？这也不符合教师综合素质中面对学生犯错教师应当给予正面管教的规定。"

许萦的声音不小，贺明瞟了一眼后面，见学生都趴在窗户上偷听，为了不影响课堂纪律，对程戚樾说："按照校规，你先把家长叫来。"

说完，他回了办公室。

许萦为难地看向程戚樾，拿出老师的立场问："还好吗？"

程戚樾盯着她："好。"

许萦正在想办法，说："这件事情我们还是先去向班主任汇报吧，后面再说。"

程戚樾摇头："不用了，我叫家长。"

说完，他从口袋里拿出手机，转身去走廊尽头打电话了。

许萦忽然觉得自己莽撞地办了坏事，不知道他的父母怎么想的，要是全听了贺明的一面之词，最后倒霉的岂不还是他？

班里的课还要继续上，她回到讲台上。刚才还趴在窗户上的学生一个坐得比一个端正，就像一直这么乖巧，从没偷听。

许萦下了课后，在长廊上驻足，长呼了一口气。对教师这份工作，她到底适合吗？

上一秒她在肯定自己，下一秒又否定了自己，反复几次。

明明没有选择困难症的人，却瞬间患上了选择困难症，给自己下定义都做不到。

"小萦？"

许萦回身，看到了穿着一身白色休闲棉服的徐砚程。黑色的休闲裤脚收到了马丁靴里，背后是白色的斜挎包，黑发略微凌乱，他像足了还在念书的男大学生，洋溢着少年感。

"你怎么在这里？"许萦讶异。

徐砚程走向她，手从兜里拿出来覆盖在她的耳边，热乎乎的温度包裹着她的耳朵："办事。"

许萦左右看了看，发现有学生在悄悄打量这边，于是抬手碰掉他的手，不好意思和他凑得太近。

徐砚程在外也会照顾她的感受，静静地和她保持令她有安全感的距离，微微抬了抬下巴："办他的事。"

许萦对上程戚樾那清冷的双眸，僵了僵，看向徐砚程："他？"

徐砚程含笑点头，冲程戚樾招手，倚靠在柱子旁一副漫不经心作态的程戚樾站直走了过来。

"自己说。"徐砚程说。

程戚樾懒懒地瞧了许萦几眼。

"他是我哥，"程戚樾说，"亲哥。"

对的，程戚樾的眉眼和徐砚程很像，准确地说他们的眉眼都像极了他们的父亲。

见许萦愣住，程戚樾继续解释："你也帮了我，谢谢了。"

徐砚程听完寡淡的两句话，眉头微皱："完了？"

程戚樾冷冷的眼神在看向徐砚程那一刻渐渐发虚，咽了咽口水："我和我哥说了老师的事，我哥会投诉的，你不用担心。"

许萦越听越混乱。

徐砚程说："别解释了，没一句话在点子上。"

程戚樾冷冷地应了一声："哦。"

徐砚程："去收拾东西，校门口等你。"

程戚樾眼眸慢慢泛起了光："哦！"

等他走后，见许萦探究的目光投来，徐砚程往前半步，说道："边走边说？"

许萦跟上了他的步伐。

徐砚程把整件事的来龙去脉说了一遍："也不知道他怎么知道我和你的关系，刚才给我打电话把你帮他说话的事情和我说了，我正好结束手术到家，就过来一趟。"

"会不会给你惹麻烦？"许萦问。

徐砚程摇头笑了笑："我想到了很久以前的事情，那时候你也是不管不顾地冲上去替受困的同学解围。"

许萦记得楚栀说过这事："你说那次帮你和楚栀出头？"

徐砚程心里生出期待之意："你记得？"

许萦："第一次和你见面后，楚栀给我说的，我也才记得有这件事。"

她淡笑着，他却心底发酸。

他还以为……

算了，徐砚程心想，再计较也没有任何意思。

"你不觉得我太冲动了吗？"许萦低头数着阶梯，"16岁是这样，26岁还是这样。"

碰到看不下去的事，她就会做莽撞的出头鸟。

徐砚程跨了一级阶梯，快她一步，抬手扶着她，说了声"小心"。许萦正郁闷着，有他做支撑，任性地跳下了二级台阶。

"换个角度想，你这是初心不变。"徐砚程说，"而且这不是坏事，是好事。"

许萦懵懵懂懂地说："坏事就是死性不改，好事就是初心不变？"

徐砚程揩了一下她的鼻尖："这一题，小萦拿满分。而且……当初害你被拉进我们中间听训，我当时就想这也太委屈你了，可又无能为力，做不了什么。现在不一样了，如果你再遇到这样的事，我起码能帮到你。"

徐砚程声音柔和，仿佛一个循循善诱的老师。

许萦就是那个学生。

她心中堆积的懊恼情绪，缓缓消散。

"真的没事？"许萦眼睛亮闪闪的。

徐砚程牵着她的手，浅笑道："他会给你道歉的。"

许萦回握住他的手："好！"

她信他。

南方多雨，到了雨季总会时不时下一阵雨，没有任何预告地来，也不知道什么时候才走，所以学校的教学楼几乎都是长廊连接，把几栋教学楼串联起来，以便下雨时，不打伞的情况下，方便大家走动。

他们走过长廊去最前面的教学楼再下楼，地形错综复杂，许萦险些走错。

徐砚程反而记得比她清楚，带着她穿过好几条长廊，弯弯绕绕的。许萦停下，看着一个方向说："那里以前是我们班。"

一中有个传统，开学一个班级分到哪个教室，那就在这个教室坐三年。

许萦："这里看过去能看到我们班的教室。"

徐砚程站在她的侧身，望着她踮脚去看教室，伸手环住她的腰，嘱咐："小心。"

"我以前从没认真看过我们的教学楼，后来学设计后，发现我们学校这栋楼设计得很有意思。"遇到专业的问题，许萦难得话多起来。

"你看，"许萦用手比画，"这个位置能看到另外两个年级的楼，虽然视线范围有限，但是最好的观赏位置，因为能看到下面的花园。

"只是可惜，我们班的楼层太矮，我就从没发现过教学楼的美，夕阳也只有一角。这里不同，这里能看到半边天。"

见许萦又往上指去，徐砚程拍了拍她的肩膀，示意她看前面："这是我们班的教室。"

许萦莞尔一笑："真好，当时你肯定看到许多校园的美景，比较可惜，我就没怎么看到。"

别人在朋友圈分享高中校园最美晚霞的怀旧动态，她没有任何感触，因为她的印象里没见过什么惊艳的晚霞。

徐砚程只是笑了笑，没做任何表示。

他也没好好看过美景。

每次站在这里，他只会往一个方向看去，是那个看不到太多校园美景的方向。

那里一定会有个人匍匐在书桌上睡觉，醒的时候耷拉着脑袋，懒懒地撑着下巴，写字也是不紧不慢的。

她没有一次往外看，甚至连抬眼都很少，专注于手里的习题册。说是心无旁骛，他又觉着她一定在开小差。

怀着不同心思的两个人在阳台上站了一会儿，快到下课时间，许萦催着他赶紧走，不然就要遇上下课的学生了。

徐砚程陪许萦去美术组拿东西，在门口等她。

许萦拿完东西准备走时，正好在补教案的迟芳芳随意搭话闲聊道："许老师要走了吗？"

许萦："嗯，课上完了。"

迟芳芳："看你这么赶，我一个接孩子的人都不着急。"

许萦干干地笑了笑，受不住她整天一副"我全世界最辛苦"的语气，回她："赶着回家和我先生过二人世界，如果我接孩子，肯定不会赶。"

迟芳芳顿住，抬眸看向她，看见她脸上笑意盈盈的。

这样的许萦，有点儿陌生……迟芳芳将想说的话全咽了下去。

许萦从办公室里出来，感觉这是她来学校后最爽快的瞬间，终于说了句自己想说的话。

和徐砚程走在校园里，她也不避讳地挽着他的胳膊。估计是她"关系户"的名声传开了，路过的老师看到她都不好意思上前。许萦把他们当陌生人处理，忽视了。

徐砚程开车把程戚樾送回了家。

看到家门口的程戚樾脸臭得不行，以为徐砚程会带他回他们家，结果把他送回自己家了。

纵然再不乐意，程戚樾还是下了车。

回去的路上，徐砚程和许萦说了关于程戚樾的事情。

程戚樾是他爸妈离婚第一年他妈怀上的。他妈不愿意复婚，给孩子上了自己的户口，但由于不太会照顾孩子，倒是给了他爸借口去国外常住。随着程戚樾的年龄增长，他妈又醉心于科研，最后程戚樾被带回国上学，假期就到国外住。

许萦听完来龙去脉，整个人惊住了。

还是那句话，徐砚程的爸妈的世界容不下任何一个人，他们看似感情破裂，其实感情比很多夫妻好。

"下次吃饭，他也回来，正式介绍你们认识。"徐砚程笑吟吟地说。

许萦："嗯……"

地球果真是圆的，小叔子竟然是自己班上的学生。

晚上许萦洗漱完，报名完教师资格证考试，一个人烦闷地窝在书房里整理东西。

徐砚程站在门口，看她把昨天从左边墙搬去右边墙的东西又搬回去。

"小萦，休息一下吧。"徐砚程打断她的动作。

许萦摇头："我再整理一下。"

徐砚程站在门口陪着她。和她住的这几天，他看得出她对做家务热情不高，也不知道这两天怎么回事，一遍又一遍地整理房间。

徐砚程："差不多该休息了。"

许萦站好，看着他摇了摇头："不想睡。"

徐砚程走上前："不舒服吗？"

许萦继续整理收纳盒："就单纯不想睡。"

睡觉起来就要去上班，她现在特别抗拒去上班，下午的时候还没这么重的情绪，回到家，整个人放松下来，斗志下降了，负面情绪便翻江倒海而来。

徐砚程揽着她的腰，压着她的肩膀要她坐到沙发上，蹲下来看着她："现在，可以问我一个问题。"

许萦迷茫地眨了眨眼。

"问吧。"徐砚程放柔声音说。

许萦怯懦地开口："那……我问了。"

徐砚程："我听着。"

许萦盯着他的眼睛："徐砚程，你……觉得我是一名好老师吗？"

徐砚程："是。"见许萦气馁，他接着说，"不管你从事什么职业，我相信你都能做好，这是对你的能力的肯定。但适不适合做一名老师，这个问题要你自己回答。"

许萦无措地揉着手："我可能要交白卷了。"

她忽然很迷茫，不知道自己要怎么办，总觉得她还可以试一试，但每一天都过得很煎熬。

"交一次白卷也没事。"徐砚程拍了拍她的手背，"不想睡觉你也别把东西搬来搬去了，松鼠都没你能折腾。"

许萦抿唇，徐砚程竟然骂她是松鼠！

徐砚程微微起身，手放到她的后脑勺处，把她带到怀里："回房找别的事做也好。"

许萦听出弦外之音，磕巴起来："我……觉得我困了。"

徐砚程勾唇笑了笑："我怎么没感觉？"见许萦看着他，徐砚程倒戈向她，温柔地说，"太太，回去睡吧。"

刹那间，许萦攀上他的脖子，决定好了。

辞不辞职，交给明天，今晚她什么都不要想，就和他待在一块儿。

许萦说明天再考虑辞职，结果明日复明日。

又过完一周，一中正式放寒假，当天晚上许萦一头扎进了书房补教案到凌晨两点。

徐砚程吃完晚饭后有一台紧急手术，回到家发现家里还开着灯，走到他的书房门口，见许萦正伏案。因她一直写东西，没有停歇，他便没有出声打扰她，放轻脚步回了房间。

在经过许萦的书房的时候他停下了脚步。

当初分好一人一间书房，家里其他房间陆陆续续被布置好了，她的书房却还是和刚搬进来时一样——几个没有拆卸的箱子堆在一起，不知道的人，还以为这是杂物间。

他问过她几次对布置书房有什么想法，她都摇头不语，所以整个房间里除了两张凳子和几个置物架，连一张书桌都没有。

徐砚程洗完澡出来，就听到书房传来了打电话的声音。

这边的许萦给电话开了扩音，继续写着教案，笔耕不辍。

本来只上了两周课的她没有这么多材料要弄，可方老师前两天打电话和她说因为怀孕，又碰上一堆事，所以这个学期的材料只写了一个月的，想麻烦她把剩下的三个月的补好，作为补偿，下次请她吃饭。

许萦还能拒绝不成？

方老师刚生完孩子，拜托她的语气又温温柔柔的，而且她来接课的时候，方老师用心地帮她准备了许多材料，让她很快适应教学，所以她一个"不"字也说不出口，接下了任务，苦哈哈地补了三天，手写得快断了。

电话里楚栀刚下班，正打电话和她畅想美好寒假。

"阿萦，我们主任人超级好，说今年不排我的班了，让我安心回家过年，等过了元宵节再回来。"楚栀开心地说着。

听那兴奋的语气，许萦都能脑补她的笑容有多灿烂。

许萦和她互损惯了："你确定不是被开？"

楚栀："许萦！"

许萦："不逗你，你前两年在医院过年，今年给你放假是应该的。"

"我们出门玩？"楚栀躺在床上，伸了个懒腰。

许萦看着还有二十多页内容要写的教案："等我过两天忙完你再来问我，我现在对所有事情都失去兴趣了。"

楚栀和肖芊薏打听了许萦的近况，知道她在一中做美术老师。这毕竟是好友的选择，她们不好意思过多干涉。

"行。"楚栀说，"反正今年过年我俩可以处一块儿，开心吧！"

许萦顿笔。

她给忘了，楚栀不知道她结婚的事情，以为她还是单身，所以两个单身女人待在一起找乐子也是她们假期的常规操作。

"嗯……"许萦没时间慢慢给她解释，"等你回来我再和你说。"

楚栀："好，你赶紧休息，我要去睡觉了。"

楚栀还是住院医师，只有假期才能安心离开医院，要不然几乎全天待在医院里。

许萦不再打扰她，挂了电话继续忙。

屋子再次陷入安静状态，徐砚程倒了杯温水敲响书房的门。许萦放下笔，回眸看向他。

徐砚程走过去，温热的手抚上她的后脑勺："忙好了？"

许萦摇头："还有一个月的量没写。"

徐砚程把水杯放到她的手里，碰到她冰凉的指尖，转身去调试暖气的温度，不忘安慰她："写不完留到明天写，这个点该休息了。"

"不行。"许萦喝了一口水，将杯子放到一旁，拿起笔继续，"明天美术组的老师要期末聚餐，全部都要到场，后天我们两家人要吃饭，材料大后天就要上交了，我不写就没时间了。"

许萦从来没觉得自己这么忙过，以前忙也就是单纯忙工作，现在是工作不能耽误，各种社交活动也无法拒绝参加。

徐砚程拉过凳子坐到她身旁："我帮你吧。"

许萦抽空看了他一眼："啊？"

徐砚程："术业有专攻，太专业的东西我可能不懂，但是基本的资料整理的工作还是会的。"

他好话说尽，许萦还是犹豫不决："你做了这么久的手术，先去休息吧。"

徐砚程："要睡一起睡。"

许萦看了看手里的工作，将其往前推："睡觉！"

她就先不做了，就算熬夜工作也不能一口气熬完，分几天熬，压力就没这么大了。

自我心理安慰一番后，许萦安心入睡。

睡前她让徐砚程明天早上八点一定要叫醒她，打算在下午聚餐前再补一会儿材料。

徐砚程把许萦的话放在了心上，第二天上班前叫她起来。

许萦觉得太早了，抱着被子转个身继续睡。徐砚程怕她醒来后悔，到医院后又给她打了几个电话，催她起来。

办公室门口的云佳葵和鲁钦抱着病历等里面的人结束通话再进去。

鲁钦小声说："怎么起床还要打电话催？徐太太是没有闹钟吗？是没有

手机吗？"

云佳葵一副淡然的神情："你知道你为什么单身了吗？"

鲁钦："你不愿意搭理我就算了，怎么还进行人身攻击了？"

云佳葵另一边耳朵听着平常严厉的徐主任温和地讲电话。

他一字一句温柔得似乎能拧出水来，好脾气地叫着对方，事无巨细地嘱咐电话那头的妻子注意出行安全和天气变化。

云佳葵："你去和徐主任说这话。"

鲁钦怂了："刚才我说的话，你就当是个屁，放了吧。"

他可不敢在太岁头上蹦跶，怕等会儿徐主任给他连排手术，让他爬着出手术室。

在家的许萦闭着眼听着徐砚程的电话，不愿多作声。听筒里的男声嗓音温和，让她感觉如沐春风般舒服，更想睡了。

"小惊，真的不能再睡了。"徐砚程单手扣好白大褂，松了松领带。

许萦"嗯"了一声："就五分钟。"

徐砚程已经是第三次听她这么说了："先起来忙工作，今晚早点儿睡。"

许萦用顽强的意志力睁开眼皮，坐起来拍了拍被子，望着另一边的空床，嘟囔："如果不用去下午的聚会就好了。"

她就可以睡一上午，忙一下午和晚上，不怕补不完材料。

徐砚程："聚会结束我去接你。"

许萦微微叹气："谢谢徐医生。"

听她的语气应该是完全清醒了，知道沉睡中的许萦肯定没听清，徐砚程把前面说的注意事项又耐心地说了一遍。

许萦挂了电话，用完早餐开始继续补期末材料，差不多十一点去换衣服。她犹豫了半天穿什么比较好，最后中规中矩地选了一套偏日常风格的白色连衣裙，搭配浅棕色的毛呢大衣，化了淡妆，口红是温柔的豆沙色，特日常。

到达订好的酒店，许萦坐在一张大圆桌边，对着十多号人，心底一阵发怵，觉得这比大型社交宴会还令人不自在。起码宴会上人可以走动，不喜欢太热闹的中心，躲在角落吃东西就好，这饭局就不行，她全程要面对大家，一举一动都能被看到。

许萦不太爱说话，大家很识趣地没找她多聊。

经过上次贺明被投诉——校领导公示批评后，贺明亲自去美术组找她道歉的事，明明大家都知道事情的经过是怎么样的，传到最后却说她是

"关系户"不好惹，所以没有人会想和她多说上几句话。

许萦躲过社交，却躲不过一次又一次地举杯喝酒。

几杯酒下肚后，她有些昏沉，借口上厕所出门透气。

许萦买了瓶水坐在酒店大堂的休息区里，心底感到不快，忽视掉的窒息感又一次袭来。她一时心底发酸，觉着很委屈。

她毕业后没从事过一份特别喜欢的工作，但也从没有遇到哪份工作像现在这样，每一分每一秒都难受得无法呼吸。

对的，她不喜欢这份工作。

她又会想，都说教师这份工作算很多工作里轻松又舒服的了，如果她连这个工作都做不好，也太失败了。

"阿萦？"

许萦抬头看去，见到了肖芊薏。肖芊薏一身深色小香风的穿着，挎着通勤包，脖子上还有工作牌。

"你怎么在这儿？"肖芊薏走到她身边坐下。

许萦："我在楼上的包间里聚餐。"

肖芊薏惊讶："你？聚餐？"

这可不像许萦会做的事。

许萦解释："正式放寒假前，我们组长组织大家一块儿聚餐。"

"这样啊……"肖芊薏打量许萦一眼，读懂了她眼里的不悦之色，"要是你不想来，下次找借口推了。"

许萦："大家都来了，我不来不太好。"

特别是发生贺明那件事之后。

"你什么时候也会在乎这些事了？"肖芊薏故作惊讶地问。

许萦："我以前……不在乎吗？"

肖芊薏："你以前最洒脱，从不在乎这些事，我当时还和老唐叫你'潇洒小姐'来着。"

许萦干干地笑了一下："听不出是夸奖。"

"本来就是啊。"肖芊薏撑着身子往沙发里面坐了一些，靠好，踢着腿问，"我搞不懂你为什么要回江都，在京北不是挺好的吗？"

听说许萦要回来之后，肖芊薏被快乐冲昏了头脑，特别开心。因为她的好友没几个，高中毕业先是许萦走了，大学毕业楚栀又走了，只有她一个人孤零零地在江都。后来冷静下来，她就想不明白许萦好好的，干吗回来？

肖芊薏自问自答："我懂了，是因为你妈希望你回到父母身边，对吧？！"

许綦苦涩地笑了笑："忽然觉得很抱歉，我当初到最后才思考到这个问题。"

肖芊薏更不懂了："那是为什么？"

许綦拉着大衣，把自己裹紧："我在哪儿都是碌碌无为，当时没多想，就答应我妈的提议了。"

也是这样的想法让她现在有几分害怕辞职。

她很想去证明她是能做好一件事的，所以把目前的工作当救命稻草拽着，不甘心，较死劲。

可到头来，她还是很痛苦。

"芊薏，我是不是特别没长进？都 26 岁了还这样。"许綦自嘲地笑问。

肖芊薏看她一眼，傲娇地轻哼了一声，说："我过 18 岁之后对年龄就没什么感觉了，一直觉得自己还是那个思维，没什么长进。但我就是我，没长进就没长进呗，开心就好。"

许綦羡慕她没心没肺的性子，浅笑："不说这些闹心的事了，你今天来这边干吗？"

肖芊薏猛地站起来，惊愕地说："我要参加一个会议！我怎么给忘了！"说完，肖芊薏拎起包包，踩着高跟鞋往楼梯跑去，还不忘对许綦说没，"肯定是我太久没和你出门吃喝玩乐了，搞得一见你就忘了正事，回聊啊！"

许綦脸上带着笑意目送她，等人走后，笑意快速淡下。

在外面等到差不多饭局结束，许綦走个过场，便先走了。

徐砚程的车准时停在酒店门口，许綦拉开副驾驶座的车门坐了上去，系好安全带躺下。

"喝了多少？"徐砚程见她脸蛋通红，关心地问道。

许綦走前又被灌了几杯酒，脑子已经不灵光了，一根又一根地数着手指，然后将两个巴掌放到了他面前："十杯，不止。"

徐砚程沉默不语。

他能看出，她的状态不是很好。

许綦太累了，身心疲惫，靠着座椅靠背合上了眼睛，陷入昏睡状态。

徐砚程没有打扰她，把车内的温度调高，放缓车速，让她睡得舒服一些。

许綦是在床上醒来的。

她慌张地撑着身子坐起来，屋内一片昏黑，记忆对接上，才意识到自己下午几杯酒下肚后醉了，还是徐砚程抱她回家的。

　　外面客厅里传来争执声，许萦掀开被子下床，站在走廊上，看到程莞叉着腰嚣张地说："今晚我就是要住你这里！我是一天都受不了徐望文那个老古董了。"

　　接着许萦听到了徐砚程的声音："住不习惯您可以去外面开房住，不要来我家。"

　　"徐砚程，你嫌弃生你养你的母亲是吧？"程莞抱着手臂，高傲地昂着头说，"你媳妇呢？她肯定见不得她婆婆留宿在外。"

　　程莞左右张望，看到走廊上的许萦时，阔步走了过去，笑说："小萦醒了？"

　　许萦怯怯地点头："醒了。"

　　程莞热情四射地说："醒了就过来吃饭。"

　　她带着许萦坐到餐桌边，对厨房叫道："徐砚程，你动作快点儿行不行？"

　　许萦不好意思地说："我去帮他。"

　　程莞压着许萦坐下："不用，你看你这脸色，妈看着都心疼，是不是不舒服？"

　　面对突如其来的关心，许萦宛如受惊的小鸟，缩着脑袋："下午喝了酒，头有点儿晕而已，不是大事。"

　　"我买了药膳，等会儿你尝尝，补身子的。"程莞望着她笑得眼睛眯成一条线，不禁夸出口，"你这姑娘是越看越好看，以前我就想要一个女儿，但没这个福分。我看现在挺好的，儿媳妇和女儿都有了。"

　　"您……别这样夸我，"许萦悄悄凑到她耳边说，"我会不好意思的。"

　　她的娇憨劲儿逗得程莞笑得不行。

　　哪里有人会把不好意思说出口，还这么直白？

　　徐砚程端着菜从厨房里出来，放好后，擦干净手，探了一下她的体温："好点儿了吗？"

　　许萦顺着他的动作仰头："好多了，下午麻烦你背我上楼了。"

　　醒来后，她心里对这件事一直过意不去。

　　徐砚程："你先多吃几碗饭，再说麻烦我的话。"

　　"对啊，多吃点儿。"程莞把筷子塞到许萦手里，"你这么轻，他就是背着你爬楼梯上来也没问题。"

酒才半醒的许萦被母子俩你一言我一语绕得昏沉，吃了两碗饭，胀得坐不下。程莞拉着她出门散步，让徐砚程在家洗碗收拾桌子。

　　徐砚程幽幽地看着两个人远去的背影，心生无奈感。这就是他不愿意程莞来他们家里住的原因——她恨不得一直黏着许萦，哪里还有他插话的份儿？

　　许萦和程莞在楼下小区内散步，不认识什么邻居，走起来毫无压力，不怕碰到熟人。

　　"您是有话和我说吗？"许萦观察程莞许久，总感觉她想支开徐砚程。

　　程莞温婉一笑："被你看出来了。"

　　许萦："我也是猜的。"

　　程莞叹气："其实吧，也不是特别重要的话，但是我又觉得应该和你说。至于是不是重要的话，你自己判断比较好。"

　　这席话听在许萦的耳朵里，略显得沉重，她变得惴惴不安起来。

　　"我本来以为你和阿砚是恋爱后结婚的，前天才知道你和阿砚是闪婚，"程莞看着她，补充说，"你们是相亲认识的。"

　　许萦被看得心虚："嗯，但是我们相处得不错。"

　　程莞："婚姻一开始夫妻虽然在磨合，但出于礼貌还是能和睦相处的，当然不错。"

　　许萦捉摸不透她的意思："您是想劝我们……？"

　　"打住，我不拆婚。"程莞做了个停止的动作，"要是被阿砚知道这事，下次可不会让我进家门了。"

　　程莞对儿子还是有信心的。他能选择和许萦结婚，又对照顾许萦很上心，说明是看重这场婚姻的。她来劝分，岂不是要断母子情分？

　　"我就和你聊聊天，你不要想太多。"程莞拍了拍许萦的后背，冲她温柔地笑了笑。

　　许萦最抵不住别人对她示好："您说……"

　　程莞："其实，当初我和阿砚的爸爸离婚是因为我患上了抑郁症。因为在过去的那十年里，我把所有的重心投入了家庭，不断地被忽视我作为个人的价值存在，我的所有价值只能体现在家庭中，像没有了自我。阿砚的爸爸以前很忙，也是后来才注意到我的不对劲之处。我们争执一段时间后，他选择和我离婚。我从心理上减少许多负担，开始接受治疗，把重心放到工作上，病慢慢好转。我和阿砚的爸爸找到了我们之间相处的平衡点，但这过程中给阿砚留下不少心理创伤。"

许萦心中一震，没想到徐砚程的爸妈的婚姻内情这么复杂，难以想象程莞这样意气风发的事业成功型女性经历过这些事。

"您是担心他？"许萦不太敢把后面的话说出口。

程莞接着说："他很看重你们的家庭，如果以后你们不合适分开……家庭再次破裂可能会给他留下更深的心理创伤。

"我说这些事不是道德绑架你，是想和你陈述一个客观事实。阿砚虽然不说，但是我知道他很渴望家庭生活。

"我愿意把一切事情往好处想。小萦，我希望你们能幸福一辈子。"

程莞的话令许萦久久回不过神来。

晚上躺在床上，许萦翻来覆去，脑子混沌，不知道在想什么，只觉得闷得慌。

旁边伸来一只有力的胳膊，徐砚程把她塞到被子里，拖着懒散的调子问："不困吗？"

许萦摇头，乱扯了一个理由："下午睡太久了。"

徐砚程睁眼看向她，见她一双眼眸亮晶晶的，没有任何睡意。他叹了一口气，把她搂到怀里，吻了吻她的发顶："下午回家你喝醉了，知道吗？"

许萦更不安了："我不会乱说话了吧？"

徐砚程："你说了很多话，最后跟孩子一样哭着说 26 年的人生交了白卷。"

在他的提醒下，许萦慢慢将脑子里的碎片拼接了起来。

徐砚程抱她到房间里，要给她换衣服，她就揪着他的手一个劲儿地吐苦水，说她很不喜欢现在的工作，同事让她很容易产生焦虑情绪，他们的三观和行为处事方式她也无法认同。她还说肖芊薏问她为什么回江都，其实她去哪里都好，因为没有勇气再在京北待下去了，明明满怀期待地去了京北，以为能做自己想做的事情了，可以摆脱讨厌的生活了，却一直活在挫败感里。她诉说着自己或许曾经也做过很多成功的事情，但现在只能想到不好的，甚至到后面连轻易能做好的事情都不想去做，反正都不好，那就更差算了。

"那个……你别放心上，千万别放心上，我也就心情不好的时候容易消极，一消极想的就全是不好的事情，很容易说一些丧气话。"许萦将手撑在他的胸膛上，慌忙起身。

她的长发散落下来，发梢拂过他的脸颊和脖子，痒痒的，他用手把她的头发拢到她的脑后："放心上了。"

许萦听了这话更慌了，仿佛自己犯了天大的错，不知道怎么找补。

徐砚程："小惊，你不要老想到你不好的事情，不要用一件难过的事情去覆盖两件开心的事情。"

许萦愣头愣脑的："我……"

她也知道自己有这个坏习惯，但常年养成的思维方式哪里能说改就改？

徐砚程："你不是没有闪光点。小惊你很好，不用去焦虑。"

他是心疼她的。

大学时期的许萦不是不优秀，他听楚栀说过一些许萦的事情。许萦在建筑设计社团里和同伴拿过国奖，做过班干部，毕业设计拿到了录入优秀毕业集名额。虽然不是最拔尖的那个，但她也是一颗有热度的星星，发着光。

他更看到了她的心灵创伤。如果身边的人总是夸赞她，那她会看到她的优点；如果她总听到贬低的话，也会自我怀疑，逐渐地，人也会变得消沉。

"以后我会每天提醒你，你做了什么好的事情。我会告诉你，你有多优秀。"徐砚程抚摩着她的脸颊，宠溺地笑着说，"小惊同学，以前拿过多少分都不要紧，人生考卷还很长，你从26岁开始拿满分也是可以的。"

许萦望着他藏匿在黑暗里的五官，用手去摸他的脸，想知道他是什么心情，怀疑地问："真的？"

"真的。"徐砚程将她的手拉到唇边，轻吻她的指尖，"我考试从没下过第一。"

许萦开怀了一些，顺着他压在她背后的手，趴在他的胸前，头埋在他的颈窝处："我可是差生，你要是给我补课，可别生气。"

徐砚程："不会，学妹交点儿学费就好。"

学费？

许萦才明白他说的是什么。

"你妈还在。"

今晚程莞住在隔壁客房里。

徐砚程亲了亲她，觉着不够，又往脖子亲："家里隔音好。"

他环着她换了位置。许萦躺在下面，仰望着他，脑子里想起程莞说的话。

如果徐砚程需要一个不会破裂的家庭，其实她和他一直过下去也没什么不好。对她来说，故事里轰轰烈烈的爱情过于遥远。虽然他们之间没有太多感情，她也不适合谈恋爱，但徐砚程温柔又有耐心——她需要他这样情绪稳定又能包容她的伴侣。

洗完澡后，许萦被徐砚程抱到了床上。他替她穿好睡衣，似有似无的触碰让她脑子像要炸开。在他松开她的那一秒，她快速钻到了被子里，只露出一双眼睛看着他。

徐砚程笑了笑，摸了摸她的脑袋："你先睡。"

许萦傻愣愣地问："你要去抽烟吗？"

徐砚程侧头闻了闻衣衫，烟味确实很重："我去洗澡。"

他只在外面的卫生间简单地洗漱了一下，还没有洗澡。

"讨厌烟味？"徐砚程问。他发现他的指尖上的味道也很浓，觉得她应该是嗅到了。

许萦点头，但双标："不讨厌你抽。"

徐砚程："算小惊对我的偏爱？"

许萦翻身："你赶紧洗洗睡吧。"

徐砚程儒雅地笑了笑，就默认是吧。

早上是徐砚程叫醒她的。

许萦撑着困乏的身子坐起来，就见徐砚程穿着一身黑色的睡袍从卫生间走出来。他头发是湿的，应该是去完健身房回来。

她忍不住在心底羡慕他的精力。每周他雷打不动地至少去三次健身房，她的身体就不行，现在每天她能多走几步路，都觉得自己厉害得不行。

徐砚程丢开毛巾，坐到床沿上："醒了吗？"

许萦不敢看他。丝绸睡衣软软地贴着他的身体，肌肉线条被明显地勾勒了出来，肩膀宽阔，胳膊有力，徐砚程健身练得恰到好处，没有变成满是肌肉的过分壮硕样子，而是正常成年男人该有的体形。

她眼神乱飘，声音含混不清："嗯……"

她脑子里全是昨晚的画面……前天她还和楚栀起哄要把"流动小黄旗"颁给肖芊薏，现在看来自己可以接过来了，满脑子废料。

"妈呢？"许萦问。

徐砚程："一大早我爸来抓人了，她刚走。"

许萦发笑，徐砚程的爸妈相处的模式还真的有点儿搞笑。

"先吃午餐，等会儿你把剩下的材料做完，晚上出门吃饭。"徐砚程替她规划好时间。

对了，她还有期末材料没做完。

"小惊同学，听见没？"徐砚程在她面前晃了晃手。

许萦站起身，在床上晃了几下，差点儿磕到脑袋，被徐砚程手疾眼快地拉住了。

"我果然不适合学习，脑子开始犯晕了。"她跪坐在他旁边，额头抵在他的肩头上。

徐砚程捏了捏她的脸："今天真的不能犯懒了。"

许萦叹气："知道了徐学长。"

忙到晚餐时间，许萦和徐砚程去了约好的餐厅。

进门前她紧张得不行，怕两家人见面弄得面红耳赤。事实上，一顿饭吃下来没有发生许萦害怕的事情，双方父母交谈愉快，和和睦睦的。

甚至在聊到结婚第一年过年去哪家过都很和平友好，两方父母只要求他们年中去拜访家里的长辈。因为许萦的父母除夕前夜要回老家，所以最后他们决定第一个年在男方家里过。

许萦也才知道徐砚程家里是做什么的。

徐望文是医疗科技公司的老板——江都最好的私立医院是他家旗下的产业。

听到这里，她下意识地看向徐砚程，怪不得他在国内国外都有房子，估计这些钱对他来说只是九牛一毛。

徐砚程小声对她说："别这样看我，总给我一种我随时要被你休掉的错觉。"

她还没回答，程莞说起了自己的职业。程莞是心外科大夫，祖上就是从医的，算下来……她家算医学世家。

徐砚程碰了碰许萦："小惊。"

许萦回过神，呷了一口酒，胡乱回答："不会休你的。"

徐砚程勾唇笑了笑。

许萦才反应过来她被他调戏了，瞪了他一眼。

她知道他家境不错，但没想到竟然是这么不错……

而徐砚程压根没有任何不良嗜好，也没有什么少爷的架子。

徐砚程："我爸是自己创业的，我上小学五年级时他的生意才开始做起来。"

他这样一说，许萦忽然理解为什么在见到徐砚程第一眼时，觉得他身上书卷气浓重，整个人绅士又温文，感觉像出身高知家庭。

母亲从医，父亲从商，他确实是高知家庭培养出来的天才。

将家底交代完，大家聊到了婚礼的事。

四个人齐齐望过来，就连一直沉默进食的程戚樾也看了过来。

许萦捏着筷子，抿着唇，不知道该不该说自己的想法。

徐砚程把主动权给了许萦："我听小萦的。"

大家全部看向她。

最后，许萦说："我不想办婚礼。"

她参加过无数宴席，能体会到其中的种种滋味，不喜欢被关注。

一场宴席，他们邀请来七大姑八大姨，一半亲戚没见过，另外的一半只见过寥寥几面。新人尴尬地敬酒问好，来的亲戚不管关系亲疏都得随一份礼金，场景就很……让人不自在。

沈长伽正要开口，旁边的许质摁住她的手，连忙说："是你们决定好的？"

许萦没和徐砚程讨论过这事。她事先就不是很在乎婚宴，所以没把这件事纳入应该考虑的范围。

"是的，"徐砚程接话，手放在许萦的背后，"我们暂时不想办婚礼。"

"既然是你们决定好的，那就行。"许质一锤定音。

程莞和徐望文尊重小夫妻的决定，沈长伽也只好跟着点头。

用完晚餐，大家寒暄好一会儿后，各自离开。

许萦要去一趟卫生间，徐砚程便在酒店大堂里等她。

从卫生间出来，她在走廊不远处看到了许质和沈长伽。

许质脸上是许萦难得一见的严肃神情。

沈长伽略显不耐烦，但又不敢反驳。

"爸、妈，"许萦走过来，"你们还没走吗？"

沈长伽看到许萦，先说："我还有事，先去停车场。"

然后她就转身走了。

许萦擦拭着手上的水滴，问道："爸，您和我妈吵架了？"

吃饭那会儿他们不是还好好的？

许质沉着脸说："不是什么大事，我让她别乱出去说小徐的家世。其他圈子我就不说了，我和你妈是公职人员，别人有事托关系一个问一个，问到我们让帮忙，岂不是让你为难？"

"我妈生气了吗？"许萦没想到父亲为她考虑了这么多问题。

许质："她不气我的话，气我的语气。但事情不小，我还是得多说她两句。"

许萦盈盈一笑："谢谢爸。"

她确实也不想因为哪个没见过面的亲戚拜托徐砚程帮忙走关系。

许质看了一眼时间："你赶紧回去吧，别让小徐等久了。"

139

知道妻子和女儿关系闹得很僵，女儿心里过不去，但女儿结婚后，整个人状态不错，看样子过得很好，他就想为女儿做一些事情。女儿不愿听妻子絮叨，那他就扮演好中间人的角色，不让女儿在家里的处境变得难堪。

许萦："好，爸路上注意安全。"

许萦上车时，徐砚程刚挂电话。

她以为他的医院又有事情："要去医院吗？"

徐砚程点头："要去一趟。"

许萦停下动作："那我打车回去。"

徐砚程："上车，一起去。"

许萦："啊？"

他去做手术，她去干吗？

徐砚程笑着解释："没有紧急情况，后天重症组的人要去团建，谁都不愿意留下来值班，江主任提议比赛决定留下谁值班，让我过去。"

"比赛？"许萦来了兴趣，想看徐砚程参加比赛。

徐砚程一眼看出妻子的心思："比较可惜，他们要我一定去，所以今晚的比赛我没有资格参赛，去当裁判的。"

至于他为什么必须去，他心里都清楚，重症组的人想要看看他的妻子是谁。

许萦迟疑了一下，最后爬上车坐好："我在门口等你。"

工作已经做完了，一个人回家也无聊，她不如等他一起回。

徐砚程以为的门口是科室门口，所以牵着她直直地往外科大楼走去。

"不好吧。"许萦拖着步子。

徐砚程一本正经地说："坐在车里冷，你去办公室等我。"

她来不及拒绝，他已经带着她到了医院大厅。

在前台值班的护士看到他，笑问："徐主任来上班？"

徐砚程颔首："科室有事。"

得到徐砚程的回复后，护士才发现他身后还跟着一个女人，而且两个人的手是牵在一起的。护士抬手碰了碰旁边的同事，悄声问："那个人会不会就是徐太太？"

正将材料录入系统的同事听到这句话，"唰"地站了起来，鹰一般的目光扫过去，抬了抬脸上的眼镜，看清两个人的互动格外亲昵："应该是。"

上次她们听心外科的护士小姐妹说徐主任对徐太太特别好，以前下班徐主任偶尔还会留下来主动加班，现在一交完班，办公室里就没人影了——他赶着回家了。心外科的鲁医生还说徐主任特别贴心，叫徐太太起床时的语气，和风细雨的，是就连对最可爱的病患都没有的那种温柔语气。

谁听了这些事都羡慕，大家更想知道徐太太是何方神圣，能把徐医生拿捏得死死的。

护士拿出手机在几个同事的八卦小群里发了条消息："惊天大消息，徐医生带太太来医院了！"

一句短短的话，产生了连锁反应，在大家的转发下，炸了一个又一个八卦小群。

这边刚到重症组办公室的许萦压根不知道自己早被认出来了，拉着包裹脑袋的围巾，确认重症组没有人，便猫着身子跑到徐砚程身边。

徐砚程拉下她的围巾，哼笑说："又不是来做贼的。"

许萦实诚地说："我怕被看到。我招架不住大家对我的好奇心。"

不用想她都知道，徐砚程结婚的消息一旦传出，大家最好奇的肯定是他的对象是谁，长什么样。

"我的办公室没人，你在这里坐等，很快就结束。"徐砚程脱下毛呢大衣，拿过衣架上的白大褂随意地套在身上。

许萦见状问："怎么还换白大褂？"

徐砚程："顺便去看一个病患，等会儿还要进实验室。"

医院规定森严，医护人员出了办公室，白大褂都要严严实实地扣好，各类规章制度都要遵守。

许萦坐在他的老板椅上，微微挪了一下，转了几圈，发现还挺舒服的。

徐砚程将手搭在扶手上，把她拉向自己。

许萦毫无防备地撞入他俯下身制造出的阴影里，怕从椅子上掉下去，连忙拉住他的白大褂的领口稳住身形。他被迫又低了点儿身子，便更靠近她了。

光线被他挡在身后，他的发丝都发着光。这个角度看他逆着光，她瞧不清他的神情，便睁大眼睛努力去看。

徐砚程却能把她的表情看得一清二楚，没有错过她那双盈盈的眼睛里的神色，一时心热，双手捧着她的脸吻了下去。

许萦挺直腰杆，要拉开他的手，碰到凸起的腕骨，手不争气地软了，全身汗毛竖起，仔细听着周围的声音，祈求他快结束这个吻。

而徐砚程更深入了一些。

她感觉唇珠微微发麻，不得不偏开头："徐医生！"

她叫他"徐医生"是想提醒他现在是在医院里，而这声音听在徐砚程的耳里，他只觉得心痒难耐。

徐砚程没有更过分的举动，盯着温顺的她说："等我回来。"

许萦的脸红扑扑的，她回："好……好的。"

早知道他会这样，打死她她也不上来了。在办公室做这些事情，他也太……太冒犯医院这神圣的地方了。

徐砚程单手扣好白大褂，拿过听诊器，和她说外面的茶水间有吃的喝的东西，她饿了可以拿。

许萦压根没打算出门，敷衍地点头说"好"。

徐砚程走后，她背着手在他的办公室看了一圈。

屋子里摆设简单，一张宽大的桌子，剩下的就是书柜，上面一半是她看不懂的外文书籍，一半是看得懂字但无法理解的中文书籍。

她后退到另一面墙前面，面对着大大的书柜，小声惊叹："徐砚程的脑子里竟然装了这么多知识。"

她现在才对楚栀夸他是学霸有了真实感。

许萦坐回椅子上，转了一圈，拿出手机回复肖芊薏的消息。

许萦："周末我要和徐砚程出门团建，周日约你？"

肖芊薏："啧，都团建了呀！你们的关系倒是进展得不错。"

许萦："就正常进度。"

肖芊薏对另外一件事情比较感兴趣："对了，你打算什么时候办婚礼？嗐，最后你的伴娘只能是楚栀，没有我的份儿了，呜呜呜。"

许萦："别装了。我们不打算办。"

肖芊薏发来语音，咋呼："什么？！竟然不办？！"

许萦打字回复："其实也可以办，但是我不喜欢很多人的场合，换一种方式倒是可以。"

肖芊薏："什么方式？"

许萦："还没想到。"

肖芊薏："感觉你在给我画饼。"

关于婚宴的事情，许萦打算回去再和徐砚程聊一聊，还是想听听他的想法，毕竟婚礼是两个人的事。

吐槽完，肖芊薏又自顾自地说："不办也好，叫栀子做伴娘我于心不忍，上一段感情伤她太深，感觉她都断情绝爱了。"

许萦："好了，我们以后也不要在她面前提了。她准备回来了，你注意点儿。"

肖芊薏："知道了，我一定不大嘴巴！"

和肖芊薏聊到一半，外面办公室的门被推开，许萦紧张到差点儿要躲到桌子底下。随后她又想，她又不是徐砚程偷情的对象，就算碰到了他的同事大大方方打招呼就好，而且这是主任办公室，他们不会进来的。

鲁钦急急地跑进来："你说江主任怎么这么多花样啊，我们抽签不好吗？他非要弄一个技能大赛。"

李逢套好白大褂，将扣子从上扣到下："弄得这么麻烦，拜托一下其他组的人帮我们值班就好了，我们去一天，又不是一去不回。"

鲁钦认同地说："可不是，重症组怎么说也是一家人，缺人多不好玩哪。"

李逢凑过去，笑眯眯地说："你刚刚看群消息了吗？"

作为八卦前线人士的鲁钦跟随他的笑容笑得猥琐："嘿嘿，你是说主任带他太太来医院的事？"

李逢嘚瑟地甩肩膀："快点儿，快点儿，我们现在上去就能看到了！我还没见过真人呢！"

见过主任的太太的鲁钦得意地一面找文件一面说："我就见过，徐太太她人哪……"

李逢："得了，别吹了，我耳朵都快起茧了。什么徐太太人长得极美，人群中你一眼就能认出来的那种美。除非我现在见到本人，不然你都在放屁。"

屋内的许萦抽了抽嘴角，没想到大家对她的评价这么高。她也舒了一口气，幸好没和徐砚程上楼，不然就要被大家围观了。

下一秒，办公室的门被拧开。

鲁钦疑惑地说："奇怪了，那份病历徐主任是不是没给我？"

他一转头，和许萦对视上，惊愕地退了半步。

许萦心想完了，这下要怎么办？她要被认出来了。

算了，她想，大大方方地打个招呼吧。

李逢看过去，不道德地损他："你怎么了，又脑抽了？你要不要去十楼脑科看一下？"

鲁钦脑子短路，跑到李逢跟前喊："救命！徐主任不要命哪，带着太太来医院怎么还敢在办公室里藏一个美女啊？！"

许萦心想，你不是说我长得极美，人群中一眼就能认出来的那种美，怎么现在认不出来了？

徐砚程刚看完病人回来，就碰上办公室正在上演的这一幕。

"徐……徐主任！"鲁钦夹紧双腿站好，就差给徐砚程行军礼了。

李逢跟着回头，在对上气场温和又夹带一丝清冷气息的徐砚程后，默默往旁边退了一步，削弱存在感。

徐砚程扫了两个人一眼，取下脖子上的听诊器放到口袋里，阔步走向里面的办公室，在看到女人乖乖地坐在他的椅子上时，松了一口气。

"你怎么回来了？"许萦从惊吓状态中缓过神来。

徐砚程放缓脚步，走过去："想和你说我右边的抽屉里有零食。"

许萦俯身拉开抽屉，看到里面的巧克力，笑问："你也吃甜食？"

徐砚程："长时间手术会吃一颗。"

许萦拿出一颗巧克力放到口袋里："拿走下次吃。"

这种巧克力的包装她没在超市看到过。她也不是特别爱吃甜食，但想尝尝他会吃的甜食是什么味道。

许萦冲他招了招手。待徐砚程走到她面前，她踮脚附耳想和他说事情。徐砚程迁就她弯下了腰。

许萦："刚才有个医生看到我了，你能不能带我和他们认识一下？"

她总不能让人误会徐砚程在办公室里藏娇的同时，还带老婆到工作单位来。

徐砚程揉了揉她的脑袋，宠溺地说："好。"

徐砚程叫外面的鲁钦。

鲁钦和李逢面面相觑。

鲁钦张了张嘴，用极低的声音说："去不去？"

李逢冲办公室甩了甩头，音量比他还小："你去，我不去。"

识时务者为俊杰，此时的俊杰就该跑。

鲁钦："怎么办？我是不是要被杀人灭口了？"

这可是奸情的第一案发现场，而他是第一目睹人。

李逢："我先上去帮江主任打下手了。"

接着他便跑了。

鲁钦："……"

他现在向上天祈祷，希望李逢被留下来值班！这人一点儿兄弟义气都不讲！

鲁钦用龟速走到徐砚程的办公室门口，干笑着说："徐主任，您叫我？"

屋内男女站得很近，鲁钦看得出女人很紧张，一只手紧紧抓着徐砚程的白大褂的袖子，眼睛水灵灵的，给人一种恬静的感觉。

徐砚程将手放在许萦的身后，说："这是我太太——许萦。"

鲁钦愕然："啊？"

太太？

所以……

他回想刚才说出口的话，恨不得给自己一巴掌。让他话多。

"你好，我叫许萦。"许萦莞尔一笑。

鲁钦"啊"了一小会儿，脑子里正袭来一场风暴，组织不出一句话。

许萦故作淡然地说道："我记得你，你是鲁钦医生对吧？"

鲁钦那一段极具特色的个人介绍，纵然是记名字慢的许萦也把他记住了。

鲁钦诚惶诚恐，点头哈腰："是，是，是，徐太太您好，刚才的话……您别放在心上。"

许萦落落大方，摆了摆手："没放心上，前后你都夸了我，我怎么会放在心上？"

连后面都在说屋里藏了美女，可见鲁钦对她的夸奖是真情实感的。

鲁钦尴尬了，指着门口说："徐主任，我先……我先上去准备。"

徐砚程："去吧。"

得到命令，鲁钦拔腿就跑。

"发生了什么？"徐砚程没有打断两个人的谈话，好奇鲁钦到底做了什么，一副心虚的表现。

许萦掩嘴笑，把事情和他说了一遍。

徐砚程微微勾唇："那我得谢谢小惊，不然事情传开后，明天全医院的人都知道我带太太来的同时，还在屋里藏了一个女人。"

许萦疑惑，眨眼问："医院的消息都这么灵通的吗？"

徐砚程停顿了一下，才说："可以说因为有些事情比较紧急，消息灵通。同样，别的消息也很灵通。"

许萦"扑哧"笑出声来："还挺搞笑的。"

徐砚程来医院第一天就知道，在医院里没有秘密。尽管各种消息传得比他想象中快，不过医院的人传八卦有一个优点——不会误传，每个版本都能确保真实性。

许萦催徐砚程上去忙，说她在办公室里等他。

徐砚程也不想多待，收拾好便上楼了。

操作演习室里，鲁钦正在和大家热烈讨论楼下发生的事情，眉飞色舞，表情丰富，动作更是到位，最后冲李逢冷笑："让你陪我进去，你不去。你看吧，错过了见到徐太太的机会。"

云佳葵第一个注意到徐砚程出现在门口，清了清嗓子。

而鲁钦压根没看到大家使的眼色，拍了拍胸膛："要我说，徐太太当真人美心美。我才和她见过一次，她竟然就记下我了。"

李逢反刺回去："可是你没记得人家。"

鲁钦："李逢你少说两句！诅咒你值班！"

李逢不再说话，脸上挂上营业的笑容。

鲁钦挠了挠头。

这人上一分钟还热切地问他八卦，现在怎么这么安静？

"谢谢你对我太太的赞赏。"徐砚程走进来，温和地笑说。

鲁钦腿肚子打了一个哆嗦，差点儿要扑倒在地。

怎么没人告诉他，徐主任在他身后啊……

"不……不用谢。"鲁钦唯唯诺诺，小跑进到医生队伍里站好，默念"看不到我看不到我"。

江济协笑呵呵地说："哎呀，大家都没坏心，纯属对你太太好奇，徐主任可别和他们小年轻生气哟。"

李盛悄悄和云佳葵说："明明是江主任怂恿鲁师兄说的。"

云佳葵："安静。"

徐砚程对几个人的心思一清二楚："既然都知道了，今晚的比赛你们自己来吧，我后天带我太太准时到。"

"欸！徐主任可不能说走就走啊。"江济协明明大徐砚程10岁，但每每和徐砚程处在一起，就被衬得像老顽童，没有徐砚程成熟稳重，更没有一个主任该有的样子。

徐砚程没有停留的想法，躲过江济协的靠近："你想要上一个手术的录像资料找云医生拿就好，不用套路我。"

今晚江济协一定要他来的原因无非是想要说点儿好话，想看他前段时间做过的一台宫内心脏的手术视频。

"佳葵，回头把病历一起给江主任。"徐砚程说完转身走了。

云佳葵连忙应下："主任您慢走。"

江济协尴尬地笑了笑："你看小徐这人，大家都是一个组的，说这种话。"

云佳葵咳了咳："那手术资料……？"

江济协放下尊严："我要，你回头发到我的邮箱里。"

146

云佳葵："好。"

江济协叹气。

他怎么被拿捏得死死的啊？

徐砚程回来的速度快得出奇，许萦和他搭乘电梯时不解地问："就比完了？"

徐砚程："他们比就好，我们先回家。"

许萦没有多问，毕竟是他单位内部的事情。

两个人下到外科楼大厅时，投向他们的目光变多，许萦只能装作看不到的样子，和徐砚程走出去。

"许老师？"

许萦闻声看去，看见迟芳芳站在不远处的缴费窗口前。

"迟老师你好。"被人叫住，许萦不得不留步。

迟芳芳手里拿着票据，看到许萦身边的男人，笑问："这是……？"

许萦介绍："这是我先生，姓徐。"她又和徐砚程说："这是和我一个组的迟老师。"

徐砚程："迟老师你好。"

迟芳芳看了好一会儿，眼神才从徐砚程身上挪开。

许萦的丈夫确实一表人才，怪不得组里的老教师给许萦说帮忙介绍对象那会儿，她都没给眼神。

"你好，你们也来医院？"迟芳芳问。

许萦："我陪他来取资料，准备回去。"

迟芳芳记起了许萦说过她丈夫是市医院的医生。

许萦："迟老师呢？"

迟芳芳："我家孩子生病了，今晚我陪床。不说了，我先回去了，他一小会儿不见我就要闹。"

许萦正好找到借口离开："你辛苦了。"

迟芳芳疲惫地笑了笑，没多说什么，转身离开。

走到门口，许萦回头看了一眼迟芳芳的背影。

"怎么了？"徐砚程察觉到她心绪不宁，问道。

许萦抬头看向徐砚程，摇了摇头："只是觉得迟老师挺不容易的，常在组里听她说她先生忙，在家的时间少，她一个人又要上班，又要照顾家里的两个孩子。"

徐砚程抽丝剥茧，读出里面的重要信息："你担心孩子的事？"

许萦凝视着他。两个人掌心相抵，正是亲密时，她害怕问出口的问题破坏此刻的氛围。

"如果我说……我不想这么早要孩子，你会生气吗？"许萦不知道徐砚程怎么想，但一个男人29岁了，应该很期待能有一个孩子吧。

走到室外，徐砚程牵着她的手一起放到口袋里，拉近两个人的距离，缓缓地说："你就算说不想要孩子，我也不会生气。"

许萦："真的？"

徐砚程轻笑："真的，生育权在你的手上，你有权决定什么时候要孩子或者不要孩子。如果我们有孩子，我会担负起养育他的责任。你生，我养。承担他的所有开支，这是我应该做的事。如果我们没有孩子——那就这样过一辈子，没有什么不好。"

他对许萦没有任何要求，只要她愿意和他在一起就够了。人不能贪心，他一直这样对自己说。

这段时间在学校里，许萦见到大多数老师上班时间忙，下班时间全是围着孩子转，闲聊的话题也离不开孩子，似乎他们的世界里只有孩子。她心底对这样的生活感到恐惧，听了徐砚程的这席话，那些对生育的焦虑情绪又慢慢地淡掉了。

"小惊。"徐砚程停下脚步，把手从口袋里拿出来，站到她面前，扶着她的肩膀看着她，"我有个私心的请求。"

见他的神情忽然变得认真，许萦愣了一下："你说。"

徐砚程："以后我们就算有了孩子，你的重心也不要在孩子身上，好吗？"

轻轻的一句"好吗"，让许萦慌了神。

起先她是不懂这番话的意思，而后越发觉得心酸。

她想起了那天程莞和她说的话——因为过于投入家庭而逐渐失去自我，程莞患上了抑郁症。

父母的事一定给徐砚程留下了很不好的回忆。

他甚至觉得母亲生病有一部分自己的原因。

他在自责，过去是，现在也是。

她上前两步，不知如何安慰他是好，靠在他的肩头，认真地回答："一定不会。"

她不会让他害怕的情况发生。

第六章
以丈夫的身份介绍她

团建当天，地点是郊外的风景园区，许萦迷迷糊糊地起来，在车上又睡了一觉才完全清醒。

进了园区，她望着眼前高耸的群山，还没开始爬，已经觉得累了。不过也好许多，起码不是在夏天来爬山，今天气温十摄氏度左右，她就当爬山暖身好了。

徐砚程买好了票，从远处走来。

晨曦里，骄阳微微刺眼，许萦抬手挡住光线看向他。徐砚程一身随意的黑色冲锋衣，偏休闲的登山穿着，背着同色系双肩包，里面装的是两个人的东西。她单背着一个小包，里面就装了钱包、手机和水。

徐砚程走到她面前，挡住浮岚暖翠的风景："走吧。"

他将手伸向她。

许萦牵着他的手来到大本营。

她才出现在视线范围内，众人立即看向这边。许萦不禁握紧他的手。

徐砚程拍了拍她的手背："没事。"

徐砚程带着她认识大家。听完一番介绍，她也就记得哪个人姓什么。不过这样已经很好了，反正大家都是医生，有个姓她就不怕叫错人。难记得的是几个医生家属的名字，不过别人都叫她徐太太，她干脆以这样的方式称呼她们，都是图方便，不会有人介意。

许萦和徐砚程坐在一起，乘坐景区的车抵达深山。

风"猎猎"地刮来，许紫觉得有点儿冷，往里缩了缩。徐砚程从怀里拿出一盒牛奶，放到她手里。

许紫惊喜地问："哪儿来的？"

徐砚程："售票处旁边有便利店，暖柜里卖的。"

她感到自己的心被他细心的举动烫平，暖暖的。

"老师，您和师母是怎么认识的？"坐在他们身后的张盛突然问。

徐砚程往后看去。

坐在最后排的鲁钦、李逢和云佳葵一人望一个方向，装作漫不经心的样子，实则竖着耳朵在听。

徐砚程一看就懂，张盛是被推出来当出头鸟的。

今天的团建活动，全组的人都来了。那晚倒也是比了一场，最后江济协告诉大家，他已经拜托别的组的人帮忙值班，全员都可以参加活动，这一下可把下面的几个人高兴坏了。

江济协跑出来助攻："你说你们是自由恋爱的？"

许紫眨巴眼睛，扭头看向徐砚程。

原来他是这样对外说他们的关系的？

"嗯，朋友介绍认识，自由恋爱结婚的。"许紫回了这个问题。

本有点儿心虚的徐砚程有了底气，笑容加深："对。"

张盛爽得不行："好……好的，谢谢师母的解答。"

许紫微微一笑："不用谢。"

转回身后，许紫问："你是他们的老师？"

徐砚程："他们今年大四，被分到我们科室学习，我下个学期会去江都大学任课，算他们的老师吧。"

许紫小声惊叹："你好厉害。"

徐砚程淡笑着收下她的夸奖。

许紫是真的觉得徐砚程厉害。读书时他就没下过第一名的位置，在国外学习十年，现在在市医院重症组工作，又受聘到医学院讲课，同龄人没几个人能做到这程度。

下车后，江济协勾着徐砚程的肩膀拉着他走在前面。听到他们提了一些专业术语，对着手机滑来滑去，应该是在讨论新收到的病例，许紫便识趣地落后几步，把空间让给了他们。

一见许紫落单，跟在后面的几个人拥了上来，把她包在中间。

"你们……"许紫失笑，该说他们热情还是好奇心太重？

鲁钦胆肥："徐太太，我很好奇徐主任私底下是个什么样的人？"

张盛抢话："老师人好啊，耐心又温柔。"

大一级的顾淑蕊赞同："还用问吗？老师人超级好！我上次轮转在别的科，老师特别严格——我晚上都不敢睡，一直在看书。来重症组后，我以为我会更睡不着，没想到老师好有耐心。我答不上来的问题，他还细心地讲一遍。我学习都有动力了。"

鲁钦顿住："不是吧……"

云佳葵："是。"

李逢："我觉得一半是。"

如果没有前天的事情，他觉得完全是。

鲁钦一副"小丑竟是我自己"的愤愤表情："怎么主任就对我一个人严厉？！我平时工作很上心的好不好？！"

许萦嫣然地笑了笑："我也赞同，徐医生很温柔的。"

鲁钦的心受伤了，可受伤归受伤，鲁钦继续八卦："你们是哪个朋友介绍认识的啊？"

他问完后，队友给他投去赞赏的眼神。

虽然徐主任人好，温温和和的，但他们还是不敢过问他的私事。

"我们是一个高中的，徐医生大我两届。不过以前我们不认识，是后来我朋友介绍我们认识的。"许萦有问必答。一来感受得到大家的和气，二来他们又是徐砚程的组员，最重要的是，她并不讨厌回答这些问题。

李逢想起来了："你的朋友是不是唐医生的太太？！"

许萦没想到他们连这个都知道："嗯……"

"我想起上个月的事了。"鲁钦说，"我给江主任做一助的那台手术，在手术室里唐医生和江主任闲聊，玩笑说想给妻子的朋友介绍对象，不知道江主任有没有人选。"

云佳葵疑惑："那怎么传到徐主任那儿的？"

李逢作为江主任的御用一助，老到地回答："那还用说，肯定是江主任推荐了徐主任。别的科是护士长爱给人介绍对象，我们科是江主任盖住了护士长的风头。"

许萦笑着听他们讨论，也对这件事情产生了好奇心。

徐砚程又是为什么会去那场相亲局？

"上个月……"鲁钦忽然发现了什么，"你们新婚？！"

许萦笑着点头："是啊。"

鲁钦："我的天哪，我以为主任是死板守旧的人，没想到啊，没想到，这么厉害。"鲁钦憨笑着解释，"我是夸徐主任哪，徐太太你别误会。"

云佳葵打断这帮八卦的人，说道："你们先过去，还有一些食材和用具没买全，我去附近的便利店看看。"

许萦想逃离被八卦的窘境，主动帮忙："我和你去吧。"

云佳葵正想说不用，许萦已经跟上了。

她们沿着另一条山路去找便利店时，云佳葵对着山间地图犯了迷糊，因为食材店和日用店不在一起。

"你去这边，我去那边。"许萦发现有两家店，"然后我们野炊区见。"

云佳葵觉得可行，把要买的清单发给了许萦，让她负责买用具，自己负责重的部分东西。

许萦沿着台阶越往上走，发现四周越荒凉。

她碰到从山上下来的旅客，问他们前面是不是有个店铺。大多数旅客表示也没有特别注意，有个人说倒是看到招牌了，就在不远处，让她可以去看看。

另一个人说："地方说近不近，这个天气估计要下雨了，你还是先回去吧。"

许萦见他们三个人穿着专业的登山装，抬头看了看天。

先前的太阳不知道躲到了哪片云后，蔚蓝天色消散，天空灰白混浊，风云涌动。

这种阴天在江都见怪不怪，许萦想速战速决，而且大家还等着用东西。

她道过谢便往上跑去。

才走到一半，毛毛的春雨落下，许萦被惊到，脚蹭到旁边的山石，没管太多便继续往前走去。

便利店倒是有，不过关门了，外面挂着"今日不营业"的牌子。许萦心底生出一阵失落感，正要往回走，雨势骤然变大，水滴反弹起又坠下。

走她是暂时走不了了。

许萦拿出手机，想给徐砚程发消息，告诉他她等会儿就回去，结果就看见信号降到一格也没有。

在山间遇到信号不好这类情况不奇怪，以往要是碰到大雨，她会找个地方安安静静地坐着等雨停下，但现在却焦急得不行。她一声不吭地消失，会不会让大家担心？

她不想给大家添麻烦。

雨势越大，天越黑。

躲在屋檐下的许萦祈求着快点儿有信号，而南方的连绵春雨，有时候一下可能就是一下午、一天，甚至两天。

许萦反复连数据网络，奈何手机还是没有信号。

她靠在便利店门口，翻了一下书包，里面只有一瓶水，正打算放弃就这样等着好了，看到山道上出现一抹维罗纳绿的伞面。

伞檐抬起，看清男人的脸后，她松了一口气。

"对不起啊，我没想到……"许萦戛然而止。

她倏地发现，徐砚程沉着脸，是她从未见过的严肃样子。

她惊悸不安地咽了咽口水。

徐砚程快步走过来，目光沉沉地盯着她。

"没想到会下雨。"她说着声音变小，缩着头像做错事被罚站的学生。

徐砚程上下看了她一番，拖着她到旁边的凳子边压着她坐下，从他的背包里掏出纱布。等到脚下传来隐隐的刺痛感，许萦才发现自己的脚被划出了一个血口子，袜子都染了血。

或许是注意到伤口了，许萦才觉得痛。徐砚程上药的时候，她疼得倒吸一口凉气。

许萦垂眸看到徐砚程慢慢将纱布环上她的脚腕，最后打了一个结，只知道不是蝴蝶结，而且结有些复杂。

许萦解释说："我想给你发消息的，但我的手机没信号，又没带伞，所以想等雨小了再回去。"

徐砚程抬眸看着她。

因为阴雨，天色昏暗，加上他额前的碎发遮挡，她看不清他的眉眼，只能看到他流畅的下颌线和喉结，他的双唇抿成了一条直线。

"没事。"他声音低沉地说。

是他着急了。

许萦蹙眉。这话听在耳朵里怪怪的，她总觉得他有话没说完，似乎隐忍着什么。

景园被开发得不错，山路干净，下雨后只有落叶和树枝横在路上。由徐砚程背着下山时，许萦一手环着他的脖子，一手举着伞，眼睛紧盯着他的脚，生怕摔倒。而徐砚程每一步都走得很稳，渐渐地，她悬着的心也放了下来。

差不多到了野炊区时，许萦让徐砚程把她放下来，不想这样出现在大家面前。听罢，徐砚程便从背换成搀扶她。

他们到了定好的野炊区。

几个人正焦急地等在原地，见到他们回来，纷纷上前问她有没有事。

许萦受宠若惊："我没事，你们不用担心。"

鲁钦抱着书包，两条粗眉皱在一起："听说你没回来，徐主任都急死了。早知道就我去买东西好了。我这粗人就应该拿来使唤的，哪里能让你劳累？"

云佳葵发现徐砚程神情不太对，用胳膊肘碰了碰鲁钦："少说两句。"

鲁钦闭嘴不言，关键时刻听从安排，不乱说话。

许萦抬脸看向徐砚程，见他也正垂眸看着她。

一路上他们没有任何交谈，许萦察觉到他心情不佳，不敢妄加揣测，不敢说话，怕没个分寸让他更不开心。

只是她不懂……他为什么不开心？

就因为她没拿伞被困，还没及时和他说？

徐砚程拿过她手里的伞，作势要抱她。许萦挡住他的动作，不好意思地说："这段路我可以自己走。"

而且被这么多双眼睛看着，她可受不住。

许萦在凳子上坐下，鲁钦看到她脚上的纱布，内疚地问："徐太太你还好吧？"

云佳葵过来拉走他，不忘对许萦说："你休息就好了，后面的事交给我们。"

"对，对，对，交给我们！"鲁钦讨好地笑说。

许萦没觉得伤口阻碍到她的行动，只是……她瞧了徐砚程一眼，他正和江济协说话。

她微微叹气，只是徐砚程觉得她有事，纱布环在她的脚腕上，任由谁看到都觉得她受的是重伤。

张盛给她递过来一杯水，看她一眼又飞快地移开目光："师母，给。"

许萦接过水："谢谢。"

张盛关切地说："师母你没事就好。刚才云师姐回来没看到你，听说你们分头行动了，老师就紧张得不行，知道你没带伞，直接就跑着去找你了。"

他看得出徐老师很在乎师母，徐老师生怕她在山里遇到意外。

许萦还未来得及宽慰他，徐砚程走向这边，张盛见状拔腿就跑，不敢逗留。

徐砚程把一床便携式的毛毯盖在许萦的腿上："坐着等会儿，很快就能吃东西了。"

许萦看到他发梢湿润，肩头和袖子处的布料比别的地方深，被打湿了。

她从旁边的背包里拿出干净的毛巾递给他："你擦擦，别感冒。"

江都的二月不是开玩笑的，空气潮湿，阴冷感加重，很容易受寒感冒，上次她就整整病了一周。长教训后她不敢小瞧气温多变的天气，宁愿不要风度只要温度。

徐砚程深深地看了她一眼，接过毛巾擦了擦头发和衣服。

直到午餐结束，徐砚程除了偶尔和她说两句话，便没有多说什么。心思敏感的许萦感受到他确实不开心，又不像生她的气的样子，想着想着，弄得自己心里一阵郁闷。

下午雨势渐小，因为一个小意外，大家也不好过多打扰许萦，只能按捺下好奇心。临走前鲁钦带头起哄让徐砚程和江济协比一场，输的一方帮赢的一方值一次夜班。

赌约太有诱惑力，江济协想都没想便答应了。众人在兴头上，徐砚程的想法变得不重要，他直接被他们推到了临时整理出来的比赛台前。

江济协才记起来："比什么？"

鲁钦："当然比两个主任的技术啦。"

待张盛拿过两个刚做好的简易装置——一根细树枝穿过空水瓶，鲁钦说："看看谁先完成五十个深部结。"

江济协对自己很有信心："当年我可没少练习，别说五十个，就是一百个也是分分钟给你打好。"

有人问徐砚程要不要放句狠话。

他温雅地说："提前谢谢江主任帮我上夜班。"

他话里没有一个挑衅的字眼，但这话把氛围炒到了最高。

鲁钦拍着嘴跟着喊"谢谢"。

不远处的许萦被吸引了注意力，对他们比赛的项目产生了浓烈的兴趣。

一声"预备"响过后，徐砚程和江济协把绳子穿过木棍，竖直着拉好，等到令下，开始动作。

张盛负责给徐砚程数结数，看到他不仅手速快，而且手很稳，抵着打好的结到底部再拉紧的整个过程丝毫不费力。这个动作显得手指被拉长，徐砚程快中稳进，没多久就打好了十个结。

许萦也一直盯着这边，没错过徐砚程慢条斯理的动作。他因为一直竖着手，血液顺着动作下滑，手背的青筋显现，胳膊肌肉线条紧绷起来，成为力量的核心。她看不清他是如何成结的，绳子缠绕在他的手指上，说乱，他轻轻一拨弄又整齐地打出一个结。

江济协作为多年的老医生，技术不比徐砚程差，两个人你追我赶，只相差半个结，随时可能超越对方。

进行到四十个结的时候，几个人连呼吸都不敢太重，紧盯着这一幕，不愿错过是谁先冲过终点红线的一刻。

徐砚程灵巧地挽着绳子，在最后三个结时又提了速度，领先江济协两个深部结赢了。

作为徐砚程的组员，鲁钦抱着云佳葵欢呼雀跃，已经琢磨着要他们帮忙替哪天的夜班了。

许萦淡笑着看他们闹腾，羡慕他们之间的同事情谊，感叹他们之间的相处情景比她以前在的职场氛围都要好上数倍。

比赛结束，变回毛毛细雨的天气，大家提议现在走，不然后面雨大了就难走了。

回到家，许萦洗完澡从房间里出来，见外面卫生间的门还紧闭着，便坐在沙发上等徐砚程。

外头的雨又大起来，天像漏了洞一般。雨倾盆砸下，雨声形成的白噪声让许萦昏昏欲睡。她靠在沙发上打了一个哈欠，缩着腿靠进角落里，手不小心碰到了脚腕上的白纱布。

刚才洗澡没注意，现在白纱布全湿了，许萦想解开，没想到随意扯了一下，最后把结变成了死结。

她侧身认真去观察，想要换个方法把结解开。

徐砚程看到，走过来："我来。"

许萦没逞强，任由他拉过她的脚踝，问他："这个是什么结？"

徐砚程："外科结。"

结已经被许萦扯乱，徐砚程解起来费了些力气。

许萦静静地看着他动作，没想到男人的职业病到了这个地步，打个结都是外科结。

空气陷入安静状态。

貌似今天大多数时间他们是在沉寂中度过的。中间似乎隔着什么东西，让他们疏远。

徐砚程重新替她擦药，换好纱布，问她："困了？"

许萦点头："一点点。"

其实她很困，今天又是爬山，又是遭遇意外，精神高度紧张，放松下来，便一阵困意来袭。

徐砚程拉好她的裤脚："去睡一会儿吧，我等会儿叫你起来吃晚饭。"

许萦弱弱地点头，起身回了房间。

回到床上，她却怎么也睡不着，翻了几个身，又坐起来，心底有问题想要问徐砚程。如果他真的生气了，那她就给他道歉。

想清楚后，许萦掀开被子下床，趿着鞋子去了客厅。

才拉开门，她就被浓烈的烟味呛到，捂着嘴差点儿咳出来。

徐砚程抽烟了？

走到客厅，许萦发现阳台落地窗的门没被拉上。徐砚程撑着阳台的边沿站着，另一只手拿着烟，白雾吐出，笼罩住他的身影，风往里涌，烟味也就被带进来了。

男人的背影透着说不出的颓丧感，她能看出他很心烦。

许萦走向他。

徐砚程注意到动静，回身，眼里闪过惊讶之色："起了？"

许萦摇头："我睡不着。"

徐砚程把烟摁灭，将烟灰缸放回阳台的小桌子上，进了屋才发觉里面全是烟味。

他说："先回房间吧，让这里散会儿味道。"

许萦站在他面前，没有动作："我们聊聊？"

徐砚程顿了一会儿，才说："好，你回房间去等我，我去换衣服。"

许萦乖巧地点头，怕他不来，走前说："我在房间里等你。"

将房间门合上，徐砚程懊恼地抓了把头发，磨蹭片刻，进到外面的卫生间洗漱，确定身上没有味道之后才敲响房间门。

许萦拉开门，透过门缝看他："进来吧。"

徐砚程进去后有几分不知所措，看见许萦坐在床尾，一双清凌凌的眼眸看着他，他的心更慌了。

"你生气了吗？"许萦不太擅长处理关系僵硬的局面，没有绝高的情商去无声化解矛盾，只能直接问他。如果他说是，她立刻道歉。

徐砚程见她放在身侧的双手捏起了拳头，一副较真又固执的模样。他说："没有。"

许萦不信："可你不开心。"

徐砚程失笑："我没有生你的气。"

他担心她都来不及，怎么会生气？

许萦又重复了一遍："可你不开心。"

他不开心在她看来就是生气，就算不是生气，那也肯定是很郁闷。

"我是气我自己。"徐砚程放柔声音，舍不得对她说重话。

刚知道她被困在山里，他心慌得不行，打电话也显示无人接听，去找她的路上，每往山间走一步，他的心就沉一分。他真的害怕她出意外，无法承受这个意外是什么，也不敢去假想。

对他来说，他才刚拥有她，怎么可以就这样失去？

在见到她的那一刻，他一时没控制好的情绪吓到了她。此刻，她小心翼翼的语气让他更是后悔。

从头到尾他没气过她，只气他自己没保护好她。

站在他对面的许萦微微怔住。

"为什么？"她痴痴地呢喃了一句。

徐砚程为什么要气自己？

徐砚程抿着唇，看着眼前的女人。万千复杂的情绪翻涌上来，他想倾诉，却又不敢。话语堵在喉咙里有千斤重，他似乎成了一个哑巴。

他不能说真实答案，因为一定会吓到她。

在许萦看来，他们是从领证后开始培养感情的，或许连最熟悉的亲人都算不上。如果他说因为他喜欢她，所以才会这么担心和害怕，她会不会跑掉？

徐砚程唇角泛起一片苦涩，言不由衷："我怕没照顾好你。"

最后的最后，他压下满腔的爱意，说了一句不会让她有负担的话。

许萦听完，发自内心地说："没有啊，你把我照顾得很好啊。"

徐砚程下意识地摇头。

或许在她看来只是小事情，可他真的很怕，怕她遭遇危险，更怕失去她。

许萦反而觉得徐砚程很有担当，是个极温柔的人，碰到一个小意外便会自责没照顾好她。

她淡淡地笑了笑："没事的，真的就是个意外，我也不怪你啊。"

徐砚程看着她的笑容，忽然在毛线团里抓住了线头，顺着找到了情绪源头。

许萦走到他跟前，主动伸手去抱他，头靠在他的颈窝处："不气了吧？"

她轻轻柔柔的语气像在哄人。

徐砚程垂眸看着她，狂跳不止的心弹出他的贪念——想要被她喜欢。

他想要像他喜欢她一样，被她喜欢。

本来他以为能和她在一起就应该满足了，但人的欲望是会扩张的。就像此刻，他对她的奢求已经没原来简单了。

"不气了。"徐砚程将手放在她身后，隐忍着胸腔里喷薄欲出的复杂感情。

许萦在他的体温中找回温柔的暖度，小声说："其实我今天也怕的。虽然我想着雨停了就能走了，但一个人在山里怎么可能淡定坐等雨停？所以在见到你的时候，我特别安心。"

她本不想说当时的想法，但不想徐砚程自责，就把所有的想法告诉他，让他知道他及时出现，给她带来了极大的安全感。

而徐砚程招架不住她冲他笑，还有她那蹩脚的安慰话。他低头吻上她，急急地亲吻，急急地去掠夺。

一切都在失控。

徐砚程更是。

许萦没站稳，差点儿摔倒在地，腰间突然横出一只手，抱着她倒进身后的软床。他侵占了她的全部视线，连余光也逃不掉。

一切结束后，许萦发现自己的声音都哑了。徐砚程给她倒了水。

她接过水后不敢开口说话，就看着他。

徐砚程把水杯夺过来，又亲了她。许萦用手抵着他的肩膀，求饶似的说："真的不行了。"

"就亲一会儿。"徐砚程嗓音低哑地说。

许萦红着脸，磕磕巴巴地说："就……一会儿。"

徐砚程笑了笑，揉了揉她的脸颊："嗯。"

人还是不能太贪心，徐砚程想，就先这样和她在一起吧，以后的事，慢慢来。

闹了一会儿，许萦在徐砚程怀里睡了过去，睡得很沉，第二天中午被饿醒，才爬起来找吃的东西。

徐砚程一早就上班去了，给她微信留言说饭菜在桌子上，她热一下就能吃。

许萦给他回了"好"，吃完午餐又变得无所事事。

还有一周就是新年了，她想到年中的行程，长长地叹了一口气。

她真想一直懒着，什么也不用做。

晚上徐砚程回来，看到许萦坐在窗边画画。他放下购物袋，走过去看了一眼，微微挑了挑眉。

他以为她画的是植物或者风景，结果是两个人的结婚证照片。

"我人物画得不好，练习一下。"许萦偏身，让他看得更清楚。

其实她是想画徐砚程的，但是家里没有他的照片，她的手机里也没有他的照片，最后想到结婚证上有合照，干脆画一幅证件照。

徐砚程勾唇笑了笑："画得很好。"

他很喜欢这幅画。

许萦放下画笔，打算明天再把剩下的部分补全，起身问："做饭吗？我给你打下手。"

徐砚程本想说不用，见她自己已穿上围裙，走过去帮她系好："你把菜洗了就好。"

许萦："好。"

徐砚程掌勺，许萦洗完菜就坐在中岛台边看他忙上忙下，趁着机会和他聊了些琐事。

许萦："后天去买年货我们顺便去开一张卡吧。"

徐砚程抬头："卡？银行卡？"

许萦："嗯，每个人每个月往里面存两千块钱作为家里的开支，要是不够再补，如果有剩余的，我们就……出门吃顿好的！"

这段时间家里的开支都是徐砚程在付，她也想尽一份力，毕竟是两个人一起生活。徐砚程虽然没提过家里的开支问题，但她不能装糊涂地占他的便宜。

徐砚程仔细想了想她的提议，没有立马答应下来。

许萦搓了搓手，讪讪地说："徐医生，我不是故意拉低你的生活质量的，我一个月工资到手只有四千五百块钱，如果不行，那就每人三千块！"

剩下的一千块钱是她答应工作后会给父母打的生活费。因为她爸妈有工资，就没要求她给太多。

还剩五百块她可以偶尔和肖芊薏出门玩。

算下来，她就是一个月光族。不过做人要实诚，老公的便宜也不能随便占，她都住在他的房子里了，在生活开支上应该出一份力。

许萦向他投去殷切的眼神。

徐砚程熄了火，接受了提议："每个人两千块就好。"

他知道不接受的话，按照许萦的性子她会感觉亏欠他，指不定又要把好不容易缓和的关系弄得尴尬。

不过答应是一回事，怎么做是他的事，不冲突，徐砚程想。

手头多出来一千块的许萦笑了笑，计划着，那这一千块攒一攒还可以给徐砚程添置一些东西。

"有这么开心？"徐砚程哼笑着问。

许萦郑重地点头："当然开心，会有一种我也在认真生活的感觉。"

钱不算多，但能给她人间烟火的真实感。起码在这个家里，她在付出，在经营。

她手里捧着一个杯子，摩挲着杯壁汲取水的暖度，笑得灿烂，身上的睡衣有几分可爱，头发柔顺，小幅度地晃着腿，可见心情是真的好。

他被感染到，跟着笑了笑。

楚栀在除夕夜的前一天回到江都，许萦亲自开车去接的她。

楚栀看到许萦的车子后，好看的小脸露出严肃神色，沉吟片刻后问："我怎么在哪里见过这辆车？"

许萦没忘记楚栀和徐砚程是邻居，怯生生地说："是徐砚程的车。"

楚栀愣住："程哥的车？"

许萦唯唯诺诺地点头，双手合十地放在头上："对不起栀子，我不应该瞒着你！"

楚栀抱着手臂，很不熟练地装出严肃的样子："是吗？你瞒着我什么了？说吧，我考虑要不要原谅你。"

许萦不敢看她，误以为她特别生气，老老实实地交代清楚："我……和徐砚程结婚了，快一个月了。"

楚栀清了清嗓子："竟然瞒着我这么严重的事情，许萦你过分了。"

许萦放下手，才去看楚栀，不见她脸上有生气的痕迹，而依旧是和风细雨的模样，不免讶异："你不生气？你不该拉着我骂一顿？"

楚栀拉开副驾驶座的门："我有什么好生气的？你没和我说，但程哥和我说了。"

许萦摁住她的手："徐砚程和你说了？"

楚栀："嗯，你们领证的第二天我听他说的。"

"对不起啊……"许萦抱歉地说，"我当时情绪处在一团糟的状态里，缓过来后也不知道该怎么和你说，又怕你觉得我冲动会从京北飞回来。而且……你也很忙，我不想给你添乱。"

楚栀自从去京北后，像变了一个人似的。她几乎每天泡在医院里，只有约饭许萦才能见上她一面。她的公寓明明买了两年，但还跟新的一样，一点儿人烟味都没有。

而且许萦不太敢和楚栀聊情感的事情，怕楚栀想起一些不愉快的经历。

虽然楚栀不说，但许萦感受得到她对感情的排斥态度。

楚栀对着许萦，忽然也变得犹豫起来，更是自责："其实……"

我也有关于徐砚程的事瞒着你，而且还很久了。

最后两个人对视一眼，楚栀说："就打平了，多大点儿事是吧？"

许萦认同地点头："对，对，对，不是大事，我请你吃饭。"

楚栀笑了笑："走吧，还等什么？我饿死了。"

两个人相视而笑，把原先的事情翻篇了。

许萦绕过车头，坐上驾驶座。楚栀正在摸索播放器的功能，问她："芊薏几点过来？"

没见许萦回答她，选完歌，她看向许萦，就见许萦紧盯着前面，蹙着眉，表情越来越冷。

"阿萦，怎……"楚栀转头，顺着她的方向看去，在看到前面车子旁的男人后噤声。

她还记得这男人，是许萦的前男友。

许萦收回目光，淡然地说："没事。"

然后她启动车子，方向盘往左打了一圈半，车子从侧方停车位里拐了出来。

楚栀透过后视镜看着男人上车，才移开视线，焦灼不安地看向许萦。

别人可能不知道许萦的这段感情经历，作为半个见证人，楚栀厌恶透了这个男人。以前听过不少奇葩"普信男"做的事，楚栀已经觉得够离谱了，而这个男人聚所有奇葩和"普信"于一身，做的事情一件比一件过分。

他追许萦的时候是二十四孝好男友，话说的比唱的好听，但交往期间不仅对许萦冷暴力，还试图骗许萦为他花钱，套用网上的一句话就是："要是遇见，是个人都会连夜扛着高铁逃走。"

许萦和楚栀的目光在后视镜上对上，许萦说："我没事。"

楚栀觉得好友总有一种此地无银三百两的感觉。

"我知道。"楚栀回答。

她在心底叹气，怪不得她能和许萦从同桌发展成好友——许萦睁眼说瞎话，而她很乐意搭理瞎话，知道彼此的心思，但不揭穿，维护彼此的体面。

两个人到了购物中心订好的餐厅。

肖芊薏已经点完菜，看到她们挥了挥手。

楚栀放下背包，笑说："真是万年不变，回来的第一餐就是吃火锅。"

肖芊薏乐呵呵地说："本地菜回家有妈妈做的，我们就不在本地吃本地菜了，吃点儿别的东西。我还点了奶茶，放心，全部按照你们的口味来的。"

许萦默默计算着卡路里，今天肯定超标了，后面一周走亲戚，吃喝少不了，看来过完这个年胖五六斤是肯定的了。

"那个……"肖芊薏看着许萦，为难地想要不要提她结婚的事。

许萦给了她一颗定心丸："我和栀子说了，没事。"

楚栀改话："怎么就没事了？芊薏竟然比我先知道，事情大了！"

肖芊薏："我比你知道不是应该的吗？两个人都是我介绍相亲的。"

楚栀套到重要的信息，惊愕不已："程哥？相亲？你……"

肖芊薏这是开玩笑的吧。

肖芊薏为证清白，把话全部交代了："这不是沈姨着急嘛，我妈就答应给阿萦介绍对象。然后我妈说我们玩得好，我肯定摸得准阿萦的择偶标准，可我的单位里也没有未婚青年和阿萦同龄。于是，我就让老唐在医院里物色一下。你猜怎么着？！"

许萦一直好奇徐砚程怎么会答应相亲的："唐学长主动找上了徐医生？"

肖芊薏瞋她一眼："阿萦你对你们家徐医生的滤镜不要太重。"

楚栀把三个人的碗筷洗好，分发给她们："难道不是唐学长主动找上程哥的？"

肖芊薏一副高深莫测的模样，摇了摇食指："No（不），是徐医生主动找的老唐。"

楚栀第一个不信："程哥主动去相亲？不可能，要是这样，徐伯伯安排的相亲他早去了。"

"真的，真的，当时在手术室里，徐医生和老唐闲聊。平日他做手术话不多，那天的话多得出奇，然后和老唐打听有没有对象介绍，这不正中下怀？老唐说了阿萦的事，徐医生就答应见一面。"肖芊薏力证自己的说辞。

"不可思议。"楚栀微微摇头，"程哥这么主动？"

许萦听完事情经过，认真分析说："可能徐医生被家里催婚催烦了，所以才答应见上一面，而且当时徐医生科室的江主任还给他说了这件事。换位思考一下，比起我妈安排的相亲，我确实更愿意去朋友介绍的相亲局。"

所以，许萦觉得她和徐砚程不过是想法撞到一块儿了。

一切都是缘分。

一件事情涉及好几个人，肖芊蕙自己都绕晕了，脑子不够用，愣愣地点头："应该是吧。"

楚栀呷了一口水，垂下眼眸，指尖微微发颤，不让小动作暴露心思。

她忽然想明白了以前很多搞不清楚的事情，例如徐砚程回江都问她是不是要和朋友出门，自己又会在聚会的地点偶遇他。他在大学期间去了几次京北向她问了些事，她当时甚至想说有朋友在京北，要不要给他介绍，又担心许萦不喜欢和陌生人交流，就没有把许萦的联系方式推出去。

原来，一切都有迹可循。

楚栀看向许萦，许萦言笑晏晏地和肖芊蕙开着玩笑，看样子……应该不知道徐砚程的事。

楚栀也没多说，毕竟这是两个人的事。

肖芊蕙脸上的笑容忽然冷了下来。

许萦问："怎么了？"

楚栀往后看，跟着沉默。

"别看，晦气。"肖芊蕙愤愤不平地塞了一口肉。

许萦还是看了，在对上男人的目光后，僵在原地。

随即她想到，明天就是除夕了，他回来过年也不奇怪。

周子墨看到许萦的那一瞬，微微怔了一下，随后冲她笑了笑。

许萦转身没再去看他。

肖芊蕙余光瞥见周子墨护着一个女人坐下，对她呵护备至，一阵反胃，忍不住吐槽："什么垃圾男，装深情。"

许萦缓过神，淡定地夹菜。

楚栀观察一番，选择沉默。

肖芊蕙脾气暴："幸好当初你和他分手了，徐医生比这个垃圾男好上千倍，明明条件一般般，谁给他的勇气说我们高攀了他？"

许萦："别拿他和徐医生比。"

肖芊蕙噎住："那个……我的意思是……"

楚栀怕两个人吵架，帮解释："她的意思是周子墨是垃圾。"

许萦云淡风轻地说："他不配和徐医生做比较。"

拿周子墨比徐砚程简直是宇宙级别的碰瓷行为。

"对，对，对！"肖芊蕙把外卖小哥送来的奶茶双手奉上，"不配比，他连脚拇指都比不上。"

楚栀岔开话题："初五我们班宋姣姣办婚宴，你们收到请帖了？"

肖芊薏："收到了，你们去吗？去的话我就去。"

许紫："看你们。"

三个人跟踢皮球一样，最后还是肖芊薏拿主意："那就去一下，感觉不对劲我们三个自己去玩。"

楚栀为难："她……邀请全班人。"

许紫和肖芊薏对视一眼，沉默了。

楚栀耸了耸肩，对她们莞尔一笑："无所谓了，去吧，又不一定会坐一桌对吧。"

"晦气死了，我们不聊其他人，就说新年我们要去哪儿玩！"肖芊薏一顿饭给吃得气闷，聊什么都在踩雷。

她们及时转移话题后，三个人的好友聚会才没太倒胃口。

三个人下到停车场，又碰到周子墨。

他挽着身旁娇小玲珑的女朋友走来，车子停在许紫的车旁边。他进驾驶座前对她点了点头。许紫装作看不见，上了车。

回去的路上，肖芊薏骂骂咧咧到下车，许紫反而情绪平静，完全把对方当陌生人看待。

送楚栀和肖芊薏到家后，许紫回到公寓里，进门脱掉衣服就倒在沙发上，望着天花板长叹一口气。

"见完面了？"徐砚程闻声从书房里出来。

许紫侧脸对着他的方向："嗯，刚吃完饭，我想睡觉。"

徐砚程看了一眼时间："睡一个小时？"

许紫吃饱正犯困："嗯，等会儿叫我。"

换完睡衣，许紫裹着棉被躺下，脑子昏昏的，或许是血液都到胃里循环了，脑子运转不过来，又或许是因为今天碰到的人和事。

另外半边床微微凹陷，被子被拉开，透了点儿冷风进来，她缩了缩脑袋。徐砚程将手覆在她的额头上："不舒服？"

许紫摇头，拉下他的手："吃太撑了，好困。"

徐砚程侧睡向她，替她盖好被子。

许紫睁开眼睛看看他，嘀咕了一句："压根没有可比性。"

徐砚程挑眉："嗯？"

许萦翻身背对着他："没事。"

徐砚程："小惊。"

许萦又翻身，看向他："你说。"

"明天下午回我家里住，可以吧？"徐砚程担心她住不惯。

许萦："你爸妈……不严肃吧？"

徐砚程："不严肃，别担心。"

"你要午睡吗？"许萦疑惑地问。

以往都不见他有午睡的习惯，可以说她就没见过他睡着的时候，因为她的睡眠时间实在太久。

徐砚程把她环到怀里："你睡着我就去办事。"

许萦靠在他的胸膛上，仰着头："你……想办婚礼吗？"

很早前她就想问他了，一直没记起来问。

徐砚程垂眸看着她："不是回答过？"

许萦："当时我们也没商量，就一前一后地回答了，不算最后的答案。"

徐砚程勾唇儒雅地笑着，指尖顺着她散在枕头上的乌发，慢慢理顺："小惊听真话还是假话？"

许萦："当然是真话啊。"

要是她想要听假话，就不会问他了。

徐砚程："我想办。"

这就是他的答案，他想办一场和她的婚礼。

"嗯……"许萦惊讶，以为男人对烦琐的仪式没好感，没想到他想办。许萦陷入沉思之中，但不想骗他："我不喜欢婚礼仪式，觉得人太多了。"

徐砚程预料到了。那天她回答的时候他就知道，不过真的听她说，心里说不失落是假的。

许萦又说："但是人少的仪式可以，可我不知道人少的仪式能怎么弄。"

徐砚程双目如炬："交给我。"

"真的？"许萦问。

"你可以期待一下。"只要她愿意办，他会想尽一切办法满足她的愿望。

许萦不擅长安排这些事，不多想，把一切交给他，相信徐砚程肯定能解决。

徐砚程发现她直勾勾地看着他，额头抵上她的额头："想什么？"

许萦摇了摇头，蹭乱了鬓发："我觉得我们这样挺好的。"

感情不浓烈不冷淡，似徐徐微风。

虽然他们没有太多感情基础，但互相理解，就这样过一辈子没有什么不好。

她更适合这样的婚姻。

除夕夜当天，临近中午，许萦和徐砚程到了徐家。

上学时许萦知道楚栀家住在这儿，上一次送程戚樾回来也只是远远看了一眼，真的进到里面，被里面繁盛的风景惊到了。

原谅她文化水平不高，词汇匮乏，看着眼前的美景她的脑子只能得出一个形容——看着就贵。

"隔壁是小栀家。"徐砚程揽着她的肩膀，指了指旁边藤蔓攀爬的木门。

隔壁的门被推开，楚栀走出来，惊讶地叫他们："程哥、阿萦。"

楚栀穿着一身长款的白色羽绒服，包裹得像个皮球，戴着浅灰色的毛线帽、围巾和手套，就连护耳也没落下，就这样仍是鼻子通红。

肉眼可见，楚栀是真的怕冷。

"去哪儿？"徐砚程问。

楚栀笑了笑："给我妈买酱油，打下手。你们今晚住这边？"

徐砚程："嗯，今晚在这边跨年。"

楚栀开心地说："正好啊，我们这边可以放烟花，晚上一起！"

徐砚程应了"好"。

经过许萦身边时，楚栀扯走她，俏皮地说："程哥，借会儿人。"

徐砚程提着礼品，轻笑："最多半个小时，她还没吃午餐。"

楚栀戏谑地笑道："知道了。就一小会儿，你就着急。"

"当然。"徐砚程直白地笑言。

许萦被他们一人一句弄得不好意思。

许萦跟着楚栀走在绿化大道上，挽着她的手，像高中饭后两个人常去操场散步那样。

"找我有事？"许萦问。

楚栀："有点儿闷，想找个人陪我走走。你不会有了老公不要我了吧？"

许萦："怎么会？别乱想。"

楚栀凝视着许萦的侧颜："阿萦，你喜欢程哥吗？"

许萦愣了愣，看着她问："怎么突然问这个？"

楚栀得到了答案："不喜欢也能结婚？"

许萦想了好久，说："我不适合谈恋爱，倒是觉得和徐砚程这样的婚姻很适合我。"

"别再说你不适合谈恋爱了，适不适合谈恋爱要看和什么样的人谈。"楚栀似乎有些生气，牵着许萦的手摇了摇，"我虽然谈得一塌糊涂，但并不觉得我不适合谈恋爱。"

"你也太乐观了。"许萦就没有像楚栀这样的心态。

"是因为周子墨说你，所以你这样想吗？"楚栀问。

许萦顿了顿，下意识地否认："不是。"

楚栀："我还是要说一句，他就是想 PUA（精神操控）你，你才没有他说的那么不堪。你很好，别搭理他。"

许萦看到不远处的超市，拉着她加快了速度："知道了，不说这个，你这瓶酱油买这么久，你妈可要生气了。"

楚栀"喊"了一声："我开导你，你还恩将仇报啊！"

进了超市，许萦帮楚栀推车，看她买了一堆零食，替她提了一袋，两个人悠闲地散步回去。

楚栀犹豫地开口："其实……程哥人很好，你用心观察就知道了，我想程哥肯定对你有好感才会和你结婚。你也不用把两性关系想得这么丧，万一，我就是说万一啊，程哥就是你命中注定的良人呢？"

许萦听完她的长篇大论，轻声笑了笑："栀子，你小时候是不是常去徐砚程家蹭吃的？都给他说起好话了。"

楚栀看着许萦的背影融在春生的绿意里，短叹一声气。

作为过来人，她很懂徐砚程。

他们同是天涯可怜人。

也不是，徐砚程比她幸运多了。

楚栀追上许萦："真的，不信你等着瞧！"

不知道为什么，可能是新年了，遇到太多故人，楚栀说的话缠绕在心头，许萦梦到了很久以前的事情。

刚上大学那会儿，她似乎每天都挺开心的。忙学业，忙课外活动，反正忙的每一件事她都很喜欢。

大四那年她谈恋爱了。直到现在她也不知道当初是因为喜欢偏多，还是感动偏多，答应了周子墨的追求。

她记得周子墨告白那晚的场景。

他说，他喜欢她，喜欢有些胆怯但又很勇敢的她，喜欢她一腔热血努力的样子，她在他那里，就像耀眼的星辰，光彩夺目，让他心动。

她起先是拒绝的。

但他保证，不管怎么样的许萦他都会喜欢，会包容，会理解。

中间太多细节她记不清楚了。

她只记得分手那天，准确地说是他甩她那天的情形。

他说，她像焐不热的冷血怪物，像全世界欠她一样，他最后悔的事情就是和她谈恋爱，受够她这副冰清玉洁的模样，谁和她谈恋爱谁倒霉，她让人恶心生厌。

最后一个字音落下，许萦从噩梦中醒来，睁着眼睛望着黑漆漆的环境，胸腔剧烈起伏。

屋里的夜灯亮起。

徐砚程探到她额前的汗，关切地问："做噩梦了？"

许萦被这声音拉回现实，拉着被子摇头："不是，睡得太沉，头有点儿晕。"

用完年夜饭才下午四点，消化到一半许萦犯了困。想着晚上还有安排，徐望文便催大家一块儿睡个下午觉，晚一点儿再出门活动。

徐砚程抽过床头柜上的湿纸巾给她擦汗，起身去倒温水："要是不舒服我给你看看。"

许萦靠在床头捧着水杯，头松松地斜靠着，神情恍惚。应该是哪根筋搭错了，她问道："徐砚程，你以前谈过恋爱吗？"

徐砚程把室内温度调低，因为许萦的脸蛋红扑扑的，估计空气太闷了。

"没有。"徐砚程回答。

答案完全在意料之外，许萦目瞪口呆："没有？"

像徐砚程这样优秀的人不应该有很多人追他？他总会看上一个追求者吧？

"为什么啊？你……也不像第一次啊。"许萦说完，意识到她说了什么，捂住了嘴。

徐砚程失笑："小惊，你就是这样判断你丈夫是否有前女友的吗？"

许萦摇头，放下水杯，把脸埋在被子里："没有……我乱说话，你别当真。"

徐砚程倒是一本正经地坐好，无奈地说："没谈过，第一次。"

许萦脸越来越红："你不用……和我交代。"怕氛围尴尬，她换了话题，"为什么不谈？是因为你觉得自己不适合谈恋爱？"

徐砚程不懂许萦为什么会这样问，说："没有人不适合谈恋爱，只是因为没遇到合适的，所以没谈。"

他目光晦暗不明地流转。

是因为一直在等你，不是你，我怎会愿意陷入一场热恋？

而许萦只听了前半句话"喃喃"道："你怎么和栀子说了一样的话？"

没有人不适合谈恋爱。

"我觉得我就挺不适合谈恋爱的。"许萦抓了抓头发，略微懊恼地说。

徐砚程："怎么不适合了？"

许萦："我……"

她说不出口。她干吗找虐和徐砚程数落自己的不好？

"反正不适合。"许萦给自己下结论，"不管适不适合，我们都结婚了。"

一切不开心的事都过去了。

徐砚程往她的方向靠近，许萦被紧逼到床头："徐医生，别过来了，没位置挪了。"

一米八宽的床明明这么大，他非要挤她。

"那你呢？你有前男友吗？"徐砚程问。

许萦突然理解网络上说的，和现任交代情史是什么感受了。

"有，一个。"许萦竖起了一根食指，水眸里满是诚恳之色。

徐砚程压下她的手："因为没有好结果，所以你觉得你不适合谈恋爱？"

许萦："对，因为这一次的经历，我觉得我不适合。"

"小惊，"他神色温和，嘴角噙着一丝淡淡的笑容，"我这是在为前任的过错买单了。"

"我不是怪你的意思。"许萦说，"而且结婚很好啊，我觉得比谈恋爱好。"

"如果我说，我想和你谈恋爱呢？"徐砚程望着她说。

殊不知，他说完这句话，心跳就加速了。

他像少年时期几次想去找她告白一样，青涩又懵懂，心脏"怦怦"地鼓动。

许萦迟疑片刻，抬头去看他。

他神色温柔又坚定，不像在说假话。

"不要。"她拒绝，语气很肯定，"徐砚程，我听过一个人对我说过很多好话，然后这个人也对我说过很多不好的话。想喜欢就喜欢，想不喜欢就不喜欢，所以我不喜欢恋爱关系。结婚不好吗？因为……你不可以说抛弃就抛弃，就算分开，也应该留下痕迹。"

许萦固执地向他说明自己的想法。徐砚程不理解也好，不赞同也好，这就是她的感情观。

"小惊同学，"徐砚程捏了一下她的鼻尖，"谁说要抛弃你？"

许萦从床上跪坐起来，倾身去抱他的脖子，头侧挨着他："如果你不抛弃我，我一定不抛弃你。"

徐砚程抬手压在她的后脑勺上，哂笑："如果你不抛弃我，我一定不抛弃你。"

"死循环了。"许萦笑说。

徐砚程："那我们就在死循环里绕着吧。"徐砚程轻声细语地安慰她，"小惊，你要相信会有一个人，说爱你是真的爱你，不是一时兴起，不是激情所致。"

他用十年去反复思考对她的感情，越陷越深，真的不是一时兴起，更不是激情所致。

如今她这样，也许第一段恋爱关系真的给她留下了不太好的印象。

"还没有，所以我不信。"许萦撑着他的肩膀，粲然一笑，"我只相信我所看到和所感受到的情况。"

徐砚程在心底暗笑，小傻瓜也太自信了。不对，以后要叫她小瞎子了，不然她怎么看不到，他说的那个人就在她面前？

"就像你很好，我就看到了。"许萦说完不好意思地跑到床下，"时间快到了，别让栀子等我们！"

她趿着鞋子去了衣帽间换衣服。

徐砚程看着她的背影笑了笑，看到床头柜上的手机闪了闪，以为是楚栀发消息来催，便起身去拿手机。

"小萦，当初我说的话确实过分了。这些年听说你去找过我几次，我不是不想见你，是有苦衷的。昨天见到你，我觉得我还是喜欢你的。你可不可以给我一个机会，我们重新开始？"

徐砚程扫完这条短信，脸色变得阴沉。

最后，徐砚程将手从删除键上离开，熄灭手机屏幕。

许萦换好衣服出来，见他坐在床尾，睡袍松松垮垮地穿在身上，便问道："不去换衣服？"

徐砚程见她拿起手机，目光紧盯着她，纹丝不动。

她解锁手机，定睛看了几秒，缓慢地向下滑，读完消息后，退出页面。

"怎么了？"许萦抬头，发现徐砚程在看她。

徐砚程敛起思绪，淡淡地说道："没。"

许萦把手机放到口袋里："我下去等你，你换好衣服下来。"

徐砚程："嗯。"

许萦没察觉出徐砚程不对劲的地方，走出房间后，再拿出手机，犹豫了一下，没有删掉周子墨发来的消息。

她回想周子墨在商城看她的那几眼。

那人神色友好，原来打的是这个主意。

"小萦，阿砚呢？"程莞站在客厅中央问。

许萦："他换衣服，很快就好。"

见程莞冲她招手，许萦走到她身边。

程莞拉过许萦的手放到自己胳膊弯里："等会儿你站我旁边。"

许萦没有应下，先是看向对面整理东西的徐望文。他用手小幅度地摇了摇，示意许萦拒绝。

程莞碰了碰她："小萦！"

许萦讪讪地说："妈，我等会儿和楚枙约好了。"

"那我和你们约！"程莞拉着许萦出门，也不管后面的徐望文是什么表情。

放烟花的地方是小区的草坪，地下和地上都很干净，远远望去是一片群山，符合烟火燃放的标准。

不只他们家，还有几家也在准备燃放烟火。

程莞和周围的邻居熟悉，别人看到她拉着一个年轻女人，热情地问是谁。程莞将手放在许萦身后，嫣然笑着，红唇十分亮眼："这是我家阿砚的太太，叫许萦。"

一听说她是徐砚程的新婚妻子，几个人连忙上前友好地和她握手，寒暄几句话后，大部分时间和程莞在聊，三句话有两句是祝福，夸她好看，夸她贤惠，夸她气质好，夸徐家有福气……

若是让许萦短时间内想出十个夸奖词，她一定要百度才能说全，而邻居对她赞不绝口，内容没有重复，词张口即来——许萦合理怀疑他们特地进修过。

此刻的程莞就和"夸夸群"群主一样。别人说一句，她搭一句。

许萦听完都在想，这说的人是她吗？

许萦站了十多分钟，楚栀的出现宛如天上神女，把她从虎口中救出来。

去了安静的地方后，许萦感激涕零："栀子，你下半年的奶茶我包了，你就是在世菩萨。"

楚栀笑说："夸你的话还听不得？"

许萦："刚开始是听得，后面越听越心虚，我就不好意思再听了。"

"看得出程姨很喜欢你。"楚栀望着程莞的方向。

程莞说着什么趣事，几个人围着她"哈哈"大笑，氛围极好。

许萦点头："我也很喜欢她。"

或许程莞在徐砚程和程戚樾的眼里是个不大着调的母亲，说风就是雨，许萦反而很喜欢这样的程莞，鲜活、有灵气、有亲和力。

还没到时间，楚栀挽着许萦沿着花园的小径散步："明天要去你家过年？"

许萦："徐医生说先去港都，我爸妈那边让我们初三过去。"

听完许萦的安排，楚栀直打退堂鼓："初四回来？"

许萦："嗯，初五有婚宴。"

楚栀："这也太赶了吧。"

他们没有一天是休息的。

许萦轻笑一声，显得有几分无奈："新婚第一年，很正常吧。"

他们等于是要走两家的亲戚，这两家里面，各自爸妈的老家也要去一趟。

"你呢？有什么安排？"许萦问她。

楚栀："就在家里懒到元宵节，然后回去上班。"

许萦赞同："你确实要好好放个假了，这两年也太忙了。"

楚栀骄傲："我明年有希望转主治医师了，忙还是值得的。"

许萦驻足，看着前面一身鹅黄色毛呢大衣的楚栀，戴着的帽子顶是一个大大的毛线球，和她的脸一样大，大衣泡泡袖的设计衬得她像漫画里娇俏可爱的主角。

楚栀确实像主角，高中的成绩很一般，不过从大学到考上心仪的医院，却越来越优秀，不就像主角一样天真果敢，英勇向前，变得越来越漂亮自信吗？

本质上，她和楚栀还是有区别的。

她喜欢楚栀给她的感觉，比春天还富有生机。楚栀自己本身就能是一个春天，富足的春天。

"恭喜，等你转主治医师后，请我们吃饭。"许萦跟上前面一蹦一跳的楚栀。

"好啊，到时候你去京北陪我几天。"楚栀挽着她的胳膊，抬头望着夜空，"今晚星星好少，明天是不是会下雨？"

"千万别，我明天坐飞机。"许萦叫不想因为意外情况在路上耽误，岂不是累上加累？

楚栀拉着许萦，给她说怎么从星象判断天气。许萦没听懂，楚栀就按着星座的位置给她说神话故事，一直逛到差不多零点，才回到放烟花的地方。

程戚樾给她们点了仙女棒，楚栀和许萦自拍，将照片发到小群里刺激肖芊薏。两个人凑着头和肖芊薏视频通话，相互聊一些年夜饭的趣事。

"许老师。"程戚樾戳了戳许萦的肩膀。

许萦起身："怎么了？"

见程戚樾往安静的地方走，许萦和楚栀打声招呼后跟了上去："有事吗？"

程戚樾转身，问她："我哥呢？"

许萦愣了愣，眨了眨眼："徐医生……"

从出门到现在，她就没见过徐砚程。

程戚樾抬起手，越过她指向后面："在那里。"

许萦回了半个身子，看到徐砚程站在人群外昏暗的一角，目光望着热闹的人群。偶尔有邻居去和他聊天，他就温和地回答他们的问题。

"你是我哥的老婆吧？"程戚樾问。

许萦："嗯……"

程戚樾语气冷厉地问："你玩得这么开心，我哥呢？"

许萦反应过来这小子是在教训她："你这是在为你哥鸣不平？"

"是。"程戚樾说，"你从出门到现在多久就开心多久，而我哥就一直一个人站在角落里。"

"你怎么不上去和他说话？"许萦问。

今天过年，她刚来徐家，大家见她是新面孔，一个个上前攀谈。她应付不过来，确实匀不出太多时间去顾及每个人。而且她和徐砚程晚上回去又会面对面，在外面就没必要还黏在一起了。

程戚樾仿佛被戳中心事，总归是太年轻，露出的马脚被抓到，立马方寸大乱，攥着手说："我和不和他说话关你什么事？"

撂下这句话，程戚樾转身跑走了。

许萦愕然，无奈地摇了摇头。

这就是传说中的叛逆期少年？

别别扭扭的，程戚樾明明关心徐砚程，却表现得一副无所谓的样子，

174

想和她谈谈，却不小心把气氛弄僵。

前面有人喊"准备放烟花了"，许萦朝徐砚程走去。

他穿着短款的棉服，穿搭随意，没有拉上拉链，露出里面的米白色卫衣，微微宽松的阔腿裤衬得他的头身比很优越。由着风吹乱了额前的碎发，他连眉眼都融进迷离的风中，像她曾经在京街大道看到的那一片黄栌，浅色调，雾中的情人一般孑然站立，清冷高贵。

她离他还有两步时，他侧身正视她。

"在看什么？"许萦莫名其妙地一阵心虚。

本来心里没什么负担，看见徐砚程寂寥一人，她回想起程戚樾和她说的话，负罪感涌了出来。

徐砚程凝视着她，良久才说："在等烟花。"

许萦走到他身侧："我和你一起等。"

徐砚程的视线随着她移动，停留片刻后才移开，他看向无尽的黑山。

其实，他等的不是零点的烟花，而是她。

等徐砚程挪开视线，许萦才看向他。

她总觉得徐砚程对接下来的活动兴致不高，情绪淡淡的，和平日里的淡然有种天然的不同。许萦说不上是什么，却能感受得一清二楚。

不知是谁喊了一句"新年了"，一朵烟花接着一朵蹿到了天上。

许萦的注意力被吸引了过去，她好多年没看烟花秀了。

因为住在不能燃放烟花的区域，以往过年他们也就跟着春晚的倒计时热闹一会儿，观赏电视里的烟花大秀，就当是自家也放了。

许萦沉迷眼前的烟花，炸裂声似乎就在耳边。她只能听到自己的声音，就连心跳声，也仅有自己能听到。

怪不得有人说人在烟花下都是寂寞的。

它像给每个人下了个单独的屏障，在你看到美丽的风景却无法去分享的时候，当然会被落寞情绪笼罩。

徐砚程垂下目光，看着各种光在她脸上跳跃，光明璀璨，摇摇晃晃，绚烂耀眼。

许萦转头，对上他的目光，拉住他的衣袖，压着他的肩膀让他低下身子。

徐砚程照办。

"新年快乐！"许萦开怀大笑着说。

徐砚程凝眸，眼里只有她。他凑到她耳边说："小惊，新年快乐。"

许萦拉着他的手靠在他的胳膊上，一直笑着，她的心情很好。

烟花落幕，人群也散了。

徐砚程带着她走了僻静的小路。

许萦说："好阴森。"

接着她就缩在他身后，头抵在他的肩后，让他领路，不敢乱看。

别墅小洋楼配上草木茂盛的羊肠小道，画面有一种十八世纪吸血鬼的恐怖荒诞氛围。

徐砚程把她环到怀里，说："哪里可怕？"

"怎么不可怕，还有一种末世的感觉。"许萦被黑黑的环境刺激得神经活跃，想象力丰富起来。许萦仰头开玩笑说，"说不定下一秒，你就会变成吸血鬼。"

他忽然把身子凑得极低——许萦被突如其来的动作吓了一跳，还没回神，脖子上的脉搏被咬住了。命脉被钳制住，他只要一用力，她随时会鲜血喷涌，然后死亡。

她呼吸一紧，甚至不敢呼吸。

肌肤没有被刺穿，轻咬变成了一记吻落下，她听到他雅痞地笑说："真成了吸血鬼，我也舍不得咬你。"

酥麻感从那一记吻落下的地方蔓延开来，她的指尖在发颤，心跳不听话了。

许萦推开他，跑向前："你少开玩笑！"

徐砚程跟上她的步伐："右边没有人住。"

他本意是想提醒她往左边走，结果许萦往回跑，投到他怀里，紧紧抱着他的腰："那……那走左边吧。"

徐砚程哼笑出声。

怀里的许萦未免也太可爱了。

出发前，许萦收到了程莞和徐望文的两个大红包，沉甸甸的。她将红包收到包包里，心情沉重了几分，生怕出门在外被人抢东西。

按照习俗，她跟徐砚程给程戚樾也封了一个红包。

收到红包，程戚樾依旧不咸不淡，说了声"谢谢"就坐在角落里不说话了。

候机室里，许萦好奇地问徐砚程："小樾一直都是这个性子？"

徐砚程："嗯，从小就是，面上看着冷，但他比很多孩子要热心。"

听完这些话，许萦才相信，原来真的有人天生冷性子但热心肠，里外反差还挺萌的。

她又想徐砚程是不是也这样？

才一秒，她就否认，徐砚程里里外外都一样，温文儒雅。

"准备登机了，我去一趟卫生间，你等等我。"许萦把东西给他，背着斜挎包跑向厕所。

徐砚程推着行李箱紧随其后，正好那边是登机口。

许萦上完厕所洗了手出来。一手的水，她挥了挥，抽出一张纸仔细擦拭了，走到外面，碰上一个要往卫生间去的人。

"小萦？！"来人惊喜地叫她。

许萦还未抬头，只感觉前面堵了人，后退两步。眼见一双手往上要握住她的手腕，她被吓得赶忙背过手，警惕地看着他。

周子墨有些激动，拍了拍胸膛："是我啊，子墨！"

徐砚程站在不远处，听得一清二楚，准备上前，听到周子墨继续说："今天早上我又给你发了消息，你看到了吗？"

被"又"这个字眼刺到了，徐砚程顿住了脚步。

许萦蹙眉，看到眼前的男人一阵反胃："看到了，然后呢？"

周子墨忍了许久，见她终于主动问他"然后呢"，着急地说："小萦，我知道你这些年还在等我。我听别人说你没再谈恋爱，你连手机号码还用的是我当初帮你选的那个，难道不是还在等我吗？这两年我一直给你发消息，你怎么不回复我？你肯定气我没去找你对吧？我的工作太忙了，好几次遇见你，我都想找你解释的，可又放不下面子。如果你主动一点儿，或许我们就不会冷战这么久了。今天你舍得和我说话，我特别开心！小萦，以前是以前，我糊涂地做了一些坏事，以后不会了好不好？"

"周子墨，你是不是有病？"许萦冷声说，"我对渣男过敏，你能不能离我远一点儿？"

周子墨没想到她说话这么绝情，要面子地说道："我承认当初和你分开说的话不好听，但那些都是气话。当时你和你学长走得那么近，我作为你的男朋友吃醋不正常吗？"

"所以你就可以口无遮拦？"许萦觉得真晦气，怎么会在过年的好日子在这里碰到周子墨？

周子墨抬手看了看腕表："当初说的真的都是气话，我还要赶飞机，小萦，我们后面说好不好？给我一个机会，还有，一定要回我的消息。"

周子墨一直是这样自以为是的人，当初也是不管不顾地闯入她的生活，干扰她的节奏，她却识人不清，以为这一种霸道方式是一种关怀表现，后面越想越觉得恶心。

　　徐砚程刚要迈出步伐，就看到许萦拉住了前面的男人："周子墨你想要听我说对吗？现在就可以说。

　　"当初你和我交往，我当你是男朋友，从没计较你花我多少钱，甚至对你暗示我送你一套昂贵的西装作为毕业礼物也没有多说什么。分手到现在，我也没拿这个当事说。我今天想说，纯属被恶心透了。你这两年发来的消息我都存着——你要是再敢发一次，我就报警。"

　　"你……"周子墨本以为冷战这么久，这次回来碰见她，她看他好几次，是因为再也忍不住想要和他复合。

　　他都主动了，她怎么会这样？

　　"别闹了小萦，我愿意主动求和了。其实，那段时间下班我是特意等你一起坐电梯的。"

　　许萦心底笑。

　　那段时间她没记错，他正和新来的同事谈恋爱。

　　徐砚程："小惊。"

　　许萦放开周子墨，厉声警告："我会把你拉黑，离我远一点儿！"

　　周子墨盯着徐砚程看了许久，看着他一步一步走近。

　　徐砚程走到许萦跟前，大手抬起，把她挡在身后，眼神凌厉："他是谁？"

　　许萦不想让矛盾激化，压下徐砚程的手："不熟悉的同学。"

　　所以她也没必要将人介绍给徐砚程。

　　许萦拉着徐砚程的手搂着他就走，周子墨抿着唇盯着他们的方向。

　　许萦躲开周子墨，松了一口气，却发现徐砚程一直看着她，目光深得可怕。

　　"他没做什么吧？"徐砚程关心地问。

　　许萦抓住机会快速翻过这篇。她觉得自己能应付周子墨的事情，不想给徐砚程添麻烦，说道："没有，以前有过不愉快，争执了几句。"

　　徐砚程张了张嘴，有话却问不出口。许萦不想说的事情，他不想逼她，而且刚刚两个人是在争吵，并不见得关系有缓和。

　　上了飞机，许萦戴上眼罩揉着太阳穴，心底觉得窝火。

　　这不是她时隔很久才见到周子墨。没从京北回来前，隔一段时间她就会见到他，但没当回事，哪里懂周子墨内心戏这么多？

而徐砚程见她偏头对着窗外，一副不愿和人交谈的态度，心沉了沉。

到了徐砚程的外婆家，许萦在踏进有些年头的欧式小洋楼的那一刻，觉得这是书香世家才住得起的宅子，透着一股优雅的书卷气。

程莞是独女，过年家里只有外公和外婆两个人，所以徐砚程带许萦过来拜年，可把外婆激动坏了。

外婆特别热情，见到许萦就拉着她把家里参观了一遍，晚上更是亲手准备了一桌子好吃的菜。

许萦和外婆围着餐桌坐了许久，在外婆的劝说下，吃得特别撑，还喝了外婆亲手酿的葡萄酒。

一顿饭吃下来，不仅把机场的糟心事忘了，许萦轻微的社恐症都快被治愈了。

许萦答应明天陪外婆去见她的姐妹，才被放回房间。

洗漱完，许萦昏昏沉沉地坐在沙发上。

小洋楼屋子很宽，徐砚程的房间虽然是侧卧，但带着独立的卫生间和阳台。

徐砚程在阳台外打发一根烟的时间里，顺便和人聊着电话。

眼见过了半夜十二点，许萦拉开阳台的门，小声对他说："我洗好了，先睡了。"

徐砚程侧身看着她，继续对电话那边的人说："把人查清楚了和我说，我初四回去。行，挂了。"

他放下手机进门，将许萦逼得连连后退，坐到床尾。

"醉了？"徐砚程碰到她的脸颊。

许萦躲开他的触碰，踢掉鞋子，爬到被子里："一点点，你去洗澡吧。"

徐砚程的手僵在半空中，好一会儿他才起身。

许萦躺在床上昏昏欲睡。徐砚程睡上来的时候，她感觉暖风透出去了，卷了一下被子："冷。"

徐砚程把她塞到被子里，睡下来。许萦转过身子，两个人面对面。他以为她是睡着了，只见她睁着眼睛直勾勾地凝视着他，双眸湿漉漉的。

他的心被她看得燥热。

"徐砚程。"许萦叫他。

"怎么了？"

"来外婆家你不开心吗？"许萦问，席间都不见他笑，他总是心事重重的样子。

"你喝醉了，我没有不开心。"徐砚程回避她的问题。

许萦较真："我没醉。"为了证明自己没醉，她凑过去，"你闻闻，一点儿酒气都没有。"

淡淡的清香侵占他鼻间的空气，让他更是难耐。

徐砚程轻捏住她的双颊，不让她再凑近，手心被她的脸颊烫热，心生无奈情绪，就这样她还说自己没醉。

"我知道了，你在生我的气。"许萦不知道为什么，胆子貌似比平日大了些，什么都往外说，一点儿委婉之意都没有。

徐砚程移动身子，靠在床头，和她平视。

"我气你什么？"徐砚程好笑地问。

许萦想了好久："应该没有，我没做错什么。"

徐砚程拖着懒散的调子问："确定？"

许萦："嗯，我很乖的。"

她撑着床有点儿困了，手握上徐砚程的手腕，靠在他的手掌心上，这样不至于太累。

知道她喝醉了，徐砚程故意把一半力气收回，让她没有支撑点，坐得难受。

徐砚程："今天在机场的男人是谁？"

许萦眨了眨眼，有问必答："我前男友周子墨。不对，栀子说要这样说——垃圾渣男周子墨。"

被她的话取悦到了，他心软地环住她，让她舒服地靠在他的肩头。

"周子墨真的有病。"许萦吸了吸鼻子，酒精作用下，把所有的不满情绪全吐了出来，"分手后我权当花钱买了教训，就当没发生过这件事，毕竟我们也没交往多久。今天我才知道他自我感觉不要太好，以为我还喜欢他，是在和他闹脾气。怪不得他两年来换了好几次女朋友，每次都要假装和我偶遇，以为我会被刺激到。"

徐砚程："不喜欢吗？"

许萦说到这里，觉得委屈："不喜欢。我一直没多说什么，可真的好讨厌他。我觉得感情付出就付出了，被辜负就算了。我在意他分手那天说的话，让我感觉自己一文不值。他作为我这么亲近的人，都这样想我，那我得多差劲呀？"

感情讲不到一起，两个人好聚好散。

许萦不能接受的是，她在这段感情中的品行得多差，他才会说出这么多恶毒的话？

"再听一遍。"徐砚程微微笑着，郁结情绪消散不见。

原来她对上一段感情放不下的原因是这个，并不是因为喜欢周子墨。

许萦仰起头："听什么？"

徐砚程抬手摸了摸她的脑袋，头靠近她，微微侧着对她，温和地说："我们小萦一点儿都不差劲。我才是真正亲近你的人，我的话才作数。"

许萦忽然觉得鼻子堵堵的："徐砚程，你真好。"

"但是，"徐砚程拉着她的手换了位置，"要罚。"

许萦不明所以："为什么？"

徐砚程俯身去吻她："下一次，要怎么和别人介绍我？"

许萦红着脸，对他的问题答不出口，要偏身躲开，可双颊被徐砚程紧捏着，动弹不得，只能迎下酥酥麻麻的亲吻。

他的鼻尖抵在她的脸颊上，炙热的呼吸喷洒出来，她感到有些烫，她的手忽然抬起，指腹从他的眉心上滑到山根处，惊叹他五官的优越条件。

徐砚程松开她，双手撑在她的身体两侧。她仰头看着他，不明白他为什么突然停下来。

她的衣角被撩开，温热又厚重的手掌顺着她的脊骨往上移动，他俯身吻她的耳垂："怎么说？"

许萦不言。

徐砚程的手看着就能感受到骨感明显，等真的触到时，他的指节光是抵在她的背上，她脑内的神经便开始兴奋。

"这是心脏。"他低声说。

慢慢地，他的手指从她的背后滑到前面的肋骨处，擦过那片软肉，摁下。

许萦顿时感觉心口仿佛中了一箭，心脏不断收缩，血液快速流过，"怦怦"地侵占她的听觉。

徐砚程加重指尖的力气："四厘米。"

距离体表四厘米的地方，便是她的心脏。

许萦觉得她整个人要疯掉了，脑子里也不知道是什么在叫嚣，整个状态陌生极了。

她能看到胸前的那双手，至今不知道他做过多少台手术，血腥的画面冲到了脑海里。

一双白皙的手染上鲜血，画面冲击感十足，病态一般令人迷恋。

不知是唇齿间留有余味，还是脑神经里的记忆，她觉得此刻的她像那半熟的葡萄，被碾碎，酸涩的果汁溢出，再被封存在透明的玻璃瓶里，储存在暗处，然后发酵出酒的醋味，再被打开，尽数饮下。

酒水味是咸的。

"徐砚程。"

她干涩的喉咙发出微弱的声音，手穿过他的黑发，祈求他能停下。

他像是温柔又宁静的"淅沥"雨夜，把她浸透，弥漫出极限推拉的性张力情调。

她脑子空白的近两分钟时间，漫长得似一整个世纪。

他问："想好了？"

许萦："你欺负人了。"

徐砚程笑吟吟地说："我怎么欺负小惊了？"

她想说，却不知道怎么说。

她早被迫裸裎相待，他却还穿着松松垮垮的睡袍，她的心中更不平了。

她伸出的手还没拽到他的领口，便被他抓住。

"徐医生我错了。"许萦没干过这些事，心慌得不知所措，便开口求饶。

而他依旧是该干吗干吗，重复问了开始前的问题："下一次，要怎么和别人介绍我？"

许萦快哭了："徐砚程。"

徐砚程："嗯？"

许萦轻吸一口气："我丈夫——徐砚程。"

徐砚程用拇指在她的脖子上的吻痕上打圈："乖。"

徐砚程帮许萦扣衣服时，她手捂着眼睛，躺在床上吸着鼻子，委屈极了，又不敢哭出声，怕住在隔壁屋子的外公、外婆听到。

徐砚程清理完，拉开她的手，看到一双红红的水眸。她鼻尖和脸蛋被涂上勃艮第红颜色，深深浅浅，血管蛰伏在白皙的肌肤间。

徐砚程揩过她卧蚕上那颗浅浅的棕色泪痣，反复几次后，俯身虔诚地吻上。他是真的爱极了这颗泪痣，平日里衬得她恬静，情浓时分又给她的妩媚增添色气，造物主的偏爱，明目张胆。

许萦开口哭腔浓重："徐砚程，不要了。"

她睁不开眼了。

她被他这么一弄，酒早醒了，仅有一点点微醺感。

克制许久，徐砚程才收回了手。

"才过初一，来得及。"他躺下将她搂到怀里。

许紫还没停下来，抽泣着一顿一顿地问："什……什么？"

徐砚程抽过纸巾，温柔地替她擦拭眼泪，和方才要把她揉碎酿成果酒时的野蛮侵占气势全然不同。

徐砚程："你昨天还没给我拜年。"

许紫傻乎乎地问："给……给你拜年，会给红包吗？"

徐砚程没明说："先拜。"

许紫："不要，你会骗人。"

徐砚程从床头柜的抽屉里拿出一个红包。

许紫犹豫了一下，说："徐砚程，新年快乐。"

"小惊同学，没人教你拜年怎么拜吗？"徐砚程放在她的背后的手轻轻拍了拍。

许紫重新说："徐砚程，祝你新年快乐，心想事成。"怕他不满意，她再添一个祝福语，"工作顺利。"

徐砚程失笑，没感觉这是真心祝福，倒是觉得她是咬牙切齿地说的这番话。

他把红包放到她的手里："收下祝福了。"

许紫忍着手酸，当场拆了红包，摸到厚厚的钞票，心底一惊："好多！"

徐砚程："明天你再数。"

这个厚度，许紫估算了一下，应该有几千块钱。

这也太多了……

"我重新给你送祝福吧。"许紫觉得做人还是要有诚意。

徐砚程枕着手，看向她。

许紫从他怀里爬起来，捧着红包认真地说："祝砚程哥新年快乐，心想事成，工作顺利，万事如意。"

为表诚意，她再送了一个祝福词。

手腕被他拽住，她趴到了他的胸膛前。

徐砚程："刚才叫我什么？"

许紫似乎没有危机意识："砚程哥？"

徐砚程扬唇笑了笑："以后就这样叫。"

许萦倒是觉得叫徐医生、徐砚程都好过砚程哥，毕竟叫哥……也太亲昵了。

但是她手里还捧着他给的大红包。

她就当这是改口费吧。

"砚程哥，我可以睡了吗？"许萦是真的困了。

徐砚程把她塞到被子里，从她手里拿过红包放到床头柜上，关了灯："睡吧。"

许萦在他怀里躺好，几分钟后睁开眼："砚程哥，那以后我还可以叫你徐砚程或者徐医生吗？"

徐砚程被逗笑："叫什么都可以。"

许萦："好的，徐砚程。"

他哑然失笑，果然，她还是喜欢直呼他的名字。

许萦早上九点醒来时，徐砚程已经不在房间里了。想起来这是在他外婆家，她赶紧从床上爬起来，去行李箱里翻找衣服。

许萦到一楼的客厅时，看见徐砚程正和外公下棋。

外公看到她下来，颔首笑问："小萦醒了？"

许萦不好意思地把头发梳到胸前，挡住耳垂下的吻痕："嗯……我是不是起晚了？"

外婆从餐厅里出来，笑眯眯地说："哪里晚？你们小年轻才睡这点儿时间哪里够？你睡到大中午都没事。"

许萦笑了笑，主动说："外婆，我来帮你吧。"

外婆挡住她，指了指餐桌："去那里坐着等，你可别影响我发挥啊。都说吃外婆做的菜，你插手帮忙哪里还是外婆的菜？"

外婆劝人的口才极好，许萦终于懂程莞的性子像谁了，和外婆如出一辙。

"不对，不对，我那步走错了，重来。"窗台旁的外公激动地起身，把徐砚程的"车"丢了回去，然后把自己的"炮"放到原来的位置，重新坐下，"这样。"

徐砚程随意地将手搭在大腿上，也不恼外公的无赖做法，拿起一颗棋，"田"字走法，落在刚才外公放下的棋子上。

外公急眼了："你小子故意的吧！"

徐砚程笑了笑："外公，还要悔？"

外公："你……不下了，不下了，看电视去。没兴趣！"

徐砚程笑吟吟地目送外公骂骂咧咧地去了客厅。见他着手收拾棋子，许萦过来帮忙。

许萦问："外公下棋都这样？"

徐砚程："嗯，一盘棋悔十次棋都是正常的。"

许萦："外公人真好。"

"我让的棋——我就不好？"徐砚程挑眉问。

许萦盯着男人那张英俊的脸，经过昨晚的事，心有余悸，对着他着实夸不出一个"好"字。

"我饿了。"许萦战略性转移话题，也不帮忙了，跑回餐厅。

徐砚程无奈地笑，她怎么还和外公学上了？

早饭期间，坐在一张桌子边，外公刚看过报纸，来了兴趣，拉着徐砚程聊最近的新闻，后面的话题都是关于近期医疗峰会的最新科研成果。

外婆是妇产科医生，退休前也是市医院的大主任，对他们的话题有自己的看法。三个人聊得融洽，许萦听不懂，就单纯感受氛围。

这样惬意的早餐时光，或许她往后余生都忘不了。

用完早餐，许萦和外婆去看外婆的姐妹，徐砚程作为陪同人员跟在后面负责提东西。

他们到外婆的姐妹家，就见一个客厅坐了五六个白发苍苍但精气神好的老太太。外婆介绍许萦给她们，老太太们全都和蔼地笑看过来，一个劲地夸她，就连对徐砚程的话都成了"娶到这个媳妇是阿砚的福气"。

许萦谦虚地鞠躬道谢，到最后腰都酸了。

在姐妹家吃了下午饭，外婆炫耀完，让徐砚程带许萦出门逛逛，不然只陪着她们老太太，那得多无聊？

徐砚程便开车带许萦去市区逛街。

许萦看到一家奶茶店，忽然很想喝，但没换钱币，手头等于一毛钱都没有。

徐砚程拿出钱包，放到她的手里："去吧。"

许萦看了看黑色的皮夹，不客气地说："回江都我请你喝。"

等她买回两杯奶茶，看到几家小吃店，又蠢蠢欲动，在控制食欲和满足自我间挣扎一番，最后捏着钱包，视死如归地走了过去。

她在心里安慰自己，难得来港都，或许一辈子就一次了，买不来大物件的昂贵东西，口欲这种小事，能满足还是要满足的。

这边的徐砚程接了云佳葵的电话，说刚来了一个新的病人，她看了检查的片子，初步判断病人是冠心病，过后给他发病历，让他研判一下。

徐砚程的班排在大年初五,有急病他也会看一下。他让云佳葵整理好资料发他的邮箱里,安顿好病人,有紧急情况随时和他说。

挂了电话,他回身,看到许萦一手提着奶茶,一手捧着小吃走过来,脸上的笑意浓得化不开。

"我给你买了一份!"许萦花他的钱,没忘记要照顾他。

徐砚程很少吃小吃,但收到她送的吃食很开心:"谢谢。"

他接过全部东西,解放许萦的双手。

因为是小吃,只有街边的桌椅可以歇脚,许萦不太想坐下,两个人干脆走着吃。

等手里只剩下一杯奶茶,许萦差点儿打饱嗝:"我好像……吃得有点儿多。"

徐砚程:"不多。"

才小小一碗东西,怎么会多?

许萦将手放在肚子上:"昨晚吃了两碗饭,今早喝了粥、吃了面包,还喝了一大碗外婆磨的豆浆,刚刚还吃了小吃。"

她已经不敢上秤了!

"带你去江边消食。"徐砚程抽出纸巾替她擦嘴。

许萦拿过纸巾自己上手,胡乱擦了擦,嚼碎两颗青柠味的口腔清新糖,决定今晚都不吃东西了。

徐砚程带她走到了附近的公园。

正是日落时分,公园里人很多,大多数是一家人出行,也有遛宠物的人。

许萦看着来来往往的人,想听他们都在聊什么趣事,奈何听得不大懂,因为那些人说的粤语。忽然想到吴杰棣提过徐砚程会说粤语,她问道:"你会说粤语?"

徐砚程:"嗯,以前每年暑假都会过来和外婆住,她爱去打麻将,我陪着她出门玩就是一整天。小时候的玩伴都说粤语,我自然而然就学会了。"

许萦佩服徐砚程的学习能力,觉得自己就算特地去学,怕也是岳泽那种水平。

"那……你会唱歌?粤语歌。"许萦想到他在 KTV 唱的那首《萤萤》,蓦地还想听一次。

徐砚程扬眉:"想听?"

许萦委婉地回:"如果你想唱。"

时间还长,两个人明天一大早的飞机回江都,徐砚程干脆带着她去附近商城,开了半个小时的临时 K 歌小房。K 歌房的大小类似拍大头贴的那种小隔间，两个人坐进去刚刚好，不算挤。

许萦第一次来，好奇地张望，不到一分钟就把小隔间看了个遍。

"以前也常见，但没来过。我和楚栀她们都不爱唱歌，最多会去隔壁拍大头贴。"许萦说。

徐砚程给她整好头发，戴上耳机。他把他的那副耳机挂在脖子上，修长的手指在屏幕上滑动，问她："给你唱，想听什么？"

他也不常唱歌——平时就岳泽爱拉着他唱，他几乎是应付地合唱一首，这样单独给一个人唱歌，还是喜欢的人，是独一次。

许萦的歌单里没什么粤语歌，她回："我都可以。"

徐砚程拉了旁边的常点曲目，选了《分分钟需要你》，拿起麦克风，等前奏缓缓过去。

许萦没听过这首歌。他唱的句子她能听懂一半，架不住声音好听，所以她的笑容就没下过脸。

"你教我说两句？"许萦来了兴趣，主动请他教粤语。

徐砚程把歌曲暂停，指着最后两句歌词，缓缓地说："我与你永共聚，分分钟需要你，你嗽系阳光空气。"

许萦拉住他的袖子："你慢点儿，再慢点儿。"

徐砚程拆分了句子教她。

许萦说完，自己听一遍，感觉说得比岳泽还要差。

"学不会啊。"许萦说，"换一句，简单的。"

徐砚程包容地笑问："你想学什么？打招呼？"

许萦沉思后说："起码也要学点儿特别的吧。"

打招呼学了没什么成就感，回头她不能和楚栀、肖芊蕙炫耀。

徐砚程："倒是有一句。"

许萦眼睛有光："你说！"

徐砚程语气含笑地说："我钟意你啊。"

听到这句话的许萦仿佛被发现小心思一般，心倏地一紧。

早在第一次见他，她就假想过，甚至不需要他说这句话，只一个眼神，任由谁都甘愿沦陷。

而如今他说了这话，她心乱如麻。

他望着她的眼神深沉，不可丈量，嘴角噙着一丝深笑。

许萦感受到心跳在肆意狂欢。

"我们……点下一首歌吧。"许萦躲开他的目光。

"唱国语歌吧。"许萦开始乱点翻找歌曲。

徐砚程没有强求她一定学那句话，不过是私心作祟，从未告白过，但想和她说，他是真的钟意她。

两个人继续点歌。

许萦把选择权给徐砚程，毕竟唱的人是他。

隔间里响起了熟悉的前奏，许萦知道这首歌——《和你》。

肖芊薏高中时最爱听这首歌，单曲循环许久，和她分享一只耳机的许萦也被迫跟着听了好久。

徐砚程看着屏幕上的歌词跟唱，无原唱也能准确踩中拍子。

许萦看着眼前的男人穿着长款毛呢大衣，灰色的毛衣领口抵着白色衬衫的第一颗扣子，黑色笔直的长裤，一条腿微屈，搭在木凳的凳脚上，侧颜优越，气质矜贵。

她忽然想着，高中的徐砚程也是这样吗？

他会唱歌、学习成绩好、长得帅气，那一定有很多追求者。

时至今日她第一次后悔高中睡太多，对学校里的八卦消息一点儿也不了解。

徐砚程转头看向她。

许萦像被当场抓到小心思，放轻呼吸看着他。

我想和你赏最美的风景，

看最长的电影，听动人的旋律，

是因为你，我会陪你到下个世纪。

他就看着她，眼里含着笑意，唱完最后几句歌词。

许萦想，一定是身体出毛病了，心跳怎么总在加速？

而她跟前的男人，是心外科医生。

她要……问诊吗？

许萦回到家后，整个人好了许多，没有呼吸无措、心跳"怦怦"不听话的怪毛病，松了一口气。

初三一大早从港都回到江都，家都没时间回，两个人就转车坐高铁去许萦的奶奶家。一番折腾下来，初四晚上回到家，许萦洗完澡倒头就睡。

半夜她睡得迷迷糊糊的，旁边传来"窸窸窣窣"的声音。许萦眯着眼睛，看到徐砚程边单手接着电话，边收拾东西，看样子是有急事。

许萦实在没力气问他去哪儿，就昏昏沉沉地看着他收拾好东西。

徐砚程挂掉电话，注意到她半醒着，知道她有夜起喝水的习惯，便拿过床头柜上放的水，拉她起来递水给她。

"我有紧急手术，明天有班，晚一点儿去找你。"徐砚程看着她喝完水。

许萦醒了一些，慢慢点头。

"睡吧，帮你定好闹钟了。"徐砚程吻了吻她的鬓发，替她盖好被子便出门了。

许萦一觉睡到天亮，小群里楚栀和肖芊薏已经火热聊出"99+"的消息了。

两个人互相把关今天穿什么好，许萦和她们说了声"早"。她们对她的晚起见怪不怪，不是第一天认识她，都懂她爱睡觉。

她们选了浅色系的装扮，要求许萦配合风格。

许萦从另一个柜子里翻出了她的小香风裙装。

自从去江都一中上班后，不是穿休闲装就是运动装，现在看着镜子里精致的女人，她还有几分恍惚。貌似，这样精致的生活离她很远很远了。

今天楚栀开车过来接她们。按理说肖芊薏顺路接人最省时间，但是许萦不放心她的车技，徐砚程出门开走了车，只能麻烦楚栀当一天司机。

肖芊薏坐在副驾驶座上分享听到的八卦消息："我听说宋娇娇的老公是我们隔壁三中的，家里条件不错，相亲认识的。"

楚栀："确实，念书那会儿都说她老公是三中的名人。"

许萦补了一下口红："你们怎么都知道？"

肖芊薏："压根不用特地打听，我初中的朋友和她老公同班，那天就聊了一下。"

楚栀："也是朋友给我说的。"

"你们的朋友真多。"许萦的手机振了振，她拿出来查看消息。

XYC："手术刚结束，你今天是去宋娇娇的婚宴？"

许萦惊讶："你知道宋娇娇？"

XYC："我认识她老公，以前是一个奥数班的，一起训练了一段时间，感情还不错。他也邀请我了，等会儿我去找你。"

许萦："好！可以一起回家。"

她不忘嘱咐徐砚程："要是太累找个代驾。"

凌晨到现在的手术，他怕是耗费了不少体力。

徐砚程回了"好"，许萦便收了手机。

到酒店后，三个人先去看了新娘。

宋娇娇是音乐生，长得漂亮家境好，学生时代是学校的半个名人，今天来的人格外多。

肖芊薏站在两个人中间，一手拉着一个："早知道就不来了，人这么多，礼金到就行，干吗来看人海？"

楚栀和许萦属于在外比较收得住的，只是淡淡点头赞同，没有多说。

宋娇娇的丈夫是个小开，婚宴办得精致，座位也都是安排好的，有服务员亲自领着她们到位置上。

"算宋娇娇有心，没把我们三个分开。"肖芊薏看着左右两人。和熟人坐在一起，她就能给这场婚宴打满分。

"我们班的所有人都知道我们三个好吧。"楚栀淡然扫着场内来往的宾客。

肖芊薏捧着楚栀的脸说："今天只准看我，哪儿都不许看。"

楚栀笑了笑："知道啦。"

许萦正想说话，对面凳子被拉开，来人笑说："小萦是你啊？"

三个人几乎同步动作看去，没想到来人是周子墨。肖芊薏的这口气憋了好几年，她都还没开始问候，服务员就领着另外一个男人过来了。肖芊薏在看清男人的容貌后，一怔。

"阿萦……为什么那个人会来？"肖芊薏问。

许萦看向周子墨旁边的男人——楚栀的前男友。

许萦想到徐砚程的消息，记起楚栀的前男友也去过奥数班，猜道："他应该是新郎的朋友。"

肖芊薏不敢多问，转而问黑着脸的楚栀："栀子，那个人……怎么会来？"

楚栀瞥了一眼周子墨："他以前是三中的。"

肖芊薏一个咋呼的人，问完变得安静，这席……

她还没得出一个结论，有人叫了许萦。

"小惊。"

徐砚程和服务员说自己过来，接着阔步走向许萦。

许萦先看过去，同桌的其余人也一同望去。

周子墨在看到男人后，想起对方就是在机场缠着许萦的男人，脸瞬间黑了下来。

肖芊薏唯唯诺诺地坐好，手脚老老实实地放在该放的地方。

这席……是什么顶级修罗场吗？

为什么冤家都要凑一张桌子？

她反复确认，她们三个学生时代没惹过宋娇娇吧？

见男人走来，许萦站起身。徐砚程走到她旁边，和平时一样握住她的手，在掌心温着，问她："冷吗？"

今天的许萦穿得比较单薄，香风外套里是一件衬衫。徐砚程将手放到她的背后，摸到了骨感明显的蝴蝶骨。

"室内有暖气，不冷。"许萦微笑着说。

心如死灰的肖芊薏缓过神来，蓄了大招，提高嗓门说："哎哟喂，阿萦，徐医生怎么来了？"

就连楚栀也没心情陷入苦恼情绪中，跟着问："程哥，你今天不是白班？"

车上许萦提到过。

徐砚程笑说："新郎特地邀请，想着小惊也在就过来一趟。有人替班了。"

许萦凑近他问："是不是让江主任替的？"

徐砚程颔首："是。"

许萦："亏了，不是替夜班吗？现在可是白班。"

徐砚程环着许萦的肩膀坐下："不亏，给了些好处，江主任替我上到明天。"

"阿萦你放心。"楚栀给徐砚程倒了一杯水，递过去，"从小到大我就没见程哥吃过亏。"

肖芊薏再一次捏着嗓子说："不仅如此，我们家老唐说，徐医生可是心外中心二把手，能力一绝。阿萦眼光真好，选中徐医生。"

反正仇恨已经拉了，肖芊薏一狠心，继续对楚栀说："对了，老唐的学弟你去见过吗？可是一表人才，你们都是学医的，有话题、有共同的兴趣爱好，还有比这个更好的？"

话音落下，对面的男人抬眼，肖芊薏当没看到，反正话不吐不快。

楚栀语气含笑地说："就是你整日宣扬，我妈听说阿萦和徐医生的事情后都让我去见一面。"

肖芊薏得意扬扬地说："那当然了，我对我姐妹们的幸福负主要责任，男人都要选最好的！"

许萦察觉坐在他们对面的两个男人脸色一个比一个黑。徐砚程对着周子墨旁边的男人微微颔首，算是简单问好。见状，男人也回应了他。

许萦说："行了，你什么时候赶着做媒了？"

肖芊薏拉着凳子向楚栀靠近："你看看有些人，过河拆桥。"

许萦让肖芊薏别乱拉仇恨。

四个人坐在一边，氛围融洽，对面的人像是突然闯进来破坏氛围的。

一桌是坐十个人，十分钟后另外的四个人也来了，都是许萦他们班上的同学。大家聊了一圈下来，只发现周子墨和徐砚程是陌生脸孔。

许萦环住徐砚程的胳膊，捏着他的衣服有几分紧张地介绍说："这是我丈夫徐砚程，也是新郎的好友，所以和我们坐一桌。"

学生时代坐在许萦和楚栀后座的女生惊呼："徐砚程？徐学长吗？！"

女生旁边的人是她的同桌，说："你又认识哪个学长？"

女生不好意思地笑了笑："我可没本事认识徐学长，学长可是他们那一届的学神。"

同桌冲许萦竖起了大拇指："阿萦，没想到啊，你们怎么认识的？"

一下子，话题围绕着许萦和徐砚程展开。

许萦不过是想正式向大家介绍徐砚程，却没想到不需要她过多赘述，单是一个名字，大家都知道他。

"徐医生和芊薏的丈夫是同事，介绍认识的。"许萦说。

女生羡慕了："你可太有福气了。"

许萦看了徐砚程一眼，笑得坦荡："我也觉得。"

徐砚程一直听他们聊，终于插了话，纠正："是我有福气。"

两个女生说牙都酸了，作为"单身狗"今天的"狗粮"吃不过来了。

几个人聊着聊着，话题转到了其他人身上。

大家的注意力不再放到他们身上后，许萦悄声问徐砚程："学生时代你这么厉害的吗？"

徐砚程迁就她的身高，低头和她耳语："我太太要是学生时代多听两个八卦，或许我也有幸出现在你曾经的记忆里。"

对这点，徐砚程还是有信心的。

许萦骄傲地说："现在知道也不迟啊。"

听人夸他，她有一种倍感光荣的感觉。

徐砚程轻笑。

行吧，她总归是知道了，可比一辈子都不知道好多了。

许萦抬头，目光掠过对面，碰上一直盯着她看的周子墨。他板着脸，被彻底忽视，无人同他说话，这种冷待遇还是首次，可见他的心情很不好。

婚宴进行到一半，新郎、新娘过来敬酒。

肖芊薏借机会和许萦说："我等会儿就撤，我叫老唐来接我了，今日不宜出行，回家养精蓄锐，改天出门熬夜玩。"

楚栀也凑过来说："我还约了人，等会儿撤了，你们看上什么吃的东西就多拿一点儿，连带我的份拿上。"

两个人都说走了，许萦也不想留在这个尴尬的婚宴上，坐下来后凑到徐砚程耳边说："等会儿我借口去厕所，你晚点儿走，然后把我的外套和包包拿了，我们在酒店门口会合。"

徐砚程冲她挑了挑眉，想问是什么意思。

"分头行动！"许萦没多说，拍了拍他的胳膊，拿过一支口红，顺便去补妆。

先发制人，许萦比肖芊薏和楚栀的动作都要快。

见到许萦走了，女同学问道："阿萦去哪儿？"

阿萦能去哪儿？肖芊薏吐槽，阿萦当然是开溜了。早知道她说完就跑，第一个跑的人总是压力最小。

肖芊薏感叹她就是中国好姐妹啊，回答说："可能她有急事吧，大家继续吃继续喝，不用担心。"

楚栀的手机振响，她拿过手包："接个电话，你们继续。"

接着，楚栀起了身。

第一个说走的肖芊薏把手伸出去，被楚栀挡了回来。

楚栀意味深长地说："多吃些，吃饱了再走。"

这是暗示她多逗留一会儿，晚点儿走，不然别人就看出她们离席的想法了。

肖芊薏发誓回去就和她们绝交，这两个人不讲义气！

"他是谁啊？"女同学没看出肖芊薏和楚栀的互动，好奇地问餐桌边的陌生男人。

肖芊薏看了周子墨一眼，阴阳怪气地说："哪里懂啊，不是什么重要的人吧。娇娇也真是的，没分科前，好歹我们也是一个班的同学，怎么让不认识的人和我们坐一块儿？扫兴。"

"芊薏，这样说一个陌生人不好吧。"女同学压低音量说。

肖芊薏我行我素："没什么不好的。阿萦走了，聊个八卦。"

走不了的肖芊薏拉满战斗力："我和你们说，阿萦不是谈过一个男朋友吗？真的是倒了八辈子霉碰上，那就是个'普信男'。"

女同学嗑着瓜子，兴致勃勃地听着："真的假的？"

肖芊薏抓过一把瓜子："真的啊，阿萦人品好，不在背后议人长短，我可不行——我最爱议论人。当时我们毕业嘛，那个男人没本事，才出社会想装有钱人，天天给我们阿萦画饼说以后发达了给她买车买房，一辈子只会爱她一个人。他好话说尽就为了套阿萦当时手头攒下的两万块生活费，说是借，后面也没见还。这钱，他全部拿去请兄弟吃喝了。阿萦还在实习，那个月就没吃什么好的，我真的无语死了。最让人恶心的是，他非要阿萦送他昂贵的西装作为毕业礼物，当我们阿萦是提款机啊？"

女同学丢下瓜子皮，一脸痛心的表情："啊？阿萦怎么做的？这种垃圾男人，不能不反击啊！"

见其余人也很关心这事，肖芊薏浅抿了一口水，清了清嗓："还没说完。阿萦心软，本想和平分手，还没行动，竟被那男人甩了。那天，那人说了一堆难听的话，说我们阿萦性子不好，冷血怪物，他的爱像一颗石子投入大海，没有回声。我就笑了，真是'又当又立'！你们注意啊，以后碰到这种'普信男'，绕着走！"

都是同过班的，八卦也听了，几个同学你一句我一句，臭骂那个前男友，说就是欺负他们班的同学素质好。

"就是，就是，阿萦顶好，不然怎么遇到了我们徐学长，对吧？"肖芊薏问也坐在旁边听的徐砚程。

徐砚程温和地笑着接话："听小惊说过。"

但他没想到周子墨说的话这么过分，怪不得许萦会对谈恋爱这么悲观——被言语贬低，本就心思敏感的她怎么会不介意？

"我倒是觉得小惊很好。"徐砚程挪动目光，笑着看向周子墨，"素质低的人，看不到。"

周子墨坐在原地越来越尴尬，虽然肖芊薏没特地点出他的名字，但是往他的心扎了一刀又一刀，仿佛大家的嘲弄全部是对着他的。徐砚程故意看来的目光更甚，他觉得徐砚程就是话里有话，在贬低他。

肖芊薏看到暗流涌动，应和："对啊，那个人比起徐学长真的太差了。不对，阿萦说过，压根没有可比性。"

徐砚程记起那晚许萦"喃喃"了一句"压根没有可比性"，原来是这个意思，眼底的笑意更深了，对肖芊薏说："唐医生不是在外面等你？"

肖芊薏立马明白徐砚程是在帮她找脱身的理由，回了一个感激的微笑，站起身做作地说："哎呀，差点儿忘了，老唐有急事找我。我先走了，大家回聊！"

肖芊薏走后，周子墨也离开了。大家和他不熟，压根没在意他是走是留。

许萦补完妆，擦干净手，准备给徐砚程说一下进度，出来到走廊上碰到了周子墨，看得出他是特地在这儿等着她的。

周子墨面对透明玻璃站着，正在讲电话。对面的人不知道说了什么，他不停地道歉，一直说再给他一个机会。许萦再一次见证周子墨能把话说得多好听，感叹以前她真是鬼迷心窍信了他，也幸好破财免灾，和他分手了。

卫生间到大堂只有一条路。

许萦本打算悄悄从他身后经过，被周子墨用余光看到了。他匆匆挂了电话，气冲冲地走了过来。

"许萦，你是不是故意的？"周子墨开口就质问她，"分手好聚好散，你背后编派我，还让你朋友在宴席上故意暗讽我！你几个意思？"

许萦了然，估计是肖芊薏的杰作，肖芊薏憋不住气。要是谁问肖芊薏这些年有什么不痛快的事情，没亲口骂周子墨算一件——难得碰到，她肯定要喷上几句。

许萦："你有什么资格说我朋友？今天就算当着大家的面说你那些腌臜事，也是我有理。你说好聚好散，是觉得我不敢拿你发的骚扰短信去报警吗？是谁没有好聚好散？你不知道一个合格的前任就应该像死了一样吗？"

一来自身不爱给人说教，二来周子墨这人自负，容易做偏激的事情，许萦不想惹一身脏才懒得给他颜色。此刻听他说她朋友的坏话，她再好的脾气也懒得忍了。

周子墨叉着腰，站在许萦跟前，故意施加威压："许萦你真有心机，找学长配合你演戏以此抬身价，以为就能在你同学面前长脸了？就你那小小的工作，那一点点收入。无权无势，你这样的人谁瞧得上……"

"我瞧得上。"徐砚程打断周子墨的话，从走廊尽头走来，声调平平，没有丝毫感情。

走到周子墨跟前，徐砚程把许萦护在身后。

周子墨不敢再出声。

许萦咽了咽口水。满是戾气的徐砚程，她是第一次见。但这辈子见这一次就够了，她着实不敢再碰上第二次。

周子墨心中有气，硬生生地忍了下来，转身要溜。

许萦叫住了他。

周子墨不悦地转身："许萦你还想要什么威风？想和我炫耀什么……"

一个脆响的耳光打断他粗鲁的话语，许萦眼神冰冷："这个巴掌当年就想打了，我烂好心没下手，今天补上了。当年你凭什么用你的优越感贬低我？你也不过是一个又穷又寒酸、心胸狭隘还不思进取的垃圾，只会和狐朋狗友吹牛，什么本事都没有。你没资格说我朋友，更没资格评价我丈夫，以后不要出来恶心我，要不然我见你一次，打你一次。"

周子墨捂着脸愣在原地，没想到许萦真的会动手。

说完，许萦不想再脏了自己的眼，拉着徐砚程越过周子墨往酒店大门走去。

去到门口，徐砚程拉住她，把她环到怀里，感受到她身子在小幅度地颤抖，带着试探意味叫了她："小惊？"

许萦搂上他的腰，头埋在他的颈窝里，止不住地发着颤。

"没事了。"徐砚程眼底翻起一片寒意，对伤害她的周子墨更是厌恶。

许萦微微摇头："只是……没缓过来。"

她没打过人耳光，有些亢奋。

拉开距离，许萦看着他说："周子墨自信又自私，我是真的想不到什么话来骂他。我也不擅长骂人，但他今天真的过分了，说芊薏她们又说你。"

"所以你打了他一巴掌？"徐砚程抚着她的脸颊问。

"嗯……"许萦说，"我在乎亲近的人对我的看法，所以很长一段时间都受他所说之话的影响。"

徐砚程："我刚才的态度太冷，怕了？"

许萦牵着他的手摇头："我不怕。你护着我，我干吗对你恩将仇报？"许萦笑了笑，"你也说了，你才是我亲近的人，你说的话才可信。"

徐砚程一直对她说的好话，是真是假，她分得清。

徐砚程牵着她往停车场走去，笑吟吟地问："今天小惊同学表现不错。"

许萦："什么不错？"

徐砚程："还记得以丈夫的身份把我介绍给大家。"他说，"得奖。"

许萦的脑子里跑出初一那晚亲热的画面，她磕巴着说："我……我不需要的，本分的事。"

就算是奖励她也不能要了，谁知道奖和罚有没有区别？

许萦松开徐砚程的手，跑去副驾驶那边，拉了几下门把手，没拉开门。

徐砚程摁下开锁键，车响了一声，门才被拉开。

见许萦逃似的上车，徐砚程觉得滑稽又好笑。

第七章

喜欢的女孩成了他的妻子

一个年，走亲戚花了大半时间，许萦还没认真享受几天假期，就要上班了。

学校开学的前一天晚上徐砚程值夜班，许萦一个人在床上翻来覆去睡不着，想找人聊天也不知道找谁，不敢叨扰楚栀，也不知道她今天是夜班还是白班，夜班要忙，白班这个点也要休息了。

第二天早上许萦醒来，徐砚程已经做好早餐等她。

"喝水。"徐砚程给她递过去一杯温水。

许萦喝着水，心底越发郁闷，真的好不想上班哪……但是她过年不上班，作为合同老师，每个月也就保底一千五百块钱的收入，目前的存款剩下一万块，不禁花。班，她还是要上。

许萦说："后天——周末我要去考试。我分到的考试地点在城郊的一所中学，已经订了酒店，明晚住那边。"

早上九点开考，八点半要到考场，她从家里赶过去完全来不及。

"明晚我和你过去。"徐砚程把粥盛好。

许萦摇头："你在家吧。后天是白班，你赶不及。"

徐砚程坚持："没事，我陪你去。"

再拒绝的话没说出口，可能是两个人生活惯了，她想有个人陪着她。

开学第一天，组里要开会，许萦才坐下，几个老师就关心她后天考证的事情，还问她复习进度，有人直接开始长篇大论地传授经验。

两天下来，她觉得上课倒不是最累的，面对突然冒出来的关心才最累人。

放假前一天下午，许萦晚去教室，给学生充足的时间做课前准备。

在上楼梯的时候，她碰到了程戚樾。两个人对视了几秒，他先叫人："许老师。"

许萦："今天路上堵车？"

她才知道程戚樾住在家里，还申请不上晚自习，但他家也不算远……当年她就没见楚栀迟到。

程戚樾："家里有人吵架，妈和爸开车出门了，我只能坐公交车，就耽误了。"

吵架的是谁和谁，不明说许萦也懂，而且两个人算不上吵架，就是一个人骂，一个人受着，然后一个人跑，一个人追。

"今晚我送你回去。"许萦说。

正好到程戚樾的班级所在的楼层，他盯着许萦定定地看了几秒，走前说："你要是不做老师了，我叫你嫂子。"

许萦愣在原地。

他这是别扭式示好？

不过不做老师……她也想，但也不敢。

许萦敛起思绪，往上走一层，快步走向教室。

在考试前一晚出发去酒店的路上，许萦收到了沈长伽的信息。

沈长伽："好好考，拿下证书对你二姨也算有个交代，毕竟人家帮了我们，不能再添麻烦了。"

许萦直接删除信息，没有回，忧心忡忡的，晚上躺在酒店的床上怎么也睡不着，又怕乱动吵醒徐砚程，耽误他明天上班。

徐砚程浅睡了一会儿，隐约听到声响，第一时间将手伸向旁边，只摸到一片凉意，顿时睡意全无，坐起来在屋子里找人。

看到厕所的灯还亮着，他放轻脚步走了过去。

门没关，他缓缓推开，看到许萦站在洗漱台前，时不时用水扑脸。

"小惊。"他叫她。

许萦被吓了一跳，蹲在地上缩成一团，头也不敢抬。

"怎么了？"徐砚程蹲下来关心地问。

许萦摇头，抬手推他："我没事，等会儿就回去睡。"

她的哭腔有些浓，徐砚程抿了抿唇："起来，单穿睡衣在这里待久了会感冒。"

许綮情绪积攒到了极点，再也忍不住，抬起头看着他，眼睛都哭得半肿，抽泣着说："徐砚程，我怕考试。"

徐砚程："只是怕考试？"

假期不忙的时间里，她都在认真看书，复习资料都过了两遍，应该算有把握。

"嗯……不只是……我想辞职……可不敢……"许綮说完，眼泪流得更凶了。

徐砚程用她放在旁边湿过水的毛巾给她擦眼睛，像哄孩子一样给她拍背。

徐砚程耐心地问："怕什么？"

许綮："我没了工作就没收入了，我的积蓄只能维持两个月生活。我连老师都做不好，那以后还能胜任其他工作吗？"

她不想哭的，只是在做决定的时候，无形的压力压在她的胸口处，她的心中郁闷又害怕。

她不敢破坏目前的生活状态，又急切地想要逃离。她讨厌这样纠结的自己。

徐砚程以为是什么大事，说："打个赌。"

"什……什么？"许綮都忘记哭了，呆呆地看着他。

"要是能在附近找到一家火锅店，你就辞职，吃完火锅我们回家。两个月的时间，以你的资历，你找一份工作不难。怎样？"徐砚程说，"试我们不考了。"

许綮收住了眼泪："真的吗？"

现在是凌晨了，附近城郊哪里能找到一家火锅店？

"真的。"徐砚程起身，带她走到房间里，替她裹上棉大衣，笑说，"出门就知道。"

许綮哭傻了。在大都市凌晨找一家火锅店并不难，这个赌肯定是徐砚程赢，跟着他的脚步走在安静的道路上时，许綮又改变了想法。

或许……还是有点儿难的，这毕竟是在郊外，又不是市中心。

当站在购物大厦前时，许綮愣愣地张望四周，捏了捏徐砚程的手，问："你是不是都算好了？"

进到电梯内，暖气充足，徐砚程把她的手从口袋里拿出来，笑说："本来计划好考完试在附近吃顿饭再回家，提前派上用场罢了。"

"这算天意吗？"许紫问。

徐砚程看着她，眉头舒展，落拓不羁地说："怎么不算？"

许紫小声反驳："徐医生，你这是作弊。"

"说好了，回去就辞职。"徐砚程不介意用小手段帮她做这个决定。

他能感受到她是真的不喜欢目前的工作，每一天都活在煎熬里，不如离开。他不求她的事业多红火，最起码要保证她是开心的。

徐砚程："可不能做赖皮鬼。"

许紫："我才不是赖皮鬼！"

她想清楚了，干完这顿火锅，回去就写辞职信。

电梯停在三楼，商城其他店铺已经关门，两个人沿着指路标识走到了火锅店。

服务员站在门口，看到两个人后笑脸相迎，问他们有没有预订。

他们是临时起意来的，没提前排号，只能现场要新号排队。

前面还有三桌客人，他们便坐在等候区等待。

许紫看到桌游，问徐砚程："你会玩吗？"

桌上有一盒象棋、一盒跳棋、一盒飞行棋，还有一盒《大富翁》。

徐砚程："除了这个，都会。"

他指的是《大富翁》。

许紫拿出《大富翁》："玩这个！"

徐砚程瞧见她眼底狡黠的笑意，宠溺地说："好。"

许紫本想避开徐砚程擅长的项目，选一项有胜算的游戏，结果走一圈下来，发现徐砚程手头已经数不清有几套房产了。随着他手边的钞票越来越多，许紫因为决策不当，破产了。

"要不要借钱？"徐砚程问。

许紫看着他手里的几张千万面值的纸币，倔强地说："不要！"

而没钱，她压根什么都做不了。

她正为难要怎么办，听到男人低沉的哼笑声，不爽地蹙眉看向他。

许紫："不许笑。"

徐砚程只觉得她迟钝得可爱。

服务员过来告知有座位了，让他们跟他来。

逮到机会，许紫起身，就当这场失败的《大富翁》没玩过。

徐砚程当然不会扫兴地提起，顺着她的意思走。

菜和上次点的一样，和徐砚程生活一段时间后，许萦对他的喜好有了一定的了解，总结来说就是：都喜欢，都不讨厌。

唯一明确的一点——他不碰辣的东西。

两个人吃完一顿火锅，已经凌晨三点多了。

心情不好，加上晚上没怎么进食，许萦这顿火锅吃了不少。徐砚程只吃得半饱，见她胀得坐不下，便牵着她沿着街道漫步。

许萦去卫生间漱了口，但还是觉得身上火锅味过浓，凑近徐砚程的外套嗅了嗅："你也是臭的。"

礼尚往来，徐砚程大掌扣住她的后脑勺，低头闻了闻她的头顶："昨晚刚洗的头，就和我一个味道了。"

"有种同流合污的感觉。"许萦嬉笑着说。

虽然这是贬义词，徐砚程想，她说什么就是什么吧，反正他们就绑在一起了，连身上的味道都是一样的。

三月的江都白日回温，深夜还是冷得和凛冬一般。

春寒料峭，街道两旁的树冒了绿芽，花苞鼓鼓，等一场风的热吻再盛放。

枝丫交错在他们的头顶，许萦仰着头，从错综交叉的棕色树干间看向苍穹上深蓝的夜空，随着天际晨曦将至，天空在一遍一遍褪色。

不管发生什么事，日升月落，新的一天会按时到来。

"徐砚程，我真的要辞职了。"许萦痴痴地说。

徐砚程侧脸看着她："嗯。"

许萦搂着他的胳膊，头挨着他，一半力落在他身上，说着此时的心情："我挺害怕的。面对所有不确定因素，我都深深恐惧着。不过那是以前，我突然觉得潇洒一点儿，不要思虑太多挺好的。"

就像当年她孤注一掷地把大学全填在京北一样，不要去考虑退路，真的失败了，再找退路也不迟。

徐砚程感受到她的心态变了许多："为庆祝我们小惊辞职，是不是该干点儿什么？"

许萦："哪里有人庆祝辞职的？"

"只要是开心的事情都值得庆祝。"徐砚程说，"要是你辞职开心，就值得庆祝。"

许萦觉得这话有道理，开怀地笑了笑："周一我请你吃顿好的！"

"为表谢意，"徐砚程另外空着的手从口袋里拿出来，握成拳，示意她用手接过，"给你准备了一个小礼物。"

许萦凝视着他。

他诚意满满，不是逗她开心，是真的准备好了礼物。

她打开手掌，放到他的拳头下。

他缓缓松开拳头，最后两个人的掌心相贴。她清晰地感受到了卡在中间的东西的形状——圆圈，手指大小，是戒指。

徐砚程拿开手，许萦低头看清了手里的东西。

那真的是一枚戒指，但不是婚戒也不是一般的戒指，镀金，镶有玫瑰和雏菊的图案，环稍微厚一点点，色泽偏暗，看得出有些年头。

"是什么？"许萦怯生生地问，猜不透礼物的用意。

徐砚程笑着看着她说："定做的婚戒还没到，我想先送你这个。"

"你订了婚戒？"许萦惊讶地问，"什么时候？"

徐砚程："领证后就订了，设计师很难约，就耽误了不少时间，最近刚做好，下个月应该能到。"

"其实……不用定做这么麻烦。"定做的话肯定花了不少钱，许萦有些不好意思。

"一辈子就一次，当然要最好的。"徐砚程也想过直接去店里买现款，随后想想也不是很着急，就托人找关系联系设计师，定做适合许萦的戒指。

徐砚程已经安排好了，许萦没把你我分得太清楚，欣然接受，指着手心的戒指问："这个呢？哪里买的？"

"这是我大三那年去法国旅游，在一家手工店和老板学做的。"徐砚程拿过戒指，拉过她的左手，将戒指套在无名指上，大上一点点，但被关节卡住，戒指不会掉下来。他松了一口气，幸好合适。

他的指腹摩挲着她的指节，戒指上夹带着他的余温，热度顺着血液流到心脏，再蔓延到全身，受暖意充盈着，她不禁莞尔一笑。

"有什么纪念意义吗？"许萦问。

徐砚程眼神脉脉，看着她时忽地深了深："有，我当年不知道要不要放下一件对我来说很重要的事情。这个戒指工序复杂，我对自己说，要是做完了还是放不下，那就继续坚持。"徐砚程把戒指的边框打开，形状似花苞盛放，又说，"做完后，我放不下，念头甚至比我想象中的还要强烈。"

许萦转动着戒指，看着这一串花体法文，只认识最后两个阿拉伯数字"1"和"9"，估计是成品的日期——1月9日。

她粲然笑问："是鼓励我要遵从内心，坚持做自己想做的事情吗？"

徐砚程嗓音低沉："嗯。"

他大三那年，许萦高中毕业后一年。他不知道她被录取到了哪儿，整整一年没再见过她。他着急却不得不面对现实——他们不认识，没联系，或许这辈子不会再遇见。

这一场年少的暗恋感情应该结束了，无疾而终。

他放假的时间不再回江都，而是全世界旅游，试图通过这个方式去忘记她。那时徐砚程纠结得并不比此刻的许萦纠结得少。最后他决定，如果做完这枚戒指还是放不下她，那自己就不再与心意背道而驰。

他就尽情地去喜欢她，在她看不到的地方亦如此。

他的声音，许萦听在耳朵里，觉得夹杂着历史的沉重感。

她问他："那……你的梦想实现了吗？"

徐砚程看着灯光荧荧落下，灿烂摇曳于她身上，勾了勾唇："实现了。"

他年少喜欢的女孩，成了他的妻子，梦想确实实现了。

"它叫什么名字？"许萦没见过这种戒指。

徐砚程："花朵戒指。"

许萦："每个框里面写的法文是什么意思？"

徐砚程用英文说了一遍。

许萦翻译了一下，没搞明白。

"描述的是爱情一个完整的生命期。"徐砚程说。

在这个短暂的周期里，他想明白了一辈子都想要喜欢她。

许萦不懂背后的含义，微微惊叹："不愧是浪漫之都法国，连一个戒指的含义都这么浪漫。"

她只以为是一款流行的戒指，徐砚程随手做的纪念品，不知道这一款戒指承载的是年少时他对她所有的爱意。

此刻的许萦心怀感激："你对我的鼓励，我懂的。以后，我一定好好努力工作。"

徐砚程失笑："好，小惊同学好好加油。"

许萦牟着他的手摇了摇，走在空荡的街上止无聊，随意扯着话题："要不然你再教我一句粤语。"

以后她可以说给他听。

"想听我唱粤语歌直说。"徐砚程看透她的心思。

"歌单我看了。"许萦用崇拜的语气说，"我想他们唱得都没有你好听。"

徐砚程看了看四周，将她搂到怀里，微微低头说："就一段，不然扰民了。"

许萦咧嘴笑着点头，拇指抵在食指指腹上："就一小段。"

他将声音压得极低，清唱了一段歌曲。

许萦整个人被他抱着，头微微晃动便碰到他的下巴，他的声音就在她的耳边，像在说秘密，仅有他们能听见。

或许是音量故意放低了，他此刻的嗓音像大提琴一般低沉，标准的发音，缓慢的曲调，声音干净，带着浓稠到化不开的温柔之情，慵懒又有磁性，似在这春寒夜里，火炉旁，坐着摇椅，温一杯甘甜的果酒气泡水，冒出的泡泡碎裂在她的心间，空气中弥漫着一点儿清冷气息。

他唱一句，她跟着在心间默念一句。

调子比他先前唱的几首都要欢悦，她问："歌曲叫什么名字？"

徐砚程用英文说了一句。

许萦又问："粤语翻译过来是什么意思？"

徐砚程顿了一下，微微一笑，说："'宝贝'的意思。"

他低沉的嗓音对着她叫"宝贝"，许萦承认自己不争气，脸变得绯红。

"好复杂。"许萦低头不让他发现自己在害羞，"粤语的'宝贝'发音这么长的？"

"是英文，翻译过来是'曲奇饼干罐子'。"徐砚程说，"因为小孩子会用干净的曲奇饼干罐子装自己心爱的物品，装在里面的就是宝贝。"

许萦听得入神，竟然还有这个比喻。

"你以前也会吗？"许萦目光灼灼地看着他，很好奇一本正经的徐砚程小时候会不会做这样的事情。

徐砚程："会，当时最喜欢的是玻璃弹珠，装了两个盒子。"

许萦津津有味地问："小时候的徐砚程也会玩得和花猫一样回到家？"

徐砚程："我比较爱干净，回家前会洗手，也没被训过。"

听到这句话，许萦有几分惋惜。

好吧，她还期待能听到徐砚程的糗事来着。

"走吧，再下去天就要亮了。"徐砚程看了一眼远处的天，鱼肚白颜色扩散不少。

许萦拉着他小跑回酒店，火锅搭配散步，心中所有的郁结情绪早已消散殆尽。她摸了摸左手无名指上的花朵戒指，淡淡一笑，似乎有人给她撑腰壮胆。

她决定好了，回去睡一觉，一切都会变好。

从酒店回来，徐砚程照常出门工作。看到他眼下淡淡的乌青痕迹，许萦心怀愧意，不应该耽误他的睡眠时间。

送徐砚程出门后，许萦困得眼皮子打架，怀着愧意睡了一觉，中午去超市买菜，计划好让他一回家就能吃上一顿丰盛的晚餐。

计划永远是美好的，也永远赶不上变化。

许萦吃完午餐困得不行，又睡了一觉。

徐砚程做完两台手术就到下班时间了，回到家洗完澡就睡下了。许萦迷迷糊糊地感觉到有人从身后抱住了她，本想挣脱，但对方怀里散发着令人无法抗拒的暖意。她乖乖地贴紧他的胸膛，摄取暖意。

一觉睡到凌晨三点，许萦坐起来恍惚了好一会儿。见徐砚程还在睡，她起身要下床。放在她腰间的手突然收紧，她又被他捞到了怀里。

"去哪儿？"他抵在她的耳边问。

许萦："尿急……"

徐砚程哼笑出声，松开手："去吧。"

接着许萦掀开被子，心慌之下，不小心把鞋子穿反了，顾不及换过来，跑进了厕所。

等到她简单地洗漱完出来，没在房间里看到徐砚程，推开门走去客厅，闻到了牛肉面的香味。

徐砚程穿着宽松的深灰色睡衣在厨房里煮面，见到她出来，说："坐等五分钟，马上好。"

许萦讪讪地说："我还买了食材，想着今晚下厨。"

结果她睡得昏天黑地。

徐砚程也看到了，漫不经心地说："明晚也可以，问题不大。"

许萦纵然有心，但睡得四肢发软，也只有力气吃面了。

吃饱喝足，她撑着腰在家里散步消食，碎碎念："真的不能再吃这么多了，也不能半夜进食了。以后早睡早起，多喝水，少吃碳水食物，多吃果蔬。"

"要不要喝一杯柠檬水？"徐砚程站在厨房门口，手里拿着一杯水，问她。

许萦犹豫片刻，走过去："喝！"

减肥从明天开始吧，许萦自我安慰着想，今晚都吃到这份儿上了，多喝一杯柠檬水没什么的，而且像柠檬水这么健康的东西，喝了不会长胖的。

喝下微酸的柠檬水，许萦清醒许多，开始琢磨后面的事情。

辞职了，她接着干吗？

许萦拿出电脑，拉出很久前的简历，着手开始修改。

徐砚程在她旁边坐下，问道："想好找什么工作了？"

许萦摇头："还没有，我毕业后换过两家公司，全部是做广告的，但是广告设计……不是我最喜欢的工作。"

徐砚程："试试本专业的工作？"

许萦迟疑，盯着他看了看："我的专业就业很难，家居装修设计中，软装比起硬装难很多，而且很多人会选择硬装找设计师，软装的话更倾向于自己动手，打造自己需要的房子。"

说句实话，他们这一行，只有位于金字塔顶尖的人才有出路。

"抛开所有会遇到的问题，"徐砚程说，"你怎么想的？"

许萦想了好久。她不太喜欢把个人想法告诉其他人，一个是因为不好意思，一个是因为怕做不到被嘲笑。

当问她的人是徐砚程时，她就没什么害怕的了。

她的糗事徐砚程见得还少？她不会觉得不好意思。

至于嘲笑，徐砚程不会嘲笑她的。

"我……想考研。软装对设计师的审美有很高的要求，我觉得课程的进修对我来说很有必要。同时，我不想丢下工作。"许萦慢慢道出心中的想法，"其实……我考研落榜了三次。"

徐砚程看着眼前的三根纤纤玉指，大掌将其包裹住："第四次，会上岸。"

"你支持我考研？"许萦瞪大了眼睛问。

徐砚程："嗯，支持。你已经有目标了，我当然要支持。"

许萦以前考研没上心，一直怀着一种"得过且过，不过就算"的消极心态。

"那——我考研。"

这一次，她一定努力。

徐砚程不太了解国内考研是怎样的情况，打算回头查一下资料，要是能帮到她最好。

许萦盯着徐砚程的侧脸，不知道他已经在盘算给她补习的事，戳了戳他的胳膊，问他："徐砚程，你一个医学博士，为什么会和我一个本科学历的人结婚？"

她常在网上看到一些段子，都说文化差别太大的两个人思想差异也会很大，聊不到一起去，感情岌岌可危。

虽然她暂时没在她和徐砚程之间感受到这种差异，但免不了好奇心重。

徐砚程说："我考取医学博士是为救死扶伤，不是为了娶老婆。学历和娶你，没有任何关系。"

许萦恍然大悟："你说得对。"

学历不是衡量婚姻的唯一标准。

许萦环顾大平层——她和徐砚程在这里过了两个月新婚生活了。

"我决定了，"许萦兴奋地说，"就从这里开始！"

徐砚程没懂她决定什么："嗯？"

许萦："辞职后，在不改变原装修和不更换家具的原则下，我把家里重新布置一次。"

对这一项挑战，她满怀期待之心。

她能找到努力的方向，徐砚程乐见其成："可以。"

许萦心情大好，去书房写了辞职信。

星期一上午的课结束，许萦下午没课，便拿着辞职信去了校长办公室，正式提出离职请求。

昨晚，她还犹豫要不要这么赶。打听到方老师的产假马上结束，方老师准备回来了，组内的美术任课要大排一次后，许萦下了决心。她干脆在这之前走了，正好省了工作量。

校长是个和蔼的中年妇女，对着她的辞职信苦思："小许，你这样……你二姨那边……？"

许萦没忘记这份工作是二姨走人情得来的："我会和二姨说的。教师这份工作不太适合我的性格，我相信会有人比我做得更好。"

校长没理由强制把人留下来，只能说"好"。

许萦得到应答，开心地从校长办公室里出来，差点儿和急急赶来的一位女老师碰上。

两个人面对面地看了彼此一会儿，许萦记起来女人是音乐组的容青筠。上次几个人说她是关系户，容青筠打断了话题。虽然容青筠没有明面为她说过什么话，但许萦记下了她。

容青筠说了声"抱歉"，错身越过她，直直走进了办公室。不到两分钟，许萦听到校长惊呼："你也要辞职？你为什么要辞职？这半年你不是做得挺好的？你和许萦是说好了吗？一起今天辞职。"

许萦顿了下脚步。

她没想到容青筠和她一样是来辞职的。

而容青筠比她更我行我素，回了一句："没有为什么，我就是想辞职。"

说完，她转身离开了办公室。

两个人又一次打了照面。

许萦："容老师……"

她心想该说点儿什么，不至于让氛围尴尬。

容青筠："你叫我的名字就好。我已经辞职了，不是什么老师了。"

许萦："等会儿一起走吧。"

容青筠："嗯……可以，我先下去收拾东西了，科目大楼下面见。"

人走后，许萦长叹了一口气。

她邀请容青筠的理由很简单，学校老师之间八卦藏不住，很快大家都会知道她们辞职了，肯定会出来看戏，两个人一块儿走也算有个照应。

她回到美术组收拾东西。因为没来多久，收拾出来的东西只有几样，她往包包里一塞就好，赶在下课老师回办公室前去了楼下等容青筠。

她走在楼梯间里时，怀里的手机振响。

估计是沈长伽打电话来说教了，许萦看了一眼手机屏幕，意外的是，比沈长伽先来电的是沈长音。

许萦犹豫片刻，接通电话将手机放到耳边，放轻呼吸叫人："二姨。"

沈长音语气着急地问："你下午有空吗？"

许萦望了一眼校长办公室的门，问道："您是想和我说辞职的事吗？我已经想好了，这份工作不是很适合我，也谢谢二姨您帮了我这么多。"

"你辞职了？"沈长音语调沉重，顿了一下，说道，"下午来再说吧。"

许萦无语，揉了揉眉心。她怎么还不打自招了呢？

不过她捉摸不透沈长音怎么想，也没感受出沈长音知道她辞职后的怒气，或许二姨真的有别的急事。

"下午是什么事？"许萦问。

"你远亲的三表哥今天在永华酒店办满月酒，你直接来就好。"沈长音那边有电话打进来，"好了，先不说了，下午记得过来。"

许萦不喜欢去酒席。远亲三表哥这号人，她活到 26 岁第一次听说，内心挣扎后，还是决定去一趟，因为觉得沈长音可能真的有事找她。

许萦站在科目大楼下继续等容青筠，路过的几个老师看到她后，立马交头接耳。不用猜许萦都知道，她们肯定在议论她为什么辞职。

为了不让自己尴尬，许萦拿出手机，在小群里发了条消息。

许萦："我辞职了。"

肖芊薏日常在单位里摸鱼，第一个回复："啊？啊？啊？"

许萦："你'啊'什么？"

肖芊薏："真的假的？你为什么辞职？！"

许萦："不喜欢，我想去做一些自己喜欢的事情。"

楚栀刚忙完，回复："恭喜！"

肖芊薏："栀子你等等，问清楚再恭喜，你不能把阿萦推下深渊。这没有收入，怎么干喜欢的事情？"

楚栀和肖芊薏意见不同："干喜欢的事，一定会发大财，当然要恭喜。"

肖芊薏："@许萦你打算干什么？"

许萦回复完徐砚程的消息，切换回群聊框，看完记录回："暂时不知道，但是有基本想法了，等定下来我和你们说。"

肖芊薏不确定地问："干回本职工作？继续考研？"

楚栀："考研？阿萦考过研？"

肖芊薏意识到自己说漏嘴了，不敢吱声，私聊许萦："宝贝，对不起，我不是故意的！呜呜呜！我错了。"

许萦微微叹气。

也是辛苦肖芊薏了，能帮她保密这么久。

她主动在群里回复："考过三次研，没上岸就没和你说，也是被芊薏偶然碰到才不得不说的。"

楚栀："阿萦你就是遇事爱自己扛。"

许萦反问："某人也是吧？"

楚栀心虚："当我没说……"

肖芊薏跳出来缓和氛围："好啦，好啦，既然辞职了那就是好事，改天庆祝庆祝！"

许萦："知道了，改天请你们吃饭。"

群里消停下来，楚栀给她发了私聊信息。

楚栀："后面打算干什么？你和程哥说了吗？"

许萦："我和徐医生聊过。我打算考研，他也支持我。这次我要是没上岸，楚医生可别笑我。"

楚栀："我哪里笑过你？我对你多好，你扪心自问。"

许萦："好，栀子对我最好。"

楚栀："这次你打算继续考本专业？"

许萦余光看到容青筠抱着一个收纳纸盒下楼，快速打字回复："嗯，继续本专业。我还有事，回头和你聊。"

楚栀："好，总之祝贺你，要做自己喜欢的事情了。"

看着这条回复消息，许萦会心一笑，但愿如此。

许萦收起手机，快步走向容青筠："我帮你吧。"

容青筠摇头："不用了，就一点儿小东西，我拿得动。"

两个人在科目大楼前碰面后，看向她们的视线多了起来。

"走吧。"许萦微微蹙眉，扫视了周围一圈。

容青筠坦荡地迎上八卦的目光，把不耐烦的情绪全部表现在了脸上："辞个职，还能成学校名人，可笑。"

她音量越拔越高，周围还在议论的人瞬间安静下来，低着头快速从她们身边经过。

许萦眼里闪过惊羡之色。她耿直全凭借一腔孤勇，没想到容青筠比她还要直接，还要不给面子。

"一起吃顿饭吧？"许萦主动问。

容青筠看了许萦一会儿，谢绝她的好意："等会儿我朋友来接我，不用了，先走了。"

许萦更加喜欢容青筠了，此刻她的心情复杂又纠结，笑问："要不要相互留个联系方式？"

容青筠思索了好一会儿，才说："好……"

门口站着一个西装革履的男人，看到容青筠，挥了挥手，笑得开心。和他相反的是，容青筠面色不改，和许萦道别后缓缓走了过去。

许萦望着容青筠远去的背影。虽不知道还会不会再见面，但容青筠是她在学校里难得遇见的不会对她持有异样眼光的老师。如果不是离职了，或许她会想和容青筠交个朋友。

许萦在下午三点抵达沈长音给她发的酒宴地点，在服务员的带领下到了休息室。

许萦推开门，看到小小的会客厅沙发上坐了二姨一家人和沈长伽。

在看到许萦进入会客厅时，沈长伽"唰"地从沙发上弹了起来，面目狰狞地呵斥："许萦你又做了什么？你就不能让我们省省心吗？"

看样子，她妈妈是从沈长音那里知道她离职的事情了。

许萦淡然地走过去："我辞职了。我辞职怎么不让你省心了？"

被反驳的沈长伽怒气冲冲，阔步走过来："你二姨费尽心思地给你找份工作，你为什么辞职？你都多少岁了，怎么还任性妄为？！"

"二姨给我找工作，我从心里感激她。"许萦情绪上来，胸口发堵，鼻尖酸涩感加重。她生理上逐渐失控，但情绪是理智的，铿锵有力地说："不喜欢就辞了，我不是任性妄为。"

以往训她，沈长伽多少会避开其他人，这次听她说完这些话，激动地扬起了手："许萦，你故意气我是吧？！"

许萦受不了沈长伽给她的情感压制，提高音量打断沈长伽的动作："您打啊，扇我这巴掌我也不会改变主意！"

沈长伽的手紧了紧，放下来，她把许萦从头数落到尾："我知道你就是故意气我的，回江都就没安好心！闪婚到辞职，你说你做的事像一个26岁的人该做的事吗？"

"我是不懂一个26岁的人该做什么，可您教过我吗？我从懂事开始，您对我的教育就是言语奚落和精神打压。您不是不懂我为什么不想回江都，可这样对我惯了，所以总用最难听的话定义我的行为。"许萦真是受够了沈长伽一直以来对她的态度，呼吸急促地说，"我当初离开江都的原因很简单——我只想远离您，远离一个只会说我不好的母亲。因为怕她烦我，我希望走得远远的。她不烦了，心情就好了。"

"你……"沈长伽胸膛起伏频繁，一口气差点儿没喘上来。

许萦眼眶发热，但还是强迫自己冷静下来。她不想就这样算了，如果就这样结束，沈长伽依旧会像原来一样对她。

"您知道我喜欢什么吗？"许萦盯着沈长伽，眼底一点点被冰覆盖，"您不知道。您只关注面子——说到底我这个女儿对您来说就是一个面子。我讨厌有您斥责的生活，讨厌现在的工作，就连不认识的人尚且能对我说上两句好话，为什么作为我母亲的沈长伽不可以？我是您的女儿还是仇人？"

沈长伽哑口无言，支吾儿声，试图反驳她，却不知道说什么是好。

沈长音站出来，轻声打圆场："好了，小萦你别这样说你妈。"

她走到沈长伽身后："姐，你也少说两句。"

沈长伽似乎找到了台阶下来："我不是关心她吗？"

沈长音宽慰道："小萦是学室内设计的。老师的工作，她不适应、不喜欢也正常。现在她成家了，姐你不要总管着她、压着她。"

"成家了就不能说吗？"沈长伽刚才被压制的气焰重新冒了出来，振振有词道，"就是成家了才得多说，不然以后这个家乱了怎么办？"

"姨妈，你是想我姐离婚吗？"一直坐在角落抠指甲的乔俏雨戏谑地笑问。

沈长伽心中一颤。她也就随口说说，并没有这个意思。

沈长音瞪了乔俏雨一眼："俏雨，没你说话的份儿，别添乱。"

"得了，你们这场'鸿门宴'我是看不下去了。"乔俏雨脾气暴，抱着手站起来说，"我要是表姐，别说去京北，就老了死在国外都不愿意魂归故里。"

"乔俏雨，我不骂你你是不是皮痒？"沈长音见姐姐面色不悦，厉声骂了过去。

乔俏雨走到许萦跟前，摊开手说："我妈知道表姐夫他爸是徐氏集团的老总，想搭关系做笔生意，你别以为她安的什么好心。"

"乔俏雨你乱说什么？！"沈长音过去扯过她。

乔俏雨挣脱她的束缚，心烦地说："还不让我说了？你和姨妈有什么区别？我还佩服姨妈，起码尖酸刻薄在嘴上、在脸上！你掩藏在心里，一举一动又特别硌硬人，防我跟防贼一样。你别担心，你的财产我一毛钱不要，给你宝贝儿子去。我也结婚了，你就当我是泼出去的水行了没？"

"你们姐妹故意的吧？"沈长伽站了出来，"一个两个不懂礼数！"

"够了。"许萦不想继续这场无意义的争吵，对沈长伽说，"我这些年没有对不起妈您吧？我也想要和您好好相处，但不管怎么样，就是做不成您希望的那样。因为您对我本身就不满，我做再多改变也没用。我的想法您也全知道了，我不改，也不会改了。我不想费尽心思去做您的女儿了，以后我们少见面吧。

"还有，闪婚到离职都是我深思熟虑后决定的，你们可以继续贬低我，但请不要贬低我丈夫。他只是和我结婚，别给弄成是犯了天大的错一样。因为你们这样的想法，我总觉得我的家庭在他的家庭面前抬不起头。"

许萦歇斯底里般嘲讽地说："我婆婆竟然比我妈对我还要好，很可笑吧？！"

许萦看着沈长音，认真地说："二姨，您帮我找工作这件事算我欠您的人情。如果是攀附关系帮您谈生意，我做不到，如果您还当我是您外甥女，希望我能被徐家真心实意地当家人看待，这件事情到此为止。

"时间不早了，我先走了。"

许萦转身就走，没有任何留恋。

门被推开，穿着一身警察制服的许质跑进来，和屋子里的人打了个照面。

"你怎么来了？"沈长伽心虚地问。

许质本来在值班，当知道许萦辞职后，沈长伽和许萦在酒店碰面，就急急忙忙地赶了过来。

他看了许萦一眼，又往里面看了一眼，愤恨地冲上去吼道："沈长伽你发疯了吗？你不要女儿，我还要女儿！小惊是欠你什么，整天被你说？你女儿活这么大没成精神病人你都不觉得自己有错对吧？"

被丈夫一顿劈头盖脸地骂，沈长伽意识到了事情的严重性，怯懦地说："我……也是希望她好啊。"

许萦有一份稳定工作不好吗？

"希望个屁！"许质中途看了女儿几眼，生怕她走了，心也寒了。

"好了，爸，"许萦转身面对他们，"今天的事情到此为止吧。都说得很明白了，这段时间我就不回家了，您好好照顾自己。"

待许萦出了门，许质怒斥道："这日子你自己过去，真是受够了！"

看着丈夫和女儿接连离开，沈长伽才发觉事情闹大了，局面甚至不可挽回，心慌得不行，在原地焦灼地捏着手。

许萦上了驾驶座，扑倒在方向盘上，才叹了一口气，窗户被敲响。

她降下车窗，看清是乔俏雨。

许萦："有事吗？"

因为在屋子里乔俏雨帮她说了话，许萦对乔俏雨的态度温和下来。

乔俏雨抱着手臂说："我刚才是因为和我妈生气才那样说的，你别以为我是替你说话。"

许萦静静地看了她片刻，哼笑说："你这样，我想到了一个人。"

"谁？"乔俏雨别了别头发，傲娇地仰起了下巴。

许萦："徐砚程的弟弟。"

乔俏雨："我知道我优秀。"

许萦："他今年16岁，高中生。"

乔俏雨后知后觉地明白许萦在说她孩子气，气呼呼地说："许萦，你恩将仇报！"

"你没说帮我，没恩。"许萦淡然轻笑，"走了，后会有期。"

眼见车窗缓缓上升，乔俏雨生气地跺脚。

她替许萦说了这么多好话，许萦都不舍得主动提一句送她！就因为她曾经挖苦了许萦几句话？这人也太记仇了！

车上的许萦不知道大小姐乔俏雨怎么吐槽她，调高车子内的音乐声，随着车流往环江公寓开去。

她回到家时见徐砚程还没下班，便亲自下厨做了一桌子菜。

临近七点，还没见徐砚程的消息，她把菜盖好，去了她的书房继续整理屋子。

决定辞职后，许萦就一直在布置她的书房，最后打算把这间屋子当作手工房，只用一个角落放书和其他东西。

她画着图纸，打算自己弄一个小玩意儿，算是练一练专业技能，免得手生。

徐砚程回到家时，屋子一片漆黑。他脱下大衣往有光亮的书房走去，站在门口看许萦蹲在地上弄手工。

"吃了没？"徐砚程出声打断她的动作。

许萦拿着画笔，差点儿要多涂一笔，忙收了手，抬头看向他："你怎么走路没有脚步声？"

徐砚程笑了笑："关门声再大一点儿，邻居都要举报我们了。"

是她做得太入迷，没听到声音。

"我没吃，做好了等你。"许萦放下颜料盒，脱下身上的防脏围裙，"你呢？吃了吗？"

"我去热菜。"徐砚程一下手术室就赶了回来，也没吃。

到餐厅后，许萦坐在餐桌前等着。他看去，不知道她在一本笔记本上写写画画什么。想到许质给他打电话说的事，他一时间不懂怎么和她开启这个话题，而且她的情绪……不太对劲又没什么不对劲的。

他还在纠结的时候，许萦主动说道："我今天和我妈说我辞职的事了。"

徐砚程熄火，将菜端上桌，看到她是在空白画纸上画房子的平面图，漫不经心地问："然后呢？"

"我和她吵了一架。"许萦仰头看着他说，"闹掰了，我可能短时间内都不会回去了。"

"不开心？"徐砚程坐下，给她递过去筷子。

许萦接过筷子，微微摇头："莫名其妙地有种如释重负的感觉，肩上像少了什么枷锁，我再也不用顾及他人的情绪，可以去做自己喜欢的事情了。"

"那就好。"徐砚程放心了。

"你——"许萦眨了眨眼，观察他的表情，猜测地问，"是不是我爸给你打电话了？"

徐砚程承认："是，他怕你想不开，让我开导你。"

"我想开了。"许萦给他夹菜，收回手摩挲着左手间的戒指，微笑着说，"往后我不会再去在乎我妈对我的态度了，就不会因为她的刻薄话语难过。我尝试着这样想之后，豁然开朗许多。"

她今年已经 26 岁了，有自己的家庭，有自己的生活，不应该再陷入其他人给的情绪旋涡里。她要跳出来，放远目光去思考。想要实现梦想，首先要自我肯定，这是徐砚程教会她的东西。

徐砚程见她冲自己笑得烂漫，肉眼可见是心情不错，问道："怎么了？"

许萦双眼弯成月牙："我只是觉得和你结婚，是个很好的决定。"

因为徐砚程的陪伴，她想通很多无法开解的事，情绪被他影响着，逐渐变得稳定。

徐砚程听她这样说，扬唇笑了笑，不过心底涌现的一丝失落情绪也真实存在。

他觉得的好是因为和喜欢的她结婚了。

而她觉得的好，无关情爱。

第八章

辞职再就业

许萦像她自己说的那样，从那天之后，像变了一个人一样。

她每天会懒床，但是不会睡太久，早上认真看书，下午利用休息时间把屋子重新布置一遍。家里的角落里添加了一些小样家具，都是许萦亲自动手做的。

甚至有时候她睡得比徐砚程还晚，以前最起码两个人还有时间坐一块儿闲聊，现在能面对面的时间估计就是吃晚饭的时候了。

到了周末，徐砚程打算带她在附近游玩，不想她把神经绷得这么紧。他刚计划好，订完民宿准备和她说一声，就见她正在衣帽间里收拾衣服。

"要外出？"徐砚程急忙走进去问。

正在叠衣服的许萦开心地笑着点头："告诉你一个好消息，栀子的表哥的新房子要做软装，想聘请我来设计！所以我要去一趟京北！"

最近她也在找工作。符合她本专业的机会几乎没有，倒是收到一两个offer（录用通知），但全是和广告设计相关的工作，她没有考虑接受。

所以，这是她收到的最好的一份临时聘请机会，她的心里特别兴奋。

徐砚程心一沉："去多久？"

许萦："目前不清楚，最短一周，我可以暂住栀子那里。"

明明是值得开心的事情，不知道为什么，他在看到她的笑容时，心却堵得慌。

徐砚程刚想开口问她具体行程，手里的电话振响了。他翻过手机来看，显示的是云佳葵的来电。他快步走到阳台上接起电话。

许萦把行李箱合上，站起身环顾四周，琢磨着还忘记拿什么东西了。

她见徐砚程站在阳台上表情严肃地听着电话，心想是不是遇到紧急情况了。

这段时间徐砚程经常半夜赶去医院做手术，运气好能在后半夜赶回来，睡个觉继续上早班，要是遇上严重的情况，第二天下班的时间她都不一定能在家里见到他。

许萦把要用到的证件检查一遍后，徐砚程挂了电话，拉开玻璃门进屋。

"要去医院吗？"许萦问他。

徐砚程沉沉地"嗯"了一声，望着她欲言又止，最后说："做完手术我回来，明天送你去机场。"

许萦起身随着他走到玄关处："来回赶太累人了，你做完手术在办公室里休息就好，我自己可以。"

"在家等我。"徐砚程穿好大衣，急步上前，虚虚地抱了她的腰一下，"很快就结束。"

拥抱来得太突然，她的鼻尖撞到他的大衣的领子上，眼眶发酸，生理泪水打了个转，她不忘抬手回应他的拥抱，坚持自己能行："疲劳驾驶不可取，你还是好好休息吧。我到京北给你发消息。"

徐砚程拉开距离盯着她瞧，熠熠的眼眸里透着坚定之色："先去休息。"

他没搭她的话，许萦就知道他是什么意思了。

送走徐砚程，许萦瘫坐在沙发上，不知道能做什么，于是找出前天到货的定制拼图，盘腿坐在毛毯上拼起来。

她按照说明书大概拼出一个角后，十分有成就感，拿出手机拍了张照片发到私聊小群里，得到了肖芊薏不走心的"彩虹屁"和楚栀很敷衍的夸奖话语。然后，两个人七嘴八舌地问她准备的情况。听闻楚栀特地换班空出时间去机场接她，身份变换，许萦开始捧着楚栀一顿夸。

三个人互相开了会儿玩笑，差不多到十二点就各自去忙了。

许萦正准备休息，微信消息冒出一个红点，没想到鲁钦给她发了求助信息。

鲁钦："徐太太，能不能麻烦你一件事？"

许萦："嗯，可以，怎么了？"

鲁钦："徐主任有份资料丢在家里的书房里了，让我帮忙取，但是刚刚来了一个急诊病人要我上手术。我实在是腾不出时间，能不能麻烦你帮忙

217

跑一趟？"

许萦："可以，我有时间。"

可能徐砚程真的很急着要这份资料，才深夜要拿。

许萦起身去徐砚程的书房，按照鲁钦说的在桌子右上角的一堆书里翻出了一沓全是英文的资料。

鲁钦看到照片，确认无误后，连发了十个"谢谢"："张盛那边准备下手术，我等会儿让他去外科大楼下面接你。"

许萦："不用的，我上去就好。"

鲁钦："那可不行，反正他正好有空，我让他去接你。你路上注意安全。"

许萦也不推托："好，你去忙吧。"

退出微信，许萦裹了件厚棉衣，背着帆布包出门，搭乘电梯期间约了车子。

幸好他们住的地方在市中心，车子一约就到，不然她可能要等上好一会儿。

车子摇摇晃晃地开了一路，师傅技术不够精湛，踩刹车一顿一顿的，硬生生把许萦弄晕车了。她靠在后座上降下车窗呼吸新鲜空气，才勉强没吐。

到了医院大门前她主动要求下车，怕再多坐一秒都要吐。

夜晚的医院不同于其他地方，依旧人来人往，特别是大门对着的急诊大楼，大堂里全是人。远远地，她还能听到小孩子生病难受的哭泣声。

许萦走的另外一条路去外科大楼。

她刚进到大堂，前台值班的护士就站了起来，微笑着问："请问有什么能帮到您的？"

许萦没在大堂看到张盛的身影，估计他还没下手术，便向护士阐明来意："我想去心外科一趟，送资料。"

护士不是第一次遇到医生家属来送东西，拿出一本空白登记本，把笔递出去："麻烦您填一下进出记录，现在已经过了探视时间，出入管理会严格一些。"

许萦接过笔，在空白栏上填写了个人信息，然后将登记本递回去给护士。

护士扫了一眼许萦的个人信息，然后亲自带着她去旁边的电梯，刷卡给她通行。

许萦在心外科下了电梯，先去了护士站。

今晚值班的是护士长。护士长看到她后，笑容立马浮现到脸上。

护士长："徐太太，你怎么来了？"

许萦意外地指了指自己："你……认识我？"

护士长极具亲和力，笑盈盈地说："鲁医生给我看过你们团建的照片，我一看就认出哪个是你了，见到本人果真是个大美人。"

许萦干干地笑了笑。

照片上的人估计也就她算得上是陌生面孔，护士长怎么可能认不出？

"我给徐医生送资料，能不能交给你保管？"许萦从帆布包里拿出一沓资料。

护士长看了一眼时间："要不您到办公室坐等一会儿？徐医生快下手术了。"

"不了，我赶时间，先走了。"许萦拒绝，"等会儿徐医生下了手术，麻烦护士长帮我劝一下，让他在办公室里睡一觉，来回赶耽误了不少休息时间。"

护士长："好，好，好！一定的。"

许萦微微鞠躬，道过谢后转身便往电梯间走去。

等人一离开，躲在后面的配药室里的几个小护士跑了出来，围着护士长七嘴八舌地问是不是徐医生的太太来了。

护士长收好资料，一副家长口吻说道："你们好奇心少一些，别把人家徐太太吓到了，下次她怕是都不敢来我们心外科了。"

"哎呀护士长，我们就是好奇嘛，刚才您又不让我们出来。"

"对啊，对啊，就看一眼，怎么您还把我们瞪回去了？"

护士长抱着手臂，收敛了笑容："人家第一次来你们就全部凑上去，把人家当动物园的猴看？慢慢来，下次她再过来你们还愁看不见人，聊不上天？"

几个小护士也不敢多说。

护士长继续说："没听到鲁医生说的？徐医生对徐太太好得不行。徐太太不太喜欢被人关注，徐医生常常站出来替她解围。别搞得你们关心一番，人家下次不敢来我们医院了。"

几个护士想了想，一致觉得护士长说得在理。护士长赶着几个人该干吗就干吗去，少八卦多做事。

这边的许萦正准备拉开门，忽然被一个人拉住手腕。她被吓得连连后退，撞到旁边的墙上，肩膀一阵生疼。她倒吸了一口凉气，但恐惧情绪来得突然，连尖叫都忘了，整个人傻在原地。

拉她的人是个中年男子。看到对方时，许萦气息都是抖的，余光去找护士站，心想喊"救命"会不会有人听到？如果她喊出声，这个人身上带着危险物品怎么办？他会伤害她吗？

她脑子处在混乱之中，眼前的男人忽然收敛戾气，满含泪光地说："徐太太，您是徐太太吧？求求您救救我们家孩子。"

说完，中年男子就要给她下跪。

许萦拉住他，还没反应过来："别，你别这样，有话站起来说。"

而中年男子不肯，一直哀求着说："徐太太，我求求您了，请徐医生一定救救我家孩子。他就要高中毕业了，属于他的生活才刚刚开始，不能就这么走了啊。"

许萦搞不清楚孩子生病这人怎么来求她。她拉着男人有些吃力，想安慰他激动的情绪，又不知道能说什么。

"师母！"张盛刚从手术室里出来，推开电梯间和科室的门看到这一幕，连忙阔步跑上去，拉开纠缠着许萦的男人。在看清男人的脸时，张盛惊讶地说："樊易爸爸你这是做什么？"

樊父拭泪摇头，挣脱张盛的手，又要走向许萦。

张盛站到了他面前："樊易爸爸你别这样。樊易的病比较特殊，徐医生和江医生都在想办法，现在检查还没做完，会诊也没开始，一切还没得出结论，你这样做会给徐太太造成困扰的。"

张盛没有特意压制声音，惊到了护士长。

她带着两个男护士连忙赶过来。

樊父泪水狂涌，拍着胸膛说："我只有这个儿子！我真的不能失去我儿子，求求你们一定要他健健康康地回到我身边。"

护士长示意男护士和张盛带人离开，她则走向跌靠在角落的许萦。

樊父不顾众人的阻拦，挤到许萦跟前，卑微地哀求道："徐太太，你能不能和徐医生说说？求求你了。"

护士长挥手，小声说："愣着干吗？！"

愣住的两名男护士和张盛这才一同上去拉开樊父。

"徐太太你没事吧？"护士长走到许萦身边关切地说道，"不好意思啊，樊易的父亲也是太紧张儿子了。我们医生和护士已经把情况和他说得一清二楚了，他还是这样。估计知道你是徐医生的太太他才上前说了这些话，图个心理安慰，没什么恶意。"

许萦缓过神来，摆了摆手："没事，我……理解。"

旁边的门被推开，徐砚程出现，满脸紧张之色，眼神幽深。

"还好吗？"徐砚程走过去，将她拉到自己身旁。

护士长的眼神在两个人之间飘了飘，她在心中感叹着没想到向来冷静的徐医生紧张一个人会是这个表现。她识趣地跟上张盛他们，说自己去给病人家属做思想工作，特地给小夫妻留出空间。

"没事。"许萦没错过护士长八卦的眼神，拍了拍他的手背，和他保持社交距离，"小意外而已，樊爸爸没做坏事，只是太过于担心儿子才这样做。"

许萦能理解樊易的爸爸的心情，就跟一些人觉得要是手术前不给医生偷偷塞一个大红包，医生就不会认真手术，所以总想一些"歪门邪道"求一个保险，好有一个心理安慰一样。

"下次过来和我说。"徐砚程心疼地望着她。

明明脸色苍白，她还固执地说没事。

许萦拉下他的手，笑说："真的没事。"她快速转移话题问他，"你怎么下来了，手术结束了？"

徐砚程单穿着深蓝色的刷手服，她能看到他脸上有一道浅浅的口罩痕，黑发凌乱，俊容透着几分疲惫之色。他看起来清冷许多，让人无形之中会与他拉开距离，不敢凑太近。

他的手指透着水干后的凉意，他应该是直接从手术室跑下来的。

"刚结束。"徐砚程说，"有护士给手术室打电话说你来了，我让佳葵收尾，就下来了。"

他在门口听到里面的争吵声，有人还叫"徐太太"，怕是她遇上了事情，一颗心瞬间七上八下的，急忙推门进来。还好她没事，也没受伤，不然他都不知道要怎么办。

徐砚程说："下次资料不要亲自送了，叫同城快递。"

许萦："又不是什么大事，跑一趟也没什么。"

看着她单纯的笑容，徐砚程心口的浊气搅成一团。他不舍得对她说重话，但情绪又无处发泄。

"忙完你就好好休息，我先回去了。"许萦往科室内看了一眼，"虽然我知道这样说很不好，但看得出樊爸爸很紧张樊易，你下次查房多说几句话，好让他心安。"

"他突然出来吓你，你不生气？"徐砚程问。

许萦："能理解。"

徐砚程拽着她的手腕，拉着她去办公室："我换一身衣服，一起回去。"

许萦想说她在这里等他就好。

徐砚程不等她说话，直接带着她路过护士站。

几个小护士齐齐看过来，弄得许萦不好意思地低下了头。

徐砚程对其中一个护士说："明天的门诊让鲁钦去。等云医生下来，让她把后两天急诊的手术排给鲁钦。"

小护士怯生生地说"好"。严肃的徐主任让人望而生畏，她不敢多说其他话。

徐砚程刚将手搭上门把，张盛就气喘吁吁地跑过来，弯腰撑着膝盖说："老师……十二床的病人心跳突然停止。"

徐砚程放开许萦，没来得及说一句话，便跑向病房。

许萦愣怔，看着本来安静的病房因为一个人心跳停止瞬间变得混乱，没有过多停留，走到护士台和值班护士说自己先走了，要是徐砚程问起，就说她回去了。小护士忙说"好"，让她路上小心。

许萦知道担心也没用。这不属于她的专业知识，她唯一能做的事就是不给徐砚程添乱。

回到家后，她给徐砚程报备过行程，然后便休息了。

第二天早上上飞机前许萦也没收到徐砚程的消息回复，猜想他应该还在手术室里忙。

下飞机后，许萦关掉手机的飞行模式，微信消息不断弹出，显示发消息的时间是"05：24"。

XYC："我刚结束手术，你还在家吗？"

XYC："我现在回去，你在家等我。"

大概十五分钟后，徐砚程将第三条消息发来："已经去机场了？还是登机了？"

等了十分钟没见她回复消息，徐砚程又发道："下飞机给我发消息，注意安全。"

许萦看完消息的时间跨度，不好意思地回复："忘记和你说是早上六点的飞机了！我已经到了，在取行李，栀子来接我，没事的！"

徐砚程似乎一直在等她的消息，看完她的回复，秒回："那就行，工作顺利，好好照顾自己。"

许萦："嗯，你也好好工作，我去忙啦！"

她正好走到了飞机场大堂里，见楚栀笑着挥手："阿萦，这里！"

许萦没看徐砚程回了什么，收起手机就推着行李走过去。

待许萦走过来，楚栀塞了一束花过去，开心地说："祝贺你接到第一份工作！"

许萦讪讪地说："你言重了。要不是你在别人面前吹我的牛，我怕人家压根没想聘用我。"

楚栀挽着许萦的手，打了她的胳膊一下："胡说八道，你当我表嫂是傻瓜啊，我说什么她就做什么？是你自身本领过硬，他们一家人才愿意聘请你。"

许萦笑了笑："好，你说什么就是什么。"

接着楚栀带着许萦去她京北的公寓。房子是家里给她买的，三室一厅。

许萦说是住客房，晚上楚栀抱着枕头非要和她挤一张床，拉着她夜聊。她打了好几个哈欠，楚栀也没放过她——导致她第二天和客户见面差点儿迟到。

她的客户是楚栀的表哥一家。

一家人刚从国外回国定居，新房就只差软装了，因为想要专属的设计所以才打算聘请家居设计师。楚栀知道这事后，第一时间向他们推荐了许萦。

和许萦见面的是楚栀的表嫂季暖。季暖长相甜甜的，笑起来有两个酒窝。要不是知道对方和她差不多同龄，许萦还以为对方二十出头。

初次洽谈后，许萦终于知道对方为什么愿意聘请她了。因为季暖不喜欢和陌生人打交道，出于对楚栀的信任，愿意和她深聊。或许两个人是年龄相仿，很多想法不谋而合，离开前季暖说明天让律师找许萦把合同给签了。

不到两个小时，合作就定下来了，许萦回到公寓时还有点儿恍惚。

楚栀问她："怎么了？"

"栀子，你表嫂就不怕被人骗吗？"许萦没有自己接过项目，唯一独立完成的作品就是毕业设计。这种水准的她，季暖竟然愿意聘请她给一栋小洋楼做软装设计。

楚栀放下菜刀，靠在厨台边缘："我表嫂是京北大学的高才生，还不至于被骗吧。"楚栀走到许萦身旁，对她说，"阿萦，你就不能对自己有点儿信心？"

"我第一次接项目，一接就是大项目，所以比较慌。"许萦决定连夜把以前学过的知识恶补一遍，不能辜负甲方对她的信任。

楚栀冲她眨了眨眼："好好做，这单成功了，有惊喜。"

"惊喜？"许萦搞不懂，"什么惊喜？"

楚栀推着她去橱柜前："你就别问了，相信我就好，好好干！"

许萦听话，少说多做，用完晚餐收到了季暖的律师给她发的合同，双方约好明天见面签合同，之后一起去新屋看看。

晚上忙完也差不多一点了，许萦才想起来没有回复徐砚程的消息。她给他打了个电话，但他在值班，两个人互相嘘寒问暖几句便挂了电话。

许萦下午去参观季暖的新房，用相机拍了一遍屋内的情况，和季暖聊了她对装修的想法，好回去给她定制装修的方案。

季暖对装修的诉求很简单，原木奶油风，简洁风格，家居要智能化，唯一夸张的要求就是主卧旁边的次卧要装成公主房。

季暖笑说："是给我女儿的，风格上偏向公主风，但是尽量少用粉色东西，她这人又比较爱装老成。"

许萦听到她这样说自己的孩子，不免笑了："孩子随着成长会对房间有翻修的想法，我尽量选购一些容易拆卸的家具。"

季暖感谢地说："这样最好！"

分开时，季暖还把家门备用钥匙给了许萦。

许萦回到公寓又忍不住问楚栀："你表嫂真不怕我做什么坏事？"

楚栀吃了颗草莓，含混地说："我表嫂人好说话。你是我的朋友，她当然信任你。"

许萦诚惶诚恐，连夜开始构思方案。

一栋别墅的装修，软装比硬装还要难，因为家具要根据客户的需求一一选购，许萦查了一晚上的家具，想着怎么搭配比较好。

深夜三点她拿起手机，看到徐砚程昨晚十一点给她发了微信消息。

XYC："准备休息了？"

许萦拍了拍脑袋，懊恼斥责自己一句，怎么忙到忘记回复消息了？

她忙不迭地回消息："刚忙完，马上休息了！还要和你说一件事，我可能要住半个月，楚栀的表嫂家房子很大，设计上要花不少时间，方案定好后要每天跑现场，家具也要亲自去试，有些家具还要联系师傅定做，挺费时间的。总之，弄完了我就回去！"

上面弹出"对方正在输入"字样，许綮愣了愣，问他："你没睡？"

提示出现好几次后，徐砚程发来的消息只有两个字："没睡。"

许綮："早点儿休息吧，值夜班的话你也要找时间休息。"

徐砚程问了她别的事："周末呢？也要忙？"

许綮："按理说周末当然不会打扰客户，但是该做的工作我也不能落下。怎么了？"

徐砚程犹豫了一会儿，才说："周末我过去，一起吃顿饭。"

许綮："不用特地过来了，你够辛苦了。"

她又不是遇上了什么大事，需要他亲自跑来一趟。

XYC："有一个医学峰会在京北举办，顺路，没事。"

话都说到这里了，许綮只好答应了："周末再联系，早点儿休息，睡了！"

XYC："嗯，晚安。"

许綮回了一个晚安的猫猫表情包。

她接着往上翻了翻两个人的聊天记录。

从来到京北后，她一直在忙，每天两个人聊天的时间就十几分钟不到，聊天内容也很简单，概括来说就是：吃了没？醒了没？忙什么？

外面传来开门声，是楚栀下夜班回来了。

"你怎么还没睡？"楚栀看到许綮出来，惊讶地问。

许綮百思不得其解："徐砚程说他周末来，说是有医学峰会，真的有？"

楚栀顿了一下，问道："你怀疑程哥骗你说有医学峰会，以这个借口来京北？"

"嗯……"许綮总觉得怪怪的，具体怎么怪法又说不上来。

楚栀刚做完手术，有些脱水，灌了一瓶水后，打趣说："你管他是不是借口。他来找你不是好事？而且你一来就一两周，你们中途见个面不正常？"

"这样他就没有休息时间了啊。"许綮担心他身体吃不消。

楚栀重新接了一杯水，走到她跟前，"啧啧"称奇："不可思议，你竟然会这样想。我大学的舍友考研那段时间想去做按摩，其实和我们结伴去

225

就行，但是人家非不要，打电话给男朋友要他过来陪。她男朋友当时在隔壁市工作，二话没说，下班直接坐高铁过来了。"

"啊？"许萦觉得这样才是不可思议，"一个人按摩还要人陪？"

楚栀忽然懂徐砚程的心情了，奈何面前的女人不开窍："陪不陪是次要问题，小情侣见面就能开心。"

"我宁愿他在家里多休息。"许萦坚持己见。

楚栀劝不动了，反问她："你来了之后给程哥打了几个电话？"

许萦开始掰手指，停在第三根上："三次……"

楚栀摊手："有爱，但不多。"

"什么多不多啊？"许萦说，"我忙，他比我更忙。如果我总是打电话和发消息，岂不是很打扰他？"

楚栀凝视着她，直指要害："程哥也觉得你很打扰他？"

许萦抿唇，沉吟片刻后说："貌似……他很期待我给他发消息？"

空间安静了几秒，许萦干笑："是我的错觉吧。"

楚栀放下水杯，看着她说："哪里是错觉了？你详细说说。"

许萦怎么可能说得上来？她又轻声问："不是错觉？"

"嘿！"楚栀起身，撸起衣袖，实在受不住许萦迟钝又磨叨的性子。

许萦以为她要打人，连连后退几步，手挡在胸前："有话好好说，咱们不兴用武力解决问题。"

楚栀最后泄气地坐在沙发扶手上，抱着手臂："你就不觉得程哥对你特别好，特别关心，特别……反正什么都好那种？"

"啊，我知道啊。"许萦乖巧地坐到楚栀前面的凳子上，"我们是夫妻，关心对方很正常，我觉得他对我好蛮正常的吧。"

"不是……"楚栀把手在空中抓了几下，"一直都好，不是不太对劲？"

她就差把"徐砚程暗恋你"这句话说出来了。

"初见时，我确实也这样想过，后来才知道他性子一向温文。或许是我很少能得到别人的关心，所以才会下意识地放大他的好意，觉得他对我是真的好。"许萦缓缓说道，"结婚后我就没再想这么多了。因为我们决定结婚了，我会和他好好生活。我们之间确实没有感情，但是可以培养啊。就这样一起白头，相濡以沫的感情，不是挺好的？"

许萦是不懂爱得轰轰烈烈是什么感觉，但人与人就是不一样的——就像她相信爱情，却不相信自己能碰到。以前他们爸妈那个年代的人大多数是相亲认识，感情是婚后培养的，大部分人还活得挺幸福的，老了感情也越来越深。她一直觉得，她和徐砚程也可以这样。

楚栀望着她，沉默了。

徐砚程暗恋了许萦多久，楚栀不清楚。她是可以告诉许萦这事，就怕许萦感觉莫名其妙，因为在许萦的视角里，对徐砚程的感情全部是在结婚后有的，再早的感情，可能都是一种负担。

楚栀不是当事人，无法替徐砚程说出暗恋的事。她连自己的心事都说不出口，哪里能随意干涉他们的感情？

"栀子，"许萦小心翼翼地叫她，"怎么了？"

楚栀摇了摇头，撑着下巴，抬眼看着天花板，杏眼微微转动。

许萦没错过她眼底骤起的猩红颜色。

"我是不是说了一些惹你不开心的话？"许萦有问题就会问，不想和好朋友玩你猜我猜的游戏。

楚栀笑了笑，嘴里的涩咸味瞬间堵住了她的鼻子："我只是突然想到了很久以前的心情。"

"你想以前的事情干什么？"许萦走过去拉住她的手，"你现在过得很好。你也放下了，不是吗？"

楚栀凝视着许萦，泪眼婆娑地说："阿萦，人是不是会不停地后悔某件事？就像我现在再想，我已经后悔当初从新都回来了。"

许萦慌张地抱住楚栀，一下又一下地拍着楚栀的脑袋。不太会安慰人的她显得特别笨拙："你的每个选择都是正确的，栀子你不要这样想自己。"

"我想太多了。"楚栀推开许萦，"阿萦，换另一个角度去看程哥吧。"

许萦疑惑："另一个角度？"

楚栀抽了张纸擦了擦眼角，换上平日里开朗的笑容："就像……把他当作可以谈恋爱的对象的角度。"

徐砚程也这样说过。

许萦努嘴："我们已经结婚了啊。"

楚栀："结婚就不能谈恋爱啊？法律规定的还是你规定的？"

许萦举手投降："在这里，我只听楚女士的规定。"

楚栀推了推她的肩膀，嬉笑打骂道："别乱给我戴高帽子，还听我的，晚上还是我做的饭菜，你好意思？"

"今晚我做！"许萦给楚栀倒了一杯温水，"可是两个结婚的人谈恋爱不觉得怪怪的？"

楚栀用食指推了推许萦的额头："阿萦，你是小笨虫吗？"

许萦："拒绝人身攻击。"

本来楚栀想要用当初许萦对周子墨的感情打个比喻，但仔细想想，没什么可比性。许萦貌似谈恋爱也是因为对方愿意对她好，就答应和对方在一起了，感情有付出，但爱情的含量极少。

"这个给我整不会了。"楚栀暗叹一声，心疼程哥几秒。

对着许萦这块木头，不知道程哥硬生生咬住牙，吃了多少闭门羹。

楚栀抓住许萦的手腕，直接说："你简单地去想，不掺杂任何因素，想起徐砚程，心里下意识地会接上喜欢他这个念头。"

许萦脸微微发红："喜欢？"

楚栀似乎在她脸上看到了希望，继续说："对，喜欢。阿萦试着不去想那么多问题，去喜欢徐砚程。"

"哦……"许萦被弄得不好意思，"这样不好吧，喜欢他会不会给他造成压力？"

"你喜欢你老公犯法啊？"楚栀学到了肖芊薏争辩时理直气壮的精髓语气。

许萦含糊地点头。

她是真的没多想，认为目前和徐砚程这样的感情状态就很好啊。他们对彼此好，关心彼此，陪伴彼此，一起过好当下的生活，亲密又保持距离，给足对方安全感。

要是她去喜欢他，这场婚姻会变质吧？

楚栀不允许许萦再多想，赶她回房间去睡觉，让她好好工作不准自己瞎琢磨了。

"关于那个医学峰会……"许萦还想问真实性，碰到楚栀凌厉的眼神，噤声了。

楚栀"哼"了一声："有，我们医院就一大堆讲座，更别说整个京北了。"

说完，楚栀头也不回地拉上了房间门。

许萦敢肯定，楚栀当年一定没少去徐砚程家蹭饭，不然怎么会胳膊肘往外拐呢？

许萦也只是心里这么想想。

她是相信徐砚程的——他不会骗她，因为也没必要。

接下来的几天，许萦把工作攒到一起做，根据季暖的需求，定下了几个需要定做柜子的地方，亲自去量取尺寸后画图，改了几番稿子，再联系一些老师傅定做柜子，随时跟进度，忙得天昏地暗，周末和徐砚程见面时就迟到了。

徐砚程的飞机落地时间是下午两点，许萦醒来时已经是下午两点十分了。她急急忙忙地洗漱，换上衣服打了车飞奔去机场。

许萦跑进机场大堂，左右望了望，找出口在哪儿。

"小惊。"

背后传来熟悉的声音，许萦回头，看到了穿着一身驼色毛呢大衣的徐砚程，他手边推着一个深灰色的小型行李箱。

许萦阔步上前，双手合十地道歉："让你久等了，对不起啊！我睡得太沉了，没听到声音，真的不是故意的。"

徐砚程垂眸看着她，内心唾弃了自己几句。

其实他在下飞机后没看到她就知道她是忘记起了。昨晚凌晨四点她才发消息说休息，明明他可以先走，约她后面在餐厅见面，可也不知道怎么想的……他就坐在等候区里，固执地等着她来接他。

"真的错了。"许萦见他没说话，对上他那双沉得似深海的黑眸，以为他正忍着怒气不发作，于是将头抵在手上，赶紧又放软语气说，"等会儿我请你吃好吃的，你别生气。"

许萦的一颗心惴惴不安地悬了起来，她一直努力想着怎么补偿他才好，下一秒就被圈到了一个熟悉的怀抱里，听到他无奈地说："没生气。"

许萦怕错过得到原谅的机会，伸手搂住他的腰，不确定地问："真……真不生气？"

徐砚程低头，碰着她的发顶："不生气。"

许萦靠在他的肩头："对不起啊，下次不会了。"

徐砚程："你不用这么小心翼翼。我知道你在休息，也不赶时间，等一会儿没什么。"

许萦依旧过意不去，决定好了，一定要好吃好喝地补偿他。

许萦从他怀里退出来："我叫的车子在外面，我们走吧。"

她伸手要去帮他推行李箱，被他的大手抓住了。他不动声色地牵住她，另一只手推着行李箱，带着她往出口走去。

许萦落后他小半步，看着他高大的背影。一周没见，貌似他的头发比原先长了一点儿，她也感觉到他最近在医院挺忙的，略显得疲惫，神情淡淡的，眉眼间的温和神色都消退了些。

他们才一周没见，不知为何，她觉得有无形的东西将他们隔开了，两个人之间的距离渐渐拉远。

许萦把多余的想法甩出脑袋，跨大步子跟上他，另一只手环上他的胳膊，像整个人抱着他的胳膊。

"嗯？"他微微偏头。

鉴于两个人之间略微生疏的关系，许萦说了别的事情来缓和气氛："我选了餐厅，是一家特色餐厅，一起去试试。"

徐砚程："好。"

许萦冲他笑了笑。

徐砚程定定地看她一会儿，挪开视线看着前面的路。

氛围……依旧有些尴尬。

徐砚程住的是上次的酒店，放完东西，两个人便去餐厅吃饭。

其间许萦接了好几个电话，徐砚程就安静地听着她讲完电话。

终于挂掉最后一个电话，许萦讪讪地笑着解释："我找大学同学问了几个手艺师傅的事情，他们平日里也忙，周末才有空给我细说。"

徐砚程没接这个话题，仅给她夹菜："先吃饭。"

许萦点头："好！你也吃。"

她给徐砚程夹了一个小鸡腿。

两个人从餐厅出来，也下午五点了，许萦问他："你要不要先回酒店休息，明天不是还要去峰会吗？"

徐砚程抬眼看她："你呢？"

许萦翻看手机消息："我同学临时帮我约了一个师傅见面，他的工作室在我们学校那边，我要去一趟，就简单见个面。"

这个师傅在业内的名气不小，很少接单子，手工做得好。

许萦不想错过这个机会。

"我送你。"徐砚程抬手看了一眼腕表，"我不赶时间。"

许萦愧疚感越来越深："不好意思啊，你来京北出差就够累了，还让你陪着我跑上跑下。"

徐砚程只说了声"没事"，随后走向街边的黑色车子。

徐砚程说这辆车是岳泽的，因为岳泽常到这边出差，有备用车子。

到了工作室，许萦和师傅聊了大半个小时。师傅看了许萦的设计图，对她的连体设计很感兴趣，欣然答应后天和她去新屋看一看，再决定接不接这个单子。

出来后，许萦把图纸收到包里，开心地说："我还以为要磨师傅很长一段时间他才会答应，没想到这么顺利！"

徐砚程："下面还有安排？"

许萦摇头："没了，我带你在附近逛逛吧。"

附近就是大学城。

徐砚程环顾四周一番："嗯，走吧。"

京北的大学城有十几所高校，许萦的大学也在其中。

她发现今天路上有许多学生，还全部是往一个方向去，在旁边的宣传栏看到音乐节海报，瞬间懂是为什么了。

或许是重返校园，许萦想到以前的事情，拉了拉徐砚程的衣摆，和他分享道："以前碰上这类活动我总想去，但又怕被挤到，所以就时常和朋友去面向舞台最高的楼层，从那里远远眺望。"

"从没去过现场？"徐砚程问。

许萦："不敢去，去过一次和朋友走丢了，就不敢去了。"倏然，她来了兴致，"我带你去看吧！"

许萦在海报上找今晚的举办地点，想了想，说："今晚在理工大的广场办……操场的对面是大学生活动中心，完全能上去！走吧！"

决定好去哪儿后，许萦拉着徐砚程的手走向理工大学在的区域。

到了人多的地方，许萦停下说："我去买喝的东西，等会儿不知道会坐多久。"

她根据曾经的经验判断，有时候他们一行人上楼，看到一半总会饿或者渴，所以每次过去都要带一大袋零食。

徐砚程见前面人多，对她说："你在这边等我，我去买。"

许萦想说不用，毕竟他不知道便利店在哪里，这里的便利店人挤着人，要是买到也差不多要散场了。徐砚程还没等她开口就先走了。

她干脆就站着等他。迟就迟了，反正她和徐砚程又不是非要看这一场晚会。

许萦背着手，望着宽广的校园大道。大学生结伴出行，有说有笑的，朝气蓬勃。许萦恍惚了片刻，似乎自己回到了当时上学的时候，也是这样无忧无虑的，每天奔波忙碌还算充实。

许萦在角落里看着来来往往的人，目光落在一个女人身上。女人那一头复古红的波浪大卷的长发实在惹眼，妆倒是不浓，整个人看着清冷得似春末的冷风，几分冷暖杂糅在一起。

在看到女人的容貌后，许萦微微惊讶了一会儿。

这人怎么是容青筠？

容青筠转头看到许萦，也惊讶了一下。她和同伴打了一声招呼，走了过来。

"容……容青筠。"许萦差点儿叫容老师。

容青筠站在石阶下面，望着许萦问："一个人？"

她一头红发，衬得皮肤更加白皙，配上淡淡的妆容，有几分病娇的感觉。

许萦摇头："我和我先生一起，今天过来散步，准备去音乐节。你呢？"

容青筠身后背着一个黑色的吉他包，许萦似乎猜到了答案。

容青筠："表演。"

许萦大着胆子问："你现在是在玩乐队吗？"

容青筠点头："嗯，你呢？"

许萦："我干回本职工作了，现在是做软装设计师。"

后面的一个男人喊容青筠："青筠，好了没？"

容青筠挥手，示意他马上过去，转头对着许萦说："下次买房找你做软装。"

丢下这句话，容青筠潇洒地转身离开了。

许萦愣在原地，反应过来后干干地笑了一会儿。

容青筠……还挺幽默的，竟然说下次买房找她做软装。许萦又想了一下，对方这是不是要和她做朋友的意思？

许萦拿出手机，给容青筠发了微信。

许萦："祝顺利！"

一分钟后，容青筠回她："谢谢，你也是。"

许萦敢笃定，容青筠一定是想要和她做朋友！

看着容青筠回复的消息，许萦发自内心地笑了笑。

许萦和徐砚程爬到了大学生活动中心顶楼。她靠在阳台边往远处望了望，只看到舞台的侧面，有些失望地说："可惜了，还以为能看到正面。"随后她又自我安慰，"其实听音乐也不错。"

徐砚程给她递过去水，问道："有想看的乐队表演？"

许萦点头："刚刚有！不过应该挺好找的。"

容青筠有着一头扎眼的复古红发，肯定好找。

可惜的是，另外两个乐队也有人染了红色头发，由于距离太远，判断不出到底谁是容青筠，许萦失去斗志地靠着教室的门。

徐砚程一直静静地陪着她，见她失了兴致，找了别的话题："你大学常这样？"

许萦蹲在地上，点头说："我很少出门，偶尔和社团的伙伴出门，去过很多活动吧，挺好玩的。"

她应该是想到了以前的事情，嘴角浮现淡淡的笑容。

徐砚程拉她起来："地上脏。"

许萦顺势抱着他的胳膊，问他："你在国外上学，那里的活动是不是比我们国内更丰富？"

"一般。"徐砚程说，"我不常去，所以不太了解。"

许萦："你不出门吗？"

徐砚程："本科还好，研究生和博士时期太忙了，几乎就是待在医院和研究室。"

"有点儿难以置信。"许萦笑说，"像你这样学习好的人，背后也要费劲去学这么多东西啊？"

徐砚程："我不是神，知识也不会自己跑进脑子里，当然要学。"

听到他玩笑般的自嘲话语，许萦笑得身子微微晃动。

"我倒是觉得你像神人。"许萦认真地说，"你特别厉害，一个人在国外求学这么多年，学历还高。你所做到的事，是很多人一辈子不能企及的。"

中心广场人潮如织，声音震耳欲聋，到了他们这里，声音被削弱许多，但"嗡嗡"声依旧在持续，犹如大雨设下的白噪声屏障。

"如果我说，我挺后悔出国的呢？"徐砚程看着她问。

他眼中的失落情绪真切，许萦无法忽视，看得失了神，怯怯地问："为什么？"

因为若是这样，他是不是能早点儿参与到她的人生中来？

徐砚程这段时间一直这样想，想多了，这想法似乎变成了心魔。

"因为这样，"徐砚程手捧着她的脸颊，额头抵上她的额头，不容她的目光再闪躲，"我是不是会在校园的哪个角落里遇上你？"

许萦的心"怦怦"直跳，似乎一杯青柠气泡水被打翻，淹没了她的心，酸涩的味道冲撞五脏六腑，她无措地捏着他的肩头衣衫的布料。

"这个……没什么好后悔的。"许萦努力保持镇定地回答他。

徐砚程眼神深得似能把她搅进去，又或许她已经被搅进去了，整个人的情绪被他带动着。

微光穿来，打在他的黑发上，有一小块光斑在跳跃，他的身影逐渐在她眼里变得模糊，而他立体的五官变得越来越清晰。

"小惊。"他柔声叫她。

许萦整个人靠在墙上，被他堵着。曾经校园隐蔽一角的亲密互动场景正在她身上上演——他俯身吻住了她。

缱绻、缠绵、泛苦还易破碎的吻，给她很奇怪的感知。

许萦也不知道为什么会有这样的感觉。

不容她再去细细琢磨，呼吸被他剥夺了。她被霸道地掌控着，连呼吸都全由他主导。

"今晚去我那里，好不好？"徐砚程问她。

许萦整个人都是蒙的，点头："好。"

她也没想着今晚回楚栀那里。

而她的回答似乎是什么天大的喜悦消息砸下来，他勾着唇浅浅地笑着。

许萦将拇指摁在他的嘴角上，因为这一记笑容，那晚奇妙的心情再次袭来，她的心脏的每一次跳动皆是因为他。

徐砚程就这样看着她。

许萦猜想他一定还有话要说，但他什么都没说，只是吻着她，而且动作越来越暴虐。到后面她压根承受不住，但更推不开他。

怎么回酒店的，她已经记得不太清楚了。

许萦醒来时是在酒店的大床上。

此刻旁边早没了人，她摸了摸旁边的空位，想叫人，嗓子却哑得没出来声音。

她爬起来，忍着不舒服的感觉在屋子里找了一圈，没看到人，心急地喊道："徐砚程？"

屋子里没有传来任何回答，难道他走了吗？

许萦路过阳台落地窗的柜子，发现上面放着烟灰缸，里面全是烟蒂。她停下脚步，看着五个烟头陷入沉思之中，眉头缓缓蹙起。

她心想徐砚程真是不要命了，一次就抽了五根烟！亏他还是学医的，不知道烟草对身体的危害有多大吗？！

许萦以为他在阳台上，拉开门望了一圈，在视线碰到高楼下的街景时，一种假想自己坠楼的恐高感袭来，"啪"的一声把门合上了。

玄关处传来刷卡声，许萦慌张地跑了过去。

徐砚程单手扶着墙换鞋，听到脚步声后，抬头看向她："醒了？"

许是因为熬夜，他嗓子低沉又嘶哑，像北方深冬的烈风，干裂又刺，那突然看过来的眼睛里透出的凌厉之色让她不寒而栗，但转瞬即逝。他眼底涌出的温情一点点地吞噬他的颓丧情绪，让他看起来不那么吓人。

"我……刚醒。"许萦心底有点儿尿。

昨晚的记忆涌来，每一帧都让她羞耻得不敢直视他。

徐砚程走进来，许萦看到他的右手上提着几个袋子。香味扑鼻，她下意识地吸了吸鼻子，味道熟悉。

"过来。"徐砚程伸手去牵她。

许萦条件反射地背过手去。

气氛降到冰点。

许萦怯生生地看着他。

男人脸色不悦，下颌线紧绷着。

她拉开他的手掌把自己的手塞进去，发怵地说："轻一点儿。"

徐砚程看到了她的手腕上有些偏紫的指痕，是昨晚自己一直扯着她的手留下的。

估计昨晚留给她的后遗症挺多的，连他碰她她都怕了。

他环着她的腰进屋，把吃的东西放在餐桌上，从袋子里拿出一支药膏，把她安顿到沙发上，拉起她的脚踝，替她仔细地涂抹药膏。

许萦只能看到男人的后脑勺，撑着沙发把身子前倾看到他的手托住她的脚，修长的五指摩挲过红痕，把白色的药膏推开，附在皮肤上成了黏稠晶莹的一层膜一样的东西。虽然看不到他的脸，许萦也能脑补出他做事那一副认真的神情，禁欲得让人无法自拔。

凉意到了膝盖，他的手指摁在她的骨头上，酸软的感觉重重地传递到脑神经上，许萦倒吸了一口凉气。

徐砚程抬眼："疼吗？"

许萦不好意思地说："不……不疼。"

他将手扣在了她的膝盖上，指节紧绷泛白。

许萦压住他的手背，阻挡他的手往上移："我……我自己来。"

徐砚程没松手。

徐砚程以袋鼠抱的姿势抱起她，阔步走去卫生间。

许萦环着他的肩头，看着他的侧颜，回想昨晚的种种场景。当坐到洗手台干净的地方时，她怯怯地问："你还生气吗？"

"没有生气。"徐砚程用毛巾擦干净洗手台旁边的水渍，把挤好牙膏的牙刷放到她的手里，"别想太多。"

许萦刷着牙，眼睛盯着在给她浸湿毛巾的徐砚程，含混地说："徐砚程，你不诚实。"

徐砚程挑眉，觉得她的说法有些搞笑："不诚实？"

"你心情不好是因为我来京北不和你商量对吗？"许萦问。

徐砚程盯着眼前小脸透着坚毅之色的女人，承认说："确实有些情绪，但我不至于到生气的地步。"

许萦把泡泡吐出来，含了一口水，吐出，还是百思不得其解。

那他在气什么？

温热的毛巾擦过她的嘴角，她仰着头让徐砚程擦起来更方便，扯了扯他的衣摆。

徐砚程垂眸看着她。

许萦："那也不许不开心了。罪昨晚我都受了。"

徐砚程看着她泛粉的脸颊，舌尖顶了顶牙根，忍不住俯身亲她微微肿着的唇瓣，而后问她："受罪？"

许萦害怕再来一次，否认改口："不是！"

她又找不到更好的词汇，说道："反正你不要不开心了。"

"好。"徐砚程完全没办法生她的气，恨不得给她最好的一切。

许萦得到保证，见他脸上表情和平常无二，和他去餐厅用早餐。

徐砚程买了小笼包和豆浆，许萦吃了一口，满口腔全是熟悉的味道，瞪大双眼惊喜地问："是……我学校旁边的那家早餐店吗？"

她大学有早课就会在校门口美食街头的一家早餐店吃早餐。后面工作去少了，但她一直惦记着那里的味道。

"嗯。"徐砚程倒好豆浆，"楚栀说你很喜欢那家早餐店。"

没想到他竟然会向朋友打听她的喜好，许萦心间暖意充沛，笑容深了许多。

许萦："她明明也很喜欢啊，工作后经常在早上拉着我去吃。"

徐砚程淡笑，听着她继续分享以前和早餐店的趣事。

她吃人嘴软，不忘感谢徐砚程千里迢迢地给她买早餐，把自己的那一份小笼包多分给他两个。

用完早餐徐砚程要去医学峰会，许萦站在玄关处等他穿鞋。

许萦看着他穿上大衣，主动上去踮起脚替他整领子。徐砚程没拒绝，配合地低下头，扶着她的腰，让她的步子不这么飘。

送走徐砚程，她躺在沙发上处理手机消息。余光瞥到茶几上的那支药膏，记忆中的触感浮现，她转开头，不让羞耻感侵袭她。

把工作消息处理完，她看到了徐砚程给她的微信留言。

XYC："江都医院有急事，我现在要回去。酒店你想住多久都可以，我的衣服就放在那里，下周末我再过来。好好照顾自己。"

许萦脸上的笑意消失了。她还以为徐砚程是医学峰会太无聊，找她聊天打发时间。前段时间她在学校上课没少这样做，徐砚程百忙之中也会抽时间听她说闲话。

原来他是回去了……

许萦捧着手机侧身躺着，腿交叠屈着，又把消息读了一遍，长长地叹了一口气，回复他："嗯，你注意安全，到了给我发消息。"

XYC："嗯，登机了。"

接着他没有再回复，许萦的心也跟着走失了。

她躺在沙发上好一会儿，盯着手机有种视死如归的感觉，点开三人小群，输入一长段文字。

许萦："我有个朋友，去外地出差没和男朋友商量。男朋友似乎有些不开心，但没有责怪她，还跑到她出差的城市看她。其间两个人相处得挺开心的，朋友以为事情就这样翻篇了。第二天男朋友有急事要回去，为什么这个朋友觉得心底空落落的？"

上班摸鱼王者肖芊蕙最先回复："……"

楚栀刚睡醒，阅读完消息回道："建议你朋友和男朋友聊一聊，一定有误会没解开。"

肖芊蕙看不下去，戳穿道："阿萦傻，栀子你陪着她装傻？警告一次，别搞什么诡计多端的'我有一个朋友'，直接写大名，OK？"

许萦："真的是朋友……"

楚栀："有你一个净友就够了，我还是适合和阿萦相互装傻充愣做溺爱对方的好友。"

肖芊蕙无语："还嘴硬？"

许萦无奈："我错了！是我本人行了吧！"

肖芊蕙："这还差不多。"

得到许萦亲口承认，肖芊薏转入正题："我建议你说得详细一点儿，我单看这段文字是要骂徐医生的。'以为翻篇了'，按照你的脾性肯定问他是不是不生气了，他肯定也回答不生气了，所以你才有这个结论。那这个男人在计较什么？嗯？"

楚栀也不装傻了，跟着问："对啊，你详细说说，昨晚你们聊了什么？"

许萦："……"

肖芊薏："要你说话，你发什么省略号？"

许萦："我……"

她要说什么？说昨晚他们是怎么亲热的吗？

肖芊薏老司机品到了不对劲之处："哟，干柴烈火呀！"

许萦："肖芊薏你闭嘴好不好！"

肖芊薏："有什么不能说的吗？在座的各位有谁没经历过吗？"

楚栀："你说问题就说问题，能不能别把我拉下水？"

肖芊薏："对不起楚姐姐，我忘了你未婚。"

"这也不关未婚的事啊！反正我们都经历过，不会大惊小怪的，阿萦大胆放开说！"

许萦想要打包肖芊薏送到北极。光天化日之下，妙龄少妇竟然当众"开车"，就不怕网警把她们的群一锅端了？

许萦当然说不出口，反而很理直气壮地回复："既然知道昨晚发生了什么，你说为什么第二天会这样？"

肖芊薏："这个咨询的口吻，好资本家哟。"

楚栀："得了，你也别逗阿萦了。"

接着楚栀对许萦说："阿萦，你还是仔细想想你忽略了程哥问你的什么问题，回去找他把话说开。他可能不想你有负担才没明说。不管他愿不愿意说，你去做你想做的事情，相信他会理解的。"

肖芊薏："按照经验来说，就是你最近太忽视你老公了呗。我单位间歇性加班，我加班的那段时间脾气又火暴，老唐不仅被我忽视，还时不时受我的气。但是我们的婚姻能维持这么久，全在我能屈能伸。当意识到自己错误时，我会立马认错，但绝对不能上去就说'我错了'，要怀柔政策懂不？"

楚栀："怀柔？你可真会乱用词，别把格调上升这么多，说人话。"

肖芊薏嗔怪："就是美人计，给他说好话哄着。夫妻本来就是相互哄的，不能只是男人哄你，你偶尔也要哄哄他。"

许萦貌似懂了。

徐砚程没有完全开心，一定是因为她给他的关心少了，而且做得不到位。昨晚那一次过于粗暴的欢爱，她更倾向认为他是在宣泄，她的抵触态度让他心灰意懒吧。

所以……

许萦："我明天回江都，过两天再过来！"

楚栀："就回去啦？"

肖芊薏笑笑："孺子可教也！"

许萦不喜欢生隔夜气。如果徐砚程还有闷气，她愿意跑一趟。

以真心换真心——在她低谷的时候，徐砚程一直陪着她；那他不舒心的时候，她也会陪着他。

哄就哄，只要徐砚程不生气，她怎么哄都好。

决定好第二天回江都，许萦替徐砚程把脏衣物洗干净了，晾晒好，晚上回楚栀的公寓收拾东西，第二天一早直飞江都。

昨晚徐砚程上的是夜班，许萦以为能在家里见到徐砚程，结果在家门口碰到了程戚樾。

他个子高挑，背着黑色的双肩包，穿着黑色冲锋衣，双手插兜斜靠在门旁，漫不经心地用脚跟蹬着地板。

"程戚樾？"许萦慢慢走过去，"你什么时候来的？不进家门？"

程戚樾淡淡地一一回复许萦的问题："是我。昨晚来的。家里没人。"

他的意思是徐砚程一晚没回来。

许萦顾不上其他，开门领程戚樾进门，把备用的拖鞋拿给他，问道："昨晚来怎么不给我或者你哥打电话？"

见他外面只穿着一件冲锋衣，虽然知道保暖，但还是怕他受凉，许萦放下东西就去厨房给他熬姜汤。

程戚樾走进家里："我哥的电话没人接，我没有你的电话。"

许萦刚架好锅烧水，擦了擦手，拿过自己的手机递到他手里："留一个，下次好联系。"

程戚樾飞快地输入自己的手机号码，摁下绿色通话键，等他的手机响起，便挂了电话，把手机递回去。

许萦存了他的手机号码，看到显示的日期，问道："不上课吗？"

程戚樾："今天周日，我申请不补课，不用去。"

"怎么来了？"许萦走进厨房，不忘继续问，"爸妈他们知道吗？"

程戚樾跟着走到厨房门口："我妈出国了，我爸跟着出去了。我把钥匙忘在了家里，没地方去。老师让我明天叫家长去学校一趟，我只能来找我哥。"

许萦抓到重要信息，问他："为什么叫家长？"

程戚樾倔强地问："说了你替我去？"

许萦犹豫片刻，说道："叫嫂子，我考虑。"

程戚樾快速接话："嫂子。"怕许萦搞迂回战术，他接着说，"我周五把隔壁班的池赫匠打了，他们家要一个说法，因为家里没人，所以老师让我下周一叫家长过去。嫂子，说好的，你记得去。"

一口气把话说完，程戚樾勾唇笑了笑，眼底闪过狡黠之色。

他这个模样，和徐砚程有几分相像。

许萦："……"

她以为是什么学习态度的小问题。学生时代打架这类事情，她单单听说过——在班里不是学习就是睡觉的她没实际碰到过。主要是她出于信任徐砚程优秀的学习品德，心想学神的弟弟怎么说也是个学霸，搞不好去学校还是受夸的，所以才答应的，没想到啊……

"我……"许萦言出必行，视死如归般回答，"可以，周一我会过去。"

程戚樾脸上的笑意真实不少，问道："你们家就这样？"

许萦熄火，把姜汤盛到杯子里，不悦地问："什么叫'就这样'？"

程戚樾环顾四周："不说这是你和我哥新婚的房子，我以为是你们的临时落脚处。"

这番话戳到了许萦的心窝，她一阵难受，迟钝地问："家里的布置就……这么不堪？"

程戚樾点头："压根不像我哥会住的地方。"

许萦觉得这孩子缺心眼，怼天怼地，说出口的话就不能留几分薄面？怎么两兄弟性格就天差地别？

听程戚樾这样说，许萦起了好奇心，问他："你哥会住什么房子？"

程戚樾："我哥要求不高，起码要有烟火气，绝对不是现在这种风格的装修。"

许萦把玻璃杯搁置在茶几上，碰出刺耳的声音，咬牙切齿地说："我们家装修虽然很普通，但不至于被嫌弃成这样吧？二少爷你要是住不惯，出门就是电梯，可以走了。"

"我就随便说说，你还放心上了？"程戚樾拿起玻璃杯，看着棕色的液体，抿了抿唇，眉眼间染了几分沉重之色，"谢谢了。"

许萦不和他一般计较，起身走向房间，在衣帽间最里面的柜子里找出徐砚程还没有穿过的睡衣，又走向程戚樾："洗完澡你去睡觉，我去医院一趟。"

许萦展开衣服在他身前比了比。

程戚樾的身高和徐砚程相差不大，但他身上属于少年的消瘦感还未退掉，衣服稍微大了点儿，不过不碍事。

"我哥不会自己回来？"程戚樾接过衣服。

许萦在手机上翻找着鲁钦的手机号，想事先问清楚徐砚程的行踪："我有事和他说，你好好休息。"

鲁钦很快接起电话，告诉许萦徐砚程不在医院。昨天晚上手术结束，上面有一个下乡义诊活动吩咐下来，心外科要求重症组出两个人，江主任因为病人安排好的手术走不开，所以只能徐砚程带人去。

许萦挂了电话，心事重重的。

程戚樾一直安静地站在旁边，很没有眼色地问她："你和我哥吵架了？"

许萦正烦着，深吸一口气："弟弟，少问两句。"

要不然她真的想打人。

"我哥这人生气很内敛，"程戚樾说，"就是闷骚，有气也不会明着说，只会让自己忙起来，消化负面情绪。当然，总的来说我哥脾气很好。我几乎没见过他生气，只有我妈太过于无理取闹的时候他会说几句重话。我觉得，他不会生你的气的。"

"程戚樾，你到底是在夸徐医生还是贬徐医生？"许萦无奈了，哪有人这样点评亲哥的？

程戚樾收起废话："我哥偏心你，不会真的生气，你别担心。"

许萦："你拐弯抹角地说这么多，原来是想安慰我？"

被戳穿心思的程戚樾瞥她一眼，转身回了客房："我先休息了。找不找我哥随便你，晚餐我自己解决。"

许萦揉了揉眉心，碰上"口嫌体正直"的程戚樾真是难搞。

最后，许萦给程戚樾发去短信，说玄关的盒子里有家门密码和零钱，让他在家别给陌生人开门。

坐上高铁的许萦收到了程戚樾的微信好友添加请求，搜索方式是电话号码。

许萦通过了验证。

程戚樾："我不是小孩，都知道。你路上注意安全。"

许萦："知道了，你泡个热水澡，先睡一觉。"

程戚樾："嗯。"

许萦退出和程戚樾的聊天页面，点开置顶的联系人。

许萦："我回江都了。听鲁医生说你去坊薪县义诊了，我过去找你，高铁大概半个小时后到。"

迟迟不见徐砚程回复，她猜想他在忙，毕竟他们去乡下义诊，慕名而来的人会很多。

她差不多要下高铁的时候，徐砚程打来了电话。

"怎么过来了？"徐砚程语气中透着紧张感，"你京北的事情不是还没结束？"

许萦找了说辞："不着急，我和师傅另外约时间了，楚栀的表嫂还在考虑具体定哪个装修方案，还没到要忙起来的时候。"

徐砚程："我明天就回去，你别过来了，在家里好好休息。"

高铁播报的声音响起，许萦无辜地说："晚了，我到了。"

徐砚程略显无奈："在高铁站等我去接你。"

"你不是在义诊吗？"许萦不想过来是给他添麻烦的，"你给我地址就好，我自己过去。"

电话那头的徐砚程把工作的事交代给云佳葵，然后对许萦说："听话，等我。"

许萦撇了撇嘴："好。"

许萦就站在高铁站的门口，徐砚程一进站就能看到的位置。

县城不大，徐砚程打车过来只花了五分钟。许萦远远看到他，心里忽然有几分不安，想好要说的话被混乱的思绪搅浑，一团糨糊，愣是一句好话也想不起来。

徐砚程走到她跟前，前后看了一眼："没带行李吧？"

许萦摇头："就带了人。"

见她有几分傻气，徐砚程说："走吧，我送你去酒店，结束了带你去吃晚餐。"

许萦听话地跟他去酒店了。

见他将她安顿好准备离开，许萦上前几步，拉着他的衣袖，让他停步。

"怎么了？"徐砚程侧身看向她。

许萦手脚慌乱，最后搂住他的腰，将脸埋在他的怀里："徐砚程，这段时间我太忙了，是我忽略了你，要骂要罚你随意，我真的错了。"

徐砚程愣住，意识到她千里迢迢地从京北来找他，是为了给他认错。

许萦仰头看着他，软声说："我不是故意忽视你的，真的。"

徐砚程看着他，眼底的宠溺之色浓了几分，掐了掐她的脸："你啊……"

许萦捂住脸："我怎么了？"

徐砚程轻笑着微微摇头，将她搂到怀里。

他觉得自己真没本事。她不需要做什么，甚至只是对他笑一笑，他就愿意给她她想要的一切东西。

信仰也好，生命也好，好像只要她开口，他就会肝脑涂地。

而许萦以为他像程戚樾说的那样，生气过于内敛，没有表现出来罢了。

她努力回想前天到现在，自己哪里没做好，向他重申："我不是真的抵触你的触碰。"

顿了良久，她怯怯地问："徐砚程，要做吗？"

徐砚程失笑，这个傻瓜又自己乱想了什么？

徐砚程静静地看着她。

许萦咽了咽口水。她是哪句话又说错了？难道不是因为她对他的忽视和对身体接触的抗拒让他不开心？

徐砚程双手捧着她的脸，俯身用额头抵住她的额头，与她四目相对，让她只能看着他。他眸底的波澜似天际被风搅乱得稀碎的云，星星点点地掺杂着微光。一时间，他说不上他是开心的还是难过的。

徐砚程："小惊，下次换个时间再问。"

他嗓音低沉沙哑，音调有种蛊惑人心的金属质感，藏匿着淡淡的柔情，似云卷云舒。

"我……"许萦摁着他抚在她的脸上的手，掌心摩挲着他的指节，心悸动地颤了一下，"那我今晚再问？"

徐砚程勾唇笑出声来，摁着她的后脑勺将她揽到怀里："傻瓜。"

平时她看着挺机灵的一个人，怎么说起情话来笨笨呆呆的？

"傻吗？"许萦重申，"我是认真的。"

徐砚程微寒的心早被她温暖了。他揉了揉她的脑袋："知道了。医院那边人多，佳葵一个人应付不过来，你在酒店里等我，结束工作了我回来找你。"徐砚程拉开距离对她说，"乖，懂吗？"

许萦拉下他搭在她的脑袋上的手："别跟交代孩子一样，我懂了。"

徐砚程忍不住捏了捏她的脸，指尖被她的皮肤烫到，心想真是为难她跑来说这番话了，心底一热，吻上她前说："没时间做，亲一个的时间还是有的。"

温情的亲吻落下，先是脸颊，他亲了好久，久到许萦站不稳推了他一下，他的吻才落到她的唇瓣上。

下一秒她被他单手环腰抱起，坐到床尾，跨坐在他的大腿上。

似乎徐砚程很喜欢以这个姿势亲吻。

她完全被压制在他怀里，无路可逃，只能承欢。

下唇被咬开，唇齿的青柠淡香侵袭而来，一时间她分不清是味觉还是触觉感受到的，往后躲了一下，吻从唇上移开，沿着耳垂到锁骨，晕开了两朵粉花。

许萦不好意思地开口："徐砚程，好了……"

再这样下去，真的就不只是亲吻了，她感受到他的变化，压根不敢完全坐在他的腿上，微微用力支起自己的身子，怕催化了这场亲密接触，使之变了质。

徐砚程搂着她，鼻尖抵在她的颈窝处，玫瑰的淡香抚平了其躁动的心："换香膏了？"

许萦不喜欢用香水，主要是自己喷起来把控不好量，每次都不小心弄得味道浓重，再好的香都浓得难闻。她比较喜欢香膏，味道清淡，在社交场合也不会因为身上的味道太重冒犯到其他人。

前几天，楚栀给她送了一款新的香膏。它味道还不错，她便收下了。

"嗯……不好闻吗？"许萦问。

徐砚程："尝起来和上一次的味道不一样。"

许萦的脸爆红。

什么上次这次的……

刚才那一会儿，估计她涂在耳后和脖子上的香膏都被徐砚程吻掉了。

许萦思索片刻说："下次我买健康无害的绿色用料。"

徐砚程笑了笑："不用，用你喜欢的就好。"

就一小点儿，吃下去也不至于真的致命，舔舐到这个味道的时候，他倒是觉得新奇。

他低下头，又嗅了嗅。

徐砚程温热的气息打在她的脖子上，令她皮肤上的粉红颜色逐渐加重，热意都蔓延到了耳朵上。

许萦推开他的肩膀："你还不去吗？"

徐砚程起身把她放到床上，整理衣衫："三个小时后就回来，你先睡一会儿。"

许萦蹬掉鞋子，爬到被子里，露出一双眼睛看着徐砚程，怕他再乱来，做出防备的姿态，她的声音被被子闷住："嗯，慢走。"

徐砚程走到她旁边，连带被子把她抱到怀里，在她耳边悄声说："刚才的问题保留，下次问。"

"什么……"许萦还想说什么问题，想起那句大胆的邀欢问话，羞赧得再说不出一句话。

徐砚程扬眉："耍赖？"

许萦缩到被子里："徐砚程，你很烦哪……"

"小惊同学。"

许萦拉开被子，气鼓鼓地瞧他一眼："知道了，你可以去工作了吗？"

徐砚程捏着她的下巴，亲了亲她的嘴角："可以。"

逗她有点儿上瘾，他又不敢太过分，怕她真的闷在被子里不出来了。

许萦挣脱他，再度缩回被子里。

等听到关门声，许萦才放下戒备心。

应该是夏天快到了，她盖着被子闷得燥热，便把被子踢开，平躺在床上呆呆地看着天花板。

侧头瞥见角落里徐砚程的行李，她在内心无奈地叹气。

徐砚程还蛮敬业的，昨天忙了一天还亲自带队下乡义诊。

手摸到脖子，许萦不知道徐砚程对职业是不是过于狂热地喜欢，他喜欢亲吻她的脖子上的脉搏，以及手腕、胸口这些能感受到心脏跳动的地方，而且吻痕会比其他地方重。上一次的痕迹才淡了一点点，幸好现在的天气穿高领和长袖衣服不会露出痕迹，要不然她这几天肯定不会出门。

许萦躺在床上胡思乱想着，不知不觉睡了过去，醒来就看到徐砚程在屋子里来回走动。她撑着身子坐起来，揉着惺忪的睡眼，打了一个哈欠："下班了吗？"

徐砚程把行李收好："佳葵带人在收尾，我们先回市里。"

许萦坐在床边没看到鞋子，准备赤脚踩在毛毯上。徐砚程拎着她的鞋子过来，给她穿好："天还冷，别乱来。"

徐砚程替她系好鞋带，正准备起身，许萦没多想，伸手搂住他的脖子，整个人挂到了他身上。

忽然这一下，徐砚程被她磕到了下巴。痛感逐渐明显，他也不生气，只是无声地笑了笑。

"我还以为你会住这里。"许萦见他带的行李像是要过夜。

徐砚程："本来是这样打算的，临时改主意了。"

许萦："因为我扰乱了你的计划吗？"

徐砚程拍了拍她的背："别乱想，是我有事。"

徐砚程带她去卫生间，给她挤牙膏，打湿毛巾，监督她洗漱好。

"后天回京北吗？"徐砚程问她。

许萦摇头："暂时不知道，明天再看吧，反正不着急。"

徐砚程想了一会儿，说："后天再回去吧，明天在家里住。"

许萦笑着说"好"。

徐砚程很少向她提请求，难得一次，她当然会满足他。

回江都的路上，许萦想了想，和徐砚程说了程戚樾的事情，还是把明天替程戚樾去学校的事情告诉了徐砚程。

徐砚程听完，面容逐渐变得严肃："明天我去就行，你在家里等着。"

"不行。"许萦拒绝，"我告诉你这件事不是让你出面，只是告诉你一声。我答应好小樾去的，不能食言。"

徐砚程："打架这种事，我去比较好。"

他主要是怕对方叫了男性家长来，若是不讲理，怕许萦争论不过。

许萦坚定地说："说了，就我去。"

徐砚程知道她说一不二的性子，退了一步："一起去，可以吗？我明天休息。"

受他最后一句话打动，她点头："好，那就一起去！"

两个人回家后，在吃饭时许萦和程戚樾说明天他们和他一块儿去学校见老师。程戚樾对这个结果态度冷淡，只说了"都可以"，接着就回房间了。

徐砚程正在收拾桌子，见许萦表情纠结地傻站着，问："怎么了？"

许萦走到他边上，没好气地说："他和你明明是两兄弟，怎么性子差别这么大？"

徐砚程倒是习惯了："他也就面上冷。"

许萦眨眼："是吗？我不信。"

徐砚程笑了笑："他拎得清。要是对你态度不好，他意识到之后，也会及时向你示好。"

徐砚程才说完，客房的门被打开，程戚樾站在门口喊道："嫂子！"

许萦看了一下，小声问徐砚程："示好？"

徐砚程耸了耸肩，表示自己也不懂。

许萦拍了拍衣角，做出一副长辈的架势，走出餐厅，学着他先前冷淡的语气问："怎么了？有事吗？"

程戚樾倚靠在门框上，递过来两张票："下个月会展中心有一个油画展，我没时间去，你要是想去就去。"

许萦也看到了关注的官网公众号推送的消息，一直在等预售时间，没想到程戚樾先弄到了票。

"你去哪儿弄到的？"许萦看着两张票眼睛放光，心情澎湃，恨不得马上要过来，但理智让她收回了要伸出去的手。

程戚樾不以为意地说："朋友给的，我没兴趣。"

许萦盯着他那张和徐砚程有六七分相像的脸："我们一起去？"

程戚樾咳了咳，身子晃了一下，站立好问："你不和我哥去？"

许萦问："票给我了，你怎么办？"

程戚樾："我没兴趣。"

许萦接过票来："那……行吧。"

本应该是一场愉快的赠票活动，在程戚樾别扭的性子下，搞成了踢皮球，似乎谁去看画展谁是倒霉鬼。

许萦站在长廊中央，看了一眼厨房的方向，又看了一眼紧闭的客房门，觉得两个人还是很有兄弟相的。就闷骚这一点，二人一模一样，表现形式不一样罢了，一个内敛，一个外放。

周一早上，用完早餐后三个人一起去了学校。

到了老师的办公室门口，看到对方家长来的是爸爸，长得壮硕，凶神恶煞的，许萦庆幸自己没有倔强地非要一个人来。

徐砚程拉住许萦，交代说："在门口等我。"

许萦："我和你一起进去。"

徐砚程指了指角落里看着他们的程戚樾："你在外面看着他，确保他不

247

会乱来。里面的问题，我来解决。"

许紫迟疑片刻，点头："好。"随后，许紫凑到徐砚程的耳边小声交代，"吵架没什么，要是他们动手，你就跑。"

徐砚程被逗笑，摸了摸她的脑袋："不至于。"

"你会打架吗？"许紫认真地问。

徐砚程："没打过，可以试试？"

许紫连忙摇头："别，那你就和他一个性质了。"

无辜中枪的程戚樾不耐烦地问："你们还要腻到什么时候？"

许紫怼了回去："要你管！"

徐砚程以眼神警告程戚樾少说两句。

程戚樾抱着手，认怂地移开目光，嘴硬地催他们："赶紧吧。"

徐砚程进去后，许紫走到程戚樾旁边，和他靠站在墙边，良久后问："你为什么打架？"

程戚樾像极了小说里跩上天的"校霸"："就打了，还有为什么？"

许紫仰头严厉地盯着眼前比他高半个头的少年，抱着手："这是对嫂子说话的态度？"

程戚樾嚣张的气焰一秒被浇灭，顿了顿，依旧嘴硬地说："反正就打了，没什么好说的。"

许紫感觉自己要偏头痛了。

程戚樾都十六七岁的人了，怎么还这么幼稚，有话就不能心平气和地说吗？

"程戚樾。"

许紫身后有人叫了程戚樾的名字。她没错过程戚樾那张冷冷的脸上出现的窘迫之色，转身看向来人。

来人是个女孩，外面穿的是和程戚樾一样的深灰色校服，娇小玲珑，校服过大，肩线都到胳膊的一半了，扎着低马尾，应该是跑过来的，头发有些凌乱。

"你来干什么？"程戚樾恢复如常，板着脸问。

女孩盯着许紫看，走到她跟前："你好，我叫黎荔。"

许紫不知道女孩想做什么："你好……"

黎荔继续说："程戚樾打架是因为我。等会儿我会和老师解释清楚来龙去脉，给你们添麻烦了。"

程戚樾变得暴戾，上前把黎荔扯过来，语气跟威胁人一样："关你什么事？你回去上课。"

黎荔甩开程戚樾的手，冷眼看着他："程戚樾你别总在我面前晃荡，收起你的怜悯心，别以为你替我出头我会把你当成什么救世主。本来事情没有这么复杂，都是因为你才这样。以后，你离我远点儿。"

许萦听不下去黎荔讽刺程戚樾的话，走上前把程戚樾护到身后，拉开两个人的距离，劝和说："黎同学，可能我们家小樾有做得不好的地方，但有话可以好好说，不需要把关系弄僵，大家都是同学。"

黎荔眼神越过许萦，看着程戚樾一字一顿地说："你别发疯了。我不会喜欢你的，一点儿都不稀罕你。"

这句话不仅让程戚樾的心坠入潭底，许萦更是被惊得忘记呼吸。

敢情……程戚樾打架是为心上人出头？

黎荔对许萦说："不好意思。"

然后她转身走到老师的办公室门前，推开门进去。

许萦缓缓转身，看见程戚樾整个人被阴影笼罩——他本就精神不好，此刻就像一只被人丢弃的落水狗。

"那个……"许萦都不知道怎么安慰是好。

程戚樾："你不用安慰我。"

许萦："你喜欢她？"

她指了指黎荔离开的方向。

程戚樾："喜欢，不行？"

许萦："行，没说不行，我……支持。"

"不喜欢我就不喜欢我，"程戚樾倚靠着墙，不在意地说，"她是家里定给我的未婚妻，喜不喜欢我不重要，反正都会和我结婚。"

许萦："……"

他们的爱情好复杂，许萦给不出实质性建议，便乖巧地陪着他站着等徐砚程。

半个小时后，徐砚程和黎荔走了出来。两个人看向这边，说了几句话，黎荔往另一个方向离开，徐砚程信步走过来。

"没事吧？"许萦迎上去问。

徐砚程揽过她的肩头："没事，先回去。"

见程戚樾起身走在前面带路，许萦和徐砚程跟在后面。一路上除了许萦偶尔和徐砚程搭话，程戚樾始终一言不发。

等到了家，许萦拉着徐砚程回房间，让他说办公室里到底发生了什么事。

徐砚程："确实是他先动手打人，那个同学脸青一块紫一块，挺严重的。当时对方的家长占理，说了很多，甚至狮子大开口要五十万赔偿金。"

许萦惊愕："他们是不是知道小樾的家境，才要这么多钱？"

徐砚程点头："黎荔进来后，把前因后果全说了——她被几人欺负了。"

"校园暴力？"许萦激动地站了起来。

"嗯。"徐砚程微微叹气，"黎荔前两年因为家里的琐事患上了轻微的抑郁症，当时很多人疏远了她。现在她一直在积极地配合治疗，她的状态挺不错的，不过因为最近的遭遇，病情有反复的迹象。"

许萦关心黎荔这件事的后续："然后呢？怎么办？"

徐砚程："我已经给她嫁去国外的妈妈打电话了。她妈妈会回来处理黎荔的事情，更多的事我们就不好再插手了。学校调取了监控视频，确认黎荔说的事情是真的，会惩罚施暴者，给受害人一个交代。"

许萦愣愣地坐在沙发角落里，问徐砚程："你们家……和黎家定亲了？"

徐砚程回想了一下，解释说："戚樾出生时，我爸的生意蒸蒸日上，和生意伙伴有意联姻，就给年龄相仿的两个人定了亲。"

"他们的事情挺复杂的。"许萦想起程戚樾受伤的表情，"他没事吧？"

"你放心，戚樾不是这么容易妥协的。我认为这件事他做得对，虽然不够理智但是保护了黎荔，至于他们之间的关系，让他们慢慢来吧。"徐砚程也不能左右其他人的想法。

许萦靠着徐砚程的肩膀："也是，我们能做的事就是支持程戚樾。"

"怎么一副看透人世沧桑的语气？"徐砚程抬手摸了摸她的脸颊，"累了？"

许萦拉下他的手，握到手里，惆怅地说："我只是觉得这才是生活本来的面目。"

徐砚程："嗯？"

许萦："个人有个人的忧愁，旁人听了无能为力，只能替他们难过。想了想，生活还是阴郁的事情偏多。"

"你也说个人有个人的忧愁了，可不能把别人的忧愁和你的忧愁放在一起，然后下定论说你的生活是阴郁的。"徐砚程说。

"也是，我的生活目前挺好的，是我想太多了。"许萦开怀笑了笑，发现是她太代入黎荔的烦恼了。

徐砚程亲了亲她的眉梢："我去做晚餐，你休息一会儿。"

许萦正好不想动，靠在沙发上："今晚我洗碗。"

徐砚程："程戚樾洗，轮不到你。"

许萦笑说："忽然觉得我的生活一点儿也不差。"

吃的东西有人弄好，碗还有人洗，许萦就躺在沙发上等着徐砚程叫她。

余光瞥到床头柜上他的手机亮了亮，许萦以为是紧急事情，要拿手机去找他。

屏幕上弹出一条登机提醒，登机时间是今晚七点，航班直飞京北。

许萦愣住，他是打算今晚去京北找她？

但是他不是说下周末再过去吗？

许萦不知道想了多久，门外徐砚程叫她去吃饭。

许萦看了一眼时间，快到七点了，于是拿起手机起身，想着不管怎么样先把票给退了，可不能浪费钱。

她推门出去，走廊上一片漆黑，平日里常亮着的夜灯全黑了，屋里一丝光亮都没有。

许萦站在房门口，望着客厅的方向叫了一声："徐砚程？"

没人应答。

她打着手机电筒找过去，碎碎念："是不是停电了？你去看电闸没？小樾呢？还在房间里吗？"

"砰"的一声，许萦抱着手机傻在原地，被纸彩带落了一身。

然后她看到徐砚程捧着一个蛋糕从厨房里出来。暖黄色的烛光映照着他的侧颜，她看清了他嘴角含着的笑意。

徐砚程走到她跟前，笑着说："小惊，生日快乐。"

许萦盯着蛋糕看了看，又看了看他，鼻子酸酸地问："是我的生日吗？"

不知道站在黑暗里的哪个角落的程戚樾说："今天阴历惊蛰，我哥一早就在准备，难道不是你的生日？"

惊蛰当然是她的生日，而且她也只过阴历生日。就是因为过的是阴历，每年阳历的时间都是不一样的，她总是会不记得。今年她又一直在忙，压根没想起自己的生日。

只是她没想到，徐砚程都替她记着。

徐砚程放下蛋糕，搂着她的肩头，带她入座，把蛋糕推到她面前。

许萦看见蛋糕上写着"祝小惊18岁生日快乐"，不免笑出声，擦了擦眼泪："我都 27 岁了。"

程戚樾回答了这个问题："年年 18，不用客气。"

许萦气得都不哭了，瞪程戚樾一眼。他坐在自己的位子上，装作很无辜的样子。

徐砚程催她许愿，许萦照做，然后两个人送了她礼物。

蛋糕搭配一桌子丰盛的晚餐，三个人吃完之后，程戚樾被赶去洗碗。

许萦见人走了，问徐砚程："如果我今天不回来，你是不是要去京北找我？"

徐砚程顿住动作："你怎么知道？"

原本打算今晚忙完就飞去京北找她，给她过生日，所以才说让她后天再走，他不想错过他们在一起后她的第一个生日。

许萦搂着他的脖子靠近他，忽然很想哭，眼眶里的泪水不停地打转。

"徐砚程，我想着我应该为你做一些事情。每次我觉得我对你的好应该能抵过你对我的好时，就会发现你对我的好远比我想象中的多得多。"许萦说着，眼泪落下，砸在他的肩头，润湿他的衣衫。

徐砚程说得对，她的生活不是只有阴郁的事，开心的瞬间还是很多的，就像此刻。

"今天过生日怎么还哭了？"徐砚程将她抱到怀里，拍着她的背给她顺气。

许萦不讲理地说："我过生日，想哭就哭。"

她说完，眼泪掉得更凶了。

"别哭了。"徐砚程给她擦泪，"给你过生日不是要你哭的。"

许萦推开他的手，紧紧地抱着他的脖子，靠在他的肩头："徐砚程，以后我会好好喜欢你的。"

徐砚程温和地笑了笑："什么叫以后会好好喜欢我？"

"不单单把你当成我的丈夫，"许萦看着他那双漆黑眼眸，"是丈夫，更是恋人，好吗？"

他们的婚姻不只是责任，还可以拥有更多可能性。

徐砚程愣神了几秒，在她笨拙的剖白里读懂了这句话的意思——她愿意去喜欢他。

徐砚程觉得这就够了。至少他能被她喜欢，至于他的喜欢，总有一天她会知道的，不着急。

徐砚程目光缱绻地看着她："好。"

第九章

想亲一下你

许萦在去江都前把家中的客厅重新装饰了一遍。她说要把装修过程记录下来，作为风格改造的证据。程戚樾这几日除了白天去学校，晚上回来就给许萦当摄像师。

等到将客厅全部弄好，许萦拉着程戚樾过来，要他亲口再评价一次，固执地要一个答案。

程戚樾心里挺喜欢改造后的轻奢简约风装饰，面上淡然："挺好看的。"

许萦侧耳，手放到耳边，故意说："啊？你说什么？声音太小了。"

程戚樾抿了抿唇。

许萦抱着手臂说："敷衍我啊？"

被逼无奈，程戚樾只好把心里所想说出口："很好看，很喜欢。"

许萦得意地仰着头说："下次点评记得带主语。"

程戚樾看了一眼捧着电脑窝到沙发上的许萦，忽然道："搞不懂我哥到底喜欢你什么。"

许萦停下动作，看过去："你哥喜欢他老婆，不正常？"

程戚樾从冰箱里拿出两盒果汁，把其中一盒递给许萦，敷衍地说："正常，再正常不过。"

许萦吸了一口果汁，看着视频发布成功，把屏幕转向程戚樾："给一个关注。"

程戚樾拿过电脑，点开她在微博发布的最新剪辑的视频。

两天的装修记录被剪辑成一分钟的视频，内容简洁不拖沓，可以很明显地看出装修前后的变化。

　　看完后，程戚樾往卜滑动，发现上一条微博发布的时间是五年前的五月份——许萦的毕业设计。

　　"九百个粉丝？"程戚樾挑眉。

　　许萦把电脑拿过来，换了一个头像："以前的粉丝，现在也不知道还有几个活粉。"

　　许萦的毕业设计视频被发到微博上后，在圈内小火了一下，她的微博涨了几百个粉丝，那之后她也没有再在微博上发布个人作品，因为也没再从事软装设计方面的工作。她又不习惯在社交平台上记录生活，等于荒废掉了账号，这次想要把家里装修的过程记录下来，才想起来有个微博可以用。

　　随着程戚樾听到这里，拿出手机搜索用户，给她涨了一个粉，然后给她最新的视频点赞、转发、评论一条龙服务。

　　许萦盯着评论区用户"CHENG"留言的一个大拇指，汗颜："感觉像我买的粉丝。"

　　程戚樾继续在手机上操作，许萦看到粉丝又涨了一个，点赞、评论、转发各自弹出一个红点。她点进去，看到用户名"XU.yancheng"，瞬间知道这是谁了。她把程戚樾的手机拿过来，页面还停在他和徐砚程的微信聊天框上。

　　程戚樾："分享一条微博。"

　　程戚樾："嫂子的微博，她说只有我一个人点赞像买的粉丝。"

　　许萦看着那条"小惊厉害"的评论："……"

　　这更像她买了粉丝好不好……

　　三分钟内，她看到粉丝又涨了两个，扯了扯嘴角："你又给谁分享了？"

　　程戚樾："没有，发到了朋友圈里。"

　　许萦叹气："好了，删掉，我不想被身边的人关注。"

　　程戚樾："放心，我屏蔽爸妈和我哥了，只有几个好友看到。"

　　许萦立马点进朋友圈，确认她不在被屏蔽的标签里，嫣然地笑了笑："放心，我不会把你屏蔽家人的秘密告知他们的。"

　　程戚樾："下次会屏蔽你的。"

　　许萦冷淡地说："以后有事别找我！"

程戚樾没再说话："我很少发动态，也没有什么你看不得的东西。"

许萦看着他进房间的背影，不禁暗想这孩子怎么这么别扭……

开心就开心，喜欢就喜欢，这孩子偏偏拐弯抹角，心思跟山路十八弯似的，令人猜不透。

许萦用最快的速度，十天内结束了季暖委托的工作。收房那天，季暖特别开心，留她用晚餐，怕她不自在还特地叫上了楚栀。

许萦临走前，季暖口中爱装老成的女儿小梨花偷偷塞了糖给许萦，拉着她的裤子，让她低下身子，附耳说："小气爸爸一天只允许我吃两颗糖，说不能每天吃，会长蛀牙。其实，我每天只吃一颗糖，再把另一颗糖悄悄分给妈妈、隔壁的王叔叔和温阿姨，很多人很多人，反正就是不会给爸爸。今天，我把这两颗糖都给许阿姨。"

许萦看着掌心里那两颗小小的亮片纸糖，莞尔地问："为什么？"

小梨花笑了笑，泛起的两个小梨涡可爱又迷人："谢谢许阿姨帮我布置的房间，我很喜欢！"

眼前的小女孩笑起来宛如天使，许萦觉得心都化了。她遇到过很多熊孩子，第一次遇到乖巧可爱的孩子，恨不得能给她最好的东西。

"这是阿姨做的木质玩具，送给你。"许萦从通勤包里拿出一个木质相机。这是她从楚栀那里得知小梨花特别喜欢捣鼓相机后，前两天去做木质家具师傅那里监工无聊借工具自己做的。

小梨花特别满意这个礼物，立马将其挂到脖子上，仰头对着许萦甜甜地笑着："谢谢许姐姐！"

称呼从"阿姨"到"姐姐"，看来她是真的很喜欢这个礼物。

许萦摸了摸她头上的小鬏鬏，扬唇笑说："不用谢。"

小梨花捧着木质小相机跑去找爸爸、妈妈，要给他们看，还要他们夸奖。

楚栀刚从屋里出来，碰上小梨花，蹲下耐心地听她说相机的来历。她用小胖手指着许萦的方向，不停地夸许姐姐人好。

楚栀过来，揶揄说："你倒是会讨孩子欢心。她回来到现在，我带过一段时间她才跟我亲近起来，你用一个相机就把她收买了。"

"不过是投其所好。"许萦说，"吃醋了，小姑姑？"

楚栀拉开车门："对啊，吃醋了，哄不好了。"

许萦从包里拿出一个钥匙小挂饰送给楚栀。

楚栀接过挂饰戳了戳那颗看起来笨笨的木星星，嫌弃地撇了撇嘴，眼神却满是喜欢，最后大方地说："上车，送你去机场。"

许萦坐上副驾驶座，好奇地问楚栀："你不是说你表嫂和我们差不多年纪？怎么她女儿都快3岁了？"

许萦身边结婚最早的人就是肖芊薏，但肖芊薏一直说没逍遥够，未来几年孩子都不在计划中。

"我们可能觉得早，但是在人家的人生中，不算早了。"楚栀把车倒出来，看到站在门口目送她们的一家三口，按了声喇叭算打过招呼，加大油门将车子开出院子，"我小表嫂19岁和我二表哥在一起，分开三年，再到复合、结婚、生孩子。虽然短短八年不到，但他们一起经历过很多事情，去驻外再回来，比我们的人生经历丰富得多得多，所发生的一切都是自然而然的。"

许萦靠在椅背上长叹气："忽然觉得你们的人生经历都很丰富，我才真的是青春空白。"

楚栀不解："空白？"

许萦若有所思地说："貌似你们年少时期都遇到过心动的对象，而我的青春像毫无波澜的死水，没起波澜。"

楚栀苦苦地笑了一下："我们算不算在围城里？里面的人羡慕外面的人，外面的人羡慕里面的人。我就总想着年少时不要遇到太让我惊艳的人。其实这是一个无解题，毕竟每个人都有自己的时间，像芊薏24岁结婚，你26岁结婚，而我可能不会结婚。"

"瞎说。"许萦不赞同她的话，"不要用结婚来衡量你的人生，格局小了，楚医生。"

楚栀俏皮地撇了撇嘴："知道了许大设计师，以后我不说丧气话了。"

"其实想想也没什么可惜的，爱情犹如龙卷风，有的人一辈子都没见过龙卷风。"许萦说。

楚栀"喊"了一声："徐太太你还没见过龙卷风？你现在不是正在龙卷风中央？"

许萦笑了一下："对，你让我想到徐医生对我说的。人生从26岁开始考满分也不是不可以。"

楚栀踩下刹车，车子随着车流停下。她侧身正视许萦："没想到，我们阿萦都会秀恩爱了。"

"这就是秀恩爱？"许萦不过是提了一句徐砚程安慰她时说的一句话。

"是，也不是。"楚栀等到绿灯，挂挡继续前进，心里叹气，果然陷入热恋的人秀恩爱不自知。

许萦才不管楚栀玩深沉，虽然刚才还陷入自己的青春期过于平淡的失落情绪中，但是想了想，现在挺好的，生活和事业越来越好。

楚栀送许萦到了机场，没有依依不舍的告别，因为觉得还会见面，没必要做出生离死别哭哭啼啼的样子，潇洒地说"再见"，约好下一次一起吃火锅。

晚上十一点，许萦安全地落地江都，拉着行李箱走出来，就看到了站在出口处的徐砚程。他身子颀长，一身板正的风衣，气宇不凡，里面是白衬衣和薄毛衣，一手插在衣袋里，另一只手拿着手机，低头翻看着手机，时不时抬眼看向出口，看到她时，唇边的笑意逐渐加深。

见许萦跑过来，徐砚程阔步走向她，笑吟吟地说："慢些。"

许萦直接扑到他怀里，被他环腰抱稳。

"来多久了？"许萦问。

徐砚程提前一个小时过来的，飞机降落时间不定，怕来晚让她一个人半夜在机场里等着不安全，说出口的却是另一个答案，因为不想她有负担。

"二十分钟前到的。"徐砚程把她放下来，空出手去推她的行李箱。

许萦牵着他的手，走向停车场："下次不用来这么早，在家多坐一会儿。"

徐砚程："没事。"

徐砚程打开车后备箱，替她把行李放进去，怕开车过程中箱子移动，东西散乱，确认几次稳固性才合上后备箱门。

许萦就站在后面看着他，在他关上车门后放轻脚步上前，从后面搂住他的腰。

徐砚程被抱住，怔了一下，微微侧身，把手搭在她的身后，把她拉到身侧："怎么了？"

许萦微微摇头："就是忽然觉得回家真好。"

她能见到他真好。

"知道恋家了？"徐砚程带着她到副驾驶座位边，拉开门。

许萦："以前没有吗？"

徐砚程不言，许萦便懂了——以前她真的不怎么恋家。

以往出远门她就当是办事，一个人习惯了，做什么决定都是一个人拿主意。现在她要做什么事都会和徐砚程说一声，有商有量才是夫妻。

许萦打开掌心，里面是一个木质的小挂件，一把 Q 版的手术刀："送你的！"

徐砚程笑问："特地做的？"

许萦不好意思地说："让徐医生失望了，一口气做了四个，手上还有一个，是给小樾的。不过，"许萦攀着他的肩膀，"下一次，只给你做！"

徐砚程妥协："好，你说什么就是什么。"

徐砚程拉她的手，把她塞到车子里，看着车子里仰头冲他笑的女人，心间复杂的情感像化不开的浓墨。

不得不说，许萦比他想象中的磊落，说要认真地喜欢他，是真的能做到开始照顾他的感受，时时关心、时时报备、时时回应。

或许是患得患失太久，有时候他还会觉得惶恐和不真实。

等徐砚程上了车，许萦问："小樾在家里吗？"

徐砚程："不在，他昨天去医院了。"

许萦紧张起来："他出事了吗？还是不舒服？"

"小荔她妈妈国外的公司有急事，前脚刚走，后脚小荔就病情加重住院了。"徐砚程神情凝重地说，"小荔她妈妈拜托我去看看，戚樾正好在旁边，听到后非要跟我去。没有人给小荔看护，他就硬要留下来，白天去上学，晚上就过去。"

许萦呆呆地眨了眨眼睛："看来他是很喜欢黎荔了。你们家的人不反对他们过早接触？"许萦忽然对徐砚程家的家庭教育观念很感兴趣，想到徐家和黎家的关系，又说，"不对，你们两家联姻，你们应该很希望他们来往。"

徐砚程："以前小荔性子温和，对戚樾也很关心。他们两个从小关系就不错，但自从小荔生病之后，整个人变得很暴戾，开始躲着戚樾。我们没有干涉太多，以后他们怎么样也看他们的造化。"

"那程戚樾这样叫什么？"许萦搜刮着脑子里的词汇，"强取豪夺？"

徐砚程哼笑着说："你可别乱比喻了，我倒是觉得他能在少年时期凭本心做喜欢的事情挺好的。我挺羡慕他的。"

喜欢就去靠近，去争取，他却因为犹豫错过了能把爱意轻松说出口的年纪，到了成人的世界再去谈爱的深切是难以让人相信的。

许萦又回想到下午和楚栀聊到的话题，好奇地问："徐砚程，你少年时期有没有遇到过什么让你觉得惊艳的事。"

"怎么突然这样问？"徐砚程握紧方向盘的皮革套，掩饰紧张情绪。

许萦拉着安全带，望着街边的风景说道："突然想到少年时期，芊薏大学恋爱很甜蜜，栀子也有过特别开心的一段恋爱，而我想了想，自己不是在睡觉就是在学习。一对比，我以前那段时间的记忆逐渐变得苍白，几乎已被淡忘。"

她像是人生中有十几年白过活了。

"你呢？有吗？"许萦问。

她只当这是一个简单的闲聊话题，徐砚程却如同被迫袒露心事一般，心情略微焦灼。

"有。"徐砚程淡笑，"高中有段时间，特别希望能见到一个人。"

许萦沉默了，这句话暗示性很明显了。

徐砚程高中一定有过喜欢的人。

她当然不是在意，只是不喜欢把氛围弄得尴尬，于是换上轻松的语气说："挺好的，起码你的高中生活是鲜活的。"

说完，她转移话题，揉了揉肚子问："等会儿回家能吃夜宵吗？"

徐砚程无声地笑了笑。她不想深入聊这个话题，他也不强求她一定去听他说曾经的情感，顺着她的话题走："可以。"

许萦回到江都后的生活很简单，备考和装修家里。

徐砚程主动提出帮她补习英语，并表示其余的专业课他也会帮忙整理笔记。这一下，许萦面对徐砚程就更厌了。打小就怕老师的她，坐在旁边听徐砚程讲课变得唯唯诺诺的。

甚至有段时间，许萦盼着徐砚程加班，千万别回家——不然她又要面对那几个看得头痛的字母。

徐砚程也发现许萦学到一定时间就会变得对学习提不起兴趣，于是主动提议带她去吴杰棣新开的酒吧玩。

许萦一听是酒吧，双眼放光地问："能喝酒吗？"

徐砚程："能，但我在身边才能。"

许萦直接说："今晚不学习了，我们去坑吧！"

徐砚程看着她的计划表上写的"两篇英语详细阅读"，看来是完成不了了，最后决定还是让她去放松："可以。"

"那我明天多写一份试卷。"许萦拿出计划本，立马给明天多添加了一项计划。

徐砚程晚上医院有事要迟到，吴杰棣和他妻子秦樱过来接许萦。

到了酒吧，两个人带着许萦去了楼上视野最好的包间。

她从这里能看到卜面的舞池和舞台。

"程嫂，果汁还是酒？"吴杰棣问。

许萦想了想，问："果酒可以吗？"

吴杰棣开了一瓶果酒："可以，过来坐吧。"

过了一会儿，见秦樱带了两个陌生女人过来，坐在沙发上的许萦往旁边坐了些。

"偶然遇到的，上来坐一会儿，不介意吧？"秦樱挨近许萦问，还记得徐砚程说过许萦不太喜欢和陌生人接触。

许萦："不介意，樱姐你随意。"

秦樱大许萦一岁。许萦叫她姐，但是秦樱跟着吴杰棣叫许萦嫂子，就……有点儿奇怪，不过大家各叫各的，不碍事。

"今天岳泽哥不来吗？"棕色头发的女人问。

吴杰棣："这我就不知道了。"

他才说完，岳泽一路招摇地走了上来，和这个问好，和那个挥手，像极了花蝴蝶过花丛。

两个女人起身叫他。

岳泽不咸不淡地回应后，坐到了另一边，紧靠着吴杰棣。

"岳泽哥，不叫两个人？"短发女人打趣地问。

岳泽大大咧咧地将手搭在沙发上，痞笑着说："两位小姐请我啊？"

一句话堵住了两个人的嘴，她们笑着坐下。

许萦静观他们聊天，吃了片西瓜，果肉冰冰凉凉的。

岳泽突然问她："程嫂，程哥呢？"

许萦："他医院有事，等会儿就来。"

两个女人看过来，其中一个人问："她就是砚程的新婚妻子？"

岳泽："对啊，她就是我们徐砚程惦记着要娶回家的女人。"

许萦左右看了看，小声问秦樱："岳泽怎么跟吃了炮仗一样？她们说一句他怼一句？"

秦樱眼神深了深："以前有过不好的过节儿。"

许萦还想问是什么过节儿，下面的舞台上来了几个人，主持人介绍是今晚热场的乐队，气氛活跃起来，本就不安静的酒吧更吵了。

棕发的女人倾身看了一眼，惊讶地说："那个人是容青筠吧？"

许萦微微起身看去，在舞台右下角看到一头复古红发的容青筠正在做上场前最后的调音工作。

短发女人也看到了："没想到啊，完全大变样。前段时间我才知道她从国外回来了，她和齐家小少爷离婚了。"

"她结过婚？"棕发女人讶异不已。

短发女人："听说当初是跟齐小少爷出的国，她也真是势利，为了混进咱们这个阶层，连名声都不要了。"

许萦不悦地蹙眉。她印象中的容青筠虽然耿直但是善良好说话。看不下去别人背后对容青筠贬低，许萦直接对她们说："请问一下，你们还要坐多久？等会儿我有几个朋友过来，怕是没有位置了。"

秦樱连忙应和："要是没事，你们就下去吧。"

两个人本来想蹭最佳观赏位置，被她们这样说，再大的脸也不敢再留下来，灰溜溜地走了。

"这两个人嘴也太碎了，轻易对别人下定论。容青筠不是这样的人。"许萦不满地说。

秦樱："你认识容青筠？"

许萦："认识，我们以前都在学校上课。不像她们说的那样，容青筠人很好。"

"好不好不能确定，"秦樱淡然地说，"她和以前相比确实大变样。"

许萦对容青筠了解得不是很深，不敢乱放话，问秦樱："以前……她是什么样的人？"

"很乖，别说酒吧，她连酒都不碰，怎么会来酒吧？大概是这样吧。"秦樱点到为止，"别说了，有人会心情不好。"

许萦顺着秦樱的目光看去，见岳泽站在围栏旁边，沉着脸往下看着，瞬间感受到安静氛围里的沉重气息。

她心想，徐砚程赶紧来啊，这复杂的酒局自己真的待不下去了。

怀里的手机振响，许萦赶紧接通将手机放到耳边，开心地问："徐医生你要到了吗？"

电话那边的人沉默了几秒。

张盛不好意思地对她说："师母，你现在方便来一趟医院吗？老师他有些不太好。"

许萦站起身，倏然感到心慌："徐医生怎么了？他没事吧？"

其他三个人看向她。

许萦挂掉电话，还没说她要走，岳泽已拿过外套主动说送她。吴杰楝和秦樱还约了人，此刻走不开，让两个人到了给他们消息。

一路上许萦人脑空白，压根不敢假想徐砚程遭遇到了什么事，怕是她不能承受的意外。

等两个人到了医院，张盛正站在前台等她。

许萦拉着他问："他没事吧？"

张盛挠了挠头："下午的紧急手术的病人没被抢救过来，病人家属情绪比较激动，和老师有肢体冲突。不过你放心，老师没有被打，病人家属就是……情绪很激动地喊骂。"

"人在哪儿？"许萦走到电梯间，急急地摁下向上的摁键，"在办公室对吗？"

张盛点头："嗯，晚饭时间也没出来。"

电梯上去的过程中，许萦手心出汗。她紧紧地握着手，嘴里默念着千万别有事。

等到了办公室门口，她要推门进去时，岳泽拉住了她："先别进去。"

"怎么了？"许萦顿下脚步。

岳泽对张盛说："你去和你的老师说你刚给你师母打电话，她在来的路上。"

许萦不解他的做法。

岳泽盯着许萦说："许萦，我们聊一聊吧。"

许萦没心情和他聊，而且和他没熟悉到单独聊一聊的关系。

"你想知道容青筠的事？"许萦问他。

岳泽没明着回复："我想知道徐砚程的一些事。徐砚程肯定不希望你看到他现在的状态，给他一点儿时间，我们聊一聊。"

许萦犹豫了一会儿，跟上他去阳台的步伐。

岳泽走后，许萦不知道在阳台上站了多久。她感觉手指发冷，扶着围栏才没让双腿软下去，不锈钢的刺冷让她的皮肤变得麻木，每一寸血肉似乎都在被啃噬着。凛冽的风呼到肺里一阵难受，她不知道有什么在坠落、崩塌……

"师母，"张盛推开阳台的门，说道，"老师准备出来了。"

许萦深呼吸一口气，微笑着转过头看向他："我马上来，谢谢你。"

张盛双手拧在一起，安静地靠边站着，抱歉地说："对不起啊师母，让你担心了。"

"你又没错，道什么歉？"许萦走到他旁边，拍了拍他的肩膀，"你做得很好，谢谢你告诉我徐医生的事情。"

张盛没遇到过这类事情，心里有负担，总怕自己做错事让大家更加不开心。

许萦听到办公室传来交谈声，回到走廊上，把门带上，临走前嘱咐张盛："不要把刚才的事情告诉你师父。"

张盛不知道两个人聊了什么，男人离开前脸色阴沉，师母的状态也不好。张盛只能乖乖点头，按照吩咐办事，千万不能有差池。

许萦缓缓走到办公室门口，见到徐砚程正和云佳葵交代事情。

鲁钦拿过一份病历，徐砚程大致翻了一下，和他说了后续对病人的安排。

鲁钦注意到站在门外的许萦，碰了碰徐砚程，小声和他说话，提醒他太太来了。

徐砚程放下病历，看向许萦，淡淡地笑了笑，把最后的医嘱下完，让鲁钦记得照办，便拿过放在凳子上的大衣走向许萦。

许萦调整好状态，笑着问他："忙完了？"

徐砚程走到她跟前，垂眸，看见她眼角猩红。

干净的眼睛起了红血丝，鼻头也泛红，她一定哭过。

他心里不免有些自责，让她担心了。

"我没事。"徐砚程抬手整理她被风吹乱的头发，细针密缕地一绺一绺顺好，低声说，"回家吧。"

许萦没有多问，点头说"好"。

云佳葵从办公室里出来："徐主任，江主任说您三天的假期批下来了，您先回去好好休息。"

徐砚程："嗯，辛苦了。"

他没再多说其他的，牵着许萦去往电梯间。路过护士站时，许萦注意到大家想看他们又不敢看，一个个蹙着眉头，抿着唇，目光流露着关切之意。

她仰头看了徐砚程一眼，环住他的胳膊，用脸贴着，微微靠着他。

回家的路上，车里十分安静，许萦不知道能说什么安慰人的话，猜不透徐砚程此刻是伤心多还是烦恼多。安慰的话到嘴边几回，又被她生生咽了下去，她觉得自己拿捏不准用词，怕他听到她说的话会失望。

她不禁心中懊恼自己实在笨拙。

到了家，许萦去给他放洗澡水，催他去洗澡，然后给他炒了两个菜。

徐砚程从浴室里出来，就见女人在厨房里忙上忙下。

她琢磨着还有什么食材再弄一个菜。

"过来坐。"徐砚程叫停她。

许萦撑着腰，嘴里还在念："要不要做一个鸡蛋紫菜汤？"

徐砚程走到她身旁，环着她走到餐厅，压着她的肩膀让她坐下："我去弄。"

许萦拉住徐砚程的手，本是想阻止他，手却被他反客为主地紧紧握住。

他忧心地说："先去洗澡，手怎么一直没有回温？"

他在医院碰到她的手时就是这样，回家这么久她的手还这么冷。

"它就是这样，我没事。"许萦要抽回手，被他扯了回去。他不容她反抗，把她塞到浴室里，拿过睡衣给她。

在徐砚程的强压下，许萦老老实实地洗了澡，出来看到他在阳台上打电话，手里夹着一根烟，随意地弹了弹烟灰。

烟灰和橘色的星火断开，落到烟灰缸里，变成了灰色，如同许萦此刻的心情一般。

他把烟咬到唇间，漫不经心地吸了一口，呼出的白雾在他的面容和肩上缭绕。

玻璃门隔绝不掉交谈的英语声，许萦也听不懂，便坐在沙发上等他。

徐砚程说的英语是纯正的英式音，有着几分绅士的高贵感，声音"潺潺"流进她的心间，极能安抚人心。

等到门被拉开，许萦才回过神来，和他一起去了餐厅。

"吃饭吧。"许萦把碗推向他，没有多问他在忙什么。

谁也没有多说，用完晚餐徐砚程又回书房忙去了，许萦躺在床上却怎么也睡不着。

见他和平常下班回来一样忙碌，她搞不懂了，他到底心情如何？

没碰到过消极的徐砚程，许萦手忙脚乱应付不来。她拿过床头柜上的手机，摁了快捷拨号键。

"嘟嘟"几秒后，她觉得等待的时间被拉长得似一个世纪。

对面的男人接起电话。

"怎么了？"他问。

许萦从床上爬起来，看向房门："徐砚程，你要忙到什么时候？"

听筒里传来男人的哼笑声，男人略显无奈，下一秒房门被拧开，两个声音重叠。

徐砚程："在家里还要打电话？"

许萦丢开手机，倒在柔软的蚕丝被上，看着他说："不想动，也怕打扰你。"

徐砚程挂掉电话，把手机扣在桌子上，坐到床边，手梳着她的长发："刚忙完，休息吧。"

许萦受不了低气压的氛围，拉着他的手腕坐起来，看着他问："今天没有被伤到吧？"

"没有。"徐砚程拉开被子躺进去，把她塞到被子里。

许萦的手被压在被子里，限制了她的动作，她又拿了出来，摸着他的脸、肩膀、胳膊，问他："他们没打你吧？"

"就是吵了几句，没有事。"徐砚程把她的手塞回去，"别乱动，睡好。"

"他们太过分了。你又不是没有拼尽全力去抢救病人，他们还这样对你。病人进手术室前所有的事项，医院不都和他们确认清楚了吗？他们凭什么这样对你啊？"许萦憋了一肚子的话，现在一股脑倒出来，全是对病人家属的埋怨之词。

按照徐砚程面对病人时的温和态度，他肯定是被拉着衣服的那个，想到这里，许萦就更不爽了。

徐砚程的眼里含着笑意，没想到她这么担心他，他和她解释说："当时情况突然，而且他们一家人为了老人家的病奔波好几年，以为这一次结束可以过平常的生活，没想到发生这样的意外。他们一时间接受不了，也是正常的。"

许萦躺在他的臂弯间翻了个身，忍了忍，没忍住，又翻回来，气呼呼地说："他们着急他们的家人，那就要对我的家人咒骂又动手？"

"你是医生，我不是医生！我就是不开心他们这样对你！"

怀里的女人语气无赖，又因为不常说凶话，语调里的轻柔之意多过凶恶，听着更像是在委屈地撒娇。

"我体谅他们不容易，他们也要体谅我的不容易之处啊。"许萦振振有词地说。

徐砚程的嘴角一直没放下来，他喜欢她现在说的每一句话，全部是关心他的话。

"我有分寸。"徐砚程侧身，让她在他怀里躺得更舒服些，"而且这样的事情不是第一次了，这次算不了什么。"

许萦回想起岳泽和她说的话，盯着徐砚程逐渐变得沉默，头靠在他的胸膛上，听着他强有力的心跳声，双手捧着他的大掌，不堪其忧："算。我来的路上，真的怕你出事。徐砚程你千万别有事。"

许萦贴紧他，搂着他的腰，整个人躲到了他的怀抱里。

像他这么好的医生，应该长命百岁的。

徐砚程安抚着怀里的女人，觉得自己真矛盾。

她不担心他的时候，他就总想着被她关心。

看到她真的担心自己的时候，他又不想她这么伤怀。

"下不为例，行不行？"徐砚程好声好气地哄着她。

许萦从他怀里探出头："可以是可以。"

徐砚程："我们小惊有什么条件？"

许萦笑说："你不是放假吗？我们去隔壁市的海边度假村玩吧。"

徐砚程对她的提议倒是挺心动的，但还是拒绝说："你忘了，你现在在备考。"

说到这个，许萦觉得她更加不能在家里待着了，全天和徐老师处在一块儿，这不得听他讲一天的课？这样的日子别说三天，半天她都受不了，真的在家待三天，她的一些美好品德会消失不见的。

许萦理直气壮地装傻："反正有你在，英语什么时候学不是学？我的专业课完全没问题，毕竟我落榜三次不是白落榜的。"

徐砚程笑："行，听你的。"

他心想，哪有人这样埋汰自己的？

不过，许萦的专业课确实学得扎实，其实她的成绩不差，当初考试纯属心态不行，或许她压根没想上岸，被焦虑情绪支使着才不得不去参加考试。所以，她考得不理想。

许萦得到徐砚程的承诺，拉着被子乖乖躺好，开始期待明天的旅行。

许萦说好第二天早起出门，结果一觉睡到了中午。

徐砚程早起将行李收拾好了，微信给她留言说出门一趟。

许萦深觉不好意思，用完早午餐便乖乖地写昨天落下的两篇阅读。

差不多下午一点，徐砚程才回来，接着两个人出发去邻市。

酒店是许萦订的，是位置在海边的一家国际大酒店。

原先她的计划是订民宿，但酒店里的设备更齐全，装修风格是她喜欢的。她果断叛变，选择了酒店。

邻市靠近赤道线，四月份后，白日的海风带了些溽暑的湿润，变得温温的，她穿着一件卫衣正好。

因为是临时起意来的，没有特地做过攻略，许萦从网上搜出几篇旅游攻略，找了几个感兴趣的景点和徐砚程去打卡。

晚上在美食街用完晚餐，两个人便去海边散步。

夕阳刚落下，海面上粼粼的波光金晃晃的。

许萦穿着洞洞鞋，想往里走去一点儿。

徐砚程搂着她的腰将人拽回来，耐心地劝她："天气还冷，等天热了再下海。"

许萦望眼欲穿地盯着大海，只能说来得不是时候。

两个人沿着海岸线走，棕色泥沙颜色深深浅浅，湿的和干的混着。许萦鞋子蹭了湿沙，不小心打滑了一下。徐砚程单手抱着她远离海边，脱下她的鞋子去替她清洗干净，回来给她穿上，然后蹲在她面前。

徐砚程："上来。"

许萦："我又不是走不了，不需要你背。"

"鞋子是湿的，你踩到沙滩会沾沙子。"徐砚程招手，"上来吧。"

许萦摸了摸吃得圆滚滚的肚子，最后爬上了他的背，环着他的脖子，靠在他的肩头看着远处笼罩在黑夜里诡秘莫测的大海，海雾朦胧，月色暧昧，氛围暧昧。

"徐砚程，你当初为什么回国？"许萦问出了困扰她一整天的问题。

徐砚程皱眉："怎么突然这样问？"

许萦本想打马虎眼，最后微微叹气说："昨晚岳泽送我去的医院，和我说了你在国外医院的经历。"

徐砚程神态平静地问："他怎么说的？"

"他问我知不知道你在国外因为医疗失误差点儿失去进手术室的资格，问我知不知道你被病人家属闹上法庭。"许萦说到这里，心脏堵堵的——跳动都不由她说了算。她愧疚地靠在他的耳边："我才发现我对你一无所知，好像……我还是那个糟糕的许萦，说好对你要关心，却不知道你身上有着什么样的伤疤。"

徐砚程侧脸，她的唇擦过他的眼角，落在鼻翼上，许萦不好意思地直起身子，起身的动作太突然，又差点儿从他的背上摔下去。好在徐砚程反应及时，扶住了她的背。

许萦不敢再乱动，紧紧地搂着他的肩头。

"对不起。"她在他耳边悄声说。

徐砚程失笑："笨蛋小萦，不是你的错，你道歉干什么？"

许萦觉着挺委屈的："我确实对你的过去一无所知啊，总以为你每一天都过得很开心，自我美化了你的心情，就是错了。"

"我和你在一起的每一天确实很开心，你没有错。"徐砚程说，"岳泽说的事是真的，但是没说完全。我确实差一点儿因为医疗事故不能上手术，是因为妈她要做一个很冒险的手术，没有人敢做一助。当时救人心切，我愿意陪她冒险。人被救过来了，医院对主刀医生的处罚是一个月不能上手术，她干脆去旅游了，我的处罚也就是被扣薪水。"

许萦没想到内情是这样的。

"我也确实被病人家属闹上过法庭。但审查后，我对整台手术的操作没有失误，后面家属也就撤案了。"徐砚程把实情全部告知了她。

许萦愣住，把他环得更紧些："做医生会碰到这么多惊悚的事？"

徐砚程："关乎生命的事，会出现这些情况也正常吧。而且去世的那位病人，前后在医院里住了有一年，我一直是她的主治医师，虽然医生不能对病人有过多不该有的情感，但我们相处下来，在彼此心里算半个朋友。最后她因为意外离开，我有段时间挺内疚的，认为是我没有能力救活她。

"我回国不是因为医疗事故也不是因为医疗官司。"

我就是单纯因为你回来的。

许萦松了一口气，软软地挨着他："我感觉我被岳泽骗了。

"他真够浑蛋的，亏我还老实地把知道的事情告诉他。"

作为交换，岳泽问了她关于容青筠在学校教书的事。她被徐砚程在国外的纠纷吓傻了，一五一十地把容青筠的事情全说了。

她突然好后悔。容青筠是她的朋友，她这样算不算出卖朋友？

徐砚程问："他还说了什么？"

"他还说你为此很难过，心里一直过意不去，作为你的妻子我竟然什么都不知道。"许萦说着说着，愧疚感再次涌上心头。

徐砚程顿了一下，才说："其实他说的这点也没错，我确实心里过意不去，但这并不是你的错。我没有主动告知，你不知道是正常的。你要是知道，我倒是要问你到底是怎么知道的。"

徐砚程的逻辑没错，要是她私下去打听他没有主动坦白的事，才是对他不信任。

"是不是每一个病人离去，你都很难过？"许萦认为自己不是情感丰沛的人，但也害怕面对生离死别，何况徐砚程的职业就站在生死线上，可能他每天都面对着这些事。

"难过的。"徐砚程抬头看向远处的路灯，"作为外科医生不允许太难过，再多余的情感表现出来都会对家属造成伤害。其实面对病人离世，我心里会自责地想，读书再好，医术再精湛，我不是神，对有些事情也无能为力。"

"徐砚程，你知道神为什么是神吗？"许萦问。

徐砚程摇头。

许萦笑说："因为神慈悲所以是神，徐砚程，谁说你不是神？"

在她心里，善良的徐砚程足以被称为神。

徐砚程淡笑，感慨："我们小萦都会安慰人了。"

他才反应过来。

昨晚她一直担心着他，小心翼翼地靠近，绞尽脑汁地去找办法安慰他，试探着，又怕伤害到他，尽量地去找一个温和的法子让他开心起来。

她真傻，他想。

"和你学的。"许萦用下巴摩挲他的肩膀，"所以你不要不开心了，继续做那个闪闪发光的徐医生吧。"

徐砚程："知道了。"

正好走到海边酒吧的木屋前，他把她放了下来。

许萦看着灯光暧昧的酒吧大门，心中满是好奇感，拉着他推开门。

风铃声"丁零"响，候在门口服务台的服务员说了声"欢迎光临"。

夜才深，因为这里是清吧，又远在旅游景点外的几公里处，来的人很少。只有三两个人坐在卡座上畅聊，欢声笑语伴着悠扬的音乐，氛围特好。

许萦和徐砚程在靠近舞台的地方坐下。听说今天有驻演，她就特地选了这个位置。

许萦点了可乐桶，纯粹是想知道这是什么味道才点的。结果才喝了第一口，她就苦得五官乱飞。

看着徐砚程呷了一口酒，神情寡淡，许萦问他："不苦吗？"

徐砚程又喝了一大口："还好。"

"这是你的了！"许萦扫码继续点单，怕再次踩雷，点了两支果酒。

269

徐砚程纵容着她，把她的杯子里剩下的酒喝完。

许萦问他："你们医生能喝酒吗？"

徐砚程："能喝酒能抽烟能文身能染头，前提是不能影响工作。"

"我还以为不能呢。"许萦语气夸张地说。

徐砚程："脱掉这一身白大褂，大家都是普通人。"

许萦摆了摆头："不是，徐医生不是。"

徐砚程挑眉。

许萦嬉笑着说："刚才都说了，徐医生是神。"

也不知道她是不是在说醉话，但这话对徐砚程很受用。

他冲她招了招手。

许萦以为他又要说什么秘密，手撑着桌子边缘，倾身凑近他。

倏地，他偏头靠近，在她的唇上亲了一下，痞笑着说："那给神亲一口。"

许萦的脸"噌"地红了，不用看她都知道有多红，却不好意思说他，眼神乱飘，嘴里嘀咕了一句话，靠回沙发上。

台上驻演的乐队是大学的社团，已经唱完了一首歌，正在活跃气氛，问有没有人愿意上去一起合唱。

年轻人朝气蓬勃，许萦撑着脸看着台上的人，听主唱卖力地鼓动气氛。但来清吧的人都是自己热闹的主角，并不想成为全场热闹的主角。

许萦对徐砚程说："想到大二我和学长为了给社团拉赞助，连学校旁边的奶茶店也去，明知不会有结果，也要听到那句拒绝的话，好让自己死心，我就……挺心疼他们的。"

她说的这种心疼不是贬义的，而是带着欣赏之意的。

然而不知道是不是她的语气太悲观，徐砚程主动站起身，瞬间吸引了全场的目光。

特别是主唱，发现有人捧场后，拿着话筒欢呼地"嗷嗷"叫了两声。

"这位先生愿意给我们唱一首，大家掌声欢迎！"主唱笑哈哈地大声说。

因为人少，掌声算不上热烈，但全场的人在看到徐砚程一副优越的皮囊后，也不聊天了，拿出手机开始拍摄。

徐砚程没有再特意和许萦交流对视，知道她被关注会不自在。

他阔步上了舞台。

主唱问了徐砚程几个简单问题。徐砚程没有透露姓名，只是说了姓。

主唱很机灵，问了徐砚程的职业，得知他是医生后，便拿着麦克风说"让徐医生给我们唱一首"。

徐砚程点了歌，乐队的五个人用手机搜谱，把舞台最中间的位置给了他。

许萦也拿出了手机，融入大家的热闹氛围里。

徐砚程穿着一身黑色的冲锋衣，黑发轻轻地垂在额前，双眸含笑地看着她，坐在高脚凳上，腿显得笔直修长，举止落拓不羁。许是因为装扮的问题，他看起来有几分慵懒和漫不经心，麦克风传来的声音低沉而蛊惑人，似刚才喝的清酒，令旁人的心都被他的声音充盈。

等报歌名的时候，许萦也没想到徐砚程会唱《她的睫毛》，印象中这是在小学听过的歌了。

或许是因为在清吧，本是热闹的一首歌，在木吉他的和弦声里，变得温柔。

他唱起这首歌来像在说一个故事。

> 她的睫毛弯的嘴角
> 无预警地对我笑
> 没有预兆出乎意料
> 竟然先对我示好
> 她的睫毛弯的嘴角
> 用眼神对我拍照
> 我戒不掉她的微笑
> 洋溢幸福的味道

海边、清吧、吉他、青柠味的果酒，还有台上为她唱歌的男人……许萦饮了一口果酒，微醺地笑了笑。

> 她粉嫩清秀的外表
> 像是多汁的水蜜桃谁都想咬
> 她嘴上亮丽的唇膏
> 有一股自信的骄傲我看得到

弦音配着他柔和的声音，许萦移不开目光，就一直笑着看他。

她看着他深沉的眉眼，看着他脉脉的目光，想到了风和日丽的早晨——把被子铺在阳台上，脸贴在被子上，暖阳灿灿地照下，她会心一笑，心想着，今天一定是个好日子。

今天也确实是。

许萦站在廊檐下，看着远处的海，风铃声作响，徐砚程推开门走了出来。

两个人四目相对，气氛变得暧昧。

"怎么出来了？"徐砚程下台没看到她的人。

许萦背着手远眺："我知道你会找出来，就先出来了。我很喜欢你唱的歌，"许萦说，"很喜欢。"

他是看着她唱的，她知道他是唱给她听的。

待徐砚程走过来，许萦上前环住他的腰，鼻尖碰到他的冲锋衣的拉链，微微一偏，就碰到了他的喉结，看见他的喉结上下滚了滚。

他的心忽地一紧。

感觉到许萦压着他的肩头，徐砚程低下了身，听到她娇憨地说："所以，想亲一下你。"

海边屋檐下，她踮脚主动吻了他。

海浪狂涌，他迎着她的吻，嘴角上扬。

当接吻超过三十秒，那接下来发生的一切就都不在两个人可控的范围内了。

本是她主动开始的，不知何时她被却掌控着，仰着头去承受他的深吻。

许萦贴在木屋上，被海风吹得有些冷。她往徐砚程的怀里躲，喘息之间，她的胸膛不停地起伏，急需大量新鲜的空气进到肺里，维持她的血液运输。

"徐砚程，好了。"她伸手去推他。

徐砚程无视她的话，拉着她继续这个吻。

当他的手贴在她身后的肌肤上时，她被吓得打了一个激灵，羞赧地说："这是外面……"

徐砚程终于说话了："这处黑。"

许萦推不开他的手掌，任由他抚过每一寸肌肤，留下过分的红痕。到后面，她受不住他的撩拨，腿发软站不稳，撑着他有力的胳膊才勉强没失态。

突然，徐砚程停了下来，紧紧地抱着她，头埋在她的颈窝处，没有再做过分的动作。

炙热的鼻息打在她的锁骨处，烫得她清醒了许多。她瞬间明白男人为什么停下来——要是他继续，可能情况就真的不受控了。

许萦起了坏心，故意说："神哪里会这样啊。"

徐砚程："今天不做神了。"

许萦没明白他这话是什么意思。

"做一天恶魔也不赖。"

话音落下，他在她的锁骨上留下湿润的吻。许萦是真的慌了，连忙后退一大步。

她的逃脱动作暂时让他的理智回来了，但也仅仅回来一小段时间，两个人打车回到酒店，才进门，他就把她的外衣脱了。

等两个人到了花洒下，许萦知道一切不是她可以控制的了。

早上许萦醒过来，浑身像被拆卸又重装起来一般，关节酸软，肌肉里堆积了乳酸，像是熬了一次大夜后不可逆转的困乏感疯狂袭来，怎么补眠也缓不过来。

她揉了揉睡眼，看见窗帘下金闪闪的阳光，似乎能尝到空气里阳光的味道。

酒店的床比家里的软上一些，许萦拉开旁边垫在腰侧的枕头，正想翻身去找徐砚程，碰上了一道灼灼的目光。

徐砚程应该早醒了，但没有下床，穿着睡衣斜斜靠在床头，黑发凌乱，眼神迷离。和在外把衬衫穿得一丝不苟的模样反差很大，此刻的他更平易近人，也更有烟火气。

也不知道他这样看着她多久了。

许萦笑："早。"

徐砚程俯身亲了亲她的额头："想吃什么？"

许萦懒得动，拉着被子裹住什么都没穿的自己，半靠在他的怀里，想了一下，说："外卖吧，喝粥就好。"

她比较想吃小吃。本地的小吃很出名，他们来都来了，不尝试很亏。

徐砚程下床给她找衣服。

许萦在床上乱摸了一通，不知道昨晚把手机丢到哪儿了。

"床头柜上。"徐砚程出声提醒她。

许萦看到手机放在桌子上，电量还是满格的，心底佩服徐砚程昨晚的后续工作做得细致。他不仅把床清理好了，就连手机都不忘充好电。

徐砚程给她拿了一套舒适的运动装。许萦庆幸自己没想着拿一些中看不中用的衣裙——不然她一身深深浅浅的吻痕，可不敢出门。

整理袖子时，许萦注意到消了一半但还有玫红色痕迹的手腕，立马把袖子拉到虎口处，跑去行李箱里找出运动手表戴上，遮住过于暧昧的吻痕。

等徐砚程从卫生间里出来后，她进去洗漱，手边的手机不停地弹出微信消息。她估摸着是摸鱼达人肖芊薏上班太无聊，在群里自顾自地给大家分享八卦消息。

洗完脸，她用面容解锁手机，群消息弹出，全部是@她的。

肖芊薏："@许萦@许萦@许萦你这个女人怎么回事？再不回复消息就'99+'了！"

楚栀抽空回道："可能还在睡，你先去工作，等她来了再说。"

肖芊薏正处于亢奋情绪中："不行，她不回复我不安心！许萦你快点儿出来啊！"

楚栀就是群里的纪律委员兼和事佬："你着急也没用的，先工作，听话。"

许萦以为发生了什么不得了的大事，把消息拉到最开始那条，打算爬完楼再出声。

今天早上八点半，肖芊薏分享了一条小红书的内容。

肖芊薏："这个男的是徐医生吗？"

肖芊薏："@许萦你们在隔壁市？"

肖芊薏："@许萦是不是啊？光线有些暗，我也不敢确定。"

十分钟后楚栀醒来，回复："我看着像，怎么了？"

肖芊薏："这篇日记应该是要火了，我也是被大数据推送看到的。我本来就想看帅哥唱歌，没想到越看越觉得眼熟。"

许萦点开了那条分享内容。

第一眼，她就确定唱歌的是徐砚程。

视频里的男人坐在台上唱着歌，拍摄者坐得比较远，拍到的是全景。后面拍摄者调了焦距，徐砚程整个人占满了屏幕。他脸上是雅痞的淡笑，修长的五指微微点着麦克风打节拍，被一身黑色的冲锋衣衬得有几分冷漠慵懒。

他微微垂眸，别的人不知道他在看什么，许萦却知道此时的徐砚程看的是她，因为他们的位置就在舞台下面。

大概知道发生了什么事情后，她打开输入法回复："是徐医生。"

肖芊薏一阵尖叫："啊啊啊！真的吗？徐医生会唱歌？真的太蛊惑人了，怎么有大帅哥唱甜歌这么酷啊？这压根让人无法拒绝嘛！"

听过几次徐砚程唱歌的许萦已经淡定了："嗯，我们在邻市玩。这边清吧里氛围刚好，他就上去唱了一首。"

楚栀不奇怪："小时候我和程哥一起去钢琴考级，他学得比我快，自弹自唱不在话下。"

肖芊薏："天哪，我们阿萦捡到了什么大宝贝啊？！徐医生真是人间宝藏。我目测这篇笔记要爆火。嘿嘿，我要去扼杀大家的美梦。"

两个人还不懂肖芊薏的话是什么意思，三分钟后她带着一张截图回来了。

肖芊薏在笔记里回复："我认识视频里的帅哥，是我闺密的老公，超帅超优秀的！"

肖芊薏嚣张地说："我杀人诛心只需要一句话［叉腰］［可爱］！"

许萦用软件打开肖芊薏分享的链接，看到点赞和收藏有大几千了，回来问她们："应该不会对徐医生有影响吧？"

肖芊薏："能有什么影响，对你影响比较大吧？你就好好抱着'别人家的老公'徐医生让人羡慕吧。"

楚栀："你别听芊薏开玩笑，没什么问题的，也就是一篇笔记火了而已，热搜词条也不过维持三天，一篇小红书笔记怕什么？"

果然安慰人还是得看楚栀。她这样一说，许萦将心放回了肚子里。

外面徐砚程叫她出门用早餐。

许萦坐到他旁边，点开视频给他看："你看，你要火了。"

徐砚程只是淡淡地瞥了一眼视频，笑而不语。

许萦："怎么不说话了？"

徐砚程："歌你听到就好，其他的事不重要。"

他突然来这么一句情话，许萦被弄得不好意思了。

不过，许萦很坦诚地凑到他耳边说："我也录了视频，比他们的视角更好。"

在她的视频里，他是看着镜头，看着她的。

徐砚程学起她，附耳回："那可千万别被其他人发现了。"

许萦笑得仰向他，心想徐砚程真幼稚，怎么还学起她了？

徐砚程把粥推到她面前，许萦尝了一口，感觉味道淡了，放了些小菜进去，咸味正好。

徐砚程正在处理消息："看来不是没有影响。"

许萦凑过去看，是他们重症组的群聊。鲁钦分享了刚才那篇笔记，兴奋的程度不输给肖芊薏，一个劲地夸徐砚程。

"你不喜欢被同事知道吗？"许萦咬着勺子问。

徐砚程："在医院，如果一个群的人知道一件事，意味着全医院的人都知道这件事了。"

许萦咂舌："你们医院……这么八卦的？"

徐砚程笑了笑："可能是平日大家太忙了，难得碰上有趣的事情。"

怪不得每次她去医院，路过的医护人员看她的眼神都透着她看不懂的热切和好奇之意，原来大家早就知道她是谁才这样。

徐砚程简单地回复了几句，放下手机和她吃早餐。

许萦没力气出门逛街，便拉着徐砚程在酒店里看电影。

这家酒店与时俱进，把电视机换成了投影仪，许萦可以睡在床上舒舒服服地观影。

片子是徐砚程选的，《春娇与志明》。

这部电影前段时间上映，她想看却抽不出时间去电影院。在看到片头的片名时，她抱着被子伸了个懒腰，内心惬意无比。

自从毕业后，在碎片化阅读方式的侵蚀下，许萦的专注力有点儿差，看到一半她总是想快进，要不然就是想拿手机出来摸摸，无聊地刷新一下微信聊天页面，就算没有人找她，也会这样。

徐砚程看得认真，连视线都是随着主角移动的。

"觉得无聊？"徐砚程伸出手揉了揉她的脑袋。

许萦顺势倒在他怀里，摇头："挺好看的，就是忍不住想做点儿别的事。"

她就是不能专心做一件事，一定要一心二用才消停。

徐砚程抱着她，随着剧情问她问题。许萦顺着问题天马行空地去猜，到后面也不惦记玩手机了，甚至看到一些搞笑的剧情时会学剧中的人说粤语。

她说给徐砚程听，问他标不标准。徐砚程点头，说"标准"。许萦知道他是在哄她开心，但还是很受用，继续用不标准的粤语吐出一两个词。他不厌其烦地重复说给她听，她学着，依旧学不会。

电影的悲情无法影响他们的气氛，里面的情人患得患失，错过爱情，而电影外的他们打趣说笑。

许萦觉得这样是不对的，后半场不再闹了，就窝在徐砚程的怀里把电影看完。

可能她是爱情绝缘体，能体会其中的感情，却难以共情。

许萦内疚地说："电影是好电影，可我就只觉得还好，是不是太过分了？"

徐砚程拧开水，递给她："有什么过分的？"

"芊蕙给我推荐的时候都哭了，说一定要看。"许萦喝完水继续说，"我是挺喜欢这部电影的，但不至于到哭的程度。"

"一部好电影是能让不同的人有不同的共鸣感，这才能体现它最可贵的价值，至于会不会哭全在个人，并不是让你哭了的作品才是好电影。你能在电影里获得你想要的东西，就可以了。"徐砚程耐心地开导她。

许萦躺下，听着片尾曲，心中跟着打拍子，忽然好奇地问他："你呢？你得到了什么？"

徐砚程拉着她的手，在掌心缓慢地写下一句话。

只靠触觉许萦压根猜不出来是什么话，于是撑着身子看他写。

"i n 55！w！"

"这是什么意思？"许萦不解。

徐砚程："倒过来看。"

许萦拿出手机打出那一行字，翻过来看，显示的是——"i miss u（我想你）！"

"学到了一句情话。"徐砚程说。

许萦被逗笑。这种情话表达她只在学生时期听说过，现在再看觉得还挺有趣的。

"徐砚程，你学生时代是不是老会这些了？"许萦看着他问，"写情书啊，递字条啊。"

徐砚程："让徐太太失望了，这些话都没机会递出去。"

许萦抓住了关键词："哦？意思是你写了？"

徐砚程盯着她那双莹润的眼眸，眨了眨眼，撒了谎："没写。"

"徐医生不愧是学生时代的学神，好乖。"许萦揶揄说。

徐砚程捏了捏她的脸，反问："你写过？"

许萦："我写得最多的就是保证书，保证以后不会在音乐课和美术课以及自习课上睡觉。"

徐砚程哼笑出声："很许萦。"

这像是她会做出来的事情。

看完电影，两个人睡了一个下午觉。

许萦眯着眼睛看着飘动的窗帘，闻到了海风的味道。

在阳光明媚的午后，室内辟一片阴凉的地方，她就和徐砚程睡在舒适的床上。

许萦第一次对想要的生活有了具象的画面，就像现在这样。

一觉睡到落日时分，离开邻市前，两个人一块儿去海边看了落日。

坐在沙滩上，看着云朵随风流浪，蔚蓝的天空渐渐变橙变紫变黑，白星冒头，许萦倚靠在徐砚程的肩头上，内心一片平静。

"我忽然觉得，我有点儿像你了，"许萦毫不害臊地夸了自己一句，"是个情绪稳定的大人了。"

徐砚程笑："我是不是应该找你要奖励？"

许萦捂嘴："当我没说。"

她现在的身体可给不起任何奖励。

但是她的嘴巴能说好话，许萦说："第一眼见你的时候，我想到了达西。"

徐砚程："为什么？"

许萦抬头看着徐砚程："我以前看电影《傲慢与偏见》的时候，感觉男主角的眼睛很会说话，每一次他看向女主角的眼神都像在告白——我喜欢那样的眼睛。你的眼睛和达西的一样，很会说话。"

徐砚程以为她会说，他的眼睛和达西的一样，看着她像在告白。

"因为心情是一样的。"徐砚程说到最后，变得无声。

他们不过都是把喜欢藏在眼睛里罢了。

可惜许萦看文艺片只有五分用心，倾慕达西那样站着看人就很深情的男人，却从未真的去琢磨，达西眼中含着深情是因为那一刻已经爱上了伊丽莎白。

见许萦踢掉鞋子，徐砚程以为她是站不稳，正要伸手扶她，却被她躲开。然后她一边往海水的方向跑，一边说："就泡一下脚，不然就白来了！"

徐砚程无奈地笑了笑，拎起她的鞋子跟上。

第十章

你的青春要是有我的影子多好

许萦回到江都收到了容青筠的微信。容青筠约她一块儿出去吃饭，顺便和她说一些事。

刚被岳泽套路，不小心把容青筠的个人信息出卖的许萦心虚得不行，摸了摸鼻子，应下了出门的约会，主动说自己请这一顿饭。

下午她打车去了容青筠约她的咖啡馆。

从车上下来，许萦就看到了坐在落地窗边的容青筠。容青筠依旧是张扬的发色、素雅的妆容、简单的衣着。

许萦想起秦樱和她说的，以前的容青筠很乖，确实能从现在的穿着打扮看出容青筠曾经的痕迹——简单素雅。

这家咖啡厅是最近开的，外观设计到内部布置全部用了绿色元素，饱和度不同的绿夹杂在一起用，还用得出层次感和艺术感，能看出设计师功底深厚。许萦在去座位的路上，拍了几张照片。

今天遇到的咖啡厅，值得她回去认真研究研究。

"青筠。"许萦扬起笑脸，在容青筠对面落座。

容青筠礼貌性地微笑："你要喝些什么东西？"

许萦接过菜单，从十几种咖啡中挑选了和这家咖啡店用色很搭的一款咖啡。

"一杯薄荷拿铁。"许萦把菜单递了回去。

容青筠要了一杯卡布奇诺。

许萦以为岳泽去找了容青筠，于是迟迟不敢开口主动找话题。

容青筠从包里拿出一个文件夹，推向许萦："你看看。"

许萦不解，容青筠又把资料推向她，解释说："这是我新买的一栋小洋楼，在新郊区开发的那片区域。你不是做软装设计的吗？我想找你帮忙设计。"

许萦惊愕，没想到容青筠当初说的话不是开玩笑的，是真的要找她做设计。

许萦快速地拆开文件夹，里面是小洋楼的房间的照片，从外观到杂物间全部都有详细的细节照。

"你……买房了？"许萦惊叹。

新开发区那片房子的价格她是知道的。她要是想攒一个首付，类似季暖那样的单子起码得再接五十个。

容青筠"嗯"了一声，而后不紧不慢地说："我想把一楼用作工作室，需要一个录音棚。里面的设备我亲自选，你尽量设计得宽一些，会有客人，所以需要一个接客厅，沙发越软越好，能在上面睡觉的那种。二楼、三楼做起居室，房子是双主卧，二楼的给我弟弟，我住三楼的主卧。可以接吗？"

听完容青筠的诉求，再看她的资料，许萦还是蛮心动的。每一次软装设计根据户主的需求来做对他们来说都是一次挑战，或许她一口气跑不了五公里，但绝对能熬设计方案。

"我接。"许萦把资料收到文件夹里，"我随时有空去看房子，亲自踩完点就帮你做方案。"

容青筠脸上的笑容多了些："谢谢你。"她摩挲着咖啡杯，又说，"其实我一直想要自己的房子，买房很容易，但是装出一套自己梦想中的房子很难，所以很谢谢你。"

容青筠这副客气的模样，让许萦更不好意思了。许萦一时不知道怎么开口说岳泽的事。

"没事，你随时和我沟通。"许萦老实地交底，"我毕业后没有从事相关的工作，也是前段时间辞职后重新干这个，在你之前就接过两个单子，一个是朋友的表哥的，一个是我住的房子。"

严格来说，后一个不算单子，就是她自己随心所欲地折腾罢了。

容青筠："我相信你。结束了，我给你十万元酬劳。"

"那个……"许萦摆手，"不用这么多。"

容青筠："这是我的预算，你就拿吧，我可能会很刁钻。"

许萦想说这个价格多刁钻她都能做！乙方她做定了！

"等我们走合同再定吧，不着急。"许萦更想看过她的房子后再下定论。

两个人聊到一半，街道外停了一辆车，许萦看到了熟悉的车牌。见许萦往外看去，容青筠也跟着回头。

徐砚程从副驾驶座上下来，抬头就对上了许萦的目光。见她挥了挥手，他冲她笑了一下，在看到她身边的女人后，笑容收了收。

咖啡厅内，容青筠看到徐砚程后问许萦："你先生？"

许萦含笑说："是的。"

见徐砚程和鲁钦走了进来，许萦站起身："你们怎么来了？"

鲁钦看到许萦特别开心。自从徐主任休假回来，整个人状态好了许多，偶尔还和他们聊天了，不过三两句离不开"我太太"。大家心里明白许萦就是重症组的贤内助大功臣，因为有她才有更加开朗、更加好说话的徐医生。

鲁钦咧嘴笑说："重症组今晚要一起去江主任家聚餐，我和徐主任出来买食材。徐太太要不要一起去？"

许萦看向徐砚程。

他问："去吗？"

许萦："去！"

反正有徐砚程在，她不怕这类场面。

容青筠也跟着起身，对着徐砚程打招呼："程哥。"

徐砚程微微点头："最近回来了？"

容青筠："嗯，回来半年了。"

两个人对话语气自然，看得出还很熟悉。

容青筠拿起挎包，和许萦抱歉地说："我有空联系你再约吧，就先走了。"

许萦看了看两个人，觉得容青筠显得有些急切，于是点了点头："你路上慢些，到家了告诉我。"

"嗯。"容青筠垂下头，转身离开了。

许萦和徐砚程坐下后，鲁钦接到一个电话，挂了后说云佳葵找不到他们的位置，他得去商城的广场接她，等会儿一起去超市。

人前脚刚走，许萦就抱着手臂问："不交代一下？"

徐砚程轻笑："交代什么？"

"容青筠啊，"许萦咳了咳，"快点儿和我说她和岳泽是什么关系。"

许萦心里对岳泽传达徐砚程的往事的错误信息和又套她容青筠的个人信息这两件事耿耿于怀，想要反将一军。

"前男女朋友。"徐砚程交代，最后给自己划清界限，"岳泽和她谈的时候带来认识我们的，我也是那时候和她有接触。"

许萦脑子转不过弯来："等一下，意思是容青筠和岳泽是前男女朋友关系，分手后，容青筠和别人结婚了？"

徐砚程点的咖啡没到，就喝了一口许萦的咖啡，缓缓地说："嗯，和齐骁彦——岳泽的远房外甥。"

许萦："……"

这就是传说中的豪门狗血剧情吗？

徐砚程看见她这副呆呆的表情，笑出声来，忍不住捏了她的脸一下："怎么了？"

"怪不得他唱《萤萤》，外甥媳妇和小舅子。"许萦"喃喃"道。

徐砚程解释说："没有这么复杂，她是和岳泽分手后才和齐骁彦结婚的。别想太多，而且他们的事情一两句话说不清，你不要参与其中。"

许萦正想应下，目光掠过收银台前，看到一身西装革履的男人，惊奇地叫了一声："学长？"

男人回身，见到许萦，笑意深了深。

徐砚程转身看去，对许萦幽幽地说："不交代一下？"

许萦嗔笑："你别乱说。"

徐砚程微微挑眉，不动声色地握住她的手，宣示自己的主权。

许萦没察觉男人的心思，对着向她走来的学长展颜大笑："好巧，学长怎么来江都了？"

周原旭拿过咖啡，走到他们旁边，回了许萦一个文雅的淡笑："来见一个客户，没想到会遇到你。"

说完，周原旭和徐砚程对视上，都没读懂彼此眼里的意思。

许萦不知道两个人不动声色地对视过几次，热情地做出一个"请"的姿势："学长你先坐！"

周原旭颔首，徐砚程也点了点头，算是互相绅士地问过好。

许萦："你回国了啊？都没见你分享你的近况。"

"前两年就回来了，一直在忙。"周原旭笑说，"倒是你，也不见你分享近况。"

许萦不爱发朋友圈，不好意思地说："我你还不懂啊。"

说完这句话，手被捏了一下，许萦反应过来还没介绍两个人认识，于是环住徐砚程的胳膊，介绍道："学长认识一下，这是我先生——徐砚程。"

周原旭讶异："你结婚了？"

"是啊。"许萦嫣然一笑，"今年刚结婚的。"

许萦对徐砚程说："这是我学长周原旭，在大学的比赛上认识的。我们都在省队，他大我两届。"

徐砚程想，两届，自己也大她两届。

这本也不是什么敏感信息，他却不自觉地想到了这里。

两个人不咸不淡地问过好，接下来大部分时间是周原旭和许萦在聊。

"你现在继续从事软装设计？"周原旭问。

许萦点头："嗯，你呢？你还在做建筑设计吗？"

"是。"周原旭低笑，"我看到你的微博账号更新了。你最新的那个设计我很喜欢。"

听到同行人的夸奖话语，许萦特别开心，身体往前靠了一些："是吗？学长觉得还有需要改进的地方吗？"

周原旭摇头："担不起，软装方面，你更专业。你现在在哪家公司？"

"我自己接单子。"许萦说，"最近刚把手续跑下来，也算是自己开了一个工作室。"

程序还是要走的，收入要纳税，所以她办了工作室。

周原旭来了兴趣，双手十指交叠，放到桌上："最近我的工作室接了一个单子，我想把软装一起谈下来，但没有物色到合适的软装设计师，不知道你愿不愿意做？"然后他又补充，"公益项目。"

这意味着到手的钱不多，而且工程的资金有限，对设计师来说会有很多限制，但是项目做好了，不仅能让他们的履历添上一笔，也能给他们带来一定的商业效应，说不定能在业内一炮打响名声。

虽然是公益项目，但他们做完不会亏，所以会有很多建筑公司去竞标。

许萦是真的心动，但也忧虑："学长，才见面你都不考核一下我，就问我能不能做？我可是最近才干回老本行的。"

周原旭不拐弯抹角："你的设计更合我的胃口，看过你在微博上发的几个作品，我相信你可以。"

许萦想到当初比赛队伍的选拔，周原旭也是这样和她说的。

当时投作品的有百来号人，毕竟设计专业的人，都希望能在上学时期做出一些成绩，毕业后履历丰富了，才有机会去一些大型的建筑公司。

她可以肯定自己不是最拔尖的那个，但是周原旭后来告诉她，选她的理由很简单，她的方案是最适合那次比赛主题的。

服务员走过来，托盘上是几块蛋糕，微笑着说："这是店内的新品，刚烘焙出来的，可以试试。"

许萦"啊"了一声："不好意思啊，我们没点，是不是送错了？"

服务员："是老板点的。"

许萦疑惑。

老板？哪里来的老板？

周原旭把托盘推向许萦："我点的。"

"学长你是这家店的老板？"许萦惊呼地问。

周原旭点头，接着对服务员说："给许小姐一张店员内部会员卡。"

"不用，不用，学长你太客气了。"许萦无功不受禄，"怪不得我说这家店从外观到内部装饰完全设计到了我的心上，原来出自你的手。"

不怪许萦一下子没想到，"森"这家店和周原旭以往设计的作品风格不太一样。层层叠叠的绿色元素，他向来偏狂想的风格被压制，将低饱和度的绿色完全拿捏住，有几分小清新的感觉，令客人坐在其中似乎都呼吸到了森林里的氧气。

周原旭只是淡笑没多解释，等卡来了，递给她："京北有三家店，江都有两家，这张卡算是我示好。"

一张会员卡完全把许萦套住了。她压根无法拒绝这张设计绝美的卡。版面简洁大方，印的是一幅雨后森林的油画，和店的装修一个色系，中间细笔勾勒的店名有说不出的美感。许萦最后接过卡，说了好几声"谢谢"。

周原旭还赶着去见客户，起身说："我还有事，我们微信联系，联系方式没变。"

"好！"许萦起身目送周原旭，"等下次学长过来，我请你吃饭。"

周原旭笑："嗯，你先考虑一下我的项目。"

"会的。"许萦开心地笑了笑，"你慢走！"

送走周原旭，许萦捧着那张会员卡，想到刚才店员说的，和徐砚程嘀咕道："这张卡竟然能打五折，太不可思议了。"

这么大的折扣，周原旭都不怕亏本吗？

徐砚程垂眼瞥了卡一眼，见她视若珍宝，还把卡收到包包的内夹层，心里头说不上的滋味在搅动。

"你和你学长关系不错？"徐砚程问。

许萦不知道是不是错觉，怎么感觉徐砚程的语气不对劲？

许萦没多想："嗯，我当年能参加国赛全靠学长这个伯乐，后来他出国我们联系就少了，但是对我的毕业设计仍帮了不少忙。他算是我大学里交到的最好的朋友吧！"

她说起和周原旭的曾经，脸上的笑意越来越深，眼中一点点亮起的光无法令人忽视。

"你怎么了？"许萦见他表情沉沉的，以为他有什么烦心事，"遇到麻烦了吗？"

徐砚程缓缓摇头："没有，就是忽然好奇你大学时是什么样的。"

他能猜到许萦大学有过很开心的一段时间，而她全部的喜悦心情都是在和别人分享……他错过了很多能默默陪伴她的机会。

"也就那样吧。"许萦说。

她对学生时代怀念，但也仅是怀念，没有更多的想法。她觉得一个时期的美好就该在它结束的那一刻戛然而止，往后的日子有它自己不一样的意义。

而且那段时间她收获的东西会一直伴随她。不好的已经看开了，留下的东西，她现在正在一点点地拾回，像她的专业知识，像周原旭这样的伯乐。

许萦此刻的笑容，他懂是为什么。他涩然地轻笑："人还是会多想，如果当初没出国，我是不是能见到大学时期的你？"

许萦没听出他话里的失意，以为只是随口吐出的感慨话语，只是笑了笑，没有放到心上，催他说："鲁医生他们回来没有？"

她才说完，鲁钦带着云佳葵进来了。他累得气喘吁吁，一见到两个人就把怎么历尽万难找到路痴云佳葵的经过说了一遍，就差手脚并用演上一场了。

许萦把周原旭点的蛋糕分给他们，吃完后四个人去附近的超市买烧烤食材。

许萦才知道江主任最近搬了新家，买了一栋独立楼，请他们去做露天烧烤。

徐砚程因为要开车，没碰酒，而今天下午收到两个工作邀约的许萦特别开心，不小心多喝了两杯。

回到家下面的停车场，她整个人挂在徐砚程身上，醉醺醺的，时不时要傻傻地笑一会儿。

"徐砚程。"许萦叫他。

徐砚程脖子上挂着她的包包，一手抱着她，一手拎着江太太送的土特产，没空的手去摁电梯。见有人跟着上来，他只好麻烦对方帮忙摁楼层。

许萦没听到他回答自己，提高音量又叫了一声："徐砚程！"

感受到站在电梯摁键前的女人余光瞟过来，徐砚程托着许萦的腰，不让她摔倒，放轻声音回她："我在。"

许萦靠在他的肩头，闻了闻他，又闻了闻自己，憨笑着说："我好臭啊！"

她身上全是酒味。

"不臭。"徐砚程顺着她，哄着她。

许萦喝醉后，行为举止比平日大胆许多。她用鼻尖蹭着徐砚程的衬衫领子，埋在那里，笑了一下："你用了我送你的香水。"

徐砚程本来是想嗅一下味道，不小心擦到，因为味道太浓，领子上染了味道。

许萦现在话特别多，搂住徐砚程一直说着话："我特别喜欢这款香水的文案，'白雪包裹住了高山，我只望了你一眼，柔情似水化了整个心尖。你知道我不会开口，可是只要你向我走来，粉身碎骨我也义无反顾'。徐砚程，你在我心里该是这样的人。"

电梯里的女人起先只是侧头，听着听着，身子也转了一半，竖着耳朵不错过任何一句小情侣调情的话。

"乖，马上到家了。"徐砚程揉了揉她的脑袋，低头小声继续哄着，想让她少说些话，不然醒过来又要后悔自己在外面胡言乱语。

徐砚程看着她那双漂亮的眼睛，此时显得有些迷离。

许萦倏然抬手捧着他的脸说："我知道我送你的礼物你不喜欢。"

"喜欢的。"徐砚程无奈地说。

他哪里会不喜欢？

许萦摇头："你不喜欢，我不怪你。你是医生，哪里适合喷香水？是我太笨了。"

收到他送的戒指，她本想回个礼，没想到弄巧成拙，笨得要死，竟然给一个每天需要进出手术室的人送香水。

徐砚程："不上班能用。"

许萦又摇了摇头："我以后会赚钱，给你买很贵很贵的礼物。徐砚程值得最好的礼物。"

她想要对他好，就像他对她好这样。

徐砚程没错过邻居投来的八卦目光，幸好电梯到了他们的楼层。

他抱着她赶紧下去，指纹解锁家门后，进到家里才说："你这个礼物就是最好的了。"

"是吗？"许萦笑呵呵地说，"你也是。"

徐砚程放下东西，把她公主抱到房间里，安抚她睡好，替她擦拭身子换了一身舒服的睡衣。

许萦一觉睡到第二天早上，醒来后特别后悔。她以前喝酒都很有原则，绝对不会喝到醉，而现在和徐砚程待在一块儿，心里没了忌惮，便贪杯了。

她这算好习惯，还是坏习惯呢？

"醒了？"徐砚程从衣帽间里出来。

他正在整理领带，胳膊弯里搭着一件风衣。穿着黑色衬衫的徐砚程温文禁欲，许萦看得愣神，过了好一会儿才回过神来。

"嗯……"许萦脸上开出一朵朵红云，昨晚酒后的片段清晰地在脑海里上演。她心里发誓，下一次一定不能贪杯，可千万别再在徐砚程面前出糗了。

"头疼吗？"他走过来，探了一下她额前的体温，感知不太明显。他翻过手，用手背又贴了一次。

她感受到他伸展开来的五指骨节骨感明显，他摸的似乎不是体温，而是把她的心脏都摸热了，热量还蔓延到了耳尖。

徐砚程见她这副心虚的小表情就懂她在后悔昨晚的行为，笑吟吟地说："上手术虽然不能用，但我收到小萦的心意了。"

许萦明白他说的是香水，抱着大腿缩在床头："别用了。"

他本来就不习惯用香水，没必要为了一瓶香水去改变，那就很不符合徐砚程的作风了。

许萦拉着他的手："下次赚钱了，给你买其他好的礼物，我说到做到。"

徐砚程正想说不用，但见她神情坚定，干脆接受了她的心意，笑说"好"。

两个人聊了几句，差不多到上班时间了。送徐砚程出门后，独自用完早餐的她去书房学习，下午空出时间重新布置了一遍徐砚程的书房。

最开始的设计过于死板，她想着在家里工作的书房没必要弄得和医院的办公室一样，所以将屋子里的一些饰品和挂的画替换为了自己手工做的。她前后忙了一周，书房逐渐变得有烟火味了。

晚上徐砚程值班，她随便解决完晚餐就坐在电脑前剪辑视频。她把布置徐砚程的房间的过程弄成了一分钟的视频，然后发布到微博上。等她再把两个房间和阳台弄好，可以拍摄一镜到底，算整个家都改造好了。

她发出视频后，程戚樾私聊她："什么时候把客房弄好？"

许萦傲气地回复:"你都不回家住,好意思问?"

程戚樾:"我下周回去。"

许萦:"小荔出院了?"

程戚樾:"嗯,她和她妈出国了。"

许萦感觉到他的话语里的失落之意,问他:"什么时候回来?"

程戚樾:"不知道,她没说。"

许萦不再问黎荔的事:"你早点儿回来,我们吃小龙虾!"

程戚樾:"嗯。"

许萦切回微博的页面,看到徐砚程的回复,还是那句"小惊赞"。

她趴在桌子上笑了笑。

也就只有徐砚程会给她捧场。不管好坏,他全在鼓励她。

周原旭发私聊信息过来,问她项目的事情考虑得怎么样。许萦想和他去实地考察,顺便听一下他的想法。周原旭说可以,让秘书给她订了机票和酒店,问她哪天方便飞京北。

这次出差,许萦先问了徐砚程的想法。

当她说要出去一周时,对面的徐砚程玩笑地自嘲说:"没想到我们家出差最频繁的是小惊。"

"我结束工作了就回来!"许萦再三保证。

徐砚程:"好,注意安全。"

知会徐砚程后,许萦给周原旭答复,说明天就可以过去京北。

楚栀听说她来京北后,想让她去家里住。但她的时间不够,因为这次的公益项目在京北附近的村庄,她要和周原旭去一趟乡下。

公益项目是几个村一块儿募捐给孩子做的一个图书馆,因为原先搭建的书屋已经破旧了,那些晚上想找安静的环境学习的孩子没有地方去,所以村委会的人才号召大家一块儿捐钱建图书馆。

许萦听村书记说完情况,就下定决心和周原旭合作了。给孩子们造一座图书馆,就算最后分不到什么钱,她也愿意。

五月后,白天的太阳越来越毒辣,许萦和周原旭还有他的秘书在乡下晒了三四天,感觉自己都要脱层皮了,胳膊有几块红红的痕迹。

周原旭的朋友在附近开了度假山庄,他问她要不要过去放松。

她心想着,和周原旭的合同也签完了,事情算是定下来了,就等着项目正式启动,过去玩两天再回来也不碍事。

周原旭要带她去用午餐，没想到在餐厅的走廊上碰到了熟悉的人。

许萦不确定地叫了男人一声："爸？"

周原旭问："是你爸？"

许萦："是我公公——徐砚程的爸爸。"

徐望文注意到许萦，笑问："小萦你怎么在这里？"

周原旭的秘书找过来，说有急事。许萦和周原旭约好晚一点儿再联系，然后便走向徐望文，解释说："我和我学长过来考察一个项目。"

徐望文看着周原旭离开的方向："是周家的儿子吧。"

许萦不懂："周家？"

徐望文："国内三大建筑公司，周家是其中一家。"

"这样啊……"许萦说，"学长一直很低调，没想到他爸也是搞建筑的。他现在自己开了工作室。"

徐望文意味深长地"哦"了一声，不去讨论别人的家事，问她："今天阿砚和我过来，你们见面了没？"

许萦惊喜地问："徐医生来了？"

昨晚她和他聊过视频电话，没听到他提这件事啊。

难道他是想给她惊喜？

"我来和京北医院的大主任谈生意。我虽然也曾是外科医生，但对这些事也生疏许多。他比我懂，正好又有聚会，就一起过来了。"徐望文说。

许萦和徐砚程差不多一周没见面，心切地问："他在哪儿？"

徐望文："后山马场吧？几个朋友说去那儿玩。"他知道许萦会去找徐砚程，主动说，"你先去找他，晚一点儿我们再碰面。"

许萦："好！"

徐望文帮她叫来管家，开车送她去后山。

在马场入口处下来，她望着辽阔的绿场愣了一下，看到旁边聚了一群人，想上前问路。

"徐砚程和岳泽去哪儿了？"有人问。

许萦以为碰到了认识的人，这样问起来就方便多了，就准备过去。

"你们说徐砚程还单身吗？"一个留着波浪鬈发的女人问。

"单身吧，没看出什么已婚痕迹。"

"他还单着哪，该不会是在等班长吧？"

"班长？什么班长？我们高中的班长吗？"

"是啊，当年两个人不是走得挺近的嘛，出双入对的，也没见过徐砚程和哪个女生走得这么近。那会儿全班的人都觉得他们会成，可惜他出国了，班长考去了京北。"女人继续说，"我打听到班长刚和男朋友分手，这次聚会也会过来，说不定他们能成。"

几个人你一言我一语地讨论着，许萦没了上前问路的心情，自己打着遮阳伞沿着小道走进马场。

走到一半，听到马蹄声，她收起伞，趴在围栏上往里探脑袋。

前面骑着马的岳泽看到她，拉停马。随着马后仰的动作，他稳稳地抓紧缰绳，冲她笑说："程嫂，你怎么在这儿？"

许萦对他的好感度为负，没好气地瞪了他一眼："你怎么在这儿？我找徐砚程。"

岳泽："记仇了？"

"知道了你还问？"许萦睨了他一眼。

岳泽不正经地说："我错了，欠你一个人情行了不？"

许萦没说好不好，伸长脖子乱望："徐医生呢？"

岳泽转身喊了一句："程哥你快点行不？你老婆找你。"

徐砚程是牵着马过来的，正和一个男人交谈，不知道是不是在聊公事。看到许萦后，他轻笑了一下，和男人分开后快步走来。

"怎么在这儿？"徐砚程问。

许萦："我和学长一起来的，碰到爸，他说你也过来了。"

"真是巧，我们高中同学说在这边小聚。"岳泽很有眼力见，"我先回去，你们随意。"

岳泽骑着马跑远，不敢再逗留。要是徐砚程想为许萦讨公道，他可就惨了。

徐砚程问她："要不要骑马？"

许萦想是想："我不会。"

徐砚程打开旁边的木门，让她进来，然后给她戴上安全帽："我牵着马带你走走。"

"好！"许萦走到马旁边，看了一眼这匹黑色的马。

徐砚程摸了摸马："它叫杰西，很温驯。你可以摸摸它。"

许萦试探着伸出手摸了摸，然后快速收回手。徐砚程不为难她，扶着她上马。

见岳泽骑着马潇洒自如，许萦以为不难。当她上到马背上后就开始冒虚汗，而且不是想象中那样平稳。马儿动了一下身子，她赶忙趴下抱住马。

"我不行……"许萦立马认怂。

徐砚程一手牵着缰绳，一只手伸向她。许萦握上他的手，安全感回来许多。

就这样，她一手牵着徐砚程，一手握着马鞍，两个人沿着马场缓步回去。

徐砚程问："前期工作结束了？"

许萦："结束了，大概下个月才会忙起来，一切都很顺利，学长也很照顾我。"

这几日徐砚程没少听她左一句学长，右一句学长："我也是你的学长，倒没听见你叫我学长。"

许萦愣住："啊？"

意识到他是真的不太开心，许萦拉了拉他的手。徐砚程看向她，接着听到她喊："徐学长？"

喊完她自己笑了："好别扭啊，而且我都不知道我有你这一号学长。"

"也是。"他语气寡淡地回道。

许萦又傻住了——她是不是哪句话又说错了？

她想到刚才在马场外听到的八卦，犹豫片刻，叫他："徐砚程。"

徐砚程："嗯？"

许萦微微弯下腰，悄声对他说："我突然觉得很可惜没早点儿遇上你。你要是在国内念书，说不定我真的能认识你这个学长。"

徐砚程微微一怔，目光变得温柔："怎么突然这样想？"

许萦心里对他的同学说的那些话感觉不舒服，面上故作深明大义，语气又酸溜溜的："私心作祟地想，你的青春里要是有我的影子多好。"

徐砚程翻身上马，动作干净利落。许萦慌张地晃了一下身子，被他紧紧抱到怀里，后背贴着他的胸膛，两个人体温相贴。

徐砚程在她耳边笑说："谁说不是？"

许萦正要反驳不是，站在马场进口处的岳泽喊道："程哥快点儿回来，班长他们来齐了！"

许萦撇了撇嘴，真正的青春影了来了。

徐砚程扶着许萦下马，岳泽欠欠地站在一旁，笑眯眯地看着小夫妻亲密互动。

许萦对他很不满，凶过去："看什么？"

岳泽立马看天花板："没看哪，嫂子你可别给我扣帽子，我从不看其他人的老婆。"

徐砚程给许萦整好衣摆，扫了岳泽一眼，冷声说："你很闲？"

岳泽抱着手臂转身，不敢再搭话。徐砚程可是把许萦放在心尖上宠着，自己多说一句话都是罪，岳泽识相地走远了。

"走吧。"徐砚程取过东西，牵着她出门。

许萦想到门口聚集的一群人，心底发怵。

刚才迎着他们的目光进到马厩里她已经很不自在了，现在要是和徐砚程出现在他们面前，岂不是所有人的注意力都会放在他们身上？

"你们是不是要去聚餐？你先过去吧，我等会儿要和学长一块儿吃饭，我们结束了再碰面。"许萦拉了拉徐砚程的外套袖子，说道。

徐砚程微微蹙眉："你和周原旭还有约？"

许萦："嗯，我还没和他说碰见你的事。学长以为我一个人，怕我落单，肯定会联系我。"

周原旭照顾人细心，也知道她这个人的性子，所以肯定会邀请她一起共进晚餐。

徐砚程一反常态地问："你在手机上和他说不行？"

当然可以，她是比较怕和徐砚程去见他那一群高中同学。

许萦："不太好吧，学长带我来的。"

被人家带来，她用一个电话打发人，不太礼貌。

徐砚程表情淡了下来："先出去，等会儿我和你去见你学长。"

见逃不开要见一大群人，许萦才小声和他说："其实我是怕见你的高中同学。"

"怕什么？"徐砚程笑了，"我们做亏心事了？"

许萦摇头："他们太关注我，我会不自在的。"

徐砚程不用说——作为他们那届的天之骄子，他一定会成为大家关注的对象，这意味着她也会被关注。

徐砚程反问："小萦就舍得让我一个人去受关注？"

"哎，徐砚程，你这话把我说得不仁不义了啊。"许萦挽上他的手，说，"不舍得，一起去吧。"

达到目的的徐砚程微微一笑，牵紧她的手，把她往自己的方向再拉近了一点儿。

两个人准备出门时，听到了外面同学七嘴八舌的讨论声。

"刚刚和徐砚程坐在一匹马上的人是他女朋友？"

"徐砚程脱单了啊？不是吧，我还以为今晚班长和徐砚程能再续前缘……"

一个清脆的女声打断他们的讨论声："你们别乱说话，人家的女朋友听到会不开心。"

"这就不开心哪，大家都是一个班的同学，开一些陈年的老玩笑，她心眼儿不至于这么小吧？"

"对啊，这又没什么损失。"

"得了啊，赶紧闭嘴，别让程哥听到。"岳泽插话，"人家两个人领了证的，妥妥受法律保护，你们就别乱点野鸳鸯谱了，积口德。"

岳泽的一句"领过证"，惹得大家又热议起来。

"程哥结婚了？怎么没听到程哥在班级群里说啊？"

"什么时候的事情，怎么我们一点儿信都没有？"

"对啊，同学一场，他也不知会一下。"

大家越讨论声音越大，吵吵闹闹的。

岳泽："也不熟吧，他怎么知会？"

这一句话，让全场的人噤声。

许萦和徐砚程耳语："岳泽的嘴巴好欠。"

但是，她听他怼人也好爽。

徐砚程习惯了："他但凡说人话，也不至于单身到现在。"

许萦笑："小心等会儿我当面转告他这句话。"

"知道他不会反驳我，所以你用我的名头去怼人？"徐砚程好笑地问。

许萦承认："嗯，不可以吗？"

徐砚程弯腰凑到她的耳旁："可以。徐太太可以出去了没？"

许萦傲娇地轻哼了一声："走吧。"

当他们出现在大家面前时，意料之中地，所有人都看向了她。

一下子成了一群陌生人关注的对象，许萦不自在地想要双手交握，掩饰紧张情绪。奈何手被徐砚程稳稳地牵着，她动弹不得。

徐砚程才站定，就有几个人上前和他搭话。和先前的态度不同，他们夸两个人般配，好话一套接着一套，到后面还递了名片。

徐砚程全部漠然拒绝，嘴角噙着礼节性的微笑，寒暄几句，带着她走向岳泽。

人群中穿着一身浅色裙子的女人站出来说："会场已经准备好了，大家

293

进去吧。"

说正主的八卦被正主当场撞破，大家不愿意在外面久留，拥着女人上了管家的接客车回酒店。

许萦仰头看了看徐砚程，又看了看前面被人一口一个"班长"叫着的女人。

徐砚程问她："怎么了？"

许萦摇头："没有，就是好奇你以前在班里和大家关系怎么样。"

坐在他们前面的岳泽回身，回答了这个问题："只和我最好！"

许萦："……"

她怎么听出了岳泽语气里的得意和骄傲之意？

徐砚程不理会招摇的岳泽，和她说："同学关系。"

他的意思就是熟悉，但也不是特别熟悉。

岳泽牙酸，想骂一句臭情侣。

许萦身边来了人。

一辆接客车有三排座位，每排座位坐三个人，许萦坐在中间的位置，旁边有另一个人坐下。她侧身看去，惊奇出声："青筠？"

一声惊呼，让坐在前面的岳泽身子僵住。他转回身子坐好，也不说话了。

容青筠神情自然，并没有因为和前男友坐一辆车有失态的表现。

"小萦、程哥。"容青筠和两个人打招呼。

许萦好奇："你也是来参加同学聚会的？"

容青筠"嗯"了一声："我和程哥一个班。"

许萦瞧了岳泽一眼，目光最后落在徐砚程身上。怎么她上次听他解释和容青筠的关系时，没听出他们是一个班的同学那种关系？

容青筠见许萦这样，就懂她在疑惑什么，主动解释："我们高一一个班，后来我学音乐去了文科艺术班。"

江都一中三年只分班两次，第一次是入学按照成绩分班，第二次是按照分科微调，不会大调。老校长和他们解释说高中就短短三年，一同拼搏培养出来的友谊最难能可贵，没必要拆来组去。

"这样啊。"许萦笑了笑，"和我们一起吧。"

容青筠顿了一下，意外于许萦会邀请她，最后浅笑着点头："嗯。"

前面的岳泽似乎有话要说，动了几下嘴，没有回头。

许萦猜都不用猜就知道他想干吗。他肯定是不愿意和容青筠同行，但她才不理。谁让岳泽招惹她在先？

下了车，岳泽几乎用跑的速度远离了他们，往同学堆里扎去。

许萦悄悄地打量了容青筠一眼，见她很不屑地哼笑了一下。

前面有人叫徐砚程，招手非要他过去一趟。

徐砚程应了"好"，接着揽着许萦的肩头，柔声交代："我过去一会儿，你跟着青筠，回头找你。"

有认识的人同行后，许萦也没先前那么紧张了，让他安心："知道了，我有事会找你的。"

徐砚程走过去，和几个人聊了几句。他们应该是要一起拍照留念，他只能先候在一旁。

人头攒动，老同学忙着叙旧，走着走着，徐砚程和班长站到了一块儿。

女人看着徐砚程，掩嘴笑着。许萦不知道两个人在聊什么，但感觉他们之间气氛不错。

"徐砚程和你们班长关系很好吗？"许萦问容青筠。

容青筠瞟了一眼："你说姚杏妍？"

姚杏妍。

许萦在心里默念了一遍这个名字，觉得还挺好听的，和气质娴雅的女人适配度很高。

许萦迎着容青筠的目光点头，心情变得沉重，似乎被压上了石头。

"建议你自己去问程哥，我知道的信息比较片面。"容青筠直言不讳，"按我的角度说，你肯定会误会。"

许萦脑子里有个声音告诉她应该打住话题，但是嘴巴替她做了主："你说吧，我想知道。"

容青筠不太想合照，便带着许萦从侧门进入聚会的大厅，说道："大二后，知道我和岳泽在一起，她起先是来送祝福的——她和我又在同一所大学里，是同学又是老乡，我们联系变得频繁，走得挺近的。每次假期回江都岳泽带我去见他的兄弟，她都会侧面打听程哥的行踪。我觉得，她应该是对程哥有意思。"

许萦："你说得没错，听你说我肯定误会。他们还说高中的时候，徐砚程和你们班长走得很近。"

"高中？"容青筠想了想，说，"具体我不懂，岳泽和我说程哥喜欢的人不是她。"

许萦抽了抽嘴角："岳泽说的话有什么可信度吗？"

他整天就会瞎说，上次搞得她以为徐砚程碰到了天塌下来的大事，紧张兮兮地关怀徐砚程，逗得徐砚程笑了她好一会儿。

容青筠笑道："你说得对，他说话一直不靠谱。"

盯着容青筠发自内心的笑容，许萦心绪恍惚。

单是从容青筠的语气来看，许萦并不觉得容青筠和岳泽闹得有多难堪，反而不知情的人还会觉得他们是一对。

进了大厅，光线昏暗，许萦环顾一圈，惊讶地问："你们订的是酒厅？"

容青筠既来之则安之："这些人觉得吃饭没意思，想要喝酒，所以订了酒厅。那边有吃的东西，我们去拿。"

顺着容青筠指的方向，许萦看到两桌子吃食，菜品丰盛，各样酒水都有。

不得不说策划聚会的负责人下了功夫，选的场地没的说。这座庄园是京北团建首选地，口碑很好。年轻人更喜欢新鲜感，所以他们没订餐厅，改成了酒厅，氛围适合破冰，本来生疏的同学玩几局游戏便很快能熟络起来。

许萦拿了几样东西。此时见徐砚程过来找她，容青筠便先回座位。

"喝什么？"徐砚程问许萦。

许萦看了一眼那边聚成一团的同学，问他："你不过去和他们坐一会儿，叙个旧？"

徐砚程："没什么好叙的。"

许萦接过他给的果汁喝了一口："你不是特地来聚会的吗？"

徐砚程直勾勾地看着她："我是来京北找你的。"

许萦愣了愣："我？"

徐砚程："聚会只是顺便来的，如果没在这里碰上你，我就先走了。"

许萦笑了笑，没想到他是真的为她来的京北。

"砚程，"姚杏妍走过来说，"他们说要在里面拍几张照片，让我过来叫你。"

许萦看向姚杏妍。

就刚才那一会儿，许萦没少听其他人讨论姚杏妍。

姚杏妍现在在京北一所全国五百强企业里工作，已经做到部门的副经理，薪水丰厚，长得漂亮又有女人味，说不定今晚还单身的男同学都会上前找她攀谈。

许萦和她当然没的比。非要比的话，许萦也没什么优势。

起先，许萦并不知道徐砚程他们今天在这里聚会。和周原旭刚从乡下回来，为了方便下去考察，她都穿的简单的雪纺衫搭配休闲的浅色西裤，和眼前妆容精致的姚杏妍没任何可比性。

外人可能会把她们放到一块儿比，但许萦不觉得有什么好比较的，自然不会在乎什么。

许萦唯一在乎的是——徐砚程的态度。

徐砚程对拍照的兴致不高："你们拍吧，我就不拍了。"

得到答复后，姚杏妍没有马上走开，反而看向许萦，嫣然一笑，问："不介绍一下？"

徐砚程第一时间看向许萦，征求她的意见。

许萦明白徐砚程的意思。

如果徐砚程没有征求她的同意，带着她去认识他那一堆关系一般般的同学，走过场，微笑着打招呼一圈下来，会让她感到不自在，身心疲惫那种不自在。

对她来说，他不轻易地介绍她，是对她的保护和尊重。

如果要介绍，他会像现在这样，征求她的意见，以她的感受为主。

徐砚程一直以温和的态度在保护她，知道她不喜欢什么，就尽量地替她避开。

"你好，我叫许萦。"许萦主动和姚杏妍说话，随后补了一句，"徐砚程的妻子。"

没想到许萦会落落大方地同她交谈，姚杏妍愣了一下，干笑着说："没想到砚程结婚了，去年听说他还是单身。"

"嗯，我们今年年初认识的，刚结婚。"许萦没有说什么弯弯绕绕的话，因为有时候坦荡的话更能让人阵脚慌乱。

此刻的姚杏妍就是如此。

"你们是家里人介绍的？"姚杏妍别了一下头发，装出自然交谈的模样。

"是朋友介绍的。"许萦说，"挺巧的，以前我和徐医生就读于同一所高中。"

姚杏妍的眼神怔了一下，思索了片刻，她若有所思地说："同一所高中啊……你叫……许萦……"

徐砚程打断对话道："我们先过去了。"

姚杏妍混到现在，眼力见少不了，知道徐砚程是不愿意许萦继续和她交谈，识趣地说："好的，砚程你等会儿过来碰一下杯就好。"

徐砚程颔首，搂着许萦走远。

许萦撑着桌沿，故作娇蛮地说："徐先生就没什么话要对我说？"

徐砚程见她这样，微微挑眉，嘴角的笑意藏不住："你觉得我们有故事？"

"他们都说有，"许萦说，"但我只信你说的话。"

她是不喜欢他们把徐砚程和姚杏妍配对，醋意有那么一点儿，但也就是那么一点儿。

"有误会而已。"徐砚程给她夹了一块小蛋糕，"以前我们是一个学习小组的，交流比其他同学多一些，毕业之后就没再联系了。"

"那大家误会大了。"许萦说说而已，心中那一丁点儿郁闷情绪全部消散了。她帮徐砚程拿了一块蛋糕："你也吃！"

徐砚程看着身旁莞尔轻笑的女人，心底默默地叹气。

他说的误会并不是大家误会他和姚杏妍是一对，而是当年姚杏妍误会了他随手在课本上写的"XYXYC"中的"XY"是她的名字后两个字的简写。他后来解释过并不是她，姚杏妍听完他的解释也没多说什么，但那以后，他们相处的气氛逐渐变得尴尬。

班里关于他们的绯闻他也知道。为了没必要的误会，他在学习小组重组时去了岳泽他们组，没有和姚杏妍再有其他交流了。

岳泽那边叫徐砚程过去，貌似玩游戏输了，想要徐砚程帮忙。把徐砚程推过去后，许萦回去找容青筠。

听完徐砚程的解释，许萦神清气爽，但走回来才坐下，听到隔壁桌的人的议论声，瞬间又毛躁起来。

"容青筠和岳泽不是在一起吗？"

"你可别瞎说，她都结婚又离婚了，和岳泽都几百年前的事了。"

"离婚哪……我觉得她也是没福气，心疼她啊。当年她跟岳泽在一起时，他就是一个穷小子。别人情人节送九十九朵玫瑰，岳泽送一朵玫瑰她就在朋友圈对他夸不停。岳泽现在是上市公司的老总了，他们却分手了，她这不是栽树给后人乘凉吗？"

"你别乱说。你知道她嫁得不好？她嫁的齐家可是有钱人家，就你瞎心疼，说不定离婚了人家拿了几百万块分手费，日子比我们辛苦的打工人好多了。"

"有钱人哪……能理解，她家里条件一直不错，当初就岳泽那条件，两个人门不当户不对的。"

见许萦听不下去要起身，容青筠压住了许萦的手腕："让她们说。"

许萦不解："为什么不怼回去？她们就差坐到我旁边来说了。"

容青筠笑了笑："我说我今天来就是讨闲言碎语的，你会不会觉得我疯了？"

她一头红发，笑意不假，这句话再配上她的笑容……许萦感觉瘆人。

许萦给她倒果汁："哪里有人来讨骂的啊？"

许萦仔细回想，班级的活动容青筠一样没参加，难道容青筠真的是来讨骂的？

"我心烂，想报复人吧。"容青筠脸上的笑意更深。

许萦看了一眼远处和人玩色子的岳泽。

他拉着徐砚程一块儿喝酒，不许徐砚程走。

她搞不懂容青筠这是哪门子的报复方式。

怀里的手机振响，许萦接起电话。

周原旭有急事明天要出国一趟，想临走前和她再把后续的事情谈清楚。

许萦给徐砚程发了短信交代行程，然后就先走了。

周原旭出手大方，为了定下她，不让她有逃跑的心，阔绰地付了一笔定金给她。

许萦不明白他这么急切是为什么，周原旭沉思片刻才说这个项目对他很重要。他从设计图纸到图书馆建成希望用的都是自己团队的人，所以很需要她的帮助。

和周原旭告别后，许萦不想回酒厅，对议论纷纷的同学小聚没有好感。

容青筠是来讨闲言碎语的，许萦怕自己按捺不住想要替她反驳，干脆不回去了。

她打车到商城，逛了许久。其间徐砚程给她打了好几个电话，许萦总说马上就回去，让他等等。

差不多到商场关门时，许萦总算提着大包小包满足地回去了。

房间是周原旭订的。他本来是住在她的隔壁，现在已经退房走了。她一个人上电梯，因酒店过于安静而有点儿心慌。

许萦打算先放东西，再去找徐砚程。

她刚空出手从口袋里拿出房卡，忽然被人拉住手腕，被吓得撞上了门板。而来人似乎知道她反抗的习惯，压住她另一只抬起的手，把她堵在房门前，抬手捏住她的下巴，俯身吻上了她。

许萦被吓疯了，以为是酒店来了变态。

随即，她抬眸撞上了一双深沉的眼眸，眉眼熟悉，是徐砚程。

她以为他是故意和她开玩笑，要推开他说话，却被他反剪住手腕。

他不允许她躲开。

他似乎心情不好，每一下深入亲吻都像在惩罚她。

许萦察觉到之后，变得不开心，排斥他此刻的亲密行为。

而他粗暴的深吻还在继续。

闻到浓烈的酒味，许萦怔了怔。

他喝醉了？

喝醉了他就这样对她，酒品也太差了吧……

但一想到他是喝多了，许萦便不舍得对他做出蛮力的行为，温顺地受下他的亲吻，任由衣衫里的大手作怪，希望能安抚此时不安的徐砚程。

终于在她快要不能呼吸之前，徐砚程松开了她，随之将头抵在她的肩头，整个人一半的重量放在她身上。

许萦只能靠着门板。

他太重了，又怕他摔倒，许萦只好伸手扶着他。

吻落在锁骨上，许萦不好意思地说："能不能先进去？"

在走廊上也太不像话了，他们要是被人看到怎么办？

"许萦……"他低声叫她。

以往他都叫她的小名，突然被叫大名，许萦变得紧张起来。

怕不是自己做了让他不开心的事？

"怎……怎么了？"许萦惴惴不安地问。

徐砚程隐忍着，不知道该怎么说出口。

许萦低头要去看他，鼻尖碰到他的衣领，嗅到了他身上淡淡的冷香味，是她送的那款香水的味道，没想到他还是在坚持用。

徐砚程总是把对她的呵护藏在细节里，如果他再也不去碰那款香水，她肯定会有一点点难过，又会气自己太笨了。

可他没有，他说不上手术的日子能用，说到做到了。

徐砚程靠着她，清醒许多，意识到自己对她做了过分的事，在心里骂了自己一句，怕是要惹她不开心了。

"徐砚程。"许萦叫他。

徐砚程又想，要不装醉好了……

他不免嘲笑自己，他真是完全栽在许萦身上了，什么幼稚把戏都想得到。

许萦拉着他的手，侧头在他耳边说："我再重新送你一个礼物好不好？"

徐砚程最后选择坦诚面对她，和她微微拉开距离，紧紧地盯着她。

女人脸蛋白净漂亮，笑眼弯弯。

她没生气。

许萦从怀里拿出一枚素戒，套到他的左手无名指上，摩挲着他的指骨，动作特别爱怜。

"学长刚给我打了定金，我看上这款戒指很久了，全款拿下的！"许萦又惋惜地说，"戒指不是特别贵，徐少爷你可别嫌弃。"

徐砚程垂眸看着无名指上的戒指，又抬眼看着眼前笑得明媚的女人，喉咙上下一动，喉部的血管像被堵了，沉重得说不出话来。

他以为她是和周原旭出去了，原来她是去给他买戒指了。

他忽然觉得他对她的喜欢卑劣又阴暗，怎么能这样想她？

"以后不手术都戴着，好不好？"许萦仰头冲他笑，把心底的酸意露了些，"毕竟我们徐医生是已婚人士。"

好吧，许萦承认她今天特别介意别人说她只是他的女朋友。

宣示完主权，许萦不太好意思，转移话题问："你刚刚要和我说什么？"

徐砚程良久没接话。

许萦伸手想碰他，就见他定定地看着她。

她被看得愣了愣。

他拉过她的手放到腰后，扣着她的脑袋，俯身向她，勾了勾唇。

"再亲一下。"他不知道要说什么，就想吻她。

许萦坐在玄关柜上，找不到支撑点——徐砚程环在她腰间的手成了她唯一的支点。她扶着他，被动承受着他的吻。

他的手抚过她的背，粗糙感细细麻麻地传到她的脑部神经上，伴随着脑子里某一个声音一同叫嚣，刺激她的肾上腺素不断分泌，让她处于狂欢状态之中。

心跳作祟，周遭变得喧嚣。

戒指摩挲过她的每一寸肌肤，烫人，让人难耐。

他准确地进行着每一步动作，许萦就懂了。

男人没醉。

他反而无比清醒，知道怎么准确地拿捏她，刺激她，让她溺入他这片混浊的汪洋里，被浪冲走，最后沉入海底，水从每一个毛孔灌入身体。

做完一次，她躺在床上，怀疑喝醉的人是她，脑子蒙蒙的。

他要亲吻她，她便仰头去迎合。

他声音沉沉地唤道："小惊。"

"嗯……"许萦出了层薄汗，不舒服地扭动了一下。

徐砚程把她抱起来，位置颠倒，她的头发从一边的肩上垂下，扫过他的眉眼。他依旧定定地看着她，抬手把她的头发别到她的耳后，捏着她的耳垂，捻了一下，摁在耳洞上。

许萦觉得痒，偏头躲开，头发从耳后落下，遮住了半张脸。

吻痕密布在胸前，乌发扫过，她微弱的起伏是心脏在跳动，欲盖弥彰的暧昧气氛愈来愈浓烈。

徐砚程看得心热，起身捧起她的脸，咬上她的下唇。

许萦跨坐在他的大腿上，撑着他的肩膀与他拉开距离，抵上他的额头，打断他的索吻。

他含着笑，笑容淡淡的，就挂在嘴角。许萦想要去抓住这一抹温柔至极的笑容，指尖不自觉地摩挲着他的嘴角，问他："笑什么？"

徐砚程用大掌覆上她的手背："今晚就去了商城？"

许萦："嗯，不然你以为呢？"

徐砚程望着她，没错过她眼里激情留下的余韵，百媚千娇，还有几分挑衅之意。

许萦抬着头，玩笑着说："我猜猜……你不会以为我和学长走了吧？"

静默了几秒，他没反驳她。

这是肯定的意思。

她准备低头时，脖子上落下一记吻。丝丝的痛感泛起，她听到身下的他闷声说："是。"

许萦错愕，往后靠，拉大距离看他："为什么会这样想？"

徐砚程承认自己败了，这几日想到她和周原旭待在一起，心中的酸意不减只增。

徐砚程目光灼灼地看着她："羡慕他能陪着你。"

许萦不懂这有什么好羡慕的："工作，也算陪吗？"

"不是，"徐砚程轻轻摇头，"我是羡慕你的青春里能有他的影子。"

在他看来，他的青春里全是她。

而在她看来，她的青春里没有他的任何影子。

他不过是那个只会也只敢站在角落里看着她的背影的胆小鬼、暗恋者。

许萦粲然地笑了笑："徐医生，我们算不算打平了？"

不算，他在心里回答。

"小惊，"徐砚程看着她，"不算的。"

许萦捏了捏他的脸："徐医生是小气包吗？"

徐砚程亲吻她的脸颊："是。"

"徐医生有没有听过这样一句话？"许萦故作深沉，"'上天把一切都安排好了，有一些人注定是过客，而有一些人在注定好的时间里注定要相遇，注定要在一起。'"

"我要是在年少时期遇上徐医生，当时的许萦真的就只会把你当学长。"

许萦回想了一下求学时自己那副对风月无感的模样。或许，她那时真的不会对徐砚程别的心思。

"如果我追你呢？"徐砚程再一次假设。

许萦失笑："不会的，你会有更多的选择。"

徐砚程："我会的。"

两个人四目相对，许萦败下阵来，搂着他说："徐医生你别再假设了，我会后悔没早些遇上你的。"

徐砚程顺势搂紧她，一下一下地抚摸着她的脑袋。

"徐砚程，我确实在26岁这一年遇上你才觉得人生是有滋味的，是你让我从26岁开始答满分，不能再让我去后悔曾经考了这么多零分。"

徐砚程情动："好，不说以前了。"

他想，她说得没错，上天把一切都安排好了。

他注定要在19岁那年喜欢上她，注定魂牵梦萦10年，而她注定26岁才会认识他——种种注定，让他29岁这一年才能娶她为妻。

许萦嫣然浅笑："前面只是26年，以后我们可以有两个26年。"

徐砚程："我贪心，三个。"

"那我们肯定很老很老了。"许萦嬉笑，"徐医生一定是帅老头。"

徐砚程拿过自己的T恤给她套上："我们小萦也会是漂亮的小老太太。"

听到他滑稽的夸奖，许萦笑得倒到被子里。

她真的很喜欢徐砚程，认为世间所有美好的词放在他身上，都显得逊色了。

他是夜明珠，璀璨生辉。

不管别人怎么想，在她这里，他该是这样。

许萦拉过他的左手，扣住。金银的戒指相碰，她越看越中意。

"喜欢吗？"许萦问。

徐砚程握住她的手："喜欢。"

他很喜欢。

许萦穿上他递过来的鞋子，说："学长给我打的定金全花完了，后面我要努力搬砖了。"

"全花了？"徐砚程眉梢微挑。

他以为她只花了部分钱。

许萦："嗯，花了，我觉得值！"

他把做的手工戒指送她，她给他买戒指，以心换心，所以值。

徐砚程没多说。他知道许萦不是那种需要安慰"以后养你"的女人，比起在温室里娇养，她更希望被支持，让她大胆地去做想做的事情。

"抱你还是自己走？"徐砚程问。

身子黏糊糊的许萦才要起身，他先上手："我抱你。"

"我可以自己洗！"许萦感到不妙，预感到接下来会发生什么事。

而徐砚程权当没听到，合上了浴室门。

紧接着，雾气朦胧了玻璃，浅浅的掌印显现……

许萦又睡过中午，撑着身子迷迷糊糊地坐起来，望着室内一片昏黑的环境，揉了揉腰，疲惫感从脚底往上攀爬，麻感纵横在她的体内。

累，她很累。

房门被推开，穿着黑色冲锋衣的徐砚程拎着早餐进门。他发梢微湿，拉了下冲锋衣的领子，堪堪露出线条利落的侧脸，身上冷漠的疏离感冲击而来，但当抬眸看她时，眸底又泛出柔光，淡淡的，让人仿佛置身在早春温和的阳光里。

徐砚程："醒了？"

许萦弱弱地点头："刚醒一小会儿。你去哪儿回来？"

徐砚程打开落地台灯，灯光不至于刺到她的眼睛，让她逐渐适应光亮，然后说："岳泽约我去骑马，刚回来。"

听完，许萦羡慕得要死。

折腾一夜，她连起床都懒，而他还能去马场上驰骋。

徐砚程坐到她身边，把她捞起来："去洗漱。"

许萦闻到了他身上的清香："你洗澡了？"

"回我的房间洗的。"徐砚程给她找鞋子，"想什么时候回去？"

许萦想了想，反问："明天？你觉得呢？"

徐砚程："我是明晚的夜班，可以。"

徐砚程以为她是太累了想要睡一天。

用完早午餐，她在行李箱里翻找了好一会儿，找了今天要穿的衣服，倒腾半天选出一身温柔紫的衣裙。外头天气还凉，她又套了一件布料柔软的长开衫。

许萦拎上包包，开心地说："我们走吧！"

坐在床尾的徐砚程不解："要去哪儿？"

"带你在京北玩一圈！"许萦拉他起身，"去逛我们学校附近的美食街，我老怀念那边的小吃店了。"

徐砚程顿了一下，本来是打算等她睡下自己就上去忙工作的。

徐砚程："鲁钦他们想约我视频会诊来着，你先等会儿，我和他们说一下。"

"你忙完下去，我先去续房。"许萦说，"等会儿你下来顺便把东西搬到我这里。"

徐砚程笑："好。"

许萦不懂男人笑得这么开心是为什么，看了他几眼，确定没什么问题，才转身出了门。

酒店前台的服务员告诉她不需要特地续住，所有的开支走周原旭的账。许萦很不好意思，坚持要刷自己的卡。服务员转告了周原旭的原话，说只是小收买，希望她别放在心上，要是放在心上了，那就设计方案多下苦功夫。

许萦听到后面的话瞬间觉得不好意思了，就当是给老板打工得到的小奖励吧。

她买了两盒果汁，在酒店的门口等徐砚程下来。

这处是个大庄园，夏日即将来临，叶子浓绿，花更是红得艳丽。

碰到好看的色彩搭配，许萦心痒痒，拿出手机开始拍照。

她在前门走了一圈，手机里多了二十来张照片。

有人叫了她的名字，她侧身，看到一身素雅打扮的姚杏妍，唇不禁抿到一起，不知道姚杏妍为什么要主动叫她。

姚杏妍走到她跟前，细跟小羊皮鞋在地板上敲出尖尖的声音："你和徐砚程要走了吗？"

许萦："我们打算出门玩。"

"我正准备走。"姚杏妍说完这句话，见许萦没接话，自己干笑了几声，又说，"帮我转告徐砚程，下次有机会全班再一起聚。"

"你们私下说就好。"许萦不想干涉这类事情。

姚杏妍盯着许萦瞧了几秒，问她："你高中是2013级的？"

许萦点头："2013级七班的。"

"挺巧的，我们是2011级七班的。"姚杏妍说。

许萦："我知道。所以当年换座考试我才和徐医生坐到一块儿。"

"怪不得。"

许萦不太懂姚杏妍这一副恍然大悟的语气是为什么，而且她们不像偶遇，更像是姚杏妍特地找上她的。

姚杏妍抱歉地笑了笑："我只是突然想明白当年的一些巧合，没有恶意，你不要想太多。"

"我没有多想什么。"许萦没有深入了解过姚杏妍这个人，但觉得没必要见过几面，听了些绯闻，就把她当作假想敌。

"你们今年相亲认识的？"姚杏妍问。

许萦不知道她怎么会问这些事："嗯。"

"挺意外的，没想到徐砚程会去相亲。"姚杏妍说，"在我的记忆中他不是会做出这种事情的性子。"

许萦不太喜欢她一副自认为了解徐砚程的口吻，回她："凡事都有例外。"

姚杏妍自嘲地笑了笑，看着她的目光意味深长："确实，你就是例外。好了，我先走了，祝你们生活开心。"

许萦看着她的背影若有所思，姚杏妍仿佛是把悬在心口多年的大石放下，还有种潇洒告别的意味在里面。

这人真是奇怪……

许萦带着徐砚程去了大学城的美食街。

从街头走到街尾，徐砚程手里拎了七八个袋子，全是许萦说当年最爱吃的东西，现在难得来一趟，一定要全部买了。

但许萦也就吃一点儿，其他的他们只能打包带回酒店。

吃饱喝足后，许萦一手拿着柠檬汁，一手牵着徐砚程在学校里漫步。

她感慨说："差不多有几年没过来了。"

她倒是常来大学城，不过没有真的走到她的母校的这片区域。

他们走在大学的校道上，来来往往有许多大学生，也有不少情侣，两个人的穿着打扮完美地融入了学生之中，就像一对普通的大学情侣。

他们也不算特别普通，这个组合惹来不少视线，回头率不说百分之百，百分之九十是有的。

当然，大家都是为徐砚程回的头。

每每撞上探究而来的目光，许萦就往徐砚程的方向靠近一些。

306

今天的徐砚程穿着休闲随意的冲锋衣，戴着同色系的运动腕表，禁欲感十足，脸上是温文的淡笑。他平日里职业精英的气质被弱化了许多，看起来真的像男大学生。

许萦本也想和他穿一个风格的衣服，但这次带的行李中除了工作穿的就剩这一件淑女裙。和他站在一块儿，她甚至产生一种错觉，以为自己和哪个学弟出门约会。

她也就心里想想，可不敢明着说。

许萦挽着徐砚程的胳膊，指了指不远处的广场："后面是大学生活动中心，每所大学都有，所有的社团都在这边有活动室。我们建筑社在十楼，最边上那间。"

徐砚程看去，有些远，只能模糊看出个大概轮廓。

"我除了寝室，最喜欢来的地方就是社团，因为有很多志同道合的人，聊起天来没有压力。"许萦带着他继续往前走，"那边是九食堂，是和隔壁科技大学合作开的，所以饭菜也是最好吃的。要是不好，这个食堂可是要被两所大学的学生举报的。"

徐砚程没在国内上过大学，对她说的话题充满兴趣。

"你们上课呢？"徐砚程主动问。

沿着校道走着，许萦说："除了综合课，都在自己学院的教学楼里上课。我是设计院的，我们学院和美院、音院在一块儿，这边靠近学校的展馆和音乐厅，方便学生上实训课。"

许萦给他讲解得很详细，手不停地比画着。

"这里就是宿舍了。"许萦在门口站定，"我们住的是四人间，住一起时关系不错，毕业后我和她们的关系却逐渐淡了，朋友圈常互相点赞，偶尔聊天。她们都做妈妈了，所以和我的话题不是很多。"

徐砚程低头看着她，忽然意识到许萦的大学生活确实挺孤独的。

她一个人来到京北，在他乡读书，身边来来去去很多人，泛泛之交不少，却没有深交的朋友。

"你除了社团，还会去哪儿？"徐砚程想要知道更多关于她的事。

许萦琢磨了一下，回道："图书馆和自习室。"

"这一片大学的图书馆和自习室我都去过。我喜欢京北大学图书馆内的设计，更有阅读氛围感；喜欢理工大学廊檐设立的自习桌椅，如果外边天气好，坐在那里学习是一种享受。我们学校我最喜欢的是教学楼楼梯转角设立的软座自习位，挺吵的，但灯好看，沙发是皮质的。"

他听得出，她确实对各大高校的图书馆和自习室很了解。

许萦带着他到大学城的湖边凉亭歇脚。

"很多人说大学是人生中最轻松、最快乐的时候，但我一点儿也不觉得。我反而觉得好累，恨不得快点儿毕业。"许萦喝了一口水，继续说，"因为大学你要一次忙十个科目的作业，上班就只需要伺候一个难搞的甲方。"

两种情况都很折磨人，但是许萦宁愿被上班折磨也不愿意被课业折磨，毕竟前者有工资，后者只有一肚子气。

徐砚程看她笑得开心，柔声问道："今天就是想带我来逛逛校园？"

他听她说了很多曾经的事情，不明白是为什么。

许萦左右打量一番，见人少，往他的方向挪了一些："这样算不算你也来过我的大学生活？"

徐砚程笑了。

原来如此。

"傻瓜。"徐砚程搂过的肩膀，将她摁到怀里，"昨晚随口说的话，你还记上了？"

许萦倚靠着他："所以，你不要再后悔了。"

她听徐砚程说过几次，总想去抚平他心里的这道裂痕，就想带他来逛一逛她的大学校园，这算是一种弥补行为吧。

"小惊。"

许萦抬起头："怎么了？"

她以为他是感动，要给她说好话了。

他将大掌放到她的脑后，俯身吻她。

许萦羞得躲到他的怀里，小声说："你可别乱来，这是在外面。"

徐砚程雅痞地笑了笑："大学校园拥吻的情侣多我们一对也不是不可以。"

许萦红着脸说："谁和你大学情侣……"

她带他来看她的大学校园而已，又不是真的要和他扮演一天的校园情侣。

说是这样说，她还是舒服地窝在他的怀里，听着他低沉的声音，享受时间一分一秒地从他们身边流淌而过。

初夏温风吹拂，她想，要是在大学和徐砚程谈恋爱，大概就是这样吧，感情不热烈不冷淡，如今日的风一般美好。

初厘

著

温柔告白

下 册

青岛出版集团 | 青岛出版社

第十一章

许萦就是徐砚程要的未来

许萦回到江都后，去容青筠的小洋楼实地考察了一圈，花了一周，熬夜做出了三个方案，然后轮到容青筠选择困难了。

熬完夜，许萦又睡得昏天黑地的。

徐砚程已经习惯了她的作息情况，尽量早下班回来做晚餐，然后帮她补英语。

不热爱语言学习的许萦，每到晚上都过得很痛苦。当初她得过且过学习的语法在徐砚程面前原形毕露，他帮她重新构造了语法体系。

徐砚程拿着红笔候着，等许萦把知识点记好，忽然好奇地问："你当初高考英语怎么考的一百二？"

许萦写完一句话，眨了眨眼："就考了呀。"

她不仅高考英语考了一百二，大学四六级也过了。

"凭感觉吧。"许萦继续抄写知识点，"我在其他科目上运气不怎么样，但是英语猜题的运气挺好的。"

她以前没什么感触，自从六级踩线过后，觉得自己还是有点儿考运在身上的。

"我学习没有什么法子，就是按照自己认定好的方法乱来。"她理解数学题的逻辑也和别人不太一样，是从错误中推出正确答案。所以，她从不敢教亲戚的孩子写作业，怕误人子弟。

徐砚程笑说："我还记得和你同桌考最后一门数学时，你在草稿纸上写的计算过程——我是真的没看懂。"

许萦睨他一眼："不是吧，徐医生还偷看我的草稿纸？"

徐砚程发现自己说漏嘴了。

本来他是想看她的试卷名字的。

那天她太困了，全程趴着写完卷子，将名字遮得严严实实的。

"是不是在心里笑我？"许萦凑到他面前问。

徐砚程捏了捏她的脸蛋："在心底佩服你了。"

她算出的数字是错的，但是因为和选项答案相近，乱选对了，属于是误打误撞拿分。

"当初我动过歪心思。"许萦一面写，一面说，"心想你高三肯定学过这些东西，我最后一题连题目都看不懂，问你好了。"

"怎么不问？"徐砚程问。

许萦看向他说："我又不知道你是一直考年级第一的徐砚程，就想，如果你是学渣学长，我问你问题，出于对幼小的关爱，你可能会出手帮忙，最后算不出正确答案，我岂不是让你在我面前丢脸了？我是有心维护你学长的颜面。"

徐砚程笑了笑："我是不是欠你一句'谢谢'？"

许萦摆手："没有，没有，这样就是考试作弊了，我们可不能这样。"

两个尖子班的人混考，回头查监控发现他们的小动作，卷面会被判零分，她就要成为打破徐砚程一直考第一神话的罪魁祸首了。

徐砚程："你虽然计算步骤是错的，最后答案选对了。"

许萦正碰到不懂的问题，盯着徐砚程几秒，然后开玩笑问："买瓜吗？"

"瓜？"徐砚程不解，以为她是嘴馋，"想吃西瓜？"

许萦扬了扬手里的卷子，五个选项错了三个："买我这样的小傻瓜。"

徐砚程被逗笑，揉了揉她的脑袋："哪里不懂？"

面对徐砚程，许萦不怕被说，一五一十地把不懂的地方说了出来。他耐心地解答着，没有任何不耐烦的表情。

写完一份试卷，徐砚程去阳台上接一个越洋电话，许萦躺在沙发里玩手机。

肖芊蕙在群里发消息："阿萦，你是不是要火了？"

许萦坐起来："怎么了？"

肖芊薏："你去你的微博看看。"

许萦以为自己被黑了，连忙切换到微博，发现自己的私信有上千条，粉丝涨了一万，手颤巍巍地点了进去。

看到全是夸奖评论，她松了一口气。

回到小群，许萦问："怎么回事啊？你给我买粉了？"

肖芊薏："我们家老唐的钱也不是大风刮来的，我有这个闲心不如找你做按摩。"

许萦："我去看看。"

她怎么突然就火了？

许萦翻着相关消息，找到了 @ 她的一条微博。

　　@浮阳：新书准备得差不多了，最近和傅先生回国定居了，还搬了新家，给大家看看工作的书房，软装设计谢谢 @ 许惊萦 xy。

许萦看到这条微博愣住了。

浮阳？是她知道的知名悬疑作家浮阳吗？

她点开图片仔细看了一遍。

这个书房是她给季暖布置的啊……

当初许萦在设计书房的时候，前后改了五版稿子，季暖对书房的要求很高，许萦给熬得黑眼圈都出来了。

所以……

许萦："@楚栀 @楚栀出来说话，你小嫂嫂是浮阳？"

肖芊薏："什么浮阳？"

楚栀来迟，打趣说："嗯，都说有惊喜了。"

许萦傻住了，第一反应是问楚栀："她能送我几本签名书吗？尾款我可以打五折。"

因为先前工作室的手续没办全，所以许萦要对方延期一段时间支付费用。

楚栀："收起你那不争气的样子。"

肖芊薏反应过来是怎么回事了："我的妈呀，阿萦不要尾款了，能不能附带我几本？"

楚栀："……"

许萦顾不上其他，把手机丢到一边，拉开玻璃门冲到阳台上，开心地说："徐砚程！今晚我请你吃夜宵！"

这么好的事情，她肯定要庆祝一番。

徐砚程明显怔了一下，不懂她怎么突然兴奋起来。

许萦缓缓走向他："我的微博涨粉了，是楚栀的小嫂嫂给大家安利我的设计，大家爱屋及乌关注了我。她真是大好人！对了，她嫂嫂是写悬疑小说的浮阳，我的书房里还有她的几本书。我的微博还收到一些合作邀约，你说是不是大好事？！"

徐砚程快速接收完她的消息，替她开心，淡笑说："是好事。"

许萦跳到他旁边，搂着他的腰说："今晚去吃火锅，我买单！"

徐砚程垂眸看着她那双亮晶晶的眼睛，说不出拒绝的话。

他的电话还通着，那边的人听到了他们的对话，问道："是你太太来了？"

听到一阵悦耳的女声从听筒里传来，许萦微微蹙眉，下意识地问出口："她是谁？"

徐砚程失笑，凑到她耳边说："稍等一会儿。"

接着他换了英语和对方交流，简单几句下来，许萦只听出对方的语气越来越凶，很不好惹的样子。徐砚程态度坚决，没有再多说什么，然后把电话给挂了。

许萦定定地看着他，等他的一个解释。

徐砚程："以前在国外医院的同事，也是朋友，一个项目有分歧，语气就重了些，不是什么大事。"

他说这些话时，眼神里流露的疲惫之意不假。许萦觉得，对方应该不是第一次找上来了，才让向来最有耐心的徐砚程也面露烦躁之色。

许萦扯了扯他的衣摆，安抚说："别理她。她国外是大白天，我们这里可是晚上。她大晚上还来聊工作，一定不是什么好人。"

对许萦来说，判断一个人的素质很简单，就看他有没有时间边界感，如果不分时间来叨扰的人，素质肯定好不到哪儿去。有时间边界感的人是懂得遵从对方的作息习惯，在合适的时间聊工作的。

徐砚程听完她的判断标准，不免一怔，而后觉着她的想法也怪可爱的。徐砚程宠溺地笑了笑："好，不理会。"

许萦靠着他的肩头，仰头看着他："那——我们去吃夜宵？"

"确定？"徐砚程问。

就在今晚，许萦吃完晚饭还嚷嚷着要减肥，发誓以后少吃几口饭，多走几步路，然而一晚上还没过去，就动了吃夜宵的心。

许萦望着他，变得犹豫了："我再想想。"

"我给你弄水果拼盘吧。"徐砚程说。

许萦笑："好，大餐留到明天晚上，怎样？"

"好。"徐砚程纵容她的每一个突发奇想。

徐砚程去厨房弄水果，许萦趴到沙发上，对着季暖的微信犹豫了许久，最后在小群里问两个人："你们说我这个点去私聊大大，会不会不太好？"

肖芊蕙："大半夜的，确实不太好，话说你有大大的微信？"

许萦得意："有啊，她是我的合作伙伴，当初加了微信，我们还彻夜聊过呢。"

肖芊蕙告诉自己没什么好酸的："人家熬夜准备写新书，你是被迫给别人熬夜做设计方案，别说得你们关系好像很亲密。"

许萦："你看看你忌妒人的嘴脸，啧啧啧。"

楚栀正在忙，抽空回复她们："晚上十点我小嫂嫂一定没睡。我二表哥前几天还在朋友圈里吐槽我小嫂嫂一天睡得比一天晚，她应该是在准备新书。你有空和我们瞎聊，不如现在就去私聊我小嫂嫂。"

许萦看完这段话，得到了鼓励，点开季暖的微信，一顿猛操作，写到后面，又全部删掉，接着长长地叹了一口气。

季暖先发来了消息："许小姐你休息了吗？"

许萦坐起身子，一板一眼地回复："我没睡，正想找你。我看到你的最新微博了，很感谢你把我的设计推给大家，真的特别开心！"

季暖笑说："看到你的聊天框弹了好几次'正在输入中'，我以为你有什么重要的事情交代我。"

许萦的脸瞬间爆红，她没想到背后的小动作全部被季暖看到了。

许萦倔强地故作矜持："你找我有事吗？"

季暖："刚才小栀和我说你和你朋友想要我的签名书，我想问你有什么想写的内容吗？"

许萦瞬间装不下去了，激动地敲击着手机："真的吗？真的可以送我吗？"

季暖："应该的，我先前就想送你了，但是当时没和你说我是写小说的，不好意思在你面前王婆卖瓜，自荐作品。"

所以季暖才想着等到装修结束了，亲自发微博感谢许萦，要是许萦喜欢她的作品,自己再送。

许萦蹲在沙发上,面容淡定,手指却摁得飞快:"我超级喜欢的!特别喜欢!你写第二本书我就入坑了,你的每本书我都收藏了,电影我也去看了。比起来,我还是喜欢你的文字。"

季暖:"真的吗?这样我就放心把写过的书全给你邮一套了。"

许萦震惊:"真的吗?"

季暖出了五本实体书,她真的有幸拿到全套 TO 签吗?

季暖真诚地说:"真的,我十分感谢你能帮忙设计我们家。我这人不太喜欢和陌生人交流。但凡换一个设计师,我和人家都聊不到一块儿去,可能无法布置出现在的房子。

"我从小就很想有一栋按照自己的喜好布置的房子。前几年因为我先生工作的事,国内国外我们都是短暂地住上一段时间,没觉得自己要在哪处扎根,不过是把有他的地方当成家,但这栋房子不一样,对我来说意义非凡。"

许萦看得眼眶发热。季暖的字里行间全是感谢之意,被肯定的感觉让许萦觉得仿佛沐浴在花海里,所有荣耀为她诚服的欣喜感狂涌而至。

许萦:"季小姐你要是不介意,以后我能帮得到你的地方,你和我说,我能做到的事一定做!"

季暖:"你客气了!"

许萦说:"房子对你来说意义非凡,对我来说亦如是。我大学是学软装设计专业的,但是毕业后因为种种现实问题,放弃了喜欢的专业,直到今年才决定干回喜欢的事情。你是我的第一个顾客,谢谢你愿意相信我。"

季暖开玩笑说:"我们倒是惺惺相惜了。我知道了,以后有需要,一定不会客气。"

许萦又和季暖聊了一会儿,没了从前公事公办的生疏感,两个人像好友一样,随心所欲地畅聊着。

徐砚程捧着水果拼盘回来,见她笑得灿烂,问她:"又碰到开心的事了?"

许萦望着他,眼睛弯如月牙,给他说了和季暖聊天的事情:"没想到第一个客户这么好说话,我真的很开心,能在工作中遇到这么好的人。"

她或许就是那类看似大大咧咧实则高敏感的人吧,嘴上说着没事,但是会格外在意别人对她的不好评价,反复去问自己是不是真的没做好,然后会无意识地钻牛角尖,想方设法地去改正。

徐砚程能明白她的心情，叉了一片水果递给她："祝贺小惊，开张大吉。"

许萦笑得趴在他的肩上："什么开张大吉啊。"

不过他确实没说错，第一单工作成功交易，不就是开张大吉吗？

许萦咬了一口西瓜，像是吃下一口初夏。西瓜清爽干净的味道冲击着她的嗅觉和味觉神经，淡淡的甜味让她心情变得更好。

"吃完睡了。"徐砚程没切太多，就怕她贪嘴。

许萦今晚尝到了甜头，乖巧地点头："好！"

睡前许萦把私信她的合作内容大概看了一遍，最后选了三单，具体安排在和周原旭的项目结束后。

她正兴奋着，手机忽然被抽走。

徐砚程严肃地说："睡前少玩手机。"

许萦举起双手，表示自己是无辜的："工作而已，不是娱乐。"

"工作留给明天。"徐砚程躺下说，"刚才是谁和我说以时间边界感判断工作素质的？"

"哎呀，我错了。"许萦挤到他怀里，搂着他的脖子，笑吟吟地说，"徐医生，我们把每月上交的生活费提高吧，一个月四千块。"

徐砚程懒懒地抬起眼，想到在他故意而为下，账面上每个月花不到两千块的家庭开支，心跳缓了一拍："怎么突然要提额度？"

许萦信誓旦旦地说："当初我没有经济来源，委屈你和我降低生活质量了。现在我有收入了，当然要提升我们的生活质量。"

"你觉得我们的生活质量很低？"徐砚程循循善诱，想要断了她的念头。

许萦深思片刻，发现一点儿都不低。

他们吃的用的东西不能说是顶好的，但绝对能在大众里算中上消费水平。

许萦也意识到，一个月四千块生活费压根做不到这点，按照目前家里每天高质量生活的消费开支标准，怕是半个月都撑不住。

许萦神秘兮兮地附耳问他："徐医生，你该不会偷偷补贴家用了吧？"

徐砚程没想到她能察觉到，无奈地问："我该怎么回答？"

许萦叹气，搂紧他："徐医生，我会好好赚钱的，不会委屈你为了迁就我过苦日子的。"

徐砚程低低地笑了一声，手指在她的脖颈上流连："嗯。"

许萦拉开距离瞧着他，奈何屋里太黑了，只能大概看到他的轮廓。

他平稳的呼吸声给了她极大的安全感。

此刻她的心情就像她高三每个周日的下午——拉上窗帘挡掉所有的光亮，窝在柔软的被子里，睡上一个沉沉的下午觉，梦中见到无数千奇百怪的东西，醒来后全然忘却，只收获一个舒服的午觉。

在隐蔽狭窄的房间里，那就是她高中时期最欢愉的时刻。

每一周，她都在等周日；每个周日，她都在等下午。

而现在，每一天她都等着晚上入眠；每一次入眠前，她都等着徐砚程的温柔呢喃。

许萦靠着他，满足地闭眼入眠。

能和他结婚真好，她想。

江都进入七月后，烈阳烤着沥青路，浓烈的烧焦味飘散在热空气里，半空中翻滚着热浪。

天气变了，人也变了，变得一刻也不能离开空调。

许萦的六月过得过于充实，她同时给周原旭和容青筠做设计方案——两个人都是抠细节的人，前前后后，她做了十多版方案。

每一天她不是在家里做方案，就是去家具城看家具做详细的记录。

许萦在和徐砚程的聊天框里碎碎念："什么时候能做只出图纸的设计师了，我一定不会在夏天出门。我的人生里只有春秋，没有冬夏。"

像他们中下层设计师，要是想赚得更多，需要自己去现场监工。有些设计师为了赚更多，硬装也会一起包。

许萦做不来硬装，不仅苦，还很累，要是装修师傅没找好，或者在施工过程中偷工减料，房子就很容易出问题。她与老谋深算的师傅周旋不来。就自身缺心眼的性子，她只有被坑蒙拐骗的份儿。所以，她退而求其次地选择只做软装设计。

XYC："我过去接你。"

许萦刚把他要的资料收拾好："不用，你好好准备手术。说好我给你送，最后你还来接我，别人知道要闹笑话的。"

XYC："好，我在医院大厅等你。"

许萦快速收拾好东西，深吸一口气，推开家门出去。

坐在地铁上，许萦盘算着要不等周原旭的尾款到了，自己先提一辆车，不要求车子多奢侈，能代步就行。这样徐砚程需要她送东西的时候，她在路上能节约一些时间。

地铁停在市医院站，许萦也在备忘录上做完了购车攻略。手头的钱攒一攒能付首付，她决定等下周从京北回来，就去提车。

许萦走到医院大厅，看到徐砚程正站在前台处。他神情凌厉，手里翻阅着手术病历和资料，深蓝色的刷手服外套着白大褂。见到她后，他摁动了一下水性笔，将其放到左边口袋里，转身朝她走去。

离得越近，他脸上的笑容越深。许萦被他带动起情绪，笑着小跑向他。

"慢点儿，不急。"徐砚程笑着说。

许萦把怀里的资料递出去："你要的，看看有没有缺的。"

徐砚程大致看了一眼："没有。二十分钟后我要进手术室，等会儿你去护士站那边休息一会儿再走。"徐砚程已经替她交代过，"我和她们说了。"

许萦微微偏身，见三个年轻的小护士脸上挂着甜甜的笑容和她挥手问好。

许萦讪讪地说："太麻烦了吧。"

徐砚程搂着她的肩膀过去："天太热了，你坐一会儿再走，不然容易中暑。"

许萦迎着小护士揶揄的目光，随着徐砚程款款走了过去。

他们刚到护士台边，一个小护士连忙给她端茶倒水，另一个护士把皮质凳椅拉出来，拍了拍，盛情邀请她坐下。

"我还是走吧。"许萦真的很不能适应别人对她过于热情——护士们那眼神，就跟狼见到小白兔一样。

她是那小白兔。

徐砚程正准备出声安抚她，不远处有人突然叫他。

"砚程。"

女人的声音让许萦感觉很熟悉，似乎前段时间刚听到过。

许萦不爱记事情，如果脑子里存下了记忆，那么肯定是特别的事情让她的心里过意不去。

她回身看到一个女人里面穿着浅蓝色的衬衫搭配着干练的浅色西裤，扎着高高的马尾，自信地仰着头，双手插在白大褂袋子里，阔步走了过来。

许萦小心翼翼地看了徐砚程一眼，发现他嘴角的笑容逐渐消失。

两个人不对付？许萦想。

女人在他们面前站定，紧盯着许萦，眼神未曾挪动，问徐砚程："你太太？"

特殊的语句触动了许萦的记忆，她想起这人就是和徐砚程通话的女人。

许萦心中警铃大响。她一直觉得徐砚程一个优秀的医学博士、心外科大夫，身边一定有不少同是精英的女人，今天终于遇上了。

女人的表情极具攻击性，许萦下意识地咬了一下唇，舔舔着唇瓣，呼吸变重，静待着接下来发生的事情。

徐砚程搂着许萦的手微微收紧："嗯。"

不见徐砚程有介绍她们认识的意思，阮卉茗冲许萦笑了一下："不介绍一下？"

随即阮卉茗看着徐砚程，等他回复。

"卉卉！你等等我啊。"一个男人从外科大楼的走廊上跑过来，撑着腰狂喘气。

喻文瑞走近，打量了一下面对面站立的几个人，一边笑呵呵地把阮卉茗拉远，一边和徐砚程说话："砚程好久不见哪，自从你去年九月从国外回来，我们就没机会再聚，等会儿下班有时间去喝一杯？"

许萦听到男人的话猜想他们是认识的，应该是徐砚程留学时认识的朋友。

徐砚程不咸不淡地拒绝："不了，我下班后还有事。"

阮卉茗："我们不介意去你家做客。"

徐砚程微微蹙眉，冷眼扫过去。

喻文瑞双手一拍，打圆场说："卉卉你说什么呢？我们也才刚下飞机，过两天等大家不忙了再聚也不迟。"

阮卉茗还想说些什么，喻文瑞搂过她，好声好气地劝着："我们等会儿还有研讨会，砚程也要做手术，有什么事可以等工作结束了再说。而且，我们又不是只回来一天。他太太还在这里，你真的不能乱来。"

阮卉茗顿步，意味深长地看了许萦一眼，红唇微勾，一笑而过。

许萦被她这一眼看得心底不舒服，仰头看向徐砚程。见他的表情也不好，她没有多问什么，和他说："你先上去手术吧，我在这里休息一会儿就回去。"

徐砚程看向她时，神情缓和许多，淡笑着说："嗯，回家注意安全。"

许萦推着他走，指了指电梯间的方向："赶紧去吧，全手术室的人等你一个人不合适。"

徐砚程走了几步，折返回来把她搂到怀里。

许萦被小小地吓了一跳，手拉着他的白大褂袖子，迷茫地问："怎么了？"

他拥抱的力度让她心惊。

"没什么。"徐砚程垂眸笑说，"今晚回去给你做好吃的。"

"好！"许萦扬起微笑，"徐医生，再不走就迟到了。"

她好说歹说，徐砚程才转身离开。

许萦目送他上电梯后，笑容瞬间从脸上消失。

那两个人出现后，许萦能清晰地感受到，徐砚程的心情忽然变得沉重许多。

许萦转身回到护士站，见三个小护士正抱成一团，星星眼地看着她，全部一脸神秘的笑容。

"怎……怎么了？"许萦被看得心慌慌的。

三个人你一言我一语地说起来。

"没想到徐太太你和徐医生的感情这么好！"

"对啊，那个拥抱我恨不得看倒放，单手搂到怀里也太甜了。"

"我没想到徐医生私下是这样的人。"

许萦羞红了脸："没有的……"

许萦被大厅里发生的事情弄蒙了，哪里知道徐砚程会突然来这么一下，还被人全程目睹了。

按照徐砚程曾经和她说的，医院要是有一个人知道什么事，就意味着全医院的人都会知道。

看来不用多久，徐砚程和他太太在医院大厅里搂抱的八卦消息要传遍医院上下了。

想到这里，许萦走到她们为她准备的位子旁坐下，故作漫不经心地问："我以前没在心外科见过那两个人，他们是其他科室的医生？"

她抛出话题，小护士们立马和她热聊起来。

"你说阮医生和喻医生哪。"个头儿比较矮的小护士说，"他们是和艾斯教授从国外回来的，他们的团队正和我们医院进行学术交流。"

另一个护士接话："他们可是被称为心外科最强夫妻拍档。"

许萦惊讶："夫妻？"

怪不得男人来劝女人的时候，女人虽不满，但还是听了话，没再继续说什么。

"看不出来吧，他们都 35 岁了。"长马尾护士压低声音说，"我可羡慕他们的发量了。我真的想知道护发秘籍，自从学了这专业，头发掉得一天比一天多，再下去我的头就要秃了。"

三个人一直说不停，许萦陷入沉思之中，不知道徐砚程和他们到底有什么事情，以至女人对着徐砚程有这种难以言喻的固执劲。

从医院回到家后，许萦躺在沙发上，依旧得不出一个答案。

后来她想算了，这是徐砚程的事情，自己不应该私下去探究，如果他想说，会告诉她的。

过后也没见徐砚程把好友领到家里做客，许萦忙着设计稿子，没多余的心思去瞎琢磨，就逐渐忘了这事。

许萦和容青筠敲定好设计方案后，跟着周原旭出差了两次，全在工地上考察情况。

图书馆已经建得差不多了，许萦惊叹周原旭的办事效率，随即也着急装修方案还没敲定下来。

许萦为了赶一份图纸，三天没睡好。当吃饭面对饭桌边同样眼下泛着淡淡乌青痕迹的周原旭时，她觉得苦的也不是她一个人。全工程队的人为了项目都在拼命，她没资格叫苦不迭。

最后的装修风格，许萦偏向把图书馆弄得童趣一些，因为是村里大部分中小学在读的孩子使用，孩子都喜欢稍微有趣的装修，这样更能激发他们的学习兴趣。

敲定好方案后，周原旭给她放了三天假，让她回家。

许萦本来还有几个邀约，全部推到了下个月，实在是想回家一趟。住了半个月酒店，她无比想念家里的大床，想念徐砚程在身边的时候。

她来京北的半个月，徐砚程只抽得出空和她视频。他的工作也忙，国外的科研组人员过来后，他作为重症组的副主任，任务更重了。她听他说过一天要做的手术很多，就差睡觉都在手术室里了。

等到周原旭批假后，许萦给徐砚程打电话，结果没打通。

此时门铃响了，许萦打开房门，见是周原旭："怎么了？"

周原旭："有两个家具商城的老板想给我们提供这次的装修家具，一起去认识一下？"

许萦毫不犹豫地答应。周原旭这么做是为了给她扩展人脉，她当然不会拂他的好意。

到了酒局上，主要是周原旭在聊，她坐在旁边听，仅偶尔和老板们聊上几句。

在知道她最近接了几个单子后，他们眼睛都亮了。紧接着她手里多了两张名片，老板们主动说以后有需要，她可以直接打他们的电话。

"两个人都是国内有名的家具企业老总，你要是觉得不放心，以后联系他们之前可以和我说。"周原旭低声和她说道。

许萦发自内心地感谢周原旭："谢谢学长！"

周原旭："别急着谢，以后名气起来了，别不接我的项目就行。"

许萦笑："你可别开我的玩笑。你的项目只要你不嫌弃我，我都接！"

她垂眸扫到旁边包包里开静音的手机屏幕一直闪个不停，以为是徐砚程给她回了电话。

"学长，我想去接个电话。"许萦说。

周原旭颔首："去吧。"

许萦拿着手机到了餐厅外的会客厅，打开手机，发现未接来电全部来自沈长伽。她错愕了几瞬，难道是家里出事了？

她惴惴不安地回拨电话，把手机放到耳边，听着"嘟嘟"的声音，手不禁拧在一起。

待对面的人接通电话，许萦着急地问："妈，怎么了？"

沈长伽语气不好："你在忙什么？为什么没接电话？"

许萦虽不喜欢沈长伽的语气，但怕耽误她说正事，连忙回答道："最近的项目在京北，我在这边出差。"

"你这个孩子，我说你什么好。"到口的重话说不出来，沈长伽难得地放轻了声音，"你赶紧回来一趟，我和你爸正去市医院。他们说小徐身体不舒服，差点儿倒在手术台上。"

许萦听到这话，仿佛掉入冰窖，手脚冷到发麻，忘记了呼吸，缺氧到太阳穴疼了一下，才心慌地吸了一口气。

许萦来不及回酒店收拾行李，直接打车到了机场，坐最近的一班飞机回江都。深夜十一点四十三分，她安全落地，一路跑着冲向出口。

来接她的是沈长伽。

见到母亲，许萦连忙问："徐砚程情况怎么样了？"

沈长伽抿了抿唇，说："我和你爸过去时他已经睡下了。医生说是长时间疲劳过度，昨天他还连续做了两台紧急手术，忙得午饭没来得及用，低血糖导致的。"

许萦听到这些话，心才微微放下一些。

徐砚程没有生命危险就好。

"走吧，我们过去。"许萦说完，催沈长伽去停车场。

沈长伽拉住她，皱眉说："早过探视时间了，今晚你爸给小徐陪床，都安排好了，你先回家休息。"

许萦摇头："医院的人认识我，我做登记就好了。"

不亲眼确认徐砚程是安全的，她放不下心。

"行了。"沈长伽语气强势地说，"你不看看你自己，风尘仆仆地赶来，蓬头垢面的，小徐看到后怎么想？"

许萦咬紧下唇，心底骤然生出强烈的无助感。

沈长伽又说："你总觉得我说话不中听，但我还是要说两句。你们年轻人忙事业我不反对，但你们是夫妻，平日里也该多多关心对方。你就是不上心，但凡对小徐多叮咛几句，让他知道家里有人惦记着，他都不敢这样糟蹋自己的身子。"

一路上许萦的神经都是紧绷着的，听完沈长伽的数落话语，她眼底猩红发热，微微垂下眼睫，害怕情绪外露，不想让任何人看到此刻就要崩溃的自己。

"您先回去休息吧。"许萦捏紧包包的肩带，"我自己和前台的人沟通，等会儿让爸回去休息。"

沈长伽见她这副油盐不进的模样，无奈地"啧"了一声："我说你这个孩子，就不能听妈一句劝，先回去好好休息？"

理解许萦担心徐砚程的心，可她也担心许萦的身子。怎么说许萦也是她的闺女，先前闹的不愉快她早不放在心上了。

"回到家我也坐立难安。"许萦已经有了决断，拿出手机准备约车，"我自己过去就好。"

沈长伽发现从上次争执后，许萦变得越来越固执，自己说的话全都不管用了。

盯着许萦倔强的背影，沈长伽阔步追上："我送你去，三更半夜的打车不安全。"

没等许萦说不，沈长伽就先一步去挪车。

许萦站在车的副驾驶座门边，心里依旧抗拒和沈长伽处在一个空间里。

她已经够累了，承受不起沈长伽每一句"为你好"的劝说话语。虽知道沈长伽是发自内心说的体己话，可关怀的语气说出口她总觉得怪怪的，听着更像是专门戳她的心窝，不让她好受。

这个时候，许萦只想一个人待着，不求身边的人能说多好听的话，一句话不说都是对她最好的安慰。

最后她上了车后座，关上门，系上安全带，靠在座椅上看着窗外的风景。

车子启动，融进黑漆漆的夜色里，车里的冷气似十二月的寒气呼啸着吹向她。

许萦浑身发冷，耳边似还能听到机场停机坪的飞机起飞的轰鸣声——杂音刺激得她混乱的脑子更混乱。心跌入了谷底，她觉得恐慌感像躲不开的乌云，死死笼罩着她。

沈长伽透过后视镜看了许萦一眼，见她半张脸藏在黑暗里，只露出下巴，说了事情的经过："小徐的爸妈在国外，医院联系不上你，小唐才让你苏阿姨给我们打电话，我们接到电话就第一时间赶过去了。"

许萦淡淡地"嗯"了一声，气音有些颤抖。

沈长伽语重心长地说："小萦，妈妈知道现在说什么都让你心里不舒服，但是有一些话我还是要说的。

"徐医生纵容你对你好，爸妈都看在眼里，但你不能只享受他对你的好。小徐以前在国外留学，可能独立惯了，做事没有后顾之忧，但现在不同了。你们结婚了，你们的后面是两个家庭，莽撞行事会伤了自己也伤了家人。他不懂这一点，你应该多提醒他。"

许萦感觉脑子"嗡嗡"地响："妈，别说了，我想缓缓。"

沈长伽深深地瞧了许萦一眼，怕闺女又和她吵起来，最后选择沉默，加快车子速度往市医院赶去。

车子一停下，许萦就拉开门跑向大厅。

前台的护士认出了许萦。许萦说明来意后，护士没有多问，手续都替她办妥了，还贴心地告诉她病房的具体位置。

许萦靠在上升的电梯里，可能是离徐砚程越来越近，她的不安情绪更强烈了，脑海里还盘旋着沈长伽在车上说的那一番话。她暂时悟不出一个所以然来，只想先见到徐砚程，确认他真的没事。

住院楼层的值班护士给许萦开了门。

跑着来到医院的许萦，此刻沉重地放缓了脚步，走向走廊尽头的那一间病房。

房门从里面被推开，许萦停了下来。

阮卉茗反手带好门，回身和她四目相对。

"来了？"阮卉茗将双手插到白大褂的口袋里，漫不经心地问道。

阮卉茗和上一次见她一样，行为举止没有任何不妥当之处，但眼里夹带着一丝轻佻之色。

不只对她，貌似阮卉茗面对所有人都是这样的傲慢姿态。许萦也知道阮卉茗骨子里的傲慢来自自身的优秀和博学。

阮卉茗这样的性子会让人感觉不舒服，但不至于到讨厌的地步。

阮卉茗不等许萦开口，抱着手臂说："他没事，睡一觉起来就好了。"

许萦扶着病房墙壁上的长扶手，掩盖内心的无措情绪，轻声细语地说："谢谢你。"

阮卉茗走到许萦跟前，紧盯着她，打量了许久才说："长得倒是挺好看的，只是没看出还有什么优点。"

阮卉茗比许萦略高一些。许萦需要微微仰着下巴，才能对上阮卉茗的视线。

"接到砚程倒在手术室里的消息时我挺不爽的。徐太太工作再忙，也多多关心你丈夫吧。"阮卉茗微挑着眉头说，"他难得的休息时间都在等你的消息，你倒是在外面忙得挺开心的。"

阮卉茗的语气太冲，许萦手抠着扶手，压制着内心强烈的情绪，才没让自己失态。

喻文瑞急急地赶过来，拉开把许萦堵到墙边的阮卉茗："卉卉，别乱说。"

一直隐忍着情绪的阮卉茗挣脱喻文瑞的手，脸上浮现不耐烦的神色："我哪里说错了？我真是搞不懂徐砚程放弃国外的高薪工作回国是为了什么！钱少事多，把自己搞进病房，这就是他要的生活？"

"卉卉，你可别说了，砚程听到这话会不开心的。"喻文瑞左右看了看，对上护士站值班人员八卦的眼神，拍了拍阮卉茗，"回去休息吧，这边我来。"

阮卉茗走前瞟了许萦一眼，暴脾气上来说话也懒得顾及分寸，冷声说道："徐太太还是收拾一下自己，别弄得徐砚程起来第一件事就是要担心你。"

"走了，走了。"喻文瑞推着阮卉茗往护士台走去，眼神示意值班护士送一下人。

许萦脱力地靠站在走廊上。入眼的白色墙刺疼了她的心，她感觉心一抽一抽的，难受非常。

她眼眸里的光逐渐黯淡。

她的脑子真的很乱，从知道徐砚程倒下的那一刻起，她似乎不会思考了。回到江都所有人都和她说哪里做得不好，听多了，她不禁反问自己，要是多叮嘱徐砚程几句，多关心他一些，是不是就不会发生这样的事情？

"徐太太你别把卉卉的话放心上，她就是担心砚程的身子。"喻文瑞走到许萦面前，抱歉地笑了笑，"砚程这人做事有自己的坚持。最近医院太忙了，我们也劝过他，不过他依旧是该忙就忙，一时间疏忽照顾自己的身子了。不是大事，你别担心。"

许萦垂着头，沉闷地"嗯"了一声，不忘和他说"谢谢"。

"你要不先回去休息吧。这边有我，你明早再过来，他可能就醒了。"喻文瑞看着眼前顽强硬撑的女人，似乎下一秒她便会支离破碎，不忍心把话说重。

许萦远远地看了徐砚程的病房一眼，抬脸冲喻文瑞笑了一下。她知道此刻的笑容肯定很难看。

"好，谢谢喻医生。"许萦最后转身离开了住院部。

沈长伽一直在停车场等着，许萦拉开后座车门坐了上去。

"怎么了？不是说让你爸下来吗？"沈长伽问。

许萦闭上眼："回去吧，我先回家一趟，明天来替爸。"

沈长伽莞尔："行，我们先回家。"

许萦："不了，你送我到环江小区吧，我给徐砚程收拾要用的东西。"

女儿不愿回家，沈长伽略微失落，不过很快转换好情绪，启动车子送她先回去。

许萦回到家，坐在沙发上发呆好久，深吸一口气，把眼泪憋了回去，起身去房间里给徐砚程收拾要用到的日用品，然后洗澡，换一身干净的衣服。

见肖芊薏和楚栀在微信上留言问她情况，许萦简单地回了"没事"，不愿意再深聊。

周原旭给她留言，把她的假期延长了，让她先把家里的事情处理好，说其他的事情不着急。

等到天微亮，许萦打车去农贸市场买了新鲜的食材，熬了营养粥，忙活一早，也差不多到医院可以探视的时间了。

她出门前，手机振了下。楚栀给她发了消息，让她多注意休息。

许萦盯着消息，敛起心绪，故意忽视冒出的微妙想法。

许萦坐在出租车上时，接到了肖芊薏的电话。

许萦接起电话："这么早？"

那头的肖芊薏在听到许萦的声音后无比紧张："阿萦你还好吗？"

昨天唐知柏和她说了徐砚程的事情，她就想给许萦打电话问情况了。楚栀劝她第二天早上再打电话，大晚上就不要给许萦的焦虑添油加醋了。

许萦无声地苦笑了一下，看着窗外的风景，心里难过："芊薏，我是不是很自私？我听到你的这句话，竟然觉得委屈。事情发生到现在，你和栀子是第一个问我还好不好的人。明明现在不好的是徐砚程，我却还矫情地想没有人在乎我的个人情绪，我真可怜。"

肖芊薏顿了片刻，问："阿萦，你怎么会这样想？"

许萦也知道此刻自己的想法很不妥："是啊，我好自私啊。"

在这段婚姻关系里，她总是这样自私吧。徐砚程照顾着她，而她把这一切行为当成理所当然了。

"不对。"肖芊薏说，"有人和你说了什么？"

许萦的心结难以开解，找到一个发泄口，她吐出了心里的话："我妈和徐砚程的同事说我太不顾家了，但凡我多关心关心徐砚程，也不至于造成今天的局面。"

肖芊薏听完这话，来了火气："你信了？"

许萦当然不全然认同他们的话，说了自己的感受："我很自责。"

对徐砚程生病这件事，她真的很自责。

"阿萦，自责是正常的。今天如果是你躺在病床上，徐医生也会很自责，也无法原谅自己对你疏忽照顾。但是啊，你要是因为他们的话往心里去，那我是真的不开心了。他们这说的都是什么屁话啊？！"

许萦听到这话，心情开朗许多，露出了淡淡的笑容。

肖芊薏说得没错，她把对徐砚程的担心心情和他们指责她的疏忽混为一谈了。

"芊薏，我想问你一个问题。"许萦说，"如果婚姻里，一方太过于照顾另一方，是不是……不好？"

肖芊薏心情顺畅多了，聊起天来也没这么多忌惮了："你又是从哪里听来的屁话？"

听筒的声音不小,肖芊薏骂完这句话,前面的司机师傅抬眼看向后视镜,和许萦的视线撞到了一起。

许萦压低声音说:"喀喀喀,你矜持些。"

肖芊薏躺在懒人椅上伸了个懒腰:"婚姻上其他人说了都不算,你们说了才算。要是按照你这样想,你给徐医生端杯水,那徐医生就要给你切水果,这就是'平等婚姻'?多没意思啊。不要想太多,婚姻就是偏爱,无论多少和对错。徐医生照顾你,你就没有给他提供……嗯……"肖芊薏找不到形容词,顿了一下,"反正就是他乐意对你好,对你好才能开心一整天。你要做的呢,就是接受他的好,过意不去就亲他一下啰。"

许萦听到后面脸微微泛红:"这种提供?"

"是爱的表现!"肖芊薏恨死许萦这个木头脑袋了,"你别听你妈说什么,我都不能认同我妈的婚姻观,千万种婚姻,怎么还搁这儿搞批发,一模一样?徐医生的同事的话你也别听,他们是为徐医生考虑。要是昨晚我和栀子在他们面前,肯定能和他们干起来,因为我们的脑子里是为你考虑的。懂?笨蛋阿萦。"

许萦笑意渐深,"嗯"了一声:"谢谢你芊薏,我好多了。"

听完这席话,她心中的烦闷情绪确实少了许多。

"好了,你的感情专家要下线了。老唐准备回家了,我要去弄早餐。"肖芊薏说。

许萦挂了电话,车正好停在住院部门口。

她提着两个大袋子上到徐砚程住的楼层,在走廊上碰到了许质。

"爸,您怎么在这里?"许萦紧张地看了病房一眼,以为出事了。

许质上前接过她手里的东西:"医生来查房。"然后许质小声和许萦嘀咕,"医院现在查房都是几个大主任一起了吗?"

"啊?"许萦没懂他是什么意思。

许质:"心外和神外,还有什么麻醉科的几个主任都来查房了。里面都没落脚的地方了,我不得出来外面等着。"

许萦听完这话觉得夸张了。这个阵仗,她也没经历过。

"我去看看。"许萦接过东西,"我来吧,您辛苦一晚上了。"

许质笑了笑:"不辛苦,我还怕我陪床打鼾吵到小徐呢。"

许质有段时间没见许萦,欣慰地看着她:"我家姑娘辛苦了,瘦了。"

"好了,您别说煽情的话,我过去了。"许萦拍了拍许质的肩膀,冲他微微笑了笑。

许萦站在门口往里看去——病房里里里外外站了三圈人，全是穿着白大褂的医生，她压根看不到徐砚程在哪儿。

可见医院对徐砚程有多重视。

他们还在聊天，许萦不好意思打断他们，想着和许质在外面坐一会儿好了。

她才要转身，听到里面的徐砚程说："爸，是小惊来了？"

他说完，医生们回身，齐齐看向许萦。

许萦手一抖，差点儿把粥弄掉。

许萦愣了几秒，还是身边的许质替她回了话："来了，刚来的。"

然后许质笑呵呵地推着许萦进去。

里面查房的大夫很识趣地给许萦让出了一条通道，她走在其中，缩了一下脖子。她小时候去医院见到穿着白大褂的医生就厌得不行，就算是陪其他人去，也怕被医生关注到。

她往前走去，看到了坐在床边的徐砚程。

他一身天蓝色的病号服，脸色苍白，唇上的血色淡淡的，额前的碎发长了不少，挡住一半的眉毛，黑眸幽深，没有一丝波澜。

她一眼就看出了他有多憔悴。

许萦在车上听了肖芊蕙的开导，好不容易放下的复杂情绪又一次冒了出来。

见到她的第一眼，徐砚程就温和地笑起来，手伸向她："过来。"

许萦走过去，把东西放到柜子上，虽站到他身边，但一直不敢去看他那双温水般的眼眸。

"医生好，"许萦看向为首的一个老医生，"砚程他没事吧？"

老医生憨憨地笑了一下："不是什么大事，他身子骨好着呢，就是以后别忘了吃饭，手术耗费体力。"

他又对徐砚程说："你水都没喝几口，脱水又低血糖，不晕才怪。"

许萦惶恐地扫视了屋内一眼："那就好，辛苦你们来看他了。"

"应该的，"老医生身边的中年女医生笑说，"徐医生可是我们医院的骨干。"

他们进行亲切关怀是应该的。

"谢谢你们对砚程的关心。"许萦礼貌地道谢，面对十几双眼睛，强装出镇定自若的模样。

老医生见差不多了，和徐砚程说："你好好休息，下午再去办出院手续，我们就走了。"

徐砚程笑道："辛苦楚老了，您慢走。"

等人走后，许质说："我的几个同事过来，我下去接一下。"

许萦："怎么您的同事过来了？"

许质讪讪地说道："这不是昨天在派出所上班接到医院的电话，同事都看到我急急忙忙地跑出去了。你宋叔叔他们知道是小徐不舒服，就非要过来一趟。"

许萦能理解。

许质作为派出所的老所长，对下属好是没话说的。

在他的带领下，所里的民警团结，工作氛围良好，大家打从心里敬重他，每逢过年过节家里就一群人上门拜年。这次知道徐砚程住院，肯定会有人代表所里来慰问。

"好，如果他们没吃早餐，爸您先带他们去吃。"许萦看了一眼时间，正是白夜刚交班，说不定她爸的同事们还没吃上一口热乎的早餐。

许质笑了笑："好，我去了。"

许质走后，许萦走到柜子旁，打开早餐，对徐砚程说："我给你熬了粥，你趁热喝一些。"

"小惊。"徐砚程叫她。

许萦轻微地深吸一口气，不让他察觉出不对劲，眨了眨酸楚的眼睛："怎么了？"

徐砚程把她拉到他跟前，低头看了她一眼。

许萦躲着他的目光。

徐砚程追着她，看清她眼睛里的红血丝，心疼地捧着她的脸："没休息？"

他的接触让她微微一震。

她摇头："没有。"

"听妈说你昨晚从京北回来的。"徐砚程说。

许萦拉开他的手，紧紧地抱着他："嗯。"

徐砚程愣了一下，回过神后搂着她拍了拍她的背，柔声说："我没事。"

"对不起，徐砚程。"许萦鼻子酸酸的，眼皮发烫，胸口闷得生疼。

徐砚程抱着她让她坐到他怀里，扯过纸巾给她擦泪："是不是阮卉茗和你说了什么？"

许萦顿了顿，一时间不知道该怎么回答。

难道有人告诉他什么了？

"我猜的。"徐砚程顺了顺她的背，不至于让她太难受，"不管她和你说了什么，你别往心里去。她那人是个学术疯子，对其他事情态度冷淡，说的话容易伤人。"

许萦绞着手指："我没往心里去，只是……"她看到他形容憔悴，眼更红了，"我只是很自责。"

"你别自责，我会自责的。"徐砚程握着她的手缓缓地说，"昨天真的是意外，江主任老家有事，我给他替班。他主管的病人出现紧急情况，我急着救人才没顾上其他事。"

许萦靠着他，眼泪涌出。明明她都告诉自己不能哭了，结果还是没忍住。

她一边哭，一边说："以后不要这样了，我接完电话感觉天都要塌了。"

女人的话不假，为他担忧的表情也不假，徐砚程看着这张惨白的小脸，一阵心疼。

"不哭了。"徐砚程冲她笑，"等会儿爸的同事来了，可是要笑你了。"

许萦摇头，搂着他的脖子，头和他的头挨在一起，哭腔浓浓地说道："徐砚程，以后我不会走这么久了，我会花更多的时间陪着你。"

徐砚程却皱起了眉："小萦，你不需要这样做。"

"我知道，有分寸的。"许萦对着他笑了一下。

徐砚程抬手揩掉她的泪，严肃地对她说："工作上的事该做什么就做什么，你别多想。"

许萦看着他，就是憋不住眼泪，挨着他不愿意挪动。

徐砚程感受到她的恐慌情绪，也深刻地知道——许萦很没有安全感。

"昨晚我就想来看你了，又怕我那副模样让你担心，所以先回去了。"许萦小声解释着。

徐砚程醒来没看到她，有几分失落，但也只是因为想她，并不是责怪她没有马上来到他身边。

"你做得很好。"徐砚程温和浅笑，"让你千里迢迢地赶回来，我已经良心不安了。比起我出事，我更怕你遭遇意外。

万一她太急了，路上碰上事怎么办？他根本不敢深想。

门外响起清嗓子的声音，许萦飞快地从徐砚程怀里退出来，胡乱地擦了擦脸，然后站到一边，看向门口。

派出所的指导员和副所长拎着水果进来，揶揄两个人刚才的亲密拥抱。

许萦不好意思地背着手站在徐砚程旁边，见他们笑得太猖狂，才说："宋叔、单姨别笑了。"

两个人嘴上说"好"，脸上依旧挂着笑容。

许质给徐砚程介绍了两个人。

他含着笑随着许萦的称呼叫人。

"师父您有福气啊，姑爷一表人才。"宋迈叉着腰乐呵呵地打趣。

单晓鸳跟着说："对啊，和我们小萦般配的。"

徐砚程笑意淡淡地说："谢谢宋叔、单姨。"

许萦小声和他嘟囔："怎么说'谢谢'啊？"

正常人不该说过奖了吗？！

徐砚程搂着许萦的肩膀："说我们配不该说'谢谢'？"

道理没错，但他这也……太自夸了。

许萦给他们拿凳子，要他们坐会儿。

两个人拒绝说"不用了"。他们是上班时间抽空来一趟，送完东西叮嘱几句就走了，约好下次去家里吃饭再聊。

许萦和许质一起去送人，顺便去把出院手续办了。

她走前百般叮嘱徐砚程，一定要把粥喝完。他昨天没有好好吃饭，正是需要补的时候。

徐砚程笑着说"好"，对她的关心很受用。

许萦拿着缴费的单子回到病房时，听到里面传来激烈的争执声，连忙加快脚步。

她的突然闯入，让面对面站着的两个人噤了声。

许萦先是看向徐砚程，确定他没出事才松了一口气。

徐砚程强忍着不耐烦的情绪——良好的素养让他不至于现场暴走，但紧抿的双唇出卖了他压制在心底的躁意。

阮卉茗不在意来的是谁，继续理论："我说得没错吧，你这么累是为了什么？我给你的提议不好吗？徐砚程，你作为一名心外科大夫，对我师父开出的条件不心动？你明明可以……"

徐砚程抬起眼皮冷冷地看着她："够了。"

阮卉茗不死心："如果你加入我们的科研组……"

徐砚程："阮卉茗，适可而止，我不想再听到这个话题。"

"徐砚程！"阮卉茗固执地看着他。

徐砚程声音平静地说："如果你还当我是朋友，今天就到这里。"

阮卉茗顺着他的视线看向许萦，没再说什么，气呼呼地转身离开了。

许萦愣神地盯着她离开的方向。直到徐砚程把她拽到怀里，她才缓过来："你们吵架了吗？"

徐砚程："观点不同而已，算不上争吵。"

他们都那样了还不算吵架？

她忽然不懂他们学霸世界的交友方式了。

"爸刚才给我发了消息，说他和妈刚落地，我们回去住两天，可以吗？"徐砚程换上了她带来的干净衣物。他身着简单的休闲装，弯腰开始着手收拾行李。

许萦当然没问题，心底比较在意他和阮卉茗的事。虽然对她不满，但阮卉茗对徐砚程是真的关心。

许质派出所还有事，许萦和他约好有空回家吃饭，然后和徐砚程去徐家的小别墅住上几天。

两个人到了家面对的依旧是程莞和徐望文的争吵声，而今天徐望文被骂也笑得开心。

许萦讶异地凑近徐砚程问："爸这是怎么了？"

哪有人被骂还笑得这么灿烂的？

徐砚程："妈从国外回来定居，他这是开心。"

怪不得，许萦欣喜地问："真的？妈要回来了？"

徐砚程点头："她准备去我们心外科做大主任。"

"好事。"许萦笑说，"别说爸开心，我也开心！"

徐望文对程莞的真心不假，如今也算是即将迎来一个好结果。

用完晚餐，徐砚程和程莞去书房聊事情了，许萦一个人坐在院子的秋千上放空思绪。

不知何时，徐砚程在她旁边坐下。

"结束了？"许萦转头看向他。

徐砚程伸手搂着她的肩膀："嗯。"

许萦："妈和你说了什么？"

徐砚程不在意地笑了笑："她还能说什么？过两天要入职，她给我吩咐事情，准备要我伺候她，在医院过回她太后的日子。"

被这话逗笑，她笑倒在他怀里："妈还真是有个性。"

徐砚程摸着她的脑袋："是啊，以前我是不太懂她为什么要这样做，后来倒是很喜欢她能做自己。"

许萦回想起阮卉茗的话，犹豫片刻，还是没多问徐砚程。他几番打断话题，就是不想让她去干涉这件事。她想了想，还是当作不知道吧。

"明天去京北？"徐砚程问她。他看到了她在微信给他的留言，说是放了三天假。

许萦摇头："不去了。"

徐砚程眉头紧锁："怎么不去了？"

许萦："我和学长说了，后续的工作在网上交接。等到最后，我再去验收。"

良久，徐砚程低着头小声说："小惊，你不用因为我这样。"

许萦摇头："我不是非得离开，只是换了一种交接工作的方式，没你想的这么严重。"

徐砚程看着她姣好的面容，内心无奈，看来有些事还是不让她知道的好。

从他醒来，她就一副心事重重的模样。

徐砚程关心地问："不开心吗？"

许萦愣神地看着远处，听到他这样问，抬头看着他，摇了摇头，想瞒着他，却不争气地红了眼，数落自己一句："我觉得我挺笨、挺自私的。"

她摩挲着他的手背，顺着血管放轻动作。

他白皙的手背上有一点淡淡的乌青痕迹，是吊水留下的伤痕。

曾被她视为艺术品的手，不知是不是她的错觉，指节更突出了，禁欲感更浓烈，病态感也更重。

一场病，他消瘦许多。深色的家居服宽松地笼在他身上，露出一截脖子，锁骨骨感明显，许萦越瞧越心疼。

"我要是多关心你，就不会发生这件事。"说不把其他人的话放在心上，可许萦还是深感愧疚。

徐砚程抚摩着她的脸，软声哄她："我错了，以后一定好好照顾自己，好不好？"

"我不是要你向我道歉的。"

徐砚程故作无赖地说："你说这番话我听着就会内疚，不道歉心里过不去。"

许萦擦掉眼泪，环着他的腰。徐砚程顺势抱住她，一下又一下地顺着她的背，像给小猫顺毛，安抚着她。

"徐砚程。"许萦窝在他的颈窝处，"我就难过今晚，以后不会了。"

"今晚？"徐砚程吻了吻她的发顶，笑道，"大好的晚上你拿去难过伤心，可不值得。"

"以后我们都好好照顾自己。"许萦说。

"好。"徐砚程笑着应下。

许萦的双眼看着远处黑漆漆的苍穹，夜里风凉，她贴着徐砚程，摄取他的体温才不至于狼狈地打战。

"我一直标榜自己是个及时行乐主义者，不求以后有多好，总怕明天不够开心，所以能过一天是一天。就昨天，我忽然发现我变了。"

"嗯？"

许萦凝视着徐砚程："我忽然变得贪心了。徐医生，我想和你长命百岁。我想和你在一起久一点儿，再久一点儿。"

忽然之间，她发现她的生活不能没有徐砚程。

如果没有他，她甚至想不出生活该是什么模样。

徐砚程怔住，然后勾唇笑了笑："乖。"

许萦在他怀里说："我贪心地想，我们的人生再有四个 26 年就好了。"

徐砚程心中泛起层层叠叠的涟漪。

他似乎得到了多年所求，似乎得到了回应。

"会的。"徐砚程安抚她，悄声回答。

"徐砚程，和你结婚真好。"她认真地对他说。

徐砚程只是笑。

他果然很没骨气，现在开始觉得，昏倒也不是什么坏事，因为她会软声对他说情话。

他俯身亲了她。

他怕再不封住这张小嘴，会胡思乱想的。

在情迷之中，他感受到了她浅浅的回应。

"喀喀喀——"

清嗓音打破了暧昧的气氛，许萦被吓得缩到了徐砚程的怀里，埋着头不敢乱动。

徐砚程眯着眼睛朝声源处看去，目光透着危险之意。

程戚樾被吓到，磕巴地说："要关门睡觉了，你们……你们进不进来啊？"

许萦弱弱地说："进……进的。"

然后她推开徐砚程，飞快地从程戚樾身边走过，一路飞奔向卧室。

等许萦的背影消失在楼梯口后，程戚樾收回目光，直直对上徐砚程的双眼，不知徐砚程什么时候站在离他三步外的阶梯上。

面对徐砚程突然靠近的行为，程戚樾被吓得踉跄后退几步，贴到墙上，差一点儿就要腿软坐下。

他心想，他哥的眼神也太恐怖了，要把人生吞活剥似的。

徐砚程若无其事地经过他身边，冷声说："门锁好，灯关好。"

气势上输了一大截的程戚樾唯唯诺诺地点头，嘴巴里只蹦出一个单字："好……"

目送人走远，程戚樾缓过神后，心里不爽。

他不就是撞破两个人亲嘴吗？他哥至于对他这么凶？

爸妈不分场合地撒"狗粮"就算了，他哥向来矜持绅士，怎么也变成了这样？

程戚樾心里把家里其余四口人编派了一遍，老老实实地关好门，关好灯，确定窗户全部被关好了才回房间。

徐砚程回到房间时，许萦正在衣帽间里找衣服。她翻了好一会儿才找到过年来住时放在这儿的睡衣。

晚上天冷，穿长袖正好合适，许萦又开始找其他用品。

徐砚程主动上前帮忙："我来吧，你先去洗澡。"

过年住徐家时，房间全是徐砚程整理的。

许萦看着被自己翻乱的两个柜子，停下手："好，我去了。"

要不然整齐的衣帽间就要被她糟蹋了。

许萦洗完澡，躺在床上刷微博。

私信里的邀约从前天开始她就没有处理了。季暖的那条微博让她得到了很多人的喜欢，也有几个作家找上她，想要她帮忙设计新房子的软装。

许萦犹豫许久，把微博的简介改成了"忙碌，暂不接合作"。手指停在"完成"摁键上片刻，她在后面加上了工作邮箱，这样若有人有事可邮件联系，总不好断掉联系的方式。

微信这时弹出周原旭的消息。

周原旭："上次我给你的建议你考虑得怎样？"

许萦："还是不了吧。"

周原旭急切地问："上次不是聊得挺好的？是哪里不行？你还有条件要提？"

这次去京北，周原旭邀请她加入他的工作室，开出的条件诱人，除去其他款项，单是不用自己和客户交涉，已经足以让她心动。

周原旭："工作地点你不用担心。有项目就去，其他时间你就在江都。我会在京北给你留办公室。"

许萦盯着这条信息，拒绝的话在心里憋了好一会儿。她最终还是狠心地说："还是不了，学长你是找合作伙伴，我个人的时间比较少，去了会拖你的后腿的。"

周原旭没有立马接受她的理由，再三思考后回复："先不着急，等到手上的这个项目结束了，我们再好好聊一次。"

许萦能理解周原旭的急切心情。

近一年，周原旭创办的工作室开始进入大众视线，在业内的名声越来越响亮。他想要招纳更多的人才，提高工作室的业务能力。这时候加入工作室，对许萦来说只有好处。等到工作室的商业版图再扩大，她就能算元老级别员工了。

"怎么了？"徐砚程拉开被子躺下，侧身面对着她。

许萦快速地把最后拒绝的话发出去，按灭手机屏幕："没事，和学长确认项目进程。"

徐砚程想起她说的话，又劝了一句："要不然，你明天去一趟？"

许萦摇头，蹭乱了鬓边的乌发："不了，跑来跑去的太麻烦了。"她拉过被子盖到下巴，钻到他的怀里，合上眼睛，"你难得放假，我也难得休息，我们这几天就在家里好好睡觉，好好休息。"

许萦面对工作的态度冷淡得奇怪，徐砚程想继续劝她，见她缩成一团，就算睡在他怀里，依旧摆出防备的姿势，猜想她心情不佳，才会无意识地陷入自我保护的状态中。

徐砚程连带着被子把她环住，像哄睡婴儿般轻轻拍着她。

许萦睡得并不好，晚上反复醒了三次，后面实在是困了才进入深度睡眠状态。

不忙的日子她一觉睡到十点是常有的情况。等到她从床上醒来，撑着身子环顾了一下屋子，意识到自己现在是在徐家，慌忙掀开被子下床，赤脚跑去衣帽间找衣服换上。

估计……不对，她不用估计——全家就她没醒。

在自己家就算了，她在婆家还这样，不知道会不会被说。

许萦在棉麻长裙外套上了一件毛线的开衫，将头发随意地绾起，用鲨鱼夹固定住，洗漱完后推门下楼。

在楼梯口对上两张陌生的面孔，许萦愣了愣神，停下脚步站在阶梯上。

"师母好！"后面走来的张盛带头叫许萦。

两个人跟着喊"师母"，礼貌地冲许萦微微鞠躬。

许萦被这场面弄得手足无措，又想到此刻自己的模样，扶着扶手后退了一步，不知道还能不能折返回去，上个淡妆也好……

"师母你刚起吧？我们正好要吃饭。"张盛站到最前面，友好地笑说。

许萦没有退路，硬着头皮上去，嘴边挂着干干的笑容："你们怎么来了？"

张盛像在课堂上抢答的好学生，兴奋地说："今天艾斯教授来拜访程教授，我们跟着一块儿过来。"

原来是程莞的客人，她还以为他们是特地来拜访徐砚程的。

"最近怎么不见你在医院里？"许萦把鲨鱼夹拿下，柔软的长发垂在肩上，整个人看起来温婉恬静，裙摆微微摇曳，露出的小腿纤细又笔直，脚下趿着一双比她的脚大上几码的家居拖鞋。她微笑时，有种抚平人心的魅力。

张盛不好意思地挠了挠头："我前段时间回学校上课了，上次假期实习去的神外。"

"你们一起的吗？"许萦没有冷落另外两个同学。

他们点头。

女生笑眯眯地说："上课听老师提过师母，今天终于见上了。"

许萦惊讶："徐医生提过我？"

张盛笑道："是啊，比起老师的课，我们更愿意听老师的八卦。"

徐砚程闻声而来，走到许萦身后，手搭在她的肩上，低笑着问："聊什么？"

许萦打趣道："他们说你上课说我的坏话。"

徐砚程："那可冤枉我了。"

张盛对徐砚程有盲目崇拜心理，急忙替徐砚程辩解："我做证，老师说的每一句话都在夸师母好。"

其余两个人跟着应和。

"老师说师母你好看，温柔又善良。"

"我们看过老师拍的书房照片，大多是你的手工制品，真的好喜欢。我们全班同学羡慕坏了。"

许萦看着徐砚程："你是去上课还是话家常的？"

徐砚程笑了笑："上课不耽误我夸老婆。"

许萦浅笑："贫嘴。"

许萦瞥见三个人紧紧盯着他们的神情，咳了咳："不是要用午餐吗？走吧。"

三个人识趣地走开了。

许萦用胳膊肘碰了碰徐砚程："你也就那两节课，还有时间和他们聊我们的事？"

徐砚程用大掌包裹住她的小拳头，握在手心里："他们好奇，我就说了几句。你也看见了，他们对你印象很好。"

"知道了。"许萦搂着他的胳膊去往客厅，"谢谢徐老师，出门在外不忘记夸我的好。"

两个人有说有笑地走到客厅里，吸引到了其他人的注意力。

许萦看到沙发上坐的其他三个人，其中两个人是阮卉茗夫妻，还有一个外国人，应该是他们口中的艾斯教授。

艾斯教授不知道问了程莞什么，她笑吟吟地走过来，从徐砚程怀里搂过许萦，带到她坐的位子上，用英语向艾斯教授介绍许萦。

看到在场的每个人脸上都挂着笑容，听不懂他们说什么的许萦紧张得不知如何是好。

徐砚程把这一幕收到眼底，走到许萦身后站着。等到转场到餐厅时，他长手一伸，把人带到自己怀里，把她安顿在他旁边坐下。

许萦仰头看到徐砚程，心绪安定下来，小声和他说了"谢谢"。

徐砚程笑着揉了揉她的脑袋，给她夹稍微远些的菜，让她在这场饭局里尽量不会感到窘迫。

许萦在收回视线时，和坐在对面的阮卉茗目光相撞。

阮卉茗移开视线，表情尤为冷淡，不苟言笑地参与到这场社交活动中，只对艾斯教授和程莞聊的学术话题感兴趣。

许萦下午要去容青筠的小洋楼。

软装设计方案早已经定好，一楼的工作室刚完工，这两天要正式动工，许萦得亲自去一趟。

徐砚程听说她要出门工作，十分开心，让她忙完给他打电话，说他会开车去接她。

今天这场聚会，肯定会持续到晚上，许萦坚持自己开车去，对方也是他在国外的老师，让他好好陪客人，不用担心她。

许萦走到后院的停车场时，碰上了站在车边的阮卉茗。

经过上一次，许萦不想和阮卉茗单独见面，礼节也懒得顾及，只想开车走人。

"许萦，聊一聊？"阮卉茗走到她面前。

许萦将手搭在车门把上，寡淡地睨她一眼："我们没什么好聊的。"

阮卉茗我行我素，固执己见，直接站到了许萦面前。

许萦被逼得后退一步，不得不和她进行这场谈话。

"阮卉茗，我对你们的事情不感兴趣也不了解。如果你有事可以直接去找徐砚程，我没有资格替他做任何决定。"许萦坦白地说道。

阮卉茗直勾勾地盯着她问："你知道徐砚程以前是怎样的人吗？"

许萦："这很重要吗？"

阮卉茗哼笑："很重要。"

"你想要徐砚程和你出国工作可以和他聊，和我聊的话，找错人了。"许萦不想继续无用地争辩，心里满是对阮卉茗的不喜之情。

"目前我们在做的科研属于前沿医学，一旦出成果，对徐砚程的影响不用我说你也知道。"阮卉茗冷冷地说，"项目前年立项，去年正式启动，而在开始的前一周徐砚程主动退出了。我以为他是找到了更好的地方高就，后来才知道他放弃国外所有的一切回到国内，在一家市医院里做着小小的副主任，忙到生病住院，忙到吃不上饭，每天还要面对烦琐的医患关系。"

许萦放缓呼吸："但这是他的选择。"

"不是。"阮卉茗否认，"徐砚程去年就回国了，但是据我所知他还在犹豫，甚至回到国外的可能性更大。但是今年年初他决定在江都定居，态度很坚决。你能理解我的意思吧？"

许萦不傻，听得懂她的话。

年初唯一可能让徐砚程改变主意的事，就是和她结了婚。

所以阮卉茗想说的是，因为她，徐砚程放弃了国外能让他名利双收的大好工作，甚至是前途，在江都定居。

许萦想反驳，话到了嘴边，却吐不出来。

她曾听岳泽打趣说徐砚程刚回国一直住的是酒店，一和她领证就火速物色房子，匆忙地搬了进去。

空荡荡的屋子是她亲手布置起来的，里面的每一样家具都是她的双手精挑细选的，这些事实不可否认，也侧面说明了阮卉茗的话不假。

确实是因为和她结婚，徐砚程在江都定居了。

"你想让我劝他？"许萦问。

通过许萦的表情，眼见她内心已经动摇，阮卉茗狡黠一笑，继续说："我问过徐砚程为什么不愿意离开江都，他全是在为你考虑。你的工作和朋友都在江都，而且工作刚有起色，所以他并不想打乱你的生活节奏。许萦，我很欢迎你和砚程一起到国外。"

今天给容青筠购置的客厅家具刚到，许萦指挥着师傅搬运。

容青筠泡了茶，倒了一杯递给许萦，见她一副心事重重的模样，问了一句："怎么了？"

许萦迟缓地收回注意力，想笑，露出的表情却比哭还难看："没事，在想一些事情。"

容青筠靠在墙上，环顾快要装好的客厅，欣慰地笑说："我给我弟弟看了你的设计稿，他特别喜欢。听说今天开始装修了，他恨不得今晚就来看一眼。"

许萦垂下眼睫："是吗？"

"你怎么回事？"容青筠抬手碰了她一下，"一副有心事的样子。"

许萦冲她笑，内心却苦闷，用食指敲着嘴唇："青筠，以前的徐医生是个怎样的人？"

容青筠不解她为什么会这样问："你们没聊过？"

许萦讪讪地笑。

他们真没聊过。

她的过去太糟糕了，自己的过去都没多好，她有什么资格去深究别人的过去？想到这里，许萦自嘲地笑了笑。

她真是笨又蠢，情感上疏忽了徐砚程。

万一他想要她知道他的过去，一直在等着她问呢？

她却避而不谈。

"高中的时候，他特别优秀。"容青筠双手捧着玻璃杯，垂眸陷入回忆之中，"他就是我们女生上高中前最期待遇到的那类男生。"

容青筠细碎地提到了一些事。

"程哥那相貌就不用说了，绝对在我们江都一中排得上名号。程哥性子温文，人好说话，但有自己的处世原则。霸榜第一，成绩很好，谁遇到不懂的问题去问他，他也乐意解答。班上的同学遇到事，他会站出来帮忙，交友的分寸感又拿捏得精准。大家在和他社交时，情绪能得到完美照顾，班里的同学不会有人不喜欢他。特别是我们一中那一身深灰色校服和白色T恤穿在他身上，衣衫干净，少年感十足。他站在走廊上时，无数女生想上前搭话，毕竟谁都想要和程哥这般耀眼的人在一起。"

许萦听得入迷，甚至想象到日暖风和的课间站在走廊上的徐砚程的样子。

"猎猎"的风跑到他的衣衫里，撩起衣摆。黑发被吹得凌乱，眉眼深沉，他眼含温和笑意百无聊赖地靠在墙上，耐心地听着别人说话，时不时回答一句。

女生在高中能遇到这样的男生，不说在一起，单是能遇到，把他封进青春的记忆里，就足矣了。

"国外的话，我以前听岳泽说过。程哥很牛就对了，一路硕博连读，还进了那边最好的医院，专业能力这些不用我多说你也懂。

"同学都以为他会在国外定居，毕竟待遇没的说。大家没想到他会回国，挺意外的。"

许萦越听越是失落。

她真的耽误了徐砚程，是吗？

许萦晚餐是和容青筠吃的。她暂时不知道应该以什么样的状态面对徐砚程，便选择了逃避。

中途徐砚程给她发消息说已经结束聚餐，晚上回公寓住，让她直接回家里，不用去徐家了。

回到小区楼下，许萦在公园里走了两圈。

她一直想着容青筠和她说的话，心事重重——仿佛一块大石压在她的背上，让她直不起腰。

被冷风吹得手脚冰冷麻木，她才鼓起勇气上楼。

站在家门口，许萦深吸一口气，扬起笑容，努力装出一副没事人的样子。

进到客厅时，徐砚程正在收拾东西。

他冲她招手："小惊，过来。"

许萦本想直接回卧室洗澡，尽量减少和他接触，怕被洞察力一绝的徐砚程发现她不对劲。

"怎么了？"许萦放下挎包，站在走廊尽头，没有挪动。

徐砚程指着桌子上的礼品盒："你学长刚来过。"

许萦的心跳漏了一拍，她怯生生地问："学长……和你说了什么？"

"过来。"徐砚程忽然脸色一沉，拍了拍旁边的空位。

许萦不大情愿地走过去了。

徐砚程起身把她摁到沙发里，蹲在她面前，视线与她平齐，凝视着她问："你是不是要推掉你学长的项目？"

许萦："学长和你说的？"

徐砚程："我猜的。"

听到这里，许萦心里松了一口气，面上故作镇定："我只是要推掉他后面的项目，手上的项目会好好做完的。"

徐砚程想到她的微博更新的简介，想问她怎么不接工作了，又怕问得太多她会不开心。

"以后有什么打算？"徐砚程问。

许萦装傻："什么打算？你说什么啊？"

见徐砚程的瞳孔有了细微的变化，许萦将手摁在沙发上，指甲抠着沙发，迎着他的目光说："怎么这样看着我？"

"你学长的工作室发展前景好，而且这次的项目你们合作也很愉快，他给你的提议，你可以适当考虑。"徐砚程建议说，尽量放柔语气，让她听着舒服些。

许萦挡掉他要伸过来的手，靠在沙发背上，拉开两个人的距离："不考虑了。"

徐砚程扶着她的肩膀："小惊……"

许萦打断他的话，一时嘴快地拒绝他，语气生硬地说："这是我的事，你不用操心。"

一说完，她就后悔了，悄悄地打量徐砚程的脸色。

她不敢再猜他的心情，快速从沙发上起身，连忙说："我休息了，你不要忙太晚。"

徐砚程看着她逃跑的背影，回想是不是自己的语气太过分了，让她觉得他干涉了她的选择，所以才不开心……

他无奈地叹了一口气，看着偌大的客厅，此刻显得尤其冷清，不同往日那般温馨。

回到房间里的许萦趁着徐砚程没回房间，洗完澡侧躺到她常睡的位置，裹着被子懊恼自己嘴笨，脑子进水了才冲徐砚程说那些话。

她到底还是那个笨拙、不会照顾他人情绪的许萦。明明徐砚程没说重话，她冲他撒气干吗？

越想越觉得自己窝囊，许萦敲了一下脑袋，希望能把进去的水敲出来。

随后，另一边的被子被掀开，徐砚程躺到了她身后。

她闭紧双眼，催自己快快睡着，不敢乱动，怕徐砚程知道她是醒着的。

而她的小动作压根瞒不住徐砚程。

"刚才的事，我给你道歉。"徐砚程抿唇片刻，说，"小惊，对不起，我说的话让你不开心了。"

许萦身体僵住，放在身旁的手缓缓攥成拳头，无法控制的情绪在胸口翻江倒海，心如被刀一下一下割开，视线渐渐变得模糊。

"不管你做什么决定我都尊重你。"徐砚程语气越发温柔，"要是你不想接项目，那我们就不接。你做你喜欢的事情就好，不用考虑太多。"

"徐砚程，不要……再说了。"

她望着墙上光线微弱的夜灯，视线空洞无焦点。

她怕他多说一句，她的眼泪便会夺眶而出。

徐砚程不再作声，把被子往上拉了些，盖住她的肩膀，退回他的位置，给她留下足够的伸展空间，顺着她的意，和她保持让她有安全感的距离。

徐砚程的呵护举动，使得许萦的情绪在无声地崩塌，她感觉胃部像被勒住一样。

"徐砚程，你不要为我想这么多。"许萦顿了一下，继续说，"我不喜欢。"

徐砚程愣住，过了好一会儿才回神，对她说："要是你不想聊工作，以后我们就不说了。"

"别说了。"许萦咽部发紧，有点儿受不了两个人之间凝重的氛围。

他越是对她好，她就越愧疚。

她觉得好对不起他。

徐砚程只要自私一点点，但凡就一点点，她也不会这样。但他太好了，她心里过意不去。

阮卉茗说的话又反复地在她的脑海里响起。

徐砚程鼓励她去做自己喜欢的事，为了她放弃另一种更好的生活，却没有告诉她。

她觉得自己就是罪人……

徐砚程看到她抖动的肩膀，想去触碰她，最后在她身后放下了手，沉默不语。

接下来谁都没有再说话，都怕口不择言会彻底破坏难得缓和的关系。

一连几天，许萦害怕关系一旦被破坏就不可修复，一直不敢作声，对徐砚程有问必答，但不会多说。

而徐砚程一如往常地关心她，事无巨细地为她考虑。

许萦面对他更愧疚了。

许萦忙完容青筠的装修，手上还有上次接的三个设计单子，正好找到借口待在书房里。每天忙到徐砚程睡下，她再摸黑回卧室。

徐砚程没有拆穿她的刻意行为，顺着她的情绪。她要干吗，他就陪着她干吗。

周五的时候，周原旭给她打来了电话，说他出差经过江都，想和她聊一聊。

许萦在约好的咖啡店门口磨蹭了许久。周原旭耐心地坐在靠落地窗的位置等她，不紧不慢地写着字，偶尔接工作电话。

许萦知道自己玩不过周原旭这只老狐狸。

自我内耗这种事，她永远是输家，只有摇白旗的份儿。

许萦进门后，周原旭抬起眼皮看向她，淡笑道："舍得进来了？"

许萦坐下，不悦地说："学长你就拿准我斗不过你，故意这样做。"

周原旭替她点了咖啡和蛋糕，把菜单交给服务员，对她说："知道就好。到了我们就聊正事。"周原旭漫不经心地扫了一眼街道，"我说的事情，你再考虑一下。"

"学长……"许萦网上多能说，和周原旭面对面就有多怂。她低着头不去看他，才勉强找回自己的声音："你说的事情，我就不考虑了。"

"为什么？"周原旭双手交叠放在桌沿上，换了一副公事公办的语气，"我被拒绝，总需要一个理由。"

许萦眨了眨眼，说话前深吸了一口气："我先生可能会出国，我会跟着他出国，工作交接会很不方便。"

周原旭笑了笑，看着面前惶恐的女人，打趣地问："徐砚程知道他要出国吗？"

许萦没接话。

周原旭调侃道："他是'被出国'了吗？"

听他突然来这么一句话，许萦惊慌失措，仿佛被拖至烈阳下暴晒，无处可以藏匿，水分缓缓蒸发，濒临死亡。

"我……"许萦疯狂想要从空白的思绪里搜刮出一个合理的理由，而张了张嘴，说不出一句话。

她不敢问徐砚程国外的事情。如果他真的是为了她放弃这一切，她无法在心里放过自己。

周原旭："徐砚程很关心你。"

许萦蹙眉："他找你了？"

周原旭摇头："我找的他，因为想再争取一下你。小萦，他很为你考虑。"

如果之前她听到这句话，会开心有个人对自己这么好，而现在只觉得像被上了隐形的枷锁。别人说徐砚程对她好，她就很难受，自责的情绪排山倒海而来。

"再考虑一下，好吗？"周原旭说，"你的创作很有灵性，我不希望你再丢失本心。"

周原旭说的是"再"。

是啊，毕业那年她就丢失一次了，好不容易找回来，现在真的要放弃吗？

许萦十分郁闷，似乎五脏六腑都在下沉。

她厌恶做选择，恨不得短暂地在这个世界上消失，躲进谁也找不到的世界里。

从咖啡厅出来后，她失魂落魄地在街上乱走。

她在一面落地窗前停下了脚步。

玻璃反光，她隐约看到里面的女人面容憔悴，一副苦大仇深的鬼样，难看至极。

差不多到下班时间时，她给徐砚程发了微信，告诉徐砚程自己回家住两天，理由都是胡诌的，说想许质了，想回家看他。

徐砚程没有马上回复，许萦不确定他是不是在手术。最后，她把手机开静音，打车回了她家所在的小区。

正碰上下班时间，路过的人和她打招呼，无一例外问徐砚程怎么没和她一起回来，许萦只说他忙。

她终于回到家。

沈长伽从厨房里出来，穿着蓝色的围裙，惊讶地问："你怎么回来了？小徐呢？"

许萦摇头，不言。

换好鞋，她拖着疲惫的身子走到房间门口，却拧不开门，心底的委屈一点点地涌出，眼底微微发热。

沈长伽擦了擦手，去客厅和餐厅中间的柜子铁盒里拿出备用钥匙："前两天震轩来住，孩子现在皮，爱乱跑，我怕他去你的房间里乱来，就把门锁了。"

许萦等着她开门，把沉重的身子摔到沙发里，望着天花板没搭话。

"差不多到饭点了，叫小徐一起来家里吃饭吧？"沈长伽期待地询问许萦。

她一直找不到机会和女儿说话，见机会难得，想要稍微缓和一下两个人的关系。

许萦摇头："我自己回来的。"

沈长伽听完这句话，见她一副悻悻的样子，瞬间明白夫妻两个是吵架了。

"小萦，夫妻间有问题就去解决，离家出走会让人担心的。"沈长伽坐到沙发尾，换上语重心长的语气，准备给许萦说一说其中的利害关系，劝她不要莽撞做事。

许萦已经够难受了，连回娘家也要被说教。她靠在沙发上，红着眼看向沈长伽，用近乎哀求的语气说："今天能不能不要说我了？我就坐一会儿。"

沈长伽被吓到，心里着急许萦这是怎么了，起身要去看她。

许萦侧着身子，把头埋到大衣里，不想让别人看到她哭了。

许质刚进门，看到这一幕，用眼神问沈长伽怎么了。

沈长伽把他拉到了厨房里。

"姑娘这是怎么了？"许质担心地问。

沈长伽摊手："我哪里知道？我在做饭她自己开门进来的，到家了一句话不说。听我提小徐她就落泪不说话，还说什么求我今天别说她。我哪有说她啊？我就是想教她怎么去处理这件事情，怎么说我们的生活经验都比她多。"

许质不懂具体情况是怎样，但明白现在真的不能刺激许萦，拉着沈长伽说："你今天一句话都不要说，也不要提小徐。"

"哪有吵架姑娘躲娘家里哭哭啼啼不说话的？"沈长伽叉着腰，指着门口，"把对错摆出来，咱们姑娘错了就回去认错，姑爷对不起咱们就让他过来认错，当着我们的面做保证。"

"行了，行了！"许质压下她的手，"现在是论对错的时候吗？真的需要分个对错，两个人早就吵得掀翻屋顶了，还轮得到你来说道理？"

沈长伽抱着手臂："行，我不懂。你说吧，怎么办？真的让她住一晚？"

"姑娘回家住一晚怎么了？"许质问。

沈长伽："算了，她现在做什么你都纵着。小徐那边，你去说。她总不能一声不吭地跑回娘家住吧，多不像话？"

许质让沈长伽好好做饭，说其他的事他来处理。

许质拉上厨房的玻璃门，把沈长伽碎碎念的声音隔绝开来。

客厅没了许萦的影子，许质悄悄地拧开她的房门，推开门小声说："小惊，爸爸进去了。"

屋里一片黑，一丝光亮都没有。

许萦躺在床上，翻了个身。

许质走到她的床边，坐在她身后，听到她低低的抽噎声，但太黑了，看不清她此刻的表情，只能听出她不好受。

"小惊哪……"许质沉吟。

许萦声音断断续续的："就让我在这里待一会儿……就一会儿……"

许质一时间不知道能说什么，知道他家姑娘要强，心底一定很不好受。

坐了几分钟后，许质出去，贴心地给许萦带上了门。

等房间再次陷入黑暗里，许萦的眼泪疯狂涌出，她无法用鼻子呼吸，枕头都湿了，又怕被听到哭声，只敢小声地抽泣。

为什么所有人都在逼她做出一个选择？

她也选了啊。

她愿意放弃自己的所有，跟着徐砚程。他要是出国，她就跟着去。

可是，为什么她会不开心，徐砚程也不开心？

徐砚程默默为她做了这么多事，她不想继续假装被蒙在鼓里，装作什么都不知道。

他告诉她去做自己想做的事情，在知道这些事后，她还怎么心安理得地去做啊……

她更害怕和徐砚程争吵，所以这几天在他面前一直小心翼翼的。

明明她好不容易觉得以后的生活会开心一些，为什么又变成了现在这样？

关系又被她弄得一团糟了。

许萦侧着身，吸了吸鼻子。

她就是想找个地方一个人待一晚上，等到明天再去面对这一切，这一点点诉求，都很难办到吗？

放在枕头下面的手机振动起来，许萦不想接。打电话的人一遍又一遍地打过来，震得她脑袋生疼。

许萦伸手去拿手机，来电显示是徐砚程。

她不敢接电话。

徐砚程并没有放弃，依旧是一遍接着一遍地打来电话。

许萦坐起身抽了张纸擦掉眼泪。靠在床头等鼻子通了许多，她才敢摁下接听键。顿了一下，她将手机放到耳边，不敢出声，连呼吸都放轻了。

"我上去还是你下来？"徐砚程冷着声音问。

许萦捏紧被子，听出他是生气了。

许萦走楼梯下的楼。老房子灯光感应不灵敏，她脚步轻，悄无声息地下到楼底。

徐砚程就站在不远处的路灯下，一身驼色的大衣，把刚抽完的烟摁灭在垃圾桶上的灭烟处里，从烟盒里拿出第二根烟，手捻了捻烟屁股，慢条斯理，神情寡淡，利落的短发被风吹乱，眉眼迷离，不知看向何处。

接到他的电话后，许萦不敢让他上楼，怕她爸妈担心，更怕因为误会害徐砚程被数落。

昏黄的灯光在他的发顶上落下一小块光区，他整个人似乎和黑沉的深夜融到了一起。

夜落寞，他更甚。

磨蹭了片刻，心中有了决断，许萦缓缓地走向他。

在她距离徐砚程十米时，他懒懒地抬眼看了过来。

在触碰到他的黑眸里的薄冰时，许萦的手不自觉地抖了抖，她骤然生出了无名的恐惧感。

徐砚程迈步，在她跟前站定，凝视着她没有说话。

许萦似乎被钉在了原地，不敢有丝毫动作。

男人也不急，薄唇咬上手里的烟，打火机轻擦，用手挡着风点燃了烟，吸了一口，两颊微微凹陷，缓缓吐出一口白雾。这一切，让他看起来更难以捉摸。

徐砚程漫不经心的一举一动刺激得她的忧虑情绪如潮水猛涨。

这是他第一次以这种姿态在她面前抽烟，舍弃绅士的外表，有几分慵懒的颓废感，他的模样变得熟悉又陌生。

她感觉到他的心情沉重程度不少于她。

漫长的五分钟过去，烟被摁灭在灭烟处，掉落的烟头被烟灰掩盖。

徐砚程把另一边插兜的手拿出来，喉咙里荡出低沉的声音："先回家。"

说完，徐砚程转身朝不远处的路边的停车场走去，他的车正停放在那里。

许萦急急地上前几步，拉住他的袖子，内心不安地叫了他一声："徐砚程……"

徐砚程顿了一下，想收回手，哑声说："外面风大。"

他话音刚落，腰就被许萦搂住了。他愣了几秒，她整个人挤到了他的怀里。

"对不起。"她声音细如丝，到后面尾音随风飘走了。

徐砚程抬起手，想触碰她又收了回来。

"徐砚程，我知道是我不够好。这些天我在逃避你，你还纵容着我。

"我是真的很纠结。你为我做了这么多事，我也想为你做些什么事，但……我有放不下的东西。

"我想把所有事情都处理好了，再告诉你。我像你对我一样对你，你就不会因为要考虑我的事业而不得不犹豫。

"可我太笨了，永远做得没你好。"

许萦到后面完全不知道自己在说什么，只是急切地去告诉他此刻自己的心情，不想他们再相互误会下去了。

徐砚程能在背后把她所有忧虑的事默默地处理好，而她只会把两个人的关系弄僵硬。

"我可以放弃我的所有……所有。我不想你离开我……"

许紫知道自己的声音碎到听不清，怕此时不说就没有机会再说了。

而徐砚程压根拿哭得梨花带雨的许紫没法子，抬手揩去她的泪，柔声说："好了，我没怪你。"

他今天来的目的是把话说开，并不是来招惹她哭的。

结婚后，他一直对许紫很纵容，事事顺着她的心，是想她在他这儿是开心顺意的，却没把控好度，让心思敏感的她有了负担。明明他是不想她有负担才选择不告诉她国外发生的所有事情，而她怕伤害到他，连和他争吵都不敢，自己一个人把全部的苦闷情绪憋在心里不说。

许紫嗅到了他手间淡淡的烟草味，不难闻，像浓重的苦酿，反而有些蛊惑人心。

徐砚程："别哭了。"

他粗糙的指腹摩挲着她的脸。

许紫摇了摇头，将头埋在他的肩胛骨处，闷声说："我不想你放弃国外的资源，也不想你为了和我待在江都放弃你的前途。我确实好不容易做回了喜欢的工作，但事业也只是刚起步。如果你选择出国，我可以和你出国……事业在哪里都可以重新开始。"

放弃的滋味很不好受，虽不知道徐砚程是怀着怎样的心情放弃国外的大好前途回到江都的，但经过这一次，她知道做出放弃喜欢的事业的决定真的很艰难。

"谁和你说我要出国？"徐砚程问她。

许紫张了张嘴，怯生生地说："阮卉茗说你当初并不打算把工作定在国内的，因为和我结婚，你放弃了国外的所有东西。如果我和你说，你一定会安慰我说没事，可……我不想你总迁就我。"

徐砚程拉开她，盯着她红得和兔子一样的眼睛，失笑说："许紫，我是不是太纵着你了？"

许紫噤声。

他，叫了她的全名。

她垂着眼眸，眼底一片悲伤之色。

他心疼地说："小惊，你就是我要的前途。"

许紫怔了一下，缓缓抬眼看着徐砚程，泪水溢满眼眶。

徐砚程明明近在咫尺，她却怎么也瞧不清楚他的样子。

"对不起，是我让你有压力了。"徐砚程安抚地冲她笑了笑，"你不用觉得对不起我，国外的一切早就不是我要追求的了。我不会出国，更喜欢和你待在江都。"

"就放弃了吗？"许萦回想到阮卉茗说的话，"你条件这么好……"

他优秀、年轻有为，一切就要止步于此了吗？

徐砚程把她揽到怀里："不是放弃，是有了更好的选择。"

她就是那个选择。

"你……不气我吗？"许萦回想着这几天她对他的行为。

徐砚程摸了摸她的脑袋，缓缓说道："每个人都有自己处理情绪的习惯，我相信你能处理好这些事。你要时间，我可以给。"

许萦对负面情绪消化得比别人慢。她并没有逃避，认真地在考虑，在做抉择。他可以等她想好，再和她交流。

他也知道她害怕争吵，因为在她看来一段关系一旦出现裂痕，会难以去修补，怕有隔阂永远留在他们之间。

如果她觉得暂时各自冷静可以缓和他们的关系，他就按照她的原则来，没有什么不行。

"徐砚程，"许萦又红了眼，嗓子眼堵堵的，"你别对我这么好。"

"好吗？"徐砚程自嘲地低笑，"我也没这么大方。"

如果今天她说的是要分开，或许他早没耐心和她在这里慢慢讲道理了。

"我也不该总催你。"徐砚程承认他不是什么圣人，永远不会犯错。这几天他也会忍不住去催促她，逼她往前走，让她去选择，甚至想要暗暗引导她按照他的想法去选择，永远留在他身边。

徐砚程向她保证："以后不会了。"

许萦将额头抵在他的肩头上，压在心底的情绪全部翻涌而出，哽咽地"嗯"了一声。

"但是以后碰到事情你要和我说。"徐砚程严肃地对她说，"别人说的话你怎么不和我求证？"

"我……"许萦老实地认错，"以后不会了。"

听到阮卉茗说徐砚程放弃国外优渥的条件为她定居江都，她的心悬到了嗓子眼，她惶恐地想，徐砚程真的因为她放弃璀璨的前途，自己却一点儿表示都没有，岂不是很自私？

徐砚程望向远处，双眼慢慢覆了一层冰，和她解释的语气却很耐心："国外的医疗水平确实发达，但科研不是非要在国外做，国内也可以做。"

许萦听到这里，抬起了脑袋："真的吗？"

徐砚程笑了一下："真的，不然妈回来干什么？"

许萦忽然觉得自己好傻："我是不是特别幼稚？"

他早安排好一切，她突然搞这一出，不就是给他添堵吗？

"不是你的问题，是我没早告诉你。"徐砚程说，"但如果你不这样做，我可能还会多想。我……怕你不在乎我。"

他怕她不在乎他。

所幸，他能看出她心里是有他的，所以才会多想，甚至为他愿意放弃自己刚有起色的工作和交友圈，陪着他去一个陌生的国度重新开始。

许萦这类害怕社交的人，让她丢弃自己的圈子，等于是抽走了她的一半灵魂。她都愿意为他做出这么大的牺牲了，他怎么会生气？

徐砚程知道这一点后，心里是开心的。

"以后离阮茗远一些。"徐砚程交代她道。

许萦点头："嗯，以后别人说的话，我不会乱想了。我会问你。"

徐砚程："好。你还要在爸妈家住几天？"

许萦握上他的手，不好意思地说："我们回家吧……"

徐砚程淡笑："走吧。"

第十二章

臣服于他给的温柔

徐砚程把许萦送回家后，开车去了阮卉茗家楼下。

阮卉茗刚从医院回来，还穿着熨烫平整的西装，从电梯里下来见到徐砚程，眼里多了些笑意："去家里坐坐？"

徐砚程："不了，说两句话我就走。"

"去家里说吧，我顺便和你分享最近研究取得的成果，一定会让你惊喜。"阮卉茗笑着说。

"先前我把话说得很明白了，你为什么还要去找许萦？"徐砚程知道阮卉茗这人固执，不拐弯抹角，直接把来意说了。

阮卉茗想到许萦那副失魂落魄地离开的模样，抱着手臂说："看来她和你说了。我想她是愿意的。如果你是因为家庭选择留在江都，她现在愿意和你一起出国了，你的科研工作又能继续进行了，不是挺好的？"

每每聊起这事，阮卉茗就是这两句话。

徐砚程皱眉，冷冷地回复："我对科研没有兴趣。比起科研，我更喜欢临床。"

"你怎么会没有兴趣？"阮卉茗激动地反问。

徐砚程淡淡地说道："卉茗，每个人都有自己的选择，撇开许萦不说，我也会留在国内。因为国内医院给我的条件比国外好，在这里我能接触更多的病例，话语权更大，能做的决策更多。我想，这是无数外科医生梦寐以求的待遇。更何况，我的妻子和我的家人在这儿，没有比江都更好的地

353

方了。"

阮卉茗却觉得不可理喻。

"卉茗，我当你是朋友，今天才特地来找你说这些话。"徐砚程板着脸说了后面的话，"以后请你离我妻子远一点儿。

"她是个很善良的女孩，或许你只是说了一句无关紧要的话，她在想事情的时候却也会把你的意见考虑进去。她甚至没和我说过你的不好，还觉得你是为了我好才和她说的那些话。"

而阮卉茗和许萦说的话，真假都有。至于真多还是假多，阮卉茗心底再清楚不过。

"到此为止。"徐砚程说完，转身离开。

徐砚程前脚刚走，喻文瑞就从后面的车子里跑了出来。

"卉卉，还好吗？"喻文瑞听到了两个人的对话，怕妻子不开心。

阮卉茗看着徐砚程将车子开出地下停车场，睨了喻文瑞一眼，好奇地问："到底是国内给的条件好，还是因为他妻子？"

喻文瑞搂过她的肩膀，耐心地劝导："不管是哪种好，所有的路都是砚程自己选的。我们作为他的朋友应该尊重他，而不是替他选择。"

"你也觉得我做错了？"阮卉茗问。

喻文瑞看着她。

她望着他的眼神直勾勾的，一定要他给个答案。

喻文瑞点头："嗯。"

阮卉茗蹙眉。这么多年来，喻文瑞第一次站到了她的对立面。她不解他为什么要帮外人说话。

喻文瑞解释："如果有人在其中说一些不好的话离间了我和你的感情，我想我没办法当作无事发生。"

以前阮卉茗没少劝徐砚程，他会给面子地礼貌拒绝。而这一次阮卉茗不该去惹徐砚程最珍视的人，触碰他的底线。

"今天砚程对你已经很温和了，没有说难听的话，没有和你断了多年的好友关系。"喻文瑞语重心长地劝着她，"卉卉，到此为止吧。"

阮卉茗盯着丈夫的眼眸，似乎懂是为什么了。

"知道了。"她郁闷地回答。

许萦不知道徐砚程去哪儿了。她在客厅里坐立难安，时不时刷新微信消息，看他有没有留言，时不时又会看向门口，期待下一秒他就到家。

时间越久，她越是焦急。

听到玄关处传来开锁的声音，许萦连忙趿着鞋子跑过去。

徐砚程瞳孔微微扩大，讶异地问："怎么了？还没睡？"

"我……"许萦找了借口，"我饿了，今晚没吃东西。"

徐砚程换好鞋子，脱掉大衣，解开衬衫的扣子，松松地挽起："我给你弄。"

许萦乖乖地跟在他身后。他下厨，她就坐在餐桌旁，眼神一直随着他的身影挪动。

徐砚程弄了一碗清淡的牛肉面，她吃完不至于因为太腻消化不良睡不着。

和往常无二，徐砚程给她弄好吃的东西后去洗澡。有科室的电话打来，他就去阳台上接听。

许萦收拾好厨房，本想等他回房和他聊一聊，等了许久，躺在床上迷迷糊糊地都要睡过去了。

蒙眬之间，感受到有人给她拉被子，她睁大眼睛，撞进了男人一双水水的眼眸里。

徐砚程放轻声音问："吵到你了？"

许萦微微摆头，往他怀里钻。徐砚程没撑稳身子，差一点儿要带着她一起摔到床里。

"做噩梦了？"徐砚程找了个姿势让她躺得舒服些，压好被子的边角，不然被子里的暖意会散走。

许萦嗅着他身上和她一样的沐浴露的香味，一颗不安的心才逐渐平复下来。

一连几天，因为和他闹别扭，她晚上睡在床的边缘处。他怕她着凉，还特地给她加了被子，万事迁就她。

许萦："你刚刚去哪儿了？"

徐砚程："去找阮卉茗把话说清楚了，以后她不会再为难你了。"

"你们吵架了吗？"许萦探着头问。

听出她话里的紧张之意，徐砚程笑了笑："没有，但我对她的行为很不满。差一点儿，我可是要失去你了。"

"不会的。"许萦靠在他的胸膛上，"我也想过我们是不是会离婚。"

"你还想过这个？"徐砚程声音冷了下来。

"可我不想和你离婚。"许萦从他怀里爬起来，半撑着身子看着他，认真地说，"徐砚程，你是我这辈子碰到的对我最好的人，我不是没良心的。"

"就因为良心？"他浅浅地哼笑了一声，问。

许萦又摆了摆头，坚定内心的想法："不单单是这样，我想和你在一起。我不知道没有你的生活是什么样的。"

她想过生活里没有他会怎样，特别难受，不敢去细想。

徐砚程抬手，捧着她的小脸，扬唇笑了笑，感受到她的手探到他的唇边，大掌包裹着她的小手，珍重地轻吻着她的指骨。

"徐砚程，"许萦俯身凑到他的耳边，声音微微发颤，"我想，我是喜欢你的。"

她说过和他结婚真好，说过会认真喜欢他，但从没直白地对他说过喜欢他。

第一声喜欢说出口，心里有了勇气，她又说了一次，像说给他听，但更像自我肯定。

"是的，徐砚程，我喜欢你。"

她很喜欢很喜欢他。

徐砚程手顿住，心脏真真切切地感受到漏跳了一拍，这一刻的激动情绪不亚于高中时期每一次和她在校园里擦肩而过时，想要停下脚步上前去认识她，在走到很远的地方还回头去看她的心情。

许萦说完这话，羞赧不已。见他没有一点儿反应，她讪讪地说："我……没告白过，是不是说得不好？"

告白还应该说些什么？她应该要送他礼物？

她是真的没经验。

她的问题有些傻，徐砚程回过神来，哑然失笑。

听着徐砚程的笑声，以为他是不信，她颓丧地靠在他的胸膛前，耳边全是他闷闷的笑声。

"我知道这样很好笑，我们才认识十个月，但……我是认真的。"

她是真的喜欢徐砚程。

她从前以为像对周子墨那样的好感是喜欢，直到遇到徐砚程，才懂喜欢不是淡淡的，喜欢是情绪会被他所牵扯，会想着他对她的好。不管他们在不在一起，她都希望他的生活是顺意的。

"我和你说这些话，不是想要捆绑你。"许萦抿了一下唇，"我知道我们了解彼此不多，以后会认真去了解你的。"

告白不是非要得到回应，于许萦来说，告白只是表达情感。她喜欢徐砚程，希望徐砚程能知道，仅此而已。

就算今晚徐砚程笑话她，她也能理解。

毕竟他们是相亲认识的，感情没深到至死不渝的地步。

许萦也想开了。像楚栀和肖芊薏说的，喜欢自己的老公不犯法，她为什么不能大大方方地去喜欢他？

徐砚程："说完了？"

许萦怯懦地"嗯"了一声："说完了。"

徐砚程："该我说了。"

许萦惴惴不安地将头埋在他的胸膛前。

"小惊，我们办婚礼吧。"徐砚程五指顺着她的长发，一下一下将其梳顺。

许萦怔怔地看着他："婚礼？"

徐砚程："嗯，按照你的想法去办。"

"可是……"许萦讷讷地说，"我的想法是不喜欢人多，甚至……没有人最好。"

大家都盯着她看的感觉令她不喜，特别是还有煽情的环节和音乐，她很怕台下的人比她先抹泪，那就更尴尬了。

"嗯，可以。"徐砚程说。

许萦："这个……怎么可以了？"

徐砚程捏了捏她的脸："相信我，可以。"

虽然有些不可思议，但徐砚程说能行，许萦就相信他。

许萦放下心来。

"还有，"徐砚程凑到她的耳边，"谢谢你的喜欢。"

许萦嘟囔："我们好官方、好客套。"

他们连喜欢都在道谢。

徐砚程笑："说'谢谢'是因为小惊比我伟大多了，如果由我来告白，我不只希望你能知道，更想和你建立关系。"

他的喜欢是会去索取，他的喜欢是占有。

"不困扰吗？"许萦害怕他会不自在，"如果我喜欢你，我们的婚姻不会变得让你有负担吗？"

徐砚程哑然失笑："就算认识第一天你就告白，我也不会这样觉得。"

"第一天太夸张了。"回想起他们第一次见面的情形，许萦又问，"你为什么要选择和我结婚？"

他甚至立马做出了留在江都的决定。

"我说了，就算是第一天就告白也不会奇怪。"徐砚程目光灼热地看着她，"很早以前，我就注意到你了。"

"以前？"许萦心脏"怦怦"直跳。

徐砚程："相亲宴不是我们第二次见面。"

许萦回想着，可在记忆里找不到徐砚程存在的身影。

"栀子的生日、西部的旅行、江都的画展……"徐砚程说到一半止住了声音，不敢把情感说得太重，"我都见过你。"

许萦花了好一会儿时间才消化了这件事，轻声问："你是以前就在考察我，然后觉得我蛮适合结婚的对吗？"

"傻瓜。"徐砚程笑说，"就不能是有好感？"

许萦心里惶恐："这样啊……"

一时间她不知道怎么回应他了。

在很久以前，就有个人注意到自己，她心底冒出的情绪微妙又欣喜。受复杂的感觉牵绊着，她甚至开始回想当时的自己没有做出什么出格的事情吧？她应该没给他留下太差的印象吧？

徐砚程以为自己能把压在心底最深处的那句话说出来，在碰上她呆滞的表情后，到嘴边的话却怎么也说不出来了。

"睡吧。"他摸了摸她的脑袋。

忽然，温软的唇撞上他的嘴角，毫无技巧的亲吻只持续了几秒，她就缩了回去。

"谢谢你的好感，让你选择和我结婚。"许萦粲然地笑了笑，"徐砚程，在我看来，26岁做得最正确的事情就是和你结婚。"

所以，她才说"谢谢"。是他坚持选择她，才没让她错过他。

徐砚程被怀里的人勾得心热，把她搂回被子里："别乱动了。"

或许是郁闷了几天，心情终于放晴了，许萦在他怀里挪动，舍不得这么快就入睡，想和他多说一会儿话。

徐砚程压着她的肩膀，换了两个人的位置，身体撑在她的上方。

前一秒还在笑的许萦意识到不对劲，手脚老实了，从他身上拿下来："我……"

徐砚程捏着她的双颊，不让她躲，凑近和她四目相对。

面对这双深沉的黑眸，许萦紧张得不敢吞咽口水。

"怕了？"他哼笑一声，问。

他本是想吓她一下，让她赶紧睡了。

而许萦只是摇头，笑道："我不怕。"

她第一次都没怕过，现在更不会怕。

她微微起身吻了他，主动跌入这一场云雨之中，撩拨着他。

他反客为主，但是故意换了位置，让她处在上位，就这样吻着她。

许萦被吊得更难受了。仿佛自身是上位者，其实她依旧被他牢牢地掌控着。

本以为这一次和以前没什么不一样，等到第二天她的眼睛高肿，她才后悔昨晚不该睡前去招惹徐砚程。

本来她就哭了一次，做了那档事又哭了许久，她的眼睛酸得不行。

早上她站在镜子前，只觉得自己"遍体鳞伤"，身上没一块好地方，红痕密布。

徐砚程在客厅里叫她："小惊，好了吗？"

许萦从厕所里出来，穿着睡衣，连家居服都懒得换，懒洋洋地扶着墙："怎么了？"

徐砚程正在拧毛巾，温和地说："过来。"

许萦犹豫片刻，走过去枕在徐砚程的大腿上。

他拧干冰毛巾给她的眼睛敷上了。冰冰凉凉的感觉让她的眼睛好受许多，但她还是委屈，热泪又在眼眶里打转了一圈。

"今天少看手机，好好休息。"徐砚程给她换了另一面毛巾，敷上去。

"嗯……"许萦闷闷不乐地回。

徐砚程："你学长那边记得回复消息，微博的简介记得改了，还有……"

许萦打断他的话："你怎么变得絮絮叨叨的？"

徐砚程无奈地叹气："还有，以后不要再为任何人、任何事放弃你的事业，知道吗？"

许萦深知徐砚程怕程莞的事情重演，老实地点头："我知道了，以后不会了。"

两个人正说着话，茶几上的手机振动了一下。徐砚程伸手拿起手机，接通电话："妈，是我，您说……现在吗？要留宿吗？"他一连应着电话那边的人，"好的，等会儿我们开车随后。她没事，在我旁边，我会转告的。"

许萦拉下毛巾，仰头看着徐砚程。他发现了，拉过毛巾盖住她的眼睛。

他小声说:"乖一点儿。"

不能看,许萦干脆躺好,听他讲电话。

不过他回答的信息太琐碎,她听不出他在说什么事。

徐砚程挂了电话,摸了摸她的鬓发:"小惊,我们可能要去你老家一趟。"

他的语气过于严肃,许萦坐了起来:"怎么了?"

"你表家的太奶奶快不行了,家里人都赶回去了。"徐砚程看着她说。

许萦心一沉,冷意从背后爬了上来。

许萦坐在副驾驶座上一言不发,徐砚程趁着红绿灯间隙看了她几眼。

当车子驶出市中心,出了收费站后,许萦才转身靠在椅背上,面对着徐砚程,双眼放空,心不在焉地问:"徐砚程,表太奶奶今年93岁,如果走了,也算是寿终正寝,是吧?"

徐砚程伸手摸了摸她的脑袋,眼睛盯着路况:"嗯,是好事。"

许萦听到他的回答,觉得他沉稳的声音让自己悬着的心安定了下来。她拉开他的手,浅笑道:"好好开车。"

徐砚程从手刹旁的杯槽里拿出水杯递给她:"喝一点儿。"

许萦接过杯子,打开盖子,凑过去嗅了嗅,味道甜得淡淡的,闻着让人精神许多。

她呷了一口,好奇地问:"这是什么?像橙汁。"

她回味了一下,又喝了一小口。

"维C泡腾片。"徐砚程说,"喝点儿甜的东西,转换一下心情。"

许萦听了这话,喝了一大口水,恨不得把肚子里的消极情绪全部转换掉。

徐砚程无声地笑了笑,觉得旁边的女人傻乎乎的,又可爱得紧。

从江都到乡下老家,开私家车路上最短也要花三个小时,徐砚程在休息站停了一小会儿,带许萦吃了个晚餐。

许萦食欲不是很好,只吃了半碗饭。徐砚程怕她路上饿,又去便利店买了一些零食。

接下来的两个小时的路程,许萦在后座上小睡了一觉。

本来她睡了大半天的,应该不会困,可能遇上的事情过于突然,把体内难得恢复好的精力全部消耗了,在摇摇晃晃的车里便昏昏欲睡了。

等到晚上九点,车子颠簸,许萦被晃醒,揉了揉惺忪的睡眼,听到徐硯程在讲电话。

许萦睁开眼，见主驾驶座上的徐硯程扶了扶蓝牙耳机，打了一圈方向盘。

他观察着左右的路况，压低声音说："小惊在睡觉，爸您直接说就好，我照您的指挥开。"

然后她听到徐硯程小声地和许质交谈，给许质交代周边复杂的路况，许质则在电话另一头指路。

"是第二个路口？"

"嗯，然后再拐进左边的路。"

"看到了，最亮的那处对吧？五分钟后就能到。"

认完路，徐硯程拿下蓝牙耳机放到凹槽里，从后视镜里瞥见了不知什么时候坐起来的许萦。

徐硯程缓缓地问："吵到你了？"

许萦摇头，拿过鞋子穿好："睡太多了吧，头有点儿疼。"

不睡又困，睡了之后头疼，许萦自己都无奈了。

她扶着前座的座椅靠背，身子往前倾："就停在村头前面的广场，估计会有很多亲戚开车回来，家那边没有位置停车了。"

徐硯程侧脸看了她一眼："嗯。你坐好，这边的路颠簸，会被撞到。"

马上就到目的地了，许萦不觉得有什么。但徐硯程坚持安全第一，她只能坐到位子上，老老实实地把安全带也给系好。

从车上下来，单穿一件白色毛衣的许萦打了个寒战，接着一件大衣从身后包裹住她，隔绝了冷风。

她整个人被徐硯程带到了他的怀里。

"晚上村里凉，我给你拿了件羽绒服。"徐硯程扳正她的身体，替她拉好拉链，整理好衣领，继续说，"今晚估计要熬夜，穿厚一点儿的衣服要是困找个地方小睡一会儿也不会被冻到。"

行李是徐硯程收拾的。他做事比她细心——她出门只记得拿手机，压根没想到夜里冷怎么办。

许萦的身体消瘦，被他扯了几下，她左右跟着乱晃，只好伸手拉住他的领口稳住身子。

"徐硯程。"许萦抬头看着眼前的男人。

"在的。"徐硯程安抚地拍了拍她的背，"手机的电给你充好了，充电器放在你的口袋里，有事联系我。"

许萦闷闷地"嗯"了一声，钻进他的怀里，就想安静地抱他一会儿。

她忽然不太想去了，因为到了那里，丧礼法事有要求，男女要暂时分开。

徐砚程明白许萦此刻复杂的心情，耐心地哄着她："你可以给我发消息。"

比起自己，许萦还是比较担心徐砚程第一次面对大家族的人会不自在，想了想，说："等会儿到了那边，你跟在爸身边。"

"好。"徐砚程带着她往表亲太奶奶的家里走去。

今晚的村庄，除了表亲太奶奶家灯火通明，其余家早早睡下了，只留着门前的一盏灯，给过路人照明。

在路上，许萦简单地给徐砚程说明了情况："我们家和表家的关系比较好，我们家的人都会过来，到时候人……应该是你新年见到的两倍，甚至三倍，因为表家和其他家的人关系也不错。"

这就是大家族，一有红白事，全家人都会回来，不算上外宾来拜访，单是本家人吃饭都要摆上十桌。

"放心，我没事。"徐砚程知道她的担忧心情。

许质在岔路口等他们，看到两个人来了，上前把两条白布递过去，叹了一声："半个小时前你表太奶奶刚走，先戴上吧，到了先和小徐去给她老人家上炷香。"

许萦的身子一僵，她以为能见上表太奶奶一面来着……

"我们来得也晚，没能见上一面。"许质走在前面，"不过你表太奶奶的子女辈、孙子辈的人都见过她了……她走前，也算没有遗憾了。"

徐砚程搂着许萦的肩膀，两个人跟在许质后面。

许萦不能一个人静静地待着，越靠近表太奶奶家，心情就越是沉闷。

她找了个话题，小声和他说："我小学的暑假几乎是在表太奶奶家过的，因为我爸妈太忙了，没时间照顾我。我外公、外婆也忙，我只能被送到这儿。后来读书、工作没什么时间回来，但是我每年会来看她一次，今年没时间来，没想到……"

她对老人家的感情不能说特别深，但血缘的羁绊是断不掉的，听到老人家过世的消息，心里闷得难受。

徐砚程揉了揉她的肩头："没事的，她的一生很圆满了。"

许萦对他笑了一下："我不是特别难过，是为表太奶奶开心。"

她的印象中，表太奶奶是个典型的务农妇女，说话温柔，做事心细，会很多拿手的活。像编背篓和花篮，对表太奶奶来说都是小菜一碟。小时候她就是在表太奶奶的影响下，开始对手工制品感兴趣的，也会时常自己捣鼓，做一些好看的玩具。

他们到门口时，看到了二姨一家人，沈长伽也在其中。

"今晚守夜，小紫和小雨进灵堂。"沈长伽说。

乔俏雨"啊"了一声，不解地问："为什么？不是表家人亲自去吗？"

而且灵堂很小，压根不够这么多人站。

"你们小时候被她带过，算是她看着长大的曾孙女，和亲曾孙女没区别。"沈长音扯过白布，给她剪裁守孝的白衣，"就守今晚，明天要下葬了。"

乔俏雨不再抗拒，乖巧地蹦出一个"好"字。

许紫和乔俏雨换好孝衣后，一行人去完香。之后，几个人去后面的院子里帮忙准备明天的白事宴席，她们两个人则留在灵堂里。

她们找了个角落站好。清楚添香到烧纸钱的事轮不到自己，但是她们也不能走。

灵堂里哭声一片。

乔俏雨抱着手臂侧靠着墙，背对着许紫。

"哭了？"许紫问。

乔俏雨擦了擦泪，不爽地说："哭了不行啊？哭了不是正常的吗？"

许紫："咱们小时候有好吃、好玩的东西，表太奶奶因为你小总偏心你，会多给你一些——你确实该哭。"

"都这个时候了，你就不能说句好听的话？"乔俏雨不爽地怼了回去。

许紫不再说话了。

乔俏雨回身，顿了一下，凑近许紫小声说："你看，束婷在看我们。"

许紫顺着乔俏雨的视线看去。

跪在灵堂旁边的年轻女人正盯着她们看。

"喊，都多少年了，她见到我们还是这副表情。"乔俏雨小声嘀咕，"她肯定还在记恨小时候表太奶奶给我多分那一包糖的事。"

束婷是表太奶奶的亲孙女。小时候几个人一起在表太奶奶家过暑假，五六个人一块儿玩，当时还小，偶尔会闹矛盾，毕竟是远亲表姐妹，闹过就过了，但是有一次是例外。当时乔俏雨刚发过烧，表太奶奶出于心疼多分了一包糖给乔俏雨，惹得束婷不满了。她哭闹说，表太奶奶答应好她做了家务多奖励她一包糖的。表太奶奶板着脸训了束婷一顿，说她不懂得心疼妹妹，糖又不是没有了，明天可以再买。

那一次后，束婷和乔俏雨见面冤家路窄，背地里不知道互相给对方添堵多少次。

许蓁无奈，睨了她一眼："乔俏雨你几岁了？7岁的事情她有必要记到现在？"

乔俏雨吊儿郎当地说："可不一定啊，束婷上初中在球场上给我下马威来着。我觉得就算我活到99岁了，她肯定还恨我。"

眼下也不能干别的事，乔俏雨凑过来，整个人贴着许蓁的胳膊，和她分享八卦："大三那年，她喜欢的一个男生追了我，我当时可无心恋爱——我这人心不好，不恋爱但可以玩暧昧，就和那个男生玩了半个月。她忍无可忍地发了信息骂我，说我不喜欢别人还吊着，是不是想故意针对她，还圣母地说什么'不爱他，但别伤害他'。"乔俏雨撩了撩马尾，"拜托，那男的追的是我！我爱怎么样就怎么样，难道还要顾及她的感受？"

许蓁揉了揉太阳穴："难道你不是故意针对她？"

"是啊。"乔俏雨说，"谁让那天我给她示好道歉，她直接把表太奶奶给我的糖倒进厕所了？

"我——记——仇！"

乔俏雨说完，勾唇明艳地笑了笑。

许蓁出声提醒："都是以前的事了，这两天你可别激她。"

乔俏雨懒懒地拖着调子说："知道了，我不至于这么没分寸。对了，你也挺记恨我的吧？"乔俏雨抬了抬胳膊肘碰她，"毕竟我没少讥讽你。"

"对啊，我挺不喜欢你的，可以少说几句话吗？"许蓁左边耳朵是乔俏雨的叽叽声，右边耳朵是陆续赶来的人悼念的哭声，她的头都大了。

乔俏雨闲得慌，无视许蓁的话，自顾自地说着："你是不是不爽你妈才闪婚的？"

许蓁没回答。

乔俏雨："我也很不爽我妈，在外人模人样，回家说我的情况可没比你妈说你的少，怪不得她们是姐妹。不过啊，我也结婚了，不想被说就不回去，眼不见心不烦。许蓁，我懂你。"

"大小姐，"许蓁睨她，"别又给我乱贴标签。"

"还用我贴？"乔俏雨摆手，"在我们的妈的眼里，我和你就是逆女，就像在束婷的眼里，你和我是一伙的。"

说起这个，许蓁就无语凝噎。

因为和乔俏雨是亲表姐妹，加上乔俏雨到老家没有玩伴，和她最熟，所以总跟在她旁边，束婷自然而然地就认为她们是一伙的，连她一起记恨上了。

那边负责给客人点香的表家伯母起身，冲许萦招手："小萦，我去拿个东西，你来帮忙。"

许萦仿佛被解救一样，快步走过去，实在是受不了乔俏雨的聒噪声。

"喊，我还不乐意和你站一块儿呢。"乔俏雨抠着指甲，一脸不屑的表情。

许萦跪在蒲团上，抽出三根香点燃，上好后接过表家伯母手上的东西。

在她旁边烧纸钱的表家嫂子问："小萦和你爸妈一块儿来的？"

许萦："嗯，他们在后面的院子里帮忙。"

"你今年结婚了？"表家嫂子继续问。

见其余在灵堂前帮忙的人都看了过来，许萦紧张得差点儿被烟灰烫到。

"年初结的。"许萦回。

"就是跟在你爸旁边那个高个儿帅哥吧？"一个表姐问。

稍小的表姐也站出来说："我还说是哪家亲戚的朋友，原来是我们小萦的丈夫，一表人才，小萦有福气哟。"

斯人已逝，大家心里难过，但面上也轻松地聊上几句，而且表太奶奶是喜丧，走前没有受痛苦，大家的心情没那么沉重。在灵堂里的大部分是从小一块儿玩的同辈人，感情还算不错，大家问了好几个关于徐砚程的问题。

大表姐一双红彤彤的眼睛里露出欣喜之色："江都本地人好啊，还是市医院的副主任，小萦会找人。"

二表姐："我们这一辈的女孩子就小婷没结婚了，最小的小雨都结婚了。"

"小婷你要抓紧了，你太奶奶最惦记的就是你的婚事。"表嫂叹气说。

一直在旁边烧纸钱的束婷面露愠色，烧完手上最后几张纸钱，站起身说："我去喝口水。"

不等大家反应，她转身离开了。

大表姐只好接过束婷的工作："她就这样，多提一句就不耐烦。小萦，你别放在心上。"

许萦只是笑笑，没多说，老实本分地忙自己的事。

送完深夜赶来的亲戚，表嫂作为长嫂，招呼她们去休息，让另一批小辈过来守着，说明天还有亲戚们的朋友过来，不能熬坏了身子。

许萦从蒲团上站起来，双腿发麻，扶着墙缓了半天，准备拿出手机问徐砚程在哪儿，好过去找他。

外面的天井空地上传来一阵喊声："小雨和小婷打起来了，谁去拉一下啊？！"

许萦把拿出一半的手机塞回口袋，快步跑到天井空地上。

空地上，乔俏雨盛气凌人地扯着束婷的头发："谁敢拉架？！我把他一块儿打了！"

束婷护着头皮，本就哭得红红的眼睛里蓄满了泪水，不甘示弱地说："乔俏雨你有病吗？！你快放手啊！"

"放你的狗屁！"乔俏雨拽着她的头发，强迫束婷跟着自己的动作摇摆，"我以前是懒得和你计较！今天你嘴贱逼我动手，信不信我撕烂你的嘴？"

束婷疼得惨叫了几声。

占上风的乔俏雨实在凶，别说女性长辈，就连站在旁边的男丁也没有人敢上前，真的怕上去会让乔俏雨闹得更厉害。

许萦也被吓到了，印象中乔俏雨嘴巴是欠，但从不动手打人，用乔俏雨自命不凡的思考逻辑来说就是"我一个有钱有颜的女生为什么要学别人打架，多不雅观哪，怼人多爽哪"。

围观的人逐渐变多，许萦想着先把乔俏雨安抚好，其他的事另外再说。

她准备上前时，一个人越过她，直接上去扯开了乔俏雨。

一个耳光扇在乔俏雨的脸上，声音脆响，在场所有人都被吓得噤了声。

"乔俏雨你发疯也不看是什么场合？是不是把你惯没边了？"沈长音指着乔俏雨怒吼，扬起手要继续打乔俏雨。

束婷跌坐在地上，抱着身子放声大哭起来。

许萦看到打磨得平滑的水泥地上一滴一滴艳红的血落下，连忙跑上前把乔俏雨拉到身后："二姨，有话好好说，别动手。"

接着她赶忙扯出纸巾给乔俏雨止血。

全家人聚在院子里，沈长音拉不下面子，狠声说："今天是你表太奶奶的白事，你在这里闹事，我是没教你礼数吗？你表太奶奶对你这么好，你就这样和你表姐相处的？"

乔俏雨推开许萦的手，胡乱擦了擦鼻血："打人还要念老人家的恩情？我打的就是她！我敬重表太奶奶是一回事，她嘴贱被我打是另一回事！"

"乔俏雨你闭嘴！"沈长音阔步走来，要把乔俏雨拉到没有人的地方，不让她继续丢脸。

许萦知道接下来会发生什么事——沈长音教训孩子和沈长伽一样，说不定还会动手。许萦没多想就把乔俏雨护到身后，解释说："二姨，事情还没搞清楚，不能只骂小雨。"

束婷为自己叫冤："你从小就看我不爽。太奶奶一走，你就故意针对我。"

"你再说！"

见乔俏雨又要上前，许萦一把搂住她的腰："乔俏雨，先等会儿！"

"你也不小了，怎么还跟孩子一样闹腾？"沈长音拽着乔俏雨的胳膊，"你跟我进房间。"

"我不去！"乔俏雨此时也伸手搂住了许萦，连带着许萦都要被拖走了，"你们怎么总觉得是我的错啊，就因为我平日里比她骄纵吗？"

乔俏雨用力甩开沈长音，指着束婷放话："你少在背后编派我老公！他是胖是瘦是好是坏只有我有资格说！你再到我面前犯贱，我撕烂你的嘴！你还蹬鼻子上脸？！你和那些男人的烂事我全给你捅出去！"

不远处的聂津拨开人群，慌忙跑过来，徐砚程也跟在后面。

聂津见到乔俏雨脸上和前面衣襟上全是血，五官都拧到了一起，还是先冷静地把场面缓和了。

"妈，好了，我来吧。"聂津说。

沈长音想驳斥回去，对上聂津冷冷的眼神，心里明白虽然对方是自己的女婿，但也是聂家的二少爷——她不敢再多说什么。

许萦见聂津过来了，正要松手把人交出去，没想到没人拉着的乔俏雨上前端了束婷一脚。

沈长音怒了："乔俏雨，你是疯了吗？"

沈长音怕被亲戚说不会教女儿，要再给乔俏雨一巴掌。许萦没多想挡了上去。眼看一巴掌就要打在许萦身上，刚赶到的徐砚程握住了沈长音的手腕，微微用力拉开了距离，把许萦护到了自己怀里。

"没事吧？"徐砚程蹙着眉问。

许萦呆了一下，摇头。

聂津见了这一幕，厉声说："够了，到此为止。"

聂津二话不说，搂着乔俏雨走远了。

沈长音有气不敢撒，觉得乔俏雨故意和她对着干。女儿找个能压她一头的丈夫，就是打定主意她看在聂家的面子上不敢拿自己怎么样。

徐砚程拉着许萦走出人群："你没被伤到吧？"

见徐砚程神情冷得可怕，许萦惊了一下，摇头说："我身上的血全是小雨的，我没事。"

她唯一可能挨的一巴掌也被徐砚程挡下来了。

闹剧收场，束婷委屈地痛哭，被人搀扶着回了屋子里。

在门外不远处的一辆用来务农的皮卡车旁，乔俏雨坐在凳子上。

许萦听到了乔俏雨委屈控诉的哭声。

她和束婷吵架没哭，被沈长音扇了一巴掌也没哭，面对聂津却哭得像个孩子。

"束婷故意来招惹我的，说不过我就骂你！她骂你，我才动手的！"乔俏雨哭着说，"你的年龄是比我大5岁，可你又不是老头子——她说你是半条腿进棺材了！她才进棺材！她还笑你肥头大耳，说我是冲着你的钱嫁给你的。你微胖是因为前几年生病吃药导致的啊，去年才刚好，身体也在恢复。她什么都不懂，就说你的坏话！"

聂津给她擦鼻子，没想到她是因为他才动的手，语气轻了许多："你不满也不能直接动手。"

乔俏雨："所以你也觉得我是错的？"

聂津一边去找水给她清洗血迹，一边说："我是说，下一次找个更好的场合给她教训。"

"我不要！我就是要当场报复回去！"乔俏雨哭完摸了摸鼻子，"津哥，我的鼻血怎么越来越多了啊？"

"祖宗你别动了，我看看。"聂津低下身子。

"好疼，别碰！"乔俏雨哭得"稀里哗啦"的。

许萦望着远处，无奈地扶额："乔俏雨就是有这种本事，一件事本来自身没错，也可以搞成所有人都觉得是她的错。"

乔俏雨和束婷在大学时的恩怨也是。

徐砚程搂着许萦："走吧，去看看。"

许萦心想这不是有个医生吗？她正要拉着徐砚程过去，沈长伽叫住了她。

"小萦，你过来。"

许萦看了看，推着徐砚程过去："你去给小雨看看。她这个人比较怵老师和医生，你让她消停一下。"

徐砚程听完她的说辞，哑然失笑，说了声"好"，转身往皮卡车那边走去。

等人走了，许萦走到沈长伽跟前："怎么了？"

沈长伽看了一眼不远处躲着聂津清洗鼻血的动作的乔俏雨，语重心长地说："等会儿你当着大家的面，给小婷道个歉吧。"

许萦惊讶地瞪大了双眼，难以置信地问："我？给束婷道歉？凭什么？"

"刚才你不分青红皂白就站在小雨这边，这不是给大家看到你们两姐妹联手欺负她吗？你让表家的人怎么想？"沈长伽拿出循循善诱的语气说，"而且小雨这人心气傲，肯定不会去道歉，你就出个面，两家人的关系也不会太难堪。"

"现在是您不分青红皂白给我定罪吧。"许萦冷下了脸，"我没觉得小雨做错了。她是骄横了些，但不会无缘无故地打人——束婷肯定招惹了小雨。您别在中间做什么好人，束婷要是要交代就当面和小雨理论。"

"她不懂事，你做姐姐的也不懂事？"沈长伽问，"这件事妈理解你，只是不想闹大，你出面就能平息这事，不是很好吗？"

许萦："好了，妈，您总是这样。我作为一个有自我思想的成年人，难道不值得您用商量的语气说话？您一定要用吩咐的语气跟我说话？"

"小萦，你怎么会这样想妈妈？我这段时间也为你改变了很多吧？"沈长伽不懂自己的女儿到底还要她怎么样。

许萦苦涩地笑了笑："我懂，除非一切倒退回到27年前我出生的那一刻，您换一个方式来对待我，不然这些年心底留下的伤口无法消弭。就这样吧，我们没必要去深究能做感情多好的母女。您继续对我好，我也继续孝顺您，我们还是母女。"

沈长伽垂下手，落寞情绪铺满心房。

许萦的这番话，她听懂了。

她们还是母女，但也只是母女。

她的女儿不会再以真心对待她，或许她以后和外人无二——女儿会客客气气地对她，但不再谈论更深的感情。

"这件事，您不要插手。涉及聂家，二姨都不敢轻举妄动，您别在一旁乱出主意。"许萦怕沈长伽胡来，便把问题往严重上说。

沈长伽看着许萦走远的背影，忽然才意识到一件事。

她是真的彻底失去了自己的女儿。

许萦转过身，长舒了一口气，似乎放下了心中的包袱，轻松许多。

这是她能找到平衡自己和母亲的关系最好的办法。她没办法再和母亲交心，只能维持表面关系。

对过去自己受到的言语冷暴力和打压，她无法与母亲和解，更无法原谅，也没资格替曾经糟糕的许萦去原谅母亲。

想通这一切后，许萦深呼一口气，踩着细碎的灯光走向徐砚程。

"姐夫，好了没？"乔俏雨仰着头问。

徐砚程把小型手电筒关掉，放到车的铁盒里："回江都后去医院挂耳鼻喉门诊看一下，现在血是止住了，但你还是要上心，不然留下后遗症，鼻子变得脆弱，容易流鼻血。"

乔俏雨愣神："这么……严重的吗？"

"知道严重还一直挑衅你妈。"许萦上前，拉开徐砚程，捧着乔俏雨的脸左右看了看。

她除了衣服和脖子上有血迹，脸干净又漂亮。

乔俏雨挣脱许萦的手："姨妈和你说了什么？"

许萦："让我替你给束婷道歉。"

乔俏雨怒了："凭什么啊？姨妈是搅屎棍吧！应该是束婷来给我道歉！"

许萦算服了，乔俏雨的嘴巴就是厉害，连长辈一块儿说，丝毫不给面子。

"行了，葬礼明天就结束了，人你打了也骂了。下次她再惹你，你再打过去也不迟。"许萦抽出纸巾给她擦脖子上残留的血迹。

乔俏雨狡黠地笑了笑："姨妈怎么叫你去道歉啊？"

许萦白了她一眼："还不是你害的，以后别总搞一些让人误会的动作，我和你可不是一边的。"

"嘿嘿——"乔俏雨笑得特别贱，"我们本来就是一边的，表太奶奶后来多分给我的糖，你敢说你没吃？"

许萦懒得和得意扬扬的乔俏雨理论，对聂津说："你带她回车上休息吧，明天出殡我们出面就好，其他的场合你们就不去了。"

闹成这样，乔俏雨他们也不适合再进去。毕竟作为表太奶奶的亲孙女的束婷一定会出现，这又是别人家，作为外人的乔俏雨没必要过去自讨没趣。

"我要再去给表太奶奶烧炷香。"乔俏雨理直气壮地说,"以前她老疼我了。我是不喜欢束婷,但喜欢太奶奶。"

乔俏雨坚持要去,聂津拿她没办法,只好寸步不离地跟着她。

人走完,徐砚程见许萦往外走去,跟上去问:"不回去了?"

许萦摇头,搂着他的胳膊说:"回车上休息。"

"还说不是一边的。"徐砚程觉得好笑,"她回去继续闹,你直接不出面。"

"徐医生,你可别冤枉我。"许萦松开他的手,将手插到口袋里,"我守了灵,你帮了忙,作为远房亲戚,我们也尽全礼数了。"

他们再主动,让表太奶奶的亲曾孙女、孙子怎么想?

"开玩笑,当真了?"徐砚程搂着她的肩膀,和她走去村头的广场。

冷风轻拂,许萦手脚开始发冷,她躲在徐砚程的怀里,对他说:"你老实回答我一个问题,我就不当真。"

"你问。"

"徐砚程,你……讨厌我这样的家庭吗?"许萦焦心地看着他。

徐砚程垂眸,温柔地注视着她:"你怎么会这样想?"

许萦自卑地垂下头:"在我看来,我的家庭琐事很多,亲戚关系很乱,而你出身高知家庭,家里人很好,关系简单,没有一地鸡毛蒜皮。"

她承认,自己因为家庭问题总觉得矮徐砚程一头。

"你的家庭不能代表你整个人。"徐砚程轻声细语地说,"你就是你,我首先看到的是许萦,而不是用你的家庭去对你下定义,这不公平。"

许萦的原生家庭确实不够完美,但她在努力去改变自身了。如果他也用家庭去评判她,和她家里的那些亲戚有什么区别?

听完这话,许萦浅笑。

徐砚程还是徐砚程,是那个能用真诚感情打动她的徐砚程。

她想到了他们在京北等出租车时的场景。

他说他是和 26 岁的许萦结婚,并不是和 26 岁功成名就的许萦结婚。

他说她的价值不该用收入去判断,说他相信她会用一技之长去创造自己的价值。

许萦不够好,相同的,在他眼里,他也不是完美的。

从始至终,徐砚程看到的就是许萦这个人。

她没有办法不臣服于他给的温柔,也没有办法不爱他。

她现在恨不得把整颗心全给他。

许萦停下脚步，扎到他怀里，靠着他的胸膛，听着他强有力的心跳声，说道："我刚才和我妈说开了。我没有难过，反而很开心。我不想强迫自己做她理想中的女儿了，也不去强求她做我理想中的母亲了。"

她们彼此放过。

徐砚程没想到她会和沈长伽摊牌，怔了片刻，揉了揉她的脑袋："你做得很好。"

"你不说我吗？"许萦仰着头问他。

徐砚程抚过她的卧蚕，摩挲过那颗浅浅的痣："我和你结婚不是来对你说教的。"

"那是来干吗的？"许萦傻乎乎地问。

她看着眼前的男人帅气的脸，被他嘴角噙着的笑容蛊惑了心。

徐砚程凑近她："是来爱你的。"

乡间风寒，路上景致萧索荒凉。

风景不明，但他的这句话，她记了一辈子。

回到车里，徐砚程把后座的椅背放了下来，拉宽了后面的空间，然后铺上准备好的软被子。许萦脱掉外套钻进去，全身暖烘烘的。

车子里开了暖气，许萦觉得车里比在表太奶奶家里舒服多了。

狭窄的空间拉近了两个人的距离，她就睡在徐砚程的怀里，调了一部车载电影来打发时间。

她选的是经典电影《赌神》。

以前她是看过，但看的全是国语版本，这是第一次看粤语版本，听起来很吃力，看繁体字幕也很吃力。

越看，许萦脸色越沉，眉毛都快皱到了一起。

"换国语吧。"徐砚程好笑地说。

许萦坚持："就看这个。"

徐砚程由着她，坐回位子上。她即刻钻到他怀里，她的主动表现很好地取悦到了他。

或许是环境和气氛有电影院的感觉，许萦难得地不想开小差，认真地观影。

没多久，身边人的呼吸变得悠长，许萦转头发现徐砚程睡着了。

昨天在家里她睡了一整天，路上又睡了一个半小时，人正精神着，徐砚程则忙了一整天，又开了三个小时的车，困是正常的。他再不困，她真的想知道徐砚程是什么做的了，连轴转精力还能这么充沛。

男人的睡颜放大在她眼前，许萦的心早从电影上飞走，她缓缓凑近徐砚程，盯着他的五官端详。

她总觉得他的眉眼立体，其实他眼窝的深浅度刚好。徐砚程睫毛挺长的，还有浅浅的翘弧，山根高挺，线条流畅，下颌有棱有角，这样的骨相特别上镜，是那种能在集体大合照中一秒抓住人的视线的上镜效果，让人最先能看到他，可能最后看完，眼里也只有他。

许萦见过徐砚程在医院的胸牌上的一寸照。

他直视着镜头，没有笑，让人看完会误以为他这个人特别严肃，是个凶巴巴的医生，但和本人在现实中给人的感觉完全不一样。

照片里的徐砚程是凛风，现实中的徐砚程是清风。

许萦低低笑了一声，想要用手去碰他的眉心，忽然对上一双慵懒的眼眸，被吓得赶紧坐起来，头差一点儿就要碰到车顶。

他睁开眼时，眼皮叠了叠，黑眸脉脉，眼神逐渐深沉起来。

"吵……到你了？"许萦不好意思地问。

徐砚程低笑："你说呢？"

许萦乖乖认错："我错了。"

她甚至双手合十放在胸前，以表自己的真诚之意。

睡意正浓，若是她被人打扰醒过来，可不会像徐砚程这样好脾气地笑着说话，不生闷气是绝对不可能的。

横在她腰间的手把她搂住，他把她摁到了他的怀里。

她直直地将头埋到了他的颈窝里。

吻落下来的时候，许萦整个人还是蒙的，蒙到忘记拒绝，甚至不安分的动作还纵容了这个吻不断深入。

"停……"许萦偏开头，红着脸说，"这是在车上。"

徐砚程抵在她的耳边："这处没人。"

许萦脸飞红："你别乱来，你也……没带是吧？"

他没带什么，两个人心知肚明。

徐砚程抵着她笑了好一会儿，觉得她的这个反应怪憨的。

他揉了揉她的软发，低头亲吻她："陪我睡会儿。"

许萦怯生生地点头："好……"

她学着他搂着她一样回抱他，然后不敢再乱动。

不知道徐砚程睡没睡着，她倒是被逼仄的空间里荡漾的暧昧气息蛊惑住，昏昏欲睡。

到后面，这一觉不知道是谁陪谁睡的。

许萦睡前迷迷糊糊地想，要不去申请一个吉尼斯世界纪录好了，她肯定是世界上最能睡的人。

睡了大概两个小时，许萦被身边"窸窸窣窣"的声音吵醒，下意识地往徐砚程的方向凑去，手先被握住。

不是男人的手掌温暖厚重的感觉，对方的手甚至比她的手掌小些。

"要抱抱啊？"

许萦被这女声吓得打了一个激灵，拽着被子后退到车子的一角。

车内只有平板电脑发出的荧光，打在女人的脸上，许萦看清来人后无奈地问："你来干什么？"

乔俏雨塞了一口薯片："我饿了，想来问你要点儿吃的东西，然后发现你这儿挺暖和的，就向姐夫申请一块儿躺会儿。"

许萦："……"

可真有乔俏雨的。还申请躺会儿，她怎么不替聂津一块儿申请了，四个人挤一挤岂不是更暖和？

但自从小学毕业后，许萦和乔俏雨关系不像以前那般亲，也没再睡过一张床，处在一块儿不是很自在。

"回你的车里躺去。"许萦坐起来，把头发顺了顺，随手扎了一个低马尾。

乔俏雨果断地摇头："我不要。"

接下来不知道乔俏雨是在吐槽还是炫耀，一面吃着薯片一面嘟囔："津哥的宾利中看不中用，躺起来就是没有你们的车子舒服，还没有毯子，冷死我了。"

许萦无奈，驳了大小姐一句："有没有一种可能，我们的车也是宾利？"

乔俏雨凑到前座望了望，看到标识和他们的车一模一样，还真的是同一个牌子的车。

乔俏雨很好意思地笑说："你们的车子有毯子，暖和呀。对了，我刚刚流了这么多血，急需温暖，所以不能走。"

"什么话都让你说了。"许萦扯过她手里的薯片，吃了一片，青柠味，大脑被清爽的味道冲得精神了一些。

电影早被乔俏雨换成了综艺节目，且看得津津有味。

许萦问："徐医生和聂津呢？"

乔俏雨把车窗降下来，指了指广场的一个角落："打发一根烟去了。"

许萦看去，两个人都穿着黑色的羽绒服，背对着她们的方向站立着，手里都夹着一根烟。不知道在聊什么，他们偶尔侧头看对方，看气氛，聊得挺不错的。

"你没吃饭？"许萦看到旁边的垃圾袋里只剩下面包的袋子和牛奶盒子。

乔俏雨摸了摸肚子，点头："我在家睡懒觉，接到表家这边的消息后，我妈亲自上门催人。一路上又急，经过休息区都不给停车，我和津哥就都没吃饭。"乔俏雨开始心疼自己，"无语，早知道会这样，说什么我都要大吃特吃一顿再来。刚才和束婷闹了那一小会儿，我人都软了。"

许萦看了一眼时间："要不带你去吃一些？"

乔俏雨笑容越来越得意，出口的话特阴阳怪气："你这是关心我吗？你不是和我势不两立，觉得我嘴巴欠吗？"

刚被吵醒的许萦心底有这么一点儿气，全被乔俏雨刺激出来了。许萦拧着乔俏雨的耳朵，沉声说："你是以为我不敢和你计较吗？我和你计较的时候，你哪次能好过？"

乔俏雨疼得叫了一声，委屈巴巴地贴着她的手，不至于被扯到肉。

仔细想想，乔俏雨觉得许萦说得没错。

小时候，乔俏雨惹过许萦一次。结果那天她诸事不顺，还被许萦告了一状。虽反告了一状回去，但她和许萦说的话，压根不用琢磨——长辈们更愿意相信平日里温顺的许萦是无辜的，害得她跪了半个小时的宗祠。

那一次后，她在心底记恨上了许萦，发誓一定要和许萦对着干，逮着机会就要讥讽几句。

长大了她再去想小时候的事情，发现许萦已经很包容她了。她仗着自己年纪小，没少做刁蛮任性的事情。许萦实在是忍无可忍才出手教训她，多数时候还是纵容着她的。

乔俏雨想通了，伸手搂着许萦"嘿嘿"傻笑："许萦你就承认你还挺喜欢我这个妹妹的吧，我也挺喜欢你的。"

"不好意思乔小姐，收起你自恋的嘴脸，我可不喜欢你这种墙头草性格，上一秒还怼我，下一秒说喜欢我。"许萦被气笑，觉得乔俏雨可真不要脸。

乔俏雨引以为豪："墙头草性子怎么了？总比固执的人好吧，我只求活得舒心，爱往哪儿倒往哪儿倒。津哥说我这种性子才好，心眼少，很可爱。"

许萦心里嫌弃。

哪有人自己夸自己可爱的？

"我挺记仇的。我刚回江都时你是怎么嘲讽我的来着？"许萦侧头把耳朵凑上前，指了指，"再说一遍。"

乔俏雨用抱枕砸了许萦一下："记仇怪！

"好了，我道歉行了吧？我当时和津哥刚领证，人飘了，在家里完全横着走，我妈都不敢给我脸色看了，碰到你一时没收住，得意过头了才乱说了那些话。"

"嫁个人就飘，看你什么德行。"许萦心里早不计较了。

乔俏雨又从徐砚程买的那一袋零食里翻出一包软糖，撕开吃了一颗："你不懂，我这人学习成绩没你好，也没什么特长，我妈比姨妈老谋深算多了——她肚子里的坏水和环江的水一样多。她对我的掌控欲比姨妈强，我就算是工作了也摆脱不了她，嫁人就能摆脱了，能不飘吗？"

"你……不会为了摆脱你妈才结的婚吧？"许萦把软糖抢过来。

徐医生买给她的糖，她还没吃，不能全便宜了乔俏雨。

乔俏雨伸手："再给一颗。"

许萦迟疑片刻，给她拿了一颗，真的就一颗，惹来了乔俏雨的白眼。

乔俏雨卷着被子，撑着下巴，惆怅地说："嗯，我再不跑，我妈就要抓我去联姻了，与其被动不如主动出击。"

"聂津……是好人吧？"许萦往窗外看了一眼，聂津正从烟盒里拿出第二根烟递给徐砚程，两个人还在热聊。

"津哥是好人哪。"乔俏雨笑着点头，"反正比我爸妈对我好的，都是好人。"

许萦："……"

乔俏雨也不开玩笑了，认真回答："我在朋友的聚会上认识他的，他是朋友的堂哥，碰见过几次，觉得他人还不错。有一天碰到他被前女友'渣'了，那人还骂他全身油水又是穷鬼。这里说明一下，我们津哥是帅哥是有钱的，是那个女的眼睛长歪了没看清。说回来，当时那女的骂得实在太难听，我正义感爆棚，一看自己长得比她好看，就上了！搂着津哥的胳膊怒骂那个女的不要脸勾引我男朋友，吵了一架，我赢了。我是不是特别善良？"

许萦："越是标榜自己怎样的人，越不可能是这样的人。"

乔俏雨听懂了，许萦骂她心黑呗。

不理会许萦的挖苦言语，乔俏雨继续说："津哥当时还在吃药，人比现在胖一大圈，但他的性格真的很好，又是好朋友的哥哥，所以我才帮忙的。"

"知道了。"许萦穿上鞋子，"走吧，吃个早餐，差不多天就亮了。"

乔俏雨跟着穿鞋，穿到了一半突然说："我刚刚回去又打了束婷一巴掌。"

"祖宗……你是不嫌事大？"许萦顿了一下，后背一阵发冷。

"背地里打的，这次她不敢作声了，我手里可是有很多她的黑料。我警告她以后少招惹我。"乔俏雨说完，有预感许萦会说她，急忙穿好鞋子拉开车门跳下去，冲广场的角落喊："津哥，我饿了！"

聂津回眸看来，乔俏雨跳起来招手："我们去附近镇上吃东西吧。"

在看到许萦跟着下车后，聂津和徐砚程交谈了两句，才回了"好"。

徐砚程走到许萦旁边，拉好她的衣服："还困吗？"

许萦眨了眨眼："你觉得我还像困的样子吗？"

四十八个小时，她估计睡了三十个小时。

徐砚程笑了笑，替她整好头发，问乔俏雨："现在就去？"

乔俏雨："我们去隔壁的镇上，到了正好六点，有早餐了。"

徐砚程看向许萦。

她点了点头："那就去吃个早餐吧。"

乔俏雨搂着聂津的胳膊，上了许萦他们的车："就坐一辆车吧，我们可以聊聊天。"

许萦心想，她看着像和乔俏雨有话题吗？

乔俏雨很自来熟，上车后负责活跃气氛。许萦见她嘴巴甜，说话顺耳，允许她聒噪一会儿。

他们用完早餐，赶回来正好出殡。

表太奶奶是土葬，所以他们要送到山上去。

许萦跟在队伍的前面，乔俏雨走在她旁边。束婷就在前面，但是不敢回头。她这副尿样助长了乔俏雨的威风，乔俏雨高调地得意了一整路。

法事耗时久，许萦站到后面，脚都麻了。

乔俏雨精力旺盛，一直伸着脖子看前面的法师在干什么，偶尔给许萦"汇报"。

终于熬到结束，法师让大家走别的路回去，不要回头，更不要往回走。

老人说，在送葬离开后，不要走来时的路，走另外的路回去，谨记在路上一定不要回头看，不然逝者以为亲人担心，无法安心地长眠于地下。

徐砚程在山脚等她。

看到他后，许萦直接甩开烦人的乔俏雨，和徐砚程走了。

许萦使了坏心思，拉着徐砚程故意慢了乔俏雨一段距离。

因为不能回头，乔俏雨气得拉着聂津快步走远，放话回去再和许萦算账。

"需要这样吗？"徐砚程笑问。

许萦："你不懂乔俏雨这个人。你要是纵容她一次，她就单方面宣布你是自己人，然后一直跟着你，显得我们关系真的很好一样。"

徐砚程觉得乔俏雨坏就坏，好就好，爱憎过于分明，性子算好的。

前面的许质叫徐砚程："小徐，你来一下。"他没回头，却补充道，"你单独来一下。"

"喊，我爸连我都防着。"许萦松开徐砚程的手，"你去吧。"

徐砚程看了一下远处："等会儿我在路口等你。"

"嗯。"许萦将头缩到棉衣里，点了点头。

许萦一个人左右张望，看着周边的风景。

天阴沉，山暗淡无光，灰蒙蒙的，像水墨晕开的画。

她走在徐砚程和许质身后，照着他们踩过的地方缓缓前进。

许质矮徐砚程一点儿，伸手搭在徐砚程的肩膀上显得有些滑稽。

她也不知道她爸要和徐砚程说什么，还要凑这么近。

大概五分钟后，许质说完便加快脚步赶了回去。徐砚程放慢了步子，有意等着她。

许萦走到徐砚程身后，故意和他隔着一米："怎么不走了？"

徐砚程不能回头，就站着等她："过来。"

"我走你身后。"许萦催他，"快走。"

"不闹了，过来。"徐砚程不习惯她站在他的身后。

许萦走了几步，就站在他的身后，伸手推着他走："就这样走在你身后，还挺不错的。"

"不错？"徐砚程反问。

许萦"嗯"了一声："我好像还没认真地看过你的背影。"

话音刚落，徐砚程侧身单手搂过她的腰，把她捞到身旁。

"吓死我了！"许萦以为他是要推开她，慌得心跳直线飙升。

徐砚程捏了她的脸一下，略显无奈地说："没吃苦？以为总盯着一个人的背影看很好受？"

苦？

许萦不解。

这算哪门子的苦？

"怎么还严肃起来了？"许萦搂着他的胳膊，依靠着他，"我也就说说而已。"

徐砚程失笑。

是他太敏感了吧？因为在过去长达十年的时间里，他敢直视的永远只有她的背影。

"你的背影很好看，为什么不能多看？"不知道是不是被乔俏雨传染了，许萦讲话的语气特别理所当然。

徐砚程宠溺地看着她："能。"

她想看多久都可以，反正他会一直等着她走到他身旁——她不会永远只看到他的背影。

"走吧，走吧，回去了。"许萦想回江都了，洗完澡好好睡个觉。

第十三章
一场书信婚礼

　　许萦回江都后正式忙了起来，加入了周原旭的工作室，成了唯一不用线下上班的员工。但项目有需要时，她要亲自到场。除此之外，周原旭还给她配了一个秘书。

　　起先许萦还觉得不好意思，又不是什么大工程，怎么还配秘书？后面赶图纸有人帮忙弄基础工作时，她才感恩周原旭有先见之明。他给她找了个小助手，让她能多睡一会儿。

　　她的微博的简介也改成了"合作请找周原旭的工作室"，不需要自己和顾客交涉，由秘书替她先接触，汇总好信息告诉她，再由她挑选合作方。

　　在图书馆公益项目竣工前，许萦要出差半个月，这一次在京北。每天到饭点她就戳徐砚程的聊天框，让他记得吃饭，记得喝水，记得好好睡觉。

　　有一次徐砚程给新入职的医生培训，没有事先和许萦说过。一直等不到回复的许萦被吓得不行，拨了好几个电话，最后还是护士帮徐砚程接的，护士开了扩音放到他旁边。

　　大家听到她着急忙慌地问这问那，笑着打趣许萦好一会儿。

　　许萦羞得不敢再聊下去，找借口把电话挂了。

　　那以后，她再着急也不敢打电话了，留言让他结束了给她打电话。

　　许萦返回江都的前一晚，徐砚程说去接她，但是被拒绝了。

　　刚到京北机场的许萦收到了徐砚程的回信。

　　XYC："你是要和芊薏聚餐？"

许紫找不到好的借口，随意敷衍道："嗯，嗯，嗯，没错，我晚一点儿回家。"

XYC："回来吃饭吗？"

许紫："不回了，你别回家下厨了，好好在医院忙吧。"

徐砚程盯着许紫今天发来的微信消息，觉得字里行间透着一种急于打发他的感觉。

云佳葵敲了敲门，探个头说："徐主任，手术室准备好了，家属那边也沟通清楚了，您可以上去了。"

徐砚程："嗯，你们先上去，今天让鲁钦做一助，你准备后面的一个手术。"

云佳葵难得脸上多了笑容——最近的小手术徐砚程让她上主刀，对她来说是不可多得的机会。

云佳葵走后，徐砚程又问："晚上也在外面吃？"

许紫秒回："是的，是的，所以你好好工作吧！"

徐砚程皱眉，感觉有点儿奇怪，又说不上来哪里奇怪。

徐砚程只好回复道："有事给我打电话。"

许紫："好，好，好，再见，手术加油！"

这边的许紫回复完徐砚程的消息，松了一口气，心想应该没被看出来吧……

登机时间就快到了，许紫开飞行模式前给程莞发去私信："妈，下午三点半落地，我在 A 出口等您！"

程莞："没问题，已经准备好了，我让小七一块儿来。"

许紫："嗯，麻烦您啦！"

许紫收起手机，拉着行李箱跑上登机的通道。

飞机准时在三点半落地江都。

许紫一出来就看到程戚樾在等她，挥了挥手："这里！"

程戚樾双手插兜，表情不情愿地走上来，二话不说地把她的行李箱接过去，给她拉好。

"妈呢？"许紫望了望，没见程莞的影子。

程戚樾解释："妈院里有事，说晚点儿到，让我先和你回家放行李，然后在商城等她。"

许紫比了一个"OK"的手势，对准备要去的地方充满了期待。

半个小时后，三个人正式会合。

程戚樾跟在两个人身后，手里是程莞给许紫买的两件新衣服和一双鞋子。

"小紫，这家的包包也不错，我们去看看。"程莞拉着许紫进去。

而许紫不敢再看了，已经让程莞破费不少："妈，我的够用了，不用买新的了。"

程莞态度强硬地说："你的是你的，妈买给你的是妈给你的，不一样的。"

一样的说辞她讲了三遍。

十五分钟后，程莞把袋子递给程戚樾，吩咐说："拿着。"

坐在男士专区的程戚樾沉着脸收起手机，默默接过袋子："妈，您不是说给哥买礼物吗？怎么成你们购物了？"

"我的好儿子，你不说我都给忘了。"程莞四处找了找，"男士服饰在四楼啊，上楼，上楼。"

许紫跟着笑了一下。

昨晚她打算等回到江都约徐砚程一起出门吃顿好的，犒劳她，也犒劳他，刚发信息出去，弹出了程莞的消息。

程莞和她说今天是徐砚程的生日，想和她一块儿给徐砚程准备生日惊喜。她爽快答应，然后把对徐砚程的晚餐邀约撤回了。

徐砚程说他看到了，许紫死不承认，坚持说发错了，反正是费了九牛二虎之力安抚了徐砚程，把约饭的事情翻篇。

在商城逛了一圈，程莞给徐砚程的礼物是一件毛衣，程戚樾选择的礼物是打火机。许紫纠结了好久不知道要送什么，貌似徐砚程也不缺什么东西。

后来许紫在商城的一家上了年头的杂货铺淘到了想要的礼物。

程戚樾在看到东西的时候还笑了她。

许紫暗自得意，摊手说："你怎么会懂呢？等结婚了你就懂了。"

被狠狠"插了一刀"的程戚樾板着脸一言不发。

程莞取了蛋糕，让程戚樾先拿回家，说她院里有事，要过去一趟。

最后程戚樾拿着八个购物袋加一个蛋糕，还要自己打车，看着走远的两个女人，不禁问自己是不是上辈子欠她们，这辈子来做牛做马的。

徐砚程从手术室里出来，脱下手术服，洗干净手后套上白大褂准备回办公室取东西回家。

"徐主任，今晚我们几个小聚，你要不要来？"鲁钦跟在后面出来问道。

徐砚程笑着婉拒："今晚我太太回来，我就不去了。"

鲁钦抱着资料，一蹦一跳，整得和情窦初开的少女一样："哎呀，怪不得前段时间晚上有局您都去，原来是因为徐太太不在家呀。"

提到许萦，徐砚程脸上的笑意深了些："嗯，她已经到家了，我赶时间要走了。"

"是吗？"阮卉茗从对面的手术室里出来，"怕某人回去只有空房守吧。"

徐砚程没搭话。

"不好意思啊砚程，知道你还生我的气，我不该开你的玩笑。"阮卉茗笑吟吟地说。

鲁钦的眼神在中间飘了飘，作为下属，他只能站出来缓和气氛："哎呀，阮博士您下手术了啊，今晚要不要和我们聚一聚呀？"

走到电梯门口，阮卉茗扯下口罩丢到医用的垃圾桶里，莞尔一笑："不去了，我晚上和文瑞有约。"

"吃个饭也行哪。"鲁钦盛情邀请，努力想要继续话题，不能给两个大佬对话的机会——不然二人上了电梯，针锋相对起来，受伤的只有他。

"不了。"阮卉茗走进电梯，顺手拉开发圈，重新扎了头发，"听科室的人说程主任正一个办公室一个办公室地给别人介绍她儿媳妇，我对吃饭兴趣不大，比较喜欢凑热闹。"

鲁钦一时间没反应过来。

程主任怎么有儿媳妇？

不对，等一下。

程主任是徐主任的母亲，所以程主任的儿媳妇……不就是徐主任的太太……吗？！

阮卉茗摁下心外科的楼层按键："先走一步了。最近我们关系挺尴尬的，不好意思处在一块儿，你们等下一趟吧。"

鲁钦才搞清楚其中的关系，就看到准备合上的电梯门再次打开。

徐砚程语气寡淡地说："一起。"

然后他上了电梯。

在电梯里，气压极低，站在两个大佬前面的鲁钦在电梯下十层楼的时间里，擦了三次汗。

明明江都十月底气温骤降，鲁钦却觉得闷得慌。

"叮咚——"

电梯机器女声播报楼层数，鲁钦第一次觉得这个声音如此悦耳，仿佛天籁。

鲁钦还没有动作，旁边似乎掠过一道疾风，缓过神来后，只看到徐砚程被风卷起的衣摆。自家主任身影利落，光是看个背影，鲁钦也知道他此刻有多着急。

鲁钦心想，至于吗？难道程主任还是洪水猛兽，能吞了徐太太？

鲁钦准备抬起手挠头，却被阮卉茗一把推开。她冷冷地说："别站中间挡路。"

差点儿要撞到电梯厢壁上的鲁钦扶着为了方便医患安装的扶手，指着两个人离开的方向，喉咙里的话一句都吐不出来，委屈得很。

怎么最后受伤的还是他啊？！

随着阮卉茗走出去，鲁钦八卦之心烧得火热。他也想看看到底发生了什么事，能让徐主任这么着急。

两个人刚走到护士站，就看到徐砚程步履匆匆地走向楼梯间。

鲁钦看到李逢走过来，拉着他问："怎么了？徐主任这是去哪儿？出事了？"

李逢刚查完房，翻着病历正要去下医嘱，抽空看了一眼，漫不经心地说："他问我程主任在哪儿。听我说去楼下神外科了，他转身就走了。"

阮卉茗听完觉得好笑："神外科？程教授挺能闹腾的。"

鲁钦也认同。

他不敢瞎凑热闹了，被误伤可不好，悄悄地给在神外科的朋友发消息，让朋友给他来一份文字版的解说。

不能看现场，他还不能幻想现场吗？！

这边的徐砚程找到了神外科，护士长告知他程莞去血液科了。

在外科大楼兜兜转转花了十多分钟，徐砚程终于在妇科见到程莞和许萦。

程莞正挽着许萦的胳膊和一名白发苍苍的老医生交谈。

老医生是退休被返聘回来的妇科专家。

徐砚程走近听到老医生说："你太操劳了，要多注意休息，经期不正常是因为压力太大，等会儿再看一下 B 超结果，应该没什么问题，放心。"

"你生病了？"徐砚程沉声开口。

三个人齐齐看过去。

许萦被突然出现的徐砚程吓到，慌忙后退两步。要不是和程莞挽着胳膊，她怕是要直接摔倒在地。

许萦："你……"

你不是在手术吗？

前半个月工作太忙，经期延迟了一周，她当时慌得不行，没好意思和徐砚程说，就问了家里的另一名外科医生。程莞说等她回江都了，带她去挂专家门诊。

给徐砚程买完礼物没到下班时间，许萦作为医生家属，可以走医院提供的便利通道，程莞就带她过来了。

许萦打算看完就悄悄走的，没想到会碰到徐砚程。

程莞站出来说："胡说，是我病了！"

许萦扯了扯程莞的衣服："妈……"

徐砚程不是傻子，不好骗。

几个身后的护士拿着B超单子走来："许萦在吗？检查的单子拿一下。"

程莞："……"

空气凝固了几秒。

徐砚程从护士手里接过单子，扫了一眼，心里有了结果。

程莞也不管搞了什么乌龙，凑上去看单子："我看一下。"

一下子，三个人看着许萦的检查单子，琢磨一会儿后，互相看了几眼。

没听到讨论声，门外汉许萦被弄得心七上八下的。

一个妇科专家、两个心外科主任在看她的单子，她不想紧张都难，脑子里乱七八糟的想法被拉快了进度条，已经快进到她是不是患了不可治愈的癌症……

"没问题。"老医生推了推老花镜，"她就是忙累的，这段时间好好休息，我也不开什么药了。"

说完，老医生凑近两个人："实在放心不下，你们就去隔壁中医楼挂号看一下，挂沈医生的，就说我推荐来的。"

程莞："好，好，好，谢谢老师！"

许萦听到老医生这样说，放心下来，但还没松一口气，对上徐砚程深深的目光，想到自己和他的聊天内容，不由得心虚起来。

程莞似乎读懂了许萦的想法，走过去搂着她的肩膀，爽快地对老医生说："时间也差不多了，老师您早点儿下班，不打扰您去接孙子下兴趣班了。"

老医生背着手，笑呵呵地说："小菀，你这儿媳妇不错，长得水灵又乖巧，改天一块儿来我家吃饭。"

程菀以前上医学院的时候，有幸上过老医生的课。她成绩优秀，老医生对她记忆深刻，现在二人又是一家医院的同事，就逐渐热络了起来。

"好啊，改天我去拜访您和师丈。"程菀亲母女似的拉着许萦的手，摸了摸她的手背，"我们还有事，先走一步了。"

老医生笑着和他们挥手告别。

程菀正眼看着徐砚程，指着他的衣服："愣着干吗？把你这一身白大褂和刷手服换下来，不要耽误我们回家吃饭。"

徐砚程垂眸看了一眼，犹豫了一下，说："我去换一身衣服。"

程菀怕他吓到许萦，急于打发人："我们在停车场等你。"

等徐砚程转身离开后，许萦扯了扯程菀的袖子，讪讪地说："妈，他不会生气了吧？"

程菀回想儿子的眼神，打了个寒战："不……不会吧。管他呢？咱们没做错事。"

徐砚程刚拉开楼梯通道的门，就听到身后程菀热情地和护士站的人介绍许萦。得闲的护士笑着夸许萦，程菀笑得合不拢嘴。

他无奈地摇了摇头，把门关上。

许萦看到徐砚程走远，惴惴不安起来。

其实她也不是故意不和他说这事。和程菀说的第二天，她的"亲戚"就来拜访了，她就没再当一回事。刚刚购物的时候，程菀坚持要她去检查，许萦才不得不来的。

下到停车场，许萦脸都快要笑僵了。程菀在医院的人缘实在是太好了，走了几个科室，大家特别热情，夸得许萦都不好意思了。

十分钟后，徐砚程从电梯里下来了。他穿着休闲的黑色夹克衫，头身比优越，本来双腿就笔直修长，上衣摆收到下裤后，显得整个人更加高挺如松了。他周身像带着磅礴的山间雾，神情寡淡，情绪让人捉摸不透。

"来啦！"程菀扬了扬手，"今晚回家里一块儿吃饭，走吧。"

许萦正要拉开副驾驶座的门，被徐砚程长手一伸搂住了腰。下一秒，她就被他带到怀里。然后他打开黑色宾利车的副驾驶座车门把她塞进去，整个动作行云流水，干净利落，仿佛已经做过很多次了。

徐砚程绕过车身，不咸不淡地对程菀说："您先走，我们跟后。"

瞬间变成"一人行"的程莞不满地鼓着腮帮："徐砚程你过分了吧，抢我的副驾驶座上的人。"

徐砚程一改往日好说话的样子："您要是不想一个人，我给爸打电话，等他过来陪您回去。"

程莞"呀"了一声，回答她的只有徐砚程合上车门的声音。

"两个儿子，一个比一个没意思！"程莞愤愤地拉开车门坐上去，"没老娘，你们算什么？！"

一路上，许萦用余光打量了徐砚程几下。

"我今天下午和妈去逛街了，来医院是个意外。"许萦看着徐砚程的脸色，小声解释，"我身体挺好的，就是前段时间学长接了一个新项目，方案要得急，我的压力有点儿大。"

因徐砚程没说话，许萦回想着自己还有什么事没交代清楚的。

但她真的不能再说了，不然就要把给徐砚程准备的生日惊喜暴露了。

等红绿灯的间隙，许萦用手戳了戳徐砚程的胳膊："你真的生气了？"

徐砚程这才转过头正视她，许萦则被这双深沉的眼眸看慌了。

徐砚程无奈地哼笑出声："没有。"

许萦不信："真的？"

徐砚程："这有什么好生气的？"

许萦又端详了他几眼，确定他的话的真实性，才安心地靠着椅背坐好，笑说："那就好。我怕你不开心，那可就完蛋了。"

"完蛋？"徐砚程挑了挑眉。

许萦老神在在地说："要是这样，每次我出差回来我们都会吵架，岂不是成了魔咒？"

徐砚程启动车子拐进出市中心的车道："别乱想。"

许萦想了又想，貌似是真的！

不行，不行，要是这样以后她可不敢出差了。

徐砚程不懂许萦在瞎想什么，将车子停在徐家前院，叫了她一声没听到应答，俯身替她解开安全带。

她惊了一下，扯住安全带傻愣愣地问："干什么？！"

徐砚程看着女人白净的脸，一时没忍住，偏身吻住了那双惹得他心热的樱唇，浅浅地吮着。

许萦感觉脑袋里有喧嚣声撞入，似乎耳鸣了，与外界隔离开来，只剩下唇上的触感传达到脑部神经，不禁瞪大了眼睛。

四目相对，他眼神直白，没有丝毫躲闪，咬开了她的下唇，要往更深处去。

许萦伸手推着他的肩膀，脸红得似能滴出血来，怯懦地说："这是前院，家里还有人。"

"啪嗒——"

身上禁锢着她的安全带被解开，她被他搂着，往他的方向靠去一点儿。

"徐砚程，"许萦软声求饶，"晚一点儿行不行？"

徐砚程拿到她压在身后的包包，怔住。

许萦才懂他不是要继续亲她，而是帮她拿东西，脸越发滚烫，正要为自己解释，听到了男人的笑声。

徐砚程勾唇笑了笑："好，晚一点儿。"

许萦气呼呼地推开他，扯过自己的挎包开门下车，头也不回地先进了屋子。

徐砚程含笑望着她的背影，没想到许萦逗起来这么好玩。

怕许萦真的生气，徐砚程不敢多逗留，快速地跟上她的步伐。

徐砚程推开门。

猝不及防地，"砰砰"几声，一堆软纸往他的身上喷来，缓了一会儿，他才发现落在身上的是彩带和礼花。

"生日快乐！"

冲破屋顶的欢呼喝彩声唤回了他的注意力，徐砚程看到程莞和徐望文拿着礼花喷筒，程戚樾有几分不情愿地举着相机正对着他。

许萦从后面挤上来，手里捧着一个八寸的小蛋糕，笑意盈盈地说："快来许愿！"

作为道具组人员的程戚樾很适时地把家里的灯关了，屋子陷入了昏黑之中，只有外头落日的余晖从缝隙里跑进来。

见徐砚程没有下一步动作，程莞兴致勃勃地说："傻站着干吗？快许愿哪！"

许萦把蛋糕往他的方向凑去。

徐砚程扫了一眼蛋糕，看到了上面的一行字——

"祝徐砚程 30 岁生日快乐。"

他抬眸看着许萦——灿烂的烛光柔柔地打在她的脸上，令她的笑容明晰可见。他语气含笑地说："许好了。"

"好了？"程莞攀着徐望文的肩膀，半个身子凑到前面，疑惑地问许萦："他闭眼了？"

许萦："闭了？没有吧……"

徐砚程一直看着她，莫名其妙地，把她看得紧张了。

她也没注意他具体做了什么。

不等他们讨论出一个结果，徐砚程把蜡烛吹灭了，像是一锤定音，愿望已经许了。

大家给徐砚程庆生本就是图个开心，没去纠结小细节。徐望文催大家吃饭，再耽误，一桌子好菜就要凉透了。

坐到餐桌边后，许萦凑过去问他："你真的许愿了？"

徐砚程给她夹菜："许了。"

许萦疑惑。

她是不是眼睛不太好？

徐砚程看着旁边陷入沉思的女人，无声地笑了笑。

他有个愿望许了十年，已经实现了。他觉得不能太贪心，往后余生享受实现的愿望便好。

不然，神明会斥责他的。

吃完晚饭，徐砚程收到了三个沉甸甸的礼物。程莞又拉着几个人出门散步，一直闹腾到晚上九点才消停。

夜深了，徐砚程和许萦留宿在徐家。两个人都喝了酒，除非找代驾，不然走不了。

许萦洗完澡，吹头发吹了好久，只有发尾还湿着。她用毛巾搓了几下，从浴室里出来，看到徐砚程穿着睡衣站在阳台上，外面套着一件浅色的开衫，让他整个人看起来如夜色一般温柔。

许萦放下毛巾，套上开衫拉开落地窗。徐砚程听见声音，转过了身。

"怎么了？"许萦走到他身边。

徐砚程："没有，就是想站一会儿。"

许萦撑着阳台，眺望着小区的夜景，忽然好奇地问："上学时，晚上刷题累了，是不是就会在阳台上透气？"

徐砚程迟疑了一下，说："我晚上不怎么刷题。"他指了指隔壁的楼房，"倒是小栀，高三一整年挑灯夜战到两三点。"

许萦探身去看隔壁的小洋楼，藤蔓攀满两家的围墙，看到客厅的灯还是亮的，应该是楚栀的爸妈在家。

"真的不刷？"许萦仰头看着他，反复求证。

徐砚程："偶尔，但很少。"

许萦摊手："好吧，学神不是刷题刷出来的，是脑袋本身就聪明。"

她不得不承认，学神和学霸还是有区别的。

许萦的半个身子悬在半空中，徐砚程怕她掉下去，搂着她的肩膀把她拉了回来。

"是因为我留学材料全部弄好了，高考成绩不是很重要。"徐砚程说。

许萦推搡了他一下："徐医生你别说了，我会忌妒到眼红的。"

她心里清楚，就算不是出国，以徐砚程的水平，他考国内最好的学府也是没有问题的。

"对了！"许萦想到一件事，"你等我一下。"

徐砚程还没反应过来是怎么一回事，她就从他怀里钻了出去，然后跑回了屋子里。

她跑到门边转身警告他："不许动，等我一分钟！"

徐砚程收回步子，站在原地等着她。

屋子里传来一阵声响，接着许萦神秘兮兮地从门内探出身子。

见许萦将手背在身后，他猜想她拿的是送他的礼物。

徐砚程配合地问："是什么？"

许萦信心十足："绝对是你喜欢的东西！"

徐砚程依旧配合地说："我不信。"

许萦双手把东西捧到他面前："超级惊喜！"

她手里是一个铁皮盒子，很陈旧，还掉了几块皮。

"这是什么？"徐砚程这回不是装的，是真的不懂。

许萦说："这是……按照你教给我的说法，叫 cookie can。"许萦将东西塞到徐砚程的手里，"你打开看看。"

手里的盒子重量不轻，徐砚程打开，一盒子的木制小东西，种类很多，有钥匙扣、DIY 的手镯……他还看到了竹蜻蜓。

"这是我小时候无聊的时候自己做的，都是我的宝贝！"许萦今天下午特地给许质打电话，让他把这些东西同城快递送到徐家，在徐砚程洗澡的时候悄悄准备好的。

徐砚程看着盒子里的东西缄默不言。

许萦怕他不能理解礼物的含义，指着盒子说："你不是说你们小时候会有自己的 cookie can 吗？然后往里面装最喜欢的宝贝。你——不喜欢啊？"

今天的徐砚程不知道怎么回事，比平日沉默寡言，本来话就不算多，这下子话更少了。

许萦紧张地解释："我也不知道送你什么，好像你什么东西都不缺，想到你那天和我说的话，就觉得……这个礼物应该蛮有意义的。"

"喜欢的，"徐砚程合上盒子的盖子，用手擦了擦盒身，望着许萦笑吟吟地说，"我很喜欢小萦的礼物。"

许萦听到他的这句话，开怀大笑："喜欢就好！这样的话你就有两个曲奇饼干盒子了。"

徐砚程缓缓纠正："三个。"

许萦"啊"了一声："你小时候收藏癖这么重，都有两个盒子了？"

她把所有的手工制品塞进去，盒子还有一半是空的，都想放东西填充了。最近网上的拉菲草的梗被嘲得厉害，不然她真的要往里面塞一些拉菲草充实一下了。

徐砚程："收的都是宝贝，要是能再多一个我都乐意。"

许萦搂着他的腰，笑问："你是不是赢了很多玻璃弹珠？"

徐砚程："挺多的。"

许萦："我和你说，小时候要是哪个男孩子赢了很多玻璃弹珠，女生们都愿意和他玩，觉得他很厉害，想要认作哥哥。"

"女孩子也玩玻璃弹珠？"徐砚程倒没听说过这种事。

许萦："我们女孩子会收藏玻璃弹珠，纯属是因为它们好看。小时候谁能帮我赢到我最喜欢的那颗珠子，我可是愿意叫他哥哥的。"

她说的"哥哥"是愿意给别人做小弟的意思，徐砚程却会错了意。

"我有一盒子，你选喜欢的拿？"徐砚程盯着她，语气有些轻佻。

许萦睨着他："想做我哥啊？"

徐砚程："全给你？"

许萦笑着靠在他的肩头。

玻璃弹珠可是男孩子的命，他竟然舍得全送给她。

"30 岁的人了，幼稚鬼。"许萦大着胆子吐槽了他一句。

徐砚程悻悻地说："看来我是没机会了。"

许萦定定地看了他片刻，踮起脚，凑到他耳边小声说："砚程哥，生日快乐。"

徐砚程微怔。

他侧头和她对视上。

一切发生得太突然，许萦条件反射地往后仰了一下。徐砚程的大掌摁在她的后背上，拉近两个人的距离，她脸上全是他温热的气息。

"现在够晚了吗？"他嗓音质感极好，沙哑低沉，尾音缱绻。

回想到车上自己那句傻气的"晚一点儿行不行"，她羞得脚指头蜷缩了起来。

许萦压着早已方寸大乱的心跳，手指微微发颤，凑上前主动吻了他，一触即分，然后冲他娇娇地笑了笑。

徐砚程被她勾得浑身火热，扣着她的脑袋急急吻去。

她迎合着他，纵容着他的每一次索取，任由他在这片净土上留下属于他的痕迹。

"小惊，谢谢你。"

情迷之中，她听到了徐砚程的这句话，但不理解是什么意思。

"谢谢你，愿意和我结婚。"

19岁那年生日，他许了一个愿望。

他希望能和喜欢的女孩在一起。

一年又一年，29岁时，他终是得偿所愿。

许萦起了个大早，人是睡醒了，但浑身疲惫。

难得的是，徐砚程还在睡。她也懒得下床，摸出手机在床上玩起来。

怕打扰到徐砚程，她背对着他，把屏幕的光调到最暗，上微博去处理粉丝的留言。

身后的男人翻了个身，凑到她身后，两个人紧紧贴着，他的呼吸喷洒在她的脖子后面，痒痒的，很是不舒服。

"不困？"徐砚程用鼻尖蹭着她的耳朵后的敏感处。

许萦缩了缩肩膀。

"今天周六，不用上班，你多睡一会儿。"许萦继续捣鼓手机，随口说道。

徐砚程或许是真的没睡醒，就这样靠着她又睡着——她成了他的人形抱枕。

许萦翻着日历数着周原旭要方案的日子，指尖停留在昨天，看到阴历微微讶异，用手推着徐砚程："砚程哥，醒醒。"

徐砚程："嗯。"

他嗓音沙哑，不像是醒着的样子。

许萦在他怀里翻了个身，欣喜地问他："你的生日过阳历还是阴历？"

徐砚程想了一会儿，回道："妈一般给我过阴历。"

"真的？"许萦双眼放光。

徐砚程闭着眼"嗯"了一声。

许萦美滋滋地说："正好。"

徐砚程清醒了许多，睁开眼问："什么正好？"

"我的阴历生日是惊蛰，你的阴历生日是霜降，惊蛰走到霜降，就是走过一年四季的意思！"许萦笑说。

徐砚程没听过这些说法："除了能听出我大你一岁，还有别的意思？"

许萦撑着下巴，抬着腿乱晃。感觉到被子里的暖气全跑了出去，徐砚程只能把她搂到怀里，制止她再乱动。

"有句情话说'惊蛰到霜降，走过一年四季，相伴一生'。"许萦回想着这句话是在哪儿听到的来着，貌似是初中的时候——肖芊蕙看言情小说遇到喜欢的句子会抄写在本子上，时不时拿出来为爱情流泪，她偶尔瞄到了几次，便记了下来。

徐砚程："嗯，相伴一生。"

许萦窝在他的怀里："不管了，寓意是好的就对了。"

徐砚程理了理她的头发，正想问她早餐吃什么，她忽然从床上坐起来，这下好了，整床被子的暖气全跑没了。

"徐砚程，我们的项目获得今年全国十佳公益项目的提名了！"许萦激动地说，手脚无处安放，"还有，还有，要办庆功宴，学长说要给我颁发一个最佳表现奖。"

徐砚程靠在床头看着手舞足蹈的许萦，眼神微微含着笑意。

"开心吗？"许萦眼睛亮晶晶地看着他。

徐砚程点头："开心。我们小惊最棒。"

许萦把心底的激动情绪抒发出来后，又靠回他的怀里，失落地说："可惜了，庆功宴在下周一举行，我想邀请你和我一起去来着。"

庆功宴可以带家属，这是周原旭特地告诉她的，知道她不是必要原因不会离开江都，所以才故意这样说，是想让她和徐砚程一同前往。

徐砚程想了一下，说："我和你去吧。"

许萦："你不上班吗？你可以翘班？"

徐砚程："我的婚假刚批下来，我们去京北顺便办婚礼。"

许萦愣住："婚礼？就办了？我们什么都没准备啊。"

"我全部准备好了。"徐砚程摸了摸她的软发，"只差新娘到现场了。"

许萦和他对视了几秒："真的？"

徐砚程："你会喜欢的。"

许萦点头："好！"

许萦兴奋过后，酸胀感越来越浓烈。精神被消耗完，她打了个哈欠，搂着徐砚程说："我们睡个回笼觉吧。"

徐砚程早醒了，见她睡意浓，便哄着她，给她拍背："睡吧。"

许萦说睡就睡，没几分钟就梦里见周公去了。

等她再醒来，已是上午十一点，床上早没了徐砚程的影子。

许萦拖着疲软的身体，在衣帽间里翻找了大半天，没找到一件高领衫，无奈之下，用粉底液遮了脖子上的吻痕。

徐砚程的力道太重，她涂了三层粉底液，皮肤才勉强看起来和平常差不多。

家里只剩下程戚樾。

听说医院有事，徐砚程和程莞都赶过去了，徐望文则去公司加班了。

许萦正无聊，懒劲上来，也不想出门，干脆和程戚樾窝在客厅里看电视。

下午四点的时候，徐砚程给她打电话，问她回去了没有。

"我还在爸妈家，和戚樾在一块儿。"许萦吃了口程戚樾切好的哈密瓜，味道甜腻腻的。

徐砚程："我现在回家，你开车顺便来医院接我。"

许萦又吃了一块哈密瓜，声音含混地问："你没开车吗？"

徐砚程："以为你会出门玩，所以坐了妈的车来，把车留给你了。"

许萦眼看时间也差不多了，说道："嗯，你在科室里等我，我现在过去。"

她心里忍不住琢磨，有空得去提车了。

挂了电话，许萦站起身。

程戚樾看向她。

"我先走了，爸妈回来你和他们说一声。"许萦用交代家里晚辈的语气说。

程戚樾冷着脸说："知道了，我又不是小孩子。"

许萦轻哼了一声："区区高二生，和我说不是小孩子？"

程戚橄："你走不走？"

许萦不招惹小少爷了。

自从黎荔出国后，他整个人变得阴郁消沉，话少了，比以前笑得更少了。

到市医院后，许萦把车停在了路边，走路进去找徐砚程。

徐砚程应该是有事情耽误了，她发消息他没有回复。她到心外科中心时，见到他正在护士站和喻文瑞看一个病人的检查单子。

"你看，程主任的儿媳妇，对吧？"一个护士碰了碰旁边的护士说道。

"喀喀喀，说什么？这是徐主任的太太——徐太太。"

小护士是最近学校安排轮转到心外科的，先前并没有见过许萦，来的那天正碰上程莞把许萦介绍给大家。

"是这样的吗？"小护士怯生生地问。

徐砚程听到他们的对话，停下动作，心底略感微妙。

以前许萦还是徐太太，自从程莞来了之后，许萦就成程主任的儿媳妇了，他在这段关系中完全隐身了。

徐砚程向门口看去。

许萦小心翼翼地走进来。护士冲她招手，她也回了礼。

"怎么上来了？"徐砚程走上前接她。

许萦快速地站到他身边，才不至于感到太尴尬。

"你没回复我的消息，反正也不赶时间，我就上来了。"

喻文瑞收拾好资料："要走了？那我就不打扰了，我和卉卉讨论去。"

徐砚程让喻文瑞有需要帮忙的地方就和他说，然后带着许萦去了办公室。

小护士看着两个人牵在一起的手，问身旁的师姐："真的是徐主任的太太？"

师姐："徐主任是程主任的儿子，程主任的儿媳妇不就是徐主任的太太？"

小护士嘟囔着顺了一遍关系，恍然大悟："原来如此！"

师姐："……"

这倒也不是什么复杂的逻辑吧，这可比她们那一本厚厚的《护理学》好懂多了。

办公室里，许萦坐在徐砚程的老板椅上，摸着皮质的椅子，转了两圈，问他："你今天怎么来医院了？"

徐砚程刚把刷手服换下来，套上羽绒服，和她解释："妈负责的病人要手术。她嫌没人跟得上她的节奏，让我给她做一助。"

许萦好笑地说："原来能使唤徐医生的只有母亲大人哪。"

徐砚程截停在欢快转圈的许萦，修长的手指搭在椅子扶手上，俯身温和地笑说："还有老婆大人。"

许萦听着他漫不经心的情话，柔柔地笑着。

"走吧。"徐砚程替她整理好外套，牵过她的手。

许萦下意识地把自己的手抽了回来，不好意思地说："你的同事都看着。"

徐砚程直接握紧她的手，不容她拒绝："再不牵一会儿，全医院的人只知道你是我妈的儿媳妇了。"

许萦听他这样说，明显地呆滞了一下，回过神后趴在他的肩膀上笑得不行。

"徐医生你是小气包吗？"许萦心想这也不行？

程主任的儿媳妇和徐医生的太太都是她啊，没什么不一样。

徐砚程搂着她的肩头："嗯。"

许萦没想到他还承认了，笑得更放肆了。

徐砚程为了打住她的笑声，拧开了办公室的门。

果不其然，许萦一秒变正经，友好地和大家说"再见"。

这一次徐砚程玩真的，牵着她一路走出医院，还特地走了远路，遇上好几个熟人。这会儿大家再想起许萦，都说是徐砚程的太太了。

许萦忽然生出了巨大的好奇心。晚上两个人在机场候机的时候，她说想看他的医院群里大家在聊什么。

徐砚程的手机里没有什么不可以看的东西，他大大方方地将其递给了许萦。

许萦正想问他手机密码，发现自己的指纹能解锁："你录了我的指纹？"

徐砚程用平板电脑看学生的作业。前段时间学校聘请他做硕导，今年分了几个研究生给他。他正在批学生们上交的论文，听到许萦的问话，点了一下头："第一次你睡着后我录的。"

第一次？

许萦想了好一会儿，明白了他说的"第一次"是他们第一次发生关系那晚。

一句话，让她不敢再深问为什么。

她理所当然地接受了这件事。

很可惜的是，徐砚程的微信特别干净，微信群只有七个：三个医院的、两个家族群、一个学校的、一个朋友的。

徐家有个家族群，许萦也在里面，他手机里另一个家族群并不是她家的，而是乔俏雨前段时间拉的。乔俏雨还特地起名"相亲相爱一家人"，这个操作把许萦整无语了。

医院的群分别是整个医院的群、科室的群和他负责的组群，干净又简单，没有一个群像用来聊八卦的，许萦点进去，发现和想象中的没有差别——

领导发通知，下属回复"收到"，有情况大家互相留言通知。

唯一沾点儿八卦属性的就是徐砚程所负责的小组的群，里面鲁钦偶尔耍贱，但也很收敛。许萦一看，心想完蛋了，他们肯定背着徐砚程有小群。

"徐砚程，你……在医院的人缘怎么样？"许萦隐晦地问他。

徐砚程不咸不淡地说："还好。工作上接触的话，大家人都不错。"

许萦讪讪地把手机收了起来，不过想想也没什么，虽然参与大家的八卦闲聊很有趣，但是徐砚程这样的职场人际关系也挺好的。他人格独立，有自己的私生活，工作上做好该做的事即可。

她撑着下巴打量着候机时专注工作的徐砚程。

最近天气变冷后，他的外套大概就四种：羽绒服、大衣、休闲工装夹克、冲锋衣。

每一种风格都很让人心动，比起他穿羽绒服，她更喜欢他穿夹克，正经和休闲并存，更像徐砚程本人的性子。

机场播报时不时响起，赶路的人匆匆走过，偶尔会有执飞机长带队经过大厅。

徐砚程在喧嚣环境里怡然自得，不紧不慢，对一切游刃有余。

许萦的思绪飘远，她就很突然地想到了以前高中的下午自习时间。

班里闹腾，嬉笑声一片，而他就安静地坐在自己的位子上，忙着写试卷，全神贯注，像一幅山水画，气定神闲。

她呢？

她爱睡觉，奈何环境太吵，只能发呆静等自习过去，放学铃声响起。

那她一定会看他。不为别的，高中时代她是个"颜控"，不会错过这个赏心悦目的场景。

"看什么？"徐砚程语气含笑地问。

她跑远的思绪被拉了回来。

许萦笑了笑，摇了摇头，嘴上却出卖了自己："徐学长，你真帅。"

徐砚程挑了挑眉："徐学长？"

某人还说叫他学长怪怪的来着。

许萦顿住，赶紧改口："徐医生。"

徐砚程看着她不动。

许萦摇白旗，说了脑子里荒谬的想法："我在想，我高中能认识你就好了，每天起码能有个盼头。"

"盼头"这个词是肖芊蕙赋予的新注解。

那会儿高三冲刺阶段，肖芊蕙最常感叹的就是："在班里写试卷写麻了，感觉人生无望的时候，抬头看一看席润野大帅哥，生活都有盼头了，心想得活着，试卷能写完的，因为明天还要再见到帅哥。"

席润野是高三转来他们班的天才少年，人帅又冷酷，不光她们，其他班的人也常来他们班"找盼头"。

"盼头？"徐砚程觉着好笑。

许萦抿唇尴尬地笑了笑，心想不能再说了，怎么越说越错啊……

徐砚程没追问，不然许萦要戴上口罩摆出一副不愿再交流的模样了。

许萦静静等待着，以为他要捉弄她，最后只听到他说："那我高中毕业就应该向你告白。"

许萦脑子短路，第一反应是拒绝："可不行，我家里管得严。"

许萦下意识的反应逗得徐砚程哼笑出声："傻瓜，小心一点儿不就好了？"

许萦想想也是，甚至问他："那你会给我带奶茶吗？"

徐砚程："奶茶？"

许萦回想以前的事："我隔壁宿舍的女生和大她一级的学长谈恋爱，学长就常给她送吃的东西。"

"给你我的饭卡，随便刷。"徐砚程说。

许萦眨了眨眼："好大方！"

这要是被肖芊蕙和楚栀知道，她要是不谈，肖芊蕙都要赶鸭子上架让她谈了。

许萦靠着椅子，叹气说："不过后来学长去京北念研究生了，他们就渐渐淡了，分手那天她哭得挺伤心的。"

徐砚程认真地思考了这个问题："我不会的。"

许萦："这么肯定？"

徐砚程一本正经地说："医学生课业重，我想我闲暇的时间只会留给你。还有……"

许萦："嗯？"

徐砚程凑到她的耳边说："攒两年的钱，买套房子，等你来京北念大学了……过来住。"

许萦听着最后三个暧昧得不行的字眼，脸上微微浮上红霞。

他这是同居的意思？！

"老流氓！"许萦丢下这句话，站起身拿起包包跑远，"走啦，要登机了。"

徐砚程轻笑。

他没想到会得到这个评价。但他是认真的，是真的这么想过。

庆功宴当天晚上，许萦喝醉了，甚至喝断片了，是周原旭打电话叫徐砚程来接的她。

到酒店后，许萦还拉着徐砚程说了好一会儿胡话。

许萦第二天醒来只记得她一个劲儿地给徐砚程看公司为她定做的纪念章，捧着纪念章，含泪从大一谈起学习家居设计的心得。

现在想起来许萦只想给自己一巴掌，话怎么这么多？

但她的记忆中徐砚程不觉得烦，他一直宠溺地看着她，温柔的眼神给了她极大的鼓励，她甚至连毕业设计的概念都拿出来说了。

许萦觉得自己好不争气，不就是第一次接了大项目获得一点儿小成就吗？这副鬼德行……

醒来的许萦没觉得不舒服，想来徐砚程昨晚没少照顾她，不然她的头肯定会因为宿醉而疼痛。

没在房间里找到徐砚程的身影，她洗漱完在偌大的总统套房里转了一圈，猜想他是不是出门买东西了，准备给他打电话时，门铃声打断了她的动作。

许萦兴冲冲地打开门，以为是徐砚程回来了，却看到几张陌生的面孔。

"你们……？"

"徐太太您好，我们是婚礼策划团队的，来负责给您做新娘妆。"

婚礼？

许萦断断续续的记忆跑了出来。

昨晚徐砚程在她耳边说今天办婚礼来着。

可……这也太随意了吧？

许萦盯着镜子里捧着摄像机对着自己的男人，不自在地微微挪动着身子。

"徐太太您别动，会扯到您的头发的。"给许萦做妆造的年轻女人笑着提醒，语气细细软软的。

许萦急忙道歉："不好意思。"

随后她正襟危坐，不敢再挪动，尽量去无视婚礼摄像师的存在。

造型做到一半，服务员给她送来了早午餐。许萦怯怯地瞟了一眼摄像师，轻声问："这段……也要拍？"

摄像师笑了笑："徐先生要求拍下全过程。"

许萦："……"

过程也不用太过于详细吧。

接着摄像师又说："徐先生还交代，如果太太您觉得不自在，可以让我们暂时关闭摄像机。"

许萦心底涌出一股股暖流，徐砚程依旧这么心细。

"那就——拍好看一点儿。"许萦莞尔一笑。

摄像师比了一个"OK"的手势，表示没有问题。

许萦吃完东西后，造型也弄得差不多了。

等站到落地镜前时，她有点儿不敢相信里面的女人是她自己。

这套白色蕾丝旗袍婚纱穿在她的身上正好，不松不紧，就像她亲自到旗袍店量过尺寸，把她的曲线勾勒得凹凸有致。不过这让她稍稍感觉不自在——她很少穿紧身的衣服，手不知如何放是好。

盘扣是一颗颗圆润饱满的珍珠，色泽光亮，反射着屋顶的白织灯灯光。单从前面看，婚纱和传统的旗袍无二，但设计师在身后做了露背的小心机设计，腰间的蝴蝶结设计半遮半掩，优雅又有些性感。

裙摆不长，许萦微微提起，扶着工作人员穿上白色尖头高跟鞋，因为脚跟着力改变，脚背的白筋突显，娇柔感拉到极致，隐隐勾着人去爱抚。

简单又复古的盘发，用一条淡雅的白色绸缎代替了头纱，许萦捧着一束勃艮第红的玫瑰，像是纯白之中闯入一抹热烈颜色，让人惊艳。

许萦因为行动不便扯了扯裙摆。

她是第一次穿旗袍，感觉整个人被束缚住了，坐下来连腰都不敢弯，怕腰间会有小赘肉。虽然想得有些多，但她还是担心被拍到不好看的一面。

弄完妆造差不多下午三点了，工作人员带她去往婚礼现场。

在离开酒店前，工作人员给她戴上了眼罩。

许萦一路上闭着眼睛胡思乱想，觉得婚礼是不是太随便了，但想到化妆师提过她身上这一套行头要花上千万元，这样一看，婚礼也……不是很随便。

她心底还没琢磨出一个结果，车子停了下来。工作人员给她取下了眼罩，化妆师上前给她补妆。

许萦看着远处连绵的绿山，金晃晃的光洒在绿意中，交相辉映，晶莹透彻。

一座教堂坐落其中，看得出那是上了年头的建筑，绿藤攀爬在墙壁上，有裂缝的墙壁上不光有潮湿的痕迹，还映照着树荫，斑斑驳驳的，像是20世纪的油画，神圣又神秘。

"走吧，徐太太。"工作人员向她伸出手。

许萦握上工作人员的手，踩着合脚但不太适应的高跟鞋缓缓走向教堂。

她才靠近，就听到了教堂里管风琴悠扬的乐声，伴着这乐声走过了长廊。

厚重的木门被推开，许萦感受到心跳在加速，能预想到接下来会发生什么事，但还是不自觉地期待着。

教堂尽头，她看到了一身优雅黑西装的徐砚程。他将头发梳了上去，露出额头，眉眼更深沉，更令人难以自拔。

两个人四目相对，她勾唇浅笑着，他也是。

没有红毯，但脚下铺满了香槟玫瑰的花瓣，她一个人一步一步地走向他。

管风琴弹奏的《婚礼进行曲》诠释得更有感觉，许萦也微微沉醉在琴音里。

教堂里，除了牧师、管风琴师和两个摄像师，只有他们。

虽然没有宾客，但许萦感觉自己正被祝福着。

因为对她来说，掌声自在心中。

在她走近阶梯时，徐砚程伸出手，挽着她走到了牧师面前。

和所有的婚礼仪式一样，两个人宣誓、交换戒指、亲吻。

许萦见到了徐砚程定制的对戒。

银白色的素圈，看不出特别的地方，她却觉得这和其他戒指很不一样。这一款更简洁大方，重要的是，里面刻了两个人的名字的首字母缩写，她越看越喜欢。

"这样的话，我都不知道戴哪款戒指好了。"许萦对徐砚程说。

她也很喜欢徐砚程送的那枚花朵钻戒。

不等徐砚程出主意，她笑说："那枚戴在另一只手的中指上好了。"

反正她没少往手上戴饰品。

徐砚程纵容着她，只应了"好"。

仪式很快结束，牧师走后，许萦在徐砚程的耳边悄声说："一切从简还真的蛮不错的。"

徐砚程牵着她到下面的椅子上坐好："不会简单的。"

许萦捧着花，晃着腿放松因为站得太久有些发麻的小腿，四处打量着。

落日余晖透过彩色的玻璃照射进教堂里，一阵琴音吸引了她的注意力。徐砚程坐在一架管风琴前，正对着她。幸好徐砚程高，不然被几排琴键遮挡，她可就要看不到他了。

徐砚程弹了一小段曲子，整个教堂回响着琴音。

"这算不算宾客的节目表演？"许萦回想着婚礼里有的环节，笑着问徐砚程。

他语气含笑地说："今天没有宾客，徐太太凑合着看新郎的节目表演吧。"

许萦点头说"好"。

他自如地演奏着管风琴，给她唱了一首《为你钟情》。许萦听得认真，一直盯着他，不舍得挪开一点点目光。

一曲终，婚礼也算是结束了。

一个下午不长，婚礼简单得超乎许萦的想象，但是她很喜欢。

摄像师替他们拍了不少照片，许萦倒是感觉，说是婚礼，这更像是盛装打扮拍婚纱照。

许萦最后将婚礼手捧花送给了一个女摄像师，听说女摄像师和男朋友明年打算结婚了，便当作祝福送了出去。

整个婚礼过程许萦觉得是难忘的，毕竟人生就一次，但还是不会到刻骨铭心的地步，反而有种不上不下的感觉。随后她想了想，这是徐砚程遵从她的意见办的。清楚他一切顺着她，她也就没再多纠结心中的微妙感是为什么。

回到江都一周后，许萦收到了一个超大的快递，收件人的名字是徐砚程。

许萦费了好些力气才把箱子拉到客厅的角落里，然后给徐砚程发去微信，告诉他已经帮忙签收了快递。

徐砚程快速地回了"好"。

许萦好奇地蹲在箱子旁边，敲了敲，声音是闷的。

她蹲下来后，用手比了比，发现箱子和她差不多高，不知道里面是什么，心想是不是徐砚程买了新的小沙发或者小书桌。

晚上洗完澡出来，许萦看到徐砚程把箱子拆封了。待他分门别类地摆放好，她才看清里面是什么。

"你怎么定做了这些东西？"许萦惊讶地问。

徐砚程刚拣好一份礼物："来帮个忙？"

许萦凑到他身边拉开包装盒子，数着里面的东西："婚礼请柬、优盘、伴手礼和一封信？"许萦不解地问，"我们不是办婚礼了吗？为什么现在才给他们寄请柬？难道要邀请他们来再办一次？"

徐砚程摇头："优盘里是剪辑好的婚礼视频，你不喜欢人多的现场，如果大家到现场只是为了分享幸福，我想另一种形式也可以。"

许萦恍然大悟。

婚礼的意义是分享幸福，不一定非要亲朋同时在现场才能分享，也可以以另一种方式和亲朋好友分享他们的婚礼。

徐砚程没再叫她帮忙。

她捧着那份礼盒坐到沙发里，小心翼翼地打开了那封信。

信件是复印品，而原件是徐砚程手写的。

他的笔迹工整且遒劲有力，落笔潇洒，她单是感受他的文字，也能猜出他是个什么性子的人。

徐砚程的信写得简洁，他将来龙去脉说了一遍，然后告知了优盘里的视频是什么内容，最后说明大家不需要随礼金，希望能把对他们的祝福写成一封信寄来。

最后一句话，他写道："我和我太太期待您的来信。"

落款是许萦、徐砚程。

她的名字写在他的前面。

她觉得这方法有些死板，却又觉得此刻的他们是一体的。

把婚礼变成书信祝福，怕也只有徐砚程能想出这种方式。

她不喜欢现在的婚宴形式，更多是为了仪式感而举行仪式。如果是收到好友真心的祝福，她想，没有比这个更好的礼物了。

许萦读完整封信，无声地笑了笑。

许萦收起信，跑到他身边，笑着说："我帮你打包！"

徐砚程："没几个，很快就好了。"

许萦拿过旁边的名单认真地看了一遍，果然像他说的，寄给的全是他们身边好友至亲。

人数不多，但每一个人都很重要。

"徐砚程，你真的好厉害。"千言万语在心头，许萦能形容她的心情的也只有这句话。

徐砚程见她笑容真诚，是发自内心的喜欢，心中悬着的大石头也就放下了。

许萦一面封礼盒，一面说："你应该早点儿和我说，这样我当天一定好好表现！"

徐砚程："怕你太端着，更拍不出效果。"

许萦扑到他身后，挂在他的背上，紧紧地挨着他，嫣然笑了笑："徐医生，你好懂我。"

徐砚程怕她掉下去，反手托着她的身体，不让她摔到地上，任由她干扰工作进程。

礼盒打包完总共三十多个，徐砚程再把它们装到大箱子里，然后明天联系快递公司上门取件。

许萦晚上躺在床上，躲在被子里玩手机，神秘兮兮地在三人小群里说："我要给你们寄礼物，收到后你们肯定觉得很酷！"

肖芊薏："哟？许萦也会做酷酷的事情？"

楚栀："喀喀喀，虽然不道德，但是这一次我站芊薏。"

许萦气呼呼地摁着手机："记住你们说的话，收到了礼物千万别后悔！"

肖芊薏："我好怕怕啊，现在就后悔了呢。"

楚栀笑着打圆场："好了，好了，大半夜少点儿戾气，早点儿休息好不好？"

肖芊薏无差别攻击："像我们这种晚上又不是一个人睡在床上的人，怎么早点儿睡嘛！"

楚栀："……"

许萦盯着这句话脸红了，仿佛刚才做坏事被抓了现行，不敢出声。

徐砚程从浴室里出来，拉开被子，发现许萦缩成一团，问道："怎么了？"

许萦心虚地把手机屏幕扣在床上："没……困了，早点儿睡。"

徐砚程从抽屉里拿出药膏："过来，上药。"

许萦摇头："我好了，没事了。"

徐砚程抓过她的脚踝，把裤脚往上拉，瞥见她红彤彤的膝盖，用手指压了一下，一声明显的吸气声响起。

"好了？"徐砚程挤出药膏，缓缓地给她涂抹好。

许萦羞得将整张脸埋到枕头里。

漫长的十分钟过去，许萦终于逃开徐砚程的关心，继续翻看群聊。

她以为楚栀会和肖芊薏吵架，没想到掐了两句后，楚栀的语气开始不对劲。许萦还没来得及问上几句，楚栀那边有急诊要去一趟，便不再说话了。

肖芊薏说："楚栀，你不对劲，你特别不对劲！"

不过她们也没好意思深问，给楚栀留出足够的私人空间。

许萦的手机被徐砚程收走了。

他把被子拉好，给她盖住，说："马上要十一月了，江都气温降了不少，出门记得多穿几件衣服。"

许萦点头："放心，我不出门，就在家里赶方案。"

周原旭的工作室在京北，那边给她留了办公室，但唯一用到的地方是办公室外的小办公室，还是她的小秘书用的。

家里的书房成了她办公的地方——她每天穿着家居服上班也没有人管。

"还有，"徐砚程语重心长地说，"多出门逛逛，购物也好。"

许萦拍了拍他的胸膛："你放心，我每天都运动了，不会总坐着。"

徐砚程温和地笑了笑："嗯。"

许萦凑近他笑："笑什么？"

徐砚程："不到一年，我们小萦能做出这么优秀的成绩，我为你自豪。"

"自豪？"许萦愣神，"喃喃"着这个词。

徐砚程："嗯，为你骄傲。"

许萦靠着他的颈窝："感觉好奇怪，像是很多年前想听到的话，今天听到了。"

徐砚程："很多年前？"

许萦记起来了："像小时候想要成为爸妈的骄傲，所以一直期待他们能夸自己，可惜了，没听到。"许萦手脚并用地抱上他，"徐医生，你这是圆了我的多少梦啊？"

徐砚程把她重新塞到被子里，她倒是越来越大胆了，丝毫不怕擦枪走火。

"下周去一趟医院，我带你去挂中医的诊。"徐砚程聊起了别的事。

许萦："怎么了？我生病了吗？"

见她傻里傻气的，徐砚程好笑地说："你又延迟了。"

许萦这才意识过来。

按照往常，这两天应该会是她的经期，但是他们刚刚还做了那档事。

"最近接了新项目，方案改了十版，我的压力太大了，而且快要研究生考试了，我两头兼顾，所以才这样的。"许萦长长地叹了一口气，"或许月底就好了！"

徐砚程不好强迫她一定去医院，微微严肃地说："下周没来就去。"

许萦敷衍："好的，下周再不来就去。"

许萦觉得下周可能就来了。她对自己的身体很了解，不可能出问题，上一次慌张一整天，结果晚上就来了，这次想着顺其自然就好。

第十四章
写给妻子许萦的一封信

　　然而，下周没到前，许萦就收拾行李和周原旭出差去了。

　　从京北回来，离研究生考试的日子越来越近，许萦和周原旭说明情况后，请了半个月的假，在家认真地备考。

　　许萦报考的是江都大学，分到的考场就在学校里。

　　考试当天徐砚程要值班，承诺下班接她去吃顿好的，顺便一块儿庆祝。

　　许萦一早起床就恹恹的，整个人提不起精神。

　　"不舒服吗？"徐砚程用手背探了一下她的体温。

　　许萦摇头："就是……我可能恐考症要发作了。"

　　徐砚程："别乱自己起病名。"

　　许萦喝了一口小米粥："我觉得我的脑子里是空的。"

　　徐砚程坐到她对面，理性分析道："按照你的水平，今年你能过国家线，英语会成你的加分项。"

　　"真的吗？"许萦回想前几天写的一份真题卷，一片红，不忍直视。

　　徐砚程给她剥好鸡蛋，放到她的手里，冲她温柔地笑了笑："真的，我打包票。"

　　许萦盯着水嫩嫩的鸡蛋看了一眼，咬开娇嫩的蛋白，默默打气一句："我必上岸。"

　　徐砚程不放心她一个人去考场，所以找了人陪她，而处在年底，身边的人都在加班，唯一得闲的就是——

许萦看到乔俏雨冲她挥手的时候，弃考的冲动跑了出来。

"我可是特地给你做了这个。"乔俏雨摇了摇手里的横幅。

许萦的心狠狠地"咯噔"了一下，她双手合十地在身前拜了拜："祖宗，我要是以前惹过你，你骂我几句也好，不要这样搞我。"

这很让人社死的啊……

乔俏雨不屑地"嘁"了一声："一般人我还懒得这么上心。"

许萦："我想做你的一般人。"

乔俏雨推着许萦上车："少废话，你要迟到了！"

坐在副驾驶座上的许萦心中生出不安情绪。

当乔俏雨的右脚踩了踩，嘴里嘀咕着"油门""刹车"时，许萦默默地把安全带系紧了。

"我来开吧。"许萦说。

乔俏雨倔强地说："我能行。这是津哥刚买的车，我不是很习惯。"

磨蹭了五六分钟，乔俏雨驾驶着车子出了环江公寓的地下停车场。

路上乔俏雨拉着许萦聊天："你说我要不要也和津哥来这儿买套房子，我们住近一点儿？"

许萦打住她的念头："别，距离产生美，不要太近。还有，你刹车给慢一点儿，不要突然一顿一顿地停。"

乔俏雨觉得她给的刹车很缓慢了："你……"

她还没说完，许萦拍了拍车门，指了指路边。

乔俏雨被吓到了，快速地停下了车子。

许萦推门下车，正看到公园的公共卫生间，连忙跑进去。

乔俏雨跟过去看，发现许萦在吐，很不好受的样子，心想自己开车的技术真的烂到坐的人要呕吐的地步了？

乔俏雨在考场外焦急地踱步，双手快拧成麻花，在考场出口望眼欲穿，恨不得下一秒就打结束铃。

等待区也有来陪考试的亲友，不少人觑向她，好奇一个大美女怎么着急成这样。因为她容貌姣好，有男士动了上前搭讪的心。

乔俏雨在拒绝第三个男生友好地询问需不需要帮忙后，本就焦灼，后面都是板着脸拒绝的，脸上的担心之色逐渐变成了不耐烦，就差把"莫挨老娘"四个大字写在脑门上了。

十一点半一到，乔俏雨第一个冲到考场的警戒线旁，伸长脖子盯着许紫所在的考场大门。

十分钟后，乔俏雨看到许紫拎着笔袋走出教学楼，奄奄一息的。今天的风再大一点儿，乔俏雨都怕她会摔倒在地。

顾不上其他，乔俏雨拉开警戒线跑上前，扶着许紫，关心地问她："还好吗？"

许紫摇头："写到后面快要睡着了。"

乔俏雨哪里还有心思管考试怎么样，连忙说："我们去医院吧，早餐你全吐完了，进考场前吃的几口面包也吐了，总不能一直这样吧，吃不下东西还怎么补充能量？"

许紫摇头拒绝："找附近的餐厅吃个饭吧。"

乔俏雨以为许紫来了食欲："我早订好了，就在附近的酒店。"

许紫没力气自己走路，只能撑着乔俏雨。

吃完午餐，乔俏雨又提了去医院的事。

许紫擦了擦嘴，终于顺利进食，空空的肚子舒服多了，很乐观地说："我觉得舒服多了，下午还有一门英语，考完再说吧。"

"这时候还想着考试干什么？身体重要！"乔俏雨坚持要她去医院检查。

许紫喝了一口柠檬水，心情逐渐好转："不行，准备了这么久，就差最后一门科目了。"

许紫报的是专硕，只用考两门，专业课联考和英语。

"我还是不放心。"乔俏雨回想到许紫吐完铁青的脸色，心底还在后怕，"要不打电话给姐夫说一下？"

许紫语气略急地说："别，你千万别和他说，我怕他担心。而且他说不定在手术室里，现在说这个耽误手术怎么办？"

乔俏雨："可是……"

许紫安抚她："等考完最后一门科目，我自己和他说。你看，我现在不是好……"

许紫说到一半戛然而止。

乔俏雨眨了眨眼看着她："姐？"

许紫推开凳子，快速地往卫生间的方向跑去。乔俏雨反应过来许紫是又吐了，慌忙地拿着纸巾跟着跑过去。

这一次许紫吐得一干二净。

许紫整个人快脱水了，扶着墙步子发虚。

乔俏雨怕许萦不开心，惴惴不安："姐……"

许萦打断她的话："我想睡个觉，没力气了。"

乔俏雨看许萦这个模样是不打算去医院了，而且为了今天的考试，准备了一整年，不可能说放弃就放弃。

乔俏雨上前去搀扶许萦："我在楼上开了房间，带你去休息一会儿。"

劝不动，那就好好照顾她吧，乔俏雨心想。

一路上许萦几乎整个人挂在乔俏雨身上。

比起肚子空得不舒服，许萦感觉四肢使不上力更是令她难受。

下午的考试在三点，许萦醒来后喝了一点儿粥，然后就去考场了。

后面的作文，许萦凭着直觉写的。脑力不足，出题人设了什么坑她也没精力去揣摩了。

等走出考场那一刻，她忽然又觉得不是这么难受了，反而感觉神清气爽。

"我肯定是因为要考试太紧张了，才导致吃不下这个吃不下那个。"出了考场，许萦啃着乔俏雨买的面包，吐槽自己。

乔俏雨不放心地打量她："真的假的？"

许萦嗫了一口牛奶："真的，我现在饿得能吃下一头牛！"

乔俏雨："那——去吃饭？"

许萦笑了笑："走！"

考场外不少考生在对答案，有些人在懊恼自己为什么要把正确的答案改成错误的——许萦完全不关心。她现在只想去吃饭，至于考试，卷子都上交了，看了除了心塞就是心塞，不如放过自己，不去对答案，保持开心的心情。

乔俏雨惦记了一家小吃店好久，见许萦蹦跶得和没事人一样，立马提议去那边。

听乔俏雨咽着口水说在网上看到的探店日记描述有多好吃，许萦不禁问："至于吗？你平时吃得还少？"

乔俏雨两眼泪汪汪地说："你不懂，津哥减肥，我这不是为了表示支持跟着戒零食和小吃吗？"

半年了，聂津变回了那个穿衣有型脱衣更有型的大帅哥，她倒是把马甲线给饿没了。

"你竟然还有毅力做这个？"许萦惊讶。

她的印象中，乔俏雨小时候为了吃辣条，能熬到全家睡着，半夜一个人蹲在厨房角落偷吃。

乔俏雨面露难色："这不是……被强迫的吗？"

因为饮食作息不正常，她被聂津勒令改掉，不然一堆惩罚等着她。她想起来浑身就涌起一层鸡皮疙瘩，手指下意识地抠了抠方向盘的皮质套。

许萦："你也会怕？"

乔俏雨："不是怕不怕的问题……"

许萦："太热了吗？脸怎么越来越红？"

乔俏雨："我……是负罪感。好了，别说了，不然我今晚不敢进家门了。"

许萦看了乔俏雨几秒，笑了笑，说："贿赂我，不然揭穿你。"

乔俏雨冷淡地瞥她一眼："搞清楚情况了？谁贿赂谁？"

许萦就不怕她把今天的事情告诉徐砚程？

许萦心虚，转头看着车窗外的风景，装作刚才的事情没发生过。

两个人默不作声，不再互相揭短，快乐地去探店，吃了一顿丰富的小吃。

晚上七点，乔俏雨送许萦回了环江公寓。

在乔俏雨的威胁下，许萦答应下次还陪她出来探店。

回到家，许萦躺在沙发上，给徐砚程发去消息，告诉他自己今天不太想出门吃庆祝餐了，改天吧。

徐砚程没有回复消息，估计是在手术。

许萦也不着急，换了身舒服的家居服，哼着小曲准备找些事情做。

在经过房间带的卫生间的时候，她停下了步子，盯着镜子，犹豫片刻后走上前，拉开镜子。

后面是一个柜子，专门收纳日用品的。

最上面一层抽屉里是她的卫生巾，日用到夜用的安睡裤都有，下面的一层放的是徐砚程刮胡子用的刀片和软化剂。

如果她没记错，她的日用品是上上个月经期结束后添置的，然后就没有再动过，出差在外又一直跑工地，竟忘了到底来没来例假。

许萦是活得糊涂了些，但还没心大到不当回事的地步。

她例假一直没来，不可能只因为压力大，还有别的可能性……

许萦拖着沉重的步子，窝在客厅的软沙发里，拿出手机订了药店外卖，然后把手机丢在一边，捂着脸哀号了一声。

她拼了命地回想，是哪一天中的标，到底是哪一天中的标？

分针"嘀嗒嘀嗒"地走过十条刻线，她心底依旧得不出一个确切的答案。

旁边的手机闪了闪，她以为是外卖员来电说要求放行上楼，伸手把手机拿过来，结果是徐砚程发来的信息。

XYC："那你好好休息一晚，我今晚临时被调班了，明早就回家。你不用等我，早点儿睡，别熬夜。"

看完消息，许萦郁闷了一会儿，一顿一顿地敲着键盘，想和徐砚程说她的猜想，又怕是自己想多了，别弄到最后虚惊一场，只是个乌龙。

而且，她觉得这种乌龙一点儿都不好玩。

最后，许萦删掉长长的一段文字，回复："好的，你注意休息，我给你留灯。"

XYC："好。"

XYC："恭喜解放，明天带你去吃好的。"

许萦："嗯！你去忙吧，我还有方案要做。"

等到徐砚程回复"好"后，许萦把手机丢到一旁，压根静不下心来坐等，干脆站在玄关处等外卖送上来。

待到门铃一响，许萦火速拉开门，把门外的外卖小哥吓了一跳。

见他差点儿摔到地上，许萦讪讪地笑："不好意思……"

小哥颤巍巍地递出外卖："您的外卖到了，麻烦签收。"

许萦干巴巴地笑着："好，谢谢了。"

领到外卖，许萦把门合上，用蛮力撕开外面的包装，拿出刚买的三支验孕棒冲去了厕所。

三分钟后，许萦灰溜溜地拉开门去客厅找手机，上网查怎么用——最好是带图的指导，现在她紧张得说明书的字都没耐心看下去。

半个小时后，许萦才从马桶上起身，默默把用过的垃圾处理掉。

无一例外，验孕棒全部是两条杠。

偶然事件的话，第二条红杠不会这么明显吧？

她一测就显色，说明怀了一段时间了。

可是，她到底是哪天中的标？

许萦抱着头，脑子里一堆乱七八糟的想法冒了出来。她连和徐砚程哪一天没戴"小雨伞"做过都想不起来了，难道孩子还自己跑出来的？

事情发生得太突然，许萦摸着下巴，心想明天早上去医院检查好了。

徐砚程晚上要值班，没确定好的事先不着急告诉他，她摸不清他会是什么态度，如果他是期待的，期待落空怎么办？

许萦抱着靠枕仰头看着天花板，内心泪流满面。

怎么没确定？这分明是板上钉钉的事实。

许萦强迫自己不去深想，去书房赶方案，把周原旭要的终稿做完，发送到工作邮箱里后，洗好澡躺在床上。

但，她脑子里还是空白的。

猝不及防地，她真的要做妈妈了？

她能做好吗？

她会是孩子喜欢的妈妈吗？

深夜时间一到，手机微信消息一条接着一条地蹦了出来。

三人小群里，肖芊薏正给她们宣布一个消息："我打算明年要孩子。"

楚栀："打算的事情不发红包，等你肚子里有货了，再说。"

肖芊薏："喊，我缺你那两个红包？"

许萦："有了就能领红包吗？"

肖芊薏："干吗？你……不会为了楚栀的两个红包要孩子吧？！"

楚栀："你们冷静一点儿啊，我的红包分量也就那样，怀孕还是慎重考虑，毕竟是孩子一辈子的事。"

许萦："27岁了，是不是该要个孩子了？"

肖芊薏："呸，呸，呸，不要拿年龄束缚自己，孩子不是该要，是你们决定好以后的生活多一个同行的人，然后打算一起孕育一个孩子，就要。"

许萦："你说得对，我给吓糊涂了。"

楚栀："你怎么了？"

许萦想说，但不想让大家的期待落空，打算一切等医院出结果再说："没事，时间差不多了，你们早点儿休息，我睡了。"

肖芊薏："早睡早起，养好身子，我也溜了，晚安！"

许萦收起手机，感觉口渴，摸了摸床头柜，没摸到水杯。她打开灯坐起来，微微叹了一口气。

平时睡前徐砚程会倒好一杯水放在她睡的这边的床头柜上，担心她夜里起来喝水会不小心洒出来，特地买了一个带盖带吸管的玻璃杯。

一想到徐砚程，她睡意全无。

她趿着拖鞋去了客厅，打算看电影等徐砚程回家，把可能怀孕的事情和他说了，她的脑子跟糨糊一样，实在不知道怎么办是好。

投影仪上放着最新的一部喜剧片，许萦的心早乱飞走了，她时不时看向门口，期待徐砚程能马上到家。

注意到玄关柜子上的一个礼物盒子，许萦走过去，翻了翻，里面装满了不同颜色的信封。见上面写着来信人，她这才意识到这是大家给她和徐砚程的婚礼的回信。

信没有被拆过，全部攒在里面，徐砚程应该是想等她回来一起看。

眼下正无聊，许萦急于找件事情打发时间。

她捧着箱子回到客厅，打开落地灯，坐在毛毯上。

许萦只拆了认识的人寄来的信件。徐砚程的朋友的回信，她没有拆，留着他自己拆。

楚栀的信写得正经，看完许萦眼前蒙上了一层水雾，眼角红红的。

从高一到现在，她一直和楚栀要好，心里感慨不知不觉就过去了这么多年。

而她看完肖芊蕙的信后，刚挤出的眼泪全回去了。

同样是怀念青春，就她肖芊蕙特别，全部说糗事，气得许萦愤愤地抽出红笔，在信封上写上了"差评"两个字。

许萦的朋友不多，只有五封回信，剩下的十多封全是徐砚程的，她倒出来分类放好，抽到了一封没有邮戳的信。

她翻到正面，看到上面有寥寥两行字。

    寄信人：徐砚程
    收信人：许萦

迟疑片刻，许萦缓缓拆开信，展开信纸。

    许萦小姐：
    展信佳。
    我最近结婚了，特地给你写了这封信，或许不会写得很长，但是想和你分享最近的生活。
    我和我的妻子表面上是今年年初认识的，其实我已经认识她十年了，不过是我记忆中的十年，在她看来，今年才正式认识我。你也许觉得很荒唐，我们只认识不到半个月就结婚。我也一样，觉得不可思议。尽管不知道我的妻子怀着什么样的心情开启的这段婚姻，不过我

414

很开心她能选择我成为她最亲密的爱人。

那会儿，她总觉得自己很糟糕。其实不是的，是生活有点儿糟糕，她不糟糕。她在我心里特别好。

一开始，我也不知道怎么才能安慰她。我想要走近她，又怕她躲得更远，为此苦恼了好久。后来我和自己说，不要想太多，尽我所能地去照顾她就好了。我也确实这样做了，不知道做得好不好，不过她脸上的笑容越来越多了。我想，我作为她的丈夫勉强能合格吧。

这段时间，她变了很多，变得更优秀了。对的，我说的是"更"，因为我的妻子在我心里本身就很优秀。

她辞掉了不喜欢的工作，选择了从事一直很喜欢的家居设计。虽然开始很难，但是她坚持下来了。到现在她加入了一个特别优秀的工作室，取得了不少的成就。我发自内心地为她开心。我更开心的是，我能在她处于低谷时遇到她，陪她走出低谷。

原谅我私心地想，如果我陪她走出低谷，她以后会不会多念着我的好，不会想着和我分手？当然，我只是想想。不管这段婚姻在未来会遇到什么情况，就算到最后我们真的不适合，不得不分开，我会尊重她的想法，退回原地，真心祝福她，也会再次鼓励她去找寻自己的幸福。

我是庆幸我们能走到今天的。我们一起经历了许多事情，面临过无数次选择，令我意外的是，我的妻子比我想象中的要坚定。她没想过放弃我们的婚姻，上次还说甘愿放弃所有陪我出国，让我不要错过自己的前途。我想和她说不需要的——我不需要她为我放弃什么东西。她丰富的人生由很多元素组成，我们的婚姻是其一，我希望婚姻只是给她的人生锦上添花，并不是霸道地成为她的所有。

不知什么时候我的妻子会看到这封信，早或晚都没问题，因为我会一直陪着她。在这里写过的好话，我会对她说一辈子，她会听到的。

最后，我还是想借此和我妻子说：

小惊，谢谢你选择和我结婚。今年我过得很开心，是因为遇到了你。

写到这里，谢谢许小姐听我说了这么多关于我妻子的事。你不用回信，如果有机会，明年我再给你来信，希望你不要拒收就好。

祝平安顺遂！

爱你！

徐砚程

许萦读完整封信，发现字被洇开了，忙用袖子去擦，又怕擦坏了信件，只能将信推到一旁，不敢乱动。

她还是不争气地哭了，差点儿没喘上气。

徐砚程写这么多煽情的话，是来赚她的眼泪的吗？

许萦差不多缓过来后，心里有了主意，起身回房间换衣服。为了不让徐砚程担心，她多穿了一件，确保在江都的妖风狂啸下不会觉得冷。

收拾好后，差不多六点了，她约好了车从楼上下去，打车到市医院，去挂号处排队。

许萦排的是绿色通道。徐砚程说她作为医护人员的家属，是可以走绿色通道的。

到了徐砚程交班的时间，许萦拿出手机，给他拨了电话。

那边的人接得迅速，忙碌一晚后，他的声音有些沙哑。

徐砚程温和地问道："怎么了？这么早就醒了？"

许萦："不是。"

徐砚程急切地问："没睡吗？"

许萦："不是的。"她深吸一口气，怯生生地说，"徐砚程，我好像怀孕了，你……能不能陪我做个检查？"

电话那边的人静默许久，许萦忙着解释："就是好像，我也不确定。我先检查吧，你……"

徐砚程沉声打断语无伦次的许萦的话："你在大厅等我，我去接你。"

许萦愣愣地回道："好……好的。"

工作人员查看了她的信息，看到后面医院家属名字显示的是徐砚程，笑问："徐太太是吧？"

许萦回过神来："是……是的。"

办理绿色通道业务的工作人员是个中年妇女。玻璃上面贴着的窗口序号遮挡了她的视线，她特地弯下身子从连通口去看许萦长什么样，而后一面操作着电脑，一面说："常听医院的人提起你，今天第一次见，果然像他们说的，长得极好看。"

许萦回想到鲁钦当时在办公室里夸她好看，长得有辨识度，是一眼就能认出的容貌，结果没认出她，尴尬地笑了笑："过奖了。"

工作人员："是挂妇科是吧？"

许萦点头。

工作人员给她弄了一张卡："以后来市医院看病刷这张卡就好了，信息我全给你录好了，这是病历本。"

工作人员从连通口推出一张卡和一本崭新的病历本。

"谢谢。"

许萦才要伸手，结果被旁边的人抢先了一步。

工作人员笑眯眯地打招呼："徐主任，下班了？"

徐砚程："嗯，刚交完班。"

徐砚程拿过医疗卡，牵着许萦出来。

他还穿着深绿色的刷手服和白大褂，胸膛起伏的频率微微频繁，应该是接到她的消息后飞奔下来的。

许萦有些不知所措，不敢去看徐砚程。

她懊恼地想，早知道先自己去了，确定好之后再告诉他。

"怎么突然这样觉得？"徐砚程见许萦一直垂着脑袋，弯腰问她。

许萦紧握着双手，手心冒着汗："我……昨天吐了一整天，还有，上个月没来事。"

"吐了一整天？"徐砚程伸手去探她的额头，"有没有低烧？"

徐砚程的手顺着摸到她的脖颈，她不好意思地躲开，摇头说："没有，就是反胃。"

"昨天怎么不和我说？"徐砚程沉着脸问。

许萦眨了眨眼，无辜地说："考完试就不吐了，我以为我只是太紧张考试了。"

徐砚程看她气色还算不错，心安些："先去检查，等结果出来再说。"

许萦乖乖地点头。

徐砚程带着她进了专家门诊。她以为就是简单问诊，结果被一群人围着看。

因为最近临近期末，医学生到医院见习，屋子里有三个学生围在老医生后面旁听，还有一个主治医师陪着老医生看门诊，负责帮忙操作电脑。

许萦往徐砚程的方向靠了靠。

他伸手揽过她单薄的肩头，拍了拍："不紧张。"

学生们看到一个穿着白大褂的男人和女人一起进来，面面相觑，无声交流着，都在好奇地问对方现在是怎么回事。

而且男人和女人长相优越，一秒吸引了他们全部的注意力。特别是男人，他们来医院实习了几天，怎么没在医院见过这么帅的医生？

三个人不敢说话，你看我，我看你，推搡了一下，然后定定地盯着两个人。

老医生是上次给许萦看过病的医生，笑呵呵地问："这次是小徐陪你来啊？"

许萦见到熟人，没这么窘迫了："嗯。"

"你是刚下班还是刚上班？"老医生自来熟地问。

徐砚程："刚交完班。"

老医生指了指旁边的凳子，开玩笑说："那就坐，如果是刚上班我就要赶你走了。"

两个人并肩坐下，老医生指挥坐在她旁边的主治医师先帮许萦登记信息，然后转头和身后的三个实习生说："这位是心外科的徐主任，这是他的太太。"

其中一个学生眼睛一亮："心外科的徐主任？"

"就是大家说的徐老师吧！"

"哦，哦，哦！我记起来了，我舍友选到了他的课。"

"一直想去听徐老师的课来着，可惜太忙了，我连蹭课的时间都没有。"

年轻人刚到医院，对什么都好奇，碰到有趣的事便聊欢了。

许萦听他们聊着徐砚程，不禁侧头看了他一眼。徐砚程像有感知一般，垂眸对上她的目光，吓得她慌忙移开视线，不敢再看他。

老医生笑着打断他们的议论："好了，人家是来看病的，你们怎么还八卦起来了？"

三个人闭紧嘴巴，乖巧地拿出笔做笔记。

"说说情况吧。"老医生说。

许萦面对一堆人的问诊，心里紧张得不行，好一会儿才缓过来，把昨天的情况详细地说了一遍。

老医生在听到她说她可能怀孕了时，目光灼灼。

许萦被她这副模样吓了一跳。

"先去做个血检，按照你说的月份还挺小的，其他的检查暂时做不了。"老医生让旁边的医生开检查。

徐砚程道过谢后，带着许萦去检查大楼抽血。

血检的结果要等一段时间，许萦坐在等候室里有些焦躁不安。

昨天的症状倒是很像怀孕，不过她这段时间也就昨天感觉像孕反，今天跟个没事人一样。

她心想，会不会真的是个乌龙啊……

她悄悄看了一眼正在处理手机消息的徐砚程，一时间不知道说什么好。

徐砚程把手机收到口袋里，看着她问："不舒服吗？"

许萦摇头："我挺好的。"

徐砚程："我去给你买点儿吃的东西。"

他刚起身，许萦急忙拉住他的袖子："徐砚程，你会不会觉得我在开玩笑？"

徐砚程转身，正对着她，蹲下来和她视线平齐："怎么会？"

从见面到现在，徐砚程就一直严肃着脸，许萦也不知道是不是自己多想了，总感觉他周身的气压特别低，心情……貌似不太好。反正，她难以弄 清楚他的想法。

许萦拿出手机，点开相册，找出昨天拍的验孕棒结果的照片，放到他面前："我不是开玩笑的。本来我是想来医院检查确定结果后再和你说，但是……我一个人真的不知道怎么办才好。"

当时她整个人是发蒙的，只想着告诉他，去依赖他，相信他会处理好这件事的。

徐砚程盯着结果看，呼吸放轻，眉头微微松动，摁下她的手背，笑说："你做得很好。如果你不告诉我，自己去做检查，我会气自己没有照顾好你。"

眼前对她说话的男人和从前一般温柔，许萦却依旧不安心，目光锁着他的五官，怯怯地说："我感觉你不太开心。"

这不是错觉，许萦可以肯定。

徐砚程将双手搭在她的肩头，轻轻握住，又怕弄疼她，松了松力度，看着她湿漉漉的眼眸，沉吟片刻，说："我是……感到很愧疚。"

许萦："愧疚？你为什么要愧疚？"

徐砚程淡淡地笑了一下："如果现在有孩子，你读研会很辛苦。而且，我不想因为意外怀孕你不得不接受这个孩子。如果我们真的要一起养育一个孩子，我希望是在你做好准备的情况下要的。"

如果没有事先备孕就怀了孩子，许萦身体娇弱，从怀孕到生产的过程会吃很多苦头。再有就是她的学业和事业才刚起步，若是因为孩子她不得不放弃一些机会，岂不是辜负了这一年来的努力？

他更在意的是曾经她说到生育话题时所表现出来的无措和焦虑情绪，害怕她有心理负担。

"小惊，对不起。"徐砚程看着她说，"不管结果如何，我尊重你的决定。"

许萦愣了一下，忽然觉得很委屈，眼角发酸，视线变得模糊不清："徐砚程，你是叫我去流产吗？"

徐砚程听到她细微的哭腔，仓皇地否认："我不是这个意思。我只是不想孩子耽误你，更不想孩子给你带来负担。"

或许是怀孕了，许萦才刚有想哭的念头，就怎么也控制不住自己的眼泪。

她摇了摇头，问他："你想要孩子吗？"

徐砚程揩去她的泪，犹豫着要不要说，并不希望他的决定影响到她。手里的热泪渐多，他心软地叹气："想，如果你真怀孕了，决定要这个孩子，我会负责养育他。"

她生，他养。

他都想好了。许萦只需要负责生下孩子，他不会要求她做一个多么优秀的母亲。他会主动去承担孩子的教育和生活花销，也会花时间去陪伴孩子，不需要她去担心这些琐碎的事情。

许萦倾身靠近他，伸手抱住他的脖子，小声抽泣着说："我以为你不喜欢孩子。"

徐砚程失笑，抬手揉了揉她的脑袋："怎么会不喜欢？"

她和他的孩子，他怎么会不喜欢？若不是理智尚存，他怕是早已欣喜到失态。

徐砚程抱着她拍了拍后背，给她顺气："还没吃早餐，别哭了，反胃怎么办？"

许萦窝在他的怀里，摇了摇头，绑在脑后松松的头发被蹭得散落下来。

"我想要这个孩子。"许萦带着鼻音，语气黏糊糊的，"你会支持我吗？"

徐砚程："会。"

他尊重她的决定。如果她选择生下孩子，未来可能遇到的困难他都会尽所能地去帮她，绝对不会让她感觉因为孩子而错失学业和事业的良机。

许萦哭得差不多了，理性终于回来了，心虚地说："其实……也可能是乌龙。"

徐砚程："嗯？"

许萦和他拉开距离，抬眼看着他："因为……我也不知道是什么时候怀的。我是说，我们不是一直很注意吗？为什么会怀？我是易孕体质吗？"

她说到后面，声音比蚊子"嗡嗡"声还要小。

徐砚程见她红着眼委屈得不行的模样，哼笑出声，四下看了看，凑到她耳边，勾了勾唇，问："真不记得了？"

许萦莫名其妙地感觉身上热起来："我……应该记得什么吗？"

门口有护士翻着单子说："许萦在吗？检查结果出来了。"

徐砚程看了她一眼，俯身在她耳边，只寥寥说了几个字："立项聚会。"

说完，他阔步走向护士，从她手里接过单子。

护士见是徐砚程，惊了一下，随即攀谈了几句。

和护士寒暄几句后，徐砚程快速看了一遍检查结果，偶尔抬眼看向还傻愣愣地坐在原地的许萦。

许萦还在想立项聚会。

她唯一参加的立项聚会就是月初在京北出差的时候，其实只是公司的几个核心骨干的小型聚会。

几个人陪着周原旭又拿下一个大项目，心里说不出地开心，也深感一路不容易，心里悲喜交加，酒就成了抒发情感的催化物。而她作为新晋骨干，大家都跑来和她干了一杯。后面聊了些工作室未来的发展，几个人不知不觉就喝醉了。

当天唯一收敛住的是周原旭。他作为老板，要把他们一个一个安全送回家。

她半个月没回江都，徐砚程周末放假两天特地过来陪她。所以，当晚是徐砚程开车去酒局把她接回酒店的。

后面……

不怪徐砚程，是她上了头，主动在先。

徐砚程要去拿"小雨伞"，她抱着他说在安全期不会有事。徐砚程说，安全期不会怀孕的说法不严谨。她喝高了，就气呼呼地说他是拿着医生的身份训自己，不相信她。

那晚喝断片了，她压根不知道晚上发生了什么，只感觉全身很累，睡到下午三点才起来。如果理智回来，她一定会下楼买紧急避孕药，毕竟不怕一万就怕万一。

许萦回想完，撑着额头深吸一口气。她是怎么回事，现在才后知后觉？

"恭喜。"徐砚程蹲在她面前。

许萦迷茫地抬头看着他。

徐砚程笑："四周，我们小惊要做妈妈了。"

许萦缓慢接收完他说的话，展颜大笑："真的？"

徐砚程："嗯。"

许萦扑到他怀里，激动得只知道抱着他傻笑。

笑到后面，许萦又不争气地哭了。

"哭什么？"徐砚程抱着她，温柔地给她顺背。

许萦哽咽："我开心哪……"

徐砚程："傻姑娘，谁开心是哭的？"

许萦："我！"

被她娇憨的语气逗得直笑，徐砚程侧过脸亲了亲她的软发："辛苦了，我们小惊。"

今天来医院前，她心里还有很多担忧的事，怕自己又会把事情搞砸，也怕真的怀孕了，自己做不好一个母亲怎么办……现在她突然什么也不怕了。

因为不管发生什么事，有徐砚程陪着她——他会想办法解决她所有的疑虑。

"恭喜徐医生做爸爸了。"许萦笑着说。

徐砚程心间荡漾着暖意，扬唇浅笑。

貌似这个梦，过于圆满了。

他和喜欢的女孩结了婚，还即将迎来他们的孩子。

许萦踮脚凑到他的耳边，小声说："我刚刚一直不敢说，怕怀孕不是因为觉得孩子麻烦，而是……我实在不知道孩子是不是你的。"

徐砚程怔住，轻轻地拍了她的背一下，冷着脸问："哦，你还有别的男人？"

许萦疯狂摇头："怎么会？！我真的没记起那次，差点儿就以为孩子自己跑到我的肚子里了。"

"好了。"徐砚程微笑，"我能证明，我是孩子他爸。"

许萦听着他捉弄人的语气，脸不自然地发红，冷淡地松开他，看他一眼，还是很负责、很公正地说："这个意外不是你犯下的，是我犯下的。"

徐砚程："一起犯下的，别揽责任了。陪我去换身衣服，我们回家。"

徐砚程搂过她的肩膀，带着她走出等候室。两个人站在这里，因为他的穿着，不少人一直看着这边，再站下去，怕是要被全部人围观了。

路上许萦捧着单子，笑着问："那我不用去拿药或者干什么吗？"

徐砚程："月份太小了，再过两周我陪你来孕检，这段时间好好养身子。"

许萦觉得家里有医生就是好。但凡换一个人和她说这话，她可能都不会安心，认为怀了孩子就该什么都安排上，怎么还先回家养着？

徐砚程今早下来得太快，没来得及换衣服。许萦陪着他去心外科一趟，接着打算去超市买新鲜的果蔬，然后回家。

许萦困得不行，想着吃完东西要酣畅淋漓地睡一觉才行。

他们刚出现在心外科，护士站就探出几个脑袋，护士长在其中，笑着说："恭喜啊，徐主任。"

声音此起彼伏，护士长身边的几个护士面带笑容地附和着说"恭喜"。

许萦扯了扯徐砚程的衣摆："他们……不会全部知道了吧？"

徐砚程比她冷静多了："嗯，估计比我们先知道。"

许萦不解："我们是第一时间拿到检查结果的。"

说完，她又想到负责检查的工作人员才是第一时间拿到检查结果的，单子还是从他们那边要来的。

徐砚程把许萦拉到身边，牵着她："等会儿就知道了。"

两个人经过走廊，路过的医护人员都对他们微笑点头，满脸开心的样子，弄得许萦的心七上八下的。

徐砚程推开重症组办公室的大门，"砰"的一声，吓得许萦往他怀里钻。

"恭喜徐主任身份升级！"

几个声音叠在一起，响彻整间办公室。

徐砚程伸手拿掉许萦头上落下的彩带和礼花，眼神寡淡地扫视一圈。

大家秒怂了，慌张地找寻江主任的身影。

可惜的是江主任今天去了门诊。

鲁钦不怕死地站了出来："徐主任放心，我们没有占用工作时间，这不是刚下班一听说您要做爸爸了，就火速赶回来给您弄个小型庆祝会嘛。"

说完，他心底还是有点儿怕的。

鲁钦机灵地转移话题，把怀里的那束花塞到许萦怀里："当然，最要恭喜的，还是我们徐太太。"

许萦看了一眼怀里的百合花，感谢地冲他笑了一下："谢谢你。"

没想到徐砚程待的重症组的人还挺有仪式感的，她看得出大家关系很不错。

大家一看徐太太笑了，徐主任也没这么严肃了，气氛又活跃了起来。

许萦坐在沙发上，接过他们递过来的温水和小面包，受宠若惊："你们怎么知道的？"

鲁钦挥了挥手："这种小意思啦，在我们的情报……"

李逢："喀喀喀！"

鲁钦意识到自己说漏嘴了："我们医院团结友爱，一听徐主任的太太来看病，当然都要关心一下啦。我们知道不奇怪！"

许萦："所以，大家都知道了？"

医院就真的没有秘密吗？

"嗯……是吧。"鲁钦不敢说话了。

倏地，重症组办公室的门被推开，穿着白大褂还没来得及扣好的程莞疾步走进来，嘴里喊着："徐砚程在哪儿？怎么我儿媳妇怀孕我是从别人那里知道的，他干什么去了？！"

许萦被程莞弄出的阵仗吓了一跳，水洒了出来，裤子湿了一小片。

云佳葵眼尖，忙抽出纸给她擦裤子，关心地问："徐太太没事吧？"

许萦才发现水洒了，感谢地笑了笑，接过纸巾自己上手："我没事。"

她穿的是厚棉裤，压根没感受到裤子的湿润感。

程莞刚挽好袖子，瞥见办公室角落坐着的许萦，急忙上前："小萦你在啊！"

许萦窘迫地笑了笑："嗯，我在的。"

程莞弯腰拉着她左右看了看，神情满是担忧："身子有不舒服的地方吗？"

许萦缩着肩膀摇了摇头："我很好，妈你不用担心。"

程莞看着许萦，欲言又止。这会儿徐砚程的办公室拧门声响起，他出现在门口，一身温和的驼色大衣，里面是衬衫叠穿着毛衣，日常的通勤装休闲又正经，在对上程莞的目光后，神情寡淡了许多。

"你，你，你，给我进去。"程莞指着徐砚程身后的办公室门，冷着脸说。

然后她转头看着许萦，安抚性地拍了拍许萦的肩膀，语气和刚才完全是两个极端，温柔得不行："你先坐着等会儿，妈有事问他。"

许萦瞥了一眼徐砚程，乖巧地点头："好。"

程莞看着云佳葵三个人，微笑着说："照顾一下。"

云佳葵点头如捣蒜："好的，程主任！"

程莞感谢地看了他们一眼，随后阔步走向徐砚程，把他一块儿带进屋子，关门上了锁。

许萦内心诧异。

这感觉……怎么跟小时候她妈要训人一样，偶尔给她面子就会把她拉到屋子里，锁上门就开始一个劲地数落人。

心底逐渐担心起徐砚程来，不过她认为程莞不会怎么训斥徐砚程。这段时间接触下来，许萦觉得徐砚程的爸妈是她见过的最开明的父母。

其他三个人一看这个局势，深感不妙，一个比一个跑得快，拿起桌子上的听诊器就往外钻。

办公室的隔音效果也就一般般，他们可不敢被动听到些不该听的话，就不八卦了，毕竟小命要紧。

许萦不解地看向三个人。

云佳葵假装看表："我……要查房了，先走了。"

李逢翻着病历，眼神乱飘："急诊有个会诊，我下去一趟。"

走在最后的鲁钦"嘿嘿"笑了一声："我……去护士站喝杯水。徐太太有事打内线，我马上就能过来。"

不等许萦说"好"，三个人就溜得人影都没了。

许萦："……"

重症组人员的感情……也很一般吧。

许萦敛起思绪，侧耳听着办公室里的谈话声。

办公室里，程莞把徐砚程推倒在沙发上，居高临下地看着他，叉着腰在屋子里踱步。她把一身白大褂穿出了凤袍的既视感，盛气凌人地瞪着徐砚程。

徐砚程要起身，程莞指着他："你，坐好！不知道长得比我高了，听训就该坐着吗？"

见程莞的表情不像是开玩笑，徐砚程理好衣衫，坐好等着母亲发话。

程莞问："多久了？"

徐砚程回答迅速："四周。"

程莞："情况。"

徐砚程："她身体状况良好，各项指标在正常值内，具体情况两周后孕检才能知道。"

程莞听完这话，内心一团火乱烧，又走了两圈才努力平静下来，指着徐砚程的食指抖了抖，最后握成拳，看了一眼门口，刻意压低声音说："徐砚程，我教你的道理你都学到哪儿了？现在要孩子，你是想累死小萦吗？她昨天才考完研，如果上岸了呢？一个女人怀着孩子读研，不是轻松的事情。她要承受的压力不只是孩子带来的——学业和人际关系也会给她不少压力。小萦的性子又要强，项目下来她不可能不做。你这不是让她难做人？或者你想让她休学一年？你这个逆子，耽误人的前程啊！"

程莞说的这些问题，徐砚程不是没有考虑过。

徐砚程："孩子是意外怀上的。"

程莞仿佛变身成一串被点燃的鞭炮，听完这句话高跟鞋"噔噔噔"地踩在地上，又走了两圈才平静下来。

事到如今，程莞就是把徐砚程打一顿也改变不了许萦已经怀孕的事实。程莞问他："成年人，你打算怎么做？"

徐砚程正要开口，敲门声打断了两个人的交谈。

许萦推开一条门缝，礼貌地问道："我可以进去吗？"

程莞给了徐砚程一记"算你走运"的眼神，然后走过去拉开门，瞬间换上笑脸："当然可以啦！小萦别站着，赶紧坐下。"

她拉着许萦坐到沙发上，把徐砚程往外推了一下，示意他让位。

许萦拉住程莞的手，笑说："妈，我就说两句话。"

程莞："那也坐。"

盛情难却，许萦只好坐下来。

"要不要喝水？"程莞问。

许萦摇头："不了，妈，不渴。"

程莞："你身体有没有不舒服的地方，反胃或者难受？"

许萦："没有，我很好……"

徐砚程怕程莞抓着许萦问个不停，出声打断："好了，妈，小惊没病都要被你问出病了。"

程莞扬手，努嘴警告："你小子懂什么？孕妇身体最容易出毛病，特别像小惊这样的，本来底子就不好，还意外怀孕。"

"妈，我真的没事。"许萦双手握着程莞的手，诚恳地说，"妈，孩子是我决定留下来的。徐医生已经和我说过其中的利害关系了，我能接受，也相信徐医生能照顾好我和孩子。听徐医生说您怀戚樾的时候正在赶博士毕业论文，我虽然没您这么厉害，但是一直想向您学习。"

程莞听得动容，泪眼婆娑，伸手替许萦整理鬓发，娇嗔说："傻孩子，我经历过这种事，所以知道不好受，你怎么还上赶着学呢？还有啊，我这是帮你讨公道，你倒好，给他说起好话来了。"

许萦望了徐砚程一眼，浅笑道："妈，您就别说他了，我相信徐医生和我可以做好爸爸、妈妈的。"

程莞轻轻叹了一口气，走过去拍了一下徐砚程的肩膀："等检查结果出来了，亲自去和你老丈人交代，别让媳妇一个人去。"

一切徐砚程都计划好了。但程莞多提了一句，他也点头应下。

闹腾了小半天，程莞千叮咛万嘱咐才舍得放许萦走。要不是要上班，程莞估计要收拾行李去他们家住上几天。

在电梯上，徐砚程问许萦："会不会觉得妈干涉太多？"

许萦"啊"了一声，抬头看着徐砚程："怎么会？我反而因为妈这一番话安心许多。"

徐砚程："安心？"

许萦深深地点了点头，想了片刻，缓缓地说："妈和你一样真诚。妈没有说我们这里不对那里不好，而是出于对生命的尊重，很认真地和我们沟通这件事。你在等候室里不也是这样？"

徐砚程和程莞担忧的事情是一样的，不过两个人的表现方式不同罢了。

徐砚程反而被她这一席话开导了："你说得没错。"

"所以我想好了，不管以后会碰到什么困难，我都不会忘记我们在今天决定迎接他来到这个世上的心情。"许萦将手放在平坦的小腹上，"只有这样，我们才有足够的耐心去呵护他，陪伴他成长。"

而不是他们一时兴起，把"生一个孩子"认为是此刻两个人感情好的证明，这对孩子不公平，也是对生命的亵渎。毕竟他来到这个世界上会度过漫长的时光，他们应该对他的未来负责。

走到门口，徐砚程搂着她的肩膀往怀里带，贴耳和她说："没想到我们小惊能考虑得这么深远，有进步。"

许萦莞尔："所以今天能拿一百分吗？"

徐砚程亲吻她的额头："在我心里，你每天都是一百分。"

许萦笑容加深。

虽然这是他哄她开心的话，但是她喜欢听。

第十五章
做她不差分秒的准时爱人

　　许萦怀孕五个月的时候，收到了江都大学研究生的复试通知，不得不急急忙忙地从京北赶回来。

　　去年周原旭接了两个项目，她一直居家办公，顺便养胎。但正式进入装修阶段后，她需要亲自跑一趟工地，所以行程才被安排得特别满。

　　可能是前三个月孕反厉害，三个月后，她就跟没事人一样，又因为一直坚持锻炼，身体反而比以前结实了，除了干不了重活，其他日常小事一个人做完全没有问题。

　　许萦是放心了，徐砚程就担心得不行。

　　自从孩子有胎心之后，徐砚程每天都会监测一次，确保她和孩子处在健康的状态。她一个人出差在外是不会监测胎心的，不会用机器是一个，学了之后也会陷入盲目焦虑情绪中。胎心快了，她担心；胎心慢了，她更担心。她干脆就不听了，心想着专业的事情就交给专业的人来做吧，自己瞎操心也没用。

　　研究生的复试定在四月份，许萦还没睡够就被徐砚程拉了起来。他催她吃完早餐换好衣服，赶去考点集合。

　　路上许萦实在是懒得没劲，本身就嗜睡，有了孩子之后能睡更久。

　　徐砚程看她这样，想提醒她考前要不要再复习一下，但欲言又止。

　　许萦关掉车载轻音乐，防止真的睡过去，对徐砚程说："徐医生，要不你把我准备的自我介绍给我念念吧。"

最近徐砚程有空的夜晚都会给孩子念故事书，她听得比孩子入神，甚至怀疑自己入睡还比孩子快。从那以后，她总喜欢叫徐砚程给她念些书来听，不为什么，因为他的声音好听。

徐砚程对许萦的英语自我介绍倒背如流——稿子还是他帮忙润色的。

"今天不行，自己来一遍。"徐砚程严苛地驳回。

许萦撇了撇嘴。

徐砚程就是这样一个人，平时万事纵容着她，但是在大事情上从不会含糊。

头是自己起的，许萦认命地开始背自我介绍。其间徐砚程纠正了几个发音，给她预设了老师会问到的专业问题，甚至连答案都给她顺了一遍。

许萦忽然说："徐医生，我越发觉得如果能在高中遇见你是件好事了。"

徐砚程在开车，分不出心去关注她，目视前方淡淡地问："为什么？"

"你高中肯定会给我抄作业的答案。"许萦抱着肚子笑了笑，"单是想想就觉得美好。我能在假期肆意狂欢，反正准备开学的前两晚你会帮我一起补作业。"

徐砚程："我做的是谁的工作？"

许萦无辜地眨巴着眼睛："学长的工作。"

徐砚程不满她的回答，说道："学长可没好心到这地步。"

许萦心想，温柔的徐砚程以前追求人都这么霸道的？不谈恋爱不帮写作业，他真够会拿捏小学渣的。

没时间容她多想，复试时间就要到了。

徐砚程带着她赶去了教学楼。

许萦是第 15 号考生。顺序是根据笔试成绩排的，她排在第 15 名。

这一次江都大学只会录取 15 个人，进面试的有 30 个人，许萦是紧张的，怕被反超，那一年又落榜了。

面试时间大概耗时二十分钟，许萦从教学楼上下来，神情有些恍惚，一不小心走错了门。

知道徐砚程在侧门处等她，可她从后门出来后不能再进去，只能找个阴凉的地方给徐砚程打电话。

徐砚程让她在原地等着，别乱跑。

许萦站在榕树下，东张西望，盯上了对面的便利店，肚子应景地"咕咕"叫起来。

她心虚地舔着唇瓣，心底不安的欲望骤升——想吃零食，特别想。

一家人在得知孩子是意外怀上的后，默契地达成某种共识，对她的饮食管控严格，就连什么不能吃都列了文档给她，让她严格遵守。

为了孩子的健康，许萦忍了。

忍着忍着，她发现辣火锅都吃不了，不禁每天问肚子里的宝宝一次："你真的有这么脆弱吗？"

许萦琢磨着从侧门到后门大概需要十分钟，徐砚程应该不会到这么快，够自己去便利店买一些东西了。

谋划好一切，许萦兴冲冲地赶过去，走到门口却停下了步伐。

她全身就一部手机，衣服没有口袋，怎么藏东西？她还没傻到拎着便利店的袋子大摇大摆地在徐砚程面前晃荡的地步。

"美女你好，请问方便加个微信吗？"

许萦抬眼。看到一个男大学生微笑着看着她，眼神有几分深情。

许萦顿住："我……"

她很少被搭讪，不知如何应对。

男大学生继续说："你长得真的很可爱。如果你不赶时间的话，我想请你喝杯奶茶。"

刚才也有导师夸她微胖长得可爱，其实她是因为孕肚不够明显，看起来像微胖。

话不中听，但许萦还是小小地心动了一下。

当然，她是为奶茶心动的。

"我……"

"她不方便。"

温热的大掌搂过她的肩头，让她全身一震，鸡皮疙瘩一片一片地泛起。

男大学生看着眼前穿着黑夹克的男人无声地宣示主权，迟疑了一下，从他们的互动大概得知了两个人的关系，识趣地笑说："不好意思，打扰了。"

许萦仰头看向徐砚程，见他正微微垂眸盯着她。

"我什么都没做！"许萦立马撇清关系。

她绝对不是想去便利店买零食。

徐砚程没和她的脑电波搭上，以为她忙着和搭讪的男大学生撇清关系。

"走吧，回去了。"徐砚程牵过她的手，往校园大道走去。

许萦一步三回头，心中惋惜。

430

就差一点儿……她就能藏一袋小熊软糖了。

徐砚程见她失魂落魄的模样，冷冷地问："怎么？舍不得？"

她就这么对男大学生念念不忘？

许萦想点头。

她对里面的所有零食都念念不忘。

但她不敢。

"没有。"许萦回答。

徐砚程听出了违心的意思，眉头微微紧蹙。

许萦回到家还在懊恼，恨当时的自己不够勇敢，真的买了，徐砚程总不能丢掉吧？就算他把糖丢掉，在那之前她也可以往嘴里塞一颗。

她也不是个爱吃糖的人，但实在太馋了，需要一点儿味道来解馋。别说小熊软糖，现在给她最甜的阿尔卑斯，她都能完完整整地吃掉一颗。

徐砚程从房间里洗完澡出来，见许萦和下午离开学校时一个表情，于是走到沙发边缘坐下："在想考试的事？"

许萦摇头，望着头顶暖黄色的吊灯，一言不发。

"是在惋惜没来得及加微信？"徐砚程继续问。

许萦转头看向他："加微信……？"

徐砚程去捏她的脸："还真的想加？"

因他下手的力度有些重，许萦偏头要去咬他的手，反而被他轻而易举地捏住双颊，动弹不得。

他的动作太色情，无数次在床上他都会这样做。

许萦红着脸愤愤地说："谁要给他微信啊！"

要不是因为听到"奶茶"两个字，她不至于顿住。

"他说我可爱！"

徐砚程好笑地问："可爱不是夸你吗？"

许萦双手环住徐砚程的手腕，清晰地感受着他骨感明显的手，趁机多摸了几下。为了不让他看出自己的小心思，她和他聊天转移注意力，说起了在考场里的事情："我考试自我介绍完后，一个老师说我微胖可爱。我就和老师说我不是微胖，是怀孕五个月了。听我说完，对面的五个老师脸色多少发生了微妙的变化。我就懂了，应该没戏了。"

徐砚程怜惜地摸着她的脸。

怀孕后，许萦并没有胖，在前三个月还掉了差不多八斤，本来就瘦，都快皮包骨了，后面能吃了，逐渐长了回来，但是体重一直没有回到怀孕前。孩子在她的肚子里慢慢长大变重，说明她本人还是没长肉。

"没事，小惊你已经做得很棒了。"徐砚程抚摩着她的秀发，手撑在她的身侧，温柔地注视着她。

许萦出考场时是蒙的，没来得及回想细节，现在一复盘，整颗心都要碎了。

"徐医生，我落榜怎么办？"许萦艰难地撑起身子。

徐砚程伸手去扶她起来。

许萦顺势搂住徐砚程的脖子，靠在他的怀里："落榜四次，我也太失败了。"

徐砚程一下一下顺着她的背。感受着柔软的纯棉睡衣布料传来他的体温，她安心不少，心中的郁闷情绪无声地被他化解了。

"怎么会失败？你已经很伟大了。"徐砚程轻声细语地说，"结果还没出来，你不要着急给自己下定论。"

许萦吸了吸鼻子。

其实吧，她也不是特别难过。早在怀孕后她就看开了，也预想到因为怀孕在面试时会被刷掉。

她的排名又靠后，真的被刷了，她也认了。

她想是这样想，心里免不了郁闷一下。这次考研是她最认真备考的一次，心中还是有这么一点点不甘心的。

"我好难过，想吃东西！"许萦干巴巴地喊着，很是不走心。

徐砚程以为她饿了，关心地问："要给你煮吃的东西？"

许萦小心翼翼地试探："我想吃火锅，去外面吃，像我们以前吃深夜火锅一样，辣锅！"

徐砚程立马变脸，上一秒柔情似水，下一秒铁面无私："不行。"

许萦："为什么不行？我好好的，怎么不能吃了？我这五个月也没什么大问题啊！"

徐砚程："你一直没回到原先的体重。"

许萦："你不让我吃，我怎么回？吃空气就能回吗？！"

"小惊，我不是这个意思。"徐砚程耐心地劝她，"上次去检查医生说你身体营养还是不太能跟得上，饮食方面我们多多注意好吗？"

许萦是真的生气了，推开他自己扶着沙发站起来，穿着鞋子回房间，气呼呼地丢下一句话："明天之前我都不想和你说话。"

然后门"砰"的一声被她关上。

房间里，许萦躺在床上，拿出手机在小群里控诉徐砚程。

许萦："没想到徐砚程也是爱管人的性子。自从我怀孕后，他就变得婆婆妈妈的。"

楚栀："你这个情况，他能不婆婆妈妈？"

肖芊薏："得了吧你，徐砚程骂过你？他哪次不是耐心地和你说道理？你倒好，激素一不协调就各种摆谱。"

许萦理亏，但倔强地说："我也控制不住我这个脾气啊。其实我就是想吃一点儿麻辣烫、火锅、烧烤，最好再喝一杯奶茶。"

肖芊薏："你这是什么作死大餐，一个孕妇这么放飞的？"

许萦："你明明前天去吃了！"

刚怀孕一个月的肖芊薏理直气壮地说："我身子骨好。老唐说我就算吃下一头牛他都不会管我，只要我开心。"

嘚瑟完，她不忘安慰许萦："我也就偶尔一次，往后这段时间陪你素着，摸摸阿萦。"

楚栀："［图片］［图片］［图片］［图片］。"

许萦看着屏幕上弹出的四张图片，全是她刚才心心念念的东西，特别是那个火锅，红艳艳的，一看就让人很有食欲，旁边还有一盘杧果冰沙，简直是神仙搭配。

肖芊薏："阿萦你是对着图片流口水了吗？快点儿把她踢出去！"

因为楚栀和肖芊薏总爱互怼踢人，最后群管理被交到了许萦手里。

而手握管理大权的许萦看着火锅的照片挪不开视线。如果有一面镜子在她面前，她肯定能看到她的眼睛和火锅汤底一样红。

许萦："这是哪家店啊？"

要不，明天她悄悄出门去吃吧？

楚栀："在京北。"

许萦："我觉得我应该出差了。"

肖芊薏："你已经魔怔到这个地步了吗？高中时代该来的叛逆期是延迟到 20 多岁了？"

许萦也觉得她是叛逆期迟来了，现在就想狠狠地叛逆一次。

肖芊薏心软地说："看你这个怂包样，周末一中校庆，我们去那边的店海吃一顿？"

楚栀："两位孕妇，你们是想出事后我担责吗？"

肖芊薏："你放心，我绝对不举报你！一切都是我自愿的！"

许萦眼睛里燃起熊熊大火："一切都是我自愿的！我可以给你写免责声明！"

肖芊薏："加我一个签名。"

别说免责声明，让她们干什么她们都愿意。

楚栀无奈："先说好，能吃，但是不能过度。"

肖芊薏："好的楚医生！"

许萦开心："好的！楚医生！"

三个人约好见面时间后，许萦美滋滋地放下手机，垫好孕妇枕头，拉着被子睡下。

过了一会儿，床的另一边传来动静。

徐砚程一直没说话，许萦还有些不自在。

他这是真的和她生气了？不过事情已经解决了，她想着给他服个软也不是不可以。

许萦正要说话，身边的徐砚程翻身侧对着她："十二点过了，能说话了吗？"

许萦怔了怔，睁开眼睛看向黑暗中的徐砚程，回想起她跑回房间前丢下的话。

十二点过了，说明是第二天了。

她哼笑一声，说："我说的是气话，你怎么还当真了？"

徐砚程凑近她，替她理好被子："语气没当真，话当真了。"

"徐砚程，对不起啊。"许萦身子不方便，牵住他的手说，"我怀孕后脾气阴晴不定的，肯定说了很多伤害你的话。"

徐砚程："你那些话说撒娇还差不多。"

哪有人生气是那模样？每次她说气话，他都觉得娇憨可爱。

许萦不满地戳了戳他："你要重视我的语气！"

她是很认真地在生气，他怎么可以认为她是在和他调情呢？！

"好。"徐砚程搂过她亲了一下，"我为刚才的轻视行为道歉，小萦同学可以睡了吗？"

许萦早被三天后的探店之行顺好毛，心情愉快地说："徐医生晚安！"

徐砚程压根不知道许萦准备干什么，只以为她和以前一样，因为吃不到想吃的零食心情郁闷，没过多久就气消了。

三天后，许萦一大早就醒了，在衣帽间里精挑细选了一套套装换上。因为是春天的衣服，宽松为主，孕肚不怎么明显，她看起来就像肚子微微发胖一样，手脚依旧纤细白皙。

她还特地上了淡妆，今天出门打算好了，不仅要吃好吃的，还要拍拍照片。

徐砚程在打领带，见许萦在认真地挑选口红，问她道："是和小栀她们一起出门？"

许萦："嗯嗯，我们三个打算一块儿出门玩。"

徐砚程抬手看了一眼手表，走到她身后，俯身亲了亲她的脸颊："医院还有事，我要先过去一趟，回头联系你。"

许萦压根没注意听徐砚程说了什么，点头说："好，路上注意安全。"

徐砚程穿上西装外套便出门了。

人一走，许萦立马在群里发去消息，催她们快一点儿。

今天最激动的要数肖芊蕙和许萦了。别人是冲着校庆去母校看看，她们两个手牵着手直接拐进了隔壁街的一个美食小巷。

楚栀替两个正在互喂炒年糕的孕妇提包："姐姐们，真的不要回学校看一眼？"

肖芊蕙："看了三年你还不腻啊？"

许萦被肖芊蕙带坏，学着她嚣张的语气说道："作为本地人能看一辈子，你还想看什么？"

楚栀扶额："这是校庆，校庆懂吗？和以往不一样的！"

许萦和肖芊蕙又互塞了一口炒年糕，辣味让她们的身心得到满足，但在看向热闹的马路时，眼里瞬间失去了光芒。

"有什么不一样的吗？"肖芊蕙问。

许萦答："都很一般吧。"

楚栀："……"

她们真是没救了！

肖芊蕙给愁眉苦脸的楚栀塞了一口炒年糕，堵住她接下来要说出口的话，好声好气地劝："收到邀请的都是当年的优秀学生，如今的职业精英，我们怀着孕就不凑热闹了。再说了，校庆就是大家聚在一起缅怀往昔，我们仨的高中时代就是彼此陪伴彼此，所以我们仨在一块儿待着就是最好的庆典。"

许萦点头："芊薏说得好！"

肖芊薏不愧是他们单位办公室的二把手，说的话和给领导写的演讲稿一样，一套一套的。

楚栀也信了："那……不去了？"

肖芊薏去拉楚栀的手："这就对了嘛！走吧，我们去吃章鱼小丸子，我老想念原来那家店的味道了。"

许萦解决完最后一块炒年糕，快步跟上。

吃完小吃，肖芊薏提议来都来了，饭馆也给下了吧。

楚栀肚子饱了，求饶似的说："能不能下次啊？"

肖芊薏："不下馆子的聚会，不是圆满的聚会，我们就算点一盘炒玉米也行，仪式感不能少。"

许萦吃得太饱了，不敢马上回家，继续给肖芊薏站队："是啊，去吃一块提拉米苏吧。"

就这样，吃吃喝喝三人组快乐地牵着手往这条街最好的饭馆走去。

三个人到店里后，服务员和她们说包间早在昨天全部被订了，只有大堂可以坐了。

今天校庆，周边的饭馆满了是正常现象，三个人没计较太多，找了个角落的位置坐下来点餐。

虽然她们吃了不少，但是眼睛没饱。

十分钟后，她们下单了差不多三百多块钱的菜，其中一半是烧烤。

别人吃硬菜，三个人只想吃烤串和蛋糕。

等菜一上来，许萦便伸手去拿牛肉串，咬了一口，辣味充斥着她的口腔，整个人仿佛被注入灵气，五官变得灵动起来，笑眼弯弯，嘴角挂着单纯的笑容。

"阿萦你慢点儿吃！你这样搞得我很慌的，我会以为徐医生亏待了你。"肖芊薏给她倒酸梅汁，打趣地说。

说起徐砚程，许萦有话要说："别说了，吃完这顿，下一顿没盼头了。其实我觉得我身体很好，但是他连我点外卖都不让。"

越说越委屈，她咬下最后一口肉，拿起第二根烤串。

楚栀摸了摸肚子："我算服了你们。你们是怀孕，我跟着你们吃了一天，肚子也快和怀孕三个月的一样了。"

"我摸摸。"肖芊薏将手伸到楚栀的衣服里。

楚栀压住衣摆："芊薏，你别闹。"

许萦细嚼慢咽，继续聊天："栀子，下个月我去京北找你，你带我去吃那家火锅。"

肖芊薏举手："带上我一个！"

楚栀："你们是赖上我了？"

肖芊薏说话诙谐："你不是儿科医生吗？我们和你在一起不管干什么都是最安全的。"

楚栀："什么话都让你说了。"

"你们那些小问题，是个医生都能看，你和你家唐医生待着去。还有你，点什么头？徐医生一个医学博士不更……"

"不更安全？"许萦不屑地说，"他还是算了吧，没意思。"

"程哥……"楚栀表情瞬间变得唯唯诺诺的。

刚才还说得没边的肖芊薏脸上也挂上了假笑。

敏感的许萦深感不妙，背后一阵发凉，随着她们仰头看人的角度，判断出她身后来了人。

许萦转身对上徐砚程阴沉的脸，几乎是下意识地趁他没开口前，快速地把剩下的两块肉塞到了嘴巴里，随便嚼了两口，吞下去。

"你好。"许萦不知道说什么，就傻乎乎地打了招呼。

"程哥，我们订了楼上，你别走错啊！"门口一个穿着深灰色西装的男人冲徐砚程喊道。

许萦给忘了！

徐砚程上周收到了一中校庆的邀请函，学校请他作为往届优秀学生代表之一上台发言。

看到邀请函的那一刻，许萦小小地吃了味，像他们这种小喽啰，高中平平无奇，工作更是碌碌无为，只收到了班群转发的官博消息通知，里面有一张面向全体学生的官方邀请函。

徐砚程另一边走不开，必须过去一趟，走前对楚栀说："先送她们回家。"

楚栀抓起包包："好！程哥你放心。"

望着徐砚程远去的背影，许萦知道他是真的生气了，心生郁结情绪，拿过一串热狗啃了起来。

"别吃了。"楚栀阻止她，"乖。"

肖芊薏也不敢碰那些东西了，担忧地说："老唐最近老上徐医生的手术，我会不会被告发啊？"

见两个人这副表情，许萦也没心情再吃下去，提议回家好了。

聚会不欢而散，回到家的许萦碰上了在门口不知道等了多久的许质和沈长伽。

"爸、妈，你们怎么来了？"许萦赶紧上前开锁。

沈长伽提着保暖壶："你明天不是去产检吗？小徐上班，让我和你爸过来陪你，我就顺便给你煲了汤。"

"产检……"许萦念了一句，郁闷到都忘了。

沈长伽带着发呆的许萦进门，轻声细语地说："汤是刚煲好的，你赶紧喝一碗，不然冷了。"

许萦不太喜欢喝汤，拉着许质陪她："爸，一块儿吧，我刚吃完饭，可能喝不完。"

许质想拒绝，看向女儿楚楚可怜的眼神，又坐到餐桌前："我……来一碗吧。"

沈长伽不计较许萦喝多少——对她来说，现在许萦愿意多搭理她一句话都是好事。她立马给父女俩盛了两碗汤。

弄好后，沈长伽去整理客房，今晚要在这里住上一晚。

许萦见沈长伽进了房间，立马把她的那碗汤推过去："爸，靠你了。"

许质愁眉苦脸地说："不是……怎么就靠我了？"

许萦压低声音说："你也不想我和我妈吵架吧？我是喝不下了，好撑。"

她是真的吃撑了，闻到汤的味道还有些反胃。

许质没办法，母女俩关系微妙，陌生又熟悉沈长伽想靠近，许萦就一直待在自己的安全区里不愿意被靠近，但也算是和气，两个人没有像以前见面就争吵。

他将心一横，为了家庭和睦干了第两碗汤。

沈长伽出来看到鸡汤被喝完了，微笑着点了点头，嘱咐她早点儿休息。

许萦回到房间打开手机才看到徐砚程今天下午给她打的未接电话。他微信留言问她在哪儿，要不要一块儿逛逛校园。当时她吃得正欢，哪里还记得看手机。

洗完澡，她躺在床上。

三人小群里今晚格外沉默，大家都因为今天的事情感到心虚。

许萦捧着电脑把前几个项目设计稿的细节完善了。也不知道周原旭为什么突然让她复修设计稿，她没多问，老老实实地把工作做好。

差不多晚上十点，许萦听到门外传来动静，客房传来许质的脚步声。两个人聊了一会儿，徐砚程推门进了卧室。

他神情淡然，穿着黑色的衬衫，袖口松松地挽起，臂弯里是外套，应该是从饭局刚回来，身上还带着烟酒味。

两个人四目相对，许萦先败下阵来，继续捣鼓电脑。她心里恨恨地想，她爸妈怎么挑这个时间来，都不给她一个睡客房的机会，两个人现在这样面对面多尴尬啊……

徐砚程直接去了衣帽间，然后进浴室洗澡。

许萦关掉电脑，逃不过，那就装睡好了。

装着装着，等到另一边床陷下去，她反而更清醒了。

忍了不到十分钟，许萦凶巴巴地问他："你生气了吗？"

徐砚程被突如其来的问题问住，顿了一下，反问道："你说呢？"

许萦："小气包！"

徐砚程坐起来，把床头灯开了，垂眸看着她，缓缓地叫她："许萦。"

许萦不喜欢他在这个节点上叫她的大名，像是生气。

"我不会认错的。"许萦为自己辩解，"哪有人怀孕什么都禁了？我干脆吃都不要吃了，反正哪儿都做不对。"

许萦说完了狠话，气鼓鼓地对上了徐砚程的眼神。

"你倒是会先发制人，"徐砚程气笑，"许惊萦小朋友。"

"你才是小孩子。"许萦搞不懂徐砚程到底生气没。

他怎么还对她笑得这么妖孽好看？

徐砚程也不吊着她，安抚她的情绪："好了，这件事我也有错。我道歉，不应该把你看得这么严。你身体好了许多，我也该适当地放宽你的饮食要求。"

许萦半信半疑："哄我？"

眼见徐砚程弯下腰来，许萦被吓得整个人贴在床上。他将灯光全部挡在身后，用阴影把她笼罩住。他的气场太强，单是对上那双全是暖意的眼眸，她就掉入了他的眼神旋涡里难以自拔，痴迷他溢给她的甜蜜。

"哄你。"徐砚程低声说。

两个"哄"意思不同。

他的话语里全是宠溺之意。

"我——当真了呀！"许萦说。

徐砚程:"不说假话。"

许萦借他的力坐起来,兴冲冲地说:"为表诚意,我们去吃冰激凌吧!"

本来她们三个说好晚上去吃冰激凌,结果遇上徐砚程,谁也不敢再提这事,许萦却一直惦记着。

"冰激凌?"徐砚程蹙眉。

许萦睨他一眼:"看吧,还说哄我,光靠嘴巴吗?"

徐砚程为难:"爸妈还在。"

许萦指着他严肃地说:"你敢告爸妈,我不和你玩了!"

徐砚程笑了笑。

她着急的这一下,像极了小时候威胁人的样子,最狠的惩罚就是"不和你玩"。

"走吧。"徐砚程压着她的后脑勺将人揽到眼前,"下不为例。"

许萦嫣然笑说:"下不为例!"

徐砚程倒被这一记笑容弄得心猿意马,低身啄了一下她的粉唇,哑声说:"盖个章。"

许萦羞红了脸,扳正他的脸,亲了一下:"甲方也盖一个。"

徐砚程失笑。

他直接被迫成乙方了吗?

说去就去,许萦穿上大衣,牵着徐砚程的手出门,一路上蹦蹦跳跳的,呼吸着新鲜空气,恨不得大喊一声"是自由的味道"。

二十四小时便利店里,许萦在冰柜前转了三圈,犹豫选哪个。

服务员悄悄看了几眼——许萦可疑的举止让他犹豫要不要给110打电话,不过想想两个穿着睡衣套外衣的人应该是小区住户,非富即贵,应该不是他想的那样。

"好了?"徐砚程无奈,她写题都没这么认真。

许萦最后选了一支小布丁:"这个!"

虽然她还想吃三色杯,想吃可爱多,但是人不能一下子贪心这么多,要慢慢贪心,把机会留给下次。

徐砚程结账。

服务员看着显示屏:"一共一块五,我扫您。"

门外,许萦悄悄和徐砚程说:"我看懂他的眼神了,他在说——'这两个人看着也不穷，转了大半圈就买了一块五毛钱的小布丁，真抠搜。'"

徐砚程拍了拍她的脑袋："收起你的胡思乱想。"

许萦左右看了看，撕开包装，将小布丁塞到嘴里，甜甜的味道刺激着她的味蕾，心情又上了一个高度。

"太暗了，是不是流下来了？"许萦紧张地问，生怕自己来之不易的小布丁没有完全进到肚子里。

徐砚程打开手电筒给她照亮："去那边路灯下不好吗？"

刚才他就想问了，她为什么躲在昏暗的巷子里吃？

许萦偶尔戒备地看着家的方向，声音含混地对他说："你不懂，我爸妈要是知道肯定把我训死，我爸可能都不给我撑腰了。"

徐砚程就举着手机站在她面前，目睹她开心地吃完一支小布丁。

他感觉和她在一起越久越拿她没办法，就算知道这件事不太好，也愿意陪她瞎搞。

等到许萦把冰糕棍儿丢在垃圾桶里后，徐砚程拿出纸巾给她擦嘴巴，细心地把她的下巴也擦了。

许萦抱着他的胳膊笑说："徐砚程，你就是全天下最好的老公！"

徐砚程惆怅："这是你近段时间第一次夸我。"

许萦摇他的胳膊，嘟囔着说："怎么？你还记仇了？"

徐砚程："你是甲方我可不敢。"

"甲方？什么甲方？"许萦装傻。

徐砚程捏着她的下巴，雅痞地笑问："记不起来？再盖一个冰凉的章帮你想想？"

他将拇指摁在她的唇上，指腹的滚烫热意逐渐灼烫她有些冰冷的唇。

"老变态！"许萦咒骂一句，又搂紧他，"快点儿回去吧，要是被爸妈知道我们半夜出来做坏事，可是要被骂的！"

知道怕她还干，徐砚程也不知道说什么好了。

睡前许萦满足地抱着肚子，又对徐砚程说了几句好话。

徐砚程："别夸了，我受不起。"

许萦："砚程哥，以后你就是我最好的哥！"

徐砚程威胁她："再说话我可就亲你了。"

许萦做了一个闭嘴的动作，乖乖地窝到他的怀里。

而许萦对徐砚程的好印象维持不到十二个小时——大早她就被沈长

伽吵醒了。

"倒霉孩子，你昨晚去干吗了？！"沈长伽拉开她的被子，"别睡了，起来了。"

许萦困得不行："我昨晚睡觉啊……"

沈长伽扶她坐起来："你昨晚是不是去楼下吃雪糕了？！"

许萦被吓醒，瞪大双眼，心想徐砚程是不是去告状了？！

许萦没多想，死咬住一个答案："没有，我昨晚很早就睡了。"

沈长伽瞧了女儿一眼："我知道，你怕我说你。这次我是真的要说两句，孕妇吃太冰的东西对胎儿不好。"

许萦坚持自己没吃："我没吃。我知道什么东西对孩子不好，心里有分寸。"

自从怀孕后，昨天她是第一次放开了吃喝。

沈长伽见她一脸倔强的表情，从口袋里拿出手机点了几下，放到她面前："你看完再说吧。"

许萦的眉头皱在一起，心生不悦，迟疑了片刻她才接过手机。

手机页面上是徐砚程的朋友圈最新分享的消息。

许萦微微挑眉，没想到万年不更新朋友圈的徐砚程竟然发了动态，感觉有些新奇。

她加他的好友以来没见过他发朋友圈，而且他的朋友圈允许查看范围是半年。尽管曾经好奇过半年前他是不是发过什么内容，但是两个人认识一年多了，他的朋友圈点进去还是一条杠，许萦就懂了。

徐砚程是不发朋友圈的。

她合理怀疑这个设置是为了迷惑大家，让人误以为他其实也是个热爱分享生活的人。

因为沈长伽看视频喜欢开扩音，而且音量会调到最大，能当小音箱使的那种，所以许萦点开视频后，被一声超大的吸溜声吓得差点儿磕碰到床头柜。

她手一抖，手机掉在了被子上。

坐着的许萦看到视频里出现了一个女人。

女人穿着卡通图案的睡衣，套着比自己身形大上一圈的男式大衣，头发被风吹得凌乱，正狼吞虎咽地干掉手里的小布丁，嘴边沾了一层奶白痕迹也顾不上，生怕小布丁融化掉在地上，舔着冰棍儿傻乎乎地笑着，压根没察觉到对面的手机在拍她，忙着吃的同时含混地说"好好吃"，说完不忘点头认同自己说得对。

而那个女人——就是昨晚的她。

十秒不到的视频播放结束，第二遍、第三遍自动播放，许萦耳边全是她说"好好吃"的声音，笑得和二百斤的胖子一样。

许萦戳了戳屏幕，退出视频，难以置信地抱着头。

沈长伽莫名其妙地觉得女儿有点儿搞笑，也不说她了，走出卧室前对她说："快起来，马上就到预约的孕检时间了。"

许萦拿过手机点开朋友圈。

因为徐砚程发布动态的时间较早，这条朋友圈已经被挤到了下面。

沈长伽因为和徐砚程没有太多共同好友，评论区是空白的，而许萦不一样。她看到那里已经有一串评论了，点赞更是不用说。

许萦是捂着眼睛看完的评论。

肖芊薏："我还担心你回家被打骂，结果出门干雪糕。许萦，你说徐医生的那些话，你用什么还？"

楚栀："原来你是这样的许萦！"

乔俏雨笑得很吵，五行"哈哈哈"霸占着屏幕，然后说："姐，有必要吗？有必要吗？啊哈哈哈——你要是实在想吃来我家玩啊，我给你买，用不着搞出一副几百年没吃的样子吧。"

许萦控制住自己不去怼乔俏雨，深吸一口气，继续往下看。

程戚樾："我以为我们家穷得买不起一块五毛钱的小布丁了，你要这样吃。也没人和你抢，你可以吃慢点儿，别呛着肚子里的孩子。"

许萦："……"

一块五毛钱的小布丁有问题吗？得罪他们了吗？他们为什么要这样说小布丁？！

许萦心里苦兮兮的，终于滑到后面，有一条评论不是在笑她的了。

程莞："徐砚程！你在干什么？！你怂恿你媳妇干什么？！"

许萦还没欣慰到三秒，下一条程莞评论："实在想吃就买一些回家，在外面真用不着这样。"

许萦躺倒在床上，望着天花板委屈得不行，捧起手机在聊天框里骂徐砚程。

许萦："亏我昨晚拼了命地夸你！以为你举着手机给我照亮，结果你拍我的黑历史！马上把视频给我删了！"

徐砚程没有马上回复消息。

许萦心里苦啊，看着点赞人数增加，恨不得冲到徐砚程面前抢过他的手机自己删了视频。

想到这里，许萦爬起来去洗漱。孕检完她就杀到心外科去，一定要把这条视频给删除了。

孕检结束后，许萦变得犹豫了。

鲁钦他们也评论了那条朋友圈，说不定她出现在心外科正好能满足他们的八卦之心。她觉得，他们一定会问她视频背后到底发生了什么事。

想了想，许萦决定回家堵徐砚程。

可是，他不及时处理不就代表全部朋友都看到视频了吗？

微信里徐砚程回了消息，许萦快速点开。

XYC："这条不行。"

许萦："亏我给你说了一堆好话，你就是这样回报我的？"

XYC："不然我说回去，我们两不相欠？"

许萦气得手抖："算你狠！"

鬼要那些虚无缥缈的"彩虹屁"！

她就不信这条朋友圈删不掉。

回到家后，许萦抱着手臂在客厅里急得团团转，心想就算是被徐砚程的所有好友看到了，这条朋友圈也要删除。毕竟他的朋友圈是半年可见，她可不想被挂半年，让人一点进去就看到她傻乎乎地吃雪糕的视频。

晚上徐砚程回来，貌似预料到她想做什么，一直把手机放在裤兜里，让她连看都看不到。

许萦回房间前，一副瞧不起他的嘴脸说："徐砚程，你玩不起！"

徐砚程任由她骂，也不反驳，就儒雅地笑着。

许萦躺在床上，计划好了——等到徐砚程睡着，她就悄悄去拿手机，神不知鬼不觉地把视频删除，再把相册里的备份一块儿彻底删了。

许萦躺着玩手机。

徐砚程进门提醒了她一句，让她坐好玩。

许萦瞟了他一眼，眼尖地看到他进浴室前把手机放在桌子上，心想机会来了！

她小心翼翼地拉开被子，生怕里面的徐砚程听到声音，赤脚踩在毛毯上，拿过他的手机用指纹解锁，毫不犹豫地先到相册里把视频删了，不放心地检查了一遍垃圾箱，确保已经彻底删除，才切到微信界面。

此刻她像极了在背后偷偷调查老公有没有偷腥的老婆，心跳一直不停地加速。

徐砚程这边的评论比她那边能看到的还多一倍，他甚至还回复了。

有一个备注班级和名字的男人好奇地问："这是谁？"

徐砚程："我太太。"

全部评论，他只回复了这一条。

下面很多初、高中同学跟评说"恭喜"。

许萦感觉微妙又感动是怎么回事？

徐砚程要真的想要大家的祝福，他们的婚礼视频或者婚纱照，哪样不比她吃雪糕的视频好看？

许萦怕徐砚程随时出来，在按删除的时候差点儿点错到分享视频给好友。

她想了想，视频下还有一堆好友祝福，删了挺可惜的，最后修改成了"仅我可见"。

做完这些事，许萦觉得她就是个大聪明，这样徐砚程会误以为这条动态还在，而别人又看不到这条动态。

她滑着评论，想看看到底有多少条恭喜，不小心点进他的朋友圈主页，看到了下一条私密动态，发布时间是十年前的六月份。

"XYXYC19。"

内容毫无头绪，更像是一段代码，就像她以前喜欢随手写一句话的首字母，还神神秘秘地递给肖芊蕙和楚栀，让她们猜是什么意思。

许萦试着拼了一下，没有头绪，脑子里也只想到了他的名字。

她忽然记起来这就是徐砚程的微信号啊！

许萦不禁在心底暗笑，怎么会有人为了凑数把自己的名字缩写打两遍，就不能打全拼吗？

这人真傻。

许萦正要扬唇笑徐砚程，瞥见了紧接着的下面一条动态。

"下个月毕业了，以后连和她故意偶遇的机会都没了。"

笑容消失在许萦的嘴角，脑子像被打通了一样，她想到了徐砚程曾经说过的一些话。

她问过他以前有没有喜欢的人，他没否认过；她问他是不是递过情书，他也没否认过。现在她深想他当时的表情更像是……没来得及告白的惋惜样子。

所以，徐砚程高中时有喜欢的人。

她看得出，他很喜欢那个人。

意识到这点后，许萦整个人木讷地坐在床边。水声停下，她把手机的后台记录全部清除，然后将手机放回了原位。

许萦躺在床上，愣了好一会儿才反应过来。

谁还没个曾经啊，肖芊薏还一心两用，高一的时候同时暗恋两个帅哥呢。

再说了，过去的事情多想也没用，现在他们就过得挺好的，想必这位"白月光"女士也早已结婚了，俩人早就没可能了。

"想什么？"徐砚程见她目不转睛地盯着台灯看，问道。

许萦乱扯了一个理由，拿起手机装模作样地说："学长给我发消息，我正在——我的天！"

许萦从床上坐起来，比以往任何一次都利索。

徐砚程担心她一惊一乍伤到身体，放下擦头发的毛巾，阔步走到她身边扶着她。

许萦拉着徐砚程的手，指了指手机，激动道："徐……徐砚程！我获奖了！"

徐砚程靠近："我看看。"

许萦点开名为《华国建筑工程装饰奖获奖名单》，在第一排看到了他们工作室的名字，后面的括号里写着"许萦"。

这个奖是国内建筑装修行业最权威的奖项，许萦第一次听说这个奖是在大学参加社团的时候。

当年他们的指导老师被提名了这个奖，不过差一点点就获奖了，大家都替他可惜。许萦没想到有一天再听说这个奖项是她获了奖。

许萦惊讶极了，发语音磕磕巴巴地问周原旭："学长……为什么有我的名字？"

周原旭预料到她会来问他，回答道："去年年底公司趁着风头正盛，同时申报了几个建筑奖，我就让秘书把你的文稿一起整理申报了。事实证明我的眼光没错，小萦，你的创意真的很好。"

许萦激动得不知道说什么好。

周原旭又发来了一条语音："开心完早点儿休息，月底的庆功宴记得来。"

许萦回的"谢谢"都是徐砚程代发的。

她实在是太激动了，仿佛在做梦一般。

"恭喜。"徐砚程摸了摸她的脑袋。

许萦拍了拍脸："你掐掐我，这不是假的？"

徐砚程垫好枕头，让她睡好："不是假的，你应得的。"

去年下半年开始，许萦就一直在跟周原旭跑项目。需要去工地现场的工作，她二话不说立马买机票飞过去，时常一奔波就是半个月。每次见她回家眼下一片乌青，他都免不了心疼。

许萦眼角滚烫："我还是觉得不真实。我才从事室内装修这份工作没多久，竟然能得到这个级别的荣耀，太假了吧。"

徐砚程躺在她身边，缓缓说道："怎么会假？虽然你重新拾起专业不久，但是你碰到了好公司、好项目，能在里面尽情做你想做的事，当然会被看到。"

许萦依旧觉得不真实，又问："你不觉得太容易了吗？"

徐砚程："没有任何一件事是容易的，大学时你的专业成绩并不差，或许你没察觉到你的厚积薄发，外人是能看到的。"

许萦觉得他说得有道理，像周原旭就一直给予她肯定。

"真的好开心！"许萦搂住他的胳膊，"我明天请你去吃火锅吧。"

徐砚程笑问："我吃还是你吃？"

许萦："他想吃了。"

她指向肚子。

徐砚程翻过手掌，抚在她的肚子上，能感受到里面正孕育着一个生命。

"我和你说，我今早听到他的心跳声了，觉得好不可思议。"许萦说，"我还给你录了。"

这是第一次听到孩子的心跳声，许萦拿出手机点开录音，放到徐砚程的耳边。

徐砚程听过很多种心跳声，也听过不少胎儿的心跳声，但是听到他们的孩子心跳声的感觉是不一样的，像是海水涌上沙滩那一刻，卷起一片欢意，舒服的冰凉感打在他的心上，随着"怦怦"的声音，他的心逐渐被充盈。

"很健康。"他微笑着说。

许萦给他分享了这一小段音频："要好好收藏，以后可以给他听。"

徐砚程淡淡地"嗯"了一声。

许萦抬眼看着他，觉着他望着自己的目光难以捉摸，似在看她，又似透过她在想什么。

"怎么了？"许萦问。

徐砚程弯腰吻上她的眉梢，声音有几分缱绻："忽然觉得很圆满。"

萦绕在心头的想法冒出来，她反问道："真的觉得圆满？"

徐砚程："我还有什么不圆满的？"

你不是还没来得及和被你在朋友圈记录的"白月光"告白吗？顿了一下，她不想扫兴，终究没好意思问。

"确实很圆满。"许萦不走心地应付着，故作漫不经心地问他，"徐砚程，你以前有喜欢的人吗？"

她没直接问，但是可以侧面问。

许萦在心里给自己点了个赞。

"就随便聊聊，你别有压力。"许萦怕他心中有疑虑，把他的手摁在孕肚上，"你也说了，现在的生活特别圆满，以前的事情破坏不了我们的感情的。"

徐砚程被逗笑。

"有。"他承认。

许萦暗自撇嘴，觉得自己简直是找虐。

"哦，谁啊？"许萦继续问，心底对那位"白月光"女士充满了好奇，"你们班长？你们班的大美女？"

徐砚程："不是我们班的。"

许萦"哇"了一声："隔壁班的？！"

徐砚程："楼下的。"

许萦："高二啊……原来你一直喜欢比你小的女生哪。"

徐砚程捏了她的鼻子一下："胡想什么？"

"算了，不问了。"越问，她心底就越不舒服。

徐砚程撑起身子，低头看着她，大掌抚摩上她的脸颊，认真地说："我只喜欢你。"

许萦眨眼："现在吗？现在你只能喜欢我啊。"

徐砚程："过去，我也只喜欢你。"

许萦的心跳又不听话了，她像他第一次吻她的脸颊时那般无措。

她期待地无措着。

"喜欢过？"许萦轻声问。

难道真的和他说的一样，早在以前他的双眸就注意到了她，对她有好感，甚至有点儿喜欢？

可惜啊——

还是"白月光"早了她一步！他对"白月光"是很喜欢，对她是有好感的那种喜欢。

徐砚程温和地笑道："喜欢，不是喜欢过。小惊，我喜欢你，永远是进行时。"

他凝视着她，一字一顿认真地说道。

进行时……

许萦一遍又一遍地默念着这句话。

她忽然觉得此刻很不真切。

他的话和他望着她的那双眼睛都很不真切。

她此刻的感觉比得知她获奖那一刻还像在做梦。

"这个进行时，是多久？"她一个字一个字地缓缓问道。

一年，两年，还是再久一点儿？

再久，她的记忆里就没有出现过一个叫徐砚程的男人了。

问完，她不知道是不是她的错觉，感受到徐砚程的手微微颤动了一下。

但也只是一下，她脑子迷糊得分不清真假，怕是自己想多了。

"小惊，今年是第十一年，"徐砚程对着她温柔地笑着，"是我遇见你的第十一年，喜欢你的第十一年，决定要继续喜欢你的第九年。"

"我……"许萦脑子空白，张了张嘴，却失了声。

徐砚程害怕她被吓到，握住了她的手。

他已经感受不到胸膛里那颗跳动的心脏是快是慢，只知道当不曾见过天光的暗恋心思倾倒出一点儿，向她的倾诉欲便再也藏不住，想要尽数倒出。

他渴望被她知道他的感情。

徐砚程："在和你正式认识之前，我就知道你高中最爱伏案睡觉，常去学校食堂三号窗口，因为那边有你喜欢吃的辣子鸡；从食堂回到教室你喜欢绕远路，走校园的大道看风景；不喜欢有英语课的晚自习，因为太困了，听力一个单词也听不下去；最喜欢有生物课的晚自习，因为老师喜欢讲题，不会让你们写试卷。大学后，你回江都的第一件事是去吃一顿火锅，喜欢看画展，而且最喜欢看冬天的画展，因为可以结束后喝上一杯热茶。"

他说到后面，声音越发低沉沙哑，嗓子似拖着千斤负重，艰难地强撑着，才把话说完。

"许萦，我的青春里有你存在的影子。我 19 岁到 29 岁的时光里，全是你的影子。如果你回头看一下，我就在你身后，一直都在。"

徐砚程感觉五脏六腑颠倒似的，因狂烈地席卷而来的情绪而不能自已。

许萦蒙了，面对不可思议又正在发生的一切事情，想打趣一句话缓解气氛，却怎么也说不出口。

徐砚程是认真的。

她深刻地明白这一点。

可是她不知道怎样回答这份认真的感情。她对他的记忆只有这短短的一年，这段记忆里，他不是年少的徐砚程，而是她的丈夫徐砚程。

"对不起，"徐砚程轻笑，"无端的喜欢只会是困扰，我像用十年的时光绑住了你，让你被迫去承受这一段感情。我不该说的，也想好永远都不说，但……我貌似做不出爱情圣人的伟大样子。我希望这一份喜欢能被你知道。

"我是不是越来越得寸进尺了？最开始我想我能和你做朋友就好了，然后又想做你的丈夫，最后贪得无厌，还想做你的爱人。许萦，我想你爱我。"

他希望她爱徐砚程，不是爱怎样的徐砚程，是只爱不加任何前缀的徐砚程。

他看到许萦咬住下唇，心一点点地下沉，坠入深渊。

面对莫名其妙的告白，她一定很苦恼吧。

"所以我说我这人很不好，我的喜欢是要建立关系的。"

大家都说越是喜欢一个人，越是觉得只要对方幸福便好，其他事无关紧要，就算两个人不在一起也没事。

以前他也是这样想的。但是自从和她结婚后，他否认了曾经的全部想法。

他偏执地想要成为能给她幸福的那个人。

"我……"许萦顿了顿，眼泪却控制不住地狂涌而出。

徐砚程被吓到，手忙脚乱地替她擦泪，软声哄着："别哭啊。"

他会讨厌死自己的，怎么总惹她哭？

"徐砚程你好没眼光。"许萦鼻子又酸又堵，鼻音浓重，"糟糕的许萦也值得你喜欢吗？"

徐砚程拇指摩挲着她的卧蚕，笑了笑："小惊，你不糟糕，你是我的世界里最好的存在。"

许萦努力在模糊的视线里看清他，不错过他落在她身上的每一个眼神。

刹那间，她想起了很多她曾经觉得奇怪又自我合理掉的细节。

他知道她所有的喜好，也曾在信里写过，他喜欢她，在她认识他之前。

原来世间没有这么多巧合的事。

他一直对她好并不单单因为她是他的妻子，而是因为喜欢她。

这也证明了，他曾说过的无数好话全是真心的。

在徐砚程看来，她就是那个一点儿也不糟糕的许萦。

这一切是她不敢假想的可能。

徐砚程喜欢她，喜欢了十年。

所以，他忧愁再也无法见到的那个"她"是许萦。

倏地，许萦又不争气地笑了："我觉得我好傻。我想你以前喜欢的人是我，又怕你喜欢那个不好的我。"

徐砚程温润浅笑："那我该不该喜欢？"

许萦看着他说："该。如果不是你的喜欢，许萦依旧是糟糕的许萦。"

"怎么会？"徐砚程庆幸自己出现在她面前得恰是时候，但也仅是庆幸。

他说："不是我，在未来你也会因为某个人、某件事好起来。你本身就不糟糕，等糟糕的生活过去了，就会越来越好的。"

"我不信这些。"许萦狠狠地吸了一下鼻子，盯着他认真地说，"某个人是徐砚程，某件事是遇见你。"

没有多余的假设，她也假设不出来假如遇见其他人又会发生什么事。

"你……不会觉得困扰？"徐砚程不安地问。

许萦："一开始会，想了想，我又觉得不会了。"

徐砚程："为什么？"

"徐砚程，我需要你的这份喜欢。"许萦冲他莞尔一笑，"是因为你的喜欢，我们才走到了今天。"

在今天，她深爱着他。

是他的喜欢给了她这个机会，也是他的喜欢让她有了这份勇气。

所有的爱都是有迹可循的。

许萦觉得她真傻，现在才想通透这些事。

许萦主动靠向他，轻声说："怎么办？以后我要更喜欢你才行。"

徐砚程把她抱到怀里，满足地笑了笑："不需要。"

许萦摇头："需要。"

徐砚程怎么敢对她有要求："我刚才真的很怕你会再也不理我了。"

徐砚程的心慌情绪不假，许萦感受得到。

许萦拉过他的手放到肚子上，故意开玩笑说："都说到现在了，没有什么事能破坏我们的感情的。"

徐砚程笑出声，爱惜地揉着她的脑袋，好像对她的喜欢总是在增加，从未消退。

"徐医生，"许萦挤到他的怀里，和他紧密相贴，"谢谢你能喜欢那个曾经很糟糕的许萦。我爱你，很爱。"

我没有办法不爱这样的你。

他将鼻尖抵在她的头发上，如释重负，发自内心地笑了笑："我也爱你。"

温情不到片刻，许萦猛地抬头，差点儿碰到徐砚程的鼻子。

许萦回想着刚才的对话，严肃地问："为什么是决定要继续喜欢我的第九年？"

面对女人的较真行为，徐砚程只好解释："因为你毕业了，我曾找不到你，觉得所有的喜欢变得很缥缈。骨感的现实告诉我，我和你不认识，就不可能发生任何故事。可不喜欢你，貌似很难。"徐砚程摩挲着她右手中指上的花瓣戒指，"我就决定，如果做完这枚戒指我还喜欢你，就不考虑这么多了，那就一直喜欢。"

许萦定定地看着手上的戒指，没想到它背后的故事是这样的。

"不亏吗？"许萦问，"喜欢我这件事。"

她有什么值得他喜欢的？

"小惊，或许在过去你看到的全是糟糕的自己，但我不是。我更多看到的是恬静柔和的你、做事刻苦认真的你、为了喜欢的事情一直很努力的你。"

"怎么办？徐砚程，"许萦努力翻身去抱他，"我比刚才更爱你了。"

徐砚程则怕压到她，用手护好她。

"所以你不是没写过情书，是写了，没送给我？"许萦说到后面有些得意，"情书还在吗？我想看。"

当然在，但徐砚程撒谎说："不在了。"

许萦："我不信。"

徐砚程无奈地说："不在这儿，在爸妈家里。"

虽然告知了，但他并不打算让她看到。

许萦靠着枕头叹气："好可惜，我还没收到过情书。"

不忍看她失落的样子，徐砚程转移了话题。

"我们家里只有一封，"徐砚程忽然想起某件事，"不过是给我的，不是给你的。"

许萦："给你的啊……那我也看！"

徐砚程拉开床头柜的第一个抽屉，拿出一封信递给她。

纸张陈旧泛黄，许萦捏紧，指腹上传来明显的粗糙感。

"这是我们当年毕业时写的时光书信。"徐砚程说。

许萦努了努嘴。这活动她也参加过，当时确实很憧憬未来的生活，但是没真的傻到在上面写高深远大的梦想的地步。她和肖芊薏就写了一句话——"梦想成为幸福的富豪。"

她们权当玩闹，没有任何真心。

"好吧，好吧，让我看看我们徐医生的梦想是什么。"许萦靠在床头，撕开信的封口，打开那封尘封了十年的书信。

信上只有几行字。

2014年1月9日，徐砚程第一次见许萦。

明明是期末考试，她却偷懒犯困，问我半个小时后能不能叫她起来写试卷。

那是我第一次考试不停地看表和看老师。

我没有不耐烦，甚至十年后也想这样叫醒她。

我想做她不差分秒的准时爱人。

许萦缓慢地读完这封信，目光落在最后一句话上片刻，然后看了看徐砚程。

徐砚程垂眸缱绻地看着她："这是我第一次写下关于你的愿望，从那以后，我的每个生日愿望都是这个。"

他已经不怕告诉她自己有多喜欢她了。

许萦抿了一下唇："去年的愿望也是这个？"

徐砚程："实现了，人不能贪心。"

所以他没许愿，那天大家没看错。

许萦失笑，收起信："那这是我收到的第一封情书。"

他这封信是寄给十年后的徐砚程的，但更像是写给十年后的许萦的。

许萦坐起来，惊讶地说："所以……'XYXYC19'是这个意思？"

她突然想起刚才看到的朋友圈动态。

"嗯，是我第一次见你的日期。"

许萦拉过徐砚程的手，揉着他大而突出的指节，感叹说："原来你一直在告白，是我不知道而已。"

藏在生活里的每个细节都是他在告白——他的微信号、他送的戒指、他给她唱的每一首歌，都是。

"徐砚程。"

"嗯？"

她靠着他，翻着那封信："我的高中生活过得太匆忙，我至今想不起一件让我觉得很不错的事情。那时我疲于应付考试、家庭、社交，碌碌地过完了三年。但现在，我觉得不是了。我甚至觉得十一年前做得最正确的一件事，就是在那场考试时小睡了一觉。"

因为这一觉，她遇到了她生命里的准时爱人。

她不只在那一场考试，不只在每日晨醒时分这样觉得，在 26 岁那年，也这样觉得。

她回到江都，遇到了徐砚程，在一片浑噩里迎来了她的阳光，永远地被他的温柔照耀着。

他就是最爱她的准时爱人。

番外一

假 如

早春二月末，江都的天亮得晚，黑得早，气温比年底还冻人。

寒假过半，许萦每天睡到早上十点才舍得从暖烘烘的被窝里出来。要不是沈长伽每天中午下班会特地回家一趟，许萦能睡到下午。

刚吃完早午餐，许萦懒懒地靠着洗衣机，柔软无力地随着洗衣机小幅度地摆动，看着显示屏上的红色数字变成"0"，心里默数了五个数，洗衣机发出刺耳的"嘀"声，显示洗衣完成。

许萦火速把一家人的衣服晒好，然后把碗洗了，要不然沈长伽回来看到家里一团乱，指不定又要逮着她说一顿。

做完家务，许萦回到房间里，把被子摊开铺好，拉开窗帘，看到玻璃上滑过水痕，从这儿看去，窗外的绿植都变得模糊了。

下雨了。

春雨刺骨，光是想到，许萦都忍不住打了个寒战。

许萦把窗帘拉回去，打开书桌上的台灯，拉开凳子坐下，翻开寒假作业，把昨晚没看懂的物理题重新写一遍。

等她写出正确答案，屋外传来了开锁的声音。

许萦听这脚步声判断，是沈长伽回来了。

不到一分钟，沈长伽敲响许萦的房门。

"小萦，起了没？"

许萦转身对着房门说："在写作业。"

455

沈长伽满意地说："嗯，等会儿出来吃饭。"

许萦看了一眼电子钟，松了一口气。

幸好她没赖床，没想到沈长伽今天提前回来了。

为了不让沈长伽看出她晚起，午餐许萦又被迫跟着吃了一碗饭。

等送走沈长伽，许萦抱着肚子撑得难受，只好捧着课本在房间内踱步消食。

放在桌面上的手机闪了闪，许萦走过去将其拿起来。

在班里同学还在用QQ热聊时，肖芊薏、她和楚栀拉了一个三人微信小群。在他们这个年龄的人看来，只有关系亲密的朋友才会在微信上聊天。

也因为这样的心理，三个人感情快速升温。

楚栀："今晚我过生日，你们来吗？"

肖芊薏："啊？你的生日，好突然！怎么不提前说？"

楚栀："抱歉啦，我以为我会在外婆家那边过生日，没想到我妈医院有事提前回来了。我也没有什么特别好的朋友，你们就来嘛，和我一块儿看个电影也好。"

肖芊薏："这个嘛……"

楚栀："我的数学作业已经写完了。"

肖芊薏："我下午四点过去！作业我订了！"

许萦一阵无语，肖芊薏就会套路楚栀。

楚栀："阿萦呢？"

许萦琢磨了一下，回复："我晚一点儿，大概五点，但是十一点前要回家。"

楚栀爽快地说："没问题！我让我爸爸送你们。"

三个人约好时间后，肖芊薏发起了语音通话。

许萦接通后将手机放到一边，继续写寒假作业。

楚栀的性子好，肖芊薏说什么她都捧场；许萦偶尔分心搭理两句——多数时间是肖芊薏在分享年级八卦消息。她们就是这样的相处模式，不会尴尬，反而很热闹，性格迥异的三个人处在一块儿，意外地和谐。

差不多到时间了，肖芊薏要换衣服出门了，许萦也挂了电话。

许萦不敢和沈长伽说这事，准备出门前给许质打了一个电话说去给楚栀过生日。他笑着说让她好好玩，表示回头他会和沈长伽说的。

许萦听完舒了一口气，起码不用亲自面对沈长伽。

去楚栀家前，许萦去了一趟购物中心，用一个月攒下来的零花钱买了一款水晶发卡作为生日礼物带过去。

进入楚栀家小区，许萦站在门口，怀疑自己是不是走错了。

做了半年同桌，许萦没看出楚栀家境这么好。楚栀在学校和那些爱显摆的有钱小姐不一样，特别好说话，性子温柔，有东西都会和她们分享。因为楚栀就像邻家的小妹妹，许萦还以为楚栀和她家庭情况差不多。

但许萦不会因为家境好坏对楚栀另外有看法。对略微社恐的她来说，高中能交到楚栀这样的朋友，已经觉得自己很走运了。

敛回思绪，许萦继续找路。

奈何小区太大，她走了两个路口彻底迷失了方向，最后还是楚栀和肖芊薏来接的她。

三个人走在小区的杏花大道上。

肖芊薏挽着许萦的胳膊，笑呵呵地闲聊着："沈姨竟然让你过来？"

许萦瞟了她一眼："我妈还没这么可怕。"

肖芊薏搓了搓胳膊，装作很冷的样子："你抗压能力好，我可不行！我要是和沈姨生活两天，肯定郁闷死。"

楚栀拍了肖芊薏的胳膊一下："行了你，就知道打趣阿萦。看看你的副科成绩，你要是再不及格，苏姨怕也要用特别手段对付你了。"

"哼，你偏心阿萦！"肖芊薏做了个鬼脸。

楚栀："乱说话！"

两个人隔着许萦推搡起来。

许萦被她们一左一右扯着，差点儿要往前摔去，最后是被她们拽回来，才勉强稳住身子。

"小心一点儿啊。"

"注意脚下。"

耳边两个声音同时响起，许萦甩开她们："要打你们去前面打，别祸害我。"

"不要。"

"不要。"

然后两个人把许萦搂得更紧。

许萦成了"夹心饼干"，继续被她们推来推去。

"小栀。"

少年声音温润，一秒吸引了她们的注意力。

楚栀转身，看清少年的容貌后，冲他笑着挥手："程哥，你怎么在这儿？"

楚栀偏开身子，坐在地上的许萦对上少年的双眸，心脏一紧。不知为何，许萦有几分无措，更因此刻的狼狈样子而感到不好意思。

少年穿着简单的黑色夹克和休闲工装裤，身子颀长，一手插兜，另外一只手上拿着一本厚厚的书。书是英文封面，她看不懂。他站在花圃前，气质干净，特别是那双看向她的眼睛，射出柔和温暖的光芒，嘴角的弧度若有似无，笑容很淡，单是不说话，就站着，也带着致命的吸引力。

许萦忘记从他身上挪开视线，傻愣愣地看着他。

少年注视着她，笑意渐深。

许萦这才意识到自己失态，匆匆垂下眼眸，掩饰尴尬情绪。

她记得他！

上个月期末考试，年级交叉考，她和男生做了一天的同桌。

她当时太困了，懒得注意形象。想想他们也就一起坐一天，出了教室的门，谁都不认识谁，然后她毫不顾及形象，考试全程趴着，一直打哈欠揉睡眼，打盹儿还麻烦他叫醒自己。现在许萦再想到当时的场景，羞耻感骤生。

她在心中骂了自己一句。

你怎么敢哪！现在见面尴尬了吧……

许萦苦恼完，努力保持镇定，不停地无声祈祷，希望帅哥不要记得她。

"刚送走朋友。"徐砚程把手从口袋里拿出来。

起身的许萦又悄悄地看了他一眼，视线流连在他泛白的指节上。

这双手——很好看。

许萦是个十足的"手控"，只在网上看过很多视频和图片，没有真的在现实中看到一双直戳她的内心的手，而眼前的男人的手让她挪不开视线。

他的手好看到什么地步呢？她的手机昨晚换的屏保是最近爆火的手模新图，现在她觉得那双手比起男人的手，都显得稍稍逊色了。

许萦站好后，不敢再看他，生怕被发现她在偷看他。

楚栀和对方很熟悉，开心地说："正好你也在，我今晚过生日，你和戚樾一起过来吧。"

徐砚程："我以为你今年会在京北过。"

楚栀讪讪地笑着说："别说了，突然要走，我表哥、表姐可难过了。"

徐砚程："嗯，我回家叫戚樾。"

接着，徐砚程看向许萦的方向，主动问："你同学？"

楚栀亲热地挽住许萦的胳膊："是啊！我同桌许萦，我后桌肖芊薏。"

她又冲两人介绍："这是我的邻居——徐砚程，我叫他程哥。"

徐砚程。

许萦在心中默念了一遍他的名字。

原来他叫徐砚程。

"许萦？"徐砚程轻笑，"你叫许萦？"

许萦"啊"了一声："我……"

他不会是记起她了吧？

徐砚程望着她，雅痞地笑说："半个小时。"

许萦："……"

他记得。

说完，徐砚程对楚栀说："我等会儿和戚樾过去。"

楚栀迟钝了一下，点头说"好"。

等人一走，两个人围了上来。

楚栀："你们认识？"

肖芊薏："半个小时是什么意思？"

许萦："我……也不知道。"

两个人不信，把许萦堵在花坛旁边，压着她的肩膀让她坐下，非要她解释清楚。

许萦抬眼对上她们的表情，没辙了，把当天考试的小插曲简单地说了一遍。

"就一件小事，没什么。"许萦昧着良心胡说，实则内心翻江倒海，像被徐砚程抓到小辫子一样。

许萦小声问："栀子，你这邻居哥哥不会去告状吧？"

楚栀瞪了许萦一眼："程哥要是想举报你考试睡觉，你当天就能去办公室喝茶了。"

许萦拍了拍胸膛："那就好。"

肖芊薏摸了摸下巴："我说阿萦，你这个猪脑袋只想到考试被举报？"

"不然呢？"许萦和楚栀同时问。

肖芊薏无语："就……你没有别的想法？"

许萦："我应该有……什么想法？"

许萦咽了咽口水。对那双手，她倒是有想法。

"肚子饿了。"肖芊薏懒得再说，"走吧，走吧。"

楚栀搞不清情况，没多想，招呼两个人回家。

三个人走到楚栀家门口，发现徐砚程和一个男孩正并排站着等她们。

　　男孩一脸冷酷的表情，一副生人勿近的模样。

　　"那是程哥的弟弟——程戚樾。"楚栀介绍。

　　许萦跟在肖芊薏后面同人打招呼。

　　楚栀走在最前面，给他们说今晚的活动有什么。

　　不知不觉，徐砚程走到了许萦身后。本就对考场的事心有余悸的她被吓了一跳，脚下踩空，眼看就要往前踉跄几步摔倒在地，腰间忽然多出一只有力的胳膊。

　　许萦被身后的少年单手拽回。

　　猝不及防地，许萦跌进了他的怀里。

　　站稳后，她发现她的手正压在他的手背上。

　　许萦下意识地仰头看去，碰上了他温柔的双眸。

　　他语气含笑地提醒："下雨路滑，小心些。"

　　徐砚程屈起的指节抵在许萦的掌心上，她清晰地感受到了属于异性的强悍有力，手不禁微微一抖，却又被蛊惑，触摸到骨节分明的手，脑子里瞬间构想出了这双手的样子。

　　她呼吸似要凝住，心跳早迷失了。

　　许萦慌忙要拿开手，而少年放在她腰间的手翻了过来，稳稳地握住她的手，掌心的温热灼烧着她。

　　许萦不敢动了，整个人傻在原地。

　　"阿萦你怎么了？"细心的楚栀发现不对劲，匆匆走过来。

　　徐砚程把许萦扶正，先说了话："下次注意。"

　　许萦回过神，皱眉看着他。

　　这人怎么这么坏？明明是他突然出现在她身后吓到了她，后面还占她的便宜，现在却装出一副深明大义的模样。

　　楚栀拉着许萦左右看了一下："没伤到吧？"

　　许萦将目光从徐砚程身上移开，摇头："没。"

　　人是没伤到，心脏倒是被徐砚程吓得要停止跳动了。

　　有了前面的小插曲，许萦不敢靠徐砚程太近。

　　整个生日宴，两个人隔着一个程戚樾坐着，没有交谈。

　　等到宴会结束，本来说好楚栀的爸爸送许萦和肖芊薏回家，但吃饭时因心情太好，喝了几杯酒开不了车了。他想着叫车送两个人好了。

　　徐砚程见楚父正要打电话约车，主动说："楚叔，我送她们吧。"

楚父拍了拍脑袋，笑说："瞧我给忘了，砚程去年成年后就考证了，实习期都快过了。没喝酒吧？"

徐砚程："没。"

楚父开心地说："就麻烦你送她们了，别人我也不放心，毕竟她们也是别人家的宝贝姑娘，晚上不安全。"

楚栀站在不远处听完他的话，吐槽道："我爸这人！吃饭前我都说了让他别喝，结果他还是忍不住犯了酒瘾，喝了几杯。幸好程哥没喝酒能送你们，不然我可不放心大晚上让你们从我家这边打车回去，干脆今晚你们和我睡好了。"

肖芊蕙擅长缓和气氛，打趣说："瞧你这样说，我恨不得程哥喝了几杯，我们今晚就挤着你睡。阿萦你说对吧？"

许萦才从要坐徐砚程的车回家的思绪里出来，磕磕巴巴地"嗯"了一声："是啊，我倒是觉得和你住一晚挺好的。"

楚栀抱着两个人的胳膊嬉笑："好啦，再说我可就要留下你们了。"

许萦想说"留吧"。

不知为何，她总感觉徐砚程的车坐不得……

"哎呀，哎呀，楚小姐留我住下吧，今晚让我在你屋里风流一晚。"肖芊蕙扑向楚栀，嘟着嘴巴要亲人。

楚栀捂住肖芊蕙的嘴巴："得了吧，真要留宿，今晚你睡地板。"

不到两句话，两个人又扭成一团，许萦站在一边好想装作不认识她们。

另一边的人说好后，徐砚程把私家车开到了门口。

楚栀送两个人出门，在她们上车前安慰说："程哥是自己人，不用怕，你们路上有什么事都可以和他说。"

肖芊蕙表示收到，然后给了楚栀一个告别飞吻。

许萦没肖芊蕙浮夸，中规中矩地挥手说"再见"。

车窗升上，隔绝了外面的声音，车厢归于一片宁静。

肖芊蕙好奇地打量了一圈车内情况，抠了抠许萦的掌心。

许萦转头看向她，微微挑眉。

肖芊蕙无声地说了一句话。

许萦没读懂，但不难猜出她要表达什么。

这车子看着就觉得贵，许萦整个人下意识地端正坐好，不敢乱动，生怕磕着碰着损坏了车内的零件，她们可没钱赔啊。

肖芊蕙最受不了安静的氛围，找了话和徐砚程闲聊。

"程哥，你今年高三？"肖芊薏随意找了个轻松的话题。

徐砚程目视着前方："嗯，在高三（7）班。"

肖芊薏打了个响指："酷，我们也是（7）班，怪不得上学期期末考试我们两个班会被安排到一起换座考试。只可惜，我和栀子是单学号，被安排在本班教室考试，要不然还能见上程哥一面。"

聊到这里，肖芊薏把许萦拉入话题："你也真够幸运的啊，和程哥坐同桌。"

许萦看着肖芊薏，真想学最近大热的宫廷电视剧里妃子说的那句话那样回过去——这福气给你你要不要？

但肖芊薏这个比她还"颜控"的人，肯定会巴巴地点头说"要"。

"嗯，确实。"许萦不咸不淡地回复。

她着实不知道该以什么语气回答，欣喜若狂？那也就太浮夸了，而且两个人还没熟到能自然地开对方的玩笑的地步，保持距离是最礼貌的。

徐砚程透过后视镜打量了女孩一眼，轻声笑了一下，意味深长地回："确实很幸运。"

许萦抬眼对上他的视线。对方的眼神过于深沉，许萦害怕被看透，慌张地别开头，假装在看窗外的风景。

肖芊薏性子大大咧咧，没察觉到两个人之间的暗流涌动，继续问了徐砚程学校里的一些趣事。徐砚程也很耐心地回答，遇到学业上的问题还会解答得很详细。

许萦就安静地坐着听，因为坐的是他的斜对角，看到徐砚程握着方向盘，缓缓地打了半圈，袖子后移，露出了他清晰的腕骨，手背微凸的脉络性感又禁欲。

一瞬间，她又回想到方才的肢体接触。他掌心的余热似乎还停留在她的身上，像"淙淙"的屋檐雨，轻缓地砸落心间，浸湿了她。

突然冒出来的奇怪想法让她坐立难安。

她在乱想什么？她有必要因为一双好看的手丢了理智吗？

幸好车子停了下来，打断了她无端的幻想。

她立马随着肖芊薏钻下车，似乎这车上有吃人的恶魔。

许萦跟着肖芊薏避过水洼，走向单元楼，身后传来徐砚程的声音。

"许萦。"

许萦打了个激灵，顿了好一会儿才转过身去。

徐砚程将手搭在车窗上，修长的手指扬了扬："东西忘了。"

他的手上是她的针织手包，里面装了手机和买发卡剩下的零花钱。

许萦摸了摸身上，刚才只顾着跑，不记得拿东西了。

肖芊薏推搡许萦："愣着干吗？去拿啊！"

许萦看了肖芊薏一眼，想问：你和我去吗？

肖芊薏："外面好冷哪，你快去拿，我到楼梯口等你。"

然后，肖芊薏缩着脖子跑了。许萦还没来得及挽留，就看到她的背影消失在眼前。

许萦长呼一口气，转头看向徐砚程。

他很有耐心，也不催她，就静静地等着。

门禁时间马上就到了，许萦耽误不得，只好大步流星地走过去。

徐砚程从车上下来，阔步走向她，一身黑衣黑裤，单手插兜看着挺酷的，就是另一边手上提着一个可爱的针织手包和他的风格很不搭。

许萦在距离他两米的地方停了下来，徐砚程也跟着停了下来。

两个人对视了一眼，僵持了几秒。

许萦慢慢走到他跟前，伸手指了指包："这个是我的。"

徐砚程没动作，弯腰凑近："半个小时。"

许萦后退半步，不敢看他，怯生生地反驳："我不叫半个小时。"

徐砚程改口："许萦。你很怕我？"

许萦浑身一震，心想他是看出来了？

"我觉得……"许萦犹豫了一下，说，"你还是装作不知道我就好了。"

徐砚程温润地笑了笑："怕我告状？"

许萦瞪大了眼睛，最怕的事情还是发生了："你真的要告状？"

徐砚程把包放到她的怀里："放心，真要告状，我就不会叫醒你了。"

许萦听完他的解释，忽然觉得自己把他往坏处想了，不好意思地微微鞠躬："谢谢你。"

"谢哪件事？"他问。

许萦看着他深不可测的黑眸："都……谢？"

徐砚程无奈地笑了笑："行吧。"

"不可以？"

"可以。"

许萦觉得徐砚程好奇怪，吃饭时挺沉默寡言的，怎么对她总笑得这么好看，耀眼得让人挪不开视线？

"我走了。"许萦抱着自己的手包，说完这句话就转身跑了，也不管徐硯程怎么想的，反正过了今晚，他们也不会再见面了。

徐砚程站在原地看着女孩的背影融入无尽的黑暗环境中，唇边的笑容淡了下来。

自从考试后，在学校见过她几次，他也不知道自己怎么了，几次碰面后总会下意识地在人群中找寻她的身影，感觉这姑娘有点儿意思，有股莽撞的傻劲，又感觉得到她是个很真诚的人，就总想再见见她，远远看一眼也好。他着实没想到今晚能碰到，还能搭上话。

徐砚程看了一眼雨后晴朗的夜空。

这也不是什么坏事，他反而觉得很不错。

许萦对自己高中的生活评价就三个词：忙、作业多、睡不够。

下午自习时间一到，许萦就趴在桌子上补眠，旁边的楚栀推了推她。

"怎么了？"许萦拖着懒懒的调子问。

楚栀在小本子上涂涂写写："下个月程哥就要高考了，我想着要不要给他送加油礼物。"

自从那天晚上后，许久不曾听到关于徐砚程的事了，许萦睁开双眼，恍惚了几秒。

一转眼，他就毕业了啊……时间过得好快。

"阿萦？"楚栀挥了挥手，"想什么呢？"

许萦垂下双眸，敛起不该多有的情绪："要不送一束花好了。"

楚栀疑惑："花？不实用吧。"

坐在后桌的肖芊薏探头过来，建议："不如送一支钢笔，很符合毕业生的身份，是不是？"

楚栀笑意盈盈地说："还得是你肖芊薏。"

肖芊薏撇了一下嘴，酷酷地说："必须的呀。"

两个人聊得火热，许萦开了小差，往窗外看去，见到了熟悉的身影——是徐砚程。

他穿着江都一中的校服，深灰色的冲锋衣外套微微敞开，露出里面的白色T恤，侧着头和身边的同学交谈着。距离太远，她瞧不清他的表情。

开学后，也不知道是哪一天晚自习休息时间，她无聊地四处张望时，看到徐砚程就站在对面楼的阳台边。她巧合地看见几次，才知道他的班级教室在那里。

许萦不敢看太久，便强迫自己不去在乎不远处的男生，加入了两个人的话题。

而许萦不知道，她移开视线后，男生看向了她。

徐砚程转头看向窗边的女孩。

第七次，这是她第七次看向这边。所以，她应该知道是他站在这里。

"程哥，我说的话你听见了没？"岳泽催问。

徐砚程漫不经心地看他一眼："别整那些浮夸的。"

岳泽嘴里叼着一根细小的巧克力棒，挽起衣袖靠在墙上，一副流氓地痞的模样："女生不都喜欢这种，怎么就浮夸了？"

"我觉得容青筠不会喜欢。"徐砚程淡然道。

提到喜欢的女生，岳泽扬了扬嘴角，得意地说："也是，我们家筠筠是天仙，才不爱这种俗套的东西。"

说完，岳泽从兜里掏出一个少女心满满的小本子，打开到最新一页，涂掉"送花表白"这一项，琢磨着："我该给我们家仙女送点儿什么东西呢？"

徐砚程看了一眼本子："她的东西你都用得不能再顺手了，还整这些虚的？"

岳泽拿开巧克力棒，严肃地说："程哥这你就不懂了，女孩子都跟娇嫩的鲜花一样需要我们爱护。正式告白的仪式不能少，别人有的东西，我家筠筠也要有。说了您也不懂。"岳泽收起宝贝本子，"等到您动凡心了再说吧。我先回去写卷子啦，我们家筠筠今晚可要给我检查作业。"

徐砚程看着岳泽傻呵呵地跑走的模样，心想他一个理科生找文科生补什么课？

上课铃声响起，徐砚程又站了几秒，才走回教室。

高考的日子越来越近，许萦也不知道自己在焦虑什么，明明距离自己高考还有七百天。

大课间，她看到楚栀从课桌下面掏出一个包装精美的盒子，便故意装出不在意的样子问："是送给徐砚程的？"

楚栀听到许萦直呼徐砚程的名字，愣了一下，随后点头："这是我拜托我表哥从日本代购的钢笔，想等放学了给程哥送去。"

肖芊蕙爱凑热闹，撑着身子向前凑："我陪你！"

楚栀不好意思一个人去高三楼，听到有人陪她，开心地应下："好啊。阿萦去吗？"

许萦毫不犹豫地回："去！"

面对她略微迫不及待的语气，两个人投来诧异的目光。

许萦紧张地咽了咽口水，撒了谎："然后我请你们喝奶茶，再一起回家。"

两个人对视一眼，目光瞬间变得清澈，没有再怀疑其他，乐呵呵地说"好"，还聊起了等会儿要喝什么。

许萦暗自松了一口气，差一点儿就要被看出来了。

熬到下午放学，比一个世纪还漫长，等到课代表布置完作业，许萦已经把东西收拾好了。

楚栀见她一副整装待发的模样，不禁问："阿萦，你还有事要去忙？"

许萦："不……不是，我饿了。"

她这又是一句违心的话。

肖芊薏摸了摸肚子："我也饿了，栀子我们赶紧走吧。今天周末提前放学，过几天就高考了，程哥他们班说不定早就散了。"

楚栀想想也是，加快了收拾东西的速度。

收拾好后，三个人逆着人流往楼上走去。实在是太挤了，许萦差点儿被带着下楼，还是肖芊薏拉着她的书包把她拽回来的。

走到高三（7）班所在的楼层，三个人仿佛获得了新生，长长地舒了一口气。

虽然开头有几分艰难，但这个年龄的人做事总爱结伴，叹气几声后，三个人看着对方笑了笑，手挽着手穿过长廊走到对面楼，来到高三（7）班门口。

肖芊薏有些怂了，对楚栀说："你自己去吧，我们在这里等你。"

楚栀可怜巴巴地问："不是说陪我吗？"

肖芊薏怕老师、怕前辈，所以不敢再向前走："陪了啊，你就自己上去送个礼物，我们在这里等你。"

许萦被肖芊薏拍了拍胳膊，反应过来应和说："嗯，我们就在这里等你，不用怕，去吧。"

楚栀鼓了鼓腮帮子，傲娇地轻哼了一声，转身去班级门口拜托同学帮忙叫徐砚程。

一分钟后，徐砚程从后门走了出来。

许萦和他对视上，不敢深触那双深沉的眼睛，慌张地把目光落在他的肩头。

楚栀迎上去，把礼物送给徐砚程，两个人聊了几句。

许萦悄悄转了半个身子，听着肖芊薏嘀咕一些新鲜事。

楚栀走过来问她们："程哥说请我们吃饭，要不要一起去？"

肖芊薏指了指自己："我们也一起？"

"嗯，阿萦也去。"楚栀说，"就当是提前给他庆祝好了。"

肖芊薏竖起大拇指："学神就是牛，别人火烧屁股地抱佛脚，他已经开始提前庆祝金榜题名了。"

徐砚程的成绩常年霸榜年级第一名，就连几所中学联考，他也是稳稳地坐在第一名的位置上。

很多人预测他会是今年的省理科状元。

许萦以前没直面感受过他的成绩有多牛。上个月在校门口的成绩展示窗前，他帅气的一寸照挂在榜首，下面是其各科的成绩——看到男生满分的数学和近满分的理综成绩，许萦呼吸一窒，觉得自己再重读一遍也不一定能考出他的总分的三分之二。

"去不去？"楚栀摇着许萦的手问。

许萦感受到不远处的男生正关注着这边的情况，鬼使神差地点了头。

这次之后，或许她也没机会再碰见他了。

她很想弄懂，心中懵懂的感觉到底是为什么。

定好后，三个人跟着徐砚程去了附近的一家餐馆。

座位定在大堂里，肖芊薏说这样吃饭才有氛围。

许萦以为徐砚程会带一两个朋友同行，结果只有他们四个人。

楚栀从小就认识徐砚程，不觉得尴尬。

外向的肖芊薏更是不觉得，早就随着楚栀一口一个"程哥"地喊着了。

只有许萦……不知道怎么和徐砚程相处是好。

"想吃什么？"徐砚程问许萦。

坐在他旁边的许萦身子僵硬，挺直腰背："你们定。"

卡座是四个人的小座位，她落后了几步，肖芊薏就和楚栀坐在一块儿了——她只能和徐砚程坐一边。

两个人的距离特别近，衣衫布料若有似无地摩擦着，吓得她不敢乱动。

"程哥你定吧。"楚栀抓起钱包指了指外面的奶茶店，"阿萦你不是想喝奶茶吗？我们去买。"

许萦见机会来了："我……"

肖芊薏拍了拍楚栀的肩膀："我和栀子去，你出来不方便。"

他们的座位靠窗，许萦坐在窗边，徐砚程坐的是走道边。

她确实……不方便出去。

就这样，许萦眼睁睁地看着两个人手拉着手离开了。

人走后，只剩下她和徐砚程。

她这会儿手脚都不知道该往哪里放好了。

"吃辣的？"

耳边是他温和的声音，许萦埋着头，点了点头："吃。"

徐砚程继续问："有忌口没？"

许萦摇头："没有。"

"你很紧张？"徐砚程又问。

许萦侧头看向他，然后讪讪地挪开视线："也不是很紧张。"

徐砚程温煦地笑了笑，起了别的话题："学习太累了？"

许萦："不累……还是挺累的。"

她没有办法违心地说不累。

徐砚程："怪不得总趴在桌子上。"

许萦惊讶："你知道我趴在桌子上？"

徐砚程："远远往下看，只有你趴在桌子上睡觉，想不知道都难。"

"我也就……"

"也就课间和自习课上会趴在桌子上睡觉。"徐砚程哼笑出声，"对吧，小瞌睡？"

"你这人怎么还乱给人起外号啊……"许萦捏了捏手指。

原来……他都知道啊。

许萦瞳孔放大，所以他也在看她？

徐砚程为什么会看她？

许萦望着他，最后没问出口，默默地移开目光，中断了话题。

她听楚栀说徐砚程准备出国念书了，高考对他来说不过就是随便考考，打发时间罢了。

如果她问了他那个问题，又希望得到什么答案呢？

许萦想了想，自己对徐砚程的期待心情模糊得说不清，又何必给他带来困扰，破坏他们之间的氛围呢？怎么说他也是楚栀的邻居哥哥，她没必要把关系弄僵，让楚栀在中间难做人。

好在楚栀和肖芊蕙回来得很快，没有让气氛尴尬太久。

一顿饭，四个人吃得还算和谐。徐砚程结完账，四个人在路口分开。

许紫和肖芊薏家在同一个小区，两个人沿着街道散步回去。

肖芊薏背着书包在前边一蹦一跳的，回身问道："阿紫，你怎么心事重重的？"

许紫下意识地摸了一下自己的脸："很明显？"

肖芊薏凑过来："明显。不只你，程哥也是，难道我和栀子去买东西的时候你们吵架了？"

许紫："我们又不是很熟，怎么会吵架？"

肖芊薏认同地点头："也是，程哥是平易近人的邻家哥哥，不会和我们这些幼稚鬼吵架的。"

"幼稚鬼？"许紫停下脚步。

肖芊薏："我们在大人眼里不就是幼稚鬼吗？"

许紫恍然。

她忽然很庆幸她没有自作多情地去问徐砚程那个问题。

或许在他眼里，她不过就是邻居家妹妹的好朋友。

妹妹，不就是小孩吗？

对一个小孩，他哪里会有什么想法？

许紫自嘲地笑了笑，压下多愁善感的情绪，清空脑子里无数个悄然碰见少年时生出的想法。

说是不想了，许紫却不是一个能够游刃有余地处理个人情绪的人，发呆的时候还是会多想，逐渐地，睡眠少了许多。

最近因为高考放假闲下来的时间多起来，她睡不着，就把所有的时间用来刷题了。

比起想别人，许紫觉得还是先把个人的问题想清楚吧。就自己目前这个成绩，别说去外地，她在江都本地读一所好学校都难。

厘清思路后，许紫斗志满满，把整整五天的假期全部用来学习了。

高考结束的当天晚上，楚栀给许紫打了电话，问她要不要出门玩。

许紫正在晒衣服，用肩膀把电话夹到耳边："去哪儿玩？"

第二天就要上课了，沈长伽不会让她出门的。

楚栀开心地说："徐伯伯和程姨要庆祝程哥高中毕业，办了一个小聚会，你和芊薏一块儿来玩吧。"

许紫拿衣架的动作顿了顿："不了，你们玩吧。"

楚栀压低声音问："是因为沈姨吗？"

"按道理说，我妈不会让我去的，我今天也不太舒服，你们玩得开心。"

后半句，许萦说了违心话。

楚栀略微失望地说："好吧。我明天去学校给你带好东西！"

许萦笑了笑："嗯。"

挂断电话，许萦撑着阳台远眺，舒了一口气。

她觉得这样也挺好的。不再见到徐砚程，她也就不会胡思乱想了。

晚上许萦听到隔壁的肖芊薏出门的声音，估计她是去楚栀家赴约，便起身回房间，把饭前写到一半的英语试卷做完。

差不多晚上十一点时，许萦把修改得一片红的历史试卷推到一旁，懊恼地用脑门磕了磕桌子。

她貌似对文科没有任何天赋，遇到问题倒是能写，不过写不对正确答案，甚至连边都没摸到。

她有些郁闷了。

许萦拿起试卷再看了几眼，摸了摸肚子，作业没搞清楚，嘴巴馋了，想吃零食。

客厅里许质还在看电视，沈长伽在房间里和姐妹打电话。实在馋得没办法的许萦收拾了一下房间里的垃圾，走出了房门。

许质抬眼见女儿出来，问道："小惊，这么晚去哪儿？"

许萦："我去扔垃圾。"

许质："放在家门口吧，明早我上班出门顺路扔。"

许萦连忙拒绝："楼上曲奶奶刚向物业投诉有些住户喜欢把垃圾暂放在房门口，结果忘记丢掉的事情。我还是走一趟吧，就在楼下。"

许质站起来想说他去好了，就见许萦换上鞋子快速出了门。女儿跑得比他昨天出警看到的小贩跑得还快——他都没来得及说一句话，她就没影了。

这闺女，奇怪了。

许萦溜到楼下，松了一口气。

她把垃圾扔掉后，去公共卫生间洗了手，然后跑去小区外的便利店买吃的。

现在是夏天，许萦就穿着一件宽松的T恤和运动超短裤，压根藏不住零食。她只拿了一支雪糕，慢悠悠地散步回去，开心地吃起来。

到了小区门口，许萦吃下最后一口雪糕，被冷到，呼了一口气。

"许萦？"

一个男声突然响起，吓得许萦把嘴里的雪糕吞了下去，冷得打了个哆嗦。

许萦惊恐地转身，以为是被许质抓了现行，正想着怎么为自己辩解，看到徐砚程时，愣了一下。

"徐砚程？"许萦说，"你怎么在这儿？"

徐砚程看她手里的雪糕棍儿一眼，目光扫过她那双笔直好看的腿，挑了挑眉："不舒服？"

许萦背过手，解释不出一句完整的话："那个……嗯……好多了。"

她欲盖弥彰得不要太明显。

"你怎么在这儿？"许萦又问了一遍。

徐砚程平淡地说："送肖芊蕙回来。"

许萦看到路边停着上次她坐的那辆车。

"对了，"许萦笑了笑，"今天高考正式结束了，还没和你说一声'毕业快乐'。"

许萦正想祝贺徐砚程，见他忽然阔步走近她，被吓得后退了一步。她没躲开，被他拽住手腕，正是拿着雪糕棍儿的那只手。

徐砚程意味深长地说："下次不舒服就别吃冷的东西了。"

少年霸道的力量禁锢着她。

从没和异性有过肢体接触的许萦脸上飞红，扭动了一下，没挣脱开他。

"我……"许萦看他一眼，然后快速低下头，"我妈晚上管得严，我去不了，怕栀子不开心才找的借口。"

徐砚程放开她，缓缓问道："严？多严？"

许萦站在他面前，被笼罩在他的阴影里，光线昏暗，手不安地拽着衣摆："家里就……管得很严就对了。"

她可不想把沈长伽给她立的规矩一一数出来。

"这样啊。懂了。"

许萦疑惑，他懂什么了？他怎么就懂了？

徐砚程冲她笑："走吧，送你回去。"

徐砚程偏身，被挡住的灯光照向许萦，微微刺到了她的眼睛。

许萦把手里的垃圾丢到不远处的垃圾桶里，跟上徐砚程的步子，就走在他身后一米处。

徐砚程停下步子，吓得许萦也跟着停住。

"不带路就跟在我身后？我去哪儿你去哪儿？"徐砚程戏谑地笑说，"我可只知道我家怎么走。"

被徐砚程的话捉弄到，许萦羞赧地拽着衣角快走几步。此时，变成了她走在前边。

徐砚程就保持着一米的绅士距离跟着她。

夏日深夜，老小区的林荫大道旁几盏昏黄的路灯灯光拉长了他们交叠的身影，晚风拂过，树尖相碰出"沙沙"的声音。

周围安静得有几分可怕，许萦特别怕黑，不敢走在前面，最后放缓步子，走到了徐砚程的身旁。

两个人并肩走着，许萦对黑暗的恐惧感消减不少。

"怕黑啊？"徐砚程问。

许萦不愿意承认："没，不怕。"

徐砚程纵容着她，笑而不语，把她往人行道里面拉："走里面。"

路灯灯光就打在她头上，一片亮堂。

徐砚程走在靠近马路那边，他的这个举动，给足了她安全感。

到单元楼下后，许萦指了指楼道："到这里就好了，我自己上去。"

"许萦。"徐砚程叫住转身要跑的许萦。

刚上两级阶梯的许萦停下，面对着他。

良久，徐砚程也没说话。

楼道的声控灯暗下，周围陷入了黑暗之中。

空气中传来细微的衣衫布料摩擦的声音，不知怎么的，许萦感受到一阵压迫感袭来，心跳止不住地加快。

"许萦。"

不知何时徐砚程站到了她面前，距离她很近，近到她能嗅到他身上T恤带着的淡淡清香。

香味应该来自他常用的洗衣液。

徐砚程的声音很轻，没有触发声控灯，周围依旧一片黑暗。

外面榕树大道的知了声倒更吵人。

许萦不敢出声，明明站在两级台阶上，却还是比少年矮，完全处于被动方。

徐砚程没有过分的动作，只是凑得极近，像是咬耳朵，和她分享秘密一般。

"想要考去京北？"徐砚程问。

许萦偏头，鼻尖擦过他的耳朵，微微缩了一下肩膀。

"嗯……"许萦气息微弱，压根不敢大喘气。

徐砚程又问："确定？"

许萦："确定。"

徐砚程鼻息浅浅地哼笑了一声，抬手揉了揉她的脑袋："好好学习。"

亲昵的肢体接触动作吓到了许萦。虽然很多长辈对她做过这个动作，可对象是徐砚程时，她却感到手足失措。

"晚安。"徐砚程说完这句话后，退回了原位。

许萦甚至没反应过来，他便转身走了。

楼上传来开门的声音，许萦听脚步声判断应该是许质的。估计是她太久没回去，他急着出来寻人。许萦没心思想其他事，装出一副赶着回家的模样，不让许质起疑。

许萦晚上躺在床上翻来覆去，搞不明白徐砚程怎么突然问她是不是想去京北念大学。

她是想的。

这是她从进到高中便想好的，她的高考志愿一定不要报江都的大学。她只和楚栀、肖芊薏提了一次，当时也就随便扯了个理由，说想去首府看看，所以大学想考那边。

京北吗？

放在旁边的手机闪了闪，许萦睡不着，伸手去拿。

微信群里，楚栀兴冲冲地说："天哪！太可怕了，京北大学招生处的人连夜找到程哥家里，现在大家还在隔壁聊专业的事情。"

肖芊薏："这就是学神的待遇吗？羡慕了。"

许萦问："他不是要出国吗？"

两个人难得见许萦半夜在线，凑齐了人，聊得也更火热了。

楚栀："我听程姨说程哥不打算去了。"

肖芊薏："啊？不去了？什么时候的事情？"

楚栀："程哥本来也不确定要不要去。今天突然听到他说想在国内念医学，程姨很支持，因为京北大学是程哥的外公、外婆的母校。"

许萦看着聊天记录，多着胆子问："你们今天聊了我的事？"

肖芊薏俏皮地说："是，是，是，我们可想死你了。我们也没说你什么啦，就和程哥聊了一下学业的事情。他问我们想考哪里，我和栀子暂时都没想好，只能拿你当话头了。你不是一直想去京北念大学吗？"

看到这里，许萦便知道徐砚程今晚为什么会问她那个问题了。只是他的问题太引人遐想，她想不误会都难。

许萦终结了话题："早点儿休息吧，明天有早课。"

两个人也不敢熬夜，道了"晚安"便睡下了。

一个月后，许萦听说徐砚程被京北大学医学院录取了。她正在草稿纸上算题，听到后面，纸上全是无意识画的圈圈，计算过程被涂抹掉了。

许萦一直很想问徐砚程那晚的话是什么意思。

不知道为什么，在高考之前，她没再见过他。

她倒是去过楚栀家几次，他假期都不在国内，他们也没有机会碰上。

高一发生的几件小事也被繁重的学业消磨遗忘了，许萦没再把当初懵懂生出的情愫当一回事，继续为她逃脱江都的计划奋力学习。

毕业典礼结束后，班上的同学去附近的 KTV 聚第二场，刚加入成年队伍的他们对另一个曾经被禁止踏入的世界充满了好奇心。

这会儿毕业，没了学业的压力和父母的管制，大家玩起来没把控好度，一个比一个兴奋。

肖芊蕙和楚栀也跟着喝多了，许萦给她们的家人打电话，亲自送她们上了车。

来接肖芊蕙的是她表哥。因为父母出差了，最近她都住在外婆家。

表哥问许萦："我送你回去吧？"

许萦见时间还早，而且两家在相反的方向，婉拒道："不了，我还想和班里的同学聚一会儿，表哥你先带芊蕙回家吧。"

表哥："快十一点了，你也别玩太晚，要是打不到车给哥打电话，我来接你。"

许萦和肖芊蕙从小一起长大，两家又是邻居，家里的亲人对彼此都很熟悉。她也没客气，应了"好"。

目送着车子消失在巷口，许萦揉了揉肩膀。

肖芊蕙和楚栀虽然不重，但她一个人扶着两个，肩膀差点儿脱臼。

许萦对班级的聚会不感兴趣，拒绝肖芊蕙的表哥送她回家是因为想一个人走走。过去几年忙学业，她似乎好久没有悠闲地在街上散步了。

从便利店里买了喝的东西出来，许萦撞到了一场风月事，被吓得愣在原地。

角落里亲密交谈的男人半藏在阴影里，俊容棱角分明，还很熟悉。

许萦不需要去深想，一眼认出那是许久不曾见过却又时不时会想到的徐砚程。

怕唐突了他们的好事，许萦准备转身离开。

"许萦。"徐砚程开口叫她。

许萦顿了一下，继续往前走，装出听不到的模样。

她还没走几步，路被徐砚程堵上了。

身后的女人追了上来，柔声说："砚程，我们再聊聊，好不好？"

徐砚程冷冷地瞥了女人一眼，拉着许萦直接离开。

许萦是被拖着走的，缓过神来后，摁住徐砚程的手腕，磕巴地说："你……你怎么走了？她误会怎么办？"

徐砚程转身看着她："误会？"

许萦怯懦地点头："她……"

徐砚程盯着她，等她把话说完。

许萦站直身子："总之，你和你女朋友吵架不能把我拽进来吧。"

徐砚程好笑地问："她是我的女朋友？"

许萦回想方才两个人的样子，就差抱在一起了："不……不是？"

如果不是他也太"渣"了，不就玩弄了人家女生的感情吗？

徐砚程完全不知道自己在许萦心中的形象一落千丈。

他看着眼前女孩眼睛亮晶晶的，觉得一股傻劲显得人过分可爱。

"是我的同学，假期有个课题我暂时退出了，她追着过来要我回去。"徐砚程无奈地解释。

许萦怔了怔，往后看了一眼，难以置信两个人竟然是如此……纯洁的关系。

"你……"许萦转过头，对上徐砚程深沉的眼眸，心跳漏了一拍。

"其实，大学多参加课题是好事，你也不用着急拒绝她。"许萦对上他的眼神总感觉底气不足，背在身后的手拧在一起。

"下次。"徐砚程不紧不慢地说。

许萦为了不让两个人之间的气氛尴尬，给他找了个理由："也是，还有机会，你也好久没回江都了，确实该好好放松了。"

徐砚程没搭她的话，直截了当地问："报完志愿了？"

许萦像被家长查学习进度一般，温顺地说："明天才出成绩。"

徐砚程："想好报什么专业了？"

许萦："想念设计专业，但是……"

她说到"但是"两个字，发现徐砚程的瞳孔发生了细微的变化。

"你可别和我说分数不够去京北。"徐砚程笑说。

许萦摆手："去是能去，我怕上理想院校有点儿悬，好的话，能去京北设计大学，不好的话要去京北大学。"

考完那天她大概估了分，也不太能确定能不能读全国最好的设计大学。

徐砚程失笑。

许萦别扭地问："你笑什么？"

"倒愿你考不好。"徐砚程说。

许萦偷瞄他一眼，最后眼神只敢落在他的白色 T 恤上。

晚风"猎猎"，他的衣衫随风摆动，少年的落拓不羁渐渐退去，两年不见，徐砚程成熟稳重许多。

"走吧，送你回家。"徐砚程抬手看了一眼运动腕表。

许萦跟在他身后，踩着他的影子。

徐砚程把她拉到身旁，许萦却不好意思离得太近。

"你为什么这个假期回江都？"许萦觉得太安静，主动找了个话题。

徐砚程垂眸看了她一眼："回来监督你填志愿。"

许萦"啊"了一声："我……"

徐砚程："你可跟我保证会考去京北，可别最后只有我去了京北。"

许萦的头越埋越深。

他的话，很难不让人多幻想。

许萦停下脚步，仰头看着他，惴惴不安地问："为什么？"她问出口后，又觉得不好意思，便又说，"你是需要老乡吗？"

徐砚程因为她的这句话哑然笑了笑。

"不需要。"

许萦看了他一眼，有些失落。

"需要女朋友。"

许萦像上了发条的机械，一顿一顿地抬起头，难以置信地看着他。

徐砚程弯腰靠向她，对着她温和地笑着问："你要不要做我的女朋友？"

许萦慌得不知道如何是好。

徐砚程在开玩笑吧？

"认真的。"徐砚程将手放在她的后脑勺上揉了揉。

"两年前就想说了，可惜两年前某位小朋友告诉我家里管得严。"

他也就没敢问。

他特地等到她毕业的假期寻来，就是想把心里话和她说清楚。

如同两年前在黑暗的楼道里那般，徐砚程在她耳边温柔地说："许萦，我们交往吧。"

许萦傻在原地，没有欣喜若狂，就……整个人像突然卡住的磁带，倒放几遍读出来的还是乱七八糟的杂音，刺耳又难听。

"你……"许萦不知道如何处理目前的情况。

她要说点儿什么吗？

她需要给什么样的回应呢？

徐砚程预料到她会是这副表情，保持着原先亲密的姿势："要拒绝？"

明明是征求意见的问话，许萦却只感觉他在蛊惑她，用着她最不能拒绝的嗓音诱使她陷入沼泽之中。

虽然还不清楚状况，但是能明确一点，她没有拒绝的想法。

一道难题，徐砚程仅是一句简单的问话，许萦忽然就感到明朗起来。

"我们……"

我们先做朋友吧。

她还没说完，徐砚程就说："不拒绝就是接受。"

许萦看着他，小声地埋怨道："选择题还有四个选项，怎么在你这里不拒绝就是接受啊？"

徐砚程："你的另外两个选项是什么？"

许萦："我……"

许萦望着他温柔的黑眸，说不出她的答案，心底有另一个声音冒出，告诉她——许萦对徐砚程也不是毫无想法的。

"我才毕业。"就算已经正式告别高中生活了，但许萦还是怕，不知道现在恋爱算不算早恋，被爸妈知道会不会被骂。

或许再年长几岁的许萦不会思考这些问题，甚至会毫不犹豫地遵从内心的想法答应他。但对刚高中毕业的许萦来说，这些问题很重要。若是被父母撞破恋情，她会觉得天都要塌下来了。

徐砚程听着这话觉得有戏，引诱她问："成年了？"

许萦三月份刚满 18 岁。

"嗯。"许萦点头。

徐砚程好笑地问："我现在和你恋爱需要和你爸妈打报告吗？"

许萦眉头紧锁，明白他话里的意思。

作为成年人，她完全可以自己拿主意。

其实，现在她也不敢告诉爸妈这事，因为沈长伽的观念就是读书的时候好好读书，不要去做和读书不相关的事情。但是吧，许萦敢肯定，自己一毕业又会被她催着成家立业。

"不需要。"许萦老实地回答。

徐砚程摸了摸她的脑袋："乖。"

许萦偏开头，摸了一下被他揉过的发顶，盯着他问："为……为什么是我？"

"因为是你。"他说。

许萦："你需要一个女朋友，所以选择了我？"

徐砚程缓缓摇头："因为是你，所以选择恋爱。"

许萦懵懂地点头，又不知道该说什么好。

徐砚程怕她太紧张，换了轻松的语气，哄着她说："和我谈恋爱有很多好处的。"

许萦没多想，问他："你会给我送好吃的吗？"

徐砚程笑出声："不止。"

许萦："还有？"

徐砚程故作神秘地说："以后慢慢你就懂了。"

许萦听着这句话，觉得徐砚程就像在给她开空头支票，但想了想，又觉得自己也不亏。

许萦看着眼前的男人俊美的脸，心想，他这么帅，成绩又好，性格也好，怎么都是自己占便宜了。

许萦不确定地问："试试？"深吸一口气后，她又说，"我们试试？"

徐砚程脸上的笑意加深："好。"

许萦双手拽着斜挎包的肩带，掩饰她的紧张情绪，往巷口走去："我要回家了。"

在许萦转身背对着他时，徐砚程的表情放松下来，心跳还在加速，他强装出的游刃有余的样子全部消失。

几分钟的对话似乎用尽了他所有的勇气，他的掌心早出了一层细密的汗。

今天来找许萦前，他还在犹豫要不要把心里话说了。一想到她可能会改变主意，不去京北了，向来冷静自持的他也变得坐立难安。他已经等不到她宣布最后的答案，迫切地想要稳住局面，想让一切事情往他两年前设想好的局面发展，不想让这么久以来的期待落空。

幸好，小朋友信守承诺。

许萦回到房间里，扑倒在被褥里，狠狠地蹭了几下，抬头看到落地镜里自己头发乱糟糟的模样，像个小疯子。

手机屏幕闪了闪，许萦伸出的手犹豫了一下。

最后，她将手机解锁点开。

不是徐砚程的信息，她高度紧张的神经得到了缓解。

徐砚程把她送到单元楼下，拿过她的手机，互相加了微信。等到手机再回到手里时，许萦觉得特别烫手，因为不知道怎么面对徐砚程是好。

微信小群里，回到家清醒许多的肖芊薏和楚栀正一个劲地夸她。

肖芊薏："谢谢宝贝送我回家，没有你我可能要睡大街了。"

楚栀："脑子昏了半天，混酒杀伤力也太大了吧。"

肖芊薏："阿萦呢？不会还没到家吧？"

楚栀："不会吧？我给她打电话问问。"

怕她们真的打电话过来，许萦回复："刚到家，不用担心。"

肖芊薏："吓死我了。我表哥和我说要送你回家，结果你说不用。"

楚栀也跟着肖芊薏婆婆妈妈地说："下次还是让熟人送回家吧，那里鱼龙混杂不安全。"

许萦："嗯。"

其实，她就是被熟人送回家的。

楚栀："对了！借给你的资料千万别丢了，留好给我，万一我复读怎么办？"

肖芊薏："楚姐姐，我都不觉得我会复读，你瞎操心什么？你说你也是，那些资料自己都不留一份，全给阿萦干吗？"

许萦也觉得奇怪："你没有吗？我以为你也有一份。"

楚栀喝多了，碎碎念起来，发了一条语音："你以为我不想要吗？这些复习资料我盼了好久，结果程哥只让我转交给你！我老羡慕忌妒了！"

肖芊薏："啊？资料是徐砚程给的？学霸总结的？"

许萦也被吓到了。

她看了一眼放在桌边的一沓资料，笔记字迹工整，记录详细，复杂的题型被笔记的主人归纳得简单易懂。

高三刚开学，她不经意间看到楚栀有这份笔记，本想借来看看，楚栀却大方地让她全部拿走，不用客气。

以至她一直以为这是楚栀写的，所以楚栀不需要。

没想到……这是徐砚程给的。

楚栀忽然发现自己说漏嘴了，立马装傻说困了，已经睡着了。

被吊足胃口的肖芊薏气得清醒，准备抓许萦问清楚。结果许萦也消失不见了，独留她一个局外人心痒痒的。

许萦陷入了混乱思绪中。

徐砚程为什么要送她笔记？

他看着不像会做笔记的性子，而且纸张崭新，更像是新写好送来的。

她想到很久前徐砚程问她的话。

他是怕她考不上京北？

徐砚程默默地做着这一切事情，许萦又不傻，能猜出他的心思，却不敢真的去面对那个答案，但又为他所做的事情心动着。

谁也无法抗拒细腻的情感。

许萦亦是。

她才想到徐砚程，他的消息就在下一秒弹了出来。

XYC："明天早上十点我去接你。"

许萦缓过神来，疑惑地问他："去哪儿？"

XYC："监督你填志愿。"

成绩是早上九点左右出来，徐砚程约的时间不要太好。

许萦正想找个地方自己填志愿，不想在家被沈长伽发现——沈长伽可能会想方设法地让她在志愿里填上一所江都的大学。

许萦应下徐砚程的约后，他便催她去洗漱睡觉。

晚上躺在床上，许萦依旧觉得不真实。

他们这样就算交往了？

可她一点儿实感都没有。

她对徐砚程是有好感，但总觉得她和他之间有距离。

他们两年没见，见面第一天就确认了男女朋友关系，发展的速度不是一般快。

但她看到那一沓笔记以及想着两年前他说过的话，又觉得一切很合理。

想着两个人复杂的关系，许萦不知不觉地睡了过去。

第二天还是徐砚程的电话叫醒她的。

许萦从床上跳起来，来不及挂电话就冲去厕所洗漱，然后花了半个小时才从衣柜里找出满意的穿搭衣服。

江都夏日天热，她盯着柜子里的休闲装陷入沉思之中。磨蹭片刻，她悄悄地拿出压在箱底的粉色针织短袖和牛仔超短裤换上，随手抓了一个丸子头，抱着包包猫着身子跑了出去。

念书时，她在学校全年穿校服，在家又被沈长伽管得严，穿着打扮要求要显得人乖巧，不能穿夸张图案的衣服，更不被允许穿紧身的热衣热裤。

许萦换衣服的时候，满脑子想的都是昨晚徐砚程问她成年了没。

甩掉枷锁，作为成年人的她，第一件事当然是想尝试曾经没有做过的事情。所以，她就要穿想穿的衣服。

穿着这一身衣服，许萦还不太能适应，从家里跑到小区门口，头都不敢回，生怕被认出。

等上了徐砚程的车，许萦做贼心虚地往后看了一眼。

徐砚程瞥见身边粉嫩得和多汁的水蜜桃一般的少女，喉结上下滚了滚。

她在外常年穿长裤，今天穿了超短裤，双腿笔直又白皙，膝盖上有一层淡淡的粉色。徐砚程微微愣了神，顿了一下，敛起了目光。

"我们去哪儿？"许萦头也不回地问他。

徐砚程："我在附近开了房。"

许萦身子僵硬："开房？"

他第一天约她出来就去开房？

徐砚程听许萦的语气，就知道她误会了。

"咖啡厅网速不太好，现在是填报志愿的高峰期，酒店的网络比较好。"徐砚程一面启动车子，一面给她解释。

许萦知道他们要去干吗，但还是不争气地红了脸。

车子行驶到一半，许萦不好意思地凑过去说："我没带身份证。"

徐砚程瞥她一眼，视线掠过她骨感明显的锁骨。见她素净的小脸显得很青涩，莫名其妙地，他心底生出负罪感，像是自己真的要带她去做坏事。

"我已经开好了，不需要证件。"徐砚程说。

许萦点了点头："那就好。"

徐砚程看到她从上车到现在手一直揉着肚子，便从手刹旁边的凹槽里拿出手机递给她。

许萦："怎么了？要帮你接电话？回消息？"

徐砚程掌控着方向盘，观察着路况："点你想吃的东西，送到酒店，地址我已录好了，你直接下单。密码是140109。"

徐砚程直接告诉了她手机密码，许萦受宠若惊地将手机接了过来。

解锁手机后，她不敢乱翻，打开外卖软件下单午餐，还征询了徐砚程的一些意见，最后买了差不多一百块钱的东西，吃的、喝的都有。

"外卖好贵啊，下次去店里吃吧。"许萦下完单怅然若失地说。

虽然系统扣的不是她的钱，但她还是狠狠地肉痛了。

许萦记下了数额，打算回头和徐砚程 AA。

他们到酒店时，吃的东西也到了。

进屋子后，见许萦只顾着吃食，徐砚程坐在书桌前叫她："先把成绩查了。"

许萦停下动作，瞧她的记性，都忘查成绩了。

徐砚程给许萦让位置。

她坐到了电脑前，输入个人信息，然后查询。

系统加载的过程有些久，许萦紧张地握着双手，盯着屏幕轻轻地呼吸着。等到成绩显示出来，许萦被吓得闭上了双眼。

她感受到徐砚程凑了过来，手就放在她身后的凳子上，弯着腰看电脑，听到鼠标微弱的点击声，接着他笑说："看来要错失京北大学了。"

许萦听了这话，心脏"怦怦"乱跳，着急得不行，睁开眼抢夺回鼠标的控制权，担忧地说："不是吧，考……我的天！"

许萦看到三位数总分开头是六，激动得从凳子上蹦了起来，下意识地搂住徐砚程的脖子，眼睛弯成月牙："这个分数一定能上京北设计大学！"

徐砚程语气含笑地应道："嗯。"

许萦真的开心疯了："专业任我选！"

徐砚程侧过头去，把她所有的表情全部收入眼底，轻声应答她。

许萦笑的时候卧蚕显现。

她的卧蚕很好看，属于独一无二的那种好看。

卧蚕本不是什么亮眼的特点，但因为她的卧蚕上有一颗极浅的棕色小痣，给她深浅正好的五官加了分。他总会被她吸引，不自觉地多看几眼她的卧蚕和眼睛，越看越喜欢。她笑时散发着一种属于她的独特美感。

许萦高兴过后，笑容慢慢冷却下来。她发现自己半个身子都靠着徐砚程，一下子不知道该放手还是继续了。

徐砚程拍了拍她的肩膀，化解她的尴尬感："去吃东西。"

许萦马上从他怀里跑出来，用手背压了压脸，意识到热得不行。

徐砚程贴心地替她摆好餐具，给她倒了果汁。

许萦看着一桌子的美食，把刚才不经意间的肢体接触抛到脑后，大快朵颐。

席间，徐砚程给她列了几个预选学校。

许萦不以为意地说："我的分数完全可以被第一志愿第一专业录取。"

徐砚程："保险起见，把能填的学校都填了。"

许萦想到填报志愿界面的一堆空，头皮发麻："好麻烦。"

"不能掉以轻心。"徐砚程给她夹菜，耐心地说，"当是给自己加一道保险。"

许萦还是懒得自己动手："我不知道能填哪儿了，你来吧。"

徐砚程看了她一会儿。

许萦眨了眨眼，问："我怎么了？"

徐砚程轻笑："发现了你的一件事。"

许萦："啊？"

"爱犯懒。"

许萦放下筷子："发现了我的一个缺点，是吧？"

别以为她不懂他话里的意思。

徐砚程摇头："不至于是缺点，是好事。"

放松的许萦像一只午后爱偷懒的小猫咪，找个阳光最暖和的地方，缩成一团躺在那儿，时不时蹭蹭自己，懒懒地摇着尾巴，浑身透着舒适的慵懒劲。

许萦羞赧地垂下眼眸："你倒也不用闭眼夸我。"

徐砚程不再继续这个话题，怕她较真起来，让她多吃些，然后去填志愿。

吃完饭，徐砚程给她找了京北几所大学的设计专业。

许萦没多想。徐砚程说怎么排列，她就怎么排列。

填完志愿，许萦躺在凳子上，望着白纱飘飘的窗户。刺眼的阳光射进来，不用去感受她也知道今天的太阳有多毒辣，和室内完全是两个天地。

她已经吹冷气到要裹毯子了。

许萦有些困，看到舒服柔软的大床就想躺上去，又不敢真的这样做。她可没忘记屋子里还有一个男人在。

虽是男女朋友关系，但他们相处得很克己守礼，没有任何逾越行为。

徐砚程坐在她旁边，扭头看着她，关心地问："困了？"

许萦盯着他看了好一会儿："一点点。"

徐砚程："你睡会儿，我出去一趟。"

许萦坐了起来："你去哪儿？"

徐砚程："忙事情。去睡吧。"

关门声在安静的空间里响起，余响过后是一片寂静的气氛。

许萦实在是困，没精力多想其他事，躺到床上拉过被子躺好。但她没有安全感，睡得很浅，能清楚地明白自己在哪儿、在干吗。

房门被推开时，许萦也随之醒来。

这一觉，说是睡了，但是起来后她更困了。

"吵到你了？"徐砚程没打开大灯，只开了地面的夜灯。

微弱的夜灯灯光照射的范围太小，视线受限，许萦只能隐约看着徐砚程的身影，等到他走到她的床边，一阵苦苦的尼古丁味钻进了她的鼻间。

"你抽烟了？"许萦问。

徐砚程停在床边，以为身上的烟味让她讨厌了。

许萦跪坐起来，探身去闻了闻："好浓，你抽了多少啊？"

徐砚程的烟盒里只剩最后两根烟，他自己也不清楚抽了多少烟。

"我去洗个澡。"徐砚程转身走向浴室。

他不喜欢身上带有过浓的味道，早想清洗掉。

许萦拉住他："不……不了，等会儿回家再洗吧。再……再说了，你也没衣服换。"

反正他不能洗澡，多让人误会啊……

徐砚程听她的，见差不多到饭点了，说："我送你回去吧。"

许萦从床上爬起来，去沙发边拿包包："走吧！"

酒店是不能待了，她宁愿在热风里散步。

出了酒店，徐砚程带着许萦沿着街道散步。

难得有默契，许萦没有打破这气氛，就跟着他走。

走到街道口，许萦叫停了徐砚程。

"走累了？"徐砚程先是看了她的脚，以为她走不动了。

许萦："不是，是……有话想和你说。"

徐砚程站好，凝视着她。

许萦反而被看得心慌了。

徐砚程一身黑色的T恤衬得他整个人深不可测，她对接下来她要说的话心里很没底。

"徐砚程，要不我们还是做朋友吧。"许萦攥了攥拳头，在心里给自己打气，迎上他的双眸，"我们可以从朋友做起，相互了解对方。"

徐砚程淡然地说："理由。"

许萦摸了摸脖子，磕巴地说："今天你也看到了，我们……挺生疏的，和很多情侣都不一样。"

身边正走过一对手牵着手的小情侣，许萦被弄得更尴尬了。

徐砚程玩笑地问："我这是不到二十四个小时就被甩了？"

许萦被搞慌了，就差手脚并用地否认了："不……不是，我不是这个意思。"

徐砚程承认他是故意使坏，神情落寞了几分："不是吗？"

许萦见到他眉间涌现的淡淡忧愁之色，连忙说道："当我没说过刚才的话。天色……天色不早了，我们回家吧！"

说完，许萦往前大迈几步，没见徐砚程有动作，又折返回去，拉着他的胳膊："走吧，回家了。"

徐砚程任由许萦拽着他走出热闹的街区。

许萦正在懊恼自己是不是伤到徐砚程的心了，被她抓着的手忽然缠上她的手腕。他反客为主，令她成了被动者。

等她反应过来，已经被徐砚程堵了小巷子里。她背后是坚硬的墙，前面是他，没有任何逃跑的可能。

"徐砚程……"许萦看了一眼逼仄的巷子，隐隐不安地叫了他一声。

"许萦。"

徐砚程靠得太近，许萦不敢看他，只能低下头。

他早预料到她要做什么，捏着她的双颊强迫她仰起下巴。

许萦深深地吸了一口气，空气里夹杂着他手指间的淡淡烟草味，像苦透的柠檬味，侵占着她的嗅觉，迫使她的眼睛看向他。

许萦以为他要凶人，却见他嘴角含着一丝不着调的微笑，又有着她熟悉的温和感，不安的心渐渐被安抚。

"是不是对你太礼貌，会让你有我们不熟的错觉？"他笑问。

许萦："我……我只是不太明白，如果你只是需要一个女朋友，为什么是我？其他人也可以啊。"

徐砚程："许萦，我们到底谁是傻子？"

许萦怔住。

她回想到了楚栀告知的事情。

良久，许萦鼓足了勇气去直面那个她早知道的答案，问他："你……真的喜欢我？"

徐砚程凑近她，吓得她贴紧墙壁。

徐砚程笑了笑："我还要怎么表现才明显？"

许萦结巴地说："我知道。我……只是还没习惯我们目前的关系。"

徐砚程的指腹揩过她的唇瓣，她的唇被他揉搓得红艳艳的，心热得难耐。

徐砚程笑问："要接吻吗？我帮你习惯。"

徐砚程缓慢地占据了她全部的视线。

她只能看到他眼睛里的自己——很傻，脸很红。

在他的唇要碰上她的唇时，她紧紧地闭上了双眼。当看不到周遭一切事物时，其他感官被无限放大，他的细微呼吸她全能清晰地感受到，像热风拂过，脸痒痒的。

良久，吻一直没落下，许萦惴惴不安地睁开了眼。

徐砚程微笑着问："可以？"

许萦的脸"唰"地红了，她热得浑身不自在："谁亲吻还问可不可以啊？"

不问还好，徐砚程越是"绅士"，她越觉得羞耻。

她话音才落，徐砚程吻了她。一秒轻触，将她的下唇咬开后，他彻底地掌控了她的呼吸。

许萦丝毫招架不住，若不是靠着墙，肯定会摔倒在地上。但徐砚程的吻过于野蛮，她只能仰着头任由他索取。

他放在她背后的手不安分起来。因为她穿的是贴身的衣物，他掌心的温度像是烈火，在她的每一寸肌肤上都留下了暧昧的温度。她化在他的蛮横举动里，恐惧又期待他的每一次触碰。

她变得奇怪起来。

许萦不太懂，接吻都是这种感觉吗？

他用手掌在她的背后摩挲着，指上粗糙的老茧像是要把她割开似的。

当徐砚程钩到她的肩带时，许萦被吓了一跳，下意识地合上了牙关。

"咝——"

许萦反应过来自己做了什么，慌张地推开他的肩膀，磕磕巴巴地问："你……你没事吧？"

徐砚程用拇指揩了一下唇角："肿了。"

许萦满是负罪感，凑到他面前仔细地看着他的薄唇。

他下唇的唇角确实肿了起来，上面还有牙印。

许萦手足无措，他的伤口看着真的很疼。她不知怎么办，心里愧疚，只好道歉："我不是故意的，对不起。"

她的双颊被徐砚程捏住了。

他垂眸打量着她的脸颊，最后深深地看着她的眼睛。

徐砚程："下次把嘴巴张好。"

许萦脸红红的："别说了。"

她拉下徐砚程钳制住她的脸颊的手，羞得不行，感觉自己此刻像是漫画里一害羞就会头顶冒烟的人物一样。

徐砚程哼笑着松开她，手搭在她消瘦的肩头，替她把针织小衣拉好，盖住肩带。

他倏然停下。

许萦顺着他的目光往下看，手压在胸口上，低声说："不许看。"

徐砚程拨开她脖子后掉落的碎发，扶着她的后脑勺，朝她笑说："不看。"

莫名其妙地，他说不看，反而比说要看还令她觉得羞赧。

徐砚程将她搂到怀里："走吧，再不回家你爸妈真的要出门找你了。"

许萦乖乖地跟着他去停车场，也不拒绝他的亲昵动作，心想亲都亲了，抱一下算什么……

许萦感觉自己堕落了，竟然会有这样的想法。

到小区后，徐砚程还是老样子，把她送到了单元楼。

许萦说完"再见"准备跑走，徐砚程伸手把她拦下了。

"后天我带你去附近的农家乐玩两天，怎么样？"徐砚程问。

许萦顿了一下，问道："出去住啊？"

徐砚程："放心，两间房。"

许萦又被逗得脸红，干干地"哦"了一声。

徐砚程又说："你想住一间房也不是不可以。"

许萦瞪他："你想得美。"

许萦推搡了徐砚程一下。

他的手微微偏开方向，抓住她的手腕，他拉着她靠向自己。

跟跄几步后，许萦心有不服，准备反击回去，刚扬起手就听到楼道里传来肖芊蕙的声音。

"奇怪，阿萦怎么一天都不在家啊？我发消息她也不回复，难道她真的考砸了？一个人躲起来哭了？……不会吧，阿萦人是傻了些，但是绝对不可能发挥失常。关键时刻，她比谁都稳得住。"

许萦听到好友说她傻，拳头都硬了。

肖芊薏似乎在跟人讲电话，许紫只听到她的说话声，没有其他人应答。

"我也打算报江都的学校了，这样的话，以后我们三个就要分开了。好舍不得啊……"

许紫能断定和肖芊薏打电话的正是楚栀。

"也不错，我还能独占你，就让许紫一个人在京北孤寡地过吧！"肖芊薏嚣张的笑声在楼道里回响。

许紫是真的想要冲上去用拳头和肖芊薏来一场好友交谈。

脚步声越来越近，许紫拉着徐砚程要躲开，但小区单元楼附近宽敞，没有地方可以藏。

眼看肖芊薏就要下到一楼，许紫着急地靠近徐砚程，把脸埋到他的肩头上，搂着他的腰，企图让他用身子挡住她。

徐砚程怔了怔。

怀里的女生第一次主动投怀送抱，虽然事出有因，但他接受迅速，顺着她的姿势抱住了她。

"这么怕？"徐砚程在她耳边问。

许紫心急："你别说话，芊薏会认出你的。"

徐砚程安抚她："认不出你，放心。"

许紫想想也是——今天她穿成这样，不会有人认出她来。

徐砚程的衣衫上有淡淡的烟草味，许紫意外地觉得好闻，不禁凑得更近些，正想问他用的是什么洗衣液，味道闻起来特别清爽，一抬眼，撞上他灼灼的目光，痴了。

"我和你说……"肖芊薏走出楼道，一眼看到小区楼下不远处有一对相拥的男女，瞬间定在原地。

没见肖芊薏有动作，许紫以为肖芊薏认出她了，便把头埋得更低。

徐砚程看着怀里缩成一团的女生，无奈地说："要是冬天，你是不是要直接钻我的大衣里？"

许紫微微仰头，思索着他的话，惋惜地说："要是冬天就好了。"

她钻大衣可比左躲右藏来得好。

徐砚程抬手揉了揉她的脑袋，笑着看她，不知怎么说她好。

肖芊薏的脚步声渐近，许紫听到她和楚栀高声阔谈："我也是无语了，学校美食街上一堆搂搂抱抱的情侣就算了，怎么我家楼下也有啊？让不让'单身狗'活了？"

许紫心虚地看着肖芊薏远去的背影，撇嘴说："她还真是无差别攻击，抬杠小能手。"

徐砚程觉得好笑，还想摸一摸她的软发，下一秒她便站得远远的了，方才的亲密样子不复存在。

"我走了。"许萦说，"你回家慢些。"

徐砚程站在原地，语气含笑说："去吧，我看着你上楼。"

许萦挥手说"再见"，走到楼梯口时回身看了徐砚程一眼，见他催她赶紧上楼。

许萦上了两级台阶，想了想，转身跑到徐砚程面前说："我说分手的话你别放在心上。我……我挺喜欢和你在一起的感觉的，很开心。"

说完，她转身跑上了楼。

徐砚程愣愣地站在原地，回过神来后心想，她这是告白了？

落日余晖洒满天边，苍穹逐渐暗下，徐砚程抬头看着楼道的声控灯一个一个亮起，拿出手机给她发去消息，等到最后一盏灯熄灭，才转身离开。

许萦冲回房间，卷着被子躲起来，拍了拍自己热辣的脸颊。对徐砚程说完那些话后，她不敢再停留，急匆匆地离开。虽然知道他不会驳她的话，她却还是不敢和他对视。

等到心脏恢复正常的跳动频率后，许萦伸手去摸手机。

微信消息有"99+"。

和徐砚程待在一块儿，她忘记看手机消息，联系人页面一排红点。

大部分消息是问她成绩的事情，特别是亲戚，家族群里大家都聊开了。许萦不喜欢被讨论，得到成绩后给沈长伽和许质发了消息。两个人单位里有事要忙，只说晚上回来给她做好吃的。

许萦不打算宣扬自己的分数，把亲戚的消息全部清理干净了，删到第三条，看到了徐砚程几分钟前发来的消息。

XYC："下次上楼跑慢点儿，不吃你。"

许萦才下去的燥意又浮了上来。她愤愤地摁着手机："管我百米赛跑还是散步！"

XYC："不逗你。农家乐去不了了，课题组那边要我一定回去，假期我可能都待在京北。"

许萦盯着这条消息，落寞感袭来。

交往第二天他们就身处异地，她无奈地叹气回复："嗯，你好好忙。"

XYC："没其他话说了？"

许萦侧躺着看向窗外，心里有话，却不知道该不该说。

XYC："要不要去京北玩？"

许萦坐起来："会不会……耽误你？"

徐砚程发了条语音过来："我在校外买了房，你可以住，不用当旅游这么赶。"

虽然听着这话很心动，但是许萦厌。

就算徐砚程是她的男朋友，她还是不太敢去男生家住。

许萦："下次吧。我八月份和栀子她们约好去毕业旅行了。"

徐砚程："嗯，有空回来找你。"

许萦："不了，你好好搞课题吧。"

她靠在床头很认真地回复："江都现在好热，没什么好玩的，我也不想出门。"

徐砚程失笑："等你开学过去，我去接你。"

许萦："我爸妈估计要和我一起去，另外约吧。"

徐砚程没办法了，开玩笑说："下一个档期给我行不行？"

许萦："知道了！"

男人怎么还计较起来了？

徐砚程还要收拾行李，许萦让他去忙。

她估计一会儿一家三口要聊志愿的事情，免不了又是一次争论。但她已经填好了志愿，才不管沈长伽有什么意见。

吃完晚饭，许萦看到三人小群里热闹起来。

肖芊薏："@许萦你现在交代，我饶你一命。"

楚栀："虽然不知道是怎么回事，但是我爱看热闹，帮你@许萦。"

许萦不明所以："啊？怎么了？"

肖芊薏："[图片]。"

肖芊薏："粉色衣服的女人是不是你？"

许萦没想到被偷拍了，看角度是肖芊薏走没多远时拍的。

肖芊薏不见她回答，嚣张跋扈地说："别装死，赶紧和组织交代清楚！"

楚栀盯着图片看了许久："这不是阿萦吧，穿衣风格很不像。"

肖芊薏："你别被小白兔许萦骗了，她一堆辣妹装。"

许萦不服气："什么叫一堆？我也就这一套好不好！"

发送完这条消息，她意识到自己说漏嘴了。

肖芊蕙得意地说："嘿嘿，我说什么来着？"

最激动的就是楚栀："我的天！阿紫你恋爱了？"

见瞒不住了，许紫老实承认："嗯……"

楚栀："谁啊？谁啊？你快和我们说，不说不是姐妹，不说就踢你出群。"

许紫："我是群主。"

肖芊蕙："你不说我和栀子退群！"

楚栀："我们自己拉个群，让你孤独一人！"

许紫："……"

两个人拉群，实属没必要了。

许紫不擅长说谎，想着也没什么好瞒的，就大大方方地说了："昨天在一起的，是徐砚程。"

楚栀："……"

肖芊蕙："……"

群电话打了过来，许紫躲到被子里接通，怕声音被客厅里的许质听到。

"我的天，阿紫你是高考不顺脑子混乱了？"肖芊蕙夸张地说。

许紫倒是觉得肖芊蕙像脑子混乱了："我的话很假吗？"

楚栀："假。"

肖芊蕙："假死了，要是你的对象是徐砚程，我明天就和我的'墙头'结婚，三年抱俩！"

许紫恍叹："芊蕙，你可能还需要继续做梦。"

听见许紫语气坚定，刚才还在嘲笑她的两个人冷静了下来。

不是吧？

这是真的？

"好像……是真的。"楚栀心思敏感，忽然记起曾经忽视掉的很多细节，特别是徐砚程让她帮忙给许紫笔记。

肖芊蕙："我的妈呀，你怎么搞到手的？"

许紫对此也很蒙："他就问我要不要和他交往，然后我们就在一起了。"

肖芊蕙："你当我傻还是徐砚程傻？"

许紫："你才傻。"

谁说徐砚程和她交往就是傻？！

肖芊蕙："胳膊肘已经往外拐了，我的小紫紫啊。"

惊讶完，肖芊蕙好奇地问："你们到哪步了？"

楚栀打住话题："他们才在一起两天，你想到哪步？"

肖芊蕙反思："我错了，不该不纯洁。"

许萦不好意思搭话，生怕被两个不正经的朋友追问。

许萦跳过关于徐砚程的话题，和她们说了高考分数和志愿填报的事。听到她要去京北念大学，两个人也不想打探她的恋情了，开始计划八月份毕业旅行的事。

三个人聊到晚上十点，许萦被催去洗澡，终于挂掉了电话。

洗完澡她站在阳台上吹着晚风，用毛巾擦拭着湿润的发梢，单手刷着朋友圈。

今天的朋友圈格外热闹。

放榜后，有人欢喜有人忧，平时鲜少发朋友圈的人也冒了头。

许萦的手指滑下来，看到的几乎全是缅怀青春的小作文，她津津有味地看起来。

许萦看到徐砚程最新的朋友圈，停下了动作。

XYC："毕业快乐［图片］。"

他就发了一张图，配文简单。

但仅是这些内容，也够大家脑补了。

不知道徐砚程什么时候偷拍了一张她抱着电脑填志愿的照片。

酒店空调温度低，她裹着毯子缩在沙发上，大腿上放着电脑，神情认真地盯着电脑。徐砚程拍到的是她的侧脸，不是熟人可能认不出她。

许萦慌得不行，半分钟后，深吸一口气，大胆地给这条朋友圈点了赞。

她告诉自己没什么好紧张的，别人谈恋爱都在朋友圈刷屏，徐砚程发一条朋友圈不过分吧。而且这条朋友圈也没什么人看到，问题不大。

许萦倒是看不到，殊不知徐砚程那边已经被信息轰炸了。

大家都赶着问徐砚程照片上的女孩是谁，他淡淡地回复是女朋友。

岳泽急得不行："不是女朋友是什么？你不给人家小姑娘名分是讨骂吗？"

谁都懂这是女朋友，问题是名字叫什么，他们什么时候在一起的？

徐砚程没再搭理他，只说自己还有事情忙。岳泽被吊足了胃口，在自己的好友圈里收集消息，非要搞清楚到底是哪号人物拿下了徐砚程，一定要瞧瞧她的非常手段。

另一边的许萦岁月静好地吹干头发，回房间躺在床上准备入睡时，看到楚栀在小群里发了消息。

楚栀："程哥真牛。"

肖芊蕙："程哥牛得要死了！"

许萦："嗯？"

她们是要继续刚才的话题吗？但二人怎么就突然夸起徐砚程来了？

楚栀："爬楼！"

许萦往上翻到了楚栀发的第一条消息，是一张截图。

因为楚栀和徐砚程从小一块儿长大，所以朋友圈有许多共同好友。

有人在徐砚程的那条朋友圈下问："隔壁班美女？还是学神隔壁学院的院花？"

徐砚程几分钟前回复："都不是，是我等了两年的小朋友。"

许萦看到他对她的形容，面红耳赤。

许萦给徐砚程发去消息："什么叫'等了两年的小朋友'？！"

徐砚程给她打了语音电话。

许萦迟疑了一下，躲到被子里，悄悄接起。

"要睡了？"徐砚程嗓音温柔好听。

许萦没了对话框里的骄横气势，乖巧地回答："要睡了。"

徐砚程顿了一下，柔声说："许萦，我确确实实等了你两年。你想去京北念大学，我就在京北等你；担心你不习惯陌生的城市，怕你觉得城市太大没有归属感，所以我在那边买了房。我想尽我所能地给你最好的东西。"

许萦握着手机发愣。

"这些话是不是太沉重了？"徐砚程不确定地问。

许萦："不沉重。"

徐砚程确实对她过于好了，但是她不想什么都不去尝试就做逃兵，不如试着去享受这份感情。

当他们的喜欢之情是一样的，那话题就不沉重。

对的，她好好喜欢他就好。

不要还没喜欢，她就去思考喜欢会不会让对方有负担。

许萦笑了笑，内心雀跃不已，却害怕被家人发现，不得不压低声音说："开学来接我好吗？"

徐砚程："你爸妈呢？"

许萦："有男朋友做苦力，干吗叫爸妈？"她追问，"好还是不好？"

徐砚程听完她的话，跟着笑了："好。"

她说什么都好，只要他能做到。

挂了电话，徐砚程看着刚收拾好的行李箱，叹了一口气。

才分开，他就已经期待开学和她见面了。

九月份开学，许萦拒绝了许质要把她送去学校的提议，说自己能行。几次后，许质被拒绝得心寒，也不提了，变成不停地嘱咐她女孩子一个人在外要注意安全。

沈长伽从录取通知书下来后便一直在生闷气，没有搭理许萦。

唠叨她的人成了许质，不过许质的话怎么也比沈长伽的话顺耳。

一大早，许质开车送许萦去了飞机场。许萦正要从他手里接过行李箱，被他摁住了拉杆。

许萦看着他："爸？怎么了？"

许质盯着她的小脸看，惆怅地叹气："小惊，要不还是爸爸送你吧。"

他是真的不放心女儿孤身一人去京北。女儿长这么大第一次出远门，一出还是大半年，遇到坏人怎么办？

许萦瞧着就要原地蹦起来说话的老父亲，无奈地说："爸，我18岁了。"

许质："这和年龄有关吗？"

许萦宽慰他道："你放心，我不至于傻到被骗，我爸爸怎么说也是我们区派出所的所长。"

许质望着女儿，拍了拍她的胳膊："有些骗子比直接骗你的钱还过分。你年龄这么小，出去别听信那些男人的甜言蜜语，缺什么东西和爸爸说，我们家买得起好看的衣服、好用的化妆品。"

听着父亲对她无微不至的关心话语，许萦浅浅一笑，握住他的手答应道："知道了。"

许萦总埋怨为什么自己的妈妈不像别人家的妈妈那样温柔，但也很骄傲自己有个别人家没有的爸爸。

她的家庭算不上特别富有，但是父亲从小就富养她，不说买多贵多好的东西，但别人有的东西她不会缺。她也知道父亲这样做是因为想要让她树立正确的三观，不愿她因为别人给一些小钱便做违心事。

就连她进安检时，许质说的都是没有钱了一定告诉他，他给她转。

许萦嘴上说"好"，却并不打算多问许质要钱。她对物质的追求一般，在能力范围内消费，倒是不会担心去学校后吃不上饭。

上飞机前，许萦给徐砚程微信留言，说了飞机落地的时间。

徐砚程因为上午要进实验室忙，没有回复消息。

许萦无聊地看着两个人最近的聊天记录。

她滑动几下就翻到了上个月的记录。

主要是徐砚程太忙了，每天就睡前能和她聊上一会儿。不过徐砚程时不时就给她寄一些有趣的东西，吃的东西最多。

不知道别的情侣是什么相处模式，但许萦很享受他们之间的相处氛围。

她本以为网上交流会别扭，后来发现隔着网络聊了两个月倒是给了她一个缓冲的时间。

她慢慢适应了两个人的关系。

虽然"网恋"很美好，但许萦还是很期待和徐砚程见面。

许萦昨晚因为收拾东西没睡，想着在飞机上补眠好了，这会儿却兴奋得睡不着。

等到下飞机那一刻，她开始犯困，拖着行李箱不停地打哈欠。

从出口走出来，许萦一眼就在人群中找到了徐砚程。

徐砚程外穿的黑色休闲短衬衫里面是一件白色的 T 恤，手腕间是一块白色的 Apple Watch（苹果手表），和她左手上戴的黑色这块是一起买的。

因为假期徐砚程送她的东西实在太多了，吃人嘴软拿人手短，她手头攒了些钱，就买了两块运动手表。她知道徐砚程肯定不缺这东西，所以送的时候就故意说是情侣表。听她这样说，徐砚程收到后每天都戴着。

当然，情侣表是她自己定义的。

黑白配，很有情侣的感觉不是吗？

站在大厅中央的徐砚程怀里捧着一小束香槟玫瑰，穿搭和很多男大学生无二，但因为一身高贵的气质而引得路人频频回头看他。

见到许萦出来，他脸上含笑地挥了挥手，示意她在这儿。

许萦拖着行李箱走向他，不禁加快了脚步。

徐砚程想提醒她慢一些，不想许萦松开拉杆扑了过来。

他下意识地空出一边手环住她的腰。

许萦勾着徐砚程的脖子笑得开心。

徐砚程望着她，勾唇笑了笑："累不累？"

许萦点头："超级累，我昨晚没睡。"

徐砚程挑眉："你还好意思和我说'晚安'？"

"我不说'晚安'，你肯定要念叨我。"许萦心安理得地说着昨晚背着他做的坏事。反正夜已经熬了，徐砚程也拿她没办法。

许萦注意到旁边的花，指了指："给我的？"

徐砚程对上她亮晶晶的眼睛，宠溺地说："是，欢迎来京北。"

许萦从他怀里接过花，双手捧着。

徐砚程把她放下来，去找被她推到一旁的行李箱。

许萦的行李箱是二十六时的，很轻，里面只装了夏天的衣服和一套秋天的衣服，其他东西徐砚程说到了京北再带她去买，所以她就只拿了一个行李箱的衣服。

许萦翻弄着鲜花，徐砚程也不催她，一手推着行李箱，一手环住她的肩膀带着她往停车场走去。

"幸好你没买大束花，不然拿着真的很'社死'。"许萦悄声和徐砚程说。

不只是大小，花的颜色也很低调，不会让她觉得抱在怀里烫手。

徐砚程摸了摸她的脑袋："喜欢就好。"

他捏准了许萦的性子，知道她不喜欢成为人群中的焦点，所以在给她准备小礼物的时候，尽量让她觉得舒心。

许萦冲他甜甜地笑了笑，说"谢谢"。

徐砚程弯腰和她视线平齐，侧头看她："就嘴上说说？"

许萦装傻："要不然呢？要付你酬劳吗？"

徐砚程沉吟，思索片刻后说："要。"

许萦心想，别人的男朋友都任劳任怨，怎么她的男朋友做了件好事还和她要酬劳？

"多少？"许萦大方地问。

不就是钱吗？她虽然没他有钱，但攒了几年，小金库还是有不少存款的。

徐砚程意味深长地笑了一下："想好了告诉你。"

许萦睨他一眼。

男人是准备狮子大开口？

"好了，不逗你。"徐砚程说，"今晚想吃什么？"

许萦提前一天到京北，和爸妈说住学校附近，第二天赶早去报到，其实是和徐砚程待在一起。

"都可以，我不挑食。"许萦不知道徐砚程会做什么，点菜怕为难他。

徐砚程："先回家吧，然后再去超市。"

许萦："好！"

许萦拽着徐砚程走快些，迫不及待地要看一眼华国的首府是什么模样。

坐上车，徐砚程看了一眼坐在副驾驶座上的女人。她拽着安全带凑到窗边看风景，对什么都感到好奇。

"好漂亮。"许萦感叹。

徐砚程把车载音乐音量调低，给她介绍目光所及的一些景点。

许萦听说郊外的山上有寺庙，兴致勃勃地说："下次我们去玩吧，求个平安顺便爬山。"

徐砚程不信这些。但她想去，他乐意陪着。

"等哪天你没课我们去，周末人比较多。"徐砚程默默将此事记到心里，回头挑个轻松的日子再约她。

许萦的笑容一直没下脸，新的城市给她带来了巨大的惊喜感。虽然不知道未来会怎么样，但此时此刻，她仿佛感受到新生，期待着未来会发生的所有事情。

到了徐砚程的公寓，许萦站在电梯里，莫名其妙地紧张起来。

等进到家里，她被装修设计吸引了注意力，这里看看那里摸摸，全忘了电梯里的紧张情绪，还掏出手机来拍照。

"先去睡一觉。"徐砚程把接好的温水递给她，"我去附近的超市买今晚的食材，顺便给你买明天拿去学校的生活用品。"

"我不用去吗？"许萦喝了一口水问，不好意思麻烦他一个人做这么多事。

徐砚程走到玄关："不用，下次再带你好好逛超市。"

许萦走到他旁边，看着他穿鞋："我……睡哪儿？"

徐砚程："只有一个房间，我家沙发不睡人。"

许萦脸热，傻愣愣地"哦"了一声。

拐弯抹角地告诉她睡卧室，徐砚程真有心机。

许萦也不等他出门了，丢下一句"路上小心"，转身去了卧室。

她走到卧室附带的衣帽间里，看到有一半柜子是空的，她的行李就放在空柜子前，意思不要太明显。

许萦犹豫了一下，最后拿出睡衣换好，其他的衣服放在行李箱里没动。

来之前她还担心自己住不习惯，等躺到床上，瞬间感觉自己要化在柔软的床铺里，不愿意再起身。

许萦拿出手机给爸妈汇报了行程，顺便在小群里和姐妹们说一声到京北了。

肖芊薏立马出来打听："嘿嘿嘿，到程哥家了？"

许紫："嗯，公寓装修完全戳中我的心。"

肖芊薏："谁问你装修？"

楚栀："喀喀喀，芊薏，你委婉些。"

然后楚栀一本正经地说："除去装修呢，还有什么要说的吗？"

许紫："……"

她不傻，知道她们在好奇什么。

许紫问了刚才苦思冥想的事："徐砚程给我空了衣柜，你们说我该怎么做比较好？"

肖芊薏："当然是住下来！宿舍住得不开心还可以去程哥家住，就一个字——爽！"

许紫："我是觉得……会不会太快了？"

肖芊薏："怎么快了？你们都谈了快三个月了，如果谈恋爱都像你这样，认识一年拥抱，认识两年亲嘴，认识五年结婚，那不叫谈恋爱了，叫计划安排。"

许紫："那谈恋爱应该怎么样？"

楚栀："想拥抱就拥抱，想亲吻就亲吻，不用去在乎是不是太快了。"

肖芊薏："没错，谈恋爱就讲究两个字——开心。"

许紫："懂了。我先去忙了。"

肖芊薏："欸！你去哪儿？你还没回答我们的问题啊！"

许紫："我去把衣服放到衣柜里。"

肖芊薏："……"

楚栀："不愧是阿紫，孺子可教也。"

许紫不和两个人闲聊了，赶在徐砚程回家前把行李箱里的衣服挂到空柜子里。

不确定要不要和他同居，但她觉得自己肯定会经常过来过夜。比起待在宿舍里，她更想多花时间和徐砚程在一起。

许紫忙完便睡过去了，还是徐砚程叫她起来的。

她努力睁着眼睛解决完晚餐，洗个澡后更困了，靠在沙发上昏昏欲睡。

徐砚程收拾完厨房，坐在她身边说："开学要军训，等会儿我给你收拾行李。"

许萦："我刚把衣服拿出来……"

早知道她先不动了。

徐砚程："不用带全部衣服，拿几套就好，空出的地方我给你放日常用品。"

许萦没睡够。有人愿意操心，她就当甩手掌柜。

"好，你随意。我要去睡了。"

许萦倒头就睡，等到第二天早上六点醒来，才发觉自己的心过大了，和一个男人独处竟然没有任何防备心。

"醒了？"

身边传来低哑的声音，许萦转头，看到晨醒的徐砚程，一时间看愣了。

他头发凌乱，浑身透着晨起的慵懒劲，但还是很帅。

"早……早啊……"许萦紧张地动了一下，碰到了徐砚程的胳膊。

真丝布料很薄，感受到他的体温清晰地传来，她吓得缩回了手。

徐砚程侧身面对她，把她扯到怀里，下巴搭在她的发顶上，眯着眼睛说："再睡半个小时。"

许萦窝在他的怀里不敢动，实则内心一阵慌乱。

拥抱，还是在床上，她怎能不紧张？！

许萦感觉心跳到嗓子眼了。

"放松。"徐砚程好笑地说，"再抱一会儿，要不然又要一个月见不到你了。"

许萦抬头，疑惑地问："京北大学不就在我们学校隔壁吗？"

他们每天见面都不成问题才对。

徐砚程："忘了？你要封闭军训一个月。"

许萦沉了脸色。

一个月……她听着就觉得窒息。

"你怎么知道？"许萦自己都不知道。

"你的录取通知书上写得一清二楚。"徐砚程早预料到了，"我给你买了几支防晒霜，还准备了藿香正气水，你每天喝一支。"

许萦："这个药很苦啊。"

徐砚程："比中暑好。"

许萦五官皱了起来："好吧……"

为了身体健康考虑，她还是老实听徐砚程的话吧。

许萦想了一下，问徐砚程："你希望我经常过来住吗？"

徐砚程："还需要问？"

许萦："我的意思是，我经常过来你不会介意吧？"

她怕徐砚程感觉不自在。

"军训完，以后每天下课我去接你。"徐砚程直接说，"你直接住下来。"

许萦小幅度摇头："这个不行，我总外宿，会少了很多和宿舍的人相处的机会，但周末一定会来！"

"好。"

徐砚程不着急，循序渐进就好。

他有的是办法让她住着不愿意走。

闲聊了半个小时，两个人起来吃早餐。

徐砚程替她收拾好东西，然后开车带她去学校报到。

走在校园大道上，许萦搂着徐砚程的胳膊，凑到他耳边说话。

徐砚程配合地低下身子。

许萦："别人都是爸妈送，显得我好突兀。"

徐砚程淡淡地扫了一眼四周："不自在？"

许萦摇头："骄傲。"她握紧徐砚程的手，"只有我有男朋友送。"

徐砚程笑了笑，喜欢她背地里小得意的样子，鲜活又可爱。

许萦自带了帮手，报到完学姐给他们带路，行李由徐砚程负责。

宿舍是四人间，许萦是最晚一个来的，进门时其他三个舍友都在，包括他们的爸妈也在。

见许萦有些怕生地后退半步，徐砚程扶着她的腰，悄声安抚她："不紧张。"

许萦下意识地扯着徐砚程的衣摆，跟着他走到床位前。

徐砚程放下东西，然后帮她打扫卫生。

许萦插不上手，就站在一旁给他递东西。

"他是你哥哥吗？"不知何时，睡在她的对床上的舍友凑到她身后问。

许萦微微侧头："是我——男朋友。"

舍友惊讶地说："你男朋友送你来的？爸妈不来吗？"

"爸妈比较忙，没来。"许萦解释说，"他今天正好有空送我。"

舍友竖起大拇指："这男人能处，帅气又疼人。"

许萦莞尔一笑，替徐砚程收下这夸赞。

开学第一天，舍友之间还没相互熟悉，不好意思多交流，大家就忙着陪家人逛校园去了。

许萦一个人也待不下去，跟着徐砚程去他的宿舍拿东西。

走了十多分钟，许萦站在京北大学的宿舍区大花坛前，惊叹一声："真的好近，我要是过来找你岂不是很方便？"

徐砚程："教学楼更近。"

许萦："大学城真好，只要我能上这里的一所大学，就像上了十所大学一样。"

徐砚程被她的说法逗笑。

徐砚程："今晚回家住？"

明天要正式军训，按道理今晚要开见面会，新生都不会离开学校，但他抱着侥幸心理问了，私心想着和她多待一会儿。

许萦想了一下三个舍友："我今晚缺席不太好，会错过和人家认识的机会。"

徐砚程："等会儿带你去逛逛，晚上再回去，可以？"

许萦："都行。"

她对大学城陌生，离不开徐砚程这个行走的导航系统。

许萦站在楼下等徐砚程，发现身边经过的人都在看她。意识到不少人在交头接耳，她只能假装玩手机，假装不知情。

徐砚程下来后，许萦心安不少，快速跑向他。

许萦左右看看路人，然后问他："大家怎么老看我，我的脸脏了吗？"

徐砚程看了看她白净漂亮的脸蛋，伸手捏了捏："因为你好看。"

"别开我的玩笑。"许萦用胳膊推他。

徐砚程压下她的手腕，搂着她的脖子把她拥到怀里，带着她漫步在校园大道上。许萦发现看向他们的目光越来越多，不好意思地低下了头。

她正好瞄到徐砚程的手机页面正停在 QQ 空间上，他点开了一个叫"表白墙"的地方发的最新动态。

"墙墙投稿！"

"在宿舍区看到了徐大佬的女朋友，小小一只，穿着粉色的衣服，我差点儿要报警了，大佬怎么可以对这么可爱的女孩子下手！"

"原来前段时间网传大佬脱单了是真的，是谁哭了？哦，是我。"

"不过大佬好爱她，眼神都藏不住。"

投稿内容劲爆，评论更是精彩。

1L：朋友或者亲戚的妹妹吧，长得真的很小。

2L：楼上，反驳。人看着小，但那张脸绝对不是可爱类型的，知性大方的美女长相好不？我超级喜欢的！话说还记得大佬的朋友圈的那条投稿吗？描述和照片上的女人一样。

3L：所以大佬这是带他的小朋友来上学了吗？！我听说他的对象是小他两级的学妹，今年刚高中毕业，隔壁设计大的。

4L：天哪，要吃四年"狗粮"了？不过学长和学妹有点儿嗑到了是怎么回事？

5L：不是吧，我不信大佬喜欢这一款的女生，你们误会了吧？

…………

许萦看完这张截图，翻到后面的一堆评论，明白过来大家投向她的眼神满是好奇是为什么了。

许萦还没消化完这些消息，徐砚程点开第五楼的评论，回复："我挺喜欢这一款的女生的。"

"你乱回复什么啊？"许萦点了返回，不让徐砚程瞎来。

徐砚程淡淡地说："实话实说。"

他见不得别人说她不好，特别是否认他不喜欢她。

"徐砚程，"许萦担忧地扯了扯他的袖子，叹气说，"以后大家发现我其实挺笨的，怎么办？"

他的风评会不会被害？

徐砚程笑："还需要发现？"

许萦气呼呼地瞪他："什么意思？"

徐砚程哄她说："笨不笨，不影响我喜欢你。笨一点儿好，要不然我也不知道什么时候能追到你。"

许萦红着脸："骂我笨？"

徐砚程："我们家小惊最聪明，不笨。"

自从偶然听到她父亲叫她小惊后，徐砚程就一直叫她的小名，还叫上瘾了，反倒是她被这个称呼弄到不好意思。

"说好话哄我啊？"

"哪儿能，我要是能哄你，今晚也不会一个人回家了。"

许萦戳了戳他："徐砚程，你是胆小鬼吗？不能一个人睡。"

徐砚程握住她作怪的手："不是，但想和你睡。"

许萦面红耳赤："哪种睡？你能不能好好说话？"

"哦——"徐砚程故意拖着调子，戏谑地说，"小綮你想哪种睡？"

许綮闭嘴不说话了。

徐砚程也不逗她了，牵着她去附近食堂："等会儿送你回去。"

许綮跟在他身后，想了一路，抱着他的胳膊凑上前，磕巴地说："其实……也不是不可以。"

说完，她扭捏不安地看向他。

徐砚程反而被她的主动吓了一跳，盯着她的眼眸深了深。

"下次。"

今晚错过了和舍友的第一次相互认识，小姑娘怕是又要哭丧许久。

但下次，他可不会放过她了。

开学两个月，前一个月许綮在军训，后一个月他有科研任务，两个人的时间对不上，每天忙碌之中两个人唯一能见上一面还是在许綮的宿舍楼下。

徐砚程以前不理解为什么宿舍楼下是小情侣约会的胜地。等到总约不上许綮，每天只能把她堵在宿舍楼下的时候，他瞬间懂了。

但凡能出门一块儿吃饭，谁愿意在宿舍楼下干站着说话？

徐砚程周一约好许綮周末出门。

周五早上她发来消息说社团要团建，她不得不去，所以只能下次约他了。

徐砚程看着这条消息陷入了沉思之中，好一会儿才回道："玩到几点？"

许綮："我们社长说去郊区的农家乐玩，明早就出发，包车去，回到学校也到门禁时间了。"

徐砚程："周日呢？"

许綮："我要补专业导论课的论文，估计要熬夜。"

徐砚程微微蹙眉。

他特地把课题任务压在这两天做完，就想着周末能空出时间带她在京北逛逛。看来他是想多了。就算没有他带着，许綮也能很快适应大学生活，和同伴玩得开心。

这边的许綮躺在床上，双手捧着手机，紧盯着她和徐砚程的聊天页面，但迟迟不见他回复。

难道他生气了？许綮心想。

"小紫，你怎么不出去约会？"对床的小镧好奇地问许紫。

许紫放下手机，侧头看过去："最近太忙了，没时间出去玩，但我们几乎每天都会见面，出不出去没什么区别吧？"

虽然每天见面的时间很少，但他们一直在聊天，她不觉得只有出门才是真的约会。

"小紫，你的心也太大了。"隔壁床的齐齐坐在书桌前补妆，正准备和男朋友出门约会。

许紫将下巴搭在冰凉的铁制护栏上："怎么心大了？"

齐齐拿着腮红刷，美滋滋地看了一眼镜子中的自己，然后才舍得挪开视线去看许紫："不知多少人惦记着你的男朋友，你还这种态度，估计一堆人按捺不住，伺机而动了。"

小镧点头认同："徐砚程这样的好男人，你应该多多把握。"

"把握？"许紫躺回去，"我每天都在认真把握啊……"

她每天和他聊天，偶尔和他一起吃晚饭，晚上没课就陪他去图书馆。

"还要怎么把握？"许紫不懂了。

作为宿舍的恋爱专家，齐齐撩了撩头发："单是在学校里约会算什么？这都是小孩子过家家，有空你还是要多和徐学长出门玩，见识一下新世界。"

说到后面，她冲许紫抛了一个媚眼。

小镧抱着胳膊搓了搓，"啧啧"了两声："要向交警叔叔举报了，竟然有人'无证驾驶'，'车速'太快了。"

听完小镧的话，许紫才懂所谓的"新世界"是什么，红着脸卷着被子躺好。

"行了，等会儿说我带坏你们。"齐齐起身穿上风衣，站在镜子前继续说，"我是建议你们多出门走动，在校园里谈恋爱和在外面谈恋爱的感觉是不一样的，你们多多尝试吧。"

许紫正琢磨着齐齐的话，手机屏幕闪了闪。她点开徐砚程发来的消息。

XYC："嗯，注意安全，好好休息。"

许紫敲了敲屏幕的音量键，一时间思绪复杂，总觉得徐砚程的语气怪怪的，又说不上哪里怪。

社团群里在讨论明天的安排，因为是出门玩，大家都很开心，消息一下就"99+"了。

许紫不习惯参与讨论，默默地窥屏，实则思绪早飞远，想着是不是要找个时间约徐砚程出门玩。他们在学校是能见面，但见面的时间短，没有一种真的在交往的实感。

她想问徐砚程未来什么时候有空，还没点开输入法，他发来了一条消息。

XYC："我周末和老师忙课题，你好好照顾自己。"

许萦："忙多久？"

XYC："难说，课题刚立项，未来一段时间可能都很忙。"

许萦略微失落，但还是很乖巧地回复："嗯，你注意休息。"

XYC："时间不早了，去休息吧。"

许萦回了"好"。

屏幕暗下，许萦丢开了手机，心里忽然很不是滋味。徐砚程这么忙，她不好意思打扰他，心里头又希望能和他多见面。

在陷入懊恼情绪之前，许萦拍了拍脸，警告自己清醒一点儿。

徐砚程是要献身伟大的医学事业的，她怎么能因为一些小事闷闷不乐？这也太幼稚了。

许萦想清楚后，定好了明早的闹钟，拉着被子睡下。

这一忙，许萦一周都没见到徐砚程，网上聊天的时间又总对不上。

许萦回过神来，深感不妙。

大课间下课，许萦在三人小群里刷屏。

许萦："完蛋了，我不会和徐砚程谈不到半年就要分手了吧？"

许萦："我好想给他发消息啊，会不会打扰到他啊？"

许萦："我应该说什么比较好？他昨晚问我吃饭了没，我因为要去社团开会，急匆匆地回了一个'吃了'，是不是太冷了？"

刚睡醒的肖芊薏："许萦同学您有事吗？你们都谈这么久了，怎么还这么生疏客套？想说话就说啊，你怕什么？"

许萦："我怕他不理我，这个不要紧，最怕打扰到他。"

许萦："芊薏，他是不是生气了？昨晚没有回复我消息。"

肖芊薏："谈了恋爱，你怎么还有包袱了？你当你出道啊，需要端着，维护好形象？"

许萦："端着？"

刚从实验室出来的楚栀换了个友好又通俗易懂的说法："以前是程哥对你太主动——他一不主动，你就不行了。阿萦，程哥平时太纵着你了，你

505 ·

有恃无恐。"

许綮貌似懂了："别骂了，我错了。"

嘴上说错了，她却不知道怎么和徐砚程开个话头。

下一节课铃声响起，这节课要画图纸，不能开小差，许綮只好放下手机，计划着下课就去京北大学医学院找徐砚程。

八十分钟的大课，许綮一心两用，画的图纸一半不能看。老师宣布下课后，她把所有的东西往包里一塞，趁教学楼的楼梯挤满人之前，飞快地跑下了楼，搭乘校车到京北大学门口换乘。

她只去过医学院一次，认不清路，还是坐在后排的同学给她指了路。

许綮感激地道谢。

对方笑嘻嘻地问："你是去找徐学长的吧？"

许綮愣了愣："你……怎么知道我找徐砚程？"

"我也是医学院的学生。"女生凑近许綮说，"上次你去我们院的照片早被疯传，在我们院谁还不知道你是徐学长的女朋友？"

许綮不好意思地笑了笑，没预料到徐砚程在学校这么出名。

"不过徐学长昨天和老教授去隔壁市出差了，他们一整个科研组的人一块儿去的。你是去帮徐学长拿东西的？"女生问。

许綮傻了："我……"

女生恍然大悟："我懂了，你是想给徐学长准备惊喜。好可惜，他今天不在！"

许綮干笑："没事，下次也行。"

扑了空的许綮没坐车到医学院，半路下了车，灰溜溜地沿着原路走回京北大学的校门。

回到宿舍，她脱掉外套爬上床躺下，对着床帘隔出来的漆黑空间叹了一声气，无精打采地翻开和徐砚程的聊天记录。

躺了十分钟，她实在憋不住，给他发了消息。

许綮："你去邻市出差了吗？"

发完这句话，她往回看了看两个人几天前干巴巴的对话。

她忽然这样问他，会不会激化矛盾啊？

XYC："你怎么知道？"

许綮想了好一会儿，才回答："偶然听到。"

不见徐砚程再回复，许綮心一沉。不会吧，不会真的朝着她预料的方向发展吧？接下来他们是要吵架？冷战？闹分手？

手里的手机振了振，吓得许萦松开了手。手机砸落在床板上，发出"砰"的一声，她心里紧绷的弦似要断掉。

许萦有点儿不敢看手机了。

随后手机响了，她拿起一看，是徐砚程打来了电话。

做了半天心理建设，许萦在电话要挂断前点开了绿色的接通摁键。

她还没出声，那边的徐砚程说："下楼，带你去吃晚餐。"

许萦坐起来，惊讶地问："你不是去隔壁市了吗？"

徐砚程："刚回来。你还有事？"

许萦忙说："没！给我十……给我五分钟，我马上下去！"

挂断电话，许萦下床换了衣服，拿过挎包就跑出去了。

徐砚程才想说不着急，听筒里只剩下"嘟嘟"声。他无奈地低笑，不知道该怎么说她才好。

不到五分钟，看到许萦从远处跑来，徐砚程阔步迎了上去。

许萦停在徐砚程面前，撑着腰喘气，眼睛紧盯着他不放。

徐砚程接过她手里的挎包，伸手替她整理额前的碎发，心疼地说："跑什么？我们是去吃饭，又不是赶着上课。"

许萦双手拉住他的手腕，被硬吻硌到，低头看了一眼，是自己送给他的那块运动手表。

因她触到，手表屏幕亮起。手表壁纸还是她恶作剧换的可爱风格，和穿着黑色夹克的徐砚程清冷的气场严重不符。

"想吃什么？"徐砚程柔声问。

许萦抬眼看着他，脱口而出："我想吃你亲自做的。"

徐砚程："我做的啊……"

"不是，"许萦连忙否认，"我们随便找家餐厅吃就好了。"

想到徐砚程刚调研回来，都没来得及休息，她立马改了主意，不想累到他。

徐砚程笑："我做，可以。"

许萦眨了眨眼："别了吧。"

徐砚程搂过她的肩膀，带着她往外走："先去逛超市，然后回家。"

"我们点外卖吧。"他要是真的下厨，她会良心不安的。

徐砚程："吃了几天，早腻了，给你做江都菜。"

他话都说到这儿了，许萦压根拒绝不了了。

她想吃家乡菜了。

"我给你打下手。"许萦愧疚地说。

徐砚程微微弯腰，亲密地和她挨着："良心不安了？"

许萦侧头，下意识地否认："我没有！"

徐砚程："难得这么主动，明明你上次下面把水煮干烧了锅，发誓再也不进厨房的。"

许萦："我……我不做了，等着吃。"

体谅他还被调侃，许萦气呼呼地瞪了他一眼。

徐砚程把她又往怀里带了些。许萦在外面不太习惯这个接触距离，左右看了看偷瞄他们的路人，催着他走快一点儿。

回到家，说要帮忙的许萦瞬间失去兴趣，站在厨房门口不愿意挪动。

徐砚程放好东西，走到她面前，拉起她的袖子翻过来拍了拍："先去洗澡，换下的衣服放在洗衣机里就好。"

随着徐砚程的动作，许萦才发现她白色的袖口黑了，应该是画图的时候蹭到铅笔底稿留下的。

努力了几次，徐砚程发现衣服不好清理，又说："你放脏衣篮里，我晚一点儿给你洗。"

许萦看着他像操心的老父亲一样关心她，鼻头莫名其妙地酸酸的，伸手搂住他的腰，挤到他怀里。

徐砚程动作一顿，摸了摸她的后脑勺，低头问："怎么了？"

许萦摇了摇头，闷声不响地抱着他。

"在学校受欺负了？"徐砚程问。

许萦还是摇头，小声说："就是好想你，好想回家。"

徐砚程笑容渐深："我还以为你不想我。"

这几天许萦和他说话的语气有些冷淡，他以为她对他的新鲜感马上过去了，心里着急想见她，一结束课题的调研活动就买高铁票赶了回来。

"没有，"许萦委屈地说，"我很想的。"

她手脚并用地攀上徐砚程。

他没法子，只能托住她的腰，不让她掉下去。

徐砚程抱着她走到卧室的浴室门口，拉开她的手："听话，先洗澡，我给你找睡衣。"

许萦乖巧地听他吩咐，洗完澡，然后把白色卫衣丢到脏衣篮子里。

见她从浴室里出来，徐砚程拿起吹风机，淡淡地说："过来。"

许萦坐在凳子上，徐砚程打开吹风机给她吹长发。

等到头发差不多干了，他收起吹风机，往她怀里塞了平板电脑："和手机密码一样。二十分钟后出来吃饭。"

然后他继续去厨房忙了。

许萦捧着平板电脑去客厅坐等，觉得自己都要被徐砚程娇惯成什么都不会的小废物了。但说句心里话，她真的很享受这样的生活。

吃完晚饭后，许萦抢着洗碗。

再不干一些家务活，她感觉自己真的和废人没有什么区别了。

等弄完这些事，她去阳台上找正在晾衣服的徐砚程。

"怎么了？"徐砚程侧头问。

许萦悄悄看了一眼墙上的时钟。

徐砚程也看了过去，问她："要回学校了？"

许萦怯生生地说："我明天早上十点有课。"

徐砚程抿唇片刻，走去卧室："嗯，我送你。"

许萦跟在他身后走进卧室。

其实她想说明早回去也可以的。

早十又不是早八，她不至于赶不上。而且他的公寓离学校很近，她九点半出门都不会迟到。

许萦正犹豫着要不要和徐砚程说，刚进门，身前的徐砚程突然转了身。吓得她后退一大步后，他伸手越过她，给门落了锁。

"徐砚程。"许萦惊慌地叫了他一声。

屋内没开灯，突然陷入黑暗环境里，她什么都看不清，对黑暗的恐惧感骤升。

徐砚程抵在她的耳边问："今晚不走了好不好？我明早送你。"

许萦呆呆地看着他，努力睁大眼睛想看他的表情。

"我……"

她还没说完话，徐砚程的吻落在她的下颌上。

她紧张地拽住他的衣角。

他没给她说话的机会，吻住了她。

许萦透不过气了，偏头要躲开。他用大掌捧住她的脸，不让她逃。

他们在一起后虽然会亲吻，但大多数情况是蜻蜓点水，徐砚程也很绅士，照顾她的感受，从不强求她。

而这次不一样，他比他第一次吻她时还要过分。

许萦站不住，被他扶好，然后继续。

"徐砚程，换个地方好不好？"许萦喘着气说。

她腿发软，整个人摇摇欲坠，实在站不住了。

徐砚程停下，抬起了手。手表亮起，许萦被光刺到，闭紧双眼。

她听到表带被解开的声音，微微睁开眼，就看到徐砚程把手表随手放在了旁边的柜子上。

"已经过门禁时间了。"徐砚程柔声笑说。

许萦不满地看着他："你故意的！"

徐砚程又要吻她："嗯，故意的。"

许萦招架不住，哀求说："换个地方好不好？"

她是真的站不住了。

徐砚程把她抱了起来。

等到身体倒在床上，她开始后悔说出口的话了。

徐砚程伸手拎起领子，直接把衣服脱了下来。

许萦愣了一下，坐起来。

徐砚程以为她要干什么，只见她拽着衣角学他要脱掉衣服，但因为太紧张，扣子钩住了长发。

见她手忙脚乱的，徐砚程好笑地说："就不能等我给你脱？"

许萦露出眼睛看着他，想反驳回去，却不知说什么话显得有气势些。

徐砚程替她把被钩住的头发解开，顺好她的头发。

他看着笨拙地整理长发的她，最后还是把心里的担忧问出了口："真的要继续？"

许萦抱着衣服遮挡春光："我说不要你会帮我把衣服穿回去吗？"

徐砚程压着她的肩膀倒在床上，开玩笑说："包脱不包穿。"

许萦就知道男人才不安好心。

往后的一切，水到渠成。

许萦到后半夜才睡下。

"徐砚程，其实这些天我挺想你的。"许萦靠在他的怀里咕哝道，"可能享受你对我的好太多了，突然冷下来，我害怕你厌烦我了。你不要烦我好不好？以后我会经常回家的，也会对你好的。"

徐砚程看着睡意昏沉的女人，抚摩着她的鬓发："不会烦你的。"

他觉得他们挺傻的，担心着同样的问题，却憋着几天没说出口。

许綮睁开眼睛看着他："徐砚程。"

他低头："嗯？"

许綮语气坚定地说："我会一直爱你的，像你爱我一样。"

他笑了。

许綮没精力继续聊下去，亲了亲他的嘴角，实在困了，闭上眼说："晚安。"

怀里的女人睡相乖巧，徐砚程搂紧她，在她耳畔说："晚安。"

我爱的小惊。

番外二
她对爱情的具象就是徐砚程

许萦从梦中惊醒，盯着天花板看了许久，脑中的记忆才慢慢对上。

卧室装潢熟悉，她认出是她和徐砚程住在江都的房子后才松了一口气。

房门被推开，她侧头看去。徐砚程听到动静，阔步走到床边。

"醒了？"徐砚程放轻声音问。

许萦看着他，点了点头。

徐砚程大掌拨开她脸边的碎发，碰到了虚汗："做噩梦了？"

许萦摇头。

不见她说话，徐砚程靠在床头，正想抱她，却见她自己挪过来，将头靠在他的腰侧，神情恍惚不定。

"梦到什么了？"徐砚程将手从她的衣领探进去，摸到她身上闷出了一层薄汗，估计被噩梦吓到了。

他安慰说："没事了。"

许萦淡淡地"嗯"了一声，紧紧地贴靠着他。

徐砚程拿过床头柜上给她备着的温水，扶着她坐起来。

而许萦因为大着肚子，动作不方便，只能由他扶着坐好。

徐砚程把杯子放到她的手里："先喝水。"

许萦呆呆愣愣的。他说什么，她做什么。

徐砚程拿出湿纸巾，擦干净手之后，抽出新的给她擦掉额头上的细汗。

"梦到了什么？"徐砚程耐心地问。

许萦喝完水，干裂的嗓子舒服许多，想了好一会儿，才说："不知道是不是昨晚听你说的那些话后劲太大，我——梦到了一些很说不上来的事情。"

徐砚程笑："怎么说不上来？"

许萦转了转眼珠子，努力抓取脑海里浮现的形容词："很假，又很真实。"

徐砚程："嗯？"

许萦又喝了一口水，笑了笑："我梦到我们在高中就认识了，然后一起去京北念大学，你在学校外买了房子，我们一年四季都待在一起。"

梦太冗长，就像走在长满嫩叶绿草蔽天的火车隧道里，细碎的日光从天际洒下，她一直往前走，没有尽头。但暖和的阳光落下，反而不会让人感觉压抑，她甚至在期待，不停地假想尽头该是什么模样，蔚蓝海洋还是神秘茂林，又或者是烂漫花海？

只可惜她没走到尽头。

光影速退，她坠入昏暗场景几秒后，便醒了过来，以至一时间回不过神来。

梦格外真实，似乎她真的经历过。

徐砚程深情地凝视着她："这不是好梦？"

假如高中便能认识她，他甚至希望这不是梦，早在十年前就发生。

许萦把水杯递回去给徐砚程。他自然地接过放水杯到桌子上，手伸向她。

她摊开掌心让他擦拭。

"嗯，好梦。"许萦陷入梦境回忆中，浅浅笑说："我第一次对京北有了归属感，没想到是在梦里。

"但是梦终究是梦……"

许萦怅然若失地叹气："梦里的许萦……和我很不一样，比我开朗，比我活泼，比我开心。"

徐砚程捏了捏她的脸："又乱想，你现在也很开朗活泼。"

许萦摁下他的手："不一样的。现在是失而复得，梦里是永远天真。"

"你要再这样说，我反而觉得那不是什么好梦了。"徐砚程坐到她身旁。

许萦恍然大悟地说："我知道了。"

徐砚程："知道什么了？"

许萦抱着他的胳膊，嫣然笑着说："是因为梦里的许萦比我先遇到了徐砚程。"

"小惊，你这样我会后悔在你16岁那年没去认识你。"徐砚程心疼地揉了揉她消瘦的肩膀。

"哎呀——"许萦嗔怪，"我也就感慨一下，你别乱想。"

徐砚程沉吟不语。

许萦玩着他的手指："我也更相信了一件事。"

因她忽然停下来，徐砚程低头碰了碰她的额头，示意她继续说。

许萦捧着徐砚程的脸，令他只能看着她。

女人的笑眼如弯月，亮晶晶的，溶溶月光映在他的眼眸里，熠熠生辉。

"不管故事是怎样的开局，许萦啊，会反复爱上徐砚程的。"许萦粲然一笑，"许萦只会爱徐砚程，不为什么，因为是徐砚程。"

是的。

许萦想过这个问题——如果不是徐砚程，她会爱一个怎样的人，过着什么样的生活？

到了最后，她没有一个确定的答案，唯一能确定的是自己可能不会再去思考爱情，会尝试很多不一样的生活，唯独不会有爱人。

她对爱情的具象就是徐砚程。

她也只会爱徐砚程。

徐砚程听完她的这席话，目光带着笑意打量她，情不自禁地低头亲吻了她。

微微分开时，徐砚程笑问："我在梦里追到你了吗？"

许萦点头："我们高中毕业就在一起了。"

徐砚程："我是不是很忙，疏忽对你的照顾？"

许萦："没有啊，你的所有课余时间全是我的！"

徐砚程若有所思地点了点头："看来梦里的徐砚程还算合格。"

许萦窝在他的怀里，又一次对梦境里的徐砚程给予肯定："是很合格！"

听着她笃定的语气，徐砚程不免有些吃味："所以以后你心里要住两个徐砚程了吗？"

许萦故意开玩笑说："哇，我还能同时拥有两个老公吗？"

她的脸被狠狠地捏了一下，徐砚程故作严肃地说："再说一次。"

许萦不敢继续这个话题了，手摸到他的手腕，想到了梦里的事，决定等会儿给他买一块腕表。

嗯，还要情侣款的，她也给自己买一块。

"我忽然好后悔高中没多往窗外看看。"许萦可惜地说，"我们一中的校服都入选全国最好看校服排行榜前十之列了，你穿校服肯定很好看。"

江都一中一直走在全国教育前列，校服在十年前就是出了名的好看，主打的是深灰色系，冬日的厚外套是冲锋衣款式，保暖又酷帅，夏日是青春的polo衫（原本是贵族打马球的时候所穿的服装，后指有领T恤），春秋季节是清新的日式休闲衬衫。

就连毕业几年后，他们也会把校服当常服穿，那会儿出门凭着校服就能认校友，校服穿在身上是真的好看，没有刻板印象的难看和土气的感觉。

许萦想到这里，冲着徐砚程笑了笑："想看你穿校服。"

徐砚程神情逐渐变得淡然："旧衣服全部被处理了。"

许萦露出失望的表情："不是吧……这么重要的东西你都丢了？我就算毕业了，高中的校服也保存得好好的。"

许萦当时听肖芊蕙说，只要保存好，五十年后也可以做传家宝。想到校服会成为一个时代的记忆，妥妥的无价之宝，然后她就找塑料袋将校服封存好了。

徐砚程挑眉："哦？找出来，你穿给我看。"

许萦双手放在胸前交叉，表示抗拒："我怀着孕，穿不进去。"

"没事，"徐砚程说，"生完再穿。"

许萦往外挪了挪屁股："徐医生——你的想法很危险。"

徐砚程不开她的玩笑了，起身："准备吃晚餐了，等会儿陪你去散步。"

许萦老大不乐意了。

"我今天好累，想在家休息一天。"许萦抱着被子耍赖。

徐砚程拉开窗帘，耐心地劝她："你月份大了，要多走走。"

太阳落山，透过白纱进到屋内的光格外温柔，地板上的光影摇摇晃晃的。

许萦盯着自己的大肚子，用手摁了摁，问他："是不是又大了一些？"

徐砚程昨晚刚帮她量过："准确地说变化不算大，你最近体重掉得厉害，孩子长得没你掉秤快。"

"生个孩子还瘦了。"许萦笑说，"还有这种好事！"

徐砚程走到她跟前："笨小惊，不是好事，你的体重不能再掉了，孕后期会很辛苦的。"

许萦抱着肚子，自我安慰说："不是还有你吗？不会有事的。"

徐砚程拿起空水杯，把胳膊伸过去。许萦立马领悟，借着他的力量从床上起来。

"所以我让你下楼散步，你怎么还拒绝？"徐砚程无奈地问。

许萦眨巴着眼睛："所以你现在是在数落我？"

徐砚程："别妄想给我加罪名然后找借口避开今晚的运动。"

许萦轻哼了一声："没意思！"

她转身去衣帽间换衣服。

徐砚程也不说她了，站在门口等她一起出去。

里面的许萦找了大半天，不开心地吐槽："怎么没有一件能穿的啊？！"

许萦前段时间总借口孩子月份还小，宽松的衣服能穿就没添衣服，现在硬塞，肚子都盖不住了。

徐砚程放下手里的东西进去，从他的柜子里拿出一件白色的 T 恤，冲她招手："过来。"

许萦老实地过去。

徐砚程把衣服递给她，然后翻她旁边的衣柜，找出一条弹力巨好的瑜伽裤，和她说道："先凑合穿着，过两天去买新的。"

许萦捧着徐砚程的衣服进入隔间，快速换好，走出来在他面前转了转："可以吗？"

徐砚程上前替她整理衣摆，看着头发乱糟糟的小妻子，摸了摸她的头："很漂亮。"

被他这句话夸得心情好，许萦冲他展颜大笑。

徐砚程忽然说："要不我把我的衣服找出来，给你穿？"

许萦的笑容瞬间消失。

她抱着自己的肚子，觑他一下，吐槽道："徐砚程，你做个人。"

她还怀着孕，他想干吗？

"逗你的。"徐砚程悄悄地把想法放在心里，"出去吃晚餐了。"

许萦压根不知道他在暗想什么，慢悠悠地走去餐厅吃晚餐。

要是问许萦嫁给一个医生有什么好处，她会说除了小病找他就好，怀孕的时候还不用受老一辈人的养胎观念荼毒——什么多喝鸡汤、多吃大鱼大肉孩子才健康，徐砚程会科学地规划她的饮食。

他还说，孕妇真要餐餐大补，可能会造成隐形危害，现在是看不出，临盆的时候小问题会不断冒出来，苦的还是孕妇。

许萦当时听完他的这席话，感动得不行。她是真的受不了每天喝鸡汤。

适当饮食更能让她觉得舒服。

吃完晚餐，许萦坐不下去，想约人出门玩。

她拿出手机在联系人列表里翻了翻，发现没什么能约的人。

明天是工作日，才怀孕的肖芊薏要上班，这个点估计已经洗好澡窝在沙发里玩手机了。

手指停在乔俏雨的头像上，几秒后，许萦点开。

琢磨了好一会儿后，许萦在输入框里认真打下一段话，按下了发送键。

几秒后，乔俏雨回复："我以为你找我有什么事，结果是做坏事。许萦，你没有心！"

许萦不服："我怎么没有心了？你不是很想吃河边的那家烧烤吗？说什么想念学生时代的味道。我现在是陪你去，你怎么还说我？"

乔俏雨愤怒："诡辩！你这是诡辩！"

许萦用身子挡着手机，背对着徐砚程，催着乔俏雨问："去不去啊？"

乔俏雨："去！我饿了。"

许萦："给我打电话。"

乔俏雨："嗯？"

许萦："快打。"

半分钟后，乔俏雨的电话打了进来，许萦接起来，瞄了徐砚程的方向一眼，故作一本正经地说："要带我去买衣服吗？"

还没搞清楚情况的乔俏雨："……"

她们不是去吃东西吗？

许萦："我也不是很缺衣服。"

乔俏雨知道怎么回事了，敢情许萦要瞒着姐夫出门，忍不住吐槽："姐，你好假。"

许萦："不用给我买了。"

乔俏雨："行了没，演够了没？"

许萦被气到，深呼吸一下，继续佯装淡定地说："你都这样说了，那就去看看吧。你过来接我吧，我在楼下等你。"

乔俏雨只听进去了最后一句话："好！十分钟后到！"

许萦心虚地挂断电话，看向徐砚程说："小雨要和我去逛街，我等会儿出门。"

徐砚程抬头看向墙上的时钟——晚上七点零三分。

时间不早不晚。

"我和你们一起去吧。"徐砚程正好没事。

不是真去逛街的许萦立马拒绝:"不了,我和小雨去逛就好。"

徐砚程主动说:"我给你们拿东西。"

许萦:"不了,逛街还是女人一起去比较爽快。"

徐砚程顿了一会儿,说:"嗯,我送你下楼。"

计划成功一半的许萦笑得开怀:"好!"

出门前,徐砚程拿过一件浅色的薄开衫给许萦穿上:"晚上气温会降,商场空调也冷,你注意保暖。"

许萦已经在想等会儿要点什么烧烤,分了一丁点儿注意力出来,点了一下头,敷衍地说:"好。"

徐砚程难得见她这么开心,也跟着笑了:"到家前告诉我,我下楼接你。"

"好!"许萦重重地点头。

没被看出端倪,许萦顺利地和乔俏雨会面。

车驶出小区后,许萦兴奋地把车窗降下来。暖风往脸上吹来,她看着远处的夜景,笑容越来越多,深深吸一口气,感觉肺都清新了。

"热死了!"乔俏雨升起车窗,打断许萦的动作。

乔俏雨:"我是没情调。我现在只知道饿,可以吃下一头牛。"

许萦咽了咽口水:"这么夸张的?"

乔俏雨眼角有些湿润:"你都不懂,我现在看什么都是绿色的,这日子也不知道什么时候是个头。"

"聂津还在减肥?"许萦记得前段时间见到聂津,他一米八七的高大个儿,身姿挺拔,完全看不出曾经是个圆圆的胖子。

乔俏雨:"不减肥了。我也以为不减肥了,就能大鱼大肉好生快活,但他简直不是人,和我说什么要坚持健康饮食——我连大吃一顿庆祝他减肥成功的机会都没有。"

许萦不敢再问,怕情绪激动的乔俏雨把车开到绿化带上。

"说起来,"许萦靠在靠背上,深明大义地说,"我邀请你出门吃东西,你应该感谢我。"

乔俏雨吃瘪，撇了撇嘴："对，谢谢你，特别谢谢你。"

以前她怎么不知道许萦是这样臭屁的人？

两个人互贫了一路，最后停在环江桥下的烧烤摊前。

还没到深夜场，摊位上的人寥寥无几，老板也刚出摊，东西才摆好一半。

许萦和乔俏雨先去买喝的东西。

乔俏雨买的是奶茶，许萦拿着一杯鲜榨的果汁，不甘心地嗍了一口。

"等我大外甥出生了，你再喝。"乔俏雨嚼碎嘴里的珍珠，笑得花枝乱颤。

许萦叹气："怀孕就这一点不好，以前能吃的东西，现在都碰不得。"

她已经好久没喝奶茶了。

乔俏雨："姐夫已经算好了，你看我，没怀孕都被剥夺了快乐的资格。"

许萦戳穿她："你是不正常作息太久，聂津这样做也是对的。"

"你怎么帮他说话啊？！"乔俏雨不乐意了，"我吃不饱、睡不好，看聂津鼻子不是鼻子，眼睛不是眼睛，对他意见很大。"

许萦："大小姐，你现在在家做阔太太，说这句话不害臊吗？"

说到工作，乔俏雨将羡慕的目光投向许萦："姐，我觉得徐医生对你真好。去年你刚回到江都的时候，被姨妈逼着去做不喜欢的工作。你看后来你辞职重新做回设计师，徐医生一直支持你、鼓励你。"

许萦鲜少见乔俏雨这副泄气模样，毕竟大小姐从小被娇纵着长大，向来嚣张。

"你有想做的事情吗？"许萦问她。

乔俏雨咬着吸管想了好一会儿，自嘲地摇头："我现在去谈梦想，不觉得很可笑吗？"

许萦："我不也是 26 岁才开始做设计师的吗？"

乔俏雨不是十几岁爱做梦的少女了。

她望着远处的轮船，双眼失去焦距，视线忽清明忽模糊："不一样的。你一直很努力——当你努力的时候，别人是信的。我嘛……别人就会把我的话当屁放。"

许萦佩服乔俏雨，这张嘴骂自己也狠毒。

"别想这么多了，我请客，吃好吃的。"许萦拉着乔俏雨走向烧烤摊。

乔俏雨立马把负面情绪丢到身后，不客气地开始点单。

两个人点了两大盘烤串，满满当当的。

许萦吃不了多少，剩下的全部进了乔俏雨的肚子。

许萦都能听到她打了几个饱嗝。

"爽了。"乔俏雨摸了摸肚子，还看了一眼许萦的肚子，嗯，快一样大了。

"走吧，我送你回家！"乔俏雨吃饱喝足，对生活又充满向往。

许萦不贪嘴，但就是贪味，吃了一点儿后，感觉人的精神得到了升华。

乔俏雨把她送到停车场，许萦开开心心地下车，去摁电梯上楼键。

许萦总觉得自己忘了什么，但又怎么都想不起来。

等电梯停下，她看到家门才恍然想起，她说和乔俏雨去逛街，结果空手而归，这怎么合理啊？！

许萦急于找补，连去附近商店随便买个东西的烂主意都想了一遍。

她给乔俏雨编辑消息，想让乔俏雨给支个着，消息还没发出去，家门被打开了。

徐砚程皱了皱眉头，看着她问："回来了怎么不和我说一声？"

许萦慌忙背过手，像个做错事的孩子，强装镇定地说："我……觉得很近，没必要叫你去接我。有事出门吗？"

徐砚程觉得女人有点儿奇怪，特别是最后一句话，问他出不出门的语气特别……殷勤？

这不是他的错觉吧？

徐砚程："没，想去楼下等你来着。"

许萦略微失望，他竟然不是要出门。

"进来。"徐砚程侧身，让出家门的位置。

许萦站着不动，心想完蛋了。

被熏了三个小时，她身上全是烧烤味，这下怎么办？！

许萦定在原地，脚跟生根似的挪不开。她支支吾吾了好一会儿，但脑细胞不够用，愣是半个字也没憋出来。

而徐砚程误会了此刻手足无措的许萦是不舒服。

加上她的脸色越发苍白，他心急地走了过去。

"怎么了？不舒服吗？"徐砚程停在她跟前，用手背碰了碰她的脸。

许萦忘记躲开，心虚地觑着他："我就是……累了，嗯，累了。"

徐砚程放下心来："我还以为你怎么了。"

许萦眨了眨眼。

难道徐砚程没闻到她身上的味道吗？他怎么不对她说教两句？

"走吧。"徐砚程揽过她的肩头，带她进门，"洗完澡早点儿休息。"

许萦看着徐砚程搭在她的肩头的手。

他的手骨节分明，指甲修剪得平平整整的，干净好看。

他的态度和往常没差别。

他真没发现她偷吃烧烤？

徐砚程刚关上门，换好鞋的许萦就回身问："你感冒了？"

"嗯？"徐砚程轻笑，"没有。"

许萦意味深长地"哦"了一声。

她趿着鞋子走进屋子，脑子里一直想着刚才所有的细节。

徐砚程替她找好睡衣，站在房间门口叫她："小萦，过来洗澡。"

许萦慢悠悠地走过去，看着徐砚程忙上忙下的背影，说："我刚才和小雨去逛街了。"

徐砚程"嗯"了一声。

许萦："可是我什么都没带回来。"

徐砚程："没买到喜欢的东西？"他把花洒放在许萦方便拿的高度，"改天我再陪你去逛。"

原来徐砚程是这样想的，许萦才明白过来。

"注意脚下。"徐砚程见她开小差严重，出声提醒。

许萦走到徐砚程跟前，把头凑到他的鼻前。徐砚程微微躲了一下，被她拉住胳膊，看着她继续靠向他。

"你闻闻。"许萦一个劲儿地往前凑。

徐砚程摁住她的脑袋，语气无奈又宠溺："好了。"

许萦："你闻闻，就一下。"

徐砚程怕她摔倒，抠住她的肩膀，低头嗅了一下她的头发。

许萦仰头瞧着他情绪不对："怎么样？"

徐砚程对上她那双明亮的眼睛："很不错。"

"不错？"许萦冷着脸问，"这是什么评价？"

徐砚程笑了笑："好的意思。我先帮你洗头。"

徐砚程把网上购置的简易洗头躺椅拉好，示意她躺上来。

许萦较真上了，躺上去前直接问："你没闻出我身上全是烧烤味吗？"

徐砚程坐着，望着眼前表情认真的女人，笑："闻出来了。"

"啊？"许萦着急地两步走到他跟前，"你为什么不说我？我偷吃了！我和小雨去河边吃烧烤了。我吃了……肯定不止十串，还喝了果汁，就是你觉得超级不健康的果汁！"

徐砚程神色平静地看着女人。

他用指节敲了敲手里银色的花洒。

沉闷的声音响起，许萦才后知后觉自己做了什么傻事，抿了抿唇，连笑容都扯不出来了："那个……我……"

"过来。"徐砚程淡淡地看她一眼，语气比原先冷了几分。

许萦不敢再说话，乖乖地扶着把手躺下。

徐砚程起身拿过毛巾盖到她胸前，将她的头发拨到耳后："过两天要去京北，这两天要好好休息，晚上早点儿睡。"

许萦感受到头发被温水打湿，眼睛奋力往上看。

徐砚程的脸忽然出现，把她吓了一跳。

"要帮忙拿手机？"徐砚程问。

平时洗头她感觉太无聊都会拿着手机刷消息。

许萦摆手拒绝，像刚在家长面前犯错的孩子，不敢光明正大地玩手机，怕家长看到后更加震怒。

"你生气了？"许萦试探地问，"对我悄悄出门偷吃的这件事。"

徐砚程拿过她专用的洗发水，在她的秀发上打出泡沫，好笑地说："我生气你就不会去吃那些东西了？"

许萦想了想，说："我应该还是会去。"

徐砚程："所以我气什么？"

许萦听完这番话，心有不甘。

他这是摆烂不管她了是吧？

她要坐起来，被徐砚程压住肩膀："别乱动，会溅到眼睛里。"

许萦不敢再乱动。

徐砚程："我要是管你太多，你会不乐意，倒不如你怎么开心怎么来。"

许萦在心里默念了这句话几遍，恍然大悟："我懂了！"

徐砚程："懂什么了？"

许萦："你这算盘打得真好。你知道我不会改，所以干脆装不知道，等我觉得偷吃没意思了，也不会再去了。"

徐砚程笑："嗯，还有一点，你现在是新鲜感占上风，我这时候阻止你，岂不是自讨没趣？"

许萦大彻大悟："徐医生你就是人精。"

徐砚程不再搭话，怕事态演变成他太会算计，被借此数落一番，说不定从今晚开始要睡沙发了。

　　许綮洗好头发后，窝在床里玩手机。

　　乔俏雨："哈哈哈——活该，做戏不做全套。姐夫是不是超级生气，被骂了吗？姐夫骂了什么？快和我说说吧！"

　　许綮："……"

　　她怎么会有这种表妹？她有删好友的冲动了。

　　乔俏雨："聂津真不是人！神经病吧！我说我路过烧烤摊染的味道，他偏不信，要去查我的行车记录仪。我是过不下去了！就要离家出走！"

　　许綮汗颜："路过烧烤摊，这么脑残的理由你都能想出来，不愧是你乔俏雨。"

　　乔俏雨正在气头上："他对我就不能睁一只眼闭一只眼吗？我就吃了一次，一次而已，大半年来第一次！我不管，我要离家出走。"

　　许綮不觉得乔俏雨在开玩笑："你不会真的要离家出走吧？"

　　乔俏雨："在收拾了，你家有房间吗？"

　　许綮："求求你，不要殃及我们无辜的人。"

　　乔俏雨："姐夫骂你了吗？要不然你和我一起离家出走吧。"

　　许綮对此无语，几十岁的人了，还玩离家出走的戏码？

　　许綮："他没骂，并且表示支持。"

　　乔俏雨："我知道了！"

　　许綮发过去一个问号。

　　乔俏雨："不是事情的问题，是人的问题。"

　　许綮看到这里，眼皮跳了跳，预感到乔俏雨接下来要说什么了。

　　乔俏雨："要不离婚好了。"

　　许綮："大小姐，你别说风就是雨。"

　　乔俏雨："其实想想也是，我爸妈已经不管我了，我家的财产全是我弟的，我结婚的目的也达到了。我为什么不爽快地离婚去享受我的人生？不对，我没有人生，因为我没有钱。算了，离婚的事情下次再想吧。"

　　许綮来回翻这些话，最后说："乔俏雨，你能不能别这样想？最起码你不要用有钱没钱去衡量是否离婚。"

　　乔俏雨直接问："你也要骂我吗？可是姐，我这样的身份在我家本来就很尴尬。津哥确实对我不错，但我不能说当初和他结婚单纯是因为喜欢。我这么自私的人，也会考虑很多其他的原因。"

许萦知道像乔俏雨这样表面没心没肺的人，其实心里也有很多不开心的事情。

许萦："你先别想这么多，先试着去做自己喜欢的事情。"

乔俏雨："好吧，时间不早了，我先洗洗睡了，不然聂津又要念叨我了。"

许萦回了一个表情包，然后把手机丢开，呈大字躺在床上，望着天花板发呆。

不知什么时候徐砚程从浴室里出来了。他把她乱丢的手机放到床头柜上，连上充电器。

"在想什么？"徐砚程问她。

许萦侧头看着他，说："在想一些很乱的事情。"

徐砚程摸着她的头发，顺好："得出结论了？"

许萦摇头："没有。"她接着说道，"每个人有每个人的难处，我不能将我的观念强加给他们，逼他们按照我的想法去选择。"

这样的话，她和沈长伽没有任何区别。

乔俏雨不管是因为喜欢还是因为能活得舒服和聂津结婚，都是她的选择。作为家人，许萦支持就好了。许萦觉得，毕竟也只有她站在乔俏雨这边了。

说她拎不清也好——她舍不得看到乔俏雨陷入和她当初一样的困境。

徐砚程把她塞到被子里："话说得没错。"

许萦身子不方便，只能靠着他的胳膊："徐医生，我真的好幸运遇见了你。"

"怎么又说起这个？"徐砚程问。

许萦笑着摆头："突然想说而已，你听听就好。"

可能她在徐砚程给的蜜罐里泡久了，差一点儿以为发生在她身上的事情再正常不过。

其实并不是的，不是所有人都能遇到自己的"徐砚程"。

她是亿万人中最幸运的那一个，遇上了自己的徐砚程。

"睡吧。"徐砚程拍了拍她的后脑勺。

许萦："今晚不念故事吗？"

见徐砚程从抽屉里拿出一本绘本，许萦爬到他的怀里，嫌弃地点了点绘本："我们不听绘本了好不好？"

徐砚程："你想听什么？"

许萦指着不远处的几本书："想听那个。"

徐砚程看去，在看到书脊上的"悬疑小说精选"几个字时，顿住了。

"不怕他睡不着？"徐砚程将手放到她的肚子上。

许萦胆小地抱住徐砚程："一起睡，怎么会怕？"

徐砚程哼笑："行。"

他起身去拿过来一本悬疑小说，按照许萦的指示，拿了一本浮阳的《他杀》，从头给她念。

每天念书的时间是二十分钟，时间一到，徐砚程合上了书。

许萦疑惑地问："怎么不念了？"

徐砚程："该睡觉了。"

许萦："马上就念完第一节了，念完再睡吧！"

徐砚程拿她没办法，把第一节念完。

他以为结束了。关灯躺下后，许萦第四次笨拙地翻身时，徐砚程看不下去了，给她搭了把手。

"睡不着？"徐砚程以为她是下午睡太多了。

许萦思索片刻后说："你说第一轮游戏里，为什么没有人怀疑凶手是商人？明明死者是他的死对头，他反而是第一个洗清嫌疑的。"

徐砚程扶额："小惊同学，这就是你睡不着的点？"

许萦将被子往上拉，露出一双眼睛，眨了眨："嗯，要不我们讨论一下？"

看书讨论细节什么的，她可喜欢了，就是身边的朋友不怎么看悬疑小说。肖芊蕙是个逻辑杀手，讨论时只会说："难道不合理吗？"

徐砚程："如果你睡不着，我们可以做别的事。"

许萦："我觉得……"

徐砚程："嗯，觉得什么？"

许萦听懂了他话里的暗示意思，转移话题说："我觉得我现在挺困的。"

徐砚程把她拉到身下："我给你顺一下第一轮游戏的杀机？"

许萦双手抱住自己，抗拒地说："算了，算了，我还是明天亲自去问浮阳吧，就……"

"晚了。"徐砚程打断她的话，俯身吻住了她。

许萦被吓到，握着他的手要求饶。

亲了一会儿，徐砚程放开了她。

"睡吧。"他也就吓吓她，没想真的做什么。

许萦躺了一会儿，发现他真的没再做什么，胆子又大起来，钻到他的怀里要他抱。

"晚安！"许萦趴在他的胸前，捧着他的脸亲了亲。

徐砚程笑说："晚安。"

自从怀孕后，许萦的变化挺大的，徐砚程只能纵着她。虽然有的时候她冒出来的想法让人头疼，但这是好事。他希望她开朗些，爱笑些。

许萦不用打卡上班，一觉睡到日上三竿。

醒来后她习惯性地摸了摸旁边，徐砚程已经去上班了。

今天要去徐家过夜，许萦吃完午餐打车过去，顺路买了一些水果。

工作日家里只有程戚樾和家政阿姨在。

程戚樾开门见许萦提着两袋东西，快速地接过来，蹙眉严肃地问："怎么不等我哥和你一起过来？"

许萦不以为意："我在家里也无聊，就先过来了。徐医生下班后可以直接过来，不需要绕远路去接我。"

程戚樾把水果交给阿姨，倒了杯水递给许萦："下次让家里的司机去接你，外来车辆进不来小区，你打车活受罪。"

许萦看着眼前高个儿的小叔子，嫌弃地撇嘴。

他都要成年了，关心人怎么还是一副别扭样，就不能改改？

"什么眼神？"程戚樾板着脸问。

许萦："你管我。你作业写完了吗？有空和我在这里闲聊？"

程戚樾作为准高三生，下个月要去学校补课。在这之前，程莞给他请了私教。现在他每天都要上几个小时的辅导课。

家里的门铃声打断了两个人的对话。

阿姨听到铃声后去开门，开完门冲里面喊道："小先生，姜老师来了！"

许萦大大咧咧地坐在客厅里看电视，示意他："去吧，好好读书。"

程戚樾冷冷地瞥了她一眼，走向玄关处接老师。

人走完，一楼安静下来。许萦无聊地换着台，却找不到想看的节目。

如果不是怀孕，她就能在外面跑项目了。想到这里，她戳了戳肚子，正准备说话，感觉被踢了一下。

她不是第一次感受到胎动，但是第一次感受到这么明显的胎动。

许萦忍不住拿出手机给徐砚程分享这件事。

她刚输入完一段话，又删掉了。

胎动也是偶然才有的,她和他说也是空欢喜,不如下次让他亲自感受。

许萦吃完一个桃子,又犯困了。

怀孕后,她嗜睡的情况越来越严重。前几次周原旭给他们开会,她坐在下面撑着眼皮勉强没睡着,要不然就要在同事面前出糗了。

和阿姨打过招呼后,许萦去了楼上的房间。

当躺到床上时睡意又下去了,于是她撑着身子坐起来,不知道能做些什么。

看到徐砚程的书柜,她想去找本书打发时间,行动前礼貌地给徐砚程发了消息说要翻他的柜子。

徐砚程让她随意,特地嘱咐她注意安全,不要拿放置得比她高的书。因为书柜是一面墙,他怕她爬到高处不小心摔下来。

许萦听话地不往高处看,从最底下的一层开始找书。

徐砚程看的书很杂,多是外文书籍。看不懂的书直接被她无视了。找了一圈下来,没有特别感兴趣的书,她叹了一口气。

许萦在聊天框里敲徐砚程:"我感觉你挺不容易的。"

徐砚程:"怎么就我不容易了?"

许萦:"我们没太多相同的兴趣爱好,真的委屈你了。"

别的情侣从诗词歌赋谈到人生哲学,他们貌似从没有谈过这些东西。

徐砚程:"没有也没关系,我们能彼此尊重对方的喜好不是很好?"

许萦觉得徐砚程说得有道理:"你才是真正的哲学家。"

每次她走到死胡同里,徐砚程总能用一句话替她拨开眼前的迷雾。

徐砚程收下她的夸赞,说道:"这个时间别睡了,我和妈马上到家。"

许萦:"好吧,你们路上小心。"

徐砚程:"嗯。"

她转身回到床上,想看电视剧打发时间,注意到角落的柜子里放着的是她去年送给徐砚程的礼物,于是好奇地走过去。

她本以为徐砚程会将这东西带回他们住的地方,那天走的时候也没见他带。她不知道他塞到了哪个角落里,也没有细问。

许萦拉开柜子,看清了整个内部构造。

柜子分上下两层,空间宽敞。

最下面一层是一个大收纳箱子,因为箱子体积太大,她不方便拉出来,便忽略了。

上面的一层除了她送给徐砚程的曲奇饼干盒,旁边还有两个叠放着的盒子。

这应该就是徐砚程小时候收藏的两个宝藏盒子。

她拿起第一个盒子，盒子沉得差点儿要从手里掉下来。她摇了摇，玻璃弹珠相碰的脆响略微刺耳，打开一看，弹珠有大半盒这么多。

"看来还真的赢了不少。"许萦想象不到徐砚程这样温文的性子，小时候竟然是弹珠王。

她又拿起第二个盒子，嘀咕道："徐砚程牛啊，两个盒子的玻璃弹珠。"

意外的是，这个盒子轻了许多。

她摇了一下，声音沉闷，对比前一个盒子，几乎没有什么声响。

许萦打开盖子，看到里面的东西后，微微惊讶。

盒子里有很多东西，信封、卡纸、成绩单和试卷……

试卷侧面的班级一栏写的是"高一（7）班"，许萦以为是徐砚程以前写过的试卷，在看到名字写着"许萦"两个字时，怔住了。

她的试卷怎么会在徐砚程这里？

许萦把试卷从一沓书信和成绩单里扯出来，缓慢地展开。

十年前的试卷质量比不得现在，就算被仔细地保存着，也已经泛黄起了皱褶。

试卷的标题写的是"高一下册第二次月考化学卷"，旁边的红字十分刺眼，只有五十七分。

满分一百，这个分数没及格。

许萦想起了曾经的糗事。

她虽然是理科生，但化学是她的弱项，中考走运考了三年来化学的最高分才得以以吊车尾的成绩进入一中的尖子班。到高中后，她又被打回原形，越学越差，化学的那点儿原理怎么都搞不明白。

以往成绩再差也是压线及格，高一下学期的第二次月考她化学考了有史以来的最低分，而且期中要开家长会——老师一定会和家长说他们这两个月的成绩。她怕化学分数要被沈长伽数落，急得把试卷揉成一团丢了，丢在——他们班级隔壁清洁区的垃圾桶里。

所以，徐砚程是去翻了垃圾桶？

现在她还能看到试卷上的皱褶，正是她的手笔。

这么多年过去皱褶依旧清晰可见，看得出她当初是有多用力。

老师前一天晚自习时讲了这份试卷，她一整晚都在开小差，发现自己犯的都是细节错误，不是不会写，而是不用心写。

她被自己气得不行，懊恼了一个晚上。

由于她太生气，压根没动笔修改过错误答案，而这张试卷上有着不属于她的笔迹的修改痕迹。

每一道错题详细的解答步骤写得一清二楚，修改的人还贴心地在旁边备注好了同类型题目的答题技巧，例如口诀、小知识点扩展……

对比她要睡倒的字，旁边的字字迹工整，笔酣墨饱，遒劲有力。

她不需要再三确认，就能认出这笔迹是徐砚程的。

她看过他的手写信，连笔习惯是一样的，特别是写走之旁，最后的落笔有种清新俊逸的潇洒感在里面，像清风远去的痕迹，让人不经意间被这一份落拓不羁直击心脏。

她一题一题地看过去，早已不记得高中的化学题，却看得津津有味。

翻到最后，她看到自己当时用红笔大写的"大笨蛋"三个字，还有三个加粗的感叹号，觉得她当时真的蠢到爆炸了。

她还看到后面跟了一句话，是徐砚程后来写上去的"最多是小笨蛋，因为真的笨蛋考不出五十七分。"

许萦发笑。

徐砚程这人怎么这么好玩？这话语看似正经又透着几分傻气。

她把试卷折叠好放回去，拿出成绩单翻阅，有他的年级的，也有她的年级的，每一张他都用红笔把她的排名圈了出来。

她第一次考进年级前三十名的成绩单上，他写了一句"进步很大"。

她又笑了，但笑着笑着，眼睛开始发酸。

徐砚程怕不是个大傻子，怎么就不敢真的和她认识啊？她这个"颜控"是真的会很乐意认识他的。说不定都不需要他多说什么，她就愿意主动和他交朋友。

许萦叹了一声气，放下成绩单，继续翻盒子。

最后是三封书信，收信人写着她的名字。

她以为是三封没送出去的信，看到落款的时间后，喉咙发紧，说不出话了。

第一封信写在她高一时，这确实是他没有送出去的信。

徐砚程不擅长写这些文艺的东西，只有寥寥几句话，大概是想要认识她的意思，过于一本正经，不像是要告白——这感觉更像是他一板一眼地写的答题过程。

第二封信是她毕业一年后他写的，信纸是借的，商品信息印的是法文。

    许萦，我决定继续喜欢你。很奇怪是吧？你和小栀说你不优秀，你比遥远的恒星还暗淡。可你知道吗？恒星再暗淡也比宇宙中万千的星球要美丽，暗淡也是光，而我爱你的暗淡，爱的恬静。

信是他在花朵戒指成品的那天写的。

她把信折叠好，收到信封里，吸了吸鼻子，还是在心里骂了一句徐砚程傻！哪有人在青春期去喜欢平平无奇的女生？他明明有更多的选择。

拿起第三封信时，她看了一下右下角的时间，是四年前。

    今天写信不为什么，想告诉你，我前几天碰到了一个病人，她和你很像，安静、柔婉、做事认真、有些较真，也爱画画，听说她还开过画展。但，她的情况很不好。我告诉她，如果有机会，我想带我喜欢的女孩去看她的画展。她听到这话后笑得很开心，我想到了你高中笑时的样子，很耀眼。

    不过很可惜，她今晚离开了。

    许萦，我有点儿想你了，今年回江都能遇见你吗？

许萦用手抚着落款的名字，能感受到当时徐砚程的心情有多失落。

那个女孩应该是他很想医治好的病人。不过一切发展无法控制，在那样的深夜里，他作为一名医生，表面要保持冷静，无人时却一个人消化着满腔的消极情绪，把所有想说的话写给了她。

许萦合上铁盒子，把它放到原处，关上了柜子。

她还是不争气地落了泪。如果可以，她倒是希望徐砚程不要暗恋她。这太心酸了，那样看不到天光的昏暗日子里，他是怎么过来的啊……

房门被拧开，许萦回身看去。

徐砚程出现在门口。见她回身，他微微笑了笑："我以为你睡着了。"

许萦摇头："不是很困。"

徐砚程进入屋子里，合上门，先去衣帽间拿过干净的家居服换上，才走到她身边。

"怎么了？"徐砚程碰了碰她的脸，"眼角红红的。"

许萦吸了吸鼻子："进睫毛了。"

徐砚程捧着她的脸左右看了看："拿出来了？"

许萦拉住他的手腕，闷闷地说："嗯。"

徐砚程笑问："怎么这个表情看着我？"

许萦盘腿坐到床上，盯着徐砚程认真地问："徐砚程，你到底喜欢我什么？"

徐砚程顿住，片刻后问："怎么突然问这个？"

许萦："就……很想知道。有无数人比我还要优秀，更值得你去喜欢。你不该在 19 岁的年龄喜欢我的。"

"许萦，"徐砚程收起笑容，"如果非要说得这么透彻，或许是我见识浅薄吧。我身边确实有很多优秀的女孩，她们自信、上进、大方，但我从没见过你这样的女孩——安静、较真、努力。我很喜欢你身上微弱到快要泯灭的生机。像是所有人都看不到你身上的秘密，而我是第一个发现这个秘密的人。"

"你是……"

他是找虐吗？

许萦不敢说出口，怕徐砚程直接走人，拒绝和她交流。

"是，我太想知道秘密之下的你是什么样子了。是我自己甘愿掉下名为你的深渊，愿意在这一场青春里，做一个无名的暗恋者。"

不知何时，那份偷偷的观察变成了深深的喜欢，当他反应过来时，已经无法自拔了。

许萦听着他发自肺腑的告白，将手伸向他。

徐砚程迟疑了一下，俯身抱住了她。

许萦紧紧地环住他的脖子："秘密之下是我不幸的成长经历和失败的遭遇，发现后你有没有很失望？"

徐砚程："没有，爱上你的那一刻，秘密是什么不重要了。"

许萦："那——重要的是什么？"

"重要的是，我爱你。"徐砚程缓缓地笑了，"小惊，你真的很坚强，也把自己照顾得很好。"

如果自身处在许萦这样的境遇中，他或许做得都没有她好，可能比她更颓丧，早对生活失望透顶了。

许萦将头埋在他的肩头悄悄落了泪："徐砚程，我好想你。"

徐砚程："我不是在吗？"

"你没来之前，我好想你。"许萦想到他的第三封信，声音有几分哽咽。

他拍了拍她的后背："我来了。"

许萦点了点头，抱着他不愿意松手。徐砚程也纵容着她，拍着她的背，无声地哄着她。

深夜，徐砚程习惯性地醒来查看许萦的情况，怕碰到她的肚子，更怕她不小心掉下床。结果一伸手，没碰到人，他慌张地坐了起来。

看到不远处的书桌上亮着一盏灯，他起身，不确定地叫了她一声。

"小惊？"徐砚程打开床头灯，视野清晰起来。

许萦抬头看了他一眼："马上就睡！"

徐砚程以为她是在赶图纸，倒了杯温水走过去。

"什么工作不能明天做？"徐砚程问。

许萦抬头冲他微微一笑："不是工作。"

徐砚程："更应该早睡。"

许萦拿过旁边的三个崭新的信封，眨了眨眼："我是想着，不能让某人一直等着我的回信。"

她把信塞给他后，小跑回到床上，钻到了被子里。

见她把头都盖住，徐砚程好笑地出声提醒："别闷到自己。"

许萦扭动了一下，从被子下露出了一双眼睛，期待地望着他，似乎在催他把信看了。

徐砚程看向手里的三个信封，收信人写着他的名字。

他按照她写在信封角落的序号，把信拆开。

> 徐砚程你好，我是高一（7）班的许萦。如果你想认识我应该把联系方式留下吧，我可不好意思去你们班找你。实话说，你长得真的挺帅的。我这个人不爱交朋友——看在你是帅哥的分儿上，我完全能接受。当然啦，如果你愿意帮我补课，我更乐意交你这个朋友。

徐砚程笑出声来，看了一眼床上一直盯着他的女人，漫不经心地问："你用 QQ 还是微信？"

"留电话号码就好，高中生能用智能机的机会少得可怜。"许萦思索后，认真作答。

徐砚程把信收起来，翻开她写的第二封信。

徐砚程，我不要做恒星了，更愿意做那需要太阳才有光的月亮。因为你这束光的照拂，我不再暗淡。

　　看第一封信时，徐砚程以为许萦只是半夜来了兴致，睡不着爬起来给他写点儿好玩的书信，看到这段话，貌似明白她说的"回信"是什么意思了。

　　"翻到我的信了？"徐砚程问她。

　　许萦承认："偶然翻到的，绝对不是故意的。"

　　徐砚程不介意她看到那些书信，温和地说："我知道。"

　　他将第三封信给拆了，期待她写的回信内容。

　　扫完几行字，他勾唇笑了笑。

　　那和你说一件开心的事吧！四年后我们会结婚，我会爱你。所以，今夜别太想我，如果你去画展的话，假期能在江都见到我。

　　徐砚程把信放到抽屉里，走到许萦躺的那一边，刚坐下来，就见她躲到了被子里。

　　"出来说话。"徐砚程拍了拍被子。

　　许萦露出一双眼睛，小声问："喜欢我的回信吗？"

　　徐砚程温柔地笑道："喜欢。"

　　许萦这才敢钻出来，调侃说："把信藏得这么深，故意想让我找不到吧！"

　　起先她还不懂为什么他用曲奇饼干盒装那些东西，忽然想起那晚他给她唱 *My Cookie Can* 时给她解释说是宝贝的意思。

　　她就是他藏在 cookie can 里的宝贝。

　　徐砚程这人，怪浪漫的。

　　"深？"徐砚程看了一眼柜子，"一眼就能看到，哪里深？"

　　"喊，还用盒子装起来。"许萦说，"差一点儿我就找不到了。还有那一张试卷，徐砚程，你该不会真的去翻垃圾桶了吧？！"

　　徐砚程："我没这个癖好。"

　　许萦："难道我没将卷子扔进垃圾桶？"

　　徐砚程看着她不说话。

　　许萦咂舌："不是吧……我岂不是在别班的清洁区里乱丢垃圾了？"

"放心，我帮你'清扫'了。"徐砚程安慰她。

"你跟踪我就是为了帮我'清扫'？"许萦警惕地看着眼前的男人。

他该不会有什么她不知道的癖好吧？

徐砚程无奈地说："你们班隔壁区域是我们班的清洁区，我周三值日，不知道你们班怎么轮值，只知道隔周的周三能看到你。"

许萦他们班是分为 AB 组隔周轮值的。她排在 B 组的周三值日，能和徐砚程说的对上。

"这么巧！"许萦惊讶，"我怎么一次都没有看到你？"

徐砚程回想了一下，脑海里浮现那个总是困倦的少女的样子，斟酌着用词说道："或许你早上太困了？"

说到底她就是爱睡觉，每天早上只想着大课间补个觉，压根没注意过身边的人和事。

"好吧，好可惜。"许萦瞧了徐砚程一眼，"错过看帅哥的机会。"

将她的脸捧起，他凑近："现在看也不迟。"

许萦也伸手捧着他的脸，使坏地捏了捏："老了，我想看年轻时的徐砚程。"

徐砚程："这就嫌我老了？"

"哪儿能哪。"许萦松开捏他的脸的手，去抱他，"说好的，要一起过四个 26 年。"

"好，四个。"徐砚程顺着她异想天开的话说道。

许萦拍了拍旁边的空位："上来！"

徐砚程绕过床尾，躺到她旁边。

许萦躺下来的动作缓慢，徐砚程拿过枕头给她垫好。

"徐砚程，你觉得肚子里的宝宝是男是女？"许萦这几天一直在想这个问题。

徐砚程不是很在乎孩子的性别："只要他乖，不给你添麻烦，男女都行。"

许萦："女孩子叫什么名字？男孩子叫什么名字？"

徐砚程忽然觉得头痛："要不你起？"

许萦更头痛："我不擅长这个。我们找个算命先生？"

徐砚程哼笑："再来一个许惊萦变许萦？"

"也是，不靠谱。"许萦想了一下，脑子一片空白，直接放弃，"生了再说。"

徐砚程转移她的注意力，提了别的事："明天就去京北了，想好领奖词了？"

这次奖项写的是她的名字，但会颁发给团体，也就是周原旭的工作室，而她作为获奖人，需要发表获奖感言。

"头痛。"许萦摁了摁太阳穴，"我怕我说完'谢谢'也差不多下台了。"

"你这是要从哪个开始'谢谢'，需要'谢'这么久？"徐砚程问。

许萦勾了勾手，示意他靠过来。

徐砚程照做，才靠近就被她压住肩膀。

她整个人扑向他，和他耳语："首先呢，我要感谢我的公司、我的伯乐——周原旭周学长；其次我要感谢我的好友楚栀和肖芊蕙，这几年来她们一直默默陪伴我；还要感谢我的第一个顾客浮阳大大，因为她，我得到了一个宝贵的机会来证明自己；接下来是感谢我的第二个顾客容青筠……"

徐砚程偏开头，睨了她一眼："你是打算一个顾客一个顾客地感谢下来？"

许萦无辜地说："我本来入行就不容易，他们都是最先支持我的。获奖了，我感谢他们也是应该的。哎呀，我还没说完。"将徐砚程又压了回去，她继续说，"还要感谢我的团队，因为有他们，才能成就我，并不是我一个人就能达到如今的成就。还有我的小秘书，我在这里……"

"小萦，"徐砚程打断她的话，"主持人要请你下台了。"

许萦撇嘴："我可是金奖获得者，主持人不会赶我下台的。还有最后一段了，你别打断我。"

徐砚程躺好，继续听她在耳边发表获奖感言。

"最后，我要感谢我的丈夫徐先生。是他告诉我，未来我一定能成为一名优秀的室内设计师。也是他不断地肯定我的价值，给了我从26岁开始拥有的勇气。如果没有他，或许我会继续迷茫徘徊，永远和我的梦想错过，也不会站在这里和大家分享我的获奖心情。"

徐砚程侧头看向她。

许萦笑了笑，亲吻他的嘴角："谢谢徐先生永远爱暗淡的我，让我知道暗淡并不代表差劲，因为暗淡的星也是在努力发光发热的。"许萦问，"我的感谢词怎么样？"

徐砚程看着她的笑容有些痴了，迟缓地说："很好。"

许萦抱着他的胳膊，靠在他的肩头："下台后你会送我花吗？"

"一束玫瑰和一个吻。"他说道。

许萦脸上的笑意更深了："这样的话，我想明天就颁奖了。"

徐砚程俯身去寻她的唇，吻上前说："可以先兑现亲吻。"

许萦躲不及，只能迎上这一记深吻。

徐砚程从机场大厅出来，就看到岳泽叼着根烟斜斜地靠在吸烟区的广告牌柱子上。

岳泽见了他，挥了挥手，算打过招呼。

徐砚程拉着行李箱走到他旁边，还没站定，岳泽就嬉皮笑脸地问："来一支？"

徐砚程接过岳泽递过来的香烟和打火机，慢条斯理地从里面抽出一根烟咬到嘴里，擦燃打火机，用手挡着风点燃了烟，双颊微微凹陷，烟尾橘红光芒闪动，冒出缥缈的白雾。

"今年不是说不回来了吗？"岳泽问。

徐砚程把嘴里的烟雾吐尽："忽然想回来了。"

岳泽笑得贱兮兮的："我就没见过身边哪个留学生像你这么勤快，每逢假期就回来，没假期还特地请假回来。怎么，担心你家老头顾着小儿子，家产没你的份？"

徐砚程态度冷淡地瞥了他一眼："不会说话就闭嘴。"

知道自己撞枪口上了，岳泽笑了笑："放心，你可是我的公司的大股东，我不会让你破产的。"

岳泽最近创业，手头的资金紧张，缺的那部分全是徐砚程补的。岳泽承诺给他一半股份，他也没拒绝，但就一个要求——除了例行事务，坚决不参与公司的任何经营事务，岳泽按照合约定时给他的卡打钱就好。

"就你那小公司，别说买房，明年买车能指望上？"徐砚程问。

岳泽大受打击，想要反驳。又一想徐砚程说得也没错，他现在就一栋楼，公司员工不到二十号人，还没盈利多少，别说买车，现在能给大家发齐工资已经很不错了。

"莫欺少年穷。"岳泽肚子里的墨水不多，费力扒拉出了一句经典名言。

徐砚程弹了弹烟身，烟灰掉落在烟灰缸里。他轻笑着说："你不穷，拿着几百万块创业，算什么穷？"

岳泽像被扯开遮羞布，抬起胳膊推搡了他一下："得了程哥，别损我了，我已经够惨了。"

徐砚程抽完最后一口烟，把烟头摁灭在烟灰缸里，嗅了嗅指尖。尼古丁的余味浓烈，他不由得蹙起眉头。

旁边目睹他的小动作的岳泽"喊"了一声："徐医生，实在受不了异味就把烟戒了。"

徐砚程不理会岳泽，拉过行李箱："走了。"

岳泽赶紧把烟摁灭，从兜里拿出车钥匙，走在前边带路，不忘给自己脸上贴金："程哥，你看整个江都还有谁比我对你更好？你哪次回来不是我亲自来接你？"

"你给吴杰棣说去。"徐砚程把行李箱放到后备箱里，拉开副驾驶座的车门坐进去。

岳泽："说就说，谁怕谁？吴杰棣最近是恋爱脑，特别上头。叫他喝酒他都不愿意出来，出来也带着他的对象。"

徐砚程想回话，看了一眼岳泽因为加班熬出的黑眼圈。前段时间容青筠和他提分手的事情给他带去的打击不小，徐砚程便没有再在他的伤口上撒盐。

"这次待多久？"岳泽问。

徐砚程合上眼："三天。"

岳泽笑了一声："三天？你还不如直接从法国飞回去，有必要回江都一趟？"

徐砚程闷闷地"嗯"了一声："有必要。"

岳泽："怎么？回来见谁？"

徐砚程睁开眼。城市熟悉的跨江大桥映入眼帘，他出声道："见一个可能见不到的人。"

岳泽一脸疑惑的表情："程哥，你留个学怎么说话还变深奥了？你学医的吧，不是搞神学的吧？"

"看路，少说话。"徐砚程本就心烦，听了他的话，心情低落到谷底，也对接下来的行程不抱希望了。

徐砚程看了一眼灰蒙蒙的天际，深冬的江都变得阴郁沉闷。

回到家，徐砚程刚放下行李，程莞的国际长途就打了进来。

他单手接起电话。

他还没来得及说声"喂"，程莞中气十足的声音就透过听筒传来。徐砚程被刺到耳膜，微微拿开手机。

"我说你个臭小子，你到底还要请假多久？你干脆请假在国内过年好了！你是不想毕业了？你的论文搞清楚了？你就去旅游，还从法国飞江都一趟！你很闲吗？"

在一阵炮轰下，徐砚程冷静自若地缓缓说："已经和导师沟通了，假也请好了，大后天就走。"

程莞无法理解他多此一举的行为："你还不如直接在法国玩到假期结束，何必呢？"

徐砚程在中岛台边倒了杯水："回来帮您监督我爸有没有背着您乱来。"

提到徐望文，程莞变得支吾起来："你管他啊？我和那个老头没有关系了，你别整天在我面前提他。"怕徐砚程继续扯徐望文，程莞说，"好了，你落地后给我打电话，我开车去接你。"

徐砚程捏准了程莞的软肋，逃过她的碎碎念："知道了，需要我给您带什么？"

程莞："宝贝儿子，你不说我还给忘了，你这几天去买些特产，今年过年我们给邻居送一些。"

他们住的地方有不少华人，每到华国重要的节日，大家会相互串门送礼，就和在国内差不多，所以在国外过节的氛围也挺浓厚的。

徐砚程应了"好"。

程莞再三嘱咐后挂掉了电话。

他回到房间里，从抽屉里拿出便笺，列了一个购物清单，拿过车钥匙出了门。

路上他给徐望文打电话，说自己回来了。徐望文心情好，说今晚订了餐厅，让他晚饭时间直接过去。

徐砚程挂断电话，拿下蓝牙耳机，在路边停好车。

他按着路标指示走向购物中心找到商店。

选好礼品，他留了国外居住的地址，让商家直接将东西寄过去。因为东西实在太多了，拿上飞机不实际，他只能走物流。

他看了一眼时间，差不多到程戚樾下课的时间了，打算开车去接程戚樾一起去徐望文订好的餐厅。

走出商店，他看到了楚栀，正想上前和她打招呼，在看到和她同行的人时，呼吸一窒。

那是许萦？

徐砚程不能确定那是不是许萦，因为已经一年多没见过她了。

他站在原地，脚下似生了根，不舍得挪动分毫，目光更是粘在她身上移不开。

另外一个同行的女生不知道说了什么，逗得楚栀大笑。许萦也浅浅地笑了，卧蚕明显，鸦羽般的长睫毛扑扇着，遮住了那一双似盈盈秋水的眼眸。

楚栀拉着另一个女生去楼下奶茶店拿喝的东西，把包包堆到了许萦的怀里，让她继续排队。

徐砚程看了门口的牌匾一眼，那是一家火锅店。

犹豫片刻，他往前走了几步，想要看她看得更清楚些。

许萦忽然转身，他被吓得定住脚步，以为她要发现什么的时候，她目光轻飘飘地掠过，看向远处的一家精品店。她定住几秒，又收回视线。

徐砚程松了一口气，仿佛劫后余生。

他一年多没见许萦，她的变化很大。头发长到了腰间，挑染了棕色，发尾微微卷曲，搭配那张恬静的脸，她像漂亮的洋娃娃一般。

他心里随之涌起的，是难掩的惊喜情绪。

自从许萦毕业后，他不知道去哪里才能见到她。她并不在江都念书，他找起来更难了，又不好意思找楚栀打听。

每每想到这些，他一度陷入困境，不知道怎么办才好。好在他坚持每个假期都回来，终于碰上了她。

他想，从法国回江都是对的。

许萦站了五分钟，他就陪着她站了五分钟。

楚栀和肖芊薏提着小吃一蹦一跳地跑到许萦身边，把她的那份递给了她。

"阿萦，明天我们去新开的游乐场，怎么样？"肖芊薏从手机里翻出一则开业消息，将手机放到许萦面前，"赶紧领券，打五折，我们三个一块儿去！"

许萦笑了笑："明天不行，明天有画展，我已经买好票了。下次我再和你们一起去吧。"

肖芊薏失望地"啊"了一声："画展票能不能退了啊？五折券就这一次啊！"

许萦拒绝："不能，这个展我等了好久，上次在京北没蹲到，好不容易这次有机会，不能再错过了。"

"好吧。"肖芊薏撇了撇嘴，说，"你也真是够可以的。每次有画展就会把我和栀子抛下，你是多喜欢啊？"

许萦吸了一口温热的果茶："专业需要。"

"我好不学无术啊。"肖芊薏抓了抓脑袋，又冲楚栀说："你也是。"

楚栀点头："是啊，我一个医学生竟然有空和你们在外面瞎转悠，确实很不学无术。"

"哎呀，哎呀，我不是故意说你的，栀子小姐。"肖芊薏黏糊糊地凑上去，被楚栀嫌弃地推开。

许萦见她们扭打在一起，往后退了一步，怕被殃及。

站在不远处的徐砚程听完她们的全部对话后，拿出手机搜了美术馆和艺术馆，在美术馆看到有一个巡回展，点开购票。

幸好还有票，不过价格涨了不少，徐砚程买了一张。

不知为何，他做完这件事，心跳莫名其妙地加快了。

这是不是意味着，明天他还能见到她？

应该是吧。

她都说她会去看展。

商家叫了许萦她们的号，三个人拿起东西往店里走去。

口袋里的手机振响，徐砚程拿出手机一面接听电话，一面往停车位走去。

第二天一早，徐砚程就在美术馆前面的广场等着。他焦急不安地张望着，心里知道她会来的可能性很大，却还是怕她临时改主意去游乐场。

开馆时间已经到了，迟迟不见许萦的身影，徐砚程心里最后那一丁点儿期待也落空了。

他拿出手机翻了游乐场的门票，可惜的是，游乐场是新开张的，票早在昨天就已经被抢完了。

正当要放弃，就这样结束走掉的时候，他看到不远处的地铁口走出了熟悉的身影。

许萦穿着粉色的羽绒服，戴着一顶线圈帽，脸上脂粉未施。因为她是小跑上来的，脸蛋粉红，小嘴巴张开，微微喘着气。

她刷票进了会场后，徐砚程紧跟了上去。

进门后，许萦在大厅里转了一圈。

他站在离她不远处，不敢靠得太近，怕她发现有人跟着，心里感到不适应。

许萦找到服务台，和前台的志愿者沟通。

几分钟后，一个戴着"小蜜蜂"的女人走来，友好地问许萦是不是需要讲解员。

许萦点头，问他们："你们不组织讲解的吗？"

讲解员小姐姐微笑着解释："因为今天的人不是很多，而且多数人喜欢自己逛，所以我们就没有安排讲解。"

"那……麻烦你了。"许萦不好意思地笑了笑。

"没事的，你不来，我也不知道自己能在办公室里干什么。"讲解员小姐姐给她带路，"走吧，我带你参观。"

徐砚程跟在离她们十米外，余光时不时打量过去。

许萦沉浸在讲解员的介绍中。受单独讲解的便宜，她提出的问题便多了些，都是关于作品的历史和背后故事的。讲解员耐心地给她解释，就像是学生时代一对一地辅导作业。

走到下一个单元展时，讲解员小姐姐问许萦："你是经常来看展吗？"

许萦收回注意力，点头："假期有展我都会过来，上学时间不多，就不常来。"

"这样啊，看得出你是专业人士。"讲解员说，"如果有需要，下一次你还可以找我。"

许萦乐意至极，非常开心地接下对方抛来的橄榄枝，笑着说"好"。

徐砚程心里也有底了，无声地笑了笑。

是不是以后他回江都，只要来画展就能看到她？

如果是真的，那他还是有机会再看到她的。

两个人继续往下一个展区走去，徐砚程停下步子，决定去大门处等着，给许萦让出个人空间。

许萦逛得细致，大概三个小时后，才从展厅里出来。

徐砚程收起手机，目光再次追寻着她，想知道她要去哪儿。

许萦轻车熟路地去旁边的一家咖啡店点了一杯热饮，然后在面向马路的落地窗前坐下。

等到她拿出手机查看消息时，徐砚程才走进去。

他随便点了一杯咖啡，站在前台处迟疑了一下，最后走向她在的方向。

徐砚程和她背靠背落座。

因为两张桌子挨得很近，他们的距离比坐在身侧还要近，他甚至能嗅到她的头发上的淡香。

不知道她在干什么，他只听到细微的翻书声，还有笔摩擦纸张的"沙沙"声。

他想，她应该是在做笔记。

服务员给他们送来饮料，许萦说了声"谢谢"。

她又写了一会儿，然后把本子收起来，拿起热饮喝了一口，小声地笑说"不错"。他看得出她不是第一次这样做，并且很喜欢在展后买上一杯饮料。

许萦的手机响起，她腾出手接听。

另一边在游乐场疯玩的肖芊薏问她要不要约饭，声音大到徐砚程都能听到。

许萦："今晚想吃什么？"

肖芊薏："不知道，要不然去小吃街？"

许萦的手机振动，她拿开手机查看消息，一会儿后，对着肖芊薏抱歉地说："下次吧，我妈催我回去了，说是要回老家住上几天，让我回去收拾东西。"

肖芊薏可惜地说："好吧。下次我和栀子陪你去逛画展！"

许萦："不用这么刻意，反正我每个假期都来，你们想来就来。"

肖芊薏的回答声已经逐渐变小，徐砚程侧脸看着窗外远去的倩影。

他握着咖啡杯的拇指摩挲着盖子。

下一次再回江都，他还可以在画展上见到她，还能和她背对背喝上一杯咖啡，然后目送她离开。

这样一想，徐砚程心中堆积许久的负面情绪瞬间消失，嘴角的笑意渐渐加深。

如果偶遇机会变多，或许，在将来的某个时刻，他有机会认识她。

番外三
一家三口

　　一大早，送徐砚程出门上班后，许萦就抱着手站在儿子的房间门口，想着敲门后要说点儿什么。

　　前几天许萦也不知道儿子从哪里得到的消息，从程莞那里回来之后，一直缠着她要去上幼儿园，想要去幼儿园和很多小朋友交朋友。

　　后来她去查了附近几家幼儿园的招生通告，看到了年龄限制那一行，很可惜地告诉儿子他要明年才能去幼儿园。

　　现在幼儿园要求年满3岁的孩子才可以报名入园，甚至在后面括号里清楚标出了"八月三十一日前出生"。

　　很不赶巧，徐靳识是九月十日出生的，达不到入园的标准。

　　别的孩子或许对一年没什么概念，但从小就热爱阅读的徐靳识小朋友知道一年是三百六十五天，每一天是二十四小时。所以，在听她说完这句话之后，他就哭了，把全家人都给吓到了。

　　昨晚吃完饭，徐靳识一个人闷在房间里，晚上睡觉也不要她陪了。许萦心里着急，又不知道怎么安慰儿子是好。

　　她抬了几次手，还是没下定决心敲响门，苦恼地摸着下巴，原地转了几圈，想了许多哄他的话，但儿子作为一个小百科，简单的哄骗话术早就对他没用了。

　　许萦回到房间里，打开儿童房的监控视频，确认徐靳识没做危险的事情后，缓缓地舒了一口气。

543

到医院后的徐砚程给她发来消息。

XYC："他还是不肯出来？"

许萦躺倒在床上，捧着手机打字："是啊，我就奇怪了，他一个2岁多的小孩，脑袋里怎么能捋清楚这些事？要把他哄好也太难了。"

上个月徐靳识要买三本绘本。她是乐意给孩子买书的，但是买回去他时常乱摆放，说了几次他也没记到心上，给他特地买的书柜空空的，家里的客厅角落里随手一翻都是他的绘本。她当时只想着劝他不买，便哄着他说不买绘本的话，奖励他一个小愿望。

徐靳识看了她好一会儿，点头说"好"，然后奶声奶气地说："妈妈，我的愿望就是再买一本绘本。"

许萦听完这话，一阵无语，好奇儿子的智商是不是过高了，小小的人怎么能把逻辑顺得这么清楚。

答应孩子在先，许萦最后还是给他买了三本绘本，放弃说教，只能回家继续督促他自己整理内务。

XYC："既然他能顺得这么清楚，你就让他自己苦恼。"

许萦还是担心儿子，不安地说："他一整天不吃饭也没事？"

XYC："他要是能熬，让他继续把自己关在屋子里。"

许萦："徐医生，你对儿子太狠心了吧。"

XYC："他可是让你忧心了。好了，你好好忙事情，晚上回去我和他聊。"

许萦在床上滚了一圈，开心回复："好！"

当初徐砚程说她生他养。孩子出生后，他说到做到，教育上的问题压根不需要她担心。她从月子中心回来前，他就请好了月嫂。重活和累活全是徐砚程和月嫂分担的，她完全体会不到带孩子的辛苦。

许萦又问："徐医生，你以前也这么倔的吗？"

徐砚程发了一个问号过来。

许萦："我可不是这样的孩子。我要是知道能不去上学，一定开心得不行。"

XYC："我也没他这么爱去上学。"

许萦纳闷，所以儿子是像谁？

许萦正想问徐砚程，房间门被敲响。她放下手机，阔步走去开门。

她往下看，对上了儿子一双黑黝黝的眼睛。

他眼白中还有红血丝，看起来可怜兮兮的。

许萦蹲下来，用手擦了擦他布满泪痕的脸，碰到软软的脸，忍不住多摸了几下。

徐靳识生出来就白嫩嫩的，像西方神话绘本里长着翅膀的天使，降临到他们身边，五官像足徐砚程，精致又好看，特别是鼻子和眉眼。许萦没少为自己儿子的颜值骄傲，觉得以后儿子长大不知道要蛊惑多少女孩子的芳心。

"怎么了？"许萦心疼地问。

徐靳识小手交握在一起，眼睛红彤彤的，像只小白兔，声音颤抖地说："妈妈，我真的不能去幼儿园吗？"

许萦抱着膝盖，和儿子对视："小十，你为什么非要去幼儿园？和妈妈在家不好吗？"

徐靳识点头又摇头。

"不好啊？你不喜欢我和你待在家里？"许萦撑着下巴看着他，耐心地和他交谈。

徐靳识小手抓着格子睡裤，慌忙解释："好！我喜欢和妈妈待在家里。"

许萦："那你就和妈妈待在家里，一年很快就过去了。"

徐靳识抗拒地摇头，额前的碎发乱飘，能看出是很不乐意。

徐靳识怕妈妈生气，悄悄看她一眼，小声说："在奶奶家和我玩的几个小朋友都要去幼儿园了，我不去的话，以后没有人和我玩了。"

许萦明白怎么回事了，原来他是怕没有玩伴。

许萦靠着门沿，想了好一会儿，说道："你看看小糖果，她比你还小，也不能去幼儿园，你们不是可以一块儿玩？"

小糖果是肖芊薏和唐知柏的女儿，比徐靳识小，长得漂亮，性子古灵精怪的，特别讨人喜欢。

徐靳识想到小糖果私下嚣张跋扈的模样，下意识地摇头："我不要和唐窈玩！"

许萦沉下了脸："怎么不可以？"

徐靳识鼓了鼓腮帮子，说："反正我不要！"

说完他就转身跑了。

许萦站起身还没说话，房间门又在她眼前关上。

"什么脾气啊？"许萦被气到，叉着腰蹬了一下脚后跟，随后更多的是郁闷。

徐靳识样貌像徐砚程，就在她以为自己的基因压根没参与时，两个人一吵架——发现他比她还要较真和固执，她又觉得孩子是她亲生的——发现脾气像她。

当然，她生气是少数时候。儿子大多数时候还是温柔体贴的，也很黏她。

但不管平日儿子脾气多好，此刻许萦被整出了一肚子气，走到他的房门前敲了一下，大声说："早餐放在客厅桌子上，自己解决，我先去忙了！"

因为她是从小被说教到大的，所以对孩子特别纵容，气头上也不会说重话，只会冷处理，等孩子情绪稳定后再交流。

她进到了书房去赶近期的一个项目图纸。

这边的徐靳识听到外面没声音了，探头望了一下，等了一会儿也没听见声音，忽然不安起来了。

他心想，妈妈是不是生气了？

坐在电脑前的许萦也就气了这么一会儿，正在向肖芊蕙倒苦水。

许萦："我是真的不明白徐靳识怎么想的，非要去幼儿园，可他的年龄就是没到啊，他怎么去啊？再早一年我和徐砚程都没认识，他从石头缝里蹦出来吗？"

看得出许萦是真的生气了，连儿子的小名都不叫了。

肖芊蕙："阿萦啊阿萦，我是万万没想到，你这个性子我还以为你这辈子都不会对人说重话，没想到你还是栽在孩子身上了。"

许萦："是徐靳识太不可理喻了。"

肖芊蕙劝她："好啦，你们家小十有这个觉悟你就知足吧。你可不知道我们家这位霸道女魔王有多难搞。我前段时间给她报了一个早教班，就当让她去交朋友的。结果第二天，我就被老师叫去了。"

许萦："她被人欺负了？"

肖芊蕙："哪儿能哪，她能受那个委屈？对方抢了她的玩具，她扯了人家小男孩的书包，把人家都摔蒙了。男方家长非要我们给个说法。"

许萦挺干女儿："小糖果也没错，别人动手在先。"

肖芊蕙认同："所以啊，我去吵了一架，现在全班人都知道唐窈和她妈一个比一个彪悍。"

许萦笑了一声，这很符合肖芊蕙的行事风格。

她还注意到肖芊蕙提的早教班，问道："小十能去这个班吗？"

肖芊蕙："当然可以，一岁半的孩子都可以报名。这主要是让孩子们能有个玩伴，也不是真的要读书写字。"

许萦有了主意。

实在不行，她就把徐靳识放到早教班一段时间。有玩伴后，他也不会总惦记着要上幼儿园交朋友了。

她拿好主意后，关掉聊天框，打开专业画图软件，投入一天繁重的工作中。

等把大概图绘制好后，她眨了眨酸涩的眼睛，拿下防蓝光的眼镜，站起来伸了一个懒腰。

窗外的天已经沉下，许萦看了一眼时间，快七点了。

她正想玩手机放松一会儿，才意识到儿子一直没找过来。

小十不会有事吧？

她推开门去了客厅。

正在厨房做晚餐的阿姨出来，笑问："徐太太您忙完了？"

许萦点了点头："小十呢？"

阿姨："徐先生半个小时前刚回来，带小十去附近超市购物了。"

许萦走到客厅看了一圈，没在桌子上看到面包和牛奶，不确定地问："今天你来之前小十吃早餐了？"

"吃了，我问他饿不饿，他说已经吃过早餐了，还拉着我去垃圾桶边看了一眼他丢掉的牛奶盒子。"阿姨欣慰地笑说。

知道儿子没饿着，许萦松了一口气。

许萦倒了杯水，继续回房间里忙。今天晚上要赶工，她随手拿了些吃的东西，告诉阿姨帮助转告徐砚程，今晚他们先吃晚餐，不用等她。

阿姨听到这话，给她做了一些小吃，说让她先忙，一会儿给她送过去。

许萦继续投入工作中，和周原旭把细节敲定下来。

不知过了多久，敲门声响起，声音很轻，看得出敲门的人力气不大。

"进来。"

门把手被压了好几次，门才被打开。

穿着睡衣的徐靳识踮着脚拉着门把，小身子晃动，站立艰难。

"妈妈。"徐靳识叫许萦。

许萦没接话。

徐靳识乖乖地把门合上，走到了她的椅子边。

徐靳识想到爸爸答应自己的事情——如果他乖乖认错，爸爸就给他买想要的绘本，于是鼓足勇气走上前。

"妈妈你还要忙吗？"徐靳识放轻声音问，"我可以和你说说话吗？"

许萦放下电容笔，转动椅子面对着他，手漫不经心地搭在扶手上："给你三分钟，你要说什么？"

徐靳识眼珠子向上看，小嘴巴紧紧抿在一起。

从许萦的这个角度看过去，她只觉得他委屈巴巴的。

"妈妈，对不起，我错了。"

许萦抱着手臂，示意他继续。

"我不该因为不能去幼儿园和你生气。爸爸说不能去是因为我本身的问题，我和你赌气是不对的。"徐靳识说到后面是真的怕许萦不理他，吸了吸鼻子，"妈妈你可以不要生气了吗？"

他在客厅里坐了一整天，不见妈妈从书房里出来，担心她不要他，那以后自己就是没有妈妈的小孩了。

越想，徐靳识越害怕，就快要哭了。

"我没生气。"许萦心软地说，"妈妈能理解你的心情，但是下不为例。"

徐靳识用力点头，颤巍巍地将手伸向她："能抱抱吗？"

许萦温柔地笑了笑："过来。"

徐靳识扑过去，环着她的脖子，将头埋在她的肩膀上。

许萦坐回去，腾出一只手继续画画，单手拍着他的背："我们也不急于这一年。去不了幼儿园，我们可以去很多兴趣班，只要小十喜欢，都可以去。"

徐靳识："兴趣班是什么呀？"

"就是有很多小朋友的地方。"许萦挑他想听到的话说。

徐靳识抬头亲了许萦一下："妈妈你真好！"

"下次还这样生气？"许萦问。

徐靳识温顺地窝在她的怀里："不会了，小惊妈妈不要不理我。"

"乖。"许萦听着儿子软软的童声，心都化了，哪里还会生气？

徐靳识知道许萦在忙，就抱着她不说话，安静陪着她。

良久，许萦注意到怀里的小人沉沉睡了过去，正想抱他回房间，房门被推开。

徐砚程脸上含笑地走来："睡着了？"

许萦点头。

他上前接过孩子："给我，你继续忙。"

儿子越来越沉，许萦也不抢着抱，怕自己中途把他颠醒，就把孩子放到了徐砚程的怀里。

等她保存好图纸，徐砚程反手带上书房的门走了进来。

他早已洗漱好，穿着一身黑色绸缎睡衣。

睡衣勾勒出了他宽厚的肩膀线条。

"睡了？"许萦问他。

徐砚程走到她身边："等你。"

许萦也忙完了，把电脑关掉，牵着他的手回房间时，想到儿子的事情，问他道："你今天和他说了什么？"

徐砚程："秘密。"

许萦"喊"了一声："这算什么秘密？我明天问儿子照样能知道。"

徐砚程叹气："每次这小子都和我保证不会说出去，转头就和你说。我给他说了不少的心里话，就是比不上你这个当妈的在他心里的地位。"

"哟，徐医生是吃醋了？"许萦嬉笑着问。

徐砚程揽着她的腰进到房间里，把她堵在墙角，笑说："对啊，有补偿？"

许萦被笼罩在他的身影投下的阴影里："没有。"

徐砚程放在她腰间的手慢移。

许萦拉开他的手："别乱来，我没洗澡。"她抬头对上他灼灼的眼神，双手盖上去，抱着他的脖子笑说，"我忽然发现一件事。"

徐砚程："嗯？"

许萦："儿子说到底还是像你。"

徐砚程没拿开她的手，带着她轻车熟路地走到床边。

"怎么说？"

"我和他说道理，他把我的逻辑掐得死死的。我想了想，你没少这样对妈吧？"

她现在就像第二个程茝，被儿子拿捏着。

徐砚程勾唇笑了。

"某些人哪，说亲自带孩子，结果教出一个小徐砚程来拿捏我。"许萦故意抱怨。

徐砚程吻她的嘴角："要不再要一个像你的孩子？"

许萦搂着他，任由他亲吻自己，笑说："好啊。"

他以为她是默许了接下来发生的事情。

倏地，他顿住了。

许萦躺在软软的被子里，惋叹："忘记和你说了，昨晚来事了。"

徐砚程深吸一口气，平复呼吸，看着女人得逞的笑容。

"徐医生，生气了？"许萦不见他有动作，戳了戳他的肩膀，学着儿子刚才认错的表情看着他。

徐砚程无奈地笑了一声，帮她把衣服整理好："下次还回来。"

许萦从他怀里跑出来，抱着睡衣进浴室，关门前探出头说："可能要等下个月了，我下周和团队出国一趟。"

徐砚程看着关上的门，失笑地摇了摇头。

他想到今晚儿子和他谈条件时的样子，儿子应该是像足了她才对。

中午早教班下课，许萦准备出门接徐靳识回家，刚出门就接到肖芊蕙的电话，以为肖芊蕙是要约她一起去接孩子。

许萦才接通电话，肖芊蕙就心急如焚地问："你在家吗？"

许萦顿了一下，回道："嗯，在，是要……"

她还没说完，肖芊蕙就哀号道："出大事了！"

"怎么了？"许萦心里紧张，心想该不会小糖果出事了吧？

肖芊蕙深呼吸一口气："你刚刚是不是在忙没看手机？老师给我打电话，说小十在早教班打人了。"

许萦惊愕："小十？打人？"

她不信，"喃喃"地说："假的吧？"

徐靳识性子是有点儿倔强，但他的脾气和徐砚程一样温和，不管遇到什么事情，动粗永远是最后的选择。

"我也不信啊！"肖芊蕙坐上车子，戴上蓝牙耳机，继续说，"你说小糖果今天惹事了，我觉得再正常不过，小十怎么会打人？"

"老师和你说是怎么回事了吗？"许萦抬眼看了一下电梯的楼层数。还有十层才到，她略微不耐烦地又摁了一次向下键。

肖芊蕙："没，老师只让我先过去。"

许萦顾不上再和肖芊蕙聊，连忙说："你先过去，我马上就到。我先给老师打个电话问情况。"

肖芊蕙："好，保持电话联系。"

许萦挂掉电话后，拨通了早教班老师的电话。

"嘟嘟"几声后，传来范老师的一声"喂"，许萦急忙说："老师您好，我是徐靳识的妈妈——许萦。我刚才在忙没接到您的电话，想请问是我们家小十出事了吗？"

范老师显然被许萦心急的语气吓到了，几秒后才反应过来，说道："他和别的小朋友起了冲突，没有受伤，我们想让你们家长来一趟，把话说清楚比较好。"

许萦承诺马上就到，让他们稍等片刻。

一路上许萦心如火焚，恨不得有瞬移的能力，马上奔到早教班。

如果徐靳识做别的事情，她或许还没这么紧张；告诉她徐靳识打人，那肯定是极其糟糕的情况下才会发生的行为，她怎能不担心？

半个小时后，许萦从商城的电梯上下来，小跑到机构门口。

肖芊薏也是刚到，刚和前台工作人员确认完个人信息。

"你慢点儿跑，"肖芊薏扶着许萦的胳膊，"不用这么着急。"

许萦向里面张望："怎么能不着急？"

肖芊薏见许萦这样，心底无奈地叹气。

想当年，她在小糖果第一次惹事时也是这副模样，后来嘛，就麻木了，就像现在这样，只要老师说没受伤，她的心就安到了肚子里。

前台工作人员确认她们是学生的家长后给她们放行，告诉她们沿着走廊直走最后一间就是老师的办公室。

短短二十米的路程，许萦拽着肖芊薏走得很快。

"哎呀，没事的。"肖芊薏穿了高跟鞋，差点儿摔倒，反握住许萦的手，把她拉了回来，"放心好了，绝对没事情！"

许萦哪里听得进劝，满脑子都是徐靳识到底发生了什么事。

两个人走到办公室门口，还没进去，就听到了里面响彻整个屋子的哭声。

肖芊薏一听到这个熟悉的哭声，喊了句"糟糕"，然后反客为主，用力拽着许萦跑过去。

"小糖果怎么还哭了？"肖芊薏变成刚才的许萦，不安地问，"这小妮子不会真的被揍了吧？"

跟跄几步的许萦差点儿摔倒在地，心里吐槽不止。

肖芊薏还说不急，现在比她还不理智了。

肖芊薏本来是不急的，在她的认知里，她家的小祖宗和别人起冲突都是别人吃亏，挨揍的也是别人。她一般过去就是收拾烂摊子的，但从没见小祖宗哪次哭得像今天这样悲伤的，怎能不担心是不是出意外了？

两个人出现在办公室门口，神情慌张，把正在鬼哭狼嚎的小糖果都吓到噤声了。

"小十妈妈、糖果妈妈，你们来了。"范老师站起来，笑着走去迎接她们。

许萦点了点头，看到角落站立的儿子冷着小脸一言不发，身边站的小糖果抽噎不已。

小糖果看到妈妈来了，"哇"地又哭，跑向妈妈。

肖芊薏抱起女儿，替她擦泪，看到女儿哭得满脸泪痕，心疼不已，问道："范老师，小糖果这是怎么了？"

范老师一脸为难的表情："和其他小朋友发生了口角，三个人扭打在了一起。"

肖芊薏蹙眉，摸着女儿的脑袋，柔声问她："怎么回事？和妈妈说说好不好？"

小糖果眼里蓄满泪水，眨了眨大眼睛，大颗大颗晶莹的眼泪落了下来："吴奇棋欺负靳识哥，抢他的绘本。我去帮靳识哥抢绘本，然后他打了我。"说完，小糖果仰起下巴，指了指脖子上的红痕，"好疼！"

肖芊薏低头去看："妈妈看看。"

听到小糖果可怜兮兮地说"好疼"，肖芊薏心都要碎了。

这边的许萦走到儿子跟前，关心地问："受伤了？"

徐靳识摇了摇头，看了小糖果一眼，而后才说："没有。"

许萦顺着他的视线看去，小糖果正指着脖子上的浅红色痕迹和肖芊薏卖惨，撒娇要吹吹。

"过来，妈妈看看。"许萦将手伸向他。

徐靳识窝到许萦怀里，抱住她的脖子。

许萦见儿子一副不愿意多说话的样子，以为他正难过，抱着他拍了拍他的背。

范老师把另一间办公室的吴奇棋和他的母亲带了过来。

"你们来之前我也问了三位小朋友，这件事情是吴奇棋有错在先，他不应该去抢徐靳识的东西。我调过监控视频了，他确实动手了。"范老师看向吴奇棋，耐心开导："抢人的东西是不对的，你要给唐窈和徐靳识两位小朋友道歉，懂了吗？"

吴奇棋不乐意，指着小糖果说："我没有想动手，是她骂了我，她还打人了！"

小糖果被凶了，搂着肖芊薏的脖子放声大哭，嘴里喊着"妈妈"。

肖芊薏被搞急了，哄着她说："不哭啊，妈妈在，没事了。"

"我也不会给徐靳识道歉！"吴奇棋红着眼瞪着徐靳识，"他是坏蛋！"

徐靳识看着吴奇棋，眼神很淡。

许萦观察到儿子突然变得格外沉默，摸了摸他的脸，低头问："怎么了？"

徐靳识张了张口，又看了唐窈一眼，小声说："我……打他，是因为他骂了我和唐窈。"

许萦问："真打人了？"

徐靳识"嗯"了一声："打了。"

许萦还是难以想象儿子打人的样子。

许萦态度强硬，对范老师说："孩子小打小闹我们能理解，也不是什么大事，相互道个歉就好了，但谁先起的头，谁就先道歉。"

她的意思是让吴奇棋先道歉，然后徐靳识和小糖果再向吴奇棋道歉。

吴奇棋的妈妈也觉得可以，拍了拍旁边的儿子的肩膀，正要劝导他，还没说话，他"哇"一声大哭，把小糖果的声音都给盖过去了。

"我没有错！是唐窈打人！她明明打了我，为什么你们不骂她？！"吴奇棋委屈得不行，扯着妈妈的衣服控诉小糖果。

肖芊薏怀里的小糖果不甘被比下去，加大了音量哭着。

一时间，整个办公室里两个声音跟刺耳的二重唱一样，让在场的大人们都头痛，着急地想着法子求两个人先停下来。

只有徐靳识安静地眨着眼睛看着周围，一言不发。

许萦以为他被吓到了，无声地抱紧他，给予他安全感。

"唐窈你就是巫女！"吴奇棋受不住，站起来骂小糖果。

小糖果听完，哭得更厉害了，干呕了几下。

"好了，好了。"肖芊薏皱眉看着宝贝女儿，"别哭了，有问题我们好好解决，宝贝乖一点儿。"

小糖果身子一抽一抽的，红着眼控诉："我没有打他。"

肖芊薏："妈妈知道。"

小糖果指着脖子："他打了我。"

范老师站出来稳住场面，态度比上一次严肃："吴奇棋，你先动手抢徐靳识的东西，是错误的行为。你们打架也是不对的，唐窈和徐靳识都已经愿意向你道歉了，你不可以再这样要脾气了。"

"奇棋，乖一点儿，听老师的话去道歉。"吴奇棋的母亲脸色不太好，自家孩子有错在先，对方还是水灵灵的小姑娘，现在家长没发飙都算好的了。

吴奇棋咬了咬下唇："可是唐窈也打了我。"

肖芊薏没了耐心。

许萦怕她激化矛盾，拉住了她。

小糖果小声说："我没有。"

徐靳识："是我打的。我可以给你道歉。"

吴奇棋只觉得自己受了天大的委屈，倔强地说："我只要唐窈道歉！"

见小糖果要反驳，徐靳识站起身，把她从肖芊薏怀里扯了出来。

"徐靳识你干吗？"小糖果吸了吸鼻子，鼻音浓重地问。

徐靳识把她拉到吴奇棋跟前，说："我给你道歉，你给唐窈道歉。"

小糖果不要："是他要给我们道歉！"

徐靳识："不要你道歉，我道歉。"

小糖果摇头，坚持己见："我们不需要道歉！"

范老师怕两个人吵起来，出声制止："同时道歉，好不好？"

吴奇棋："只要唐窈愿意道歉，我可以道歉。"

小糖果："我不会道歉的！"

徐靳识沉默片刻，转头对范老师说："范老师，上周吴奇棋把我的画本弄脏了，怕我发现就丢到垃圾桶里了。"

吴奇棋慌了："徐靳识——你！你！你不是说好不说了吗？我都说我是不小心的了，也给你道歉了。"

"画本很贵的，是我爸爸送我的礼物。"徐靳识盯着吴奇棋，"我不要你的道歉了。"

吴奇棋气呼呼地指着他们："你们欺负我！"

小糖果生气地说："你做错事为什么不敢承认？一定要做坏事吗？我们只是说了你，怎么就是欺负你？"

吴奇棋被质问得说不出话，转身扑到妈妈怀里哭起来。

肖芊薏站起身，咳了咳："今天就到这里吧，孩子们都偏着，也调解不出结果。都是孩子，说不定明天他们就和好了。"

吴奇棋的母亲理亏，听到对方这样说，连忙应和："对啊，我家孩子不懂事，我回头说说他，以后不会了。不好意思啊！"

范老师乐见其成，又当起和事佬。

一次矛盾就这样翻篇过去。

肖芊薏带着小糖果走出机构后，把她拉到角落，严肃地问："你是不是打人了？"

小糖果瞅了她一眼："我没有。"

肖芊薏轻哼了一声："你是我生的，我不知道你是什么德行？"

小糖果一口咬定："我没有！"

肖芊薏看向跟着许萦走过来的徐靳识，招了招手："小十你来说，她是不是在监控看不到的楼梯角落打人了？"

小糖果跟着看去，紧盯着徐靳识，眼神不停地暗示他。

徐靳识走到唐窈旁边，说道："是因为吴奇棋弄脏我的东西，准备撕掉，唐窈生气才打了他。"

小糖果鼓起腮帮子："徐靳识！"

他怎么可以把她在楼梯角落打人的事情说出去？！他们不是说好互相保密吗？！

徐靳识无视旁边小糖果幽怨的眼神，迎着肖芊薏的目光，认真地说："我不觉得唐窈错了。如果不是因为唐窈，可能他真的会把我的绘本撕了。"

"徐靳识你这个叛徒！"小糖果捶了他的肩膀一下。

肖芊薏拍掉她的手："好好说话，怎么动手了？"

小糖果红了眼，这次是真的委屈了，比刚才的表情更真实。

"那怎么说成你打人？"肖芊薏无奈地扶额，"你们实话实说，我们不会骂你们。"

徐靳识看了一眼旁边要哭的小糖果，说："因为唐窈说告诉你们是她打了人，你们肯定会觉得是我们的错，所以我才说是我打了人。"

"确定是你自愿说的，"肖芊薏指了指女儿，"不是她逼你的？"

小糖果赌气地跺脚："妈妈，你怎么可以这样说我？！"

肖芊薏懒得给女儿眼神。

徐靳识接话："嗯，是我让她一口咬定自己被吴奇棋打了，然后说我打了吴奇棋。"

"行，我懂了。"肖芊薏看向小糖果："我又不会骂你，你怕什么？"

小糖果气呼呼的，想说话。被徐靳识碰了碰，然后她就只瞪着眼睛，一句话也不说了。

"你呢？"肖芊薏站起身，"你有什么要说的？"

许萦笑了笑："都说清楚了，我没什么好说的了。"

"行，我们各自回家？"肖芊薏问。

许萦叫过徐靳识："嗯，改天再约，我们先走了。"

和肖芊薏母子告别后，许萦开车载着徐靳识去了市医院。今天约了疫苗要打，结束时差不多到下班时间了，他们能和徐砚程一起走。

徐靳识坐在后面的儿童安全椅上，看着许萦良久，干巴巴地说："妈妈，刚刚我说了谎。"

许萦"嗯"了一声："我知道。"

徐靳识："你知道？"

许萦："我知道人是小糖果打的，也是小糖果要求你把打人的事认下来的。"

不只她知道，肖芊薏也知道。

小孩子的心思一眼就能被看破，他们有意瞒着，作为大人的她们也不会彻底去揭穿让他们觉得难堪。

"那……为什么你不说我？"徐靳识拉着肩带，不安地问。

许萦将车倒到车库里，停好车后去给他解开安全带，说："你不是向我认错了吗？你知道错了就好。你是个好孩子，不需要妈妈多说什么的。"

徐靳识搂住她的脖子，在她耳边奶声奶气地说："妈妈你真好！"

许萦笑着收下儿子的夸赞，把他抱好："好了，事情过去就过去了，今晚去吃好吃的！"

徐靳识终于笑了："我可以吃汉堡包吗？"

许萦略微无奈，貌似小孩对肯德基和麦当劳都有种莫名其妙的执着。

许萦把问题推给了徐砚程："等会儿要打疫苗，具体能不能吃呢，你要问你爸爸。"

徐靳识眼里的光立马淡了下来："好吧。"

他爸爸肯定不让他吃。因为说好一个月吃两次，他上周和上上周都吃了，爸爸是绝对不会允许他再吃的，说好的规矩要遵守，做人要讲原则。

许萦把他放下来，牵着他的手："其实有很多好吃的东西，不是只有汉堡包是好吃的。"

徐靳识仰头看着妈妈："我们班的小高隔天就能吃到，我也想这样。"

"这个没有什么好攀比的。"许萦笑说，"爸爸怎么说来着？"

徐靳识不懂许萦指什么，把徐砚程平时给他说的道理讲了一遍："爸爸说人不能有攀比心，要认真去思考是不是真的喜欢某样东西，然后再考虑需不需要买，不然就是浪费，我们不能养成浪费的坏习惯。

"至于汉堡包，爸爸说不管是大人还是小孩，吃多了对身体都不好。我还小，身子弱，更应该注意饮食。我生病的话，妈妈会担心到睡不着的。"

"没错。"许萦赞同地说，"你爸爸说得没错，你也认同了，对吧？"

徐靳识："是的。"

许萦："下个月再去吃吧，我们去吃别的东西。"

徐靳识自己说了大道理，这会儿也不敢耍脾气说非要吃，只好乖乖地点头。

许萦悄悄松了一口气。

要是她就讲不出这些话，怕自己拿捏不好度伤了孩子的自尊心，有徐砚程在就好多了——不用她多费力气，他就把儿子教得好好的。

到了疫苗接种区，许萦陪着徐靳识坐着等，嘱咐他自己听广播，念到他的名字就告诉她一声。

她抽空回复工作室的消息。她还看到肖芊薏给她发消息，说小糖果把什么都招了。肖芊薏也教育了小糖果，还让她帮忙给徐靳识说声对不起，改天让他到家里玩。

许萦回了"好"，广播正好通知徐靳识小朋友到三号窗口接种。

许萦收起手机："走吧。"

徐靳识犹豫了："妈妈，会疼吗？"

许萦："不疼，就像蚂蚁咬一下。"

徐靳识："蚂蚁咬人还是很疼的。"

许萦把他抱起来，走到窗口："已经叫到我们了，不能耽误后面的小朋友。"

徐靳识环顾一圈接种区，撇了撇嘴："他们应该很乐意被我耽误吧。"

许萦好笑地捏了捏儿子的脸蛋："小机灵鬼别乱想了，今天不打明天也要打。"她凑到他耳边，悄声说，"全医院的人都知道你是徐砚程的儿子，你要是跑了，别人可是要调侃你爸了。"

徐靳识很懂事，虽然不爱爸爸总是一板一眼地给他讲道理，但徐砚程毕竟是他爸爸，在外头，面子还是要给的。

因为许萦的话，徐靳识从打疫苗开始到结束都很听话，和隔壁窗口哭闹的小朋友成了鲜明的对比，给他接种的护士对他赞不绝口。

"靳识和你爸爸真像。"护士看着徐靳识挪不开视线。

徐靳识听到别人说他和爸爸像，眼睛亮晶晶的："很像吗？"

护士正在登记他的信息，微笑着说："像的，简直是一个模子刻出来的。不仅长得像，你还这么勇敢，不愧是徐医生的儿子。"

一句简单的夸奖话语，夸得徐靳识飘飘然的。

打完针，两个人在医院大堂里等徐砚程交班。

十分钟后徐砚程从电梯里下来，疾步走向他们，风衣的衣摆随风轻轻摇摆，身后跟着鲁钦和云佳葵。

鲁钦一脸八卦表情地凑过来，看到小号的徐主任，想上前打招呼。云佳葵一把抓住他的胳膊带着他往后门走去，不忘隔空冲着许萦点头问好。

这边的许萦微笑着挥手回应，算打过招呼。

徐砚程没发现后面下属的动作，走向妻子和儿子，顺其自然地伸手揽过许萦的薄肩，拍了拍："怎么穿这么少？"

许萦看了一眼自己的穿搭，浅蓝色的方领针织衫和休闲高腰阔腿裤，很舒服，也适合江都渐冷的天。

"不好看？"许萦张开手，转了一下身子，锁骨项链晃动，勾得徐砚程挪不开视线。

"好看。"他说。

许萦满意地笑了笑："那就好了，江都真正的秋天就这么一两周，柜子里的衣服来不及穿过一遍。"

徐砚程还想和她聊下去，感受到一道炙热的目光落在他身上，低头对上了儿子灿烂的笑容，发现儿子笑得有点儿傻。

"爸爸。"徐靳识展颜大笑。

徐砚程摸了摸他的脑袋，淡淡地"嗯"了一声。

一家三口站在大堂里有一会儿了，前台的护士不知道盯着看了多久。徐砚程怕再站下去，医院的小道消息群全是他们的背影图刷屏。

不是他多想，许萦第一次带徐靳识来医院的时候，得闲的医生都来假装偶遇，不知道的路人还以为是开了什么见面会，一堆医护人员赶着过来和许萦搭话。

徐砚程牵着许萦先出门了。徐靳识左右看了一下，迈着小短腿跟上，嘴里喊着等等他，徐砚程才意识到儿子没跟上。

今晚许萦在外面订了餐厅，一家人直接开车到了商城。

吃完饭出来，时间还早，三个人便散步去附近的公园。

路上徐靳识看到有卖氢气球的小商贩，拉着许萦的手说要买一个。

许萦买了一个 Q 版狗狗的气球，把绳子系到了徐靳识的手腕上，防止气球不小心飞走。

徐靳识扯着气球追追跑跑一路，两个人跟在他身后慢慢走着。

"他今天心情不错？"徐砚程好奇地问。

许萦把护士夸他的事说了："听到别人夸他像你，他可得意了。"

徐砚程一直看着儿子，怕他走丢，问道："最近我给他讲道理他总是一脸委屈的表情，我还以为他厌烦我了。"

"怎么会？"许萦搂着徐砚程的胳膊，"在小傲娇心里，你可是最佳榜样。"

徐砚程脸上的笑意深了些。

前面的小傲娇站在路口转身喊："爸爸、妈妈，你们快点儿啊！"

许萦走过去把徐靳识牵回来，他的另一只手立马牵上徐砚程的大手。

徐砚程眉头微蹙，垂眸看了一眼隔在他和妻子中间的儿子。

而徐靳识压根没察觉爸爸的意思，乐呵呵地拉着他们的手，感觉此刻自己就是世界上最幸福的孩子。

到了公园，徐靳识要坐秋千，许萦也想坐，徐砚程只好在后面推他们。

徐靳识开心地和他们说着今天早教班的趣事。

许萦问他："小十，你不是不喜欢和小糖果玩吗？怎么今天还帮她说话？"

逻辑清晰的徐靳识回答："我没有和她玩哪。是她一直和我说话，我也不好拒绝。我帮她说话是另一回事，因为她帮了我。"

许萦在秋千往后摆到徐砚程身旁时，小声吐槽："我就说他是小傲娇，你不信。"

徐砚程拉停她的秋千，手搭在她的肩上："这一点像谁？"

许萦仰着头，看着他深沉的眼眸失了神，磕巴地说："肯……肯定不像我。"

"你说过了，我特别实诚。"

"徐医生，你不会连这都要计较吧？儿子是两个人生的，你可别什么事都推到我身上，我很冤枉的。"

女人故作娇滴滴的语气，像是在撒娇。

徐砚程宠溺地笑说："这一点像我——我傲娇。"

"什么是傲娇？"徐靳识从秋千上下来，走到妈妈身边，想要参与他们的话题。

许萦想了想，扯了扯徐砚程的衣摆，让他说话。

徐砚程只丢下一句招恨的话："我和你妈聊天，你别插话。"

徐靳识撇嘴："爸爸是小气包！"

徐砚程捏住他的脸，挑眉问："小子，你说什么？"

徐靳识声音含混不清地说："以后我和妈妈说悄悄话也不告诉你！"

"好了。"许萦拉开父子俩，"这有什么好吵的？"

徐靳识扑向许萦，手脚并用地爬到她的大腿上："妈妈，今晚我要和你睡，睡一整夜，你不能在我睡着后走！"

"别想了。"徐砚程把他抱起来，"还要陪睡的小朋友是没有资格去幼儿园的。"

"坏爸爸。"徐靳识捶徐砚程的肩膀。

许萦眼神含笑地看着父子俩吵吵闹闹，已经习惯他们的相处模式了。

秋千玩腻了，徐靳识闹着要去开广场小汽车。许萦被迫陪着儿子，被徐砚程拍了不少傻气的照片。徐砚程还发了朋友圈，显得她更傻了。

许萦用手机点开朋友圈，查看最新的消息。

XYC："小惊和小车车很配［图片］。"

许萦看到后扯着徐砚程的领子，要求他删掉朋友圈。

徐砚程拒绝："很多人夸你。"

许萦说："是夸吗？大家都憋着笑好不？！"

徐砚程就是不删。

许萦深吸一口气，看来只能半夜爬起来悄悄修改可见范围了。

玩到晚上九点时，徐靳识困得眼皮子打架。要不是许萦牵着他，他估计要直接倒在地上睡着。为了安全考虑，徐砚程背着他走去停车场。

江都的十月，秋风习习，白日还有些热，入夜后气温降了差不多十摄氏度。

南方的秋天温差总是很奇妙，此刻的许萦感觉自己真的穿少了，恨不得再裹一件棉衣。

她提着东西落后几步，忽然觉得看到的画面有些滑稽。

穿着深卡其色风衣的徐砚程清冷高贵，气质极佳，谁见到都要被蛊惑了心，而这个帅气的画面全被趴在他背后醋睡的徐靳识手上系着的狗狗气球破坏了。

许萦偷偷拍了张父子俩的背影照，把天上飘的狗狗气球也拍了下来，发了条朋友圈报复回去。

许萦："徐医生和气球很配 [图片]。"

这条朋友圈才发出去不到半分钟，就收获几条评论。

肖芊蕙："老夫老妻了，今晚有必要这么秀吗？"

楚栀："刚下班就吃'狗粮'，有点儿委屈。"

程戚樾："我们家小十是你们秀恩爱的工具人？为什么你们的动态都不舍得提他的名字一下？"

许萦回复："我和徐医生才结婚五年，热婚期，谢谢！"

她是直接评论的，所有点赞和评论的好友都能看到。

许萦收起手机，能预想到大家会怎么怼她，打算回家再看。

徐砚程不见许萦跟上，微微偏身："小惊，回家了。"

许萦挥手："来了，来了！"

走到父子俩身边，许萦先是伸手摸了摸儿子的后背："今晚玩疯了，一身汗。"

徐砚程："小孩子有玩心是正常的。"

许萦："我像他这么小的时候，可不敢玩这么疯，脏兮兮地回家可是要被说的。这样一想，我们家小十好幸福。"

"没事。"徐砚程笑说，"你现在像他一样脏兮兮地回家，家里没人说你了。你也是幸福的小朋友。"

许萦发笑："我还小朋友啊？再过二十年我都可以考虑做奶奶了。"

徐砚程："做奶奶也是小朋友，和我在一起，你可以永远长不大。"

"我们家徐医生怎么这么好呢？"许萦搂着他的胳膊，靠在他的肩头。

徐砚程："你是太好哄了。"

许萦："我不好哄，你怎么把我追到手？"

"我是只靠甜言蜜语追到你的？"徐砚程反问。

许萦笑道："不全是，我们徐医生是靠人格魅力追上我的，是对我用情极深追上我的。"

徐砚程没想到她还一本正经地回答了他的玩笑话。

她笑得好看，被明亮的街灯灯光衬得光彩耀目，徐砚程被她的情绪感染，也勾唇笑了笑。

"徐砚程，"许萦把手放到他的风衣袋子里，紧紧靠着他，感叹说，"自从生下小十后，我总在某个瞬间会抽离出去看我现在的生活，就会感叹，难以想象我能过得这么幸福。"

"知道为什么吗？"徐砚程侧头，和她贴得极近，两个人的呼吸已经缠在了一起。

许萦被勾起了好奇心，还真的不知道是为什么。

"为什么？"许萦问。

徐砚程："还记得《傲慢与偏见》最后达西和伊丽莎白对话的场景吗？"

许萦点头。

她当然知道，关于称呼的讨论而已。

许萦不解地问："有什么关系吗？"

徐砚程笑道："伊丽莎白和达西说，如果感到非常快乐、非常幸福，就叫她一声'达西夫人'。同样，如果我感到非常幸福，那一定是因为我爱你。"

许萦会心一笑："是吗？怎么说？"

徐砚程嗓音如风般清冽："徐太太，我爱你。"

她笑着看向徐砚程那脉脉的双眼——他的眼睛清澈得一如五年前回到江都，她在饭桌边和他四目相对的那一瞬——她为他怦然心动。

街边人声鼎沸，他们就这样相依偎着。

徐砚程笑了笑，放轻声音温柔地又说道："小惊，我爱你。"

许萦点头莞尔："我也是，徐先生。"

我也爱你，是刻进生命的爱意。

"回家吧。"徐砚程说。

许萦应了"好"。

许萦想，幸福原理在她这里很简单。

因为她爱他，所以幸福。

番外四

乔俏雨 & 聂津

半夜，乔俏雨满脑子又都是和许萦那次在河边不自觉说出口的话，心里像是有了执念，离婚的念头冒了出来，但又很快被没钱的事实浇灭。

她躺了好一会儿，睡不着，就蹑手蹑脚地拎开被角，撑着身子坐起来，伸手去摸放在床头柜上的手机。

胡摸一通后，什么都没摸到，她不信邪，站到床头柜旁边，把头凑得极近，睁大眼睛努力想要看清手机到底被丢在哪个位置。

"床底。"

乔俏雨恍然地"哦"了一声，伸手顺着毛毯在床底摸了几下，碰到了手机壳上贴的卡通小熊。

她突然停住，慢慢抬起头，和黑暗中灼灼的目光对上，瞬间变成哑巴，咬着唇一声不敢吭。

聂津伸手打开床头灯。不适应光亮的乔俏雨眯起眼，用空的手挡着光，抽出的另一只手慌乱之下碰到旁边的一个箱子，想到里面的工具，她的脸"唰"地红了。印象中前不久才买的那东西，现在已经被用去一大半，她想到这里，身子从腰到腿一阵发酸。

聂津坐起来，套上旁边的睡袍，系着腰带往浴室走去，关门前转身看向她，淡淡地说道："起来。"

乔俏雨被突然醒来的聂津吓到，保持着原先的动作，正傻愣愣地坐在地板上，经过他提醒后，才扶着床边站起来。

浴室里传来水声，乔俏雨裹着被子点开微信，睡前联系的好朋友姜朵拉一直没有回复她消息。

她不安地又问："朵拉，三个月前的那个投资，现在情况怎么样了？"

和前面发过去的二十多条消息一样，久久没有得到回复，乔俏雨心里生出了挫败感。

"不困吗？"

头顶传来聂津低沉而沙哑的声音，乔俏雨下意识地把手机往怀里塞，仰头看向他，在看到他放大的脸时，吓了一跳。她仿佛如他发梢的水珠，顺着他的肌肤滑下，变得越发滚烫。

"困啊……"乔俏雨莫名其妙地有些心虚。

聂津拉过脖子上的毛巾去擦湿发，对她说："我要出国一趟。"

"啊？"乔俏雨盘腿坐好，"又要出差？"

聂津昨天才从国外回来，折腾她一晚，觉都没睡到五个小时就又要走了？

见聂津凝视着她，乔俏雨摸了摸脸，不明所以地看向他。

"最近做了什么？"聂津问。

好不容易攒下的三十万元貌似要打水漂的乔俏雨干笑了几声，拍了拍他的肩头："干吗这么严肃啊？"

聂津环住她的手腕，叠着刚才留下的红艳指痕，把她往他的方向扯。

乔俏雨蹙眉，因手腕传来的丝丝痛感而难受，但忍着一句话没说。聂津加重力度，她也只是呼吸重了些，依旧没抗议。

"怎……怎么了？"乔俏雨弱声问。

聂津意味深长地看着她："没。"

乔俏雨转移话题："你几点的飞机？"

聂津没有回答她，伸手顺开她乱糟糟的头发："我不在家，你乖一点儿。"

乔俏雨脸上堆上笑容，力道软软地捶了一下他结实的胸膛："我当然乖啦！津哥你放心，我已经不是从前的乔俏雨了，现在可是大大的好人！"

聂津被她活泼的语气逗笑，手顺着头发缠着她的发梢，往后拨开，露出她的脖子，上面是草莓印。他用指腹摩挲了几下，捏着她的下巴，把她的视线拉回到他身上，语气含笑地说："确实不像从前了。"

乔俏雨听着这话觉得不太对味，双手捧着他的手腕，微微拉开距离："你这人怎么阴阳怪气的？"

无视她的娇骂，聂津站起来走去衣帽架："早点儿睡，别第二天睡懒觉。"

乔俏雨抱着被子躺好："知道了。"

聂津换好西装，出来时把屋里的灯调暗掉。乔俏雨以为他走了，手在被子里乱摸，找寻她的手机。她还没动几下手就隔着被子被压住，痛感直直传来，她的吸气声在寂静的房间里格外明显。

聂津："我后天回来。"

乔俏雨结巴地问："要……要我去接你吗？"她又自顾自地给自己找台阶，"算了吧，我车技好烂，让司机小哥送你回来吧。"

话才说完，双颊被他捏住，一记极深的吻落了下来，乔俏雨毫无防备，只能承受着，被抵在床上动弹不得。

"到了给你发消息。"聂津揉着她充血通红的下唇说道。

乔俏雨张着小嘴呼吸，缓解供氧不足而发蒙的脑子："知道了……"

她搞不懂他怎么突然要她去接他了？以前他不都是让她在家里等他吗？

聂津坐起身把她塞到被子里，压好被角，笑问："最近不闹着我陪你了？"

乔俏雨仿佛被说中心事，笔直睡好不敢再动："你最近这么忙，我还闹就不懂事了吧。"

"最好是。"他摸她的脸。

轻飘飘的触感让乔俏雨一阵心慌，该不会是自己打的小九九被发现了吧？！

等聂津把房门合上，她咬着下唇，回想自己有没有露出马脚，感觉她演技挺好的，应该没被发现。

她心里安慰自己一番，又心安理得地睡了过去。

一觉睡到下午一点，乔俏雨洗漱完，在睡衣外套上一件珊瑚绒的卡通长袍，去客厅继续窝着。

阿姨正在厨房里弄吃的东西，看见乔俏雨出来，把洗好的车厘子放到茶几上，笑问："太太睡得还好？"

乔俏雨把玻璃碗抱到怀里，塞了一颗车厘子到嘴里，嚼碎饱满多汁的果肉，嘴里全是甜味，才点头应道："一般般。"

她就是身子酸。

"还有什么想吃的东西吗？我给您做。"阿姨和气地问。

她来之前听别人说这家女主人脾气不好，还隐隐担心过，接触下来发现这位小太太不仅长得漂亮，还没架子。小太太偶尔提的要求娇蛮了些，但也不过分，反而令人觉得她很可爱。

乔俏雨斜靠在沙发上，想了一下，说："我想吃糖醋鱼。"

阿姨立马说"好"，拿出手机订鱼，让她再等一会儿，半个小时后就能吃了。

乔俏雨没什么食欲，吃了几颗车厘子后没了兴趣，无聊地换着台，思绪复杂，整个人浑浑噩噩的。

放在茶几上的手机屏幕闪了闪，她伸手去够，好一会儿才拿到手机，接着继续瘫回去。

聂清梨问她："小雨，今晚要不要出门玩？"

乔俏雨没兴趣，懒懒地敲下回复内容："不要。"

聂清梨："怎么了？我堂哥在家？"

乔俏雨："不是，是我好困。"

聂津没个度，昨晚是真的有些过了，她迟迟缓不过来，身子吃不消。

聂清梨惋惜："好吧，我还说我们几个好友一块儿聚聚。"

乔俏雨坐起来，激动地打字："姜朵拉也去？"

聂清梨："嗯，她刚才回复我了，应该是去的，怎么了？"

好哇，姜朵拉回了聂清梨的消息，却无视她的二十多条留言，装死是吧，以为她好骗、好欺负是吧？！

乔俏雨："我也去。你先别和其他人说我去，我也就去坐一会儿。"

聂清梨欢呼："好耶！你知不知道你和我表哥结婚后，就跟从良一样，聚会也少来了？"

乔俏雨抽了抽嘴角："这么严重？"

聂清梨："是不是我表哥对你太严厉了？唉，我哥这个怪脾气能追到你，上辈子拯救宇宙了。"

乔俏雨："你别捧杀我，别人看来可是我走了狗屎运。"

聂清梨："喊，你别理他们。我们家的人这么喜欢你，他们是忌妒。"

乔俏雨经不起夸，敷衍两句后结束对话，怕再听下去心里的负罪感又重了。

用完午餐，乔俏雨一个人闷在书房里画画，差不多到时间了才换衣服出门。

毕竟是去夜场，她选了一条紧身吊带裙，外面套了一件短毛衣，遮住身上暧昧的痕迹，凸显身材的线条，腰肢纤细，在十厘米的小羊皮高跟鞋的衬托下，脚踝的筋微绷着，过分好看。

到了聂清梨订好的包间门口，乔俏雨推门进去，在角落坐下。

聂清梨眼尖，拿了两杯香槟过去，在乔俏雨旁边坐下。

"我说……"聂清梨把乔俏雨的头发撩到胸前，遮住明显的吻痕，"你好歹也注意一点儿吧。"

乔俏雨不以为意地说："尽最大努力遮了。"

她看不见的地方痕迹更多。

聂清梨感叹："真想不到，你和我表哥还真的能成。"

"怎么不能了？"乔俏雨抿了一口香槟，感觉味道不错，又喝了几口。

"家里老人总说我表哥不重情爱，说不定要一个人到老。"聂清梨笑了笑。

这也是聂家的长辈特别喜欢乔俏雨的原因。能让聂津脱单还结婚的人，他们不得多上心？

乔俏雨云淡风轻地说："老人家说得没错。"

聂清梨："嗯？"

乔俏雨："不懂情爱，你表哥一定重情欲。"

聂清梨："……"

一天不"开车"，乔俏雨会死对吗？！

"明天出门逛街？"聂清梨问。

乔俏雨拒绝："你表哥让我明天去机场接他，下次。"

聂清梨揶揄道："啧，你们这感情哪，不知羡慕死多少人。"

乔俏雨转头看着笑得贱兮兮的聂清梨，有话却说不出口。

所有人都觉得她和聂津是恋爱到结婚，确实是这样，但也不全是。

她不知道从恋爱到结婚，聂津走过心没——她是走心了。但也仅是因为聂津比她爸妈对她好，所以她愿意和他在一起，去迎合他所有的需求。

说得难听一些，她需要聂津这棵大树依靠。

所以，她用的心并不纯洁。

乔俏雨正打算转移话题，隔壁一个高昂的女声传了过来。

"你说乔俏雨啊？她蠢死了！我和她说什么，她就信什么。我上次炒股赚了，她直接给我转了三十万块让我帮她理财，你们说她傻不傻？"

乔俏雨捏紧杯脚，听出这是姜朵拉的声音。

"朵拉，你怎么乱说小雨？她平时对你不是挺好的吗？"一个女人说。

姜朵拉："好？你们把施舍认为是好？她那种人从小被娇养着长大，家里暴富，就是个蹩脚千金，没什么素养，不过命挺好的，还能嫁给聂家二少。"

聂清梨听不下去了："姜朵拉怎么可以这样说你？！"

乔俏雨拉住要起身的聂清梨，面无表情，没说话。

"她那样的人，这辈子算废了，从没有自己赚过钱，25岁之前是爸爸养，25岁之后是老公养，就是依附男人而活。"姜朵拉轻哼了一声，语气很是不屑。

"朵拉……你别这样说小雨。"一旁的人怯生生地说，"以前大学你遇到困难，小雨总是第一个站出来帮你的。"

"那算帮吗？"姜朵拉反问，"她借给我的钱，我是没有还吗？她不就是为了显摆自己家里有钱才帮的我？聂清梨被她骗得团团转——人家把她当朋友，她想做人家的嫂子！我要是清梨，都被恶心到了。"

聂清梨攥紧拳头："姜朵拉过分了吧！"

大学时期几个朋友玩得不错，姜朵拉和她还有乔俏雨的关系最好，三个人经常结伴出门玩。她还以为她们真的能做好朋友，没想到姜朵拉竟然是这样的人。

"我要去骂她！"聂清梨气愤地说。

乔俏雨："骂她也没用，她以前不说，怎么特地选在今天说？"

姜朵拉摆明是想要和她决裂，恨不得她就在现场，省得还需要人传话。

聂清梨气得肝疼："你就不管了，任由她骂你？"

乔俏雨喝了一口酒，撑着下巴："不是没有人附和她吗？"

聂清梨："他们敢附和，我直接将他们赶走。"

乔俏雨把酒喝干净，站起身走到门口。聂清梨心急，以为她要走，却见她拿过一杯红酒，款款走了过来。

"小雨……"聂清梨站起来，苦恼着怎么安慰她比较好。

乔俏雨越过她们的卡座，在旁边的卡座前站定。

坐成一圈的五个人被突然出现的乔俏雨吓了一跳，连姜朵拉也是。

"我以为这里是酸菜窖子，某些人散发的酸味怎么这么冲？"乔俏雨往前迈了一步，"我家有钱我也没装穷恶心你吧？倒是你穷得自卑，穿着A货装什么淑女？你以为你这样就能钓到一个金龟婿？你放心，男人们看不上你这种土货。"

当着众人的面，乔俏雨把姜朵拉说得一文不值。

姜朵拉气冲冲地站了起来。

乔俏雨比她动作更快，把手里的红酒往她脸上泼去。

一阵刺耳的叫声在包间内响起，场面一度失控。

"本小姐不缺那点儿钱。三十万块就让你神气成这样？你果然没见识。我花三十万块看你的笑话罢了，你真以为你是什么能人？"乔俏雨拿起手边的另一杯果汁，倾身把果汁从姜朵拉的头顶浇了下去，"你别在我面前蛮横，我乔俏雨这辈子最见不得别人比我还娇蛮。"

乔俏雨看了其余几人一眼，冷笑着说："以后谁还和姜朵拉来往，就别再在我面前蹦跶，我嫌恶心。"

说完，她睨了姜朵拉一眼，拿起手包走出了包间。

一桌子的人在乔俏雨走后才敢大喘气。刚才短短三分钟不到，他们感觉仿佛去地狱见到了阎罗。

几个人把乔俏雨的话听进去了，立马起身和姜朵拉保持距离。

姜朵拉委屈得哭出声来，狠狠地蹬着高跟鞋。她最讨厌乔俏雨这种拿捏身份，一句话就让所有人都听她的话的人。

这边的聂清梨跟着出门，追上乔俏雨："小雨你走什么啊？！要走也是姜朵拉走！以后我们都不带她玩就是了！她的脑子有病，你什么性子我们都懂的，她这是忌妒你！"

乔俏雨骂是骂爽了，走出来的这段路心里却也后悔了。

她了解姜朵拉这个人有着大家不易察觉的自卑阴暗面。要不是三个月前听姜朵拉说炒股赚了钱，作为金融小白的她急于想要用手里的钱赚一笔，她也不会轻信姜朵拉。

现在好了，她夸下海口，一毛钱也拿不回来了，真的成穷光蛋了。

她还离什么婚？今晚没有聂津给她饭吃，她都要饿肚子了。

"我知道，就想一个人静静。"乔俏雨没把姜朵拉放在心里。她从小骄横到大，见过比姜朵拉奇葩的人，吵架也没输过，心里最在乎的还是那三十万元。

"我先回家，改天再约你们。"乔俏雨冲聂清梨笑了笑。

而聂清梨心里头怎么都不是滋味。看着乔俏雨远去的背影，聂清梨受不了这气，拿出手机给聂津打去电话。

乔俏雨回到家，心情郁闷至极。

她缩在沙发角落翻着手机里的联系人，犹豫了一下，点开许萦的头像。

乔俏雨："姐。"

几分钟后，许萦发过来一个问号。

乔俏雨："你们家月嫂一个月工资多少？"

许萦："一个月一万块，怎么了？"

乔俏雨呼吸凝滞："这……这么多？！要不你看看我，我给你带小十！作为他的亲小姨，我肯定比月嫂中用！"

许萦："大小姐，你有各种专业证书？能做营养辅食？能带孩子过夜？能做一桌好吃的饭菜？能伺候我？"

乔俏雨放弃了："前面还能尝试，最后一条劝退我。"

她誓死不要伺候许萦！

许萦："得了你，少在这里开玩笑。改天来家里玩，小十快满月了，你来看看他。"

乔俏雨："好。"

许萦还有事忙，没再回复她。

无聊的乔俏雨就把许萦最近发给她的小十的照片和视频看了一遍，受伤的心灵被小外甥帅气的小脸安抚不少。

乔俏雨属于心情不好就会犯懒不动的人，衣服懒得换，缩在沙发里看着黑暗处一动不动，放空思绪，什么都不想，侥幸地想要换取片刻宁静。

她想到姜朵拉那句"25岁之前是爸爸养，25岁之后是老公养"，心狠狠地被刺痛了。

这一句是实话。

她长这么大，唯一靠自己赚钱的一次还是在大一去做志愿者拿到了餐补，一百块。

家门被推开，乔俏雨被声响吓到，撑着身子坐了起来。

二楼的客厅灯打开，乔俏雨闭上眼睛缓了好一会儿才适应这个光。

她睁开眼，对上了聂津的目光。他穿着一身黑色西装，站在不远处，气场过强，就算不是有意的，她也觉得被压得透不过气来，心里怵了。

聂津看到她的穿着，走向她："穿这点儿，不冷？"

屋子里没开暖气，比室外还要冷。

乔俏雨难过到忘了冷，缩成一团摇头："不……不冷。"乔俏雨问，"你怎么回来了？不是说我明天去接你吗？"

聂津脱掉身上的大衣，解开袖扣放到桌子上，扯开领带，语气淡然地说："出差换人了。"

乔俏雨站起身："这样啊，不用再跑一趟挺好的。那我给你放洗澡水，等会儿啊！"

聂津看着她跑进房间的背影感觉心烦。明明他以前回家她也会这样做，此刻却觉得她这番行为是刻意伪装出来的殷勤样子。

乔俏雨给聂津放好洗澡水，然后去给他找睡衣，贴心地送到门口。

聂津解开衣服扣子，问她："一起？"

乔俏雨愣了愣，明白他话里的意思，支支吾吾地说："不……了，我身体不舒服。"

聂津也没强求，拿过衣服进了浴室。

乔俏雨在隔壁的房间简单洗了个澡，疲惫地躺到床上，想不出自己还能靠什么赚钱。她画的那几幅画根本不值钱……

她认真一想，自己是真的和社会脱节了。

另一边床凹陷下来，乔俏雨侧头看向聂津，心里想，难道自己一辈子只能靠他养了吗？

聂津把灯关掉，下一秒将她拽到怀里。他的手探了过来，她便知道接下来会发生什么事。

乔俏雨不会拒绝他的每一次索取。聂津清楚地知道，所以下手重了许多，而她只是重重地吸了一口气，没有任何反抗举动。

他本就烦的心因为她的反应更烦了。

整个过程中乔俏雨双手都在抖，聂津的力道太重了，她的手腕被他反复蹂躏破了皮，涩涩的痛感占据了她的大脑。

她的腰突然被他拍了一下。

"转身。"

乔俏雨明白这是快结束的意思，听话地转身，还没跪住，就因为他粗鲁的动作扑倒进被子里。

她以为今晚算结束了，他却抵到她的耳边说："再一会儿。"

乔俏雨忍到第三次，没忍住，声音破碎地问："你生气了？"

感受到他周身的气压很低，她以为是工作上的事令他不快。

聂津问她："疼？"

乔俏雨咽下呼之欲出的答案，又问他："你生气了吗？"

聂津捏着她的下巴："不疼？"聂津淡漠地说，"不疼就继续。"

乔俏雨小声抱怨："你肯定是生……"

话没说完，她也说不出口了，接下来是真的很折磨人。

乔俏雨难受得想哭，但硬生生忍了下来。

等到一切结束，聂津起身去了浴室。

门一合上，乔俏雨的眼泪就憋不住地往外涌，鼻子堵得无法呼吸，她强撑着身体坐起来缓解。

一会儿后，她把房间清理干净了。

聂津出来看到干净的屋子，唇抿成了一条线。

没看到乔俏雨的身影，他等了一会儿也没见人回房间，推开房门找了出去。

他在屋子里找不到乔俏雨，以为她出门了，去到玄关却看到她的东西都在，而且手机还在床头柜上。

路过客厅的落地窗，他发现窗帘是拉开的，放轻脚步走过去，看到小沙发上缩成一团的女人，便拉开了门。

乔俏雨被吓得将眼泪憋了回去，看着门边抱着手臂的男人，声音发抖地问："你……你怎么过来了？"

聂津站在门口，对她说："穿鞋，进屋子。"

她穿着睡衣坐在客厅外面，真不怕明天进医院？

"我等会儿……"

"我让你进门。"

他的声音透着不容置疑的意味，平日里她还敢娇嗔上几句，此刻听得出他心中有气，便不敢再反着来，乖乖穿上鞋，扶着栏杆站了起来。

聂津偏身让出位置，示意她先进去。

乔俏雨顶着他的目光，强忍着身子的难受感一步一步走进门。

她走到中岛台边时，聂津拉住她，倒了一杯水放到她的手里。

乔俏雨看着杯子里的温水，在他的监督下将水喝干净，还不忘递给他看。

"喝完了。"她说。

聂津："回去睡。"

等躺到床上，聂津的手又探过来时，她抖了一下，他不会还要吧？！

"你是没有痛感吗？"聂津捏了一下她红得可怕的手腕。

乔俏雨当然疼，但摇头回道："不疼。"

聂津加大力度，乔俏雨身体紧绷。一分钟过去他还真的没听到她喊疼，心有不忍，住了手。

他从床头柜里抽出药膏，给她抹上。因乔俏雨被刺激出生理泪水，聂津停下动作看着她，眼神忽然变得深沉。

乔俏雨吸了吸鼻子："我……我没说疼。"

聂津敛起目光，把药膏丢到柜子里，扯出湿纸巾擦干净手。

"我没说疼。"乔俏雨怕他不信，又为自己辩解了一句。

聂津压着她的肩膀，居高临下地盯着她。

"我……"乔俏雨脑子卡壳，"没说疼。"

聂津："你就不怕我再捏下去你的手废掉，不能再画画？"

除了画画凑合着能看，毫无其他特长的乔俏雨红了眼。

不能画画，她是真的不知道能靠什么养活自己了。

"我……"乔俏雨使不上力气。

聂津："你说疼我又不会笑你。"

乔俏雨红了眼："你会嫌弃我。"

聂津不解。

他有这么刻薄？

乔俏雨情绪紧绷到极点，忍不住把憋在心里的话全说了。

"然后你会抛弃我。我被抛弃了能做什么？我养活不了自己。我是个废物了……"

聂津揩掉她的眼泪，被弄得手足无措："别哭了，难看。"

听到这句"难看"，乔俏雨彻底破防，眼泪流得更凶了。

"别哭啊，我不是那个意思。"聂津服了这位祖宗，把她抱到怀里，拍了拍她单薄的背，"你不是疼吗？哭了不是更难受吗？"

"津哥……"她哭得声音断断续续的，"今天有……有人骂我。"

聂津早听聂清梨说了现场的情况，但还是耐心地问："说了什么？"

乔俏雨本来是打算自己消化负面情绪的，但不知道怎么的，就是想要向聂津"告状"，好像这样才好受一些。

"那个人是我以前的朋友。她骂我是个废物，说我这辈子只能依附别人而活。她还骂我是好骗的傻子。"

"为什么？"聂津继续问。

乔俏雨止住声音："我……"

聂津看她的眼神太犀利。似乎他早已掌握一切情况，只有她还在自欺欺人。

乔俏雨不敢看他："因为她骗了我三十万块。这是我从高中就攒的零花钱，是我的钱。"

她越说，声音越小。

"你为什么给她三十万块？"聂津问。

乔俏雨："我……也想赚钱。"

聂津："仅此而已？"

但凡换一个人这么问她，她都会心安理得地撒谎。可看着聂津这双锐利的眼睛，她愣是一句假话都说不出口。

"嗯。"乔俏雨垂下了头。

聂津将大掌放在她的脖子后面，让她不得不抬头看他。

"赚了钱然后呢？找我离婚？"

"我没有，你别乱说。"被戳中心事的乔俏雨抱住他，靠在他的颈窝里，习惯性地夸他说，"你这么好。"

聂津松开手，没有回应她的拥抱，嗤笑说："乔俏雨，下次撒谎多用点儿心。"

乔俏雨身子一僵，不明白哪句话出卖了她，嘴硬地狡辩："我没有撒谎！"

聂津闷闷地笑了一声："真的以为我是傻子？"

乔俏雨揉着他的衣袖，不敢再接话了，玩不过心思深沉的聂津，多说一句都是错的。

"还疼不疼？"聂津拉过她的手，碰了一下伤痕。

乔俏雨指尖蜷缩了起来："我……"

聂津："说实话。"

乔俏雨："疼。"说完，她拽住聂津的袖子，"但我不是那个意思！"

"哪个意思？"聂津抬起眼皮看着她。

乔俏雨不好意思地觑他一眼，头抵在他的肩膀上："反正……我能受着。"

聂津顿住，忽然想到两个人领证前一晚的谈话。他说他需要夫妻生活，甚至会很频繁，会对她下手很重，因为有着轻微的某种喜好，问她能不能接受。

当时乔俏雨也就呆了几秒，然后点头小声说："能。"

聂津笑了笑："我没说不能喊疼。"

他们也约定过安全词，她就是忍着没说过一次。

乔俏雨抠了抠掌心："会扫兴的。"

"你说疼是一回事，我继续是另一回事，不会扫兴。"聂津见她的掌心被抠得通红，拉开了她的手指。

乔俏雨听明白这句话的意思了，瞪着眼睛看着聂津，觉得他真不是人。

"小雨，"聂津柔声叫她，"你不需要一味迎合我。"

乔俏雨眨巴着眼睛，答不上来。

可她需要依附着他生活啊，那不就得迎合吗？

"迎合得蹩脚。"聂津毫不留情地评价，"我不傻，看得出来。"

乔俏雨已经无路可退，欲言又止，看他片刻，才说："看……看出什么了？"

她屏住呼吸等着他的一个答案。

聂津漫不经心地说："我知道你从恋爱到结婚只用了半分心，也知道你说的甜言蜜语都是哄我的。"

"我……"

"你只想尽快逃离你爸妈身边，我只是你的一条逃路。"

乔俏雨被他揭露出真实想法，又不甘心，固执地说："不是的！"

聂津："不管是不是，你已经选择了，又想随时跑……我没这么好骗。"

他不是什么慈善家。

所以聂津一直知道她的目的，不过是一直陪她演着。

乔俏雨讪讪地松开手，不敢再去抱他。真面目已经被知道了，再这样下去他也只会觉得她是演的吧。

聂津要和她提离婚了吗？

想到这里，她很不好受。

"津哥……"憋了半天，她仍没组织好一句话。

聂津："你三十万元炒股就不怕亏了？再说了，三十万元能给你赚多少钱，够你生活几年？"

乔俏雨："我……我可以在这期间找工作。"

"你能胜任哪份工作？"

"津哥你也看不起我吗？"乔俏雨的眼泪"哗啦啦"地落下，她把头埋到枕头里，不让他看到自己失态的样子。

被在乎的人否定，她感觉心脏抽得生疼。

聂津把她拉出来，擦去她脸上的泪水："我没有看不起你的意思。"他

从抽屉里拿出一份合同，

"你要是不想在家里待着，就去这里。"

乔俏雨翻了翻，太多专业名词看不懂，但知道这是一份收购合同，收购的是一家画廊。

"你不是喜欢画画又嫌弃自己画得不好吗？"聂津说，"在这个画廊里，你可以做你想做的事。替人办画展也好，签一些画家也好，只要你开心。"

"果然，他们说得没错，我 25 岁后只能靠老公养着。"

聂津："谁说免费给你了？"

乔俏雨松开合同："我……我可没钱给你。"

聂津："等你的三十万块回来了，打到我的卡上。"

不说这事还好，乔俏雨想到打水漂的三十万块，心疼得不行。

"能回来吗？"乔俏雨心死地问。

聂津："看手机。"

乔俏雨去找自己的手机，看到半个小时前有短信提示到账三十万元。

她难以置信地看向聂津，却见男人神情寡淡。

微信弹出几条消息，她匆匆打开。

姜朵拉："乔俏雨对不起，我不该骗你的钱，也不该对你说那些话。"

后面还有一大堆忏悔的话，讨厌小作文的乔俏雨懒得看，直接把她删了。

"你找人威胁她了吗？"乔俏雨能猜到是聂津背后动了手脚。

聂津把她的手机扣到桌面上："报警就好，用不着特地找人对付她。"

乔俏雨碍于面子不敢再提拿回三十万元的事，如今失而复得，心情好转了些。

"你真的报警了？"乔俏雨问。

聂津点头："我说有人骗我老婆的钱，我老婆人比较傻，急哭了。"

乔俏雨脸微红，推了他一下："我才不……"

想说自己不傻，但仔细想了一下，她确实很傻。

"津哥，谢谢你！"乔俏雨含泪抱住他。

聂津任由她扑过来，问道："还想离婚？"

乔俏雨怯懦地瞥他："你不气我吗？"

从谈恋爱到结婚，她确实是故意在讨好他，就是怕被抛弃，说的喜欢和爱多少带着欺骗的意思在里面。

"我吃的亏自己讨回来，没什么好气的。"

感受到他的掌心在摩挲着她露出的腰，她绷着身子不敢再动。

如果这样算，乔俏雨觉得她才是吃亏的那个。

乔俏雨不再计较亏不亏，感动地说："津哥你真的很好，是对我最好的人。"

见不得她卖可怜，聂津捏了一下她的脸："以后能不能再对我多半分真心？"

乔俏雨认真地点头，急忙表明心意："能！"

聂津拉过被子，环着她躺下："睡觉。"

乔俏雨手脚并用地抱着他，想了一会儿，说："津哥，真的好喜欢你。"她补了一句，"这句话全是真的，没有半分假意。"

他揉了揉小妻子的脑袋："知道了。"

乔俏雨："你喜欢我吗？"

习惯她直白又傻气的问话，聂津笑说："喜欢。"

乔俏雨是娇蛮了一些，但为人不差，就算没有真的喜欢上他时，也对他很好。她陪他去治病，不停地说好话鼓励他，虽然有些话听起来很浮夸，但对他受用；她还愿意耐心地陪他减肥，就算吃不到喜欢的零食，心情不好，也憋着气坚持下来；她甚至不允许任何人诋毁他，听到别人说他的坏话，总是第一个站出来维护他。这样的乔俏雨，他深深地喜欢着。

只是她的小脑袋里顾虑太多，她总担心被抛弃。他本是想逼她坦诚，却不忍心再捉弄她，希望她多开心些。今晚他甘愿对她说这些好话，是想要她继续去做没心没肺的乔俏雨，去做那个他爱着的乔俏雨。

他在她耳边说："早在你只用半分心时，我的整颗心就都是你的了。"

乔俏雨笑了，紧紧贴着他。

她喜欢他的告白。

番外五
容青筠 & 岳泽

岳泽百无聊赖地坐在卡座沙发里，手里的烟燃出一截烟灰。

方激昂双手捧着烟灰缸递到岳泽的手下方，讨好地叫了一声："岳哥。"

岳泽把烟搭在烟灰缸的边沿，随意地弹了弹，重新咬回烟，吸了一口。

方激昂猜不透这位爷的想法，怯生生地问："要不我给棣哥打个电话，让他过来和您喝两杯？"

这家清吧是吴杰棣前段时间开的，开在这里纯属是因为接近大学城，客流量好。往常他们几个聚会都会在西街那边的娱乐城里，很少跑到这边的酒吧。不知道怎么的，自从开业后，岳泽三天两头过来，有时坐一整晚，有时坐十几分钟。

岳泽无视他的话，下巴小幅度地仰了仰："那女的哪儿来的？"

方激昂伸长脖子往下看去。

舞台上，乐队正在演出，五个人里三个女的，方激昂也不知道岳泽说的是哪个。

"他们是自己报名来的，经理把过关，才签他们做驻唱。"方激昂大略地回了岳泽的问题，说完惴惴不安地偷看他，等他发话。

岳泽把杯子里的酒喝完，盯着下面的人不说话了。

这给方激昂搞怕了。

在岳泽看到吴杰棣走向这边，冲他摆了摆手，示意他可以先走了时，方激昂就差跪下来叩头谢恩了。

吴杰棣坐到岳泽旁边，顺着他的目光扫了一眼舞台，起了话头："没想到这些年没见她，人都大变样了。"

岳泽微微皱眉，自己又倒了一杯酒，闷闷不乐地喝完，随口吐槽道："丑死。"

吴杰棣哼笑："阿泽，这句话可不厚道。当年大学你又是红头又是蓝头，人家青筠嫌弃过你？别染回了黑头，你就背后说别人的坏话。"

"老子宁愿她以前没这么多烂好心。"岳泽语气里满是厌恶之意。

吴杰棣摇了摇玻璃杯里的冰块，说："都这么嫌弃了，你还三天两头跑来我这里看人，挺委屈你的。"

被戳中心事的岳泽脾气上来了："谁说我是看她的？！"

吴杰棣笑而不语，见乐队下台，把下面候着的大堂经理叫了上来。

等吴杰棣走回来，岳泽问："你和他说了什么？"

"你不是不关心吗？我说什么不重要吧。"吴杰棣抱着手，又说，"怎么说青筠也是我的半个员工，我给予适当的关心不是很正常？"

岳泽冷嗤："你到底哪边的？"

吴杰棣："哪边都不是，我开门做生意的。你是我的朋友，青筠是我的老同学，不冲突。"

有冲突的只是他们。

岳泽看着吴杰棣："行，算你狠。"

待岳泽拿过外套潇洒地转身离开，吴杰棣低笑着摇了摇头。明明还翻不过容青筠这页，却在外装潇洒，岳泽这毛病什么时候才能改？

岳泽走到酒吧外，就看到一头惹眼红色头发的女人背着黑色吉他包，站在她对面的是个男人——她的前夫——齐骁彦，也是他的表侄子。

岳泽瞬间感觉心烦气躁。

不知道两个人说了什么，齐骁彦伸手替容青筠拿过吉他包。他笑着说话，容青筠自然地收下他的示好表示，可脸上依旧是那副淡然的表情。

齐骁彦余光看到岳泽，对容青筠说："我小舅舅在马路对面。"

容青筠缓缓眨了一下眼睛："我知道。"

齐骁彦有些话憋在心里许久，见眼下时机不错，连忙说道："青筠姐，你要是有需要就告诉我，我也可以去给小舅舅解释我们之间的关系。"

容青筠想都不想便拒绝了："不用。"

亲自解释算什么？或许他根本不想知道呢。

"你们这样……"齐骁彦心有愧意——毕竟当初是他一直缠着容青筠帮忙。

岳泽和容青筠刚毕业那年，齐骁彦急需一个人结婚稳住家里的老人。知道两个人正在闹分手，而且容青筠急需一笔钱，他实在是走投无路了，才和她提出协议结婚。

当然，这其中也有一些他不为人知的心思。不过他现在已经放下了，是真的想两个人能和好。

"是我的选择，你不用有负担。你也说过我们只是合作关系，我和你结婚，你给我一笔钱，没有那笔钱，小柯可能连那个冬天都挺不过去。"容青筠面上没有任何波澜。

这几年她已经完全把事情想通了，早没这么多心理压力了。

齐骁彦苦涩地笑了笑："青筠姐，对不起。"

他害得她被无数人在背后议论。

容青筠不喜欢和太多人交心，不愿意深聊太多曾经的事，转而问他："你回国，香然呢？"

提到喜欢的人，齐骁彦脸上的笑意深了许多："她明天的飞机到，改天我们一起吃顿饭？"

容青筠没说准确的答案，含糊地说了一句"看时间"。

他们只是协议婚姻，结婚后她在国外定居，齐骁彦多数时间在国内，偶尔会去看她一次。虽然他和顾香然坦白过他们之间的关系，容青筠还是会刻意和他保持好距离，不想让顾香然误解。

齐骁彦提议送她回家，容青筠本想拒绝的，想到对面马路上正在关注这边的男人，又笑着说"好"。

半个小时后，车停到了小洋楼的院子门口，齐骁彦伸头出去看了看，问道："是新买的房子？"

容青筠："嗯，小柯马上要从疗养院里出来了，我希望居住的环境能好些。"

齐骁彦望着身边的女人欲言又止，想问她钱够不够，最后还是没多问。认识十多年，他了解她的性子。她肯定全部规划好以后的生活了，和他提出的交易金额一定也是打算好的，不会不够用。

容青筠有意避嫌，没有邀请他进屋子坐。

她扶着车窗俯身看着车里的齐骁彦，思索片刻后说道："祝你和香然幸福，希望下次见面能听到你们的好消息。"

聪明人齐骁彦怎么会不懂容青筠话里的暗示之意？他点头，说道："好，青筠姐，你有事随时可以找我。"

容青筠转身进了屋子。

回到家，她洗完澡，随意擦了擦湿润的长发，倒了一杯红酒坐在客厅里调出一部纪录片，准备打发睡前时间。

桌上的手机闪了闪，她拿起来查看。

秦樱给她发来消息："今晚有空？"

容青筠："我说没，可以？"

秦樱："你家地址给我，我过去。"

容青筠知道秦樱要见她的目的，靠在墙上回复她："吴杰棣要是有事问我可以直接说，不用特地派你做中间人。"

秦樱："我以朋友的身份联系你，不是以岳泽的朋友的妻子这个身份联系你。"

因为岳泽和吴杰棣的关系，容青筠和秦樱的私交也不错，还没出国前，两个人也常出来聚餐。

容青筠发去定位："到小区门口给我打电话，我让保安放行。"

秦樱："离我家很近，二十分钟内就到！"

容青筠放下手机，从冰箱里找出吃的东西坐等秦樱。

二十分钟一到，秦樱摁响门铃。

容青筠打开门看到她两手空空，调侃地问："什么都没带？"

秦樱不屑地"啧"了一声："我是客人，带什么？"

容青筠带她上到三楼，说："去别人家做客带礼不是常识？"

"拉倒吧容青筠，你和我还讲究这些？"秦樱翻了一个白眼。

秦樱不客气地逛起了她的房子。

容青筠就跟在秦樱身后，不觉得被冒犯到，反而来了兴致，给秦樱介绍房屋设计的想法。

"你回来有什么打算？"秦樱挺喜欢容青筠的房子的布置，在得知设计师是许萦后，谋算着要不也请许萦给他们的房子整改一次。

容青筠："签了唱片公司，给他们写歌、编曲。"

秦樱："就这样？"

容青筠靠在中岛台的边沿，摊手说："还不行？"

秦樱："我听说你回来不是去一中做了老师，怎么突然改路子了？"

秦樱指着她那一头玫瑰复古红的发色说。

"这个啊……"容青筠浅笑，"好看？"

秦樱盯着容青筠的脸，真心说："你这张脸穿麻袋都好看。"

"不是找我叙旧吗？多喝些。"容青筠给她倒酒，在对面坐下。

秦樱酒量一般，聊着往昔的事不小心喝多了。

几杯酒下到肚子里，她看容青筠都快有重影了。

"青筠，你后悔过吗？"秦樱大着胆子问她。

容青筠愣住，迟迟才说："不后悔。"

秦樱惋惜地叹气："最近我听到别人议论你，挺不好受的。离婚又怎么了，女人离婚犯法啊？"

容青筠不在乎别人怎么看她，云淡风轻地问："岳泽也这样想？"

秦樱终于听到她提岳泽的名字了，坐起来，磕磕巴巴地说："我……不知道。"

秦樱听吴杰棣的意思，岳泽一个话痨最近把自己闷了起来，更别说想从他身上得到其他消息了。

"他知道的。"容青筠勾唇笑了笑。

秦樱趴在桌子上："你为什么偏偏是和齐骁彦结婚呢？换一个陌生人都好。"

"你喝醉了。"容青筠给吴杰棣发去消息，让他过来接人。

容青筠扶着秦樱走到楼下。

秦樱靠在她怀里，问："青筠，你真的不后悔吗？你和岳泽在一起时，那么多人说他不好，说他是个混子……闲言碎语你都不怕，偏偏在他要好起来之前，毅然决然地离开了。"

明明当初他们不是非得分手，明明一切都还有可以回旋的余地，只要容青筠再等一等，岳泽就能兑现对她的所有承诺了。

可这也只是美好的假设，最坏的事情已经发生了。

"青筠，阿泽这些年过得很不好。"秦樱在吴杰棣快要走到她们这边前，苦笑着说道。

容青筠没有回答，站在门口目送夫妻俩离开，拉了拉身上的开衫，望着墙角上方的夜空，自嘲地轻笑了一声。

她今晚对秦樱撒谎了。

她后悔过，但只后悔过两件事：一件是和岳泽在一起，另一件是和岳泽分开。

时至今日，她更多的还是想着，如果没开始多好，他们都不会这么累，也能过得轻松些。

他们要么不开始，要么不结束，不然留下的只有无尽的痛苦。

她的想法很极端，却是这段感情的最优解。

但她不想把自己的心剖给任何人看，所以才说"不后悔"。

她转身要进院子时，看到昏暗不明的道路不远处有一道熟悉的身影。他颓废地靠在墙边，地上全是烟头，味道冲她都能闻到。

她不知道是第几次在家门口见到岳泽。

往常她都假装没看到，今天忽然就不想装了，把手伸到衣服口袋里，转向他的方向，透过黑暗夜色看着他。

岳泽停下动作，明显是注意到她在看他。

见容青筠一步一步走过来，岳泽不禁捏紧手里的烟盒。塑料的边角刺疼他的掌心，他只顾着愣愣地看向走来的女人，喉咙发紧。

容青筠站定在岳泽面前，抱着手臂看着他，神色自若，没有因为再次见到前任男朋友而表现得狼狈。

容青筠："有事还是路过？"

她语气自然，就像在进行日常对话。

岳泽垂下眼皮，遮住眼底的所有情绪，冷声说："路过。"

容青筠偏开身："请便。"

然后她转身就走。

"容青筠。"岳泽忍无可忍，叫住了她，警告说，"适可而止。"

"你大半夜蹲在我家门口，就是教我做人哪。"容青筠语气也冷了下来，"你以什么身份对我说这些话？"

岳泽看了她一眼，飞快地移开目光："把头发染回去，驻唱那边也别去了。"

容青筠："我没碍着你吧？"

"你没听到那些人怎么说你的？"岳泽竭力抑制着自己的怒火，声音压得极低。

容青筠讥讽道："将头发染回去又怎么样，不去驻唱又怎么样？反正我身上被诟病的地方可不止这些。光是离婚，也够人家背后说我一辈子了。怎么了？岳先生连前女友身上有污点都不能忍受啊？管这么宽的？"

"够了！"岳泽失控地掐住她的双颊，紧绷的指节发白，却不舍得加重力度伤害到她。

本来就难以隐忍的情绪翻涌而来，容青筠拍开他的手，愤恨地说："那些话你越是不想听，我越是要你时时刻刻都能听到。"

岳泽哑然失笑："你这样做，有什么意思？"

"没意思，我喜欢。"容青筠偏执地说道。

她不愿意再和岳泽纠缠，利落地转身离开。

直到回到院子门口，她也没听到他追上的脚步声。

容青筠心灰意懒地深吸一口气，缓解胸口忽起的闷疼感觉。

"你为什么要和齐骁彦结婚？"几米外的岳泽问出了今晚最想知道的问题。

容青筠指着身后的宅子："看到了吗？理由很简单。"

岳泽摇头："你需要钱就不会和我在一起了。"

容青筠："谁没有犯傻的时候？我的家境以前也不差，我可没办法跟你过苦日子……"

"别说了。"岳泽打断她的话。

他只是想要一个答案，不想破坏她在他心里留下的印象。

"早点儿休息。"岳泽敛起目光，往另一个方向离开。

容青筠嗓子干疼，满腔的委屈情绪恨不得全部倒出来。她对他喊道："我做的一切事情就是恶心你的！因为我讨厌你这个懦夫！"

岳泽停下了脚步。

她继续喊："现在你一定很烦听到那些闲言碎语吧？别人对我无下限地指指点点，让你觉得很厌恶吧！你不是觉得对不起我吗？那你就一辈子活在愧疚感里吧！"

岳泽转身快步走到她跟前，把她拽过来，冲她发火："容青筠你闭嘴！"

他的动作太过于突然，容青筠差一点儿摔到地上，被他拉着胳膊才勉强站住——他也扯疼了她。

"凭什么不让我说？！岳泽是你先放的手！你没有任何资格说我！"容青筠鼻子酸涩，忍住要掉下的眼泪，眼角猩红，"听着这些话你很难受是吧？你想过我当初的心情吗？每一天每个人都在告诉我你有多烂，无数人消磨着我的情绪，没有任何祝福话语，连最后你都这样对我。你让我觉得我是个小丑，让我觉得我对我们的感情的坚持变得一文不值……我宁愿你没招惹过我。"

"别说了好吗？"岳泽语气带着哀求之意。

他心中是愧疚的。他某个瞬间的怯懦行为伤害到了最喜欢的她，等到缓过神来时，她已经离开了。

"青筠，对不起。"岳泽放开她的手，嗓音嘶哑，夹杂着复杂的情绪。

容青筠："谁稀罕你的道歉。你也不用再往疗养院打钱，我不需要你的钱。我自己能把小柯照顾好。"容青筠毫不留情地转身进了房子。

岳泽看着她的背影，脑海里全是齐骁彦和他说的话。

自从容青筠离开后，他就活在无尽的愧疚情绪里。

是他太差劲，所以当年她遇到事情才不敢和他说，怕他的处境更难。

如今他们闹成这样，是真的结束了吗？

岳泽是不甘心，却不知道能怎么挽留她。

和岳泽再一次见面后的争吵让容青筠辗转难眠。

天才蒙蒙亮，她就给齐骁彦打去电话。

"嘟"声响了很久，齐骁彦接通电话。

容青筠直截了当地问："你找过岳泽？"

齐骁彦顿了顿，心虚地应道："嗯……"

她烦闷地揉了揉眉心："你不该和他说这些。"

齐骁彦："青筠姐，你为了小舅舅做了这么多事，为什么不告诉他？如果你不解释就一直让他误会吗？你不该承受这样的误会。"

容青筠笑了笑："反正我们心里清楚就好，我并不感觉这有什么。"

她做了选择就不会后悔，并不想拿出来博同情。

当年岳泽的母亲因为被抛弃而抑郁离世，岳泽和父亲的关系弄得很僵，大学差点儿缴不上学费。后来他铆足了劲儿要创业挣钱，而她急需一笔钱——她不想因为自己搅乱岳泽的计划。说是自我也好，她就是不想岳泽为她低头。

"我……没有让你为难吧？"齐骁彦抱歉地问。

容青筠："什么时候的事？"

齐骁彦："两年前，我们第一次商定离婚的时候，我就去找了小舅舅。"

"全部说了？"

"全说了。"

怪不得两年前开始，她的卡上总会莫名其妙地多出一笔钱，备注是"小柯的医疗费"。

起先以为是齐骁彦打的，后来钱的数目对不上，她才查到是岳泽打的。

"小舅舅找你了？"齐骁彦问。

容青筠："嗯，找我吵架了。"

齐骁彦更抱歉了："对不起啊，我不知道会把你们的关系弄得这么僵。我就想着这些年你也没放下小舅舅，倒不如……"

容青筠打断他的话："不可能了。"

昨晚之前她可能还侥幸地想着或许有机会再和他在一起吧，现在已经完全不敢再去想了。

曾经的伤害过深，他们陷在愧疚情绪里，出不来，怎么还会在一起？

电话那头的齐骁彦沉默了，挂断电话前又说了一声"对不起"。

容青筠倒在被子里，丢掉复杂的思绪，洗漱好吃完早餐下到一楼工作室开始改歌词。

忙到晚上六点，她和乐队的人碰头，然后去驻唱的清吧做演出前准备。

她走上舞台，看到了上面懒散地靠着栏杆站着的岳泽。他不再像以往悄悄地打量，就是这样直勾勾地看着她。

容青筠无视他的视线，结束演出后背起吉他从后门离开。

看到路边站在车旁的岳泽，她无视他要离开，被他叫住。

知道事情被岳泽知道后，容青筠面对他少了底气，不想多停留。

而他早预料到一般，直接把她的路堵住了。

"起开。"容青筠漠视他。

岳泽："你今天给齐骁彦打电话了？"

容青筠："他怎么什么都和你说？跟小孩告状似的。"容青筠想要快点儿甩开岳泽，出口的话略微刻薄，"是，打了，怎么了？我和我前夫通话碍着你了？"

岳泽面露不喜之色，端视着容青筠，正要开口，被从后门出来的人打断。

"以为岳少来夜场这么频繁是有想追求的姑娘，没想到还念着旧情人哪。"一个穿着花衬衫的男人吊儿郎当地插兜走出来。

旁边的小弟应和："岳少也是深情，都离婚了也愿意接盘，接的还是外甥的盘。"

容青筠看着岳泽表情越发冷峻，准备上前怼回去。在她行动前，岳泽却比她还冲动，拎起那人的领子，他的拳头就要往那人脸上招呼去。

"岳泽！"容青筠叫停他的动作。

岳泽突如其来的动作把那人吓得不轻。

容青筠拉开两个人，冷冷地开口："还不滚。"

岳泽打起架来凶残得很，两个人不敢再逗留，转身离开了。

"有了钱也改不了粗鄙的行为是吧？"容青筠挑着最刺耳的话说。

岳泽轻蔑地笑了笑："是啊，老子就这副德行，你当年不还是爱得要死要活的？"

容青筠了解他的脾气，不在他的怒火上浇油："我走了。"

她才转身，他就拉住她的手腕把她往他的方向拽，不讲理地说："你可以继续，反正我听到谁嘴巴不干净，就揍一顿。"

容青筠眼皮一跳。

他这做法比地痞流氓还过分。

而后，容青筠说："管得太宽了吧，岳少。"

岳泽："你不是最爱报恩吗？当年你也没嫌弃过我，作为报答，我揍个人也没什么。"

容青筠气笑了："不讲理。"

"反正是互相折磨，谁还不会？"岳泽不以为意地说。

容青筠和他说不通，不愿多交流。

他直接拉住她："我送你。"

她微微挣扎，直接被他拦腰带走。

容青筠推了他一下，却推不开，心想，这人怎么还是这么粗鲁，和当年追她时一样不要脸。

坐上车后，容青筠不满被他随意掌控，板着脸目视前方："岳少是找我消遣来的吗？我就算是破鞋了，也不是谁勾勾手就摇着尾巴过去的。"

他踩下刹车，容青筠被吓了一跳。

岳泽打了一圈方向盘，车子拐进路边的停车位。

"你疯了吗？！"容青筠捏紧安全带，一颗心狂跳不止。

"啪嗒"一声，岳泽解开安全带俯身过来，捏着她的下巴："你再说一句，真以为我不敢办了你？"

容青筠贴在椅背上，想和他拉开距离。眼见岳泽越逼越近，她偏开脸，躲过他要落下的吻。

"从今往后，收起你对我的烂好心，我还不至于落魄到要你牺牲来成全。"

他一句话，否定了她所有的付出。容青筠红了眼，强忍着才没失态。

岳泽说完这话就后悔了，在看到她眼底泛红后，恨不得扇自己一巴掌。

587

他明明是心疼她曾经太懂事，说出口的话却完全违心。

"岳泽，结束吧。"容青筠吐出的每个字似乎都要把她的喉咙割开，疼得难受。

她张口又说："好像再纠缠也没意义了，不如结束吧。"

岳泽没作声。

心底生出的恐惧情绪让他回想到她离开那天的情景——他以为是她厌恶透了他，却不知道她也有自己的苦衷。

他开着车把她送到了她家门口，一路沉默。

在容青筠拉开车门要走的那一瞬，他终是忍不下去了，开口道了歉。

"对不起。"岳泽声音飘忽。

容青筠："没有什么好对不起的。"

岳泽摇头："是我让你谈了一段很糟糕的恋爱。如果当初少这么一点儿自我怀疑，或许，我们也不会像现在这样。"

容青筠不想对此评论，因为她的心中认同这句话。谁都可以怀疑她的喜欢，但岳泽不可以。偏偏那时，他还是这样做了。

"说一些挽留的话，应该很可笑吧，"岳泽望向她，"但我不知道还能怎么去弥补。在齐骁彦找我之前，我一直埋怨我对你伤害太深；他找了我之后，我更是讨厌自己。如果我稍微再努力这么一点儿，你应该会过得很开心。"

是他没有兑现当初追她时的承诺。她没有在他这儿获得开心，反而因为他承受了无数流言蜚语。

"过去了。"容青筠总是这样说。

岳泽将头埋了下来，抵在她的肩膀上，说："可我过不去。自从知道你的事情后，我每天都想去找你。我想告诉你我有能力照顾你了，却又怕你早已翻篇了，只有我还死死钉在过去。"

车内一片寂静，她抿紧唇瓣，感受到男人狂烈的心跳。

接着，他自顾自地说了很多话："筠筠，你的红发很好看，你唱歌也好听，在舞台上的样子很好看。可我一想到你是故意气我才这样，就不知道该不该喜欢你这样。"

他的黯然神伤令她心碎。

容青筠觉得自己好傻，非要学岳泽当年不正经的模样让别人议论她给他找不自在，一时间不知道到底谁伤害了谁。

"翻篇要是这么容易，我是发了什么神经给你找不自在？"容青筠说，

"你追我时说了一堆好话，都是骗我和你在一起的吧？"

"怎么会？！"岳泽是真的恨不得给她最好的一切东西。

"你也没找过我。"

还是她气不过跑回来的。

岳泽："我怕……我是真的破坏了你的幸福。"

"后来也没有。"

"对，你为了我忍让了这么多，我曾经还气过你。我就是个不折不扣的小人。"岳泽解开她的安全带，不知道能怎么办，把她搂到怀里，想要平复那一颗浮躁的心，"筠筠，以后不会了，好不好？"

容青筠迟疑许久，最后抬起手放到了他的背后。

"厌货。"她咒骂了他一句，"我从没生过你的气，你怎么就不能大胆一些？"

岳泽抠着她的肩膀，如鲠在喉。

先说喜欢的是他，她从来没有因为别人的诋毁而放弃喜欢他。

"对，我厌。我是个只会私底下悄悄难过的傻子。"

容青筠陪他经历过所有黑暗的日子。他母亲的离开和父亲的冷淡让他变得敏感，她能明白他的心情。

"以后呢？"容青筠问。

岳泽："不放手，你就算讨厌我，我也不要再放手了。"

他不会给她讨厌他的机会，要把这世间所有的好、所有的甜都给她。

和岳泽抱了好一会儿，容青筠推开他，摸了摸自己的头发："明天我去染回来吧。"

她就不硌硬他了。

岳泽笑着摇头："就这样，好看的。"

年少时，他叛逆地染了红头发，连吴杰棣都刺他几句，只有容青筠每天换着花样夸他帅。

他又把她捞回怀里："特别好看。"

"别抱了，在路边停多久了？"容青筠受不了他的黏糊劲。

岳泽却不放手："筠筠，我想这样抱你很久了，久到让我害怕时间的流逝，怕再见到你，你真的把我当陌生人。"

容青筠被说得心软，没有再拒绝，伸手回抱住了他。

"还怕那些流言蜚语？"

"不怕了，流言蜚语算什么？所有的一切都抵不过你重要。"

容青筠微微一笑，因为他的话，心里好受了些。

"大不了明天我也去染头发，就和你一个颜色。"岳泽傲气地说。

"会不会被人议论、嫌弃啊？"容青筠都不敢想那个画面。

岳泽："那这一次我们就一起被议论吧。"

容青筠挑眉："真的？"

岳泽开起玩笑："要不你想染蓝色？"

"别了，多换几个颜色，我们都成精神小伙儿了。"容青筠拒绝，就这个发色挺好的。

岳泽："随便了，让他们说吧。"

岳泽含笑地看着她久违的笑容，得到了极大的满足，目光追着她不放。

他只要他们还相爱，在是非中相爱，也不是不可以。

番外六
奢望成真

徐靳识在 4 岁时，终于能上幼儿园了。

入园的第一天，天亮没多久，徐靳识就穿戴整齐，身上是幼儿园发的校服，趴在床旁边，下巴搭在床沿上，盯着还在闭着眼睛的妈妈看。不见有动静，他叫道："妈妈，起床了。"

许萦早醒了，不愿意睁开眼，抬手搭在额头上，转身面对儿子，心情无奈。

"妈妈困。"许萦把被子拉到肩膀上，睁开眼睛。

徐靳识看到妈妈眼里的红血丝，被吓了一跳，慌张地问："妈妈你怎么了？"

许萦眨眼缓解眼睛的干涩感觉："没睡好。"

徐靳识小大人一般深沉地说："妈妈又熬夜工作了！奶奶说你总不爱惜自己的身体，是不对的！"

许萦享受着儿子的关心，为自己辩解："不是熬夜工作。"

徐靳识皱眉："是不是爸爸又让你扮演患者，练习问诊了？"

许萦："……"

许萦熬夜工作怕被小大人的儿子念叨，常常谎称是陪徐砚程钻研医术给他扮演患者。

也不怪徐靳识，在孩子的印象中，爸爸是个白天忙着救治病患，晚上

591

努力钻研医术的好医生。

许萦解释不上来，习惯把难解的问题丢给徐砚程。

"徐医生！"许萦冲着里面喊人。

徐砚程从衣帽间里出来，把系的领带往上推。绅士的温莎结成型，他走过来压着儿子的头："去外面等着，别打扰你妈妈睡觉。"

徐靳识怕被赶出去，抱住徐砚程的大腿，可怜兮兮地问："妈妈不去吗？"

许萦是打算去的，并且为了参加儿子的开学典礼熬了几个大夜才把工作弄完。她昨晚护肤完早早上床躺下，明明和徐砚程躺在一起聊儿子教育的事情，结果被冷了几天的男人对她动了手，两个人一闹就到了凌晨三点。

入学典礼是八点半开始，七点就要起来准备，睡眠不足四个小时，许萦怎么有力气去？

"妈妈晚点儿去。"徐砚程把儿子抱起来，带到门前，把他往外推，"自己去厨房找阿姨吃早餐。"

徐靳识看着高高的门合上，不满地噘嘴，心里委屈又不敢多说，乖乖听话地去吃早餐。

许萦从床上坐起来，不忍心地说："要不我还是陪他去吧。"

徐砚程单手别好袖扣，走到她旁边摸了摸她的脑袋："再睡会儿，我陪他去，你晚点儿到就好。"

许萦的头发本来就乱，她拍开徐砚程作怪的大手，瞪他一眼，故意阴阳怪气地说："要不是你，我至于这样？"

徐砚程脸上带着笑意，坐到许萦旁边："你上个月一直在出差，回来也在赶图纸……你说呢？"

自从周原旭的工作室的生意做大，许萦越来越忙，有一次在京北待了一个月。徐砚程倒没事，周五一到，把儿子交给爸妈，就飞过去找她，周一早上再赶早班飞机回来。

不过这次许萦是飞国外，夫妻俩分别了小半个月。

"我都说了，项目结束我就在家休息半个月。"许萦说。

徐砚程不认同："在家陪儿子差不多。"

许萦看着徐砚程，而后笑了："徐医生，你好小气啊。"

他还和儿子吃醋争宠。

徐砚程压好被角，心有不甘也只能化成一声长长的叹息："是，所以你什么时候把时间留给我？"

许萦无辜地问："我的时间不是一直都是你的？"

徐砚程重申："有我没他的时间。"

"怎么还和儿子分得这么清楚？"许萦感到好笑。

徐砚程惆怅地说："还以为他长大了好一些，倒是越来越黏你了。"

她看着徐砚程那一张帅脸，年岁渐长，倒不觉得他有什么变化，这张脸越发帅气，温和笑时，绅士又有魅力。

许萦靠到他的怀里，哄着他："徐医生，你乱想什么啊？儿子也就这两年黏我，以后陪着我的还是只有你。"

徐砚程对这话很受用，揉了揉她的脸颊："算你嘴甜。"徐砚程抬手看腕表，"你再睡一会儿，我陪他去就好。"

开学典礼冗长又无聊，徐砚程料定许萦就算去听也会打盹儿，礼堂的凳子哪里有家里的床舒服？她不如在家好好睡两个小时，结束再过去拍照好了。

"小十那边……"许萦被徐砚程纵容惯了，不错过偷懒的机会，但心底还在担心儿子。

徐砚程："我和他说。"

许萦拉着被子躺好，忽然想到什么，揶揄地看徐砚程一眼："打个赌？"

徐砚程："嗯？"

许萦："今天开学典礼儿子一定不开心。"

徐砚程挑眉："怎么看我都是输的。"

"不是。"许萦神秘兮兮地眨眼，"不是因为我不去。"

徐砚程想了一会儿，点头应下赌约。

他不觉得儿子会不开心。儿子期盼去幼儿园已经整整一年了，从昨晚开始就兴奋得睡不着。今天就算许萦缺席前面的典礼，后面只要到场，儿子也会很开心。

"赌什么？"徐砚程问。

许萦早有准备："输了的话……"

她起身凑在徐砚程耳边说完自己的要求。

徐砚程与她拉开距离，打量着许萦因为昨晚的事还红润的脸，活色生香，挠着人心，喉结紧了紧，声音沉了不少："如果输了，换你。"

许萦胸有成竹地说："没问题！"

徐砚程志在必得，亲了她的脸颊一下，让她慢慢准备，起身拿过外套出门。

许萦又睡了半个多小时，赶到幼儿园时开学典礼正好结束，家长们正带着孩子在园里四处拍照。她一眼就看到人群中的徐砚程，他身边站着一个缩小版的他，脸特别臭。

许萦笑着走到父子面前，兴奋地对徐砚程说："愿赌服输？"

徐砚程领带微松，袖子挽了起来，露出结实的手臂，大衣和徐靳识的小书包挎在他的胳膊弯里，俊美的脸上全是无奈之色。

"你的算盘打得不错。"徐砚程虽这样说，但没有任何责怪的意思。

许萦狡黠地笑了笑："就今晚！我刚才特地回妈家取来了。"

上个月许萦重新设计了两个人在徐家的卧室，连带给儿子布置了一个房间，偶然在装曲奇饼干盒的柜子里的收纳箱里发现了徐砚程高中的校服。她一直惦记着他穿校服会是什么样子，好几次缠着让他穿，但全被拒绝了，所以今天才故意和他打赌。

徐砚程没说好不好，不过态度上已经向妻子妥协。

徐靳识仰着脸看爸爸恩爱互动，赌气地跺脚吸引他们的注意力。

许萦蹲下来捏儿子的脸："你不是一直盼着上幼儿园，怎么不开心？"

徐靳识委屈极了："妈妈，唐窈和我一个班！"

许萦："不好吗？"

徐靳识回想着在早教班的事情，哭丧着脸："不好。"

才懂儿子闷闷不乐到底是为什么的徐砚程笑了一声，没想到儿子是因为这个不开心。

肖芊薏打电话给许萦，邀请他们一家去校门口合照。徐靳识摇头，听许萦应了"好"，小家伙的眼睛都红了。

许萦示意徐砚程哄儿子。

徐砚程刚输了赌约，疑惑地问："你不是喜欢妹妹，小糖果不好吗？"

徐靳识逻辑严谨："妹妹是妹妹，唐窈是唐窈，不一样！"

许萦瞪徐砚程一眼，冷声说："没有妹妹，只有小糖果。"

自从去年给徐砚程过生日，徐靳识从他那里要过许愿的权利，说想要妹妹，就时不时念叨。

徐靳识一副委屈巴巴的样子，觉得自己的妹妹一定比唐窈这个小魔女可爱，但不敢说，就鼓着腮帮子不说话。

许萦知道徐靳识只是不喜欢过于外向的唐窈，并不是讨厌，还是带着他过去和肖芊薏一家三口会合。

很快，徐靳识接受了不可改变的事实。拍照的时候，唐窈要求什么姿势他也配合。

等到分开，徐靳识已经把要和唐窈做三年同学的事消化好，又变回开心无忧的小孩，一蹦一跳地走在两个人前面。

许萦牵着徐砚程的手，认真地问："真的想要女儿？"

徐砚程："有过想法，认真想想还是不了。"

许萦没想到男人会给出这个答案："为什么？"

"你生小十那天，真的很难熬。"徐砚程握紧她的手，"不想让你经历第二次了，我也不想再经历了。"

记忆是种很神奇的存在，身体为了保护她，关于生产的痛苦记忆许萦的大脑已经慢慢淡忘，她不记得有多疼，只记得预产期提前了。那天，徐砚程下完手术慌忙赶过来，焦急地在手术室外面等了许久。她清理完出来，他握着她的手一言不发，眼角一片猩红。

徐砚程环着她，在她耳边轻声说："在我心里，小惊永远是最重要的。"

孩子有一个小十就够了。

许萦仿佛倒在云团一般的被窝里。

"孩子暂时不说，"许萦靠他特别近，"今晚我穿给你看。"

不就是校服吗？以前高中三年她都穿过来了，一晚上算什么？这个男人这么好，他想要的东西，她愿意给。

徐砚程听完这句话，眼中似有火在烧，牵着她快步往前走着："时间不早了，回家吧。"

男人本性暴露，风月不复存。

许萦打了他一下："刚才的话你是故意骗我才说的吧？！"

徐砚程说："真心的，也是真心想看你穿校服。我也想看看，高中的许萦是什么模样。"

他见过许萦穿校服的样子，但也只是远远看着。今晚他想离得近些，触手可及，像摘星辰，把年少的奢望变成真的。

许萦恍惚了一下，明了他的想法，挠他的掌心，笑说："那徐学长可要好好看了。"

得到男人带着温柔的笑容，许萦是心甘情愿的，心里还是想找一次机会让他穿回来！她不能总吃亏！

爱人爱我

许萦和徐砚程的第二个孩子是在二月出生的，是个漂亮的小姑娘，跟许萦姓，叫许醒，小名叫小春天，名字起得和许萦这个名字有异曲同工之妙。

许萦起不出好名字，把重任交给了退休在家的许质。而老所长谈起案件头头是道，给外孙女起个名字被难住了，在家翻了两个月的字典，在孩子出生那天告诉许萦要不叫许春醒好了。

许质说二月的江都春意不浓，所以催着春天赶紧"醒过来"。

沈长伽感觉这名字太直白，提议把中间的字去掉。许萦这几年来第一次对母亲说了"好"，女儿的名字就这样定了下来。

小春天像足了许萦，多数时候眨着大眼睛听着大人们说话，安安静静的，笑得特别甜。

许萦特别骄傲把女儿生得这么像自己。等小春天3岁上幼儿园了，许萦又不这样觉得了。

不知道是第几次，许萦接到老师的电话，问她晚上在家孩子是不是熬夜，中午午睡许醒第一个睡着最后一个起床，总是睡不够的样子。

爱睡觉这一点，许醒也像足了她。

许萦和徐砚程念叨过。

他笑眯眯地说："没事，小春天健康开心就好。"

许萦深吸一口气，闭眼不说话。

徐砚程在小十那里是严父，在小春天面前是十足的女儿奴，只能由许紫来做严母。

好在女儿乖，没被徐砚程宠出臭毛病，对她说什么就听什么。听女儿奶声说"好"的时候，许紫心软得一塌糊涂，无力招架。工作狂的许紫还推掉部分工作，等到小春天到了上幼儿园的年纪，才多增加工作邀约，其中包括答应江都大学的授课邀请。

曾经做老师的经历让许紫很不愉快，但这一次的授课是不一样的，来听课的全是专业学生。大家都是真心求学的，她也就乐意把多年来的从业心得教给大家。

许紫的课安排在下午，她到教室时间偏早，和助教沟通授课内容和课下作业事宜时，感受到大家看她的目光特别炙热。

几次授课下来，大家看她的眼神也是炙热的，但……今天的炙热怎么有一点儿八卦的意思在里面？

许紫没将此事放在心上，铃声一响，点完名就开始上课。

讲课的素材多是许紫自己接手的项目，学生们发现在课件中常出现的房子和许紫在微博上发过的几个装修视频很像。

有个学生大胆地问："许老师，这是您的家吗？"

许紫："以前是，现在搬了新房子。"

小春天出生后，一家人搬到了更大的房子里，地方还是在原来的小区，不过是把大平层换成独栋小洋楼，每个房间都是她亲手布置的。

学生："为什么搬新房子啊？原来的房子装修得这么用心！"

许紫压根没察觉到学生给自己挖的坑，只当是大家欣赏她的设计，侃侃而谈："因为我的小女儿出生后，家里的房间不够住，我和我先生只能考虑换大一点儿的房子。至于装修的用心，谈起来能说到我和我先生新婚，这套房子可以算我决定从事软装设计工作后，实际意义上的第一个作品。"

许紫把给徐砚程布置书房的趣事以及客厅布置和程戚樾的微博互动全说了。而后对上底下一百来号人亮晶晶的眼睛，许紫不自在地咳了咳，一时没刹住车，说了十多分钟。

不见许紫再出声，有人举手提问："老师，您先生就是当年您在获奖感言里提到的徐先生？"

面对热切的目光，向来不太会拒绝人的许紫老实地点头。

大家还想知道更多事，许紫及时打断："我和我先生就是普通的夫妻，没有太多轰轰烈烈的经历。好了，快下课了，我们提前布置本学期的结课作业。"

提到结课作业，大家再好奇也不敢再问，怕许老师期末不捞人。

下课后，许萦解答完学生的课业问题，走到旁边的休息室给徐砚程发消息。

徐砚程刚从医院下班，正开车赶来，让许萦休息一会儿。

许萦一面揉着腿放松，一面刷手机消息。

自从回来任课后，她用回 QQ，加了不少学生，偶尔会刷空间。可能大家觉得老师都常驻微信，不会玩空间，发言变得肆无忌惮。许萦看到课代表刚转发了一条表白墙的动态，投稿的内容是关于她的。

"墙墙，想问问大家设计院的许萦老师的选修课怎么样，老师人好吗？"

许萦也想知道同学们对她的评价，这可比在教务系统看到的老师评价更加真实。

她点开却发现画风不太对劲。

"老师人美心善会捞人，声音好听，我已经不在乎讲课内容了，反正上许老师的课是种享受。"

"许老师方方面面都好，就是不爱聊自己的八卦。我可好奇死徐先生是哪位神仙了，是什么男人能让 26 岁的许老师重新踏入我们软设行业？他一定特别温柔可靠！"

"听学长、学姐说是医学院特聘教授徐砚程老师！"

许萦心头一紧，心想这是被发现了？

"不是吧，徐教授的妻子叫小惊，我上过他的课，清楚听到他给师母打电话叫的是'小惊'，和许萦老师八竿子打不着关系。"

许萦："……"

"很奇怪，许老师的微博名叫许惊萦，有没有一种可能，老师改过名？"

"别猜了各位，我博士师兄在本科实习有幸跟过徐教授，能证明许萦老师就是徐教授的妻子，名字没有特别打听过，但徐教授叫许老师一口一个'小惊'，不要太宠！"

"真的？"

"我的天！我心目中的颜值排名前列的两个老师竟然是夫妻？"

"本人今天听完许老师的课，信了她的邪，普通夫妻……徐砚程教授啊！这还普通夫妻？！"

"憋了好久，终于敢放图了［图片］。"

许萦点开图，不由得慌了一下，没想到这样都能被发现！

图上是某天徐砚程来接她下晚自习，两个人路过校园大道看到有校园乐队路演——那天月黑风高，人也不多，徐砚程来了兴致，要悄悄地给她唱一首歌。

徐砚程弹着键盘，唱了一首《老派约会之必要》。他唱到"跟你这一种老派鸳侣，只想约会到八千岁"时，许萦忍不住笑了，想到了他们第一次约会的饭局和第二次约会的坦白。

最后，他盯着她唱了最后一句："我俩这天初约，逛遍市区所有路灯，与你有种恋爱预感。"

后来他们确实结婚了，也恋爱了。

抓拍的人正好抓拍到这一幕，她对着徐砚程笑，而徐砚程看向人群，目光落在她身上。

一张图让大家更加疯狂，评论瞬间破百。

许萦没有在学校隐藏和徐砚程的关系，也不介意大家说。反正碍于她的身份是老师，不会真的有人敢在她面前讨论。等到徐砚程来，她还当趣事讲给徐砚程听。

"我还以为那天没人发现人群中的你。"徐砚程语气含笑地说。

当晚有人把他的视频分享到了表白墙上，但没有人发现另一个主角的身影。

许萦撑着下巴看着徐砚程的侧脸："我怎么感觉到了徐医生的可惜意思？"

徐砚程："不可惜了，大家都知道许老师是我太太了。"徐砚程忽然说，"原来在小惊眼里，我们就是平淡又普通的一对夫妻。"

许萦觉得没错："是啊，就很普通啊。"

徐砚程："我还以为能给你一点儿热烈和不平凡的感觉。"

许萦和徐砚程生活久了，嘴变甜许多："我可能习惯你给的一切东西了，觉得再正常不过，但在别人眼里就是轰轰烈烈的。"

徐砚程满意她的回答，停下车后凑到她的唇边亲了一下，低声笑说："奖励。"

许萦还是脸皮薄。他一亲，她就脸红，不好意思地推他下车："爸妈等久了，赶紧的！"

今天是徐望文和程莞领证的好日子。他们特地在酒店设了晚宴，叫来一些熟悉的亲朋好友一块儿吃个饭。

程莞嘴上说"老夫老妻复婚搞什么仪式，跟办二婚似的"，但在徐望文派人送来定制的晚礼服后，还是美滋滋地换上，笑得格外灿烂。

许萦和徐砚程去休息室接孩子，推开门就看到徐靳识在认真地写作业，小春天在旁边的沙发上呼呼大睡，可爱的丸子头早被睡乱了。

"怎么又睡，不怕今晚睡不着？"许萦摸了一下儿子的脑袋，不打扰他算题，戳了戳女儿粉嫩的脸颊。

女儿名叫许醒，却怎么也睡不醒。

小春天没有任何反应，呼吸绵长平稳。

徐砚程："怎么会？你忘了上个周末，你们俩睡了一整天的事？"

许萦清嗓子，看了儿子一眼，警告徐砚程不准拆她的台。

前面的婚宴准备开始了，许萦只能叫醒女儿。

小春天委屈极了，见到许萦就奶声奶气地说："妈妈，睡。"

许萦："不能睡了，要先吃饭。"

小春天虽然才3岁，也知道妈妈不吃撒娇这套，水灵灵的大眼睛看向爸爸："爸爸。"

徐砚程最纵容的是许萦，面对特别像她的女儿，心软得不行，但不能耽误正事，就折中处理："爸爸抱，好不好？"

小春天伸手趴在徐砚程怀里，抱着他的脖子打了一个哈欠。

"今天在幼儿园怎么样？"许萦用毛巾给小春天擦脸，和她聊天不让她睡过去。

小春天眨着漂亮的水眸，神色平静："要跳舞，不好。"

徐砚程心疼女儿："不跳也行。"

许萦瞪了他一眼。

徐砚程不说话了。

许萦自己也不喜欢跳舞，但还是说了一句："是作业就认真完成，其他时候你不喜欢没事。"

小春天愣愣地点头，擦完脸人也醒了，挣扎着要下来："我要牵哥哥。"

一直在埋头苦写作业的徐靳识就等着这句话呢，收拾好作业，牵过小春天："我带小春天去大厅。我知道路。"

徐靳识现在上一年级，性子越来越像徐砚程，在许萦面前是个省心的乖孩子，在小春天面前是可靠的哥哥。

许萦和徐砚程走在两个人后面。

许萦扯着徐砚程的衣衫，悄声说："你对小春天也太纵容了，基本的作业要做吧？"

家长哪里能无下限地宠溺孩子？

徐砚程振振有词地说："养春天，就跟养小一号的小惊一样，我可说不来重话。"

许萦说也不是，不说也不是。因为女儿从外表到脾性像足了她，她数落女儿，就是自己嫌弃自己。

见许萦一家四口来到宴会厅，乔俏雨兴奋地跳起来挥手："乖宝贝，来姨姨这里！"

聂津扶上乔俏雨的腰："小心些。"

乔俏雨才不管，把零食分给孩子，用不在意的语气对聂津说："还有两个月就生了，孩子永远是别人家的可爱，趁着我还没烦孩子前，不得赶紧逗逗？"

聂津无奈地护着左右晃着身子的妻子："孩子会乖的。"

"乖？"乔俏雨偏过半个身子，"我们没这个基因吧？"

聂津："……"

乔俏雨分析："孩子像你的话，你乖吗？不见得，一肚子坏水的男人。如果孩子像我，你就等着头痛吧。"

许萦走近，见乔俏雨一脸傲娇的表情，好笑地问："你的无差别攻击已经到骂自己的地步了？"

乔俏雨"喊"了一声："才不是骂，像我这样烂性子的人，不是照样找到津哥这样的好男人？"

聂津凑到她耳边说："别说了，显得我像收破烂的。"

乔俏雨气得捶了聂津一下。

许萦看着他们的互动不禁笑了笑，两个人还真的挺配。

没多久，婚宴开始。

程莞只想简单地请朋友吃个饭，徐望文偏不，要求一定要走个仪式，两个人因为这件事又吵了两天。

最后程莞向徐望文妥协，要求仪式一定要简单，不想有一种自己在二婚的感觉。

此刻，徐望文站在台上，已过五旬，因为常年健身，看起来像三十多岁，气质成熟又绅士。程莞也常开玩笑说要不是看徐望文是拿得出手的帅老头，她才不想复婚。

向来沉稳的徐望文拿着话筒几度哽咽。

良久，他才说话，和程莞说了很多"谢谢"。

他谢谢她愿意嫁给他，谢谢她生下徐砚程和程戚樾，谢谢她坚强果敢地走出病痛，谢谢她还愿意回来，谢谢她还愿意和他这个糟老头子在一起……

他说到后面，本来笑得没心没肺的程莞悄悄抹起了泪。

台下的人望着他们，一片安静，被他们的情绪所感染。

徐靳识浅浅地皱起眉毛，小声和许萦说："妈妈，爷爷哭了。"

小春天不能理解今天是来干什么的，只晓得是一堆人凑在一起开开心心地吃饭，听见哥哥说爷爷哭了，仰头看向徐砚程："爸爸，爷爷为什么哭了？"

徐砚程笑着说："因为感到幸福。"

小春天："为什么感到幸福？"

一时间，两个孩子都看向徐砚程。

许萦也看了过去。

她同孩子一样，期待徐砚程的回答。

徐砚程摸了摸小春天的脑袋，又说了一句让许萦难以忘记的话。

后来，等儿女长大，成家立业，她的事业蒸蒸日上，徐砚程还是那个温文尔雅的徐砚程，她写了一本自己的作品集。

大家难得在许设计师那里听到了关于她的丈夫的故事，看完只能说，以前说的简单爱情都是假的！他们明明甜得要命。

在作品集最后收录的作品介绍里，许萦写道：

我做了无数个项目，有的拿奖许多，有的被奉为经典学习案例。我最满意、最骄傲的作品依旧是 26 岁回到江都那年，我亲手布置的和徐先生的第一个家。

我永远忘不了那个醒来的午后，阳光落在屋子里，我爱的男人蹲在地上，替我仔细整理好杂乱的物品，好似在把我过去糟糕的一切理顺，摆到我爱的架子上，迎着阳光，灿烂特别。

后来的岁月我才明白，其实从他选择一间没有布置的屋子开始，他就在用行动告诉我，他有多爱我。

我没有机会从事喜欢的工作，他就让我把空屋子填满，一点点地全装成我最爱的模样。

他给了我最温柔的爱意，教我答了人生中最满意的考卷。

我还记得，小春天问过徐先生："为什么感到幸福？"

他说："因为爱人得偿所愿，因为爱人爱我。"

我永远深爱他给的答案。

于他来说，幸福是因为许萦得偿所愿，是因为许萦爱他。

看似简单却最为炙热的爱，这就是他对我的爱。

嗯，我也爱他，比四个 26 年还要长久。